Klaus-Peter Wolf · Todesbrut

Zum Buch

Eine junge Frau wird mit hohem Fieber in ein Emdener Krankenhaus eingeliefert. Was die Wissenschaft schon lange befürchtet hat, ist Wirklichkeit geworden: Das Virus H501, besser bekannt als Auslöser der Vogelgrippe, ist zu einem neuen Erregertyp mutiert, der sich nun blitzartig im Land verbreitet. Katastrophenpläne werden ausgeführt, ganze Städte stehen unter Quarantäne, das öffentliche Leben bricht sofort zusammen. Hausfrauen plündern Supermärkte. Familienväter nehmen eine Fähre in ihre Gewalt. Touristen auf Borkum lassen niemanden mehr auf die Insel. Dabei ist das tödliche Virus schon längst unter ihnen.

Klaus-Peter Wolf entwirft ein Szenario, das unsere Vorstellungen von Gut und Böse, Richtig und Falsch komplett verdreht. Und es bleibt die Frage an den Leser: Wie hättest du gehandelt?

Der Autor

Klaus-Peter Wolf, geboren 1954 in Gelsenkirchen, gilt als *der* Autor für spannende Unterhaltung in Deutschland. Er schrieb zahlreiche Drehbücher für die ARD-Fernsehreihe *Tatort* sowie die Ostfriesen-Krimikultreihe um die Kommissarin Ann-Kathrin Klaasen, die erfolgreich für das ZDF verfilmt wurde. Seine Bücher wurden mehr als zehn Millionen Mal verkauft und in 24 Sprachen übersetzt.

Klaus-Peter Wolf

TODESBRUT

Thriller

ISBN 978-3-7432-0947-3
1. Auflage als Loewe-Taschenbuch
© für die deutsche Erstausgabe script 5 2010
script5 ist ein Imprint der Loewe Verlag GmbH, Bindlach
Umschlagfoto: istockphoto © Len Neighbors
Umschlaggestaltung: Christian Keller
Printed in Germany

www.loewe-verlag.de

Ein Spiel der Fantasie
Ein Exorzismus gegen unsere Angst

Die Welt schien noch völlig in Ordnung zu sein, als Benjamin Koch, genannt Benjo, die Fähre nach Borkum bestieg. Ostfriesland zeigte sich von seiner besten Seite. Am blauen Julihimmel wirbelte der Westwind ein paar Schäfchenwolken zu einem grinsenden Gesicht zusammen.

Die Schiffssicherheit wurde nach strengen Regeln kontrolliert und dokumentiert und die Mitarbeiter an Bord der Ostfriesland III waren bestes nach internationalen Standards geschultes Personal. Jeder von ihnen war ausgebildet in Advancend Fire Fighting, Rescue Boat, Basic Safety, Crowd and Crisis und natürlich in Erster Hilfe.

Alle verfügten über Seetauglichkeitsbescheinigungen. Die Nautiker unter ihnen zusätzlich über Funkzeugnisse, Radar-Simulator-Lehrgänge und SAR-Grundlagenseminare, aber auf das, was ihnen jetzt bevorstand, hatte sie niemand wirklich vorbereiten können.

Benjo stieg zum Oberdeck hinauf. Die Röcke der drei Eis schleckenden Touristinnen, die vor ihm die Treppen emporstöckelten, waren kurz und der Wind meinte es gut mit Benjos Blicken. Er hatte fast tausend Euro in der Tasche und das Doppelzimmer auf Borkum war bereits bezahlt. Chris wartete dort seit zwei Tagen auf ihn. Sie hatte ihm gerade eine SMS geschickt:

Ich liebe Dich nicht einfach, nein, ich bin echt heiß auf Dich, Benjo.

Dann kam ein Foto hinterher. Chris mit Kussmund. Darunter: *Knutsch!*

Obwohl die drei jungen Frauen sich an Deck gemeinsam auf eine Bank setzten und gleichzeitig die Beine übereinanderschlugen, als hätte ein Regisseur das lange vorher mit ihnen geübt, schloss Benjamin Koch kurz die Augen und dachte an Chris. Sie hatten jetzt vierzehn gemeinsame Tage! Eine Ewigkeit!

Sie wollten einen Liebesurlaub machen.

Liebesurlaub, welch ein Wort! Sie hatte es erfunden. Sie schrieb Gedichte und die meisten schickte sie ihm. Er erwartete die glücklichsten vierzehn Tage seines Lebens. Er ahnte nicht, dass die nächsten Stunden und Tage sein ganzes Leben verändern würden und das vieler anderer Menschen ebenfalls. Eine ganze Gesellschaft war kurz davor, auf die Probe gestellt zu werden. Das, was sich unaufhaltsam näherte, würde das Schlimmste, aber auch das Beste in den Menschen bloßlegen.

2 Während die Ostfriesland III mit zweimal 1300 PS und 256 Passagieren an Bord auf Borkum zusteuerte, wurde auf dem Festland, in Emden, im Susemihl-Krankenhaus, eine junge Frau eingeliefert. Sie hatte extrem hohes Fieber und halluzinierte.

Was zunächst nach einer Überdosis irgendeiner chemischen Droge aussah, entpuppte sich dank der sauberen Diagnose sehr schnell als das, was schon kurze Zeit später nur noch mit dem Satz »Der Horror, der das ganze Land im Griff hat!« bezeichnet wurde.

3 Lars Kleinschnittger hatte von Strandpartys auf Borkum gehört, bei denen es das geben sollte, wofür es sich seiner Meinung nach allein zu leben lohnte: Sex und Drogen bis zum Abwinken. Von wegen Rentnerinsel! In der Szene galt Borkum als Geheimtipp. All die Schulmädchen, die ihre Eltern in den Urlaub begleiten mussten und es leid waren, brav zu sein, versammelten sich nachts am Nordstrand. Sie waren, so hatte er sich sagen lassen, wild entschlossen, sich zu amüsieren, und nicht so abgezockt wie die Gymnasiastinnen in Köln.

Er hatte fünfzig Gramm selbst angebauten Shit in der Tasche, obwohl er sicher war, auf Borkum genug Haschisch kaufen zu können. Schließlich war Holland nah und die vielen Touristen aus den Niederlanden ließen sich in Deutschland nicht nehmen, was bei ihnen zu Hause legal war.

Lars Kleinschnittger stand auf dem Oberdeck der Fähre und hatte schon ein Auge auf die jungen Frauen geworfen. Die Rothaarige mit den langen Beinen gefiel ihm besonders. Sie hieß Lukka, so viel hatte er schon herausbekommen. Er wollte auf Borkum ein paar Jungfrauen knacken. Sie sah aber nicht wie eine aus. Wobei er sich jetzt grinsend fragte, wie man eigentlich eine Jungfrau erkannte. Nur an ihrem Verhalten? Er bildete sich ein, einen sechsten Sinn dafür zu haben.

Wenn ihm jemand gesagt hätte, dass die schönste Zeit seines Lebens bereits hinter ihm lag, wäre Lars Kleinschnittger vermutlich in homerisches Gelächter ausgebrochen, denn er glaubte genau an das Gegenteil.

Benjo tippte in sein Nokia: *Ich komme, meine Süße! Ich halte es kaum noch aus.*

Er schloss die Augen und dachte an Chris. Seine Chris.

Margit Rose, die in ihren besten Zeiten von ihren Freundinnen Blümchen gerufen worden war, hatte schon seit Langem keine echten Freunde mehr.

Sie hatte knapp zwei Jahre und fünfhundert Flaschen Gin gebraucht, um jede noch so gutmütige Beziehung zu zerstören. Den körperlichen Entzug hatte sie mit Medikamentenunterstützung gut hinter sich gebracht. In zwei Monaten Gruppen- und Einzeltherapie war sie nicht drum herumgekommen, sich die Hölle in sich selbst anzusehen, aber das, was jetzt vor ihr lag, kam ihr ungleich schwieriger vor. Sie musste das Vertrauen ihrer Kinder zurückgewinnen, ihnen wieder eine richtige Mutter werden …

Sie musste es einfach schaffen …

Vielleicht – so hoffte sie – wäre Kai, ihr Nochehemann, sogar bereit, die eingereichte Scheidung zurückzuziehen …

Es gab nur diese eine, einzige Chance und sie durfte sie auf keinen Fall vermasseln. Sie war nervös wie nie zuvor in ihrem Leben.

Ihre albtraumhafte Abiturprüfung war nichts dagegen gewesen und die Aufregung vor der ersten Liebesnacht nur ein Witz.

Eine Woche Borkum war nicht gerade viel Zeit, um zu beweisen, dass sie ihre Krise überwunden hatte und ein besserer Mensch geworden war.

Am Anfang wollte Kai ihr nicht einmal diese eine Woche zugestehen und er hatte alle Trümpfe in der Hand. Die frustrierten Damen vom Jugendamt fraßen dem jungen Musiklehrer, der seine beiden Kinder allein erzog, aus der Hand.

Sogar eine Haushaltshilfe hatte er bezahlt bekommen, so eine Art studierter Putzfrau mit Diplom in Sozialarbeit und Psychologie. Familienhilfe nannte sich das. Garantiert hatte er mit der schmalhüftigen Tussi geschlafen. Margit konnte es ihm nicht vorwerfen; sie musste dankbar sein, dass er ihr überhaupt noch eine Chance gab. Er hatte jedes Recht der Welt, sie zu hassen.

Das Verhalten ihrer Kinder tat ihr besonders weh. Die beiden sahen sie nicht mehr an. Sie schauten bewusst weg und wichen auch

11

ihren Berührungen aus. Dennis hatte fiebrige Augen und drehte den Kopf abrupt zur Seite, als sie jetzt eine Haarsträhne aus seiner Stirn kämmen wollte.

»Deine Stirn ist ganz heiß, Dennis«, sagte sie. Der Junge brummte nur etwas und sah seinen Vater an. Der antwortete für ihn. »Den Kindern geht es gut.«

Seit sie wieder bei ihnen war, gaben Dennis und Viola nur knappe, widerwillige Antworten, wenn sie sie etwas fragte. Beide sprachen sie von sich aus nie an. Wenn sie etwas wollten, wendeten sie sich demonstrativ an ihren Vater.

Was muss ich ihnen in meinem Alkoholnebel angetan haben?, fragte Margit sich. Meine Kinder misstrauen mir zutiefst.

Sie blickte sich um und entdeckte eine freie Bank, Platz genug für alle vier.

»Schaut mal«, rief sie betont fröhlich, »das ist ja wie gemacht für uns! Also ich habe jetzt Hunger auf ein richtig großes Eis! Was meint ihr? Das Wetter schreit doch förmlich danach. Wem soll ich eins mitbringen?«

Dennis und Viola setzten sich auf die Bank und verzogen keine Miene, sie taten unbeteiligt und wippten mit den Beinen gegen die Rucksäcke, die sie vor sich auf den Boden gestellt hatten.

»Hey, was ist? Ihr guckt, als hätte ich euch kalten Spinat mit Speck angeboten. Wir reden von einer Riesenportion Eis in einer knusprigen Waffel. Guckt euch mal an, was die drei jungen Frauen da schlecken.«

Da ihre Kinder nicht antworteten, wandte sich Margit Rose an die fröhlichen Girlies. Lukka, Antje und Regula winkten lachend zurück. Die drei hatten gestern das Open-Air-Konzert in Emden besucht und wollten jetzt einen Song von Otto Groote nachsingen.

»Das ist das beste Himbeereis, das ich seit New York gegessen habe!«, rief Antje.

Dankbar nahm Margit den Satz auf. »Na, seht ihr«, sagte sie zu ihren Kindern.

»Angeberweiber!«, zischte Dennis.

»Wie bitte?«, hakte Margit ungeschickt nach, froh darüber, dass überhaupt mal eine Reaktion kam.

Dennis sah konsequent an ihr vorbei zu seinem Vater und sagte: »Das sind blöde Angeberweiber. New York?!« Er machte eine Bewegung mit dem Kopf, als sei es völlig absurd, dass jemand, der schon einmal in New York war, sich an Bord der Ostfriesland III befinden konnte.

Seine jüngere Schwester, die ihren Bruder bewunderte, ahmte die trotzige Kopfdrehung nach, was eigentlich zuckersüß aussah, aber Margit erlebte die Situation – wieder einmal – als eine Niederlage. Um dem noch die Krone aufzusetzen, tönte ihr Nochehemann so laut, dass es selbst die Rentnertruppe hinter den Mädchen mit den langen Beinen und den kurzen Röcken hören musste: »Glaubst du, du kannst dir die Liebe deiner Kinder erkaufen? Ist dir das nicht selbst peinlich?«

Margit federte von der weißen Sitzbank hoch und drehte sich weg. Sie biss in ihren Handrücken und kämpfte mit den Tränen. Vielleicht war dies der Moment, in dem sie begriff, dass sie siebenundzwanzig Jahre alt war und ihr Leben in Schutt und Asche lag. Sie hatte nicht nur alle Freunde verloren, sondern auch die Liebe ihrer Kinder.

Sie stand da wie erstarrt. Auf keinen Fall konnte sie sich zu Mann und Kindern umdrehen. Sie hätte es nicht ausgehalten, jetzt ihre Gesichter zu sehen.

Sie stellte sich vor, dass ihr Mann die Kids lobend ansah, weil sie sich so glashart ihrer Mutter gegenüber verhielten und ihr auch nicht das kleinste Fitzelchen entgegenkamen.

Auf einmal wusste sie gar nicht mehr, wie sie die Woche auf Borkum in der Ferienwohnung mit den dreien durchstehen sollte. Am liebsten wäre sie in die Nordsee gesprungen und dort ertrunken. Sie wusste, dass sie es nicht tun würde, trotzdem machte sie ein paar Schritte auf die Reling zu. Dort stand Benjamin Koch und lächelte sie freundlich an. Sie sog dieses Lächeln gierig auf. Schmerzhaft spürte sie, wie sehr sie sich nach etwas Zuwendung sehnte.

Sie stolperte und hätte selbst nicht sagen können, ob ihr wirklich kurz schwindelig wurde oder ob dies nur eines aus der Vielzahl ihrer Manöver war, um Männer kennenzulernen.

Benjo fing sie auf, dabei fiel sein Handy auf die Planken. Er bückte sich rasch danach, ohne sie loszulassen.

»Ist Ihnen nicht gut?«

»Oh, danke, ich glaube, es geht schon. Ich habe nur ein bisschen wenig getrunken.«

»Bei dem Wetter ist das gefährlich«, sagte er fürsorglich.

Sie lud ihn auf einen Kaffee ins Bordrestaurant ein.

Lars Kleinschnittger spürte sofort, dass Margit Rose das war, was er »eine scharfe Schnitte« nannte. Es war so etwas in ihrem Blick und in der Art, wie sie ihre Hüften bewegte …

Er kannte das. Als er fünfzehn war, hatte seine Nachhilfelehrerin Angelika ihn verführt. Sie war zweiundzwanzig Jahre älter als er. Die Geschichte zwischen ihnen hatte fast ein halbes Jahr gedauert. Er schaffte es nicht, Schluss mit ihr zu machen. Angelika gab ihm das Gefühl, ihn zu brauchen und nicht ohne ihn leben zu können.

Er durfte nicht darüber sprechen. Sie war eine Freundin seiner Mutter und die durfte nichts davon erfahren. Aber dann erzählte sein Freund Felix ihm, dass er auch etwas mit ihr hatte. Es endete hässlich, mit Schuldgefühlen, Beschimpfungen und dem Zerbrechen einer Freundschaft. Seitdem stand Lars nur noch auf junge Mädchen. Er hatte sich Angelika so unterlegen gefühlt, dass er nie wieder in solch eine Situation geraten wollte. Schon eine gleichaltrige Frau machte ihm Angst.

Er wollte keine mehr, die nicht wenigstens fünf Jahre jünger war als er. Am liebsten hatte er gut erzogene Schülerinnen. Er flüsterte ihnen gerne Schweinkram ins Ohr, verpackt in Liebeserklärungen. Dirty talking. Er mochte es, wenn sie rot wurden und sich verschämt umsahen.

Er guckte hinter Margit her und sah ihr ungeniert auf den Po. Sie würde den Typen vernaschen, da war Lars sich sicher.

Obwohl Margit ihn eingeladen hatte, stellte Benjo sich in die Schlange, holte zwei Kaffee mit Milch ohne Zucker und dazu ein stilles Mineralwasser für seine neue Bekanntschaft. Margit hielt einen Platz am Fenster frei und winkte ihm, als sie seinen suchenden Blick sah.

Sie wischte sich einmal übers Gesicht und überprüfte im Fenster ihr Make-up. Sie fand, dass sie grässlich aussah und verheulte Augen hatte. Sie fühlte sich klein, verstoßen und nicht liebenswert … Das kannte sie aus ihrer Kindheit. Es war ein sehr altes Gefühl. Manchmal gefiel es ihr, sich darin häuslich einzurichten, aber meist versuchte sie, dagegen anzugehen. Sie hatte in der Gruppentherapie gelernt, offen über ihre Gefühle zu sprechen. Es tat ihr gut und verschaffte ihr zumindest kurzfristig Erleichterung.

Benjo stellte die Getränke vor ihr auf dem Tisch ab und verschüttete ein bisschen von dem Kaffee. Sie nahm den Pott, schlürfte einen Schluck von der viel zu heißen Brühe und ergriff wie unwillkürlich Benjos Hand.

Sie blickte ihm offen in die Augen, als sie sagte: »Darf ich einen Moment Ihre Hand halten? Mir ist gerade, als würde mein ganzes Leben den Bach runtergehen, und ich brauche etwas, woran ich mich festhalten kann.«

Fast ein bisschen erschrocken dachte Benjo: Mensch, die geht aber ran!

Er fragte sich, ob Chris ihn am Kai abholen würde. Wahrscheinlich nicht. Vermutlich wartete sie am Bahnhof. Bestimmt saß sie jetzt bei dem Wetter draußen vor dem Hotel »Vier Jahreszeiten«, trank Milchkaffee und las einen Kriminalroman oder blätterte in ihrem geliebten Ostfriesland Magazin. Von dort war es nicht weit zu ihrem Hotel, dem »Kachelot« in der Goethestraße. Er stellte sich vor, sie würden sich – kaum dass er angekommen war – sofort in ihrem Zimmer lieben und danach duschen und zum Strand gehen, um anschließend bei »Leo's« oder im »Kartoffelkäfer« an der Promenade mit Blick aufs Meer und den Sonnenuntergang Wein zu trinken und gut zu essen. Chris lebte ja fast ausschließlich von Salaten, aber er brauchte ab und zu ein ordentliches Stück Fleisch, am liebsten blutig.

Etwas in den Augen von Margit Rose erreichte ihn so sehr, dass er verunsichert weggucken musste. Er hielt auf dem Tisch nur ganz kurz ihre Hand, doch die Berührung wirkte lange nach. Während sie redeten, simste er unter der Tischplatte an Chris: *Ich liebe dich! Nur dich!*

Warum mache ich das heimlich?, fragte er sich. Irgendetwas an dieser Frau verwirrt mich total.

Auch Margit war irritiert. Dieser Junge passte eigentlich gar nicht in ihr Beuteschema. Die meisten kurzen Affären hatte sie mit verheirateten Männern gehabt. Häufig waren sie zehn, ja zwanzig Jahre älter als sie gewesen. Margit mochte es, wenn sie sich hinterher schämten und Angst hatten, alles könnte herauskommen.

So gewann nie jemand Macht über sie und sie wurde die Männer rasch wieder los, wenn sie es wollte. Sie waren ihr dankbar, dass sie nicht klammerte und irgendwelche Ansprüche an sie stellte.

Die meisten Männer hatten viel zu verlieren: eine Ehefrau, eine gemeinsame Firma, ein Einfamilienhaus, von den Kindern gar nicht zu reden. Solche Kerle zogen sie an und machten ihr keine Angst, aber in der Klinik hatte sie sich kurz mit einem Zivildienstleistenden eingelassen, seitdem wusste sie, dass auch jüngere Männer ihr helfen konnten, sich lebendig zu fühlen.

Sie setzte sich plötzlich anders hin, drückte ihren Rücken durch und blies in ihren Kaffeepott. Kai und ihre beiden Kinder kamen in den Restaurantbereich. Im Schlepptau hatten sie die drei Girlies. Die mit dem möhrenroten Rattenkopf hatte Viola an der Hand und zeigte ihr den Weg zur Toilette. Viola nannte sie Lukka.

»Er hat schon wieder Ersatz für mich gefunden«, sagte sie trocken zu Benjo. »Ich bin so austauschbar …«

Die Kinder beachteten ihre Mutter jetzt demonstrativ nicht und scherzten laut mit ihren neuen Freundinnen.

Kai warf einen verächtlichen Blick hinüber zu seiner Frau. Er hätte drei Monatsgehälter gewettet, dass diese Urlaubswoche überhaupt nichts brachte. Wenn das hier erst vorüber war, würden sie sich wie geplant scheiden lassen und er würde das Sorgerecht ganz allein bekommen. Diese »Borkum-Aktion« war nur eine Goodwillveranstaltung von ihm, weil die Kinderpsychologin vom Jugendamt ihm dazu geraten hatte. Er hätte jetzt zu gern mit den jungen Mädchen eine Zigarette geraucht, aber an Bord war das Rauchen überall verboten, sogar hier auf den Außendecks.

Benjo verstand nicht, warum Kai seine Frau so schnitt. Er spürte die Eiseskälte zwischen den beiden und fröstelte.

4 In der Quarantänestation des Susemihl-Krankenhauses in Emden brach Hektik aus. Eine kurze Antwort auf eine einfache Frage hatte eine Kette von Verstrickungen zur Folge. Niemand betrat den Raum mehr ohne Schutzkleidung.

Die Patientin, deren Zustand sich inzwischen dank einiger Infusionen stabilisiert hatte und die klar zu Zeit und Raum orientiert war, hieß Rebecca Grünpohl. Sie war mit dem Lufthansa-Flug LH 408 aus New York vom Flughafen Newark gestern Morgen planmäßig um sechs Uhr und zwölf Minuten in Düsseldorf gelandet, in einem Businessclass-Direktflug.

Um zehn nach acht war sie mit knapper Verspätung zum Hauptbahnhof Düsseldorf gefahren, hatte dort im Starbucks gefrühstückt und dann den durchgehenden Intercity nach Emden genommen. Dort wurde sie von vier Mitgliedern ihrer Wohngemeinschaft abgeholt. Trotz Jetlag nahm sie an einem Open-Air-Festival teil, mit Konzerten der Gruppe Laway und des Otto-Groote-Ensembles. Sie aß ein Krabbenbrötchen und einen frischen Matjes, holte sich an zwei verschiedenen Bierständen jeweils ein Pils, das sie mit Cola mischte, weil sie hoffte, so länger wach zu bleiben. Geschätzte Personenkontakte an diesem Tag zwischen fünfhundert und eintausend.

Der vermummte Arzt klärte sie zunächst auf. In ihrem Blut wurde das Virus H501 nachgewiesen, besser bekannt als Auslöser der Hühnergrippe. Man hatte ihr antivirale Neuraminidase-Hemmer gegeben, und falls die Erreger dagegen nicht resistent waren, hatte sie das Schlimmste bereits überstanden. Ihr Fieber war mit 39,2 immer noch ziemlich hoch, aber sie halluzinierte nicht mehr.

Die Frage des Arztes war routinemäßig: »Hatten Sie engen Kontakt mit Vögeln oder Hühnern?«

Trotz seines Atemschutzes verstand sie ihn deutlich. Ihre unmissverständliche, aber schockierende Antwort lautete: »Nein.«

Rebecca Grünpohl registrierte den Blick des Doktors. Er war jung, wirkte wie eine Frohnatur, die sich so leicht nicht aus der Ruhe bringen ließ, und hatte sympathische Lachfältchen um die Augen. Er sah sie an, als hätte sie ihm von der Landung Außerirdischer auf dem Wochenmarkt erzählt, aber bemühte sich, die Fassung zu bewahren. Gern hätte sie seinen Mund gesehen.

Dr. Maiwald hakte nach: »Waren Sie vielleicht in einer Wohnung zu Gast, in der Vögel in Käfigen gehalten wurden?«

Rebecca schüttelte stumm den Kopf.

Maiwald bemühte sich um ein verbindliches Lächeln, es gelang ihm aber nicht wirklich. »Bestimmt haben Sie einen Zoo besucht oder … vielleicht waren Sie spazieren, haben einen toten Vogel am Wegrand liegen sehen und ihn …«

»Ganz sicher nicht, Herr Doktor. Ich bin allergisch gegen jegliche Art von Federn. Als Kind bekam ich Asthmaanfälle, wenn ich dem Bett meiner Eltern zu nahe kam, weil die Daunenkopfkissen hatten. Ich durfte nicht einmal indianischen Kopfschmuck tragen. Einmal hat mir eine Freundin einen Traumfänger geschenkt. Ich habe ihn mir übers Bett gehängt. Ich wäre in der Nacht fast erstickt.«

»Wissen Sie«, fragte er, »was das bedeutet?«

Sie hustete. »Ja. Ich habe keine Hühnergrippe, sondern einfach nur eine schwere Erkältung und einen Schwächeanfall – kein Wunder nach dem langen Flug, und dann das Konzert … Ich habe mich einfach übernommen.«

»Schön wäre es«, erwiderte er. »Aber ich fürchte, die Wahrheit ist unendlich viel schlimmer.«

»Nämlich?«

Er sah sie nicht an, als er es sagte: »Es *ist* die Hühnergrippe und sie überträgt sich von Mensch zu Mensch. Das, was wir alle seit Jahren befürchtet haben, ist eingetreten.«

Plötzlich schien er Hoffnung zu schöpfen. »Haben Sie in New York mit irgendjemandem … also, haben Sie Körperflüssigkeiten ausgetauscht?«

Trotz ihrer Krankheit musste Rebecca Grünpohl lachen. Daraus wurde eine Hustenattacke, die sie erst einmal an einer Antwort hinderte.

»Ich meine … ich muss das fragen … Hatten Sie ungeschützten Geschlechtsverkehr oder haben Sie mit jemandem Zungenküsse ausgetauscht?«

Sie bekam ihre Atmung wieder unter Kontrolle.

»Ich weiß, was Sie meinen, Doc. Nein, ich hatte keinen Geschlechtsverkehr. Nicht ungeschützt und nicht geschützt. Ich habe auch keine Küsse ausgetauscht. Zungenküsse schon gar nicht. Ich war allein in New York, ohne meinen Freund. Ich habe das MoMA besichtigt und das Guggenheim Museum. Ich studiere Kunstgeschichte und …«

Der Arzt stöhnte und nahm deutlich mehr Abstand zu ihr ein. »Das bedeutet, wir haben es mit einer äußerst aggressiven Verbreitungsweise zu tun. Wie bei einer ganz normalen Grippe, durch die Luft, durch Händeschütteln oder …«

Ohne sich zu verabschieden, verließ er den Raum und Rebecca Grünpohl kam sich irgendwie schuldig vor, als hätte sie soeben absichtlich und aus sehr egoistischen Gründen die Apokalypse losgetreten.

»Der Schollmayer«, Moderator von Hit Radio Antenne, meldete sich mit der Schreckensnachricht. Er verlas eine Presseerklärung des Gesundheitsamtes. Die Teilnehmer vom Emder Open-Air-Festival sollten sich bei ersten Anzeichen einer Grippe isolieren und einen Arzt verständigen; es sei nicht auszuschließen, dass das H501-Virus sich inzwischen von Mensch zu Mensch übertrage. Eine Teilnehmerin des Festivals sei im Susemihl-Krankenhaus eingeliefert worden. Passagiere des Lufthansa-Fluges LH 408, New York, wurden aufgefordert, sich umgehend an das nächste Krankenhaus zu wenden.

Der sonst stets zu Scherzen aufgelegte Schollmayer hatte eine merkwürdig belegte Stimme beim Sprechen. Entweder war ihm die Tragweite der Meldung schon bewusst oder er brauchte dringend einen Schluck Wasser und ein Halsbonbon.

6 Dr. Maiwald warf vorbeugend Tamiflu ein. Er ahnte, dass er sich bereits mitten in einer heraufziehenden Katastrophe befand. Er hatte Geburtstagskuchen dabei, von seiner Mutter selbst gebackenen. Sie vergaß an keinem seiner Geburtstage den Gugelhupf für ihn. Da er bei der Einnahme des antiviralen Mittels mit Magen-Darm-Problemen rechnete, biss er zwei große Stücke ab und kaute seinen Lieblingskuchen, ohne ihn wirklich zu schmecken.

Sein Magen reagierte immer nervös und empfindlich auf fast jedes Medikament. Er kannte Studien aus England, von der Health Protection Agency, bei denen 248 Schulkinder getestet worden waren, denen man Tamiflu gegeben hatte. Vierzig Prozent klagten über Magen-Darm-Probleme. Bei vielen traten »neuropsychiatrische Nebeneffekte« auf, was ein sehr schönes Wort war für Albträume, Angstzustände und Bewusstseinsstörungen.

Maiwald wusste, dass die Food and Drugs Administration in den USA Todesfälle nach der Einnahme untersucht hatte. Ein siebzehnjähriger junger Mann war vor einen Lkw gesprungen und ein vierzehnjähriger Schüler vom Balkon.

Er nahm Tamiflu trotzdem. Alle Mittel hatten Nebenwirkungen. Alles andere war eine Lüge der Pharmaindustrie. Etwas Besseres als Tamiflu war nicht auf dem Markt und er musste fit bleiben in den nächsten Tagen und Stunden, wenn der Run beginnen würde.

Der hauseigene Notfallplan trat sofort in Kraft. Die Quarantäneräume wurden auf einen größeren Ansturm vorbereitet. Maiwald kannte das Infektionsschutzgesetz praktisch auswendig. Er hatte sich seit Langem mit der Frage beschäftigt, wie die Medizin mit solch einem Grippeausbruch fertig werden könnte. Er wusste viel darüber und war sich im Klaren, dass die Gesellschaft fast wehrlos vor dem stand, was jetzt auf sie zukam … Da wurde kostspielig Militär ausgebildet, eine unglaublich große Riege von Wissenschaftlern der ganzen Welt hatte sich damit beschäftigt, immer neue Waffensysteme zu entwickeln, noch schnellere Flugzeuge, die sogar fürs feindliche Radar unsichtbar waren. Intelligente Bomben. Unbemannte Drohnen, die per Fernsteuerung in ihr Ziel geschickt wurden …

Ach, diese unglaubliche Vergeudung von wissenschaftlichem Potenzial hatte ihn schon immer traurig gemacht, denn der eigentliche Feind, der die Menschheit bedrohte, war nicht mit Flugzeugen und Radar zu bekämpfen. Er war winzig klein, fürs menschliche Auge unsichtbar. Er hatte keine Strategie und keine Moral. Er kannte keine Ländergrenzen und interessierte sich nicht für Regierungsformen. Nationalitäten und Hautfarben waren ihm egal. Der eigentliche Feind war für das bloße Auge unsichtbar und hatte nicht einmal einen eigenen Stoffwechsel. Der eigentliche Feind waren die Viren. Sie mussten sich als Parasiten in den Zellen anderer Lebewesen einnisten, das machte ihre Bekämpfung schwer. Es gab Viren, die Bakterien befielen. Andere nisteten sich in Pilzen und Algen ein. Eine Gruppe griff Pflanzen an, eine andere Tiere und wieder eine andere Spezies Menschen. Aber meist blieben sie auf ihre Gruppen begrenzt und sprangen nicht auf andere über.

Inzwischen aber hatten sich auch Viren entwickelt, die Pflanzen *und* Tiere attackierten. Alle Wissenschaftler wussten, dass es nur eine Frage der Zeit war, wann die ersten Viren so viel gelernt hatten, dass sie sich von Tieren auf den Menschen übertragen konnten.

Selbst das Letztere war in den Griff zu kriegen. Man konnte betroffene Tiere keulen und somit ganze Bestände vorsorglich vernichten. Wenn aber nun so ein aggressives Virus von Mensch zu Mensch übertragen wurde, dann zogen solche Methoden nicht mehr. Die menschlichen Bestände ließen sich nicht so einfach keulen. Selbst eine Isolierung von Betroffenen war nicht ganz einfach. Wer wollte eine Stadt wie zum Beispiel Frankfurt abriegeln, damit das Virus nicht auf Darmstadt und Wiesbaden übersprang?

Mit genau solchen Fragen hatte Maiwald sich immer und immer wieder beschäftigt. Die Pläne der WHO fand er, freundlich ausgedrückt, »niedlich« angesichts der Bedrohung. Es sollten örtliche Krisenstäbe gegründet werden, um die Ausbreitung lokal in den Griff zu bekommen. Da hat man eine *Welt*gesundheitsorganisation, aber wenn es knallt, dann soll alles vor Ort entschieden werden.

Er war Mitglied in diesem Krisenstab für die Region und er wusste, das Ganze hatte vor allen Dingen nur den einen Sinn: Die Damen und Herren der Bundespolitik wollten sich aus der Verantwortung stehlen und die Drecksarbeit nach unten delegieren. Ja, vielleicht war es ungerecht, aber so sah er das. Es gab maximal für zwanzig Prozent der Bevölkerung Medikamente und die Verteilung sollte von den örtlichen Krisenstäben organisiert werden.

Dr. Maiwald verschluckte sich an Kuchenkrümeln und hustete, bis sein Gesicht rot anlief. Dann telefonierte er mit seiner Mutter und riet ihr, in den nächsten Tagen besser nicht zum Markt zu gehen, am besten den ganzen Einkauf ausfallen zu lassen und sich aus der Tiefkühltruhe zu versorgen. »Wer sich zu Hause in seiner Wohnung einschließt«, sagte er, »dem kann nichts passieren.«

Linda betrat den Raum. Maiwald mochte sie und ihre praktische Art. Sie arbeitete in der Krankenhausverwaltung. Sie war klug und weit unterfordert mit dem, was sie da tat. Gleichzeitig erstickte sie fast in einem Wust von Formularen. Sie versuchte, die schlimmsten Auswüchse der Bürokratie vom Personal fernzuhalten, und verzweifelte manchmal an den immer neuen »Reformen«, die jeweils eine neue Papierflut mit sich brachten.

Sie gehörte zu den sympathischen Menschen, die noch der Meinung waren, ein Krankenhaus sei dazu da, Kranke gesund zu machen. Mit dieser Meinung standen sie und Maiwald manchmal ziemlich allein da. Denn inzwischen setzte sich die Ansicht durch, Krankenhäuser seien dazu da, Gewinne zu machen.

Linda sah ihn besorgt an. »Stimmt das oder ist es ein Gerücht?«

Er antwortete nicht. Es war auch nicht nötig. Sein Gesicht sprach Bände.

Sie nickte und legte die Bäckereitüte auf den Tisch. Er aß Marzipanteilchen genauso gerne wie sie. Sie kaufte immer zwei davon und trank gern Kaffee mit ihm. Es war wie ein Ritual zwischen ihnen.

»Also absolute Urlaubssperre und alle aus den Ferien zurückbeordern?«

»Ja. Wir sollten uns rasch vorbereiten. Viel Zeit wird uns nicht bleiben.«

Maiwald massierte sich die Schläfen. Er bekam Kopfschmerzen, heftig und anfallartig. Eine Geräuschempfindlichkeit, die er von sich nicht kannte, brachte ihn fast dazu, sich die Ohren zuzuhalten. Selbst das Geraschel der Tüte, aus der Linda jetzt die Marzipanschnecken nahm, nervte ihn, statt seine Vorfreude zu wecken. Hörte er die Sirenen der Rettungs- und Notfallwagen heute öfter als sonst oder kam ihm das nur so vor? Waren sie lauter geworden?

7 Chris hatte sich gegen ihren weinroten Push-up-BH und den dazu passenden String aus softer Mikrofaser mit Spitzenblende entschieden. Die Unterwäsche saß zwar perfekt und sah verführerisch aus, aber es war ihr ein bisschen too much für den ersten gemeinsamen Abend mit Benjo nach so langer Zeit.

Der superbequeme BH ohne Bügel und die schlichten weißen Panties erschienen ihr passender. Außerdem hatte die ostfriesische Sonne ihre Haut fast gleichmäßig gebräunt. Durch den Kontrast wirkte die weiße Wäsche geradezu strahlend.

Jetzt pellte sie sich wieder aus der Jeans und probierte noch einmal das weiße Leinenkleid an. Es war vorn geknöpft und gab ihr viel Beinfreiheit.

Sie schaltete den Fernseher ein, um den Wetterbericht zu hören, während sie die passenden Schuhe aussuchte. Die Flip-Flops passten nicht zum Kleid, die braunen Sandalen aber eigentlich auch nicht. Es wurde Zeit, mal wieder so richtig in Ruhe shoppen zu gehen.

Chris betrachtete sich im Ankleidespiegel. Sie war nicht wirklich zufrieden mit sich. Trotzig schob sie die Hüfte vor. Sie wollte schön sein für Benjo, aber aufdonnern wollte sie sich auf keinen Fall. Also blieb es bei dem Kleid.

Entwickelte sich da neben ihrer Nase ein kleiner Pickel oder war das nur ein Mitesser? Sie wollte sich den Störenfried gerade genauer anschauen, da sogen die Fernsehbilder ihre ganze Aufmerksamkeit auf.

In einem New Yorker First-Class-Hotel, in Manhattan, nahe beim Central Park, waren die Gäste unter Quarantäne gestellt worden. Niemand durfte das Hotel verlassen. Die Eingesperrten wurden von Hilfskräften versorgt, die aussahen wie die ersten Astronauten in ihren Raumanzügen bei der Mondlandung.

Zwei Leichen wurden in merkwürdigen Särgen aus dem Hotel gebracht. Angeblich hatten beide Männer zwei Tage zuvor ein Edelbordell in Harlem besucht, was etwas mit ihrem Tod zu tun haben könnte, wie der Nachrichtensprecher mutmaßte. Jedenfalls war das Bordell geschlossen worden und nach dem Besitzer und seinem Personal wurde gefahndet. Ein dritter Mann, der mit den beiden unterwegs gewesen war, wurde fieberhaft gesucht.

Der Manager einer texanischen Bank hatte vor dem Hotel die Absperrungen durchbrochen, um sich zum Flughafen durchzuschlagen. Mit Waffengewalt hatte er einen Taxifahrer gezwungen, ihn aus Manhattan rauszubringen. Über den Bildschirm gingen jetzt ein paar mit dem Handy aufgenommene Szenen. Die Flucht des Mannes endete an einer Straßensperre in einem Feuergefecht mit den Sicherheitskräften.

Der Bericht aus New York endete und ein Virologe vom deutschen Robert-Koch-Institut wurde hinzugeschaltet. Er sah gar nicht aus, wie Chris sich einen Wissenschaftler vorstellte, sondern eher wie ein Marathonläufer. Er erklärte, die weltweite Verbreitung der hoch infiösen Viren sei nur noch durch einen Stopp der ungebremsten Reiseströme möglich.

Auf einer Karte wurden rote Punkte eingeblendet. Dort überall sei es zu Ausbrüchen der ansteckenden Krankheit gekommen. Es seien Grippesymptome, aber der Verlauf sei ungewöhnlich hart. Hohes Fieber mit Todesfolge durch Organversagen. Der Virologe empfahl allen Menschen, »die nicht unbedingt verreisen müssen, zu Hause zu bleiben«.

Der ist gut, dachte Chris, mitten in den Sommerferien. Die Leute haben längst gebucht und freuen sich auf ein paar schöne Tage. Die Sonne knallt vom Himmel und der erzählt was von »Reisestopp«.

Sie nahm jetzt doch die Flip-Flops. Sie wollte das TV-Gerät ausschalten, aber dann kamen Bilder von den Flughäfen Düsseldorf und Frankfurt, wo Passagiere aus New York von Ärzten in Schutzkleidung in Empfang genommen und in Quarantänestationen geleitet wurden. Ihre aufgebrachten Angehörigen, die die Heimkehrer abholen wollten, beschwerten sich vor laufender Kamera, weil ihnen Informationen über den Gesundheitszustand ihrer Liebsten vorenthalten wurden.

Paris hatte sämtlichen Flügen aus New York die Landeerlaubnis entzogen, was eine Maschine in deutliche Schwierigkeiten brachte, weil auch Ausweichflughäfen abwinkten. Schließlich landete die Maschine mit fast leeren Tanks in Brüssel. Ein Anwalt sprach von einem eklatanten Verstoß gegen internationales Flugrecht und von politischen Konsequenzen.

Die Luft im Zimmer war drückend. Chris öffnete das Fenster und der Nordseewind blähte die Vorhänge auf. Sie schickte noch eine SMS an Benjo.

Sag dem Käpt'n, er soll sich beeilen, Liebster. Ich halte es nicht länger aus ohne dich.

8 »Warum behandelt er Sie so ignorant?«, fragte Benjamin Koch. »Sie sind so eine tolle Frau. Was zieht er hier für eine Nummer ab?«

Margit fächelte sich mit dem Unterteller von ihrem Kaffeepott Luft zu und öffnete einen Knopf ihrer Bluse. Benjo hatte jetzt einen freien Blick auf ihr Dekolleté. Statt seine Frage zu beantworten, sagte sie: »Sollen wir uns nicht duzen?«

Benjo war sofort einverstanden. Sie schlug vor, er solle sie »Blümchen« nennen. Irgendwie passte der Name nicht zu ihr, fand er – aber vielleicht war er genau deswegen völlig richtig.

Eine Schweißperle rollte an ihrem Hals hinunter und verschwand zwischen ihren Brüsten im Halbschalen-BH. Benjo hätte gern woanders hingeguckt, aber es gelang ihm nicht. Sie beugte sich über die Tischplatte weiter zu ihm vor und gewährte ihm großzügig einen tiefen Einblick.

Etwas in ihr, das die Stimme eines kleinen Mädchens im Kindergartenalter hatte, wollte in den Arm genommen und beschützt werden, aber da war noch eine andere Stimme, laut, schrill und höhnisch. Die lachte: Ja bravo! Du weißt, wie man Männer manipuliert. Jetzt wird er alles machen, was du willst. Er hat nur noch eins im Sinn. Er kann an gar nichts anderes mehr denken.

Aber das stimmte nicht ganz. Benjo ging zur Toilette, auch um die SMS von Chris in Ruhe lesen und beantworten zu können. Neben ihm erleichterte sich eine Frohnatur aus dem Ruhrgebiet. Der Mann war höchstens Mitte zwanzig, hatte aber bereits einen Bierbauch und den Ansatz einer Glatze. Er roch nach einem Rasierwasser mit Weihrauchnote und stöhnte beim Pinkeln wie ein Möbelpacker, der die letzte schwere Kiste auf den Dachboden geschleppt hat.

»Junge, Junge«, sagte er, »deine Chancen möchte ich haben.«

»Hä? Was?«

»Ja sach ma, merkst du das nicht?«

»Was denn?«

»Da, diese Sahnetorte, die so unplugged aussieht, die baggert dich doch die ganze Zeit an wie irre. Ihr Mann ist schon total sauer. Ich krieg das Drama volle Kanne mit. Is wie Fernsehgucken, nur spannender …«

»Das mit ihrem Mann ist nicht wegen mir.«

»Na, ich an seiner Stelle wäre jedenfalls ganz schön sauer und hätte der Süßen längst gezeigt, wo der Hammer hängt.«

Benjo antwortete nicht. Was sollte er auch dazu sagen? Die Sache ging schließlich nicht von ihm aus.

Der Typ aus dem Ruhrgebiet wusch sich jetzt die Hände. Er benützte nicht die Luftdüse, um sich die Finger zu trocknen, sondern wischte sie sich lieber an der Jeans ab. Dann hielt er die Rechte Benjo hin. »Ich bin der Charlie.«

Benjo nahm die Hand und nannte seinen Namen.

»Benjo? Wer um alles in der Welt nennt einen denn Benjo? Das klingt wie Jo-Jo.«

»Ich heiße Benjamin und die meisten nennen mich eben Benjo.«

»Und wieso nicht Ben?«

»Keine Ahnung. Habe ich nie drüber nachgedacht.«

»Du bist töffte«, lachte Charlie. »Du gefällst mir. Willz 'n Pils? Ich geb auch ein' aus.«

Benjo winkte ab.

»Klar.« Charlie nickte verständnisvoll. »Du hast was Besseres zu tun. Junge, wenn du wüsstest, wie sehr ich dich beneide.«

Als Benjo zum Tisch zurückging, machte der Kapitän eine Durchsage. Backbord auf der Sandbank seien Seehunde zu sehen. Benjo sah, wie Margits Sohn mit seinem Vater nach rechts zum Bullauge lief und sich hochheben ließ, um besser Ausschau halten zu können. Aber Dennis wurde schnell unruhig, denn er fand die Seehunde nicht.

»Wo sind sie denn, Papa? Wo?«, schrie er ungeduldig.

Kai Rose hielt die Beine von Dennis fest, weil der wie verrückt strampelte. »Du bist wie deine Mutter«, schimpfte er. »Nun hab doch mal ein bisschen Geduld!«

Margit hatte alles verstanden und vermutlich war Kais Antwort sogar für ihre Ohren bestimmt gewesen. Es war ein altes, ihr gut bekanntes Spiel. Alle schlechten Eigenschaften hatten die Kinder von ihr. Alle guten natürlich von ihrem Vater.

Sie stand auf, ging über das Deck, blieb ganz nah hinter Dennis und Kai stehen, so als ob sie mit ihnen flüstern wollte, aber dann sagte sie laut und belehrend: »Backbord ist links und Steuerbord ist rechts. Wenn du die Seehunde sehen willst, Dennis, dann musst du dort rüberkommen, wo Mami sitzt. Wenn du dich auf den Stuhl stellst, kannst du die Seehunde sehen. Komm …«

Dennis ging nicht mit ihr. Geschlagen kehrte Margit zu Benjo zurück, wie eine Boxerin nach einer verlorenen Runde in die Trainerecke.

9 Die Fernsehnachrichten machten Tim Jansen euphorisch. Es hielt ihn kaum im Rollstuhl. Zum ersten Mal seit Jahren fühlte er wieder so viel Leben in sich, dass er am liebsten aufgesprungen wäre, um zu tanzen, so wie er es vor dem Unfall oft bis zur völligen Erschöpfung auf den Open-Air-Konzerten an fast jedem Wochenende getan hatte. Er wollte hüpfen, springen und schreien, headbangen im Rhythmus der Nachrichten.

Es war geschehen. Er hatte es immer und immer wieder prophezeit. Jetzt würden ihm alle glauben müssen, seine Schwester und sein ignoranter Vater und der Rest der Welt.

Seine letzte Videobotschaft lautete: *Der Mensch ist der Teufel des Tieres geworden.*

Nur diese provozierenden Worte, sonst nichts. Kein Geschwätz. Es war alles längst gesagt. Die Bilder sprachen für sich. Hühner, zusammengepfercht in der Legebatterie. Er hatte sie gefilmt, die sogenannte »artgerechte« Käfighaltung, mit der sein Vater sechzigtausend Lebewesen völlig legal quälte. Und er hatte die Bilder ins Netz gestellt.

Weil er nicht tanzen konnte und ihn die gelähmten Beine im Rollstuhl festhielten, drehte er die Räder mit den Händen, fuhr vor und zurück, schaffte eine dreifache Schraube, obwohl der Teppich im Büro bremste. »Handgeknüpft«, wie sein Vater gern betonte. Eine teure Rarität. »Kinderarbeit, an der Blut klebt«, nannte Tim das.

An seinem Rollstuhl hatte er rechts eine Digitalkamera angebracht und links einen Laptop, sodass er seine Filme und Bilder sofort verschicken und ins Netz stellen konnte. Über Skype sprach er fast täglich mit Kira, seiner Schwester. Er wählte sie an und sofort erschien ihr Bild auf seinem Bildschirm.

Sie sah geschafft aus, fettige Haare, schwarze Ringe unter den Augen. Sie saß in Mumbai in der Flughafenhalle des Chhatrapati Shivaji International Airport und war kurz davor zu heulen. Seine Schwester, die immer alles so toll im Griff hatte und in Indien bei einem Entwicklungshilfeprojekt mitmachte, natürlich in einer Nichtregierungsorganisation, einer NRO, die sie aber immer englisch NGO, für Non Governmental Organization, aussprach, wusste nicht weiter. Er genoss den Augenblick fast. Fast, denn ein bisschen tat sie ihm auch leid.

Er kannte sie nur stark und überlegen und reflektiert. Er war immer derjenige, der auf Hilfe angewiesen war, der Mist baute, in der Schule Schwierigkeiten hatte und um den man sich Sorgen machen musste.

»Hey, meine Große, wie siehst du denn aus, was ist los? Ich hab schon Tee aufgesetzt. Ich dachte, du bist gleich hier.«

Seine Worte munterten sie nicht auf. »Ich häng seit zwölf Stunden hier auf dem Flughafen fest. Keiner weiß etwas Genaues. Die informieren uns nicht richtig. Erst dachten wir schon, es sei ein Anschlag, irgend so ein Terroristenscheiß, aber hier gehen kaum Maschinen ab. Nur Inlandsflüge. Ist das wegen der Vogelgrippe in den USA?«

Tim Jansen lachte bitter. »Nein, weil die Stones ihr zweihundertstes Abschlusskonzert geben … Wenn du mich fragst, Schwesterchen, die machen jetzt ganz Europa dicht. Glaube kaum, dass die euch noch reinlassen.«

»Ja, toll, mach mir Mut. Genau das brauch ich jetzt. Ich bin vier Stunden mit dem Bus bis hierher unterwegs gewesen. Glaubst du, ich fahr jetzt zurück und kaum sitz ich im Bus, geht hier mein Flieger vielleicht doch noch ab?«

»Ich würde dich ja gerne hier haben, aber …«

»Sei mal ruhig, die machen gerade eine Durchsage.«

Kira stand auf. Sie war aus dem Bild verschwunden, dafür erschien ein fetter indischer Bengel, der sein Gesicht vor die im Laptop eingebaute Kamera hielt und Grimassen schnitt.

»Du weißt genau, dass ich dich sehe, du kleiner Wichser. Kannst du mich auch verstehen?«

Der Junge versuchte, wie ein Vampir auszusehen, dem schlecht geworden war, weil er Rattenblut getrunken hatte. Er würgte und presste irgendwelche Laute oder Worte hervor, die Tim aber nicht verstand. Dann zeigte ihm der Junge den Stinkefinger. Entweder war das inzwischen ein internationales Symbol oder der Junge war schon öfter in Europa gewesen.

Tim zappte kurz durchs laufende Fernsehprogramm. Im Ersten lief jetzt ein Gespräch mit einem Trompeter, der angeblich sehr berühmt war, aber Tim, der Volksmusik hasste, kannte ihn nicht. Er wunderte sich nur, warum keine Sondersendungen ausgestrahlt wurden. Schon den ganzen Tag über nicht. Wer etwas wissen wollte über diesen Grippevirus und darüber, was draußen passierte, musste ins Internet ausweichen.

Schon war Kira wieder da, schob den Jungen weg und sagte schlecht gelaunt: »Auf ungewisse Zeit verschoben. Aber es soll in zwei Stunden eine Maschine nach London gehen. Ich werde versuchen, mich da auf die Warteliste setzen zu lassen. Die werden das ja wohl kostenlos umbuchen, nachdem wir hier so lange festhängen.«

»Toi, toi, toi!«

Tims Vater, Ubbo Jansen, betrat jetzt das Zimmer und ärgerte sich sofort. Erstens hasste er, der fleißige Geschäftsmann, es, wenn tagsüber das Fernsehgerät lief. Das hatte immer so etwas von Müßiggang an sich, als gäbe es nichts zu tun, und für jemanden wie ihn, der nie genug Zeit fand, um alles zu erledigen, was in seinen Augen getan werden musste, wirkte das wie eine Provokation. Zweitens sah er auf Tims Bildschirm das Gesicht seiner geliebten Tochter Kira, und genau jetzt, als er hereinkam, schaltete Tim ab.

Er fuhr seinen Sohn sofort an. »Was ist? Ich versuch seit Stunden, Kira zu sprechen. Sie ruft nicht an und du ...«

»Mit mir hat sie geredet. Sie sitzt in Mumbai fest. Die stornieren alle Flüge.«

Ubbo Jansen ballte seine rechte Faust. Er hatte als Jugendlicher in einem Verein geboxt und noch jetzt empfand er sein Leben als ständigen Kampf im Ring. Manchmal wurden die Regeln geändert, aber es blieb ein Kampf. Wer aufgab oder k. o. ging, hatte verloren. Er stand immer noch aufrecht und hoffte, nicht von seinen Gegnern und von den Punktrichtern erledigt zu werden.

Ubbo Jansen, zweiundfünfzig Jahre alt, zehn Punkte in Flensburg, trotz Konkurs und Scheidung still fighting. So sah er sich selbst. Einmal, vor vielen, vielen Jahren, als es ihm gut ging und seine Ehefrau noch nicht seine Ex war, als die Firma noch blendend lief und seine Konten gut gefüllt waren, da hatte er mit einem Freund Angelurlaub im Indischen Ozean gemacht. Gemeinsam nahmen sie am Hemingway-Cup teil und fischten auf Haie und Blue Marlins. Als sie einen heftigen Biss hatten, kämpften sie zwei Stunden, bevor der Fisch zum ersten Mal sprang und sich zeigte.

Alle Teilnehmer des Wettbewerbs waren längst wieder im Hafen und feierten ihre Fänge, doch die zwei meldeten sich immer wieder über Funk und hatten für ihre Mitbewerber nur eine kurze Durchsage: »Still fighting.«

Das war sein Lieblingsausdruck geworden, als würde sich sein ganzes Leben darin spiegeln. Immer wieder, wenn es später schwierig für ihn geworden war, hatte er sich selbst diese Worte zurückgeholt: »Ubbo Jansen, still fighting.«

Kurz bevor sie den Blue Marlin damals an Bord ziehen konnten, keine zehn Meter mehr vom Motorboot entfernt, tauchte ein Marco auf. Der Hai griff den Blue Marlin von der Seite an und zerteilte ihn mit einem Biss. Der Schwanz schwamm im Wasser, den prachtvollen Kopf mit dem langen Schwert zogen sie eilig an Bord und mit dem Rest tauchte der Marco ab.

Sie sprachen kein Wort, bis sie im Hafen waren. Der Hai hatte sie um den Erfolg gebracht, mit dem großen Marlin hätten sie den Hemingway-Cup gewinnen können.

Ohne darüber zu sprechen, wussten die beiden, was zu tun war. Am nächsten Morgen fuhren sie wieder hinaus und fischten an

35

derselben Stelle mit frischen Thunfischstücken als Köder. Sie fuhren sechs Stunden im Kreis und dann holten sie sich den gierigen Marco.

Als der große Hai an Bord um sich biss, schlug Ubbo Jansen ihm einen Fischerhaken in den Kopf und schrie: »Still fighting!«

Etwas in ihm war an diesem Tag zu einer stolzen Größe gewachsen, nicht zerstörbar durch Scheidung und Konkurs und schon gar nicht durch immer neue Gesetze, Verordnungen und staatliche Auflagen.

Tim beobachtete seinen Vater. Am liebsten hätte der jetzt eine Maschine gechartert und seine Tochter selbst abgeholt. Das ging nicht, aber es hätte ihm ähnlich gesehen und er hatte diesen Wunsch.

»Die kommt schon klar«, sagte Tim. »Aber wir werden eine Menge Ärger bekommen, Papa.«

Der Vater nahm die Fernbedienung und schaltete das Fernsehgerät aus.

»Wir? Warum? Wegen der Hühner?« Er tippte sich gegen die Stirn. »Die Seuche kommt doch aus Amerika. Unserem Betrieb kann nichts passieren. Aber die Konkurrenz mit den frei laufenden Tieren im Hühnerparadies, die kriegt Probleme. Wir nicht. Unsere Tiere kommen mit den Keimen der Außenwelt gar nicht in Berührung.«

Er zeigte zur Decke. »Wenn jetzt über uns irgendwelche kranken Flugvögel scheißen, dann landet ihr Kot auf dem Dach. Kommt gar nicht bis zu unseren Hühnern. Aber wo die frei herumlaufen, dort überträgt sich die Pest.«

Damit war er bei seinem Lieblingsthema angekommen. Tim richtete die Kamera auf ihn.

Ubbo Jansen hatte sich schon lange daran gewöhnt, dass sein Sohn ständig filmte. Für ihn war das wie eine schlechte Angewohnheit, aber es war ihm lieber, der Junge hatte dauernd eine Kamera am Auge als eine Zigarette in der Hand.

»Kaum hatten unsere tapferen Volksvertreter das Gesetz durch, mit dem die Käfighaltung verboten werden sollte, da zwang die Realität sie, die Freilandhaltung zu verbieten.« Er lachte demonstrativ und klatschte sich auf den Bauch. »Ja, film das ruhig! Und meinetwegen kannst du es auch ins World Wide Web stellen. Soll jeder hören. Der erste Ausbruch der Vogelgrippe hier hat uns damals gerettet, sonst hätten sie uns die Legebatterie sofort geschlossen. Plötzlich wollte auch keiner mehr Bioeier und schon gar keine aus Freilandhaltung. Für einen Moment sind die Menschen vernünftig geworden und haben begriffen, dass wir die Tiere viel hygienischer halten und sie bei uns gesünder sind. Bei mir ...«, er klopfte sich an die Brust wie Tarzan, bevor der die schöne blonde Frau aus den Fängen des schwarzen Gorillas befreite, »bei mir kommen die Hühner mit ihrem eigenen Kot gar nicht in Berührung. Das alles fällt durch ein Gitterrost und wird über ein Fließband entsorgt.« Er machte eine Pause und dachte kurz nach.

»Nur zu, Papi, rede weiter, es ist sehr überzeugend, oder sagen wir besser: aufschlussreich.«

Chris wartete draußen vor dem »Vier Jahreszeiten« ungewöhnlich lange, bis die nette Bedienung kam und ihre Bestellung aufnahm. Es machte sich eine eigenartige Stimmung auf der Insel breit. Unter der Oberfläche der bekannten ostfriesischen Gelassenheit brodelte es. Die Schutzmauer dieser sonst so wohltuenden Unaufgeregtheit der Küstenmenschen bekam Risse. Und auch die Touristen diskutierten nicht mehr über das Wetter, das Essen oder den Auftritt vom Shantychor. Der FKK-Strand war nichts Aufregendes mehr und selbst für die Gäste aus Nordrhein-Westfalen verloren die Fußballergebnisse ihre Bedeutung.

Ob man sich einen Tamiflu-Vorrat zulegen sollte, wurde ein beliebtes Thema. In der Apotheke kaufte eine findige Mutter einen Mundschutz für ihre »ohnehin sehr krankheitsanfällige Tochter« Olivia.

Der Teenager weigerte sich aber, »rumzulaufen, als wäre Michael Jackson von den Toten auferstanden«. Aber die durchsetzungsfähige Mutter, die sich den Urlaub nicht durch eine Krankheit verderben lassen wollte, fand Wege mittels subtiler Erpressung, ihr Kind dazu zu bringen, den Mundschutz doch zu tragen.

Der übergewichtige Micky, der gestern erst bei dem Versuch, Olivia zu küssen, abgeblitzt war, fragte sie jetzt im Vorbeigehen, ob sie das Ding im Gesicht habe, um ihre Zahnspange zu verstecken. So kam es, dass ein weinendes Mädchen mit Mundschutz neben ihrer hysterisch geschminkten Mutter einen Run auf die Apotheke auslöste. Wer keinen Mundschutz mehr ergattern konnte, griff zu einem Kopftuch. Sogar dicke Schals mussten herhalten.

Als Chris in ihrem kurzen Leinenkleid, mit den Flip-Flops an den Füßen, endlich ihren Milchkaffee bekam, war bereits eine Galerie halb vermummter Menschen an ihr vorbeigezogen. Sie trugen Hotpants, Sommershorts oder kurze Röcke, aber sahen trotzdem alle ein bisschen aus, als hätten sie vor, die Sparkasse zu überfallen.

Die Hand der Kellnerin ließ die Tasse auf dem Unterteller klappern. Zitterte sie? Milchschaum schwappte über. Die Tasse stand jetzt in einer weißen Lache.

»Entschuldigen Sie, ich bringe Ihnen sofort einen frischen Kaffee.«

Chris winkte ab. »Nein, lassen Sie nur, ist doch nichts passiert.«

Sie blickte auf die Uhr und überlegte, ob sie mit der Inselbahn Benjo entgegenfahren sollte, um ihn direkt bei der Fähre abzuholen, oder ob es besser war, hier entspannt zu warten. Vermutlich aber war die Fähre voll, und das bedeutete, in der Bahn würde es eng werden. Sie entschied sich, lieber hierzubleiben.

Sie sah jetzt auf ihr Handy. Sie war ein SMS-Junkie. Wenn sie und Benjo getrennt waren, wechselten sie an einem Tag locker dreißig, vierzig Kurzmitteilungen. Es kam ihr so vor, als gäbe es zwischen ihnen ein nie abreißendes Kommunikationsband.

Da Altbundeskanzler Gerhard Schröder sich in seinem Ferienhaus auf Borkum aufhielt, waren die Sicherheitskräfte auf der Insel verstärkt worden. Einer von ihnen, Philipp Reine, war erst vor zwei Tagen aus New York zurückgekommen. Er lag jetzt in seinen durchgeschwitzten Bettlaken und fühlte sich, als hätte er die steuerfreie Gallone Whiskey allein getrunken. Er hatte den Kater seines Lebens, ohne vorher auch nur einen Tropfen Alkohol angerührt zu haben. Auf dem Tisch stand die volle Riesenflasche, mitgebracht für eine Party am Wochenende.

Als er schwerfällig aufstand, um sich im Badezimmer frisch zu machen, ahnte er plötzlich mit seltener Klarheit, dass er das Wochenende vielleicht gar nicht mehr erleben würde. Er versuchte, den Gedanken zu verdrängen. Er empfand seinen Einsatz auf Borkum ohnehin schon als Strafversetzung. Warum sollte ein Altkanzler bewacht werden, auf den schon zu seinen aktiven Zeiten niemand einen Anschlag versucht hatte? Ja, die Insel war ein Ferienparadies, ohne jede Frage, gerne wollte er hier wieder herkommen und am Strand liegen. Aber die Polizeiarbeit war so langweilig wie eine Bushaltestelle in der Lüneburger Heide. Manchmal kam er sich vor, als würde er Farbe beim Trocknen zugucken. Dies war weder die Insel der randalierenden Komasäufer noch ein Ort für Mörder oder andere Schwerkriminelle. Wer etwas Ungesetzliches plante, entschied sich selten für eine Insel. Die Flucht war einfach schwierig. So eine Insel ließ sich leicht kontrollieren. Fähre oder Flugzeug … mehr Möglichkeiten gab es nun einmal nicht, um hin- oder zurückzukommen, da müsste ein Bankräuber schon ziemlich dämlich sein, um es genau hier zu wagen. Und ein Attentäter … Unsinn! Aber er, Philipp Reine, besaß hier noch die Ferienwohnung seiner Eltern und da zog man ihn gerne aus Hannover ab und schickte ihn hierher, wenn der Exkanzler kam.

Bei dem Versuch, Wasser aus dem Kran zu trinken, brach Philipp Reine zusammen.

12 Der NDR übertrug die Bilder zeitgleich mit RTL, SAT.1 und Pro 7. Das ZDF zog eine halbe Stunde später mit einer Sondersendung nach: *Die Vogelgrippe in Norddeutschland!*

Die Straßen nach Emden wurden kontrolliert. Tiere und Tierprodukte durften weder hinein- noch hinausgebracht werden. Jedes Fahrzeug, das die Stadt verließ, musste durch eine Waschstraße und wurde desinfiziert, weil das Gesundheitsamt befürchtete, das Hühnergrippevirus könne durch Dreck an den Autoreifen ins ganze Land gebracht werden. Es waren gespenstische Fernsehbilder. Szenen, als seien Außerirdische gelandet. Schwerfällige Gestalten in weißen Schutzanzügen mit Astronautenhelmen hielten einen Golf Cabrio mit offenem Verdeck an. Aus den großen Kenwood-Boxen dröhnte Bushido. Die Kamera hielt auf den Fahrer und seine Freundin; das verliebte Pärchen war völlig irritiert und wollte nicht gefilmt werden: »Weil ich doch eigentlich heute gar nicht frei habe«, sagte der Typ mit kläglicher Stimme, »und mein Chef denkt, dass ich krank im Bett liege.«

Um das Persönlichkeitsrecht des jungen Mannes nicht zu verletzen, wurde das Gesicht des Golf-Fahrers mit einem grauen Ball unkenntlich gemacht, dafür war aber seine Freundin gut zu erkennen und auch das Nummernschild seines Golfs. Sein T-Shirt mit der Aufschrift *Wenn man keine Ahnung hat, einfach mal die Fresse halten* trug auch nicht gerade dazu bei, dass er anonym blieb.

Zunächst schien sich der Ausbruch der mutierten Viren auf Emden zu beschränken. Kindergärten wurden geschlossen und Großveranstaltungen abgesagt. Das Wikingerfest musste ausfallen, obwohl bereits die ersten Wikingerzelte aufgebaut waren. Die Flohmarktstände am Hafen mussten zusammenpacken und das Piratenkonzert für Kinder mit der Liedermacherin Bettina Göschl sollte nicht stattfinden. Da Eintrittskarten für Kinder im Kostüm einen Euro günstiger waren, hatten sich vor der Halle bereits dreihundert kleine Piraten eingefunden, die überhaupt nicht darüber lachen konnten … Und weil Piraten sich nicht einfach so weinend zurückziehen, rief Leon Sievers, der sich nicht nur als Käpt'n Rotbart verkleidet hatte, sondern sich auch so fühlte: »Wir entern den Laden und befreien Bettina!«

»Ja! Die Schweine halten sie da drin gefangen. Piraten, ahoi!«

Ein paar einsichtige Eltern führten ihre Kinder zu den Autos zurück, aber längst nicht alle kleinen Piraten waren mit Eltern oder Lehrern gekommen. Eine Stimmung entstand wie kurz vor einer Meuterei.

Die zwei jungen Polizeibeamten, die mit der Frau vom Jugendamt auf Wunsch des Ordnungsamtes erschienen waren, sahen sich ratlos an. Sie fragten Bettina Göschl, ob sie nicht wenigstens hier draußen vor dem Gebäude einen Song singen könnte, um die aufgebrachten Kinder zu beruhigen, und danach sollte sie die Kinder nach Hause schicken.

»Auf Sie hören die vielleicht«, sagte der Beamte mit den Lachfältchen und dem Schnauzbart. Seine Lippen zuckten. Mit Bankräubern wäre er fertig geworden. Mit Kneipenschlägereien kannte er sich aus. Aber so eine große Gruppe verkleideter Kinder machte ihm Angst. Er war Polizist, kein Kindergarten-Cop.

Die als Piratin verkleidete Sängerin lüftete ihre Augenklappe und musterte ihn kritisch. Ihr Blick machte ihn nervös. Er fügte augenzwinkernd hinzu: »Sieht ganz so aus, Frau Göschl, als hätten Piraten hier im Moment mehr Autorität als Polizeibeamte.«

»Glauben Sie denn«, fragte die Sängerin, »dass die Ansteckungsgefahr hier draußen für die Kinder geringer ist als drinnen? Außerdem gibt es ein Problem: Viele Kinder wissen nicht, wohin. Sie werden hier nach der Veranstaltung von ihren Eltern abgeholt. Zu Hause ist jetzt vielleicht niemand. Die Eltern sind einkaufen oder nutzen die Zeit sonst wie. Wir können doch nicht so einfach ein paar Hundert verkleidete Kinder mit Holzschwertern in die Innenstadt schicken. Ohne eine Aufsicht.«

Die schmallippige Frau vom Jugendamt mit den Stoppelhaaren

seufzte. Vor Kurzem hatte sie noch Rastalocken getragen, aber die gefielen ihrem neuen Freund nicht und so blieb ihr scheinbar nur die radikale Entscheidung, über die sie sich jetzt ärgerte, denn genauso schnell wie die Dreadlocks war auch der neue Freund weg.

Aus dem Neuen Theater kam die Bäckereifachverkäuferin Silke Groß. Die Bäckerei Sikken hatte versprochen, die Veranstaltung mit Rosinenkrapfen zu sponsern, Piratenkugeln genannt. Jedes Kind sollte kostenlos einen Krapfen bekommen. Silke Groß fragte nach, was jetzt mit den Backwaren geschehen solle.

Der Herr vom Ordnungsamt fragte irritiert die Sängerin, ob er nicht besser erst beim Gesundheitsamt anrufen sollte. Silke Groß fühlte sich dadurch beleidigt und Bettina Göschl lachte. »Von einem Vogelgrippevirus in Rosinenkrapfen habe ich noch nie gehört. Haben Sie nicht auch das Gefühl, dass wir uns hier alle ein bisschen hysterisch verhalten? Niemand wird ja aufhören zu essen, bis alles vorbei ist. Wenn wir den Kindern die Krapfen nicht geben, werden sie sich gleich von ihrem Eintrittsgeld massenhaft Eis und Schokolade kaufen …«

»Mach sie fertig, Bettina!«, brüllte eine Piratin, die höchstens sieben Jahre alt war, sich Jenny nannte und wie viele andere Fans genau so verkleidet war, wie sie Bettina aus dem Piratenfilm kannte.

Erstaunlicherweise wurde Jenny zu einer Autorität in dieser Situation. Sie brachte die Polizeibeamten dazu, bei der Verteilung der Krapfen zu helfen. Ein Lokaljournalist machte begeistert Fotos. Er bastelte schon an einer Überschrift. Doch dann wurden die beiden Ordnungshüter zu einem wichtigeren Einsatz gerufen. Sie mussten sich beeilen. Sie verabschiedeten sich nicht einmal richtig.

Leon Sievers reckte die Spitze von seinem Gummisäbel zum Himmel. »Denen haben wir es aber gegeben!« Dann rief er zur Freude der anderen Kinder hinter ihnen her: »Ja, haut nur ab, ihr Feiglinge!«

Die Sängerin begriff, dass sie ziemlich auf sich allein gestellt war, und fühlte sich mit dieser Situation überfordert.

13 Die Ostfriesland III wurde auf Borkum nicht von fröhlich winkenden Touristen empfangen wie sonst üblich, sondern von einer Gruppe entschlossener Bürger, die aus den Fernsehbildern rasch gelernt hatten. Es gab in Amerika fast dreihundert Grippetote und allein in New York galten mehr als sechstausend Menschen als hoch ansteckend.

Das norddeutsche Festland schützte sich entsprechend gegen das gefährliche Virus aus Emden, aber an die Ostfriesischen Inseln, speziell an Borkum, dachte niemand. Der Versuch, das Virus auf Emden zu begrenzen und das restliche Land sauber zu halten, würde unweigerlich zu einer Verbreitung auf der Insel führen, es sei denn … ja, es sei denn, Borkum schottete sich ab.

Die Männer waren mit Knüppeln und Golfschlägern bewaffnet, und da der Sportschützenverein Borkum einige Liebhaber großkalibriger Waffen zu Gast hatte, war auch an entsprechenden Büchsen kein Mangel. Eigentlich sollte ein Pokal ausgeschossen werden und die Sportschützen waren angesehene Familienväter, keine wilden Radaubrüder, aber genau das machte sie so gefährlich in ihrer Entschlossenheit. Sie wollten ihre Familien vor einem tödlichen Virus schützen.

Touristen, die eigentlich mit der Fähre von der Insel zurückfahren wollten, hielten sich unsicher im Hintergrund. Einige entschlossen sich dazu, das nächste Schiff zu nehmen, andere, den Urlaub um einen Tag zu verlängern, und kehrten in ihre Ferienwohnungen zurück. Nicht für alle war das so einfach, doch niemand konnte sich entscheiden, sich den Weg zur Fähre freizukämpfen. Die meisten warteten erst einmal ab. Wer blieb, beobachtete die Szenerie mit Argwohn.

Ein Einsatzfahrzeug der Polizei brauste heran, aber die Beamten stiegen vorsichtshalber nicht aus. Sie versuchten, Verantwortliche in Wittmund und Leer zu erreichen, aber dort waren die Telefone seit Stunden besetzt. Ein nie da gewesener Ansturm von Fragen

und Notrufen blockierte die sonst üblichen Kommunikations-
wege.

Die beiden Beamten, Jens Hagen und Oskar Griesleuchter, wussten nicht, wie sie sich verhalten sollten. Jens Hagen schrieb heimlich Gedichte über das Meer und über seine Freundin oder besser
gesagt: die Frau, die er gerne zur Freundin gehabt hätte. Oskar
Griesleuchter versuchte sich nach Dienstschluss als Maler und
Holzschneider. Von den letzten Bemühungen, das Gesicht seiner
Mutter in eine alte Tischplatte zu ritzen, zeugten die Pflaster an seiner linken Hand. Drei Finger hatte er sich verletzt, aber das Bild sah
seiner Mutter sehr ähnlich. Er hatte ihre Gesichtszüge auf wenige
Konturen reduziert, dadurch trat das Wesentliche hervor, das Un-
verwechselbare. So fand er.

»Wenn wir die jetzt wegjagen und den Weg für die Passagiere frei-
machen, dann holen wir vielleicht den Tod auf die Insel und sind
hinterher die Idioten …«, flüsterte Jens Hagen mit unterdrückter
Wut. Er fühlte sich im Stich gelassen, von seinen Vorgesetzten, von
der Telekom und der Kommunikationstechnik an sich. Manchmal
kam es ihm so vor, als würde sich die ganze Welt gegen ihn ver-
schwören. Dies war mal wieder so eine Situation.

»Egal, was wir jetzt machen, hinterher wird es falsch sein. Im
Grunde müssten wir das Recht der Fähre durchsetzen, hier an-
zulanden. Die Leute da behindern den Schiffsverkehr, das ist Freiheitsberaubung und …«

Jens Hagen unterbrach seinen Kollegen barsch. »Und wenn die
in ihren Krisenstäben längst beschlossen haben, dass die Inseln
dichtgemacht werden, nur zu uns ist das noch nicht durchgedrun-
gen, was dann? Wie willst du hinterher dastehen und uns rechtfer-
tigen?«

Oskar Griesleuchter nickte zerknirscht. Genau das konnte er sich
gut vorstellen. Die entschieden in Berlin oder Hannover irgendetwas und vergaßen gern die Menschen hier, ganz so, als sei die
Nordsee die Landesgrenze und die Ostfriesischen Inseln würden

gar nicht dazugehören. Wenn das Festland geschützt wurde, wieso galt dann für die Inseln nicht dasselbe? Wussten die Bürger mit den Minigolfschlägern und den Sportwaffen vielleicht sogar mehr als sie? Taten sie genau das, was jetzt getan werden musste? Hatte es einen Aufruf im Fernsehen oder im Radio gegeben, jetzt genau so zu handeln?

»Müssen wir nicht wenigstens aussteigen?«, fragte Oskar Griesleuchter seinen Kollegen Hagen.

Der verzog den Mund und zeigte auf die Bewaffneten. »Willst du dich mit denen anlegen? Ich versteh die gut. Ich würde es an ihrer Stelle ebenso machen. Wir stehen vor der Apokalypse ...«

»Ach, Apokalypse! Red doch nicht so geschwollen daher. Was soll das denn heißen?«

»Das Ende der Welt. Die Apokalypse ist eine Katastrophe, die so schlimm ist, dass sie das Ende der Welt bedeuten kann.«

»Okay, die Welt geht unter und wir sitzen in einem Polizeiwagen und die vermummten Typen da in Shorts und Sandalen verhindern, dass Borkum mit untergeht?«

»Ja, so sieht es im Moment wohl aus. Und ich wäre lieber bei denen als auf der Gegenseite.«

Kai Rose stand mit seinen Kindern Dennis und Viola, umringt von den Girlies, ganz vorn, um die Landung der Fähre zu beobachten. Lukka und Charlie, der Mann aus dem Ruhrgebiet, wechselten wie unabsichtlich Blicke. Er lächelte sie an und sie strich sich durch die roten Haare.

Kai Rose hielt Dennis auf dem Arm, damit der Kleine besser gucken konnte. Viola drückte sich dicht an ihren Vater, stand auf den Zehenspitzen und zog sich an der Reling hoch.

Aufgeregte Silbermöwen begleiteten die Einfahrt der Ostfriesland III. Sie veranstalteten ein fröhliches Zielscheißen. Eine weiße

Ladung Kot verfehlte Benjamin Koch nur knapp und traf neben ihm Charlies Glatzenansatz. Der wischte sich die Soße mit einem Papiertaschentuch vom Kopf und warf es lachend ins Meer. Er grinste zu Lukka hinüber. »Na, wenn jetzt hier oben wieder Haare wachsen, dann werde ich mit Möwenscheiße reich! Vielleicht ist das der Lottogewinn, auf den ich gewartet habe.«

Margit Rose sah sich diesen Charlie genau an. Er war nicht schön, aber er hatte eine Art, die Dinge zu sehen, die sie faszinierte. Jeder andere hätte geflucht und geschimpft, weil Möwenkacke klebt wie UHU und stinkt wie verfaulter Fisch mit ranziger Mayonnaise, aber Charlie lachte und machte einen Witz daraus.

Wenn ich so sein könnte, dachte sie, dann hätte ich vielleicht nie angefangen zu trinken und auch all diese Affären mit anderen Männern wären nicht nötig gewesen. Dieser Mann tritt der Welt einfach mit einem Lachen gegenüber. Das ist mir nie gelungen, bei mir hat immer alles so eine erdrückende Schwere. Der Möwenkot auf dem Kopf hätte mich beschämt und in eine Krise gestürzt, als sei er die gerechte Bestrafung für meine Schandtaten gewesen.

Während sie ihn beobachtete, fühlte sie sich mehr und mehr zu ihm hingezogen.

Ist es, weil mir seine Art so gefällt, oder brauche ich wie immer nur einen Halt, bin ich nur auf der Suche nach männlicher Bestätigung und vielleicht sogar nach männlichem Schutz, weil ich weiß, dass das mit Kai und den Kindern fürchterlich schiefgehen muss und nicht einmal der sympathische Benjo dann für mich da sein wird, weil er eine Freundin auf der Insel hat? Vielleicht kann Charlie mich dann trösten und auffangen.

Sie kaute auf ihrer Unterlippe herum. Sie war wieder bei ihrem uralten Thema. Sie wich den Konflikten aus, indem sie in die Arme eines Mannes floh und dort Bestätigung suchte. So war sie in unzähligen Betten gelandet, hatte sich zu gymnastischen Übungen auf Autositzen hinreißen lassen und in Toiletten mit Männern herumgemacht, von denen sie nicht einmal den Nachnamen kannte.

Sie beschloss, trotz ihrer Angst vor der Ablehnung durch die Kinder, nicht aufzugeben. Allerdings war die Situation jetzt nicht günstig für einen weiteren Versuch. Die Girlies umgaben die Kleinen wie eine menschliche Mauer. Lukka hielt die Hand von Viola … und außerdem schien sich hier etwas zusammenzubrauen.

»Papa, warum stehen die Männer da? Die haben Gewehre!«, rief Dennis viel zu laut in das rechte Ohr seines Vaters.

»Zur Begrüßung. Das machen die Ostfriesen immer so«, behauptete Kai Rose wider besseres Wissen. Ihm wurde ganz mulmig, als er in die Gesichter der Leute an der Anlegestelle sah.

Sie erinnerten ihn an einen Film, den er als Jugendlicher geliebt hatte. Die Wikinger bereiteten sich auf die Schlacht vor, auf den Kampf von Mann gegen Mann. Nur waren diese Männer hier statt mit Streitäxten und Schwertern mit Gewehren und Golfschlägern bewaffnet. Wenn er sich nicht täuschte, ironischerweise mit Minigolfschlägern.

Die Fähre war nur noch wenige Meter vom Landungssteg entfernt. Ein Mann im bunten Hawaiihemd trat vor. Sein Gesicht mit den roten Wangen hatte etwas von einem wurmstichigen Apfel. Der Nordseewind kämmte ihm eine Sturmfrisur. Mit geradezu majestätischer Geste versuchte er der Ostfriesland III Einhalt zu gebieten.

»Haaaaalt!«, rief er. »Haaaalt! Wir können euch nicht auf die Insel lassen. Fahrt nach Emden zurück!«

»Guter Witz. Selten so gelacht. Wer sind Sie überhaupt?«

»Ich habe Stopp gesagt.«

»Ob einer im Hawaiihemd Stopp sagt oder in China ein Spaten umfällt, das ist …«

Da krachte ein Schuss.

Für einen Moment war es sehr still, als hätte der Knall alle Geräusche geschluckt, selbst die Schreie der Möwen und das Knattern der Fahne im Wind. Dann gesellte sich der Schütze zu dem Mann mit dem Hawaiihemd. Er hatte nur in die Luft gefeuert, das war klar, aber sein Gewehr war mit scharfer Munition geladen und niemand konnte diese Warnung missdeuten.

Dutzende Köpfe fuhren herum in Richtung Polizeiauto, doch es tat sich nichts. Die Beamten blieben im Wagen.

»Scheiße, oh welche Scheiße!«, stöhnte dort jetzt Jens Hagen und hielt sich eine Schrecksekunde lang die Augen zu.

»Mein Name ist Heinz Cremer«, hörten die beiden Beamten. »Ich bin Architekt aus Düsseldorf und mache seit zwanzig Jahren mit meiner Familie Urlaub auf Borkum. Wir sind schon vor vierzehn Tagen gekommen. Die Insel ist bisher verschont geblieben, aber wir können nicht ausschließen, dass einer von euch an Bord dieses Scheißvirus in sich trägt. Seid vernünftig. Ihr müsst das doch verstehen. Es ist auch besser für euch; hier könnt ihr nicht versorgt werden, wenn es euch erwischt. Ich habe hier mal in dem Minikrankenhaus gelegen. Es gibt ganze sechs Zweibettzimmer. Könnt ihr euch vorstellen, was eine Epidemie für die Insel bedeutet? In Emden dagegen gibt es Quarantänemaßnahmen. Da werden gerade die besten Ärzte und Seuchenspezialisten eingeflogen …«

Der Kapitän der Ostfriesland III unterbrach Heinz Cremer scharf: »Das ist eine ungesetzliche Handlung. Sie haben keinerlei Recht, uns an der Landung zu hindern. Wir sind doch hier nicht im Wilden Westen!«

Heinz Cremer war ein gebildeter Mann, er verstand es zu argumentieren und glaubte an seine Überzeugungskraft. »Lassen Sie uns nicht die Fehler von 1918 wiederholen«, holte er weit aus. »Die Spanische Grippe, die damals am Ende des Krieges wütete, hätte eingedämmt werden können. Ein paar amerikanische Militärärzte haben seinerzeit verlangt, sämtliche Schiffsbewegungen zu kontrollieren und die Besatzungen und Passagiere in Quarantäne zu nehmen. Aber sie konnten sich nicht durchsetzen, weil es natürlich viel wichtiger war, die kämpfenden Truppen in Europa zu verstärken. So breitete sich die Grippe dank des U.S. Public Health Service in Windeseile auf der ganzen Welt aus. Fünfzig, vielleicht siebzig

Millionen Menschen starben. Wir finden, das muss sich nicht wiederholen, wir sind doch denkende Wesen, wir können aus den Fehlern der Vergangenheit lernen.«

Den Kapitän, Ole Ost, beschlich das Gefühl, er könnte dem Düsseldorfer Architekten vielleicht unterlegen sein. Er wusste nicht, ob der gerade wilde Theorien aufstellte, einfach kaltblütig log oder schlicht die Wahrheit sagte. Er wusste aber, dass jetzt in dieser Situation einer den Hut aufhaben musste, und zwar er, der Kapitän. Er konnte sich das Ruder nicht aus der Hand nehmen lassen. Die Sache hier war für ihn nicht diskutierbar. Eine Landung nicht verhandelbar. Er verließ sich ganz auf die Anwesenheit der Polizei, hob den Arm und sah zu den Ordnungskräften hinüber.

»Und was jetzt?«, fragte Jens Hagen seinen Kollegen.

»Der winkt. Wink doch zurück«, erwiderte Griesleuchter.

»Oskar, das eskaliert. Die haben geschossen.«

»Ja. Kann sein. Na und? Ist einer verletzt?«

»Wir können doch hier nicht einfach abwarten …«

»Nein, besser, wir fordern Verstärkung an und beginnen eine Schießerei«, spottete Oskar Griesleuchter.

Die ersten Touristen hatten längst die Handys an den Ohren und informierten ihre Freunde und Verwandten. Einige machten auch Fotos von der »Bürgerwehr« und dem Polizeiwagen, in dem zwei Beamte heftig miteinander diskutierten.

Der Kapitän setzte einen Hilferuf ab und befahl die Landung.

Der Trupp um Heinz Cremer rückte näher. Die großen Silbermöwen auf den tief in den Hafengrund gerammten Pfählen, von den Ostfriesen gern seemännisch Vertäudalben genannt, sahen sich alles von oben an, wie Geier, die auf reiche Beute hoffen. Eine Möwe flatterte mit den Flügeln. Sie hatte eine Spannweite von gut einem Meter fünfzig. Der Vogel klapperte mit dem scharfen Schnabel und markierte mit »Kiu! Kiu!«-Schreien seinen Anspruch auf das größte Stück Fleisch. In der Luft kreiste ein Dutzend weiterer Raubvögel; die stärksten Silbermöwen aber thronten auf den Dalben.

Offensichtlich waren die Männer bereit, die Touristen mit Gewalt am Betreten der Insel zu hindern. Einer von ihnen, im Feinripp-unterhemd, hielt den Minigolfschläger nervös wie einen Baseball-schläger und forderte kampfeslustig: »Kommt nur! Kommt!«

»Den Typ mit dem kantigen Kinn da, den haben wir doch gestern erst auf der Bismarckstraße verhaftet. Hartmann. Holger Hart-mann«, sagte Jens Hagen. »Das ist ein übler Randalierer. Hat in der ›Kajüte‹ Hausverbot und wer weiß, wo sonst noch. Dem hätten wir längst einen Platzverweis geben müssen.«

Oskar Griesleuchter nickte. »Dem ist jeder Anlass für eine Schlä-gerei recht. Der hat so viel Hass in sich … Wo es Ärger gibt, ist der dabei. Ich denke, wir sollten jetzt doch aussteigen.«

»Und dann?«

14

Das Video mit Ubbo Jansen hatte in einer Stunde 46 000 Anklicker. Alles zum Thema Vogelgrippe war plötzlich sehr gefragt. Während die Ostfriesland III noch vor Borkum dümpelte und Philipp Reines Fieber auf zweiundvierzig Grad stieg, er halluzinierte und mit seinem toten Vater sprach, näherte sich der Praktikant Ulf Galle vom Gesundheitsamt Ubbo Jansens Hühnerfarm.

Am Eingangstor gab es zwar genug Platz für zwei Busse, aber auch ein absolutes Halteverbot. Er konnte nicht sagen, was es war, aber etwas an diesem Tor jagte Galle Respekt ein. Er war losgeschickt worden, weil alle anderen Kollegen des Amtes in wichtige Krisenbesprechungen eingebunden waren.

Er hatte einen Auftrag und er fühlte sich wie ein Rind, das zur Schlachtbank geführt werden sollte. Ihm fehlte so ziemlich alles, um mit der Situation fertig zu werden. Vor allen Dingen Selbstbewusstsein. Seine Kollegen wussten, dass er überfordert war, deshalb und weil es Abgrenzungsprobleme in der Zuständigkeit gab, wurde er von Carlo Rosin, einem Mitarbeiter des Veterinäramtes Aurich, begleitet.

Weil plötzlich Dienstfahrzeuge knapp waren, fuhren sie mit Carlo Rosins Privatwagen, einem Fiat Panda, der keine Klimaanlage besaß. Das Auto hatte draußen in der Sonne gestanden und die Temperatur im Fahrzeuginnenraum war auf über vierzig Grad angestiegen.

Ulf Galle kletterte umständlich aus dem Fiat. Er hatte einen Schweißfleck zwischen den Schulterblättern, der aussah wie der Schatten eines riesigen Schmetterlings. Er war froh, endlich aus dem überhitzten Wagen zu kommen. Der Duft von dem Tannenbäumchen am Rückspiegel widerte ihn an. Das Fenster an seiner Seite war nicht aufgegangen. Am liebsten hätte er sich krankgemeldet. Er reckte sich. Er bekam Rückenschmerzen.

Carlo Rosin suchte derweil einen legalen Parkplatz. Er war eigentlich nur wegen der goldenen Hochzeit seiner Schwiegereltern zu Besuch in Emden und sah sich plötzlich, als das Telefon klingelte und er mit dieser Aufgabe betraut wurde, in einer besonderen Rolle. Natürlich wollte er sich nicht vor den gewaltigen Herausforderungen drücken, die jetzt auf Menschen wie ihn zukamen. Insgeheim sah er dieses Virus kurzfristig als einen großen Glücksfall für ihn an. Er war auf jeder Feier das unscheinbare Mitglied der Familie gewesen, mit dem langweiligen Beamtenjob in der Verwaltung. Als jüngster Schwiegersohn war es für ihn mit seinen dreiundzwanzig Jahren nicht leicht, anerkannt und ernst genommen zu werden. Gegen die anderen schillernden Figuren hatte er keine Chance. André Müller, ein Jurist, der als Strafverteidiger spannende Fälle zu bearbeiten hatte, Thiemo Wilks, ein Philosophiestudent, der seit Jahren an seinem Doktortitel bastelte und vortrefflich über den Sinn des Lebens diskutieren konnte, und Steffen Blockmann, ein junger Unternehmer, der eine Modelagentur für Modeschauen aufbaute, waren natürlich wichtiger als er.

In einer Familie mit vier Töchtern ist der Konkurrenzkampf der Schwiegersöhne nicht zu unterschätzen. Bei seinem lächerlichen Gehalt hatte er ohnehin Mühe, von seinen Schwiegereltern anerkannt zu werden. Bisher hatte er versucht, vieles durch Freundlichkeit und gute Manieren wettzumachen, aber jetzt hatte er die Chance, zum Helden zu werden.

Etwas war geschehen. Etwas, das wichtiger war als eine goldene Hochzeit. Er hatte einen Anruf bekommen und war sofort bereit, im Team mitzuarbeiten. Eine Gefahr musste abgewendet werden. Eine Gefahr, die auch seine Schwiegereltern und letztlich die ganze Feier bedrohte.

Die Nachrichten zuvor hatten sich überschlagen. Sein hypochondrischer Schwiegervater hatte sofort alle Symptome der Vogelgrippe an sich festgestellt und befürchtet, den Beginn der Feier gar nicht mehr zu erleben. Noch nie war Carlo Rosin von seiner Schwiegermutter so angesehen worden. Ihn durchflutete ein Gefühl des Angenommenseins. Sie küsste ihn sogar dramatisch auf die Stirn und sagte ihrer Tochter, in so einer Situation müsse eine Frau ihrem Mann den Rücken stärken. Er wusste, dass sich von heute an seine Position in der Familie grundlegend ändern würde. Jetzt wurden die Karten neu gemischt. Nie wieder konnte ein Modemacher oder ein Philosoph gegen ihn gewinnen. Der heutige Tag machte ihn groß. Er war ein Mann, der gebraucht wurde. Endlich!

Carlo Rosin stellte den Wagen ab. Ulf Galle ging an der Umfassungsmauer der Anlage hin und her. Er sagte sich auf, was er gleich sagen wollte. Sein Gehirn kam ihm plötzlich so leer vor. Er schielte zu Carlo Rosin. Der parkte den Wagen direkt vor einer Überwachungskamera und staunte, weil er sah, dass die Kamera seinen Gang an der Mauer verfolgte.

Diese Hühnerfarm kam Carlo wie ein Hochsicherheitstrakt vor. Überall große Schilder: »Betreten verboten«, »Privatgrundstück«, »Vorsicht, bissiger Hund!«.

Alcatraz in Ostfriesland, dachte er. Die gut zwei Meter fünfzig hohe Mauer, bewehrt mit Stacheldraht, wirkte wie ein Stück Berliner Todesstreifen rund um eine Hühnerfarm. Je dicker die Mauern, je stabiler die Gitterstäbe, umso gefährlicher erschien Carlo Rosin das, was sich dahinter verbarg.

Ulf Galle, das sah Carlo sofort, ließ sich davon einschüchtern. Ihn selbst machte es stolz. Er kam sich umso wichtiger vor. Er schob sein Kinn vor, zog seinen Bauchansatz ein und klingelte.

Das Objektiv zoomte ihn heran. Die Gegensprechanlage summte. »Sie wünschen?«

»Mein Name ist Carlo Rosin vom Veterinäramt. Das ist …«

»Ich kenn Sie nicht. Halten Sie Ihren Ausweis vor die Kamera.«

Carlo kam der Aufforderung nach. Ulf Galle suchte noch nach seinen Papieren, als sich die Tür bereits mit einem Fauchen öffnete. Sie gingen durch eine Art Sicherheitsschleuse. Sie machten zwar keine Kameras aus, fühlten sich aber beobachtet.

Nach etwa zwanzig Metern befanden sie sich endlich auf dem Gelände. Hühner sahen sie nicht. Das hier hätte auch ein Krankenhaus, ein Gefängnis oder eine Schule sein können. Sie gingen auf das Hauptgebäude zu, ein normales Einfamilienhaus. Daneben fensterlose Hallen. Drei dicht nebeneinanderliegende, lang gestreckte Hühnerställe, in jedem mehr als zwanzigtausend Tiere.

Es gab eine Klingel, aber Carlo Rosin fand es unpassend, ein zweites Mal zu schellen. Er atmete tief durch und genoss den Moment der eigenen Wichtigkeit, die er spürte wie den Kick einer Prise Koks. Er griff sich sogar an die Nasenwurzel, so intensiv war es.

Dies innere Hochgefühl erhielt allerdings gleich einen Dämpfer, als sich die Tür des Haupthauses öffnete und er in die Augen von Ubbo Jansen sah, die ihn kalt fixierten. Hinter Jansen saß Tim im Rollstuhl und filmte die Szene.

»Bitte machen Sie die Kamera aus!«, forderte Rosins Kollege Galle vom Gesundheitsamt. Er hatte einen trockenen Hals und seine Stimme krächzte schwach.

Tim lachte aus der Deckung heraus, die der Rücken seines Vaters ihm bot. »Warum?«, fragte er. »Haben Sie etwas zu verbergen?«

Carlo Rosin hatte längst begriffen, dass er die Führung in dieser Sache übernehmen musste, auch wenn es anders abgesprochen war.

Er kam gleich zum Wesentlichen. Es nutzte nichts, um den heißen Brei herumzureden. »Herr Jansen? Die Ereignisse haben sich in den letzten Stunden zugespitzt. Sie haben ja bestimmt die Nachrichten gehört. Im Rahmen der Seuchenbekämpfung ist es notwendig …«, er machte eine kleine wirkungsvolle Pause, »dass Ihr gesamter Tierbestand gekeult wird. Bitte bereiten Sie die notwendigen Maßnahmen vor. Wir versichern Ihnen, dass Sie alle erdenkliche Hilfe …«

Ubbo Jansen atmete heftig aus und blähte dann seinen Brustkorb auf. »Jetzt hör mal zu, du Clown. Meine Hühner sind gesund. Es gibt hier nicht ein einziges krankes Tier, und bevor mir nicht einer nachweist, dass …«

»Ich kann verstehen, dass Sie sich aufregen, Herr Jansen, aber die

55

Entscheidung ist bereits gefallen. Wir befinden uns in einer Notlage. Der Großraum Emden ist abgeriegelt worden. Wir müssen die Sache hier in den Griff kriegen, damit das Grundrecht der Freizügigkeit aller Bürger wieder garantiert werden kann.«

»He, he, he! Wir reden hier nicht über einen Kasten Bier. Das ist meine Existenz! Der Laden gehört mir nicht mal richtig. Da hat die Bank noch ihre Finger drauf.«

»Selbstverständlich werden Sie angemessen entschädigt werden, wenn ...«

»Von wem? Das hätte ich gerne schriftlich. Es ist nicht das erste Mal, dass ich für Probleme verantwortlich gemacht werde, für die ich absolut nichts kann. Jeder Politiker, der morgens so gerne Spiegeleier isst, geht mit Reden gegen Massentierhaltung auf Wählerfang und fordert gleichzeitig billige Lebensmittel. Immer wenn ihr einen Dummen braucht, bin ich dran.«

Tim, halb hinter ihm, versuchte eine andere Kameraeinstellung. Der Typ vom Gesundheitsamt, der nicht viel älter war als er, trat von einem Fuß auf den anderen und wusste vor Peinlichkeit nicht, wohin mit seinen Blicken.

Tim konnte seinen Vater in dessen Wut sogar verstehen. Er hatte das Vertrauen in den Staat sowieso längst und in gerechte Regelungen spätestens bei seiner Scheidung verloren.

»Ich kann Ihnen versichern, dass alles geregelt wird. Land oder Bund werden einspringen. Es gibt dafür gesetzliche Vorlagen ...«, sagte Carlo Rosin nun und fand sich plötzlich selbst wenig überzeugend.

»Warum soll ich mit dir ›Schmidtchen‹ reden? Ich will ›Schmidt‹ sprechen. Sagen Sie Ihrem Chef, er soll selbst kommen: Ich will den Nachweis, dass hier Tiere krank sind, und ich will eine notarielle Erklärung, wer die Kosten und die Folgekosten trägt. Ansonsten habe ich hier Hausrecht und werde mein Eigentum schützen. Die Vogelgrippe kommt nicht aus meinen Käfigen, sondern aus New York. Meinetwegen zünden Sie Manhattan an. Ich büße hier nicht für etwas, das ich nicht verbockt habe.« Er wandte sich an seinen Sohn. »Hast du alles drauf? Soll die Welt ruhig sehen, dass ich mich wehre.«

Jansen griff neben sich. Im toten Winkel zwischen Tür und Wand standen ein Baseballschläger und ein doppelläufiges Schrotgewehr.

»Herr Jansen, bitte machen Sie uns keine Schwierigkeiten. Wir sind gekommen, um vernünftig mit Ihnen zu reden. Wir wollen doch alle nur Ihr Bestes.«

Ubbo Jansen lachte breit und zeigte sein Gewehr vor wie eine Trophäe. Er richtete den Lauf nicht auf die jungen Männer. Seine Finger waren auch nicht am Abzug, aber er streichelte den Lauf der Waffe liebevoll, als würde er ein nervöses ängstliches Kind beruhigen.

»Mein Bestes? Ja, das glaube ich gerne. Aber genau das kriegt ihr nicht.«

»Ich kann auch mit der Polizei wiederkommen«, drohte Carlo Rosin.

»Tun Sie das!«, schlug Ubbo Jansen vor und knallte die Tür zu.

15 Chris wusste nicht, welche Nachricht sie glauben sollte. Es kursierten die wildesten Gerüchte. Nur eins erschien ihr sonnenklar: Die Ostfriesland III war ganz sicher nicht von einem scharfkantigen Eisberg aufgeschlitzt worden und untergegangen wie die Titanic ... Aber auf keinen Fall wollte sie länger hier vor dem Hotel »Vier Jahreszeiten« sitzen bleiben und auf Benjo warten. Sie musste hin zur Anlegestelle der Fähre.

Eine Omi behauptete, gerade eine SMS von ihrer Tochter erhalten zu haben, die mit dem Enkelkind auf der Fähre festsaß. Irgendwelche Verrückten würden die Passagiere nicht von Bord lassen.

Ein Punker mit hellblauen Haaren und abstehenden Ohren hielt sein Handy hoch und rief: »Kein Wunder! Die haben Kranke an Bord!«

Die Inselbahn fuhr nicht mehr. Die digitale Anzeige an der Haltestelle wies zwar Ankunft und Abfahrt aus, aber nichts geschah. Chris beschloss, gemeinsam mit mehreren »Vermummten« zu Fuß zum Hafen zu laufen. Unterwegs versuchte sie Benjo anzurufen, aber der antwortete nicht.

Ein Vater telefonierte mit seiner Tochter. Er war blass und seine Hände zitterten. Vom schnellen Laufen und gleichzeitigen Telefonieren hatte er Seitenstechen. Seine Lunge rasselte so, dass Chris befürchtete, er könnte neben ihr zusammenbrechen. Es habe eine Schießerei gegeben, hustete er. Eine Schießerei!

Unversöhnlich waren die Fronten. Die Passagiere wollten an Land und die Gruppe um Heinz Cremer stand jetzt so nah an der Fähre, dass die Männer sie mit ausgestreckten Armen hätten berühren können.

Der Kapitän telefonierte Verstärkung herbei und seine Mannschaft sowie einige Passagiere waren sehr wohl bereit, sich mit

Gewalt Zugang auf die Insel zu verschaffen. Die Mehrheit der Ankömmlinge hatte sich auf eine sichere Position an Deck zurückgezogen. Einige holten sich auch ein Bier. Der Service öffnete auf Anordnung des Kapitäns wieder, um die Leute erst einmal zu beruhigen und den Druck aus der Situation zu nehmen. Irgendein Spaßvogel gab die Parole aus, es gäbe Freibier für alle.

Die Polizeibeamten Jens Hagen und Oskar Griesleuchter verließen ihren Dienstwagen. Jens Hagen hatte die rechte Hand auf die Pistole gelegt, eine Heckler & Koch, und das Koppel geöffnet, um schnell ziehen zu können. Er gestand sich ein, vor Nervosität und Angst Magenschmerzen zu haben. Das hier konnte jederzeit eskalieren und sie liefen Gefahr, zwischen die Fronten zu geraten.

Oskar Griesleuchter hatte ein Pfefferspray griffbereit und setzte einen letzten Notruf an die Zentrale ab.

»Verdammt, wir brauchen hier Verstärkung und klare Handlungsanweisungen. Wir können das nicht aus dem Bauch heraus regeln. Mit dem normalen Gefühl für Recht und Unrecht kommt man hier nicht klar.« *Und außerdem sind wir hoffnungslos unterlegen*, fügte er in Gedanken hinzu.

Margit Rose stand zwischen Charlie und Benjo. Sie legte locker einen Arm auf Charlies Schulter. Es wirkte, als wolle sie sich ein bisschen hochziehen, um besser sehen zu können, was geschah, aber es war etwas anderes. Es tat ihr gut, seine Muskulatur zu spüren, gleichzeitig drückte sie ihren Oberschenkel wie zufällig gegen Benjos Bein.

Sie standen nicht weit von ihren Kindern, Dennis und Viola, von Kai Rose und den Girlies. Sie wandten ihnen den Rücken zu. Margit begriff nicht, warum Kai mit den Kindern direkt an der Reling war, wo es doch jederzeit zur Konfrontation kommen konnte. Wollte er die jungen Frauen beeindrucken? Oder vor seinen Kindern den Helden spielen? Oder war er einfach nur neugierig und schätzte die Lage weniger gefährlich ein, als sie es tat?

Die Verteidiger der Landungsbrücke hatten von einer nahen Baustelle lange Gerüststangen und Bretter besorgt. Damit versuchten sie, das Schiff wegzudrücken. Es gelang ihnen nicht, aber das Schlagen und Stoßen gegen die Außenwand der Fähre machte beängstigenden Lärm.

Holger Hartmann, der Randalierer im Feinripp, drückte und schlug mit seinem Brett nicht gegen die Schiffswand wie die anderen, sondern holte weit aus und ließ es auf die Passagiere an der Reling sausen.

Die fuhren erschrocken zurück, doch ein beherzter Nautiker wollte das Brett packen und wegdrücken, dabei klemmte er sich den Daumen. Er kreischte vor Schmerz und hätte am liebsten mit seiner Signalpistole diesem aggressiven Typen im Unterhemd eine Ladung auf die behaarte Brust gebrannt, beherrschte sich aber.

»Ich verklage Sie alle wegen Freiheitsberaubung!«, drohte Helmut Schwann, ein Fachanwalt für Steuerrecht, und zeigte triumphierend seine Digitalkamera vor, mit der er jeden Einzelnen fotografiert hatte.

Ein harter Minigolfball traf seinen Kopf. Blut schoss aus seiner Nase. Er taumelte auf einen Stuhl und seine Frau forderte ihn auf, sofort den Kopf in den Nacken zu legen. Während sie ein Tempotaschentuch unter seine Nasenlöcher drückte, machte sie ihm Vorwürfe. Ihre Stimme hatte etwas Kleinmachendes an sich.

»Was sollte das? Halte dich da raus! Wir wollen Urlaub machen. Auf der Insel begegnet man sich auf Schritt und Tritt, ich will da keinen Streit. Lass den Kopf so. Ach, was machst du denn? Jetzt hast du auch noch deine Jacke versaut und das Hemd. Na klasse. Wenn es im Hotel keine Reinigung gibt, kann ich mal wieder ran. Rei aus der Tube. Genauso habe ich mir meinen Urlaub vorgestellt. Danke, Helmut. Herzlichen Dank!«

Da warf ein Passagier vom oberen Deck eine halb volle Flasche Flens und rief: »Ab heute Morgen fünf Uhr fünfundvierzig wird zurückgeschossen! Und von jetzt an wird Bombe mit Bombe vergolten!« Er fand es witzig, Hitlers Radiorede zu zitieren, mit der der Krieg gegen Polen begonnen worden war.

Ein paar Leute an Bord der Ostfriesland III waren von Bierspritzern getroffen worden und drohten sauer nach oben. Die Flasche zersplitterte an Land hinter Heinz Cremers »Bürgerwehr«, ohne jemanden zu verletzen, heizte aber die Stimmung umso mehr an.

»Schluss! Ende! Aus! Feierabend!«, donnerte jetzt Jens Hagen in scharfem Befehlston. Er wunderte sich über seine eigene Lautstärke und noch mehr darüber, dass es tatsächlich still wurde. Eine Welle drückte das Schiff gegen die Vertäudalben und in genau diesem Moment nieste Dennis Rose laut auf dem Arm seines Vaters.

Es trat augenblicklich erschrockene Ruhe ein. Selbst die Möwen kreischten nicht mehr.

Eine alte Frau, von einigen nur Oma Symanowski genannt, die noch nicht viel von der Welt gesehen hatte und ihre Seniorenresidenz im Sauerland nur verließ, um einmal im Jahr auf Borkum Urlaub zu machen, kannte diese Art von Ruhe aus dem Zweiten Weltkrieg. Es war die erdrückende Stille am Boden, wenn die Bomber bereits von fern in der Luft zu hören waren. Die Angststille vor dem Einschlagen der Bomben.

Sie hatte im Krieg viele Arten von völliger Ruhe kennengelernt. Zwei unterschieden sich gravierend. Die Ruhe vor der Detonation, wenn niemand wagte, auch nur ein Wort zu sprechen, als könnte er damit das Unheil auf sich aufmerksam machen, und die ohrenbetäubende Ruhe danach, wenn der Krach der Explosion noch so sehr in den Menschen nachhallte, dass davon jedes neue Geräusch geschluckt wurde.

Das hier war ganz klar die Ruhe vor der Katastrophe, wenn jeder bereits wusste, dass das Unheil unaufhaltsam näher rückte, wenn das Summen der Flieger in der Luft lauter wurde und jedes Geräusch am Boden erstarb. Sie hatte gehofft, so etwas nie wieder erleben zu müssen. Nie mehr wollte sie diese angstgeschwängerte Stille atmen und sie durchbrach sie mit einem Mark und Bein erschütternden Schrei. Eine fette Silbermöwe verließ die Stellung auf ihrer Dalbe und machte damit zwei anderen Platz.

Kai und Margit Rose spürten wie alle anderen Menschen, dass die Stille etwas mit ihrem Sohn zu tun hatte. Die Reihe der selbst ernannten Inselverteidiger trat merkwürdig geschlossen, als sei die Choreografie vorher einstudiert worden, einen Schritt zurück.

Heinz Cremer sprach aus, was alle dachten: »Na bitte. Ihr habt das Virus an Bord. Fahrt zurück. In Emden kann man euch helfen.«

»Aber ... das ist doch Unsinn«, sagte Kai Rose unsicher. Er hatte ein paar Tröpfchen von Dennis' Hatschi abbekommen und wischte sie sich jetzt aus dem Gesicht.

Lukka ließ die Hand von Viola erschrocken los. Die Girlies wichen ein bisschen verschämt zur Seite. Sie taten es, als würde es versehentlich, völlig absichtslos geschehen, aber jeder, der es sah, wusste es zu deuten.

»Der Junge ist völlig gesund. Ein kleiner Schnupfen vielleicht. Mehr nicht«, versicherte Kai Rose mit Kloß im Hals.

Dennis begriff nicht wirklich, was geschah und wie er in den Mittelpunkt des Interesses geraten war, aber es machte ihm Angst. Er spürte eine nie gekannte Bedrohung und klammerte sich an den Hals des Vaters, dann versteckte er sein Gesicht in der Armbeuge. Er benahm sich nicht wie ein Achtjähriger, der eigentlich Pirat werden wollte, sondern wie ein Vierjähriger, der zum ersten Mal allein bei Verwandten übernachten soll.

Aber seine kleine Schwester Viola wurde plötzlich mutig. Als die Girlies zur Seite traten, hatte sie ihren Vater und ihren Bruder endlich wieder für sich. Ihr war noch ein bisschen schlecht von der

Überfahrt und den vielen Haribos, die sie genascht hatte, aber jetzt stellte sie sich vor ihren Vater, als wollte sie ihn mit ihren Fäusten verteidigen. Stattdessen streckte sie dann einfach nur die Zunge raus und machte: »Hönönönönäh!«

Cremer blickte auf den Jungen. In seinem Gesicht arbeitete es. »Nun gut«, sagte er nach einer Weile, »aber ohne einen Test kommt hier jedenfalls keiner an Land.«

»Was für ein Test?«, fragte der Nautiker und zeigte heldenhaft seinen blutigen Daumen vor.

»Einen Gesundheitstest natürlich, was denn sonst?«

»Ihr spinnt doch alle.«

»Nehmt das bitte nicht persönlich, aber ihr würdet genauso handeln«, sagte Heinz Cremer und heischte mit Blicken um Anerkennung und Verständnis.

Jens Hagen, der Gedichte schreibende Polizist, räusperte sich und versuchte, die Wogen zu glätten: »Na, das ist doch mal ein Vorschlag.«

»Was ist doch mal ein Vorschlag?!«, äffte der Kapitän Hagens Worte nach.

»Wir sind alle im Moment sehr nervös«, versuchte der Polizist zu erläutern, »und von der Situation überfordert. So ein Test ist doch eine gute Idee.«

Jetzt donnerte die Stimme des Kapitäns energisch: »Herr Wachtmeister! Ich fordere Sie hiermit auf, Ihre Pflicht zu tun. Dies ist eine ungesetzliche Handlung. Wir werden daran gehindert, unser Recht auf …«

Als wäre sein Stichwort gefallen, richtete Helmut Schwann, der Steuerrechtler, sich auf. »Genau so ist es!«, rief er. »Wir leben in einem Rechtsstaat!«

»Helmut, du solltest dich da raushalten. Reicht dir der Golfball noch nicht?«, zeterte neben ihm seine Frau und wollte ihn auf seinen Stuhl zurückdrücken. Aber der Steueranwalt schüttelte sie ab und suchte mit seiner Digicam das Gesicht von Jens Hagen.

Doch der winkte ab: »Nun wollen wir mal nicht übertreiben …
Es gibt doch da so einen Schnelltest. Wir versuchen jetzt erst mal
einen Arzt aufzutreiben und dann sehen wir weiter.«

Die alte Frau Symanowski bekam an der frischen Luft Platzangst.
»Ich will hier raus«, japste sie. Die Luft wurde ihr knapp. Es gelang
ihr nicht mehr, richtig auszuatmen, es kam ihr vor, als hätte sie statt
Sauerstoff Beton in den Lungen.

Da flog die zweite Bierflasche, begleitet von lautem Gejohle.

Zwei junge Männer versuchten, unter dem Beifall von etlichen
Fahrgästen über die Reling an Land zu springen. Einer von ihnen,
Lars Kleinschnittger, wurde im Fallen von Hartmanns Baubrett getroffen. Er krachte mit dem Rücken gegen das Schiff und fiel zwischen Fähre und Kaimauer in die Nordsee.

Ein kollektiver Aufschrei begleitete seinen Sturz und gab den beiden Polizisten Jens Hagen und Oskar Griesleuchter sofort wieder
ihre Autorität zurück.

Jens Hagen entriss dem verblüfften Architekten aus Düsseldorf
das Stahlrohr und hielt es nach unten, dem abgestürzten Kleinschnittger entgegen. Der patschte wie ein Hund im Wasser und
kreischte.

»Bleiben Sie ruhig! Nehmen Sie die Stange, halten Sie sich fest
und ziehen Sie sich hoch!«, verlangte der Polizist.

Oskar Griesleuchter bat die Umstehenden, Abstand zu halten,
und sagte: »Machen Sie Platz, machen Sie Platz, Sie haben schon
genug Unheil angerichtet.«

Kleinschnittger klammerte sich an die Gerüststange und Jens
Hagen versuchte, ihn hochzuziehen. Das Schiff schwankte bedenklich.

»Zurück! Volle Kraft zurück!«, forderte Oskar Griesleuchter vom
Kapitän und winkte zur Brücke.

Kleinschnittger rutschte an der glatten Stange ab und stürzte
ins Wasser zurück. Er krachte mit der rechten Schulter gegen die
Schiffswand. Die Schulter brach mit einem ekligen Geräusch, das

dem Steueranwalt auf den Magen schlug. Er rief: »So helfen Sie dem Mann doch!«

Zunächst sah es aus, als würde Lars Kleinschnittger nicht mehr auftauchen. Oskar Griesleuchter zog schon seine Jacke aus.

»Spinnst du?«, fragte Jens Hagen. »Du kannst doch da nicht reinspringen.«

»Aber der schafft das nicht allein! Das geht schief!«

»Holt den Mann da raus!«, schrie Lukka jetzt.

Kai Rose wandte sich ab und versuchte, die Kinder wegzubringen. Sie sollten das, was jetzt geschah, nicht sehen. Vor der Treppe zu den Restaurationen standen dichte Menschentrauben. Alle machten Kai Rose Platz und hielten Abstand von ihm und den Kindern.

Dennis nieste noch einmal. Sein Vater hörte neben sich den Satz: »Der Junge hat ganz glasige Augen.«

Dann kam Lars Kleinschnittger wieder an die Oberfläche. Er konnte nur noch den linken Arm bewegen. Das Schiff drückte in seinen Rücken. Panisch versuchte er, die nächste Dalbe zu erreichen. Von Bord wurden zwei Rettungsringe ins Wasser geworfen, aber Lars Kleinschnittger nahm sich nicht die Zeit, einen davon zu ergreifen. Er hatte keine Angst zu ertrinken. Er fürchtete, zerquetscht zu werden.

»Halten Sie sich ganz nah an der Kaimauer. Nur keine Panik, wir holen Sie da raus!«, versprach Oskar Griesleuchter. Er hatte inzwischen nur noch Hemd und Boxershorts an. Seine Dienstwaffe lag samt Gürtel und Hose am Kai.

Eine Welle hob das Schiff gegen die Dalben. Es knarrte und knirschte. Lukka, die an der Reling stehen geblieben war, sah, wie verzweifelt Lars Kleinschnittger um sein Leben kämpfte, und übergab sich. Die Menschen sprangen zur Seite, um nicht von Erbrochenem getroffen zu werden, das der Nordseewind großzügig verteilte. Lukka hielt den Kopf weit über die Reling und übergab sich ein zweites Mal ins Wasser.

Alle Silbermöwen flatterten jetzt gleichzeitig hoch, doch nicht, um sich auf das Erbrochene zu stürzen. Es war, als ahnten sie, was jetzt geschehen würde.

Jens Hagen sah zu den Möwen. Ihm waren diese Raubvögel unheimlich. Ihr Verhalten machte ihn nervös. Er konnte ihre Schreie unterscheiden. Meist trieb sie Gier um, aber manchmal warnten sie die Menschen auch. Zweimal hatte er vor einem Verkehrsunfall die Reaktionen der Möwen bemerkt. Es war, als wüssten die Tiere vorher Bescheid. Er traute sich nicht, das zu sagen, er fürchtete, für einen Spinner gehalten zu werden. Aber als er jetzt die Schreie der Silbermöwen hörte, verlor er jede Hoffnung. Etwas in ihm zerbrach wie eine Teetasse, die hinunterfällt.

Er musste sich Mühe geben, Lars Kleinschnittger überhaupt zu sehen. Vor seinen Augen tanzten weiße Punkte. Und plötzlich traf ihn der Gedanke wie ein giftiger Pfeil: Die Silbermöwen warnten die Menschen nicht! Sie freuten sich auf das zu erwartende Aas.

Drei Wellen rollten dicht hintereinander auf die Anlegestelle zu. Es waren keine großen, gefährlichen, sondern surferfreundliche Wellen. Anfängergeeignet, aber doch heftig genug, um die Fähre mit ganzer Breitseite gegen die Dalben zu drücken.

Lars Kleinschnittger konnte das Herannahen der Wellen weder sehen noch hören. Er klammerte sich mit der Linken an das Holz. Den Schmerz in der Schulter spürte er nicht. Adrenalinstöße gaben ihm Kraft. Er war völlig konzentriert darauf, sich zu retten. Einen Moment lang fühlte er sich sogar unsterblich und mit Supermannkräften ausgestattet. Wenn das körpereigene Drogen waren, die da freigesetzt wurden, dann hatte er nie in seinem Leben einen besseren Stoff probiert, und er hatte wahrlich eine Menge Erfahrung mit chemischen Trips. Amphetamine, Angel Dust, LSD, Koks. Es gab kaum etwas, was er nicht ausprobiert hatte.

Die Erkenntnis, dass sein eigener Körper in größter Gefahr den besten Kick freigab, war die letzte in seinem jungen Leben, dann trafen die Wellen die Fähre und er wurde zwischen Dalbe und Schiffswand zerquetscht.

16 Carlo Rosin und Ulf Galle schwiegen betreten während der ersten Kilometer im Auto. Carlo überlegte, ob er zur goldenen Hochzeit zurücksollte, hier hatte er ja nichts mehr zu tun. Aber er wollte als Held zurückkehren, nicht wie ein begossener Pudel, den sie auf die Straße gejagt hatten, und genau so fühlte er sich jetzt.

Was sollte er erzählen? Und er musste etwas erzählen, sie würden ihn nicht in Ruhe lassen und ihn genüsslich ausquetschen: der Strafverteidiger, der Philosophiestudent und der Jungunternehmer mit seiner Modelagentur … Seine Niederlage würde rasch zu ihrem Sieg werden.

Er fühlte sich um den Erfolg betrogen. Er machte seiner Wut Luft und schlug heftig gegen das Lenkrad.

»Warum? Verdammte Scheiße noch mal – wie kann der so mit uns reden? Und wieso ist seine Hühnerfarm gesichert wie Fort Knox?«

»Fort Knox?«

Carlo stöhnte. »Stützpunkt der US-Army in Kentucky. Da werden die größten Goldreserven der Welt gelagert und beschützt.«

»Ja, ja, ich weiß«, sagte Ulf Galle, um nicht dumm dazustehen. Ihm war klar, dass Rosin ihn für ein Weichei hielt. Er wollte in seinen Augen nicht noch zum Idioten werden. Er fügte hinzu: »Dies ist ein freies Land. Der Mann kann seine Hühnerställe sichern, wie er will. Das ist Privatgelände.«

Noch einmal schlug Carlo Rosin auf das Lenkrad. Eine rote Sicherheitslampe leuchtete auf. Schreckhaft hielt sich Ulf Galle die Hände vors Gesicht. Er befürchtete, beim nächsten Schlag könnten die Airbags herausknallen. Das hatte er mal bei einem Streit mit seiner Freundin in deren Golf erlebt. Seitdem war sie nicht mehr seine Freundin.

»Aber das ist total überzogen! Und warum – frage ich –, warum zum Teufel spielt die Stadt dabei mit?«

»Die Stadt?«

»Stell dich nicht so blöd an, Mensch! Der hat einen riesigen freien Platz vor dem Tor. Das Halteverbotsschild kann er doch da nicht selbst aufgestellt haben. Was, verdammt, versteckt er da? Wovor hat er Angst?«

»Einbrecher? Diebe?«, schlug Ulf vor und ärgerte sich sofort über seine eigene unhaltbare These.

»Klar«, spottete Carlo Rosin. »Hühnerdiebe.«

Er fuhr den Fiat aggressiv wie einen Kampfpanzer im Fronteinsatz. Er kannte sich selbst so gar nicht. Etwas weckte den Rambo in ihm. Es war ein neues Gefühl. Er wusste noch nicht, was er davon halten sollte. In seiner Beziehung war er ein eher sanfter Mann. Klug und reflektiert versuchte er, durchs Leben zu kommen, ohne den anderen Menschen oder der Umwelt zu viel Schaden zuzufügen. Aber etwas geschah gerade mit ihm und er wusste nicht, was er davon halten sollte.

Vor allem war Carlo ganz froh, jetzt nicht bei der Feier zu sein. So wie er jetzt drauf war, hätte er sich die dummen Anspielungen von dem Modeaffen, dem Philosophiestudenten oder dem Rechtsverdreher nicht lange gefallen lassen, sondern ihnen eine reingehauen. Das war eh überfällig. Warum, fragte Carlo sich plötzlich, erlaube ich diesen Lackaffen, mich als Fußabtreter zu benutzen? Sie erhöhen sich, indem sie mich erniedrigen. Der eine grinst blöde über mein Outfit, weil ich die neusten Modetrends verpasst habe, zu dick bin und der Nagellack meiner Frau nicht zur Farbe meines Autos passt. Dieser Student findet es unter seinem Niveau, sich überhaupt mit mir zu unterhalten, und für den Strafverteidiger bin ich einfach nur ein Langweiler, ein kleines Licht. Einmal, als ich erzählen wollte, wie wir in unserem Amt eine üble Massentierhaltung beendet hatten, die gegen die Gesetze verstieß, da hat dieser arrogante Mistkerl mich mit den Worten unterbrochen: »Du bist doch auch nur ein Gehaltsempfänger, Carlo. Mach dich mal nicht größer, als du bist.«

Dann hatte er lachend sein strahlend weißes, komplett überkrontes Raubtiergebiss gezeigt.

Fast ärgerte Carlo Rosin sich jetzt darüber, damals nicht einfach zugeschlagen zu haben, aber damals war dieses Gefühl gar nicht in ihm aufgestiegen. Nun aber fragte er sich, ob er es vielleicht nur unterdrückt hatte. Was weckte in ihm plötzlich diese negativen Gefühle? Warum war er mit einem Mal so voller Wut?

Es kam ihm vor, als würden Hass und Zorn aus sehr alten Verletzungen durch ein Virus aktiviert werden, das durch seinen Körper jagte und die Muskeln durchblutete. Inzwischen hatte es die Schwelle zum Gehirn passiert und verwandelte ihn, den zivilisierten Mann, in ein Urzeitviech.

Ulf Galle drehte das Radio lauter. Carlo Rosin hatte nicht einmal registriert, dass aus dem Gerät irgendwelche Musik tönte.

»Aus Sorge, die Vogelgrippe könne nach Borkum eingeschleppt werden, haben aufgebrachte Touristen und Inselbewohner eine Fähre zur Umkehr gezwungen. Das Schiff ist zurzeit wieder auf der Rückfahrt nach Emden.«

Es folgten O-Töne von der Insel. »Richtig. Bravo sage ich da nur. Bravo. Ein paar beherzte Bürger haben rasch gehandelt. Ich wäre sofort dabei gewesen, habe es aber leider erst erfahren, als ich von einer Radtour zurückkam.«

Eine junge Frau mit französischem Akzent sagte: »Mein Freund hat auch mitgemacht. Wir können nicht warten, bis die Politiker sich einig sind und eine Entscheidung fällen. Hier ist Gefahr im Verzug. Es geht um uns alle. Schauen Sie sich um! Noch ist die Insel virusfrei, und das soll auch so bleiben!«

Im Hintergrund war Beifall zu hören.

Angeblich tagte in Emden, an einem geheim gehaltenen Ort, ein Krisenstab, der auch Unterstützung von Land und Bund erhalten sollte. Seine Zusammensetzung war zur Stunde noch unbekannt.

Ein ähnlicher, bisher aber noch unbestätigter Vorfall wurde von der Insel Juist gemeldet. Da der Fährverkehr dort aber tideabhängig war, saß die Fähre jetzt im Watt fest. Die Meldungen kamen ausschließlich von nichtprofessionellen »Reportern«, über Handtelefone, per E-Mail oder Digitalfilm.

Die Filialleiterin eines Supermarktes beklagte sich bitter, sie müsse von Juist nach Essen zurück. Ihr Urlaub sei beendet und sie habe dringende Termine. Auch der kleine Flughafen sei gesperrt worden. Das alles sei Freiheitsberaubung. Sie drohte mit einer Klage und verlangte, die Polizei solle anrücken, um ihr Recht auf Freizügigkeit durchzusetzen.

Ein pensionierter Virologe aus Oldenburg, der, wie er sagte, sein ganzes Leben lang vor so einem Virusausbruch von Mensch zu Mensch gewarnt hatte, fand das Verhalten der »Borkumbeschützer«, die er auch »Inselwächter« nannte, folgerichtig und aus »seuchenpolitischer Sicht« klug, da die große Politik mal wieder nur Sprechblasen hervorbringe oder auf Tauchstation gegangen sei.

Nach einigen von offizieller Stelle unbestätigten Meldungen hatte es vor Borkum eine Schießerei gegeben und es war mindestens ein Todesopfer zu beklagen.

Während er den Wagen steuerte und zuhörte, knirschte Carlo mit den Zähnen, ohne dass es ihm bewusst war. Ulf Galle beugte sich vor, um das Ohr näher am Lautsprecher zu haben, dabei konnte er aber den Blick nicht von Carlo lassen. In seinem Mund knirschte es so laut, dass Ulf Galle jeden Moment damit rechnete, seinem Auricher Kollegen könnte ein Zahn abbrechen.

»Die Leute nehmen die Sache selbst in die Hand, wenn die Behörden versagen«, zischte Carlo.

Komischerweise bekam er gerade Lust auf Fleisch. Er stellte sich vor, in ein dickes Kotelett zu beißen und Stücke herauszureißen, wie ein Löwe aus einer Beuteantilope. Wieder knirschte er mit den Zähnen, so laut, dass Ulf Galle erneut erschrocken zu ihm hinsah.

Seit dem Gammelfleischskandal – dem er im Grunde seine Anstellung verdankte, weil unter dem Druck der Öffentlichkeit die Kontrollinstanzen gestärkt werden mussten und der Stellenabbau zumindest für kurze Zeit gestoppt wurde – aß er nur noch selten Fleisch. Er hatte zu viel gesehen. Es würgte ihn manchmal, wenn er Menschen ein Mettbrötchen essen sah. Aber etwas veränderte sich gerade. Eine Art Kauwut packte ihn. Er musste sich beherrschen, um nicht in das Leder des Lenkers zu beißen.

Carlo holte tief Luft. »Am liebsten«, sagte er, »am liebsten würde ich diesem wild gewordenen Hühnerzüchter mit einem Sonderkommando der Kripo auf die Pelle rücken und bei ihm nach dem Rechten sehen. Der hat garantiert Dreck am Stecken.«

»Vermutlich wird uns gar nichts anderes übrig bleiben. Irgendwie muss der Anspruch des Staates durchgesetzt werden. Sonst macht hier jeder, was er will. Aber das können wir nicht entscheiden.«

»Und was machen wir jetzt?«

Ulf Galle räusperte sich. »Nun, ich schreibe einen Bericht und dann …«

Als würde er zu einer dritten Person im Auto sprechen, sagte Carlo Rosin: »Klar, er schreibt einen Bericht. Was denn sonst. Ich glaub es nicht …« Dann schrie er ungehalten: »Ja, wer soll den denn lesen? Warum schreiben wir nicht gleich an den Weihnachtsmann oder das Christkindchen?! Herrgott, es ist nicht die Zeit für solche Bürokratenspielchen.«

»Ach nein? Was für eine Zeit ist denn jetzt?«, fragte Ulf Galle scharf zurück.

Carlo Rosin schwieg und starrte auf eine Horde Kinder, die, als Piraten verkleidet, Holzschwerter schwingend die Kreuzung überquerten. Ihre Ampel zeigte Rot. Sie zwangen Carlo, bei Grün zu halten. Er sah ihre Totenkopffahnen und Kopftücher und sie kamen ihm wie ein düsteres Zeichen vor.

17 Tim Jansen verfolgte gebannt die Nachrichten der sich widersprechenden Fernsehsender.

Der Verteidigungsminister war noch in Afghanistan, aber allein die Tatsache, dass er vorzeitig zurückgerufen worden war, verdeutlichte den Ernst der Lage.

Krisenstäbe tagten in Bund und Ländern rund um die Uhr. Doch die Nachrichten von dort tröpfelten spärlich und das Wenige brachte die Gerüchteküche zum Kochen. Eine Pressekonferenz der Bundesregierung wurde angekündigt und wieder verschoben. Emden, Norden, Norddeich und Wilhelmshaven waren angeblich abgeriegelt worden. Ein Hotel in der Nähe des Kölner Flughafens unter Quarantäne gestellt. Sämtliche Schulen und Kindergärten in Niedersachsen und Bremen sollten geschlossen bleiben. In Bayern entschieden angeblich die Schulen in enger Abstimmung mit den Eltern und den Gesundheitsämtern eigenverantwortlich, was zu tun sei.

Vor Emden waren laut Augenzeugen Militärbewegungen zu beobachten, doch ein Polizeisprecher dementierte einen aktuellen Bundeswehreinsatz. Man habe die Lage mit rein polizeilichen Mitteln im Griff, aber Verstärkung aus Oldenburg und Hannover angefordert. Er nutzte die Gelegenheit, um noch einmal darauf aufmerksam zu machen, dass zahlreiche Polizeiinspektionen in Niedersachsen notorisch unterbesetzt seien.

Ärzte, Forschergruppen, Spezialisten und Hilfskräfte waren in die Krisengebiete unterwegs. Ja, Tim hatte sich nicht verhört. Das Wort »Krisengebiete« war gefallen. Nicht für ein Land in Afrika, dessen Hauptstadt niemand kannte, nicht für ein Erdbebengebiet, und nein, es folgte auch kein Spendenaufruf für Not leidende Bevölkerungsgruppen. Die Rede war von beliebten Touristenzielen an der Nordsee.

Tims Videotagebuch hatte in den letzten sechzig Minuten mehr Anklicker als in den letzten Jahren gehabt. Mehr als vierhunderttausend Menschen sahen, wie sein Vater Carlo Rosin und Ulf Galle die Meinung geigte.

Der Nachrichtensender n-tv übernahm die Bilder und sendete sie im Halbstundentakt als Kommentar zur aufgeheizten Stimmung im Land.

In Köln holten Männer in Astronautenanzügen – fast war das Bild schon gewohnt – Wellensittiche aus Privatwohnungen und vergasten sie. Heulende Kinder brüllten ihnen Beschimpfungen hinterher.

Eine Geflügelausstellung in Nürnberg wurde wegen einer Bombendrohung geschlossen.

18

Die langweiligen Reden auf das Jubelpaar zur goldenen Hochzeit hielt der Strafverteidiger André Müller nicht länger aus. Er ging zur Toilette, setzte sich bequem auf den Deckel und las die E-Mails auf seinem Blackberry. Dann klickte er n-tv an und sah seinen Schwager Carlo Rosin. Er stellte den Ton auf maximale Lautstärke. Er überlegte, was er tun sollte. War es klug, jetzt mit dieser Information in die Feier zu platzen? Einerseits machte Carlo keine gute Figur, ließ mit sich umspringen wie ein Schuljunge. Andererseits war er jetzt plötzlich durch einen Zufall berühmt geworden. Ein Typ, dessen Bild auf n-tv zu sehen war.

André Müller spürte die Eifersucht wie ein vergiftetes Essen im Magen. Unverdaulich, Krankheit bringend, Fieber erzeugend.

Er selbst war mit seinen Strafprozessen über die Lokalzeitung nie hinausgekommen. Einmal hätte er es fast geschafft, in der Sendung »19.30« im NDR erwähnt zu werden. Fast. Aber dann war der ganze Bericht über einen Sexualstraftäter, den er verteidigt hatte, zugunsten eines Kriminalschriftstellers gecancelt worden, der über solche Fälle einen Roman geschrieben hatte.

Und jetzt war Carlo, der Kleingeist und Sesselpupser, in den breaking news auf n-tv. Er sah ihn schon in Talkshows über seine Erfahrungen berichten. Nein, er hatte nicht vor, Carlo zum beherrschenden Thema der Feier werden zu lassen. Das wäre ja noch schöner! Er zog sich den ganzen Familienmist hier wie selbstverständlich rein, als hätte er nichts Besseres zu tun, und dann drehte sich alles um Carlo, der nicht mal anwesend war. Nein. Er würde das Gesehene einfach verschweigen.

Seine Frau himmelte diesen warm duschenden Frauenversteher sowieso viel zu sehr an. Wenn er, André, nach einem anstrengenden Tag mit seiner Frau schlafen wollte, musste er sich Sätze anhören wie: »Das ist mir jetzt zu unromantisch. Ich kann das nicht einfach so aus dem Stand. Meine Schwester hat gesagt, Carlo arrangiert zuvor Blumen und Kerzen und Duftöl im Zimmer. Sie haben gemeinsam einen Massagekurs gemacht und bringen sich gegenseitig langsam in Stimmung ...«

Er fragte sich, was seine Frau ihrer Schwester Elfi so über ihr Intimleben erzählte. Nun, viel gab es gar nicht zu berichten. Vielleicht grinste Carlo deshalb manchmal so frech.

Zwar beneidete er im Grunde immer noch seinen Studienkollegen Heiner, der sich auf Scheidungsrecht spezialisiert hatte und pro Woche mindestens eine enttäuschte Ehefrau tröstete, sich gut dafür bezahlen ließ und einen profitablen Kreuzzug gegen ihren Ex begann, doch er selbst hatte inzwischen einige Klientinnen aus dem Rotlichtmilieu. Er ließ sich gern mit sexuellen Dienstleistungen bezahlen. Die Mädels wussten, was sie taten. Der Vorteil für ihn war, keine hängte sich an ihn. Er musste nicht nachts lange am Telefon den Seelentröster spielen. Keine wollte ihn heiraten, keine wollte ihn ihren Eltern vorstellen. Er bekam, was er wollte. Schnellen Sex ohne viel Gequatsche und Hokuspokus drum herum. Also genau das, was seine Sandra ablehnte. Aber natürlich würde er niemals darüber reden, schon mal gar nicht mit seinen Schwägern. Die warteten doch nur auf eine Gelegenheit, ihm eins auszuwischen, weil sie sich ihm unterlegen fühlten.

Ich hätte mir Zugang zu der Geflügelfarm verschafft, dachte er. Du bist kein richtiger Mann, Carlo. Ein Weichei bist du. Ein Gefühlsduselant.

19 Holger Hartmann, im durchgeschwitzten Feinrippunterhemd, mit den dicken Haarbüscheln unter den Achseln, schwankte zwischen Triumphgefühl und einer existenziellen Trauer. Beides brachte den Raufbold dazu, seinen Golfschläger wütend gegen eine Dalbe zu schmettern. »Das wollte ich nicht!«, schrie er. »Das wollte ich wirklich nicht!«

Die Ostfriesland III hatte den Anlegehafen verlassen und war auf dem Meer nur noch so groß, dass er sie hinter seiner Handfläche verschwinden lassen konnte. Sie hatten gesiegt, gesiegt, gesiegt! Aber es herrschte Entsetzen. Das Geräusch, mit dem die Knochen im Körper von Lars Kleinschnittger zerbrachen, bevor er selbst aufplatzte wie eine reife Melone, die auf den Steinboden fiel, würde keiner der Anwesenden jemals wieder vergessen. Aus diesem Geräusch würde schon heute Nacht die Musik ihrer Albträume komponiert werden.

Heinz Cremer, der Architekt aus Düsseldorf, hatte Angst, ihm könne später die Schuld am Tod von Kleinschnittger gegeben werden, denn er war hier so etwas wie der Rädelsführer. Er suchte Kontakt zu dem Polizisten Jens Hagen, aber der tat ihm nicht den Gefallen, ihn zu entlasten. Hagen fühlte sich selbst so sehr schuldig, dass er – um es überhaupt aushalten zu können – einen anderen als klar identifizierten Schuldigen brauchte. Er brüllte Heinz Cremer an: »Der ist tot, tot tot! Sind Sie jetzt zufrieden, Sie blöder Arsch, Sie?!«

Die ersten Silbermöwen sausten im Sturzflug herab und pickten Stücke von Lars Kleinschnittgers Fleisch aus den Wellen. Körperteile schwappten gegen die Hafenmauer, die Wellen wuschen Blut von der Dalbe, an der er zerdrückt worden war.

Das Entsetzen lähmte die Menschen für einen Moment. Dann feuerte der Mann, der bereits den ersten Schuss abgegeben hatte, auf die Möwen in der Luft. Eine von ihnen zerfetzte ein Treffer. Federn stoben auf. Einige Möwen flohen, aber längst nicht alle. Ein paar Dutzend sammelten sich nicht weit auf dem Dach von der Fischbude.

Holger Hartmann wäre am liebsten ins Wasser gesprungen, um den Toten zu bergen, aber er fand den Gedanken gruselig, ihn zu berühren. Was, wenn am Ende etwas fehlen würde? Ein Arm oder ein Bein?

Er ruinierte alles, was er anfasste, ja, genauso war sein Leben verlaufen. Alles, was er begann, ging langfristig schief, egal, wie hoffungsvoll der Start auch aussah. In jedem seiner Siege war immer schon die Niederlage angelegt. Jede Schlägerei, die er gewann, hatte vor Gericht ein übles Nachspiel für ihn. Jede Frau, die sich in ihn verliebte, begann nach wenigen Monaten, ihn zu hassen. Und genauso war es jetzt. Der Tod von Lars Kleinschnittger brachte ihn um seinen Sieg. Statt jetzt als Held, als entschlossener Verteidiger von Borkum an jeder Theke gefeiert zu werden, würden sie alle mit dem Finger auf ihn zeigen. Einer war bei ihrer Aktion auf der Strecke geblieben. Einen fraßen jetzt die Fische, falls die Möwen etwas von ihm übrig ließen.

Jens Hagen und Oskar Griesleuchter stiegen hinab, um die Leiche zu bergen. Dabei passierte etwas mit Griesleuchter. Er hörte es wie ein Klicken in seinem Gehirn, als würde ein Schalter umgelegt werden oder eine Sicherung herausspringen, weil der Stromstoß zu stark und unkontrolliert war.

20 An Bord der Ostfriesland III herrschte eine Stimmung zwischen Betroffenheit und Panik. Es gab Passagiere, die gar keine Lust mehr hatten, ihren Urlaub überhaupt anzutreten. Sie wollten nur noch nach Hause.

Die alte Frau Symanowski befürchtete, dass sie ihre Altersresidenz im Sauerland nicht mehr wiedersehen würde. Sie fühlte sich schlecht, das Herz machte ihr Probleme und sie bekam nur schwer Luft. Es hätte ihr nicht viel ausgemacht, auf Borkum zu sterben, im Gegenteil, vielleicht war das sogar ihre heimliche Hoffnung. Aber auf einer Fähre in der Nordsee, zwischen aufgebrachten, angsterfüllten Menschen, die bereits lange Anreisezeiten in überfüllten Zügen oder auf verstopften Autobahnen hinter sich hatten, wollte sie nicht den letzten Atemzug tun. Von Ruhefinden konnte hier keine Rede sein. Und sie wusste, dass sie nicht runterkommen konnte von diesem Schiff, und das machte sie panisch. Es war schlimmer, als im Fahrstuhl stecken zu bleiben, denn diese unkontrollierbare Masse Mensch wurde für sie zur Bedrohung, zu einem Gefahrenherd, dem sie sich ausgeliefert fühlte.

Qualm stieg ihr in die Nase. Es roch verbrannt. Zunächst fürchtete sie, ein Feuer sei an Bord ausgebrochen, doch dann wurde ihr klar, dass es Zigarettenrauch war. Allein drei Raucher standen in ihrer Nähe. Jetzt ertönte der Lautsprecher. Die Passagiere wurden vom Kapitän aufgefordert, sich ruhig und besonnen zu verhalten. Niemand schwebe in Gefahr. Die Gastronomie an Bord werde wieder aufgenommen und jeder Gast könne sich ein kostenloses Getränk abholen. Er sei in Kontakt mit allen verantwortlichen Stellen und werde sich um eine Lösung bemühen. »Wir halten Sie ständig auf dem Laufenden.«

In Wirklichkeit war er verzweifelt. Er hatte diesen Job nur in Vertretung angenommen, weil der zuständige Kapitän der Ostfriesland sich verhoben hatte und ihm nun einige Wirbel eingerenkt werden mussten. Ausgerechnet in der Ferienzeit.

78

Ole Ost walkte sich das Gesicht durch. Er erreichte niemanden. Dafür bekam er Anfragen von Journalisten. Sogar jemand von einem japanischen Fernsehsender hatte inzwischen seine Handynummer. Einem der Schiffsleute hatte ein Privatsender fünfhundert Euro für ein Live-Interview am Telefon geboten.

Ole Ost wollte nicht einfach nach Emden zurückfahren. Er brauchte eine klare Ansage von der Reederei.

Nicht ohne Sorge beobachtete er drei Kampfjets im Tiefflug. Sie kamen im Formationsflug näher. Für einen irren Moment war es, als würden sie das Schiff angreifen wollen. Noch nie zuvor war eine Militärmaschine so tief über die Fähre geflogen. Der Lärm und die Luftwirbel waren immens.

Die Menschen auf den Außendecks duckten sich und hielten sich die Ohren zu. Selbst im Speiseraum zuckte alles zusammen. Es hörte sich an, als könnte eine Maschine in den Schiffsrumpf krachen wie ein Torpedo.

Frau Symanowski kreischte. Sie konnte nichts dagegen tun. Sie wollte nicht schreien, aber es passierte einfach. Das Geschehen erinnerte sie an ihre schlimmsten Albträume, doch selbst im Krieg hatte sie nie einen Bomber aus solcher Nähe gesehen. Diese Kampfjets schienen greifbar zu sein und sie wirkten wie mutierte Rieseninsekten aus Stahl.

Die Maschinen drehten ab und flogen in Richtung Niederlande davon, aber dann auf einmal kehrten sie um und bewegten sich erneut auf die Fähre zu. Die alte Frau Symanowski begann zu beten, wie sie damals als Kind im Bunker gebetet hatte, laut und voller Inbrunst: »Heilige Maria, Mutter Gottes, voll der Gnade, der Herr ist mit dir, du bist gebenedeit unter den Frauen und gebenedeit ist die Frucht deines Leibes, Jesus. Heilige Maria, Mutter Gottes, bitte für uns Sünder, jetzt und in der Stunde unseres Todes, amen. Heilige Maria, Mutter Gottes, voll der Gnade, der Herr ist mit dir, du bist gebenedeit unter den Frauen und gebenedeit ist die Frucht deines Leibes, Jesus. Heilige Maria, Mutter Gottes, bitte für uns

Sünder, jetzt und in der Stunde unseres Todes, amen. Bitte verlass uns nicht …«

Einige umstehende Menschen beteten laut mit. Ein Mann im Fußball-T-Shirt vom FC Sankt Pauli fiel sogar auf die Knie und faltete die Hände, doch die Kampfjets schienen der Gebete zu spotten und kamen trotzdem unaufhaltsam näher.

Charlie schwenkte sein Papiertaschentuch wie eine weiße Fahne. Dabei liefen Tränen über seine Wangen. Er bemerkte nicht, dass er weinte, er spürte seinen Tod nahen und er wollte nicht so sterben. Wenn er die Augen schloss, sah er die Fähre brennen. Nachrichtenbilder von fernen Kriegsschauplätzen schossen aus seiner Erinnerung hoch. Fernsehbilder. Er wusste nicht, wie viel er davon abgespeichert hatte. Er war kein Kriegsfilmegucker. Eher im Gegenteil, ihn als Kriegsdienstverweigerer hatten Filme angewidert, die so taten, als seien sie Antikriegsfilme, aber in Wirklichkeit genau aus dem, was sie zu bekämpfen vorgaben, ihre filmische Faszination holten. Er bezeichnete Filme wie »Pearl Harbor« als verlogenen »Hollywood-Dreck«, er hatte diesen »Antikriegsfilm« wütend verlassen – und vorher sein Popcorn gegen die Leinwand geschleudert. Irgendwie kam es ihm jetzt so vor, als hätte er immer schon gewusst, dass er einmal in einem Flammenmeer sterben würde. In einem Bombardement.

Kurz bevor die Maschinen mit ihren Flügeln das Schiff zu berühren schienen, schloss Charlie die Augen und wartete auf den Knall, aber der kam nicht. Stattdessen wurden die Gebete lauter und auch einige Flüche mischten sich in das Stimmengewirr, während das Dröhnen der Motoren sich in der Ferne verflüchtigte. Keine Bomben, kein Kampf …

Aber ein Kampf fand jetzt unter Deck statt.

Kai Rose war mit seinem Sohn Dennis und seiner Tochter Viola in die Herrentoilette gegangen. Er hatte es nicht übers Herz gebracht, Viola allein vor der Tür stehen zu lassen. Sie war verunsichert und weinte still.

Dennis wirkte jetzt wirklich krank. Sein Vater wusch ihm das Gesicht und ließ ihn kräftig in ein Papiertaschentuch schnäuzen. Dennis klagte über Schmerzen in den Gelenken. Kai Rose schärfte ihm ein, er dürfe das auf keinen Fall jemandem sagen. »Später«, so versprach er, »gehen wir zum Arzt und alles wird gut. Aber jetzt musst du so tun, als ob du gesund wärst. Hast du das begriffen, Dennis?«

Dennis verstand es nicht, aber ihm war durch die Art, wie sein Vater es sagte, und durch die Ereignisse der letzten Minuten, die Blicke der Menschen und wie sie plötzlich alle Abstand von ihm hielten, klar, dass etwas Schlimmes, Furchterregendes vor sich ging. Er fühlte sich irgendwie schuldig daran. Ein altes Gefühl … Schon immer hatte er sich schuldig gefühlt, wenn Mama trank. Im Grunde glaubte er, sie würde nur zur Flasche greifen, weil er so ein schlechter Junge war und sie enttäuscht hatte. Immer, immer wieder hatte er versucht, alles so zu regeln, dass seine Mutter am Ende nicht wieder halb bewusstlos durch die Wohnung taumelte. Er hatte sein Zimmer aufgeräumt, auf seine Schwester aufgepasst, seine Sachen nicht schmutzig gemacht, keine Widerworte gegeben, nie gequengelt und immer war er in der Schule fleißig, aber sie trank trotzdem und weinte am anderen Tag.

Er wusste, dass sie sehr krank war und deshalb schließlich in eine Klinik kam, in der sie ohne ihn und Viola und Papa darum kämpfte, gesund zu werden. Er wollte, dass seine Mama ein besseres Leben führen konnte, keins, das sie krank machte. Deshalb hatten er und Viola sich etwas überlegt: Es war besser für Mama, nicht zu ihnen zurückzukommen. Dennis hatte genau gehört, dass Mama nur aus Pflichtgefühl bei ihnen geblieben war, und weil sie alles so unerträglich fand, hatte sie ihren Kummer in Alkohol ertränkt.

Ja, so hatte Sue vom Jugendamt es gesagt, an dem Abend, als sie Papa geküsst hatte. Er und Viola hatten gelauscht, Viola war an der Tür eingeschlafen. Er hatte sie leise ins Bett gebracht und war wieder zur Tür zurückgekrochen, um noch mehr zu hören. Sue hatte gesagt, dass sie gar nicht verstehen könne, warum eine Frau mit solch einem tollen Mann nicht glücklich werden würde, und sie selbst habe nicht so viel Glück wie Mama gehabt. Ihr Freund sei lange nicht so ein guter Papa.

Und wieder fand Dennis Bestätigung für seine Schuldgefühle. An seinem Vater konnte es nicht liegen, der war ein toller Mann, und Viola war noch so klein und soooo süß. Es war alles seine Schuld. Seine. Und jetzt ... hier auf dem Schiff, schon wieder.

Noch einmal fragte sein Vater ihn, ob er es begriffen habe.

»Ja«, sagte Dennis. »Ja, Papa.«

»Wenn dich einer fragt, du hast Heuschnupfen. Heuschnupfen. Kannst du dir das merken?«

»Ja, Papa.«

»Was ist Heuschnupfen?«, fragte Viola.

In dem Moment ging die Toilettenspülung in der anderen Kabine. Kai zuckte erschrocken zusammen und packte Dennis hart am Arm. Er schob ihn in Richtung Tür. Viola lief hinterher.

Draußen standen die Menschen dicht gedrängt. Eine aufgeregte, schwitzende Masse, die Dennis Angst machte. Diese Augen, die ihn so bohrend ansahen. Sie gaben ihm die Schuld. Alle die Leute hier.

»Wir müssen das Kind isolieren«, sagte jemand. Dennis wusste nicht, was das Wort bedeutete, aber es hörte sich bedrohlich an.

Er sah seine Mutter in der Menge. Sie war blass und neben ihr stand dieser Benjo, mit dem sie Kaffee getrunken hatte. Der sollte ja nicht glauben, dass er sein neuer Papa werden könnte. Er und Viola, sie würden beide bei Papa bleiben.

Seine Mutter wollte etwas sagen, aber da riss hinter Kai und den Kindern jemand die Tür auf und brüllte: »Ich habe es genau gehört! Er hat dem Kind eingeschärft, es sei nicht krank! Der Junge soll uns etwas vorlügen. Von wegen Heuschnupfen! Der Junge trägt das verdammte Virus in sich. Seid vorsichtig, das Zeug breitet sich durch die Luft aus, wie bei einem ganz normalen Schnupfen!«

»Nein, Sie ... Sie haben das alles falsch verstanden, ich ... Ich wollte doch nur ...«, stammelte Kai Rose. Er suchte eine Ausrede.

Margit hatte ihn oft in peinliche Situationen gebracht. Viel zu lange hatte er ihr Fehlverhalten durch Lügen ausgeglichen. *Es geht ihr nicht gut – sie muss etwas Schlechtes gegessen haben …*

Er hatte sich so sehr daran gewöhnt zu lügen, dass er manchmal gar nicht wusste, wem er was erzählt hatte, und begann, sich in seinem eigenen Lügengeflecht zu verstricken. Lügen erleichterten das Leben ungemein. Zunächst jedenfalls. Aber jetzt halfen Lügen nicht weiter. Er versuchte es mit der Wahrheit.

»Ja, der Junge hat Fieber. Aber das kann eine ganz normale Grippe sein, eine Erkältung oder …«

»Oder die Hühnergrippe! Die da draußen auf Borkum haben es ja mitbekommen, dass ein krankes Kind an Bord ist«, sagte der Steuerfachanwalt bissig.

»Aber das ist doch Blödsinn. Der Junge hat nur geniest, wieso soll das so schlimm …«

»Sie haben versucht, die Krankheit zu verheimlichen! Das ist unverantwortlich! Sie spielen mit unser aller Leben!«, brüllte der Mann, der ihnen aus der Toilette nachgekommen war. Er hatte viel Ähnlichkeit mit Brad Pitt. Er war nur dreißig Kilo schwerer und irgendwann hatte ihm jemand die Nase gebrochen. Sie war platt und schief. Das gab ihm ein gewisses verwegenes Boxeraussehen. Da er Pittkowski hieß, wurde er von vielen Pitt genannt.

Fast ein Glück, dachte Margit, dass es Dennis getroffen hat und nicht Viola. Kai hat immer ein besseres Verhältnis zu Dennis gehabt: Er bevorzugt ihn und Viola muss immer hintanstehen. Wahrscheinlich ist er sich nicht sicher, ob Viola wirklich von ihm ist.

Als Viola geboren wurde, hatte sie noch nicht die Kontrolle über den Alkohol verloren, wohl aber über sich selbst. Sie hatte mehrere Affären. Bei der Geburt von Dennis war sie noch völlig clean gewesen, hatte weder andere Männer nötig noch Gin.

Viola würde er nicht so hartnäckig verteidigen, dachte sie. Viola würde er opfern.

Sie kam sich bei dieser Verdächtigung wie eine Verräterin vor, obwohl sie es niemandem mitteilte, aber die Erkenntnis war so dramatisch. Obwohl Dennis bedroht war, hatte sie das Gefühl, Viola retten zu müssen, weil sie Kai nicht trauen konnte.

Vielleicht spürte Viola etwas davon, jedenfalls sah sie in die Augen ihrer Mutter und war plötzlich nicht mehr zu halten. Als hätte sie vergessen, warum sie sich von ihr fernhalten sollte, stürmte sie plötzlich geradlinig auf sie zu. Dabei schrie sie aus Leibeskräften.

Die Passagiere wichen ihr aus. Es war sofort eine Gasse frei, hin zu ihrer Mutter.

Mit ihren sechs Jahren begriff Viola, dass sie Macht hatte. Niemand wollte in ihre Nähe kommen. Das war für sie schlimm, aber es half ihr auch. Sie konnte den Erwachsenen Angst machen. Sie liefen vor ihr davon, so etwas kannte sie sonst nur vom fröhlichen Fangenspielen. Aber das hier war anders. Sie machte den Menschen richtig Angst und es gab etwas in ihr, das fand Spaß daran.

Benjo, der junge Mann neben ihrer Mutter, wich nicht aus, sondern blieb stehen. Viola drückte sich an die Schenkel der Mutter und verbarg ihr Gesicht in ihrem Schoß, als hätte sie vor, da hinein zurückzutauchen.

Ein Kellner hob die Arme und gebot der Menge mit großer staatsmännischer Geste, Ruhe zu bewahren, dann sagte er: »Ich mache Ihnen allen einen Vorschlag. Wir werden jetzt die Kranken in einem gesonderten Raum isolieren, damit die anderen Passagiere nicht angesteckt werden. Es gibt mehrere Möglichkeiten im Zwischendeck oder ...«

»Woher wissen wir denn, wer krank ist und wer nicht?«, rief Benjamin Koch. »Wer sagt, dass die Kinder nicht gesund sind? Vielleicht sind Sie ja selbst krank?«

Benjos Frage traf den Kellner wie eine Nadelspitze einen prall aufgeblasenen Luftballon. Margit Rose glaubte sogar, das Entweichen der Luft hören zu können. Da war so ein leises Pssssst. Es passte absolut zu der plötzlich kraftlos gewordenen Gestalt.

Ein angetrunkener Tourist aus Duisburg sprang ihm zur Seite. »Im Fernsehen sagen sie, die Inkubationszeit betrage nur wenige Stunden und das Virus sei äußerst aggressiv. Man kann nicht aufhören zu atmen. Wenn einer hier an Bord infiziert ist, schweben wir alle in größter Gefahr«, schimpfte er und er stampfte sogar mit dem Fuß auf, als er rief: »Wir dürfen das nicht ignorieren! Wir müssen handeln!«

Der Raum leerte sich. Passagiere, die mit dem Auto auf die Fähre gekommen waren, verzogen sich klammheimlich in ihre Fahrzeuge und drehten die Scheiben hoch, um ja keine verseuchte Luft hereinzulassen.

Henning Schumann aus Gelsenkirchen meldete sich zu Wort. Er war achtzehn Jahre alt, Schulsprecher, und er wollte später einmal Bundeskanzler werden – oder wenigstens Oppositionsführer. Noch war er in keiner Partei. Die, deren Programme ihm gefielen, waren zu klein und boten ihm keine Karrierechancen, und die Parteien, die ihm eine persönlich angenehme Zukunft verheißen konnten, gefielen ihm nicht. Aber das würde sich finden. Den Lehrern an seinem Gymnasium war klar, dass er in die Politik gehen würde. Ganz ohne Zweifel saß bei ihnen in der Klasse nicht irgendein Achtzehnjähriger, sondern ein zukünftiger Bundespolitiker.

»Na, klasse Vorschlag. Sollen wir den Kleinen über Bord werfen oder was?«, spottete Henning. »Das ist doch wieder alles nur so eine hochgepeitschte Panikmache der Pharmaindustrie. Die wollen, dass Staat und Krankenkassen Milliarden für eine Impfung ausgeben, die am Ende kaum einer braucht und die mehr Schaden anrichtet, als Nutzen zu bringen.«

Einen kurzen Moment lang hatte Henning die Menschen nachdenklich gemacht. Margit Rose warf ihm einen dankbaren Blick zu. Kai Rose ärgerte sich, dass er nicht darauf gekommen war. Hätte Henning Schumann heute schon zur Wahl gestanden, um die Stimmen von Kai und Margit Rose sowie Benjamin Koch und den Girlies hätte er sich keine Sorgen zu machen brauchen.

Umso mehr Kontra bekam er von Brad Pitt, dem Dicken. »Halt's Maul, Klugscheißer! Die machen die Vereinigten Staaten nicht dicht, um ein paar Dollar zu verdienen. Das hier ist kein Werbegag. Und da draußen ist gerade ein Mann gestorben!«

Er zeigte in Richtung Borkum und sein Speichel zog lange Fäden.

»Ja«, stimmte Henning Schumann zu. »Sie haben ganz recht, da draußen ist gerade ein Mann gestorben. Aber ihn hat kein Virus umgebracht. Er starb an der unkontrollierten Hysterie. An unserer Angst.«

»Es war ein Unfall!«, rief eine Fistelstimme.

»Mir egal. Ich werde jedenfalls keine Toilette benutzen, auf der die vorher waren.« Der Kellner zeigte auf Kai Rose und dessen Sohn Dennis. »Wir haben nicht genügend Desinfektionsmöglichkeiten, um den ganzen Mist ...«

»Genau!«, rief der dicke Brad und wandte sich an Kai Rose. »Und deshalb müsst ihr vernünftig sein.«

»Was soll das bedeuten? Vernünftig sein?«, fragte Kai vorsichtig nach. Er ahnte Schlimmes.

Der Kellner versuchte, es in nette Worte zu kleiden. »Wir sind in zwei, höchstens zweieinhalb Stunden wieder in Emden. Dort werden wir garantiert von einem Ärzteteam erwartet. Die werden Ihnen helfen. Bis dahin schlage ich vor, dass Sie und Ihre Kinder sich fernhalten von den anderen hier auf der Fähre. Gehen Sie einfach in Ihr Auto und warten Sie dort ab.«

Einige der Umstehenden nickten erleichtert. Die Lösung schien ganz einfach, doch die Seifenblase der Hoffnung zerplatzte, als Kai Rose antwortete: »Wir sind nicht mit dem Auto gekommen, sondern mit dem Zug.«

Der Kellner sah sich hektisch um. Niemand stand so nah bei Kai Rose und seinem Sohn wie er. Er machte einen Schritt zurück und schützte Mund und Nase mit der Hand.

»Wer stellt der Familie sein Auto zur Verfügung?«

Bis auf das Ehepaar Luther befanden sich alle Fahrzeugbesitzer schon in ihren Wagen. Die beiden kamen erst jetzt auf die Idee.

»Ich bin doch nicht verrückt. Der Wagen ist brandneu. Wer ersetzt mir die Kosten? Die Reinigung und alles, und außerdem, wer weiß, wie lange sich diese Krankheitsbrut darin hält. Oh nein, nicht mit mir, das kann keiner von uns verlangen«, rief Herr Luther. Er drängelte sich mit seiner Frau durch die Menschentraube an der Treppe zu seinem metallicblauen BMW.

Der Kellner hatte schon eine neue Lösung: »Dann halten Sie sich eben in den Toilettenräumen auf und verlassen die erst, wenn ...«

Kai Rose zeigte dem Kellner doof.

Viola hielt es nicht länger aus. Sie riss sich von ihrer Mutter los und stürmte genauso schreiend zu Dennis zurück, wie sie vorher zu ihr gerannt war. Es sah aus, als wollte sie Dennis beschützen. Wie ein bissiger Engel zeigte sie ihre Zähne und fauchte. Margit Rose kam sich dumm vor, als hätte sie eine Chance vertan und ihre Tochter viel zu schnell wieder losgelassen.

»Wir geben jetzt allen, die sich krank fühlen, die Gelegenheit, sich in die Toilettenräume für Herren zurückzuziehen. Sie werden dort mit Getränken und kleinen Snacks versorgt.«

»Ja danke!« Kai Rose lachte bitter.

»Und wo gehen wir dann hin, wenn wir mal müssen?«, fragte ein besorgter Mann um die vierzig.

»Zur Damentoilette«, freute sich ein Punk aus Braunschweig.

»Aber die Damentoiletten sind doch immer überfüllt«, gab eine Mittfünfzigerin zu bedenken und schämte sich gleich für ihre Worte. Sie sah zur Decke, als hätte sie nichts gesagt.

Der Kellner hob abwehrend die Hände. »Ich kann Sie beruhigen. Wir haben mehr als nur *eine* Herrentoilette an Bord.«

»Und man kann ja auch über die Reling schiffen!«, rief der Punk, der allem eine durchaus spaßige Variante abgewinnen konnte. Immerhin gab es Freigetränke. Ihn nervte nur diese schreckliche Musik im Restaurantbereich.

»Also, machen wir jetzt Nägel mit Köpfen«, sagte der Kellner und bemühte sich um einen Tonfall in der Stimme, der keinen Widerspruch duldete. Ein flirrendes Gefühl ergriff ihn. Man hörte ihm zu. Niemand winkte ihn herbei, um einen Ostfriesentee zu bestellen, kein Mensch meckerte, weil er mal wieder nicht schnell genug rannte. Sie hatten ihn in diesem Kampf zum Feldherrn erkoren. Die Mutigsten unter ihnen würden sich seiner Armee anschließen. Er hatte Soldaten, wenn er sie brauchte.

Kai Rose sah sich hilflos um. »Sie wollen uns doch jetzt nicht zwingen …«

Der Kellner, Brad Pitt der Dicke und Helmut Schwann, der Steuerfachanwalt mit dem blutigen Hemd, banden sich weiße Tischdeckchen als Mundschutz vors Gesicht. Dadurch bekamen sie etwas Bedrohliches und erinnerten an die Männer, die die Ostfriesland III an der Landung gehindert hatten. Der Kellner nickte ihnen zu.

Margit Rose hörte schon wieder Knochen zerbrechen. Ihr Gehör wurde für sie zu einem erschreckend deutlichen, geradezu seismografischen Wahrnehmungsinstrument, das ein fernes Beben ankündigte. Sie wehrte sich dagegen. Sie schüttelte sich vor ihren eigenen Gedanken. »Das ist keine Zukunftsvision«, sagte sie sich. Sie merkte nicht, dass sie laut gesprochen hatte. Benjamin Koch blickte sie an. Sie schien zu frieren. Viola schnappte um sich wie ein kleiner zorniger Kläffer. Die Menschen wichen ihr aus.

Der dicke Brad und der Steueranwalt hatten sich mit Stühlen bewaffnet, um Kai und die Kinder in die Toiletten zurückzudrängen, aber keiner von ihnen wollte ein kleines Mädchen verletzen.

Der Kellner machte einen Versuch, die Kleine zu packen. Im letzten Moment jedoch zuckte er vor den Konsequenzen zurück. Er wollte sie nicht anfassen, er wollte nicht einmal die gleiche Luft atmen wie sie. Das spürte Viola genau, es gab ihr bisher ungekannten Mut und öffnete eine Quelle unbändiger Kraft. Sie würde ihren großen Bruder verteidigen und allen zeigen, dass sie noch eine Familie waren, die zusammenhielt.

Sie erwischte die rechte Hand des Kellners und grub ihre Zähne in seinen Zeigefinger. Er kreischte und hinter ihm in der Menge lachte jemand wie Jack Nicholson in »Shining«. Krank und völlig irre.

Der Kellner drehte sich gebückt um die eigene Achse, dabei schleuderte er das Kind durch die Luft. Es hatte sich in seinen Finger verbissen wie ein Pitbull-Terrier. Ungläubig betrachteten die Umstehenden die Szene.

Margit Rose schrie: »Viola! Viola!«

Wieder versuchte der Kellner, das Mädchen abzuschütteln. Es gelang ihm nicht. Margit Rose wollte ihrer Tochter zu Hilfe kommen, stolperte aber, weil ihr jemand ein Bein stellte, und ging zu Boden.

Leichenblass kreischte der Kellner: »Sie hat mich gebissen! Gebissen!«, aber damit teilte er niemandem eine Neuigkeit mit.

Kai Rose war wie gelähmt. Es war nicht ganz klar, ob er sich an Dennis festhielt oder Dennis sich an ihm.

Mit aller Macht stieß der Kellner Viola von sich. Einige Menschen stöhnten aufgeschreckt, weil es aussah, als würde er dem kleinen Kind einen Faustschlag gegen die Brust verpassen. Da war plötzlich ein nie gehörtes, völlig unbekanntes Geräusch, als würde eine unreife Melone in Stücke gerissen oder ein rohes Stück Fleisch zerfetzt.

Die Wucht des Schlages hob Viola vom Boden und ließ sie ein Stück durch die Luft fliegen. Ihre Zähne steckten noch immer in dem Finger des Kellners, als ob sie zu seinem Körper gehörte.

Margit Rose erlebte die Szene wie in Zeitlupe aus der Froschperspektive. Jemand trat ihr versehentlich auf die Hand, aber sie spürte den Schmerz nicht. Ihr war nur das Bein im Weg. Sie verrenkte den Kopf und sah jetzt, wie ihre Tochter mit dem Rücken gegen die Schiffswand krachte.

Etwas fiel Viola aus dem Mund. Einen Augenblick schien sie neben dem Bullauge zu kleben, dann rutschte sie ganz langsam an der Wand nach unten.

Sie öffnete die Lippen und ein blutiges Loch tat sich auf. Darin blitzten einige hellweiße, von keinerlei Karies befallene Zähne. Es waren gute Zähne, von einem braven Mädchen bestens gepflegt, sie wurden zweimal am Tag mit einer elektrischen Kinderzahnbürste geputzt. Morgens und abends.

Blutstropfen auf dem Boden markierten Violas Flugspur wie eine rote Linie von detonierten Bomben.

»Mein Finger!«, schrie der Kellner. »Sie hat mir den Finger abgebissen!«

Er taumelte. Nur seine Wut über das Unfassbare hinderte ihn daran, in Ohnmacht zu fallen. Es war nicht sein ganzer Zeigefinger. Nur der erste Knöchel war abgetrennt worden. Doch als der Wellengang das Schiff zur Seite neigte und das abgebissene Fingerglied, eine Blutspur hinterlassend, auf die Menschentraube hinter dem Steueranwalt zurollte, stob die Menge auseinander, als ob ein wildes Tier sie angreifen würde.

Eine Kinderstimme schrie: »Iiiiiih!«

Die Angst, von dem Fingerstück berührt zu werden, war größer als die Hilfsbereitschaft Viola oder dem Kellner gegenüber.

Der Fingernagel reflektierte Licht. Das menschliche Stück Fleisch zuckte.

»Sie hat ihn mit ihrem Biss angesteckt«, stellte Brad fest.

»Blödsinn!«, rief Henning Schumann. »Sie gucken zu viele Vampirfilme.«

Kai Rose wich mit Dennis vor den drohenden Stuhlbeinen zurück. Helmut Schwann stieß den Stuhl immer wieder in Kais Richtung. Jedes Mal, wenn Kai einen Schritt rückwärtsging, setzte er nach. Er spürte plötzlich mit diesem Stuhl als Waffe, dass er immer noch eine Kämpfernatur war. Der Büroalltag hatte ihn nur scheinbar domestiziert. In Wirklichkeit war er der wilde Kerl geblieben, der er als Jugendlicher gewesen war, der keinem Duell aus dem Weg ging, der von den Freunden geachtet und von den Gegnern gefürchtet wurde.

Er war nicht heulend zum Klassenlehrer gerannt, wenn der Terror von Maik und seinen Schergen aus der neunten Klasse zu heftig geworden war. Oh nein. Er ging lieber unter, als sich knechten zu lassen oder zu Kreuze zu kriechen. Er brauchte keine Gnade vom Klassenlehrer.

Er hatte Maik Kontra gegeben und sich dabei eine blutige Nase geholt, sein Arm war ausgekugelt worden und sein rechtes Auge hatte tagelang in allen Regenbogenfarben geleuchtet. Aber was bedeutete das alles gegen die Anerkennung, die er von seinen Klassenkameraden erhielt, weil er sich gewehrt hatte – als Einziger!

Damals. Das alles war unendlich lange her und inzwischen erschien ihm sein weiterer Lebensweg als eine Reihenfolge von Niederlagen und Demütigungen, denen er sich ergeben hatte. Seine Frau, seine wichtigsten Kunden … die Galerie der Menschen, vor denen er wie ein Wurm herumgekrochen war, um von ihnen anerkannt und geachtet zu werden, war lang.

Das war vorbei, endgültig. Jetzt, gerade in diesen Sekunden, riss er die Mauern ein, die er zwischen sich und seinem damaligen Helden-Ich gebaut hatte. Er wurde wieder eins mit sich selbst. Dieser Kampf hier war nur ein Vorspiel auf das, was noch kommen sollte. Eine große Abrechnung stand bevor.

Er fühlte sich kraftvoll. Wieder sprang er mit dem Stuhl vor, stieß ihn in Kai Roses Richtung und diesmal schrie er: »Halt das Kind nicht schützend vor dich, du feiger Hund! Kämpf wie ein Mann!«

Seine Frau konnte nicht fassen, was sie da sah und hörte. Sie wollte ihm den Stuhl abnehmen. Noch hoffte sie, er habe vielleicht das Fischbrötchen in Emden nicht vertragen. Allergien sollen ja bei manchen Menschen gewisse psychische Reaktionen hervorrufen, dachte sie. Jedenfalls erkannte sie ihren Mann nicht wieder.

»Lass den Blödsinn, komm zur Vernunft … Helmut!« Sie musste sich beherrschen, ihn nicht wie sonst »Schwänchen« zu nennen. Irgendwie passte dieser Kosename im Moment nicht zu ihm.

Er wandte sich ihr zu. Er sagte nichts, aber er schaute sie an, wie er sie noch nie angesehen hatte. Als sein Blick sie mit voller Wucht traf, wurde ihr heiß und kalt. Sie wusste, dass ihre Beziehung nie wieder sein würde, wie sie bisher gewesen war. Nie wieder.

Als würde Kai Rose Helmut Schwanns Worte ernst nehmen, packte er seinen Jungen, der sich an ihm festklammerte, und schob ihn hinter sich. Margit Rose hatte sich aufgerafft und drückte Viola fest gegen ihre Brust.

Kapitän Ole Ost hatte zwar immer noch niemanden erreicht, dafür aber im NDR 2 gehört, der Fährbetrieb zwischen den Ostfriesischen Inseln und dem Festland sei eingestellt worden.

Er war von einem Crewmitglied informiert worden, dass sich auf dem unteren Deck Ungeheuerliches tat. Er nahm jeweils zwei Treppenstufen mit einem Schritt und stützte sich am Geländer ab, sodass es ein bisschen wirkte, als sei die Schwerkraft durch seine Leichtfüßigkeit für Bruchteile von Sekunden aufgehoben worden.

An seinem Hals hing eine Kette mit einem Kreuz aus achtzehnkarätigem Weißgold. Ein Familienerbstück, von der Großmutter an seine Mutter vererbt und von ihr an ihn weitergegeben. Er trug dieses Kreuz, obwohl er nicht gläubig war, denn er liebte seine Mutter und konnte ihr kaum etwas abschlagen. Manchmal war es noch heute für ihn, als würde sie ihm über die Schulter sehen bei dem, was er tat, und als würde sie ihre Meinung dazu abgeben. Vor ihren Augen zu versagen, wäre das Schlimmste für ihn gewesen.

Er erfasste die Situation intuitiv. Ein Kellner hatte sich zum Wortführer aufgeschwungen und sehr schnell eine durch nichts legitimierte Autorität erreicht. Aber Ole Ost war sich sicher, dass seine Kapitänsuniform mehr wert war als die Kellnerweste und die Servierschürze.

»Packt sie!«, rief der Kellner. »Packt sie! Sperrt sie ein! Sie sind wie wilde Tiere!«

»Oh nein!«, widersprach Ole Ost mit fester Stimme. Alle drehten sich zu ihm um, sogar Helmut Schwann und der Kellner. Ohne dass er es gesagt hatte, war allen klar, dass der Kapitän zu den Streithähnen gehen wollte.

Eine Schneise bildete sich, ein Durchgang zum Zentrum der Ereignisse. Der Kapitän sprach langsam und überdeutlich, als hätte er Sorge, nicht verstanden zu werden. »Wir werden uns jetzt alle beruhigen.«

»Ach ja?!«, fauchte Helmut Schwann angriffslustig. Er wollte sich seine neue Freiheit nicht so einfach wieder nehmen lassen. Für ihn war der Mann da nur ein Mensch in einer Fantasieuniform, nicht mehr als ein Straßenbahnschaffner. Der Kapitän schritt auf ihn zu.

»Was willst du Fahrkartenabreißer?«

»Ich bin Kapitän Ole Ost. Ich fordere Sie alle auf, sich hinzusetzen. Wir fahren zurück nach Emden …«

Der Kellner hielt anklagend seine rechte Hand hoch. Erst jetzt registrierte Ole Ost das Stück abgebissenen Zeigefinger am Boden. Er wusste, dass er durchgreifen musste. Bei den meisten Menschen konnte er sich auf seine natürliche Autorität als Kapitän verlassen. Sie waren froh, wenn einer bestimmte, wo es langging. Aber es gab auch immer Leute, die grundsätzlich ein Problem mit Autoritäten und Uniformen hatten. Mit denen gab es immer Ärger, sie lehnten sich gegen Regeln auf, nur weil es Regeln waren.

»Hinsetzen! Ich habe gesagt, Sie sollen sich hinsetzen. Alle! Bitte setzen Sie sich jetzt.«

Mit festem Schritt ging er ohne Eile vorwärts und wiederholte immer wieder seine Worte.

»Ich habe hinsetzen gesagt. Mein Name ist Ole Ost. Ich bin Ihr Kapitän. Bitte setzen Sie sich.«

Er roch den Zigarettenrauch. Auch das musste er unterbinden. Vielleicht merkte man daran am schnellsten, dass die allgemeine Ordnung außer Kraft gesetzt wurde: Auch die kleinen Regeln galten plötzlich nicht mehr.

»Das Rauchen ist hier verboten! Es gibt keine Ausnahmen. Bitte löschen Sie augenblicklich Ihre Zigaretten.«

»Sonst werfen Sie uns über Bord, oder was?« Der Punk lachte, wurde aber leise, als die Frau neben ihm ihre Zigarette ausdrückte.

»Meine Tochter ... sie hat bestimmt eine Gehirnerschütterung«, befürchtete Margit Rose. Sie hatte Probleme, Viola festzuhalten. Ihr Atem pfiff ungesund, trotzdem versuchte sie, sich aus den Armen der Mutter zu befreien. Sie wollte erneut zubeißen. Wenn den Erwachsenen diese Situation auch über den Kopf wuchs, sie würde sich verteidigen. Sich und Dennis und Mama und Papa. Die Erwachsenen kamen oft nicht klar, dann mussten die Kinder eben handeln.

Sie war jetzt groß genug, sie wollte die Sache nicht mehr Dennis überlassen. Dennis war schwach. Dennis hatte versagt. Papa kümmerte sich viel um Dennis, wahrscheinlich hatte Dennis eine heimliche Krankheit, die alle ihr verschwiegen. Warum sonst trug Papa dauernd Dennis herum und nicht sie?

Dennis bekam fast immer sein Lieblingsessen. Wenn er Milchreis mit Zimt wollte und sie Pfannkuchen, dann gab es Milchreis. Wenn sie nicht aufaß, war es nicht so schlimm, aber Dennis brauchte die Kraft. Er musste essen.

Sie sollte nicht wissen, wie krank ihr Bruder wirklich war, dachte sie. Mama und Papa wollten sie schonen. Wahrscheinlich hatte Mama deswegen angefangen zu trinken. Die unheimliche Krankheit von Dennis hatte sie so traurig gemacht. Und die Eltern hatten ihr, Viola, die schlimme Krankheit von Dennis verschwiegen. Sie hatten Angst, dass sie alles verraten würde. »Meine kleine Plaudertasche« nannte Papa sie manchmal, weil sie nichts für sich behalten konnte. Mama und Papa befürchteten, die anderen Leute würden Dennis einsperren, wenn sie von seiner Krankheit wüssten. Jetzt war alles raus, aber sie hatte nichts verraten. Sie nicht! Sie beschützte Dennis!

Etwas in ihrer Brust tat entsetzlich weh. Sie konnte sich nicht mehr richtig gerade machen. Die Faust hatte etwas in ihr verletzt. Sie spürte es genau. Etwas Wichtiges war in ihrem Körper kaputtgegangen. Aber sie war zäh, sie würde noch eine Weile durchhalten und die Familie verteidigen.

»Mein Finger. Sie hat mir den Finger abgebissen!«, jammerte der Kellner. Er wurde langsam weinerlich. Der Biss hatte ihn vom Täter zum Opfer gemacht. Er wollte kein Feldherr mehr sein, der eine Armee befehligte, sondern nur noch ein Patient in einem gut geführten Krankenhaus, in dem die Ärzte Zeit hatten und moderne medizinische Gerätschaften.

Margit Rose lockerte ihren Griff, um Viola nicht wehzutun. Benjamin wollte ihnen nah sein und lief zu den beiden. Für einen Augenblick war Margit abgelenkt und Viola riss sich los, um den Kellner erneut zu attackieren. Er wich ihren Bissen um Hilfe rufend aus. Er schlug sie nicht, um sich nicht ins Unrecht zu setzen. Alle sollten sehen, was hier los war. Er schrie nur.

Der Kapitän fing Viola ab und hielt sie mit festem Griff. Sie strampelte, wollte auch ihn beißen, aber so, wie er sie umklammerte, hatte sie keine Chance. Sie bekam kaum noch Luft, aber das lag nicht an seiner Umklammerung.

Margit Rose baute sich vor dem Kapitän auf. »Lassen Sie meine Tochter los. Sie tun ihr weh!«

 Helmut Schwann holte mit seinem Stuhl aus. Er legte all seine Kraft hinein und ließ ihn auf Kai Rose heruntersausen. Kai deckte sich mit erhobenen Armen und sprang rückwärts. Dabei stieß er seinen Sohn um und trat ihm auf den rechten Fuß.

Der menschliche Fuß hat sechsundzwanzig Knochen, sieben davon brachen unter dem Gewicht von Dennis' Vater. Niemand bemerkte den kleinen Unfall, doch Kai Rose stolperte über seinen Sohn und fiel hin. Als er auf dem Boden aufschlug, sah er kurz in Dennis' Gesicht und wusste sofort, dass es dem Kind schlecht ging.

Dennis schrie nicht. Er weinte nicht einmal. Er riss nur seinen Mund auf. Seine schmerzverzerrten Lippen zitterten.

Der Kellner rief: »Wir müssen jetzt ...«

»Sie haben hier keinerlei Weisungen zu erteilen!«, stellte der Kapitän klar. Eigentlich duzten die beiden sich, aber Ole Ost fand das »Sie« jetzt passender. Es verfehlte seine Wirkung nicht.

Da raffte Kai Rose sich auf. Er trat Helmut Schwann wuchtig in die Weichteile. Der Steueranwalt knickte in den Knien ein. Sofort war seine Frau bei ihm.

»Schwänchen!!«

Margit Rose streckte die Arme nach Viola aus und Ole Ost fand, dass von dem kleinen Mädchen die geringste Gefahr ausging. Er übergab sie ihrer Mutter, erleichtert, sie loszuwerden.

Margit Rose konnte nur noch einen Gedanken denken: Ich muss mein Kind von hier wegbringen!

Ihre Tochter brauchte sie. Sie musste jetzt ganz Mutter werden. Es war, als würde sich ihr ganzes weiteres Leben in diesem einen Moment entscheiden.

»Die Mami ist bei dir, keine Angst, meine Kleine!« Sie hatte das Gefühl, diese Worte zärtlich zu flüstern. In Wirklichkeit brüllte sie sie heraus.

Kai Rose zog Dennis hinter sich her wie einen heruntergefallenen Rucksack.

Margit Rose flüchtete mit Viola zu den beiden. Violas Atem quietschte wie eine defekte Luftpumpe. Das Kind war in der Mitte wie durchgebrochen, als würden zwei getrennte Teile nur noch von der Haut und den Kleidern zusammengehalten.

Kai Rose öffnete die Tür zur Toilette und verschwand mit seinem Sohn darin, bevor Margit und Viola bei ihm waren. Er blickte sich nicht einmal nach ihnen um.

Er traute der Menge nicht. Nur die wenigsten hatten sich, wie vom Kapitän befohlen, hingesetzt. Diese Masse war hysterisch und das konnte jeden Moment in sinnlose Gewalt umschlagen. In einigen Augen flackerte blanker Hass, ja Mordlust.

Zum ersten Mal im Leben hatte Kai Rose Angst. Richtige Angst.

Dies war anders als die Angst, sich zu blamieren, hatte nichts zu tun mit dem sorgenvollen Blick aufs überzogene Konto. Es war heißer als die Furcht vor dem Muttermal, das sich auf der Haut veränderte und verdächtige schwarze Ränder bekam. Es war eine existenzielle Angst, die seinen Körper in Alarmbereitschaft versetzte.

Er hatte nur einmal etwas Vergleichbares erlebt, das war Jahre her und hatte nur Bruchteile von Sekunden gedauert. Damals war ihm beim Überholen eines Lkws auf der Landstraße ein BMW entgegengekommen. Er hatte das Lenkrad herumgerissen und den Wagen in ein Maisfeld gesteuert ...

Tausende heißer Nadelspitzen stachen plötzlich in seine Haut. Er musste handeln. Jetzt sofort. Er knallte die Toilettentür zu und stemmte sich dagegen.

Als Margit mit Viola vor der geschlossenen Tür stand, brach sie fast zusammen. »Er hat nicht auf uns gewartet«, sagte sie mit zitternder Unterlippe. Dann schrie sie den Satz voll anklagender Empörung in den Saal. »Er hat nicht auf uns gewartet, das Schwein!«

Helmut Schwann lag in embryonaler Haltung auf dem Boden, beide Hände zwischen seine Schenkel gepresst.

Pittkowski klopfte heftig mit seiner rechten Faust gegen die Toilettentür, mit der Linken presste er das Tischtuch fest gegen seinen Mund und die Nase. Seine Stimme klang dumpf und künstlich, als er rief: »Mach die Tür auf und lass deine Frau und dein Kind rein, du Held!«

Nichts geschah.

Der dicke Pitt klopfte erneut. »Mach jetzt keine Scherereien, Arschloch! Wir hatten alle eine Menge Geduld mit dir. Strapazier unsere Nerven nicht zu sehr!«

Benjamin Koch war jetzt bei Margit. Er hätte am liebsten schützend den Arm um sie gelegt. Komischerweise empfand er die Gefahr, sich bei ihr oder Viola anzustecken, als unrealistisch, ja nebensächlich. Er wäre jetzt lieber mit ihr und den Kindern in der Toilette verschwunden, als bei den aufgebrachten Borkumurlaubern in dem Restaurant zu bleiben. Nur Margits Nocheheman machte die Lage in dem engen Raum in seiner Vorstellung ungemütlich. Der Kerl war Benjo ein Rätsel. Ließ er Margit nicht rein, weil er befürchtete, sich bei ihr oder seiner Tochter das Virus zu holen? Aber das war doch irre. Wenn überhaupt, dann war der Sohn krank. Befürchtete er, Schwann könnte wieder auf ihn losgehen? Oder war es ihm ein Grauen, mit seiner Ehefrau und den Kindern dort eingesperrt zu sein? Hatte er Angst vor der möglichen Konfrontation?

Da öffnete Kai Rose die Tür einen Spalt und zeigte sein verschwitztes Gesicht.

21 Mit ihrer Gitarre Gitti auf dem Rücken wollte die Sängerin Bettina Göschl Emden so verlassen, wie sie gekommen war. Mit dem Zug. Sie wohnte nur knapp zwanzig Minuten Bahnfahrt entfernt in der ältesten ostfriesischen Stadt, Norden. Sie hatte für heute Abend Freunde eingeladen, eine Fischsuppe sollte gekocht werden, eine kleine Feier war vorbereitet. Die Premiere von ihrem neuen Musical im KIKA war ihr Anlass genug, das gesamte Filmteam einzuladen.

Schon bald ahnte sie, dass dieser Abend anders verlaufen würde als geplant. Sie wartete eine halbe Stunde an einem Taxistand auf einen Wagen, der sie zum Bahnhof bringen sollte, und versuchte immer wieder, die Zentrale anzurufen. Sie glaubte schon, ihr Handy sei kaputt, dann gab sie auf und entschied sich für den Bus, aber zu diesem Zeitpunkt gab es in Emden schon keinen geregelten öffentlichen Nahverkehr mehr.

Bettina Göschl blieb nichts anderes übrig, als sich zu Fuß auf den Weg zum Bahnhof zu machen. Sie war vor Jahren nach Ostfriesland gezogen, weil sie die gute Luft liebte und eine Smogglocke, wie sie im Sommer über Köln hing, an der windigen Nordsee keine Chance hatte. Doch heute fühlte sie sich in die schlimmsten Kölner Zeiten zurückversetzt.

So viele Autos hatte sie in Emden noch nie auf den Straßen gesehen und der Verkehr stockte. Es war kein langsames Kriechen, wie etwa auf der Autobahn, wenn sich eine kilometerlange Schlange durch das Nadelöhr einer Baustelle quält. Hier gab es stellenweise gar kein Fortkommen mehr. Je näher die Straßen an den Autobahnauffahrten lagen, umso weniger ging es vorwärts. Ein Hupkonzert von New Yorker Qualität änderte nichts daran. Über allem kreisten mehrere Hubschrauber, was die Menschen nicht gerade beruhigte.

Bettina arbeitete sich zum Bahnhof durch. Unterwegs traf sie ein paar Piratenkinder. Ihre Busse fuhren nicht, ihre Eltern waren nicht zu Hause – es schien ein großartiger, pflichtfreier Tag für sie zu werden. Einige machten einen fröhlichen, ja ausgelassenen Eindruck, ein paar kämpften aber auch mit den Tränen.

Von Weitem sah es aus, als ob hier eine aufgebrachte Menge demonstrieren würde. Die Emder Polizei hatte den Bahnhof abgesperrt. Aus einem Lautsprecher wurden Ärzte, ausgebildete Pflegekräfte und medizinisches Fachpersonal dringend gebeten, sich bei der Einsatzleitung zu melden.

Etwas abseits, an eine Laterne gelehnt, stand eine verzweifelte alte Dame neben ihrem Lederkoffer. Sie wollte zu ihrer alleinerziehenden Tochter nach Wilhelmshaven, sie hatte ihr versprochen, auf die Kinder aufzupassen, während die Tochter zu einem Fortbildungslehrgang fahren wollte. Sie kam sich vor wie eine Rabenmutter, weil sie jetzt ihre Tochter im Stich lassen musste. Sie schaffte es nicht, ihr Versprechen zu halten. Das war schrecklich für sie. Sie war so froh gewesen, gebraucht zu werden, und nun das.

Sie kam nicht weg von hier, aber sie hatte auch keine Ahnung, wie sie es jetzt zurück nach Hause schaffen könnte. Sie hoffte, einfach aus diesem Albtraum aufzuwachen. Aber etwas sagte ihr, dass er gerade erst begonnen hatte. Sie fühlte sich schwach, ihre Knie zitterten und es war, als würde alle Energie aus ihrem Körper weichen.

Bettina blieb bei der Frau stehen. Die alte Dame wirkte, als ob sie jeden Moment ohnmächtig werden würde.

»Kann ich Ihnen helfen?«

Der Frau war die Frage unangenehm, sie hatte sich so sehr daran gewöhnt, immer für andere da zu sein, dass es ihr schwerfiel, selbst Hilfe anzunehmen, und obwohl der Bahnhofsvorplatz vor ihren Augen zu trudeln begann, sagte sie mit Beben in der Stimme: »Danke, mir geht es gut.«

Der als Käpt'n Rotbart verkleidete Leon Sievers, Bettina erkannte ihn wieder, suchte mit gezogenem Gummisäbel Bettinas Nähe.

Aber sie konnte sich ihm nicht zuwenden. Die alte Dame sackte plötzlich zusammen. Bettina konnte gerade noch verhindern, dass sie hart auf den Boden schlug.

Vorsichtig legte sie die bewegungslose Frau auf das Pflaster, schob ihr den Gitarrenkoffer unter den Kopf und bat Leon, ihr zu helfen, die Füße der Ohnmächtigen hochzuhalten, das sei gut für den Kreislauf.

»Ich kenne sie«, sagte Leon. »Das ist die alte Frau Steiger, die wohnt bei uns in der Straße.«

»Wir bitten Sie, diese nicht genehmigte Versammlung aufzulösen. Heute fahren keine Züge aus Emden ab. Der gesamte Zugverkehr ist ausgesetzt worden. Bitte bewahren Sie Ruhe und gehen Sie nach Hause!«, forderte jetzt eine rauchige Polizistenstimme, die wenig überzeugend klang.

»Nicht genehmigte Versammlung?! Ja, dreht ihr jetzt völlig am Rad? Nehmt ihr harte Drogen, oder was? Wir haben uns hier nicht versammelt. Wir wollen in den Zug! Wir sind Bahnkunden, keine politischen Demonstranten!«, schrie ein aufgebrachter Mann mit weißen Haaren und erntete Beifall dafür.

»Was nicht ist, kann aber noch werden!«, drohte ein angetrunkener Versicherungsvertreter, der eigentlich zur Jahreshauptversammlung nach Hannover musste, wo er – wie er lauthals kundtat – heute zum Bezirksleiter befördert werden sollte.

Bettina Göschl versuchte, die hilflose Frau anzusprechen, aber die reagierte nicht.

»Einen Arzt!«, rief Bettina. »Wir brauchen einen Arzt!«

»Ja, einen Nervenarzt für die Bullen!«, schrie der zukünftige Bezirksleiter, der gleichzeitig begriff, dass er um diese Zeit noch keinen Kräuterschnaps vertrug.

Bettina versuchte, sich zu den Polizisten durchzuarbeiten, aber je näher sie der Kette am Bahnhofseingang kam, umso aggressiver wurde die Stimmung auf beiden Seiten. Schnell sah sie ein, dass es so nicht ging. Sie kehrte zu Frau Steiger zurück.

Fast alle Menschen hatten ein Handy am Ohr, jeder musste irgendwen über die Lage informieren. Da waren viele zornige, ja hasserfüllte Stimmen um sie herum.

Bettina versuchte, über ihr Telefon einen Notarztwagen zu rufen, aber als sie mit dem dritten Anruf endlich durchkam, hörte sie zwar Stimmen wie in einem Großraumbüro, ein völliges Durcheinander, aber niemand sprach mit ihr. Sie bekam keinen Kontakt. Es war, als sei sie zwischen mehreren Telefonverbindungen gelandet, sie konnte alles hören, aber sie wurde nicht wahrgenommen.

Sie versuchte, sich Gehör zu verschaffen: »Ich heiße Bettina Göschl. Ich stehe hier auf dem Bahnhofsvorplatz in Emden. Bei mir ist eine ohnmächtige Frau. Bitte schicken Sie mir einen Rettungswagen.«

Statt der erhofften Antwort brüllte jemand sehr weit weg, wie durch einen dicken Vorhang: »Ich habe gesagt, Sie sollen aus der Leitung gehen! Jetzt legen Sie endlich auf! Sie blockieren einen Notruf! Gehen Sie endlich aus der Leitung, verdammt noch mal!«

»Dies *ist* ein Notruf«, sagte sie zaghaft, doch während sie noch überlegte und nach Worten suchte, um die Situation zu erklären, orientierte sie sich anders.

Das Gehupe der Autos, die vor dem Bahnhof feststeckten, die vielen Menschen, all das zerrte an ihren Nerven und machte ihr Angst. Das Ganze war unkalkulierbar geworden. Sie wollte nur noch weg hier. Das Gefühl, diesen Ort nicht verlassen zu können, legte sich um ihren Hals wie ein Strick, an dem sie aufgeknüpft werden sollte. Sie griff sich an die Kehle, reckte immer wieder den Kopf und rang nach Luft. Gleichzeitig versuchte sie, Frau Steiger beizustehen.

Die gute alte Dame rappelte sich jetzt wieder auf. Sie zog sich an Bettinas Gitarre hoch und blickte verwirrt um sich. Bettina wollte sie stützen, aber sie wehrte ab, als habe sie Angst vor der fremden Person.

»Vorsichtig«, sagte Bettina. »Halten Sie sich an mir fest. Sie sind gerade … umgefallen.«

Störrisch wie ein Kind, das sich um diese Uhrzeit noch nicht ins Bett schicken lassen will, schimpfte Frau Steiger: »Ich komm schon selber klar. Es geht mir gut.«

Sie torkelte zwei Schritte vorwärts. Leon breitete seine Arme aus, als ob er in der Lage wäre, ihren Fall aufzuhalten, und als hätte er es vorausgeahnt, knickte sie in den Knien ein. Bettina war sofort bei ihr, aber Frau Steiger schlug trotzdem hart auf dem Boden auf.

22 So aufgebracht hatte Tim Jansen seine Schwester noch nie gesehen. Nach wie vor hockte sie auf dem Flughafen von Mumbai. Sie, der Friedensengel mit den vielen guten Ideen von einem solidarischen Zusammenleben der Menschen – sie sah aus, als hätte sie Lust, eine Schlägerei zu beginnen. Ihre Lippen waren weiß vor Wut. In ihren Augen flackerte eine ihm bisher nicht bekannte Aggressivität. Sie schimpfte so unangenehm laut, dass er den Sprachregler herunterfuhr, um ihr weiter zuhören zu können.

»Die Schweine, diese Schweine! Die wollen dreißigtausend. Dreißigtausend! Kannst du dir das vorstellen?«

»Wofür?«

»Für den Flug nach London, von dem ich dir erzählt habe. Im Ernst! Ich dachte erst, ich hätte mich verhört, aber der Typ am Schalter hat gesagt, das gehe nach Angebot und Nachfrage. Und es gibt Leute, die haben das Geld und sind bereit, es zu bezahlen, nur um irgendwie nach Europa zu kommen.«

Eigentlich wollte Tim ihr erzählen, was hier in Emden los war, doch jetzt staunte er. »Das ist garantiert nicht legal. Da kannst du dich beschweren und dann verliert der seinen Job.«

Kira lachte bitter. »Ja, vermutlich. Aber ich will hier keine Beschwerdebriefe schreiben. Ich will nach Hause.«

Tim hörte sich fragen: »Willst du Papa um das Geld bitten? Er findet bestimmt Mittel und Wege ...«

Er wusste, dass Kira Nein sagen würde, aber seine Frage machte ihn selbst traurig, denn obwohl sie den Kopf schüttelte und sich auf die Unterlippe biss, hatte er damit ungewollt ein altes giftiges Fass aufgemacht. Für sie würde ihr Vater alles tun. Notfalls ein Flugzeug entführen, um seine Tochter zu retten, und dabei käme er sich äußerst heldenhaft vor. Für Tim, seinen Sohn, war ihm dagegen jede Kleinigkeit lästig und er half ihm eigentlich nur, weil er nicht wollte, dass irgendwo irgendwann ein gescheiterter Jansen herumhing und sich über seinen lieblosen Vater beschwerte. Dabei hatte er, Tim, sich immer nur als jemand gefühlt, der bedürftig war, während sein Vater und Kira aus dem Vollen zu schöpfen schienen.

Jetzt war es einmal umgekehrt. Kira brauchte Hilfe, sah ratlos aus, statt Hilfe zu geben und anderen Ratschläge zu erteilen.

Einmal, in der Zeit der Trennung, hatte sein Vater in einem hässlichen Telefongespräch mit seiner Mutter in den Hörer gebrüllt: »Er ist ein Nehmer. Das hat er von dir! Du nimmst auch immer nur!«

Es war klar, dass er damit gemeint war, obwohl sein Name nicht gefallen war. Dieser Satz hatte ihn lange verfolgt. Er wollte kein »Nehmer« sein. Das klang wie »Dieb«. Nach dem Unfall war er erst recht zum Nehmer geworden. Zwar hätte er im Grunde lieber auf der Müllkippe gelebt, als sich von seinem Vater aushalten zu lassen und von dessen Tierquälerei zu profitieren, aber es ging nicht anders. Allerdings hatte er eine Möglichkeit gefunden, sich zu arrangieren. Er lebte hier auf der Hühnerfarm und von der Hühnerfarm, aber er war so eine Art U-Boot der Tierschützer geworden. Er nutzte sein Hiersein, um die Öffentlichkeit zu informieren und den radikalen Tierschützern Stoff für ihre Pläne zu liefern. So hatte er alles für sich unter einen Hut gebracht. Er war versorgt und blieb doch moralisch sauber. Kira durfte die tolle Tochter spielen, die sich in aller Welt nützlich machte, und er war der missratene Sohn.

Er fand es eine tolle Idee, dass sein Vater sich in Schwierigkeiten brachte, wenn er Kira half. Er, Tim, wollte nicht länger das Sorgenkind sein, sondern die Stafette weiterreichen. Jetzt war endlich mal seine Schwester dran. Gleichzeitig hatte er Angst um sie, wollte sie am liebsten in den Arm nehmen und an sich drücken.

»Was hast du jetzt vor?«, fragte er.

Sie verzog den Mund, wischte sich eine Strähne aus dem Gesicht und fühlte dabei, dass ihre Wange feucht war. Sie konnte sich nicht daran erinnern, wann sie zum letzten Mal vor Wut geweint hatte.

»Ich sitz hier fest, Tim. Wir kommen hier alle nicht raus. Was ist los mit dieser Scheißwelt? Was?«

23 Dr. Maiwalds Lachfältchen, die seine Kollegin Linda aus der Klinikverwaltung so sympathisch fand und die sie manchmal dazu brachten, von ihm zu träumen, hatten sich in Sorgenfalten verwandelt. Sie waren immer noch an denselben Stellen, aber sie wirkten jetzt anders.

Es hatte mit seinem getrübten Blick zu tun. Seine Augen hatten den Glanz verloren. Er strahlte nicht mehr humorvoll, sondern er sah zurückhaltend aus wie jemand, der mehr wusste, als er sagte, weil er die anderen Menschen nicht schockieren wollte. Etwas an seiner Körperhaltung sagte ihr, dass er befürchtete, die ganze Wahrheit über das Grippeszenario sei zu schlimm, um ausgesprochen zu werden.

Er war in den Krisenstab der Stadt berufen worden und hatte sich entschlossen, nicht zu dessen erster Sitzung zu gehen. Er wurde jetzt hier gebraucht, mehr denn je. Er telefonierte gerade mit der Bürgermeisterin Kerstin Jansen. Der Verlauf des Gesprächs war niederschmetternd. Sie sprach von einem »Krisenraum«, den sie mit lobenden Worten anpries: »Wir sind hier sicher, haben aber alle nötigen Mittel der Kommunikation zur Verfügung. Werden über eine Klimaanlage mit Frischluft versorgt und ...«

Er ließ sie nicht weiterreden, sondern hakte nur nach, er hoffe, er habe das falsch verstanden: »Klimaanlage?«

»Ja«, sagte sie. »Wir müssen uns doch vor den Viren schützen.«

Fassungslos schüttelte er den Kopf, als ob sie hier in seinem Arbeitszimmer wäre und ihn sehen könnte. So viel Unwissenheit machte ihn fast stumm. Er hatte Kerstin Jansen, die Exfrau des Herrn über die Hühnerbatterien draußen vor der Stadt, sogar gewählt. Er mochte ihre verbindliche, eigentlich kluge Art. Sie setzte sich für Kultur ein, förderte soziale Einrichtungen in der Stadt und war nie durch Affären aufgefallen. Aber was sollte sie auch von Seuchenbekämpfung verstehen? Sie hatte Verwaltungsrecht studiert und ein paar Semester Soziologie.

Er stellte sich ihr Gesicht vor, wie er es aus der Zeitung kannte. Vor Kurzem, bei der Verabschiedung des Chefarztes, hatte sie das Krankenhaus besucht, aber er war ihr nicht begegnet.

Er glaubte, das Rauschen der Klimaanlage durch das Telefon zu hören, und er empfand es als unangenehm. Er räusperte sich, um sprechen zu können. Ein schmerzhaftes, trockenes Kratzen machte es ihm schwer. »Das ... das ist kein Atomkrieg«, sagte er.

»Na, zum Glück!« Sie lachte.

Er hustete sich frei. »Eine Klimaanlage ist keine gute Idee. Sie schützt nicht vor Viren, sie verteilt sie. Das Erste, was Sie ausschalten sollten, ist die Klimaanlage.«

Sie schwieg nachdenklich einen Moment lang, dann lachte sie erneut, unsicher diesmal. »Ja, sollen wir die Fenster öffnen oder was schlagen Sie vor? Ich meine, wir brauchen doch Frischluft.«

»Ja, ohne Sauerstoff geht es nun mal nicht, aber ...«

Sie hatte ihre Sicherheit schon zurück. Er wunderte sich und fragte sich, ob jemand bei ihr war und ihr Erklärungen lieferte. Er glaubte, eine Flüsterstimme im Hintergrund zu hören. »Die Klimaanlage ist sehr sicher. Sie trocknet die Tropfen, in denen sich die Viren aufhalten, aus. Wir atmen sozusagen keimfreie Luft.«

Dr. Maiwald stöhnte und rieb sich die Stirn. »Sie sind doch bestimmt schon mal in Urlaub geflogen ...«

Es tat ihm sofort leid, dass er so belehrend war. Er machte es ihr damit unnötig schwer, seiner Argumentation zu folgen.

»Viele Menschen steigen im Urlaubsort aus der Maschine und sind erst einmal krank. Die Klimaanlage im Flieger hat die Luft ausgetrocknet, also die Schleimhäute geschädigt, und dann Viren und Bakterien verteilt.«

»Das ... das kann hier nicht passieren. Unsere Klimaanlage ist modern. Sie filtert die Luft und ...«

»Sie filtert die Luft? Es soll doch kein Kaffee aufgebrüht werden. Aber wie dem auch sei, ich kann hier sowieso nicht weg. Wir brauchen zusätzliches Personal und es müssen weitere Räume bereitgestellt werden, in denen die Kranken versorgt werden können.« Er machte eine kurze Pause. »Was die Kommune aus meiner Sicht tun kann, ist, Turnhallen, Schulen und andere öffentliche Gebäude zur Verfügung zu stellen. Es werden Atemschutzgeräte gebraucht und Desinfektionsmittel in großem Umfang und ...«

»Wir brauchen Sie jetzt hier, Herr Dr. Maiwald. Wir befinden uns in Phase fünf des nationalen Pandemieplanes. Das heißt ...«

»Ich weiß. Der Reiseverkehr kann kontrolliert und eingeschränkt werden. – Ich muss Ihnen leider mitteilen, Frau Bürgermeisterin, dass wir die erste Tote zu beklagen haben. Soeben ist die Patientin Rebecca Grünpohl an einem Multiorganversagen verstorben.«

Endlich war es raus.

Die Bürgermeisterin kommentierte seine Aussage mit einem ehrlichen: »Scheiße.«

»Ich habe nie ... niemals in meinem Leben solch einen Krankheitsverlauf miterlebt. Dieses Virus ist unglaublich aggressiv.«

Das Gespräch wurde durch Telefongeklingel und Stimmen in der Nähe der Bürgermeisterin unterbrochen. Sie forderte ihn auf, sie auf dem Laufenden zu halten. Dann war die Leitung tot.

Dr. Maiwald fühlte sich schwach und krank. Hitzewellen jagten durch seinen Körper. Er erhob sich und stützte sich schwer auf den Schreibtisch vor ihm. Ihm wurde schwindlig.

Sein Blick fiel auf einen Teller mit einer Marzipanschnecke. Er lächelte, doch seine Hand zitterte, als er danach griff.

24

Margit Rose hielt Viola fest umklammert, als sie an ihrem Nochehemann vorbei in die Herrentoilette stürmte. Benjo drängte sich hinter ihr durch die Tür. Kai Rose wollte ihn nicht hereinlassen und versuchte, ihn abzudrängen.

Margit setzte ihre Tochter ab und schlug ihrem Mann ins Gesicht. Seine Oberlippe platzte auf. Sie kreischte: »Was bist du für ein Mensch! Du willst ein Vater sein? Lässt mich mit deiner Tochter draußen bei der Meute im Stich?!«

Benjo schob sich nun in den Raum und drückte die Tür hinter sich zu.

Kai Rose tupfte sich mit einem Papiertaschentuch das Blut von der Lippe. Da er gar nicht auf ihre Worte reagierte, verpasste sie ihm noch eine Ohrfeige.

Er schützte sich nicht vor ihren Schlägen. Es war, als würden sie ihm guttun, als würde damit endlich etwas klargestellt.

Sie sah den Vorwurf in seinen Augen und die Verachtung. *Du hast dich mal wieder nicht im Griff, wie immer. Du bist auch nüchtern besoffen.* Sein Lieblingssatz in der schweren Zeit, wenn sie versuchte, ohne Alkohol auszukommen, und sich trotzdem oder gerade deshalb mal wieder völlig danebenbenommen hatte.

»Ich bin nicht die Rabenmutter! Du bist der Rabenvater!«

»Ja, komm, hau doch wieder zu. Knall mir noch eine! Lass alle sehen, wie sehr du um deine Ehe kämpfst. Und wie wenig du dich unter Kontrolle hast. Bevor ich zu dir zurückgehe, würde ich lieber schwul werden!«

»Red nicht so! Was sollen die Kinder denken?«

»Ha!«, lachte er bitter. »An die Kinder hättest du vorher denken müssen.«

Benjamin Koch bückte sich zu Dennis. Der Junge lag mit verzerrtem Gesicht unter einem der Pissoirbecken und zog sein rechtes Knie an den Körper. Sein Fuß hing unnatürlich herab, als sei er nicht richtig am Bein angewachsen.

Benjo traute sich nicht, das Bein des Jungen zu berühren. Er begriff augenblicklich, dass das Kind verletzt war. Der Streit der Eltern, in dem das Leid des Jungen völlig unterging, machte ihn wütend.

»Hört endlich auf! Es geht ihm schlecht. Er braucht einen Arzt!«

»Er hat keine Scheißhühnergrippe!«, fauchte Kai Rose, dem die Anwesenheit des jungen Mannes ebenso wenig gefiel wie die seiner Frau.

Benjo hatte keine Lust, sich auf diesem Niveau auseinanderzusetzen. Er kniete sich neben Dennis und fragte ihn: »Wie ist das passiert?«

Die Verbissenheit, mit der der Junge die Frage ignorierte, zeigte Benjo, dass Dennis auf keinen Fall irgendwem in diesem Krieg hier Munition liefern wollte für ein neues Ehegefecht.

Er antwortete nicht. Nur ein Stöhnen kam über seine Lippen.

Jetzt erst sah Margit ihr Kind bewusst an. Ihr stiegen sofort Tränen in die Augen, so jämmerlich wirkte Dennis auf sie.

Hinter ihrem Rücken brach Viola zusammen. Ihr Atem ging pfeifend.

25 Ole Ost hoffte, dass jetzt, nachdem die Familie mit dem vermutlich kranken Kind isoliert worden war, die Ordnung an Bord wiederhergestellt werden könnte. Er stellte sich vor, wie das hier schon bald zu einer Anekdote werden würde, wie so viele Abenteuer und Katastrophen der christlichen Seefahrt. *Der Tag, an dem sie nicht in Borkum landen konnten* – er würde in die Geschichte der Fährschifffahrt eingehen und alle daran erinnern, dass Borkum eben immer noch eine alte Pirateninsel war, auf der Walfischknochen als Gartenzäune benutzt wurden, und dass auf einigen verwitterten Grabsteinen an der Kirche kein Kreuz war, sondern ein Totenkopf. Etwas von der uralten Freibeutermentalität war immer auf der Insel lebendig geblieben. In Vergessenheit geraten würde nur, dass sie, die Piraten, nicht von den Bewohnern, sondern von Touristen vertrieben worden waren …

Ole Ost hob die Arme und wollte um Ruhe bitten. Aber noch bevor seine Stimme ertönte, hob die blasse, rothaarige junge Frau ihr brandneues Smartphone hoch. Darauf liefen die Nachrichten. Lukka rief: »In Emden haben sie die ersten Toten. Die Bundeswehr hat alles abgesperrt, da kommt keiner rein und keiner raus. Ich will da nicht hin!«

Spontan stimme Charlie ihr zu: »Ich auch nicht!«

Er wusste nicht so recht, wohin mit sich. Einerseits war er froh, nicht mit den anderen auf der Toilette eingeschlossen zu sein, andererseits war das möglicherweise jetzt der sicherste Ort. Falls die Kinder gesund waren, war die Ansteckungsgefahr draußen an Bord bei den vielen Menschen auf jeden Fall viel höher.

Pittkowski bog seinen schmerzenden Rücken durch. Seine anerzogene Autoritätsgläubigkeit brachte ihn dazu, Ruhe für den Kapitän zu fordern. Er hoffte so sehr, von ihm zu hören, was zu tun war. Zum einen fand er schlimm, was das schöne junge Mädchen da gerade in den Nachrichten gehört hatte, andererseits wussten die da oben bestimmt genau, was sie taten, und es war gut, wenn jemand die Sache entschlossen in die Hand nahm. Der Staat musste sein Gewaltmonopol durchsetzen, sonst machte in einer Krise jeder, was ihm gerade einfiel. Er war erleichtert über den Einsatz der Bundeswehr, hatte sich aber von der Armee etwas anderes erhofft, als einfach bloß alles dichtzumachen.

»Und … was bedeutet das für uns? Was heißt das?«, fragte er mit einer Stimme, die gar nicht zu seinem massigen Körper passte.

»Die Regierung versucht, die Seuchenherde einzudämmen«, erklärte der Kapitän sachlich. »Das ist sinnvoll, wenn man eine weitere Ausbreitung verhindern will. Wir werden in Emden vom Gesundheitsamt gut betreut werden und in Quarantäne kommen …« Eigentlich hatte er noch hinzufügen wollen: »… hoffe ich.«

Helmut Schwann stand – immer noch mit zusammengedrückten Knien – auf seine Frau gestützt da und donnerte stimmgewaltig: »Sie glauben doch nicht im Ernst, dass wir jetzt alle freiwillig in ein Seuchengebiet fahren, wo wir nicht wissen, ob und wie wir versorgt werden. Nicht einmal Hotelzimmer haben wir dort oder …«

Ole Ost war erleichtert, weil sich zwei seiner Leute selbstverständlich wie Bodyguards rechts und links neben ihm aufbauten. Er konnte sich auf seine Leute verlassen. Sie waren ein gutes Team. Sie taten wortlos das Richtige.

»Das Wort Seuchengebiet ist doch lächerlich. Wir sind doch eben erst in Emden gestartet.« Er blickte in die Runde. »Sie wissen genauso gut wie ich, dass dort im Prinzip alles in Ordnung ist.«

»Alles in Ordnung?« Der Punk kicherte. »Was bist du denn für eine Knallcharge? Ich denk, es gibt da eine Tote! Und wieso riegelt die Bundeswehr die Stadt ab, wenn alles in Ordnung ist?«

»Ach, nichts wird so heiß gegessen, wie es gekocht wird. Wie oft hatten wir schon Sturmwarnung und danach war die Nordsee wie ein netter heißer Ostfriesentee, wenn der Seemann hineinpustet.«

Das Ganze gefiel Pittkowski überhaupt nicht. Er kam sich verscheißert vor. Nein, Autorität hin, Autorität her, so einfach wollte er sich nicht verladen lassen.

Helmut Schwann erhob seine Stimme. »Wir sind nicht einfach lebendes Transportgut, wie Schlachtrinder. Wir sind zahlende Fahrgäste im Vollbesitz sämtlicher bürgerlicher Ehrenrechte. Man kann mit uns nicht machen, was man will.«

»Das hat auch niemand vor«, beschwichtigte der Kapitän, »aber besondere Ereignisse erfordern besondere Maßnahmen. Es wäre mir auch lieber, wenn Sie inzwischen auf der zauberhaften Insel Borkum Ihren ersten Milchkaffee an der Promenade genießen könnten. Aber Sie haben ja erlebt, was geschehen ist. Wir waren dort nicht wirklich willkommen.«

»Aber nach Emden zurück wollen wir nicht. Keiner von uns, oder wie sehe ich das?«, rief entschlossen Henning Schumann, der Gelsenkirchener, der es als Schulsprecher gewöhnt war, sich im Chaos einer Schülerversammlung auf dem Pausenhof durchzusetzen.

»Oder wie sehe ich das?!«, hängte er gern an seine Aussagen an. Dieser Satz hatte für ihn etwas Magisches. Er warnte indirekt vor Widerspruch, machte aus allen, die nicht mitmachen wollten, Idioten. Und auch jetzt, hier unter Deck, zwischen den Tischreihen, funktionierte es. Er bekam erstaunlich viel Beifall. Sogar ein Matrose sagte leise zum Kapitän: »Also ich finde, er hat recht.«

Helmut Schwann bewegte sich, immer noch auf seine Frau gestützt, hin zu dem Schulsprecher. Die beiden sahen sich nur kurz an und jeder wusste vom anderen, dass sie als Team gemeinsam in der Lage waren, das Ruder herumzureißen. Sie hatten beide etwas, das man im Showgeschäft und in der Politik Charisma nannte.

Helmut Schwann löste sich jetzt von seiner Frau und hielt sich an Henning Schumann fest. »Wir fordern Sie hiermit auf, eine andere, akzeptable Lösung zu finden. Ihr Vorschlag, einfach nach Emden zurückzukehren, kann so nicht angenommen werden.«

»Ich habe keinen Vorschlag gemacht. Hier wird nicht abgestimmt. Das ist nicht die Jahreshauptversammlung vom Kegelverein! Ich bestimme hier den Kurs, in unser aller Interesse.«

»Stoppen Sie die Maschinen«, forderte nun Henning Schumann.

»Wir werden nicht in ein Seuchengebiet zurückfahren. Wir belasten dort nur die Sicherheitskräfte. Entweder laufen wir einen anderen Hafen an oder Hubschrauber sollen uns evakuieren und irgendwo anders absetzen. Keiner von uns will nach Emden zurück. Keiner!«

Als kleiner Junge hatte Charlie Piratenbücher geliebt und sehr bedauert, nicht in einer Zeit groß zu werden, in der der Wunsch, Korsar zu werden, eine realistische Berufsaussicht darstellte. Alles, was seine Eltern ihm dagegen vorschlugen, erschien ihm öde und langweilig. Er hatte Piratenbücher gesammelt und davon geträumt, später mal an einer Meuterei teilzunehmen.

Dies hier schien eine zu werden. An Bord der Ostfriesland III … Er, der Kriegsdienstverweigerer, war froh, dass keine Waffen ausgeteilt wurden. Er wusste nicht, wie er sich in dieser aufgeheizten Stimmung verhalten würde. Etwas wie Angst vor sich selbst erfasste ihn. Wenn jetzt ein Rädelsführer aufrufen würde: *Schmeißt die Mannschaft über Bord!* – ich fürchte, ich wäre jubelnd dabei, dachte er und schämte sich dafür.

26

Ubbo Jansen hatte vier Telefonnummern von seiner Exfrau gespeichert. Zwei dienstliche und zwei private. Aber er konnte sie unter keiner erreichen. Mit Anrufbeantwortern wollte er nicht sprechen und ihr Handy war dauerbesetzt. Hatte sie ihm in ihrer Wut auf ihn und mit ihrer schrecklichen Art, ihn für alles verantwortlich zu machen, die zwei Witzfiguren vom Veterinäramt auf den Hals gehetzt? Sollte das ihre letzte große Abrechnung werden, ihre Rache, weil sie sich von ihm nicht mehr geliebt fühlte?

In seiner Vorstellung lastete sie ihm alles an. Den Konkurs. Die Schulden. Das Scheitern ihrer Ehe. Am Ende vermutlich sogar den Unfall von Tim. Es lag dann ja nur in der Logik der Betrachtungsweise, ihm auch noch den Ausbruch des Killervirus in die Schuhe zu schieben.

Niemand hatte mehr Sicherheitsauflagen befolgt als er. Er und seine Hühnereier würden bald für diese Welt viel wichtiger sein als all die Dummschwätzer aus Politik und Forschung, die jetzt im Fernsehen große Reden schwangen.

Er hätte ihr so gern die Meinung gegeigt, aber wie immer hatte sie Wichtigeres zu tun, als sich mit ihm zu beschäftigen. Szenen seiner misslungenen Ehe stiegen in ihm auf. Manches davon erschien ihm unwirklich, ja surreal, obwohl er es selbst erlebt hatte. Er kam sich vor wie ein Schauspieler in einer Tragikomödie. Er spielte die zweite Hauptrolle in diesem Ehedrama. Obwohl, je länger er darüber nachdachte – es war wohl doch nur eine Nebenrolle gewesen. Einige Hauptakteure und Strippenzieher hatte er erst sehr spät kennengelernt.

Er ging immer noch davon aus, dass Kerstin ein Verhältnis mit dem Fraktionsvorsitzenden ihrer Partei hatte, aber inzwischen war es ihm nicht mehr wichtig, log er sich selbst vor, während die Wut ihn innerlich fast zerfraß. Er würde ihnen allen zeigen, mit wem sie es zu tun hatten! Er war nicht einfach nur irgend so ein Hühnerzüchter und Eierproduzent.

Er rief in Hannover an. In der Landeshauptstadt würde man ihm weiterhelfen und diese Ignoranten hier in Emden stoppen, da war er sich sicher. In Kriegen hatte es schon immer Betriebe gegeben, die bevorzugt behandelt worden waren, weil sie kriegswichtige, ja kriegsentscheidende Produkte herstellten. So war es mit seiner Hühnerfarm jetzt. Im Kampf gegen die Teufelsbrut leitete er einen kriegswichtigen Betrieb. Niemand konnte seine Hühner vernichten, gerade jetzt nicht. Was bildeten diese Bürokraten sich überhaupt ein?

Sobald ein Impfstoff gefunden und genehmigt worden war, musste dessen Massenproduktion beginnen, um wenigstens die wichtigsten Teile der Bevölkerung, die für die Aufrechterhaltung einer gewissen öffentlichen Ordnung unverzichtbar waren, durchimpfen zu können. Der Impfstoff wurde in Eiern gezüchtet. Man brauchte mindestens ein hochwertiges Hühnerei pro Impfdosis.

Nach den ihm bekannten Plänen sollte ein Drittel der Bevölkerung rasch immunisiert werden. Bei einem Achtzig-Millionen-Volk bedeutete das, es würden gut zwanzig bis dreißig Millionen frischer Eier gebraucht, und zwar nicht irgendwelche von frei laufendem, bis zum Hals verdrecktem Biofedervieh, sondern unter ganz speziellen – sozusagen klinischen – Bedingungen produzierte und gelagerte Eier. Würden alle Eier in Deutschland so hochwertig erzeugt, müsste ein Ei zwei, drei Euro kosten.

Er hatte die Investition damals mit EU-Mitteln gewagt. Es war seine Rettung und sein Neubeginn. Seine Hühnerfarm war eine Art geheimer Lagerstelle der Landesregierung geworden. Hier bei ihm konnte – notfalls unter Extrembedingungen – die Grundsubstanz für den Impfstoff hergestellt werden. So erhoffte man sich möglichst viel Autonomie. Die letzte Erpressung der Bundesregierung und der Krankenkassen durch die internationale Pharmaindustrie hatte den Verantwortlichen die Augen geöffnet. Politiker mit genügend Weitsicht wollten sich nicht auf das Risiko einlassen, im Ernstfall Medikamente auf dem freien Weltmarkt erwerben zu müssen, wo die Industriestaaten sich gegenseitig überboten und die Gewinne der Konzerne explodieren ließen …

Sollten sie so viele Hühner keulen, wie sie zur Beruhigung der Bevölkerung brauchten. Seine Tiere waren tabu.

Er erreichte Dr. Tesic von der Planungsgruppe im Niedersächsischen Ministerium für Soziales, Frauen, Familie und Gesundheit und berichtete ihm, was geschehen war. Der wusste nichts von dem amtlichen Besuch, den Ubbo Jansen gehabt hatte. Er interessierte sich aber auch nicht gerade brennend für solchen Kleinkram, den man leicht in den Griff bekam. Man sei im Moment noch dabei, sich auf länderübergreifende Maßnahmen zu einigen. Eine Ministerrunde tage bereits.

»Ja«, fragte Ubbo Jansen, »und was heißt das jetzt für mich?«

»Vermutlich, dass auf Sie ein großer Auftrag wartet, sobald der nationale Pandemieplan in Kraft tritt.« Nicht ohne Stolz fügte Dr. Tesic hinzu, dass die Bundes- und die Landesregierungen bestens für einen solchen Pandemiefall gerüstet seien. Die Horrormeldungen in der Presse dazu hielt er für »die typischen Übertreibungen sensationslüsterner Meinungsmacher«.

Ubbo Jansen brüllte ins Telefon: »Ich lass mich nicht mit euren üblichen Floskeln abspeisen! Das ist hier nicht die Bundespressekonferenz! Ich will Klartext und Hilfe!«

27 Tim wartete schon auf seinen Besuch. Akki und dessen Freundin Josy wollten kommen; sie hatten sich lange nicht sehen lassen, doch jetzt war er wieder interessant für sie. Als er Josy kennenlernte, saß er schon im Rollstuhl. Er hatte sich damals sofort verliebt. Ihr war das natürlich nicht verborgen geblieben, und obwohl sie fest mit Akki ging, hatte auch der keine Probleme mit Tim, nicht einmal, als Josy ihm zum Geburtstag einen Bauchtanz schenkte und den auf dem Schreibtisch in seinem Zimmer vorführte.

Ein bisschen kratzte Akkis zur Schau getragenes Desinteresse an Tims Selbstbewusstsein. War er als Rollstuhlfahrer so unattraktiv, dass er nicht einmal einen Grund für Eifersucht bot?

Josy umarmte ihn bei jeder Begrüßung und beugte sich dabei immer weit vor. Sie drückte sich jedes Mal einen Moment länger an ihn, als es üblich war. Ihr braunes Haar roch nach dem Qualm ihrer selbst gedrehten Zigaretten, ihr Pullover nach Patschuli und sie cremte ihre Haut mit etwas ein, das nach Kokos und Mandelblüte duftete. Aber er nahm den Geruch nur wahr, wenn er mit seiner Nase sehr dicht an ihre Haut kam. Der Duft schien geradezu auf ihr zu schweben und sie wie ein unsichtbarer Kokon zu umhüllen.

Es war ganz anders als bei seiner Mutter. Seit sie Bürgermeisterin geworden war, parfümierte sie sich für seinen Geschmack viel zu heftig ein. Es war ein aufdringliches Zeug, das die Menschen dazu brachte, in ihrer Gegenwart rasch ein Fenster zu öffnen. Ihrem Parfüm fehlte jede Frische, es kam ihm vor wie ihre Politik. Er bekam immer das Gefühl, damit sollte etwas überdeckt oder vertuscht werden, ganz so, als würde sie sonst ein Geruch von Fäulnis und Lüge umgeben. Aber vielleicht lag das daran, dass er Politiker im Allgemeinen und seine Mutter im Besonderen nicht mochte, denn für seine Mutter war die Politik immer wichtiger gewesen als er.

Er fand es spannend zu sehen, wie sich Menschen von einem Zustand in den nächsten verwandelten. Seit er im Rollstuhl saß, hatte er genaues Beobachten gelernt. Die einen setzten sich eine Sonnenbrille auf, die anderen, sein Vater zum Beispiel, banden sich eine Krawatte um und waren wie verwandelt. Manche Menschen wechselten ihre Bewusstseins- und Seinszustände in Sekunden. Am Fluss beim Angeln oder auf dem Meer war sein Vater ein ganz anderer Mensch als hier in seinem Hühnerknast.

Josy fuhr sich einfach durch die Haare oder putzte sich völlig verheult seelenruhig die Nase und war dann jemand anders. Er hatte nie vergessen, als er das zum ersten Mal erlebte. Auf Akkis Bitte hin hatte er den beiden die ganze Anlage gezeigt. Eigentlich war das streng verboten, aber er hatte es möglich gemacht, als sein Vater einmal ein paar Stunden in der Autowerkstatt war.

Josy war entsetzt, hatte beim Anblick der Hühner einen Heulkrampf bekommen und die Besichtigung musste abgebrochen werden. Danach, in seinem Zimmer, hatte er genau dies beobachtet. Sie saß zusammengesunken wie ein Häufchen Elend auf dem Sofa, das Gesicht unter ihren wirren Haaren versteckt wie unter einer arabischen Burka. Sie schluchzte immer wieder laut und ihr Körper zuckte dabei, dann strich sie sich plötzlich die Haare aus dem Gesicht und putzte sich seelenruhig, ohne dabei Luft zu holen, die Nase. Sie schüttelte sich einmal kurz, sah auf und war eine andere. Sie sprach scharf und klar und sie forderte, die Kritik am herrschenden Tierquälersystem dürfe nicht länger nur durch wirkungslose Flyer ausgedrückt werden, wie sie sie in Fußgängerzonen den Leuten in die Hand drückten. Sie meinte damit militante Tierbefreiungsaktionen, das war klar.

Es war ihm nicht leichtgefallen, seinen Standpunkt zu erläutern. Wo sollten all die Hühner hin? Wenn man sie freiließe, würden sie elend verrecken, sagte er. Aber sie hatte für seine Meinung nur Hohn übrig. »Klar, wo sollen all die Häftlinge nur hin, wenn wir sie freilassen? Sie können gar nicht selbst für sich sorgen. Besser, sie bleiben bei uns im KZ, da wird wenigstens für sie gesorgt, bis wir sie umbringen. Alles im Rahmen der Gesetze natürlich, versteht sich. In diesem Fall der Tierschutzgesetze. Wie hießen die damals noch? Rassengesetze?«

Er hatte sich über ihre Worte so sehr aufgeregt, dass er zu stottern begann. »Man … man kann die Tierschutzgesetze doch nicht mit den Rassengesetzen vergleichen und den Massenmord an den Juden nicht mit dem Schlachten von Tieren!«

Sie war aufgesprungen und hatte mit dem Zeigefinger auf seine Brust eingestochen wie mit einem Messer.

»Ach ja? Die Tierschutzgesetze dienen nicht dem Tierschutz. Sie heißen bloß so. Sie machen das massenhafte organisierte Töten möglich. Es gibt sogar Gesetze, die regeln, wie viel Raum ein Rind braucht, wenn man es zum Schlachten kreuz und quer durch Europa fährt, um die höchsten Subventionen zu kassieren. Die Gesetze der Nazis waren auch dazu da, eine Rasse auszuplündern und dann gezielt zu vernichten.«

Seine Empörung hatte sie nicht beeindruckt. Sie drängte jeden, der an der Massentierhaltung und Schlachtung beteiligt war, in die Nähe der Faschisten. Er fand ihre ganze Argumentation schräg, unzulässig, ja gemein. Trotzdem übte Josy in ihrer Wut eine große Faszination auf ihn aus.

Er warf ihr eine Verharmlosung des Holocaust vor, aber sie lachte bitter und zeigte nur um sich: »Du sitzt hier wie die Made im Speck, mit einem Vater, der das alles aus Profitgier organisiert, und bist natürlich froh, dass es Leute gab, die noch schlimmer waren. Aber für mich seid ihr gleich. Die Nazis und die Tierquäler. Was unterscheidet den Faschismus schon groß vom heute herrschenden Speziesismus?«

Er hatte das Wort noch nie gehört, sie ersparte es ihm, die Frage zu stellen. Sie erklärte mit erhobenem Finger, wie eine strenge Lehrerin: »Mit Speziesismus meint man, dass Lebewesen aufgrund ihrer unterschiedlichen Art ungleich behandelt werden. Wir Menschen – im Allgemeinen – fühlen uns den anderen Arten so sehr überlegen, dass wir glauben, mit ihnen machen zu können, was wir wollen. Versklaven, töten, aufessen … So, wie wir heute voller Verachtung und mit Kopfschütteln auf die alten Kolonialisten hinunterschauen, die Menschen gefangen und als Sklaven verkauft haben, so wie wir die Nazis mit ihrem Rassenwahn verachten, so werden wir uns einst fragen, warum wir das System des Speziesismus allen Lebewesen gegenüber nicht kritisch hinterfragt haben. Willst du dann zu denen gehören, die mal wieder nichts gewusst haben?«

Er hatte dieses Gespräch nie vergessen. Es hatte ihn verändert, einen Stein ins Rollen gebracht. Es waren aber nicht nur ihre Worte gewesen, sondern ihre Tränen, ihre wahrhaftige Betroffenheit, was ihn so tief beeindruckt hatte.

Manchmal fragte er sich, ob er nur für sie Vegetarier geworden war. Aber sie war immer ein bisschen weiter als er, immer ein ganzes Stück radikaler. Sie trieb alle vor sich her, den ganzen Haufen der radikalen Tierschützer, der sich »Red Cloud« nannte, und Akki und ihn sowieso. Sie selbst lebte vegan. Sie aß nicht einmal Schokolade, weil bei der Herstellung Milch verwendet wurde.

»Alle reden von der Milch …«, stand vorn auf ihrem T-Shirt, und hinten: »Aber wer denkt schon über das Leben einer Kuh nach?«

Etwas war heute anders als sonst. Diesmal kam sie allein zu Besuch. Eigentlich hatte sie jedes Mal geschworen, nie wiederzukommen, weil »die Nähe zu diesem alltäglichen Terror« sie so fertigmachte, dass sie nächtelang davon träumte. Sie behauptete, die Angst der Tiere riechen zu können, und diese Ausdünstungen würden ewig in ihren Klamotten hängen bleiben.

Sie sah aus wie ein Engel, fand Tim. Diese morbide Düsterheit, die sie manchmal umgab, war wie verflogen. Irgendetwas trug sie unter ihrem Pullover. Es sah aus, als sei sie schwanger. Für einen Moment hatte Tim die Hoffnung, sie sei nur seinetwegen gekommen. Aber dann begriff er, es ging um etwas ganz anderes.

Sie berührte seinen Arm, als sie zu ihm sprach. Zwischen Zeige- und Mittelfinger war ihre Haut nikotingelb verfärbt. Den rechten Arm hielt sie unnatürlich verrenkt, sodass ihre Hand unter dem Pullover nicht zu sehen war. Es sah fast so aus, als würde sie eine Waffe verbergen.

Josy hockte sich hin. Ihre Haare hingen strohig herab, das Flackern in ihren Augen ließ ahnen, wie sehr sie in ihrem Innern brannte.

»Das große Keulen beginnt, Tim. Die Apokalypse. Entlang der gesamten A5, auf dem sogenannten Hühnerhighway, brennen schon die Feuer. Der Geruch zieht bis in die Städte.«

»Ja, ich weiß. Ich habe es im Fernsehen gesehen. Die übereifrigen Spießer flippen mal wieder völlig aus.«

Ihr Atem roch schlecht und Tim fragte sich, wie eine schöne junge Frau sich so gehen lassen konnte. Putzte sie sich die Zähne nicht? Schlief sie nicht mehr? Ihre Gesichtshaut war stumpf und grau. Sie schien sich überhaupt nicht zu pflegen.

»Das ist Krieg, Tim, verstehst du? Richtiger Krieg. Ein Vernichtungsfeldzug. Und jeder Arsch beteiligt sich daran. Als ich hierherkam, habe ich Jäger gesehen, in Reih und Glied, entlang der Ems. Sie schießen auf Zugvögel. Die knallen systematisch alles ab, auch Tiere, die unter Naturschutz stehen. Das interessiert überhaupt keinen mehr.«

Jetzt hob sie ihren Pullover an. Sie war nicht schwanger und trug auch keine Handfeuerwaffe.

Ein weißes Federbündel wurde sichtbar. Ein roter Schnabel und ein Kopf mit schwarzer Haube halb unter den geknickten Flügeln versteckt.

Tim sah sie fassungslos an.

»Das ist eine Küstenseeschwalbe«, sagte Josy und in ihren Worten lag so unglaublich viel Respekt, ja Hochachtung, als würde sie über einen Engel reden.

Tims Herz schlug schneller. Sein Vater durfte das auf keinen Fall

sehen. Sie hatte gegen eine wichtige Regel verstoßen, und das in
diesen Zeiten. Kein fremder Vogel durfte in diese Gebäude hier.
Das Einschleppen von Krankheiten musste um jeden Preis verhindert werden. Und dieses wild lebende Tier konnte alle möglichen
Krankheiten in sich tragen.

Er rang nach Worten, wusste nicht, wie er es ihr sagen sollte. Josy
stand nicht gerade auf Regeln und Gesetze.

Sie redete weiter: »Ist er nicht schön? Keine anderen Vögel legen
so weite Strecken zurück. Die brüten in der Arktis und überwintern
am Südpol. Die haben mehr von der Welt gesehen als die meisten
Menschen, aber in Ostfriesland werden sie auf ihrem Weg von ein
paar hirnlosen Knallschützen in Fetzen geschossen.«

Sie hatte Tränen in den Augen.

»Was … was hast du mit dem Tier vor?«, fragte Tim und drückte
sich fester in den Rollstuhl, beugte sich nach hinten, um möglichst
viel Abstand zu dem verletzten Vogel zu bekommen.

»Ich wollte ihn in Sicherheit bringen.«

»Hier?«

»Ja. Wir müssen seinen rechten Flügel schienen. Er kann nicht
mehr fliegen. So hat er keine Überlebenschance.«

»Flügel schienen?«

»Ja klar, was denn sonst? Mensch, das ist eine Küstenseeschwalbe.«

Er nickte mit offenem Mund: »Hm. Das hast du bereits gesagt.«

Sie sah ihn kritisch an. Unter ihrem fragenden Blick begann er
sich sofort schlecht zu fühlen.

»Aber dir ist offensichtlich nicht klar, was das heißt! Das ist eine
bedrohte Art. Die stehen auf der Roten Liste. Wenn wir nicht aufpassen, gibt es bald keine Küstenseeschwalben mehr, weil die Menschen sie vernichtet haben.«

Sie streichelte die schwarze Kopfhaube des Vogels. Der machte:
»Kiu!«

Sorgenvoll blickte Tim zur Tür. Vor seinem inneren Auge lief ein schlimmer Film ab: Sein Vater kam herein, sah den Vogel, brachte ihn auf der Stelle um und verbrannte ihn, während Josy, wilde Flüche ausstoßend, weinte. So würde es laufen. Aber zuvor würde sie sich auf seinen Vater stürzen und ihm das Gesicht zerkratzen, denn Josy hatte Kampfgeist.

Tim atmete schwer.

»Das ist ein Stoßtaucher«, erklärte Josy. »Ich habe mal Küstenseeschwalben bei der Jagd gesehen. Sie gleiten ganz dicht über dem Meer und beobachten nur, dann plötzlich, wenn sie eine Beute entdeckt haben, kippen sie mit angelegten Flügeln ins Wasser. Ein paar Meter weiter tauchen sie dann wieder auf.«

Er wunderte sich, dass Josy Tiere gut finden konnte, die keine »Vegetarier« waren, aber auch das sagte er nicht. Er hatte das Gefühl, in der Klemme zu sitzen, und wusste nicht so recht, wie das hier weitergehen sollte. Er wusste nicht, ob er erfüllen konnte, was sie von ihm erwartete, und er fragte sich auch, ob es überhaupt richtig war. Wer in diese Anlage einen fremden Vogel brachte, gefährdete den gesamten Bestand. Sechzigtausend Tiere.

28 Bettina Göschl wollte nicht länger auf Hilfe warten. Die normale Infrastruktur schien völlig zusammengebrochen zu sein. Aber wenn sie Leon Glauben schenken konnte, dann durfte es gar nicht so weit sein bis zu Dr. Husemann, und der war nicht nur der Hausarzt von Frau Steiger, sondern auch der von ihm und seiner Mutter.

Frau Steiger stützte sich auf Bettina und Leon und gemeinsam versuchten sie, zur Hans-Bödecker-Straße zu kommen.

Aber sie schafften mit den Koffern der alten Dame und Bettinas Gitarre nicht einmal die ersten hundert Meter. Durchgeschwitzt von der Schlepperei, stellte Bettina Göschl die Koffer einfach an der Straßenecke ab. Sie befürchtete, für Frau Steiger könnte der Weg damit sonst zu weit werden. Die alte Dame sah nicht so aus, als ob sie noch lange durchhalten würde. Ihr Blick hatte etwas Abwesendes und ein schüttelfrostartiges Zittern begann sie zu befallen.

Es machte Leon Angst. Er war in seinem Herzen ein junger Held, der als Käpt'n Rotbart zur See fuhr und gegen Riesenkraken kämpfte, aber Krankheiten machten ihn mutlos. Wie sollte er gegen sie seinen Säbel ziehen? Die Viren, von denen dauernd geredet wurde, waren als Gegner für ihn zu klein. Ein menschenfressendes Seeungeheuer wäre ihm lieber gewesen …

Obwohl Frau Steiger nicht mehr in der Lage war, ohne Hilfe zu laufen, weigerte sie sich, ihr Gepäck stehen zu lassen. Sie wollte halsstarrig lieber bei ihrem Koffer bleiben. Aber Bettina sah keine andere Möglichkeit.

Sie hielt das erstbeste Auto an. Es war ein Fiat Panda. Hinter dem Lenkrad saß Carlo Rosin, neben ihm übernervös Ulf Galle. Für einen Weg, der normalerweise in dreißig Minuten zu schaffen war, hatten sie fast neunzig gebraucht und Ulf hatte überhaupt kein Verständnis dafür, dass Carlo Rosin jetzt auch noch anhielt.

Ulf Galle redete sich ein, es ginge nicht nur um die Ansteckungsgefahr, die vielleicht von Leuten, die sie mitnehmen sollten, ausging,

125

sondern vor allen Dingen darum, dass sie dringend im Krisenstab gebraucht wurden. Sie mussten dort Bericht erstatten. Wenn in so einer Situation die Verwaltung nicht mehr funktionierte, dann brach die öffentliche Ordnung zusammen.

Es war eine Ehre, dem Krisenstab zugeordnet zu sein. Er wusste nicht genau, was da auf ihn zukam, aber er wollte seine obersten Dienstherren jetzt auf keinen Fall enttäuschen. Er war immer zuverlässig und pünktlich gewesen, und ausgerechnet jetzt ... Es würgte ihn schon, wenn er nur daran dachte, zu spät zu kommen.

»Bitte helfen Sie uns, die Frau zu ihrem Hausarzt oder in ein Krankenhaus zu bringen, sie ist gerade zusammengebrochen ...«

Wenn die Meldungen der letzten zwei Stunden auch nur annähernd richtig waren, konnte es im Moment keinen ungünstigeren Ort für Menschen mit gesundheitlichen Problemen geben als das Krankenhaus. Trotz der völlig verstopften Zufahrtsstraßen hatte die Verwaltung der Klinik bereits Polizeikräfte angefordert, in der Hoffnung, dem Chaos am Eingang Herr werden zu können. Die Polizei hatte allerdings andere Sorgen. Dafür sprangen ein paar ehrenamtliche Helfer vom THW ein. Die Idee, zu einem Hausarzt zu fahren, erschien also logisch, Ulf Galle wollte aber stattdessen lieber zum Krisenstab.

Er versuchte es mit einer Erklärung, die ihm schon Sekunden später völlig lächerlich vorkam. »Wir würden Ihnen gerne helfen. Wirklich, das müssen Sie uns glauben, aber es geht jetzt nicht. Wir sind vom Gesundheitsamt. Die Stadt befindet sich in einer Krisensituation, wir müssen das große Ganze im Auge behalten und ...«

Während er sprach, war Carlo Rosin schon ausgestiegen. Gemeinsam mit Bettina Göschl wuchtete er Frau Steiger auf den Rücksitz und anschließend verstaute er ihren Koffer. Leon hatte eine Hand am Säbel; bereit, ihn zu ziehen, fixierte er Ulf Galle. Leon stellte sich vor, wie es wäre, den Mann aus dem Wagen zu schmeißen und ohne ihn weiterzufahren. War das nicht ein bisschen wie das Entern eines königlichen Schiffes durch Freibeuter?

29 Chris wusste gar nicht, wo sie sich lassen sollte. Sie hatte das Gefühl, alles falsch zu machen und doch nichts zu tun. Draußen am Kai, wo eigentlich die Fähre hätte anlegen sollen, standen jetzt Trauben streitender Menschen. Einige brüllten sich an. Andere starrten wie Zombies mit Fernweh aufs Wasser.

Die Leiche von Lars Kleinschnittger wurde geborgen und der Polizist Griesleuchter saß im Schneidersitz wie ein meditierender Buddha mitten in dem Gewühl auf dem Boden und zeichnete etwas in sein Notizbuch. Die meisten Menschen glaubten vermutlich, er schreibe etwas auf. Aber Chris sah über seinen Rücken in das Heft. Er zeichnete einen Menschen, der an einer Dalbe zerquetscht wurde. Dann schraffierte er mit seinem Liquid Fine Liner das ansteigende Wasser. Er ließ den Mann im wasserfesten Marineblau seines Kugelschreibers ertrinken.

Etwas an seiner Haltung signalisierte Chris, dass er Hilfe brauchte. Er stand unter Schock. Sie hatte in ihren Krimis von Menschen gelesen, die nach einem Erlebnis, das sie nicht verarbeiten konnten, wie einem Flugzeugabsturz, einem Unfall oder einem Verbrechen, einfach völlig orientierungslos durch die Gegend liefen oder sich irgendwo hinsetzten und ihren Pullover aufribbelten. Oder jemand begann den Rasen zu mähen, nachdem seine ganze Familie ausgerottet worden war. Die Menschen wurden mit ihrer Situation nicht fertig und taten etwas völlig Unsinniges.

In solch einem Zustand schien Griesleuchter sich zu befinden. Chris fühlte sich ihm sofort verbunden, als sie seine Zeichnung sah. Sie erinnerte sich daran, wie ihr im Abitur, mitten in der Matheklausur, klar wurde, dass sie den falschen Lösungsansatz für die Aufgabe gewählt hatte und folglich alles, was sich daraus ergab, Müll war. Statt die Zeit zu nutzen und den Fehler zu korrigieren, malte sie Kringel in ihr Heft. Geradezu zwanghaft musste sie Kästchen ausmalen und dann unter kreisenden Strichen verschwinden lassen.

Sie setzte sich zu Oskar Griesleuchter. Er hatte ein Kindergesicht. So musste er als Junge ausgesehen haben, trotzig, verträumt und eigensinnig. Sie sprach ihn an, aber er reagierte nicht, sondern zeichnete ganz in sich selbst versunken weiter.

Chris legte eine Hand auf seine Schulter und es war, als würde sie ein Kind berühren. Ja, sie wurde geradezu von Muttergefühlen zu ihm durchflutet, obwohl er vier Jahre älter war als sie und mindestens zehn Jahre älter aussah.

»Sind Sie okay?«, fragte sie. »Kann ich etwas für Sie tun?«

Er lächelte sie an, ohne sie wirklich zu sehen. Er schaute durch sie hindurch.

Holger Hartmann stand, bewaffnet mit seinem Golfschläger, neben den beiden. Er hatte das Brett weggeworfen, mit dem er Lars Kleinschnittger ins Wasser gestoßen hatte. Am liebsten hätte er sich entschuldigt, aber er wusste nicht genau, bei wem. Ihm war zum Heulen zumute und das machte ihn schon wieder zornig.

Die Art, wie Chris sich dem Polizisten zuwendete, berührte ihn. So etwas wünschte er sich auch, einen Menschen, der nett zu ihm war, wenn er Schwäche zeigte. Er war mit der Erfahrung groß geworden, dass man dann auf ihm herumtrampelte, deshalb weigerte er sich, schwach zu sein. Nicht einmal vor sich selbst ließ er das Gefühl der eigenen Schwäche zu. Lieber prügelte er sich, spielte den coolen Draufgänger und teilte aus, statt einzustecken.

»Der ist dazu da, dir zu helfen, Mädchen, nicht umgekehrt«, maulte Hartmann angriffslustig. Chris beachtete ihn gar nicht. Das machte ihn noch wütender. War er nicht einmal einen Blick wert?

Der Nordseewind hob ihr Leinenkleid an und ein braun gebrannter Oberschenkel und der Ansatz von ihrem Slip waren zu sehen.

»Warum kriegen solche Typen immer die tollen Frauen?«, fragte Hartmann laut.

Chris drehte ihm demonstrativ den Rücken zu. Auf solch einem Niveau wollte sie sich nicht auf einen Streit einlassen.

»Oskar!«, brüllte Jens Hagen neben dem Streifenwagen. »Oskar!

Verdammt, wo bist du? Mach jetzt hier nicht die Mücke. Ich dreh sowieso schon am Rad.«

Chris winkte ihm.

»Ihr Kollege ist hier.«

»Gott sei Dank!« Hagen rannte auf sie zu. Er wurde von einem Touristen an der Uniformjacke festgehalten. »Moment! Jetzt erklären Sie mir erst mal …«

Jens Hagen stieß den Mann weg. Der rief wütend hinter ihm her: »Wofür zahle ich eigentlich meine Steuern, wenn im Ernstfall keiner für mich da ist?«

Jens Hagen sah seinen Kollegen am Boden und bei ihm den Randalierer Holger Hartmann mit seinem Golfschläger. Hagen war aufgeregt wie nie zuvor in seinem Leben. Hier war alles schiefgelaufen und er steckte mittendrin in diesem Albtraum.

Er sah Griesleuchter nur von hinten zusammengesunken dasitzen. Er hatte den Eindruck, die junge Frau versuche, seinen Kollegen gegen Holger Hartmann zu verteidigen. Er kannte sie vom Sehen. Sie war genau sein Typ. Wenn sie bei »Kartoffelkäfer« auf der Terrasse saß und ihren Milchkaffee trank, dann war sie immer in ein Buch vertieft gewesen und hatte ihre langen Beine in Richtung Nordsee ausgestreckt, scheinbar, um sie von der Sonne bräunen zu lassen, doch sicherlich auch, um von den Männerblicken bewundert zu werden. Er jedenfalls fand diese Beine göttlich und hatte beim Kontrollgang auf der Promenade seinen Kollegen Oskar auf den schönen Anblick aufmerksam gemacht. Ja, er gab es gerne vor sich selbst zu, sie waren sogar ein zweites Mal vorbeigegangen, nur um noch einen Blick zu riskieren.

Aber jetzt hatte er keine Augen für Chris' Beine. Er griff zu seiner Dienstwaffe und brüllte: »Weg da! Legen Sie den Schläger nieder!«

Kreischend sprangen die Menschen auf dem Kai auseinander. Ein Vater warf sich schützend über seine Tochter wie ein lebender Kugelfang. Da erkannte Jens Hagen, dass sein Kollege Griesleuchter keineswegs bedroht wurde.

Hartmann ließ den Schläger fallen und hob die Hände.

»Ich hab nichts gemacht … nichts gemacht …«

»Hier ist alles in Ordnung«, beteuerte Chris.

Jens Hagen steckte die Pistole wieder weg. Es war ihm peinlich.

Chris entkrampfte die Situation, indem sie fragte: »Mein Freund ist auf der Fähre. Was wird denn jetzt? Lohnt es sich, hier zu warten, oder hat das gar keinen Sinn?«

Der Architekt Heinz Cremer mit dem runden Gesicht und den glühend roten Wangen, die Chris an die heruntergefallenen Äpfel im Garten ihrer Eltern erinnerten, nahm ihre Frage auf und rief mit geschwellter Brust: »Keine Ahnung, was Sie tun, junge Frau! Aber wir werden hier die Anlegestelle bewachen und sicherlich keinen an Land lassen, der die Todesbrut in sich tragen könnte.«

Die Zahl seiner Anhänger war größer geworden, wie das zustimmende Murmeln erkennen ließ.

Die Inselbahn fuhr fast leer zurück. Die meisten Menschen blieben an der Anlegestelle, einige aus Sorge, andere, weil sie das Gefühl beschlich, hier Teil von etwas Besonderem zu sein. Was hier geschah, war nicht ohne Bedeutung für den Rest der Republik. Sie machten hier gerade Geschichte, nur war noch nicht klar, wie ihr Tun später einmal gewürdigt werden würde – als weitsichtige und intelligente Aktion betroffener Bürger oder als engstirnige und gemeine Angstreaktion.

Chris saß allein im hinteren Wagen, als die Bahn anfuhr. Dann, als würde der Impuls in ihm erst durch die Bewegung ausgelöst, rannte plötzlich Oskar Griesleuchter hinter der Bahn her. Er schaffte es, sich an einer Stange festzuhalten und durch die stets offene Tür in den Waggon zu schwingen. Etwas in ihm war aus dem Lot gekommen. Es entsetzte ihn, doch er kam nicht dagegen an.

Er begann sofort damit, Chris zu malen, allerdings nicht so, wie sie jetzt vor ihm saß, sondern aus seiner Erinnerung, so, wie er sie gesehen hatte, als er auf dem Boden am Kai hockte.

Chris starrte auf ihr Handy und simste erneut an Benjo: *Verdammt, melde dich! Was ist los?*

Sie brauchte einen Kontakt. Sie musste Gewissheit haben, dass er noch lebte, und fragte sich gleichzeitig, wie sie auf die Idee kam, ihm könnte etwas Lebensbedrohliches zugestoßen sein. Wahrscheinlich betrank er sich aus Kummer an Bord, weil ihr Liebesurlaub, so wie es aussah, ins Wasser fiel. Zumindest zunächst.

Wenn sie gesehen hätte, was Oskar Griesleuchter in sein Heft skizzierte, wäre sie vermutlich schreiend vor Angst aus der fahrenden Inselbahn gesprungen. Es war ihr rechtes Bein mit dem Ansatz ihres weißen Slips, nur war das Bein von ihrem Körper abgetrennt wie nach einem Unfall oder einem schweren chirurgischen Eingriff. Dann malte er kichernd eine Hand, die unter ihren Rock griff, doch es fehlte der Arm zur Hand. Dafür tropfte Blut aus der Stelle, wo der Arm abgetrennt worden war.

Chris ging vom Bahnhof ins Hotel »Kachelot«. Es war ein kurzer Weg. Oskar Griesleuchter folgte ihr, aber als sie in der Eingangshalle verschwand, lenkte ihn etwas ab. Der Leuchtturm. Er musste da hoch. Von dort oben hoffte er wieder den Überblick zu gewinnen und vielleicht würde dort oben alles wieder gut werden. Vielleicht … Hoffentlich … Bestimmt …

30 Auch Charlie zog inzwischen die Sicherheit seines Golfs vor. Er hielt Scheiben und Türen verschlossen. Natürlich machte er die Klimaanlage nicht an. Aber er hörte Radio.

Die Bundesregierung hatte die Situation unter Kontrolle und es bestand kein Grund zur Panik. Es hörte sich aus seiner Sicht wie eine Satiresendung an, war aber vermutlich ernst gemeint. Ein Wissenschaftler vom Robert-Koch-Institut, mit beruhigendem Timbre in der Stimme, gab Anlass zu Hoffnungen. Das Virus sei bereits isoliert und ein Impfstoff in der Erprobungsphase. Es sei nur noch eine Frage von wenigen Tagen und ein wirksames Mittel würde zur Verfügung stehen. Bis dahin riet er, Menschenansammlungen zu meiden, sich nicht mehr die Hände zu schütteln, Türklinken und Tische regelmäßig zu desinfizieren und beim Niesen nicht die Hand vor die Nase zu halten, sondern stattdessen die Armbeuge als Abfanginstrument für ansteckende Viren zu benutzen. Ja, er sagte »Abfanginstrument«.

Eberhard Thiele, ein älterer Herr mit schwarzen Rändern unter den Augen und offensichtlich Gebissträger, klopfte an Charlies Scheibe. Der zuckte erschrocken zusammen. Der Mann sah für ihn aus wie der lebende Beweis dafür, dass der Mensch vom Fisch abstammt. Dieser speziell vom Karpfen. Er deutete Charlie an, er möge bitte die Scheibe herunterlassen, doch Charlie dachte gar nicht daran. Er schüttelte stumm den Kopf.

»Bitte, wir sind alte Leute, die Zugfahrt war eigentlich schon zu viel für meine Frau und mich. Lassen Sie uns in Ihren Wagen. Wir sind gesund.«

Wenn die gesund sind, dachte Charlie, dann bin ich Heidi Klum. Aber selbst wenn sie ein amtliches Gesundheitszeugnis hätten vorweisen können, wäre er nicht auf die Idee gekommen, sie in sein Fahrzeug zu lassen. Wenn er schon jemanden retten sollte, dann lieber diese Margit Rose oder die Girlies. Für Lukka hätte er sofort die Tür aufgerissen.

Er erwischte sich bei diesen Gedanken und war froh, dass man sie ihm nicht ansehen konnte. Er hatte das Gefühl, seine Mutter hätte sich für ihn geschämt. Was war sein Kriterium dafür, einen Menschen zu retten und einen anderen nicht? Schönheit? Jugend? Geschlecht?

Im Radio machte sich ein Schulleiter Luft: »Ich habe schon damals bei der Schweinegrippe, als die ersten Gesundheitstipps veröffentlicht wurden, sofort versucht, die empfohlenen Maßnahmen zur vorbeugenden Seuchenbekämpfung an unserer Schule ernst zu nehmen. Aber das war nicht umzusetzen. Und jetzt ist es nicht anders: Ich soll unsere Schüler dazu veranlassen, sich mindestens dreißig Sekunden lang mit warmem Wasser die Hände zu waschen. Dabei sollen sie sich auch zwischen den Fingern einseifen und für ordentlich Schaum sorgen. Ja, klasse Idee, aber meine Schule hat auf den Toiletten weder warmes Wasser noch Seifenspender. Natürlich auch keine Papierhandtücher, sondern so ein Warmluftgerät, unter dem die Hände abgetrocknet werden sollen. Eine bessere Virenschleuder gibt es gar nicht. Fast muss ich sagen, zum Glück fiel das Ding der Zerstörungswut meiner Schüler zum Opfer. Sechs Wochen lang habe ich Anträge an die Kreisverwaltung gestellt, ich brauche Seifenspender, Seife und Papiertücher. Von warmem Wasser wollte ich gar nicht erst anfangen. Bei uns in der Lokalzeitung standen Leserbriefe: Die Schüler sollten sich die Hände desinfizieren. Ja, verdammt, womit denn? Natürlich hätte man damit die Schweinegrippe an unserer Schule verhindern können. Das ist die primitivste, simpelste, billigste Seuchenvorkehrung. Aber keiner konnte mir helfen, keiner war zuständig.«

Der Mann mit dem Karpfengesicht draußen am Wagen öffnete sein Portemonnaie und nahm Geldscheine heraus. Er hielt sie gegen die Scheibe. Es waren zwei Zwanziger.

»Ich habe Geld. Ich bezahle Sie gerne.«

»Sieht meine Schrottkarre so arm aus, dass Sie glauben, ich verkaufe Sitzplätze?«

Unbeirrt wühlte der Mann mehr Scheine hervor, dabei atmete er mit offenem Mund und vorgestülpten Lippen. Er wedelte jetzt mit gut zwei- bis dreihundert Euro vor Charlies Windschutzscheibe herum.

»Bitte! Bitte helfen Sie uns!«

Der Schulleiter im Radio ereiferte sich. »Das war ein Bürokratendschungel zwischen verschiedenen Ämtern und Verantwortlichkeiten. Ich habe als Schulleiter nicht mal die Möglichkeit, der Putzkolonne Dienstanweisungen zu geben … Jedenfalls haben dann die Eltern beschlossen, ihren Kindern selber Seife mitzugeben. Können Sie sich vorstellen, was in einer Grundschule abgeht, wenn jedes Kind ein Stück Seife mitbringt? Das wird die reinste Schneeballschlacht! Als Erstes brach sich unsere Konrektorin ein Bein.«

Der Reporter unterbrach ihn. »Und wie wurde das Problem gelöst?«

Der Direktor lachte bitter. »Na, wir hatten drei Schweinegrippefälle und mussten die Schule schließen. Das war ja bestimmt billiger als Seife und Desinfektionsmittel. Das alles ist jetzt schon zwei Jahre her, aber wir haben immer noch keine Seifenspender. Zum Glück kommt das neue Virus in unserer Ferienzeit. Da haben wir als Schule noch mal Schwein gehabt.«

Der Mann draußen schlug jetzt mit der flachen Hand gegen die Windschutzscheibe. Selbst seine Hand hatte für Charlie etwas von einer Flosse.

Charlie hasste Karpfen. Als er ein Kind war, hatte seine Oma ihn einmal gezwungen, vom Silvesterkarpfen zu essen. In seinem Mund war das wabbelige Fischstück immer größer geworden.

»Machen Sie auf, das ist unterlassene Hilfeleistung, ist das! Sie können uns doch hier nicht verrecken lassen!«

»Hier verreckt keiner, Opa«, sagte Charlie mehr zu sich. Da trat der alte Mann gegen die Tür des Autos. Charlie unterdrückte den Impuls, auszusteigen. Genau das will der nur, dachte er und beschloss, einfach stur abzuwarten, was passierte.

Er sah den Mann wütend an und wischte sich über die Lippen, weil er plötzlich wieder diesen ekelhaften Fischgeschmack im Mund hatte. Er erinnerte sich daran, dass er damals nichts vom Nachtisch bekommen hatte, weil er sein Karpfenstück nicht aufessen wollte. Er hatte geheult vor Wut über sich selbst, weil er es einfach nicht schaffte, diesen fettigen Fisch runterzuwürgen, dabei hätte er so gerne von der Eisbombe gegessen.

Der zweite Tritt war heftiger, beulte den Kotflügel ein und blähte in zwanzig Millisekunden den Frontairbag auf. Eingeklemmt zwischen dem Sicherheitsluftballon und dem Fahrersitz verfluchte Charlie die blöde Idee, auf Borkum Urlaub machen zu wollen.

Benjo Koch konnte sich nicht heraushalten. Einer musste sich um die Kinder kümmern. Margit und Kai Rose hatten anscheinend so viel mit sich selbst zu tun, dass die schwer verletzten Kinder nur am Rande ihres Bewusstseins auftauchten wie ein fernes Wetterleuchten.

Kai Rose tupfte sich immer wieder demonstrativ Blut von der Oberlippe, wie ein ständig sich erneuernder Vorwurf, weil Margit ihm zwei Ohrfeigen verpasst hatte. Inzwischen aber blutete er schon gar nicht mehr, was er mit einem Blick auf das Papiertaschentuch ernüchtert registrierte. Es wurmte ihn, etwas mehr Blut wäre ihm lieber gewesen. Alles, was ihre Schuld erhöhte, war jetzt gut.

»Ich glaube«, sagte Benjo Koch, »Viola hat sich die Rippen gebrochen. Etwas stimmt mit ihr nicht. Sie kriegt keine Luft.«

»Sieh nur, was du angerichtet hast!«, warf Kai Rose seiner Frau vor. Sofort knallte sie ihm noch eine. So hatte er sie fertiggemacht, die ganze Zeit. Jetzt wurde es ihr so deutlich wie nie zuvor. Keine Therapiestunde hatte sie so weit gebracht wie dieser Satz von ihm.

»Du bist immer der Gute und Tolle in unserer Beziehung und ich die mit den Problemen! Aber das stimmt nicht, du würgst mir ein-

135

fach alles rein! Das kann man ja nur im Suff ertragen, diese Schuld, diese übergroße Schuld!«

»Wir brauchen einen Arzt. Verdammt, die Kinder brauchen sofort einen Arzt!«, schrie Benjo. Er stürmte zur Tür und riss sie auf.

Kai Rose wollte ihn wegzerren, aber Benjo stieß ihn hart zurück. Kai taumelte und krachte gegen ein Pissoirbecken.

Benjo stürzte hinaus aufs Deck.

»Wir haben hier zwei verletzte Kinder! Wir brauchen dringend medizinische Hilfe!«, sagte er mit erstaunlicher Selbstsicherheit, obwohl er am liebsten von der Reling in die Nordsee gesprungen wäre, um zu seiner Chris zu schwimmen.

Der Kellner ließ seinen abgebissenen Finger in einer Plastiktüte auf dem Eis der Getränkekiste kühlen und wurde gerade verbunden – von der Aushilfskellnerin Heidrun, die er vor Kurzem noch für eine blöde Ziege gehalten und deren Festanstellung er aktiv hintertrieben hatte.

Jetzt hätte er ihr am liebsten dankbar einen Heiratsantrag gemacht, wenn er nicht schon verheiratet gewesen wäre …

»Wenn hier einer einen Arzt braucht, dann ich!«, kreischte er.

»Tür zu!«, befahl Helmut Schwann mit herrischem Tonfall.

Benjo suchte Blickkontakt zu Kapitän Ole Ost, aber der wurde gerade samt seinen zwei Matrosen von der Menschenmenge abgedrängt. Intuitiv erfasste Benjo Koch die Situation. Einige Passagiere versuchten offenbar, Kapitän und Mannschaft daran zu hindern, das Schiff nach Emden zurückzubringen.

Er machte noch einen Versuch. Er zeigte auf den Kellner. »An Ihrer Stelle wäre ich ganz leise! Wenn die Kleine stirbt, dann haben Sie sie auf dem Gewissen!«

Das Unmissverständliche seiner Worte sorgte einen Moment für Ruhe. Er nutze die Gelegenheit und brüllte durch den Saal: »Ist ein Arzt an Bord? Wir brauchen einen Notarzt!«

»Alle Crewmitglieder haben eine Erste-Hilfe-Ausbildung!«, rief der Kapitän, wie um sich selbst zu retten, indem er sich und seine

136

Leute wichtig machte. In dem Moment traf ihn eine Faust in den Magen. Er kippte nach Luft ringend um.

Pittkowski donnerte die Toilettentür mit einem Fußtritt zu und drohte: »Bleibt da drin oder ich raste aus! Und wehe hier macht noch mal einer die Tür auf!«

Helmut Schwann und der Schulsprecher wechselten nur kurz Blicke. Sie waren sich einig. Helmut Schwann verkündete: »Wir bleiben erst einmal, wo wir sind. Hier auf dem Meer kann uns nichts passieren. Hier warten wir in Ruhe ab, was geschieht.«

Der Kapitän rappelte sich auf und widersprach: »Sie können nicht die Herrschaft über dieses Schiff übernehmen! Das ist eine strafbare Handlung!«

»Hahaha! Strafbare Handlung?! Im Grunde ist so eine Fähre wie ein Taxi, nur eben auf dem Wasser. Wer zahlt, bestimmt. Wir haben alle bezahlt und wir bestimmen auch, wohin die Reise geht.«

Ole Ost wurde von mehreren Händen gegriffen. Sie zerrten an seiner Uniform. Er riss sich los. »Das ist Meuterei! Das wird Ihnen noch leidtun!«

»Durchsucht sie nach Waffen und fesselt sie!«, befahl Henning Schumann. Er wusste es vom Schulhof: Die schwachen Schüler waren die Ersten, die folgten, weil sie seine Entschlossenheit spürten. Dann erst kamen die, die unbedingt bei den Gewinnern sein wollten. Jetzt war es ähnlich, das spürte er wie ein Kribbeln auf der Haut. Es ging darum, wer hier das Sagen hatte. Der Kellner war – nach der Attacke der kleinen Viola – als Anführer erledigt.

Noch glaubte Ole Ost, die Menschen zur Vernunft bringen zu können: »Der Seegang wird uns gegen die Küste treiben. Das kann eine Havarie geben und …«

Weiter kam er nicht, da traf ihn die Faust erneut.

Diesmal verlor er für ein paar Sekunden das Bewusstsein. Wie ein angeschlagener Boxer, der die rettende Ringecke sucht, stehend k. o., taumelte er fast blind durch den Raum. Als er die Augen öffnete, blickte er in den Lauf einer schwarzen Pistole. Er kannte den

Waffentyp nicht und hätte folglich auch nicht sagen können, ob es sich um ein Spielzeug handelte, eine Gaspistole oder eine Imitation für Softairduelle. Langsam hob er die Arme, ungläubig, dass ihm an Bord der Ostfriesland III so etwas passierte. Ein Kollege von ihm war vor Somalia von Piraten angegriffen worden. Sie hatten sein Containerschiff gekapert und ihn sogar fast eine Woche gefangen gehalten. Heutzutage musste man auf See mit viel Ärger rechnen, aber doch nicht auf einer Fähre zwischen Emden und Borkum!

Lukka wurde das Ganze hier zu heiß. Sie drängelte sich durch zum Fahrzeugdeck. Sie wollte in ein schützendes Auto. Und sie hatte Glück. Charlie nahm sie nur zu gern in seinem Golf auf. Der Airbag war inzwischen erschlafft und hing aus der Mitte des Lenkrads, als würde der Wagen den Insassen die Zunge herausstrecken.

Von dem älteren Mann und seiner Frau, die ein bisschen verwirrt zwischen den parkenden Autos herumliefen, als hätten sie vergessen, wo ihr Wagen geparkt war, erwartete sie nichts Böses. Aber als Charlie die Tür öffnete, um Lukka auf den Beifahrersitz zu lassen, machte der grau melierte Rentner einen katzenhaften Sprung, den Lukka ihm niemals zugetraut hätte, und riss sie von der Tür weg.

»Wir waren zuerst da!«, sagte er und wollte sich an ihr vorbei in den Golf drängen.

Charlie wehrte ihn ab. »Nein! Nein! Ich habe gesagt, ich nehm Sie nicht auf! Das ist mein Auto! Sie können doch nicht einfach einsteigen!«

»Warum nicht? Warum sie? Warum nicht meine Frau und ich?«, wollte der Mann wissen und zeigte sein weißes Gebiss wie ein hungriges Raubtier. Charlie musste an den abgebissenen Finger denken und zog sich so weit wie möglich in seine Fahrerecke zurück. Das deutete Eberhard Thiele als Unterwerfungsgeste und kroch auf den Beifahrersitz. »Komm, Martha! Schnell! Ich habe Plätze für uns!«

Wie ein Karpfen an Land schnappte er nach Luft.

Aber schon war Lukka wieder da. Ihre roten Haare schienen elektrisch geworden zu sein, so wirr standen sie ab.

Sie kämpfte mit dem Platzräuber und glaubte, gegen den alten Herrn leichtes Spiel zu haben, aber das war ein Irrtum. Der ehemalige Fußballer verpasste ihr einen Tritt, dass sie zwischen den Stoßstangen der gegenüberstehenden Lkws auf dem Boden landete.

»Wieso soll die weniger ansteckend sein als wir? Weil die so schöne lange Beine hat?«, fragte er Charlie und guckte böse.

Lukka stand auf. Der Fahrer eines der beiden Lastwagen, er fuhr Tiefkühlkost, sah sie an, als wolle er sie mit den Blicken ausziehen und nackt auf seinem Kühler tanzen lassen. Sein Beifahrer schnalzte mit der Zunge.

Lukka strich ihr Kleid glatt. Die beiden würden ihr sofort einen Platz für Sex anbieten. Das war ihr klar.

Sie hörte ihren Namen rufen. Antje und Regula suchten sie. Das herannahende Klappern ihrer Schuhe klang wie ferne Schüsse.

»Hier bin ich, hier! Bei dem Kühlwagen. Ich habe ein Auto für uns. Kommt schnell!«

Martha Thiele war inzwischen bei ihrem Mann. Sie war eine friedliche Frau. Harmoniebedürftig und sensibel. Sie konnte solchen Streit überhaupt nicht ertragen.

Sie versuchte auf ihren Mann einzuwirken. »Lass doch, Eberhard, das kann sowieso alles nicht mehr lange dauern. Wir wollen uns jetzt doch nicht um die Plätze zanken …«

»Oh doch, genau das wollen wir!«, brüllte er zurück.

Wie oft hatte er ihretwegen schon klein beigegeben? Um des lieben Friedens willen hatte er seinem Nachbarn immer wieder stillschweigend erlaubt, den Fußweg zu ihrer Terrasse zuzuparken. Und wenn der Nachbar am Sonntagmittag den Rasen mit seinem lauten, stinkenden Benziner mähte, beschwerte er sich nicht. Wenn die missratenen Sprösslinge von gegenüber sturmfreie Bude hatten und ihm bis in die Morgenstunden laute Musik und Haschischduft die Nachtruhe nahmen, dann hielt er den Mund und petzte nicht, wenn die Eltern von ihrem Kurztrip nach Hause kamen. Er biss die Zähne zusammen und schwieg, weil seine Martha in der Nachbarschaft keinen Streit wollte … Aber jetzt musste er sich wehren. Hier und heute ging es nicht anders. Die Härte des Lebens hatte sie erbarmungslos eingeholt.

Regula ging rücksichtslos vor. Sie griff von hinten in die Haare ihrer Platzkonkurrentin und riss so fest daran, dass Martha Thiele auf den Rücken stürzte.

Antje wollte vor ihren Freundinnen nicht die uncoole Versagerin sein. Sie verpasste der alten Dame einen Tritt in die Rippen. Dann stand sie – erschrocken über sich selbst – mit offenem Mund da und hoffte, der Frau nichts gebrochen zu haben.

Eberhard Thiele hatte sich in seiner Jugend oft und gern geprügelt, aber das war lange her und eine Frau hatte er noch nie im Leben geschlagen. Etwas hemmte ihn, das ihm jetzt vorkam wie ein Gendefekt. Er wollte zuschlagen, aber er schaffte es nicht.

Regula verpasste ihm zwei Fausthiebe ins Gesicht. Sein Gebiss flog in hohem Bogen auf den Boden und rutschte unter den Kühlwagen. Thiele hob die Fäuste, tänzelte wie Klitschko im Ring, aber er konnte nur einstecken, nicht kontern. Der Wille war da, er wollte tapfer sein und sich und seine Frau retten, aber dann blieb er mit hängenden Schultern stehen. Tränen kullerten über seine Wangen, er schämte sich und wagte es nicht, zu seiner Frau zu schauen, die auf allen vieren über den Boden kroch und versuchte, sich in Sicherheit zu bringen, voller Angst, erneut getreten zu werden.

Währenddessen lief laut das Autoradio. Es wurde von einem Familienvater berichtet, der von Passagieren aus einem Intercity geworfen wurde, weil er »fiebrig aussah«. Dabei war sein neunjähriger Sohn im Zug zurückgeblieben – der nun am Zielbahnhof von seiner Mutter vermisst wurde. Niemand wusste, wann und wo das Kind ausgestiegen oder vielleicht ausgesetzt worden war.

Ein Sprecher des Robert-Koch-Instituts klärte auf, das Gefährliche an jedem Grippevirus sei, dass infizierte Menschen, lange bevor sie irgendwelche Krankheitssymptome spürten, also auch, bevor sie eine erhöhte Temperatur aufwiesen, schon hochansteckend waren. Niemand könne also wissen, ob ihm eine infektiöse Person gegenüberstand oder nicht. Das massenhafte Fiebermessen, wie es im Moment in Hamburg und München auf Flughäfen, in Behörden und auf Bahnhöfen geschah, sei sinnlos. Auch sei nicht jede erhöhte Temperatur auf das Virus zurückzuführen.

Die Zahl der Toten, so der Sprecher, werde inzwischen weltweit mit etwa zehntausend angegeben, wobei die Dunkelziffer vermutlich viel höher sei, weil viele, die vom Killervirus getötet worden seien, sicher nicht als Grippetote registriert worden waren. Dem widersprach ein anderer Wissenschaftler, der vor jeder Hysterie warnte und die nachgewiesenen Todesfälle auf einhundertundzwölf bezifferte. Mit der berüchtigten Spanischen Grippe von 1920 könne man das alles nicht vergleichen, damals seien auch nicht siebzig Millionen oder gar hundert Millionen Menschen an der Seuche gestorben, wie vielfach behauptet, sondern »nur« zwanzig bis dreißig Millionen, den Rest habe Hunger und mangelnde Hygiene dahingerafft.

Eberhard Thiele hatte ein Ohr für diese Meldungen. Verständnislos blickte er auf seine Frau, die noch immer auf dem Boden herumkroch; er hatte nicht wirklich mitbekommen, was geschehen war, und verstand nicht ganz, was sie dort machte. Er glaubte, sie suche sein Gebiss. Regula stieß ihn mit beiden Fäusten vor die Brust. Der alte Mann fiepte wie die jungen Seehunde auf der Sandbank vor Borkum. Dann fiel er auf die Knie, und statt zu kämpfen, bettelte er nur: »Bitte, lassen Sie uns doch in den Wagen; ich bin jetzt siebzig Jahre alt, ich schaffe das nicht mehr. Sie sind jung und gesund. Ihr Körper wird mit so einer Sache besser fertig. Für Sie ist das vielleicht nur wie ein Schnupfen. Für meine Frau und mich ein Todesurteil.«

Regula sah sich nach Antje und Lukka um. Einem Kampf war sie gewachsen, einem weinenden alten Mann nicht. Sie brauchte jetzt Verstärkung. Seine Tränen und seine demütige Geste ließen ihre Wut zusammenfallen wie Hefekuchen. Und ohne die Wut war sie wehrlos.

Ganz anders Antje. Sie wurde erst durch seine zur Schau gestellte Hilflosigkeit richtig sauer. So hatte ihr Großvater sie und die ganze Familie immer erpresst. Alle mussten sich schlecht fühlen und sich um ihn kümmern. Er war bis zu seinem Tod ein Weltmeister der Manipulation gewesen.

Antje sah die Brille Eberhard Thieles, die ebenfalls auf dem Boden gelandet war, aber sie brachte sie ihm nicht. Auch wenn sie es niemals zugegeben hätte – sie trat absichtlich drauf und zerstörte sie fast lustvoll. Es war wie eine Rache an ihrem alten Großvater, der ihr den größten Teil der unbeschwerten Kindheit geraubt hatte.

Martha Thiele raffte sich plötzlich auf, als sei durch das knirschende Geräusch des Glases Energie in sie gefahren. Sie verpasste Lukka einen Kinnhaken, als hätte sie vorher in einem Kickboxstudio trainiert, stürzte sich dann auf Antje und zerkratzte ihr mit ihren matt lackierten Fingernägeln das Gesicht.

31

Sie kamen nicht ganz bis in die Hans-Bödecker-Straße. Sie blieben mit ihrem Fiat in einer Blechlawine stecken. Die Straße war zwar mit Fahrzeugen verstopft, aber auf den Gehwegen waren keine Menschen zu sehen. An den Fenstern in der Hans-Bödecker-Straße waren die meisten Rollläden heruntergelassen. Aus der Vogelperspektive, von einem Hubschrauber etwa, musste es aussehen, als würden sich die Autos wie klebrige Insekten auf einer schleimigen Spur durch eine menschenleere Stadt wälzen …

Die Insassen des Fiat Panda hatten das Radio ausgeschaltet, um sich von den Katastrophenmeldungen nicht noch mehr deprimieren zu lassen, und stritten sich.

Ulf Galle war nervös. Am liebsten wäre er ausgestiegen. Er musste endlich zu seiner Dienststelle zurück, denn er hatte Angst, seine Praktikumsstelle aufs Spiel zu setzen. Er sah inzwischen in dieser Virusgrippe auch seine große Chance auf Festanstellung; schließlich würde es viel zu tun geben.

»Hören Sie endlich auf!«, fauchte Bettina Göschl.

Seitdem Ulf Galle wusste, dass er in den Augen der Sängerin nichts weiter war als ein Waschlappen, hatte er keine Hemmungen mehr, sich gehen zu lassen, während Carlo Rosin zu immer größerer Form auflief. Er übernahm die Handlungsführung.

»Wir können jetzt hier sowieso nicht weiter. Pass mal auf, Kollege, ich werde Bettina Göschl helfen, Frau Steiger zum Arzt zu bringen, und du kannst sehen, wie du mit der Kiste hier fertig wirst!«

Das passte Ulf Galle noch viel weniger. Er protestierte laut auf dem Beifahrersitz, doch schon öffnete Carlo die Tür, stieg aus und überließ den Fahrersitz demonstrativ Ulf Galle.

Während Bettina Göschl und Carlo Rosin Frau Steiger links und rechts stützten, streckte Leon Ulf Galle die Zunge heraus. Eins war klar für den Jungen: So wie der wollte er niemals werden.

Ulf Galle brüllte hinter den vieren her: »Ihr könnt doch jetzt nicht einfach abhauen und mich hier im Stich lassen!«

Leon Sievers zeigte ihm doof: »Wer lässt denn hier wen im Stich?«
Er streckte noch einmal seine Zunge heraus und am liebsten wäre
er zurückgelaufen, um Ulf Galle gegen das Schienbein zu treten,
aber so etwas tat er nicht.

Der Verkehr wälzte sich jetzt ein Stückchen vorwärts. Zwischen
dem Fiat und der Stoßstange des BMWvor ihm waren jetzt gut
zwei Meter Platz. Genug, um die Fahrer hinter Ulf nervös zu machen. Ein Hupkonzert begann. Ulf klemmte sich hinters Lenkrad
und fuhr zwei Meter, um die anderen zu beruhigen. Er schlug mit
der Faust aufs Lenkrad. Hier lief nichts nach Plan. Gar nichts.

Doktor Husemanns Praxis in der Hans-Bödecker-Straße Nr. 64 sah
von außen ganz normal aus. Die Eingangstür war verriegelt, doch
laut Schild an der Tür war die Praxis noch für ein paar Stunden geöffnet. Direkt daneben gab es eine Apotheke. Sie machte allerdings
einen geschlossenen Eindruck. Alle Lichter waren erloschen. Hinter
der Verkaufstheke stand niemand.

Frau Steiger kollabierte vor der Tür, während Bettina Göschl klingelte. Zunächst meldete sich niemand. Nach dem dritten Schellen
dann war die Stimme einer Arzthelferin zu hören, die ganz so
klang, als habe sie etwas Wichtigeres zu tun, als diese Sprechanlage
zu bedienen. Der genervte Ton kam nicht nur durch die schlechte
Übertragung zustande.

»Ja bitte? Wer sind Sie?«, hallte es blechern.

»Mein Name ist Bettina Göschl. Ich komme mit einer Frau, die
einen Schwächeanfall erlitten hat. Sie ist gerade zum zweiten Mal
hintereinander ohnmächtig geworden. Bitte machen Sie die Tür
auf. Wir brauchen dringend ärztliche Hilfe!«

»Gehören Sie zu unserem Patientenstamm, Frau Göschl?«

»Ich nicht. Ich bin nicht aus Emden. Bei mir ist Frau Steiger. Herr Husemann ist angeblich ihr Hausarzt. Jetzt machen Sie doch auf!«

»Steiger, Steiger … welche Frau Steiger? Sibylle oder Therese?«

»Das weiß ich nicht. Die alte Dame ist nicht bei Bewusstsein.«

Frau Steiger war nicht ansprechbar. In ihren Augen war nur noch das Weiße zu sehen. Ihre Halsmuskulatur war erschlafft und ihr Kopf hing in Carlo Rosins Armen, als gehörte er nicht zu ihr. Ihr Körper war heiß und ihr Gesicht schien zu glühen.

Leon bekam es jetzt zum ersten Mal mit der Angst zu tun.

»Ich habe keine Ahnung, wie sie mit Vornamen heißt. Das ist doch auch völlig egal. Nun machen Sie schon auf!«

»Ist sie Privatpatientin?«

»Ich weiß das alles nicht und es kann auch jetzt keine Rolle spielen. Bitte öffnen Sie! Dies ist ein Notfall!«

»Wenn das ein Notfall ist, dann sind Sie hier sowieso falsch. Für einen Notfall müssen Sie den Notruf wählen und direkt ins Unfallkrankenhaus …«

»Das darf doch alles nicht wahr sein!«, stöhnte Carlo Rosin und brüllte in die Anlage: »Rosin, vom Veterinäramt Aurich! Wenn Sie jetzt nicht öffnen, werde ich dafür sorgen, dass Dr. Husemann Sie feuert, und zwar in hohem Bogen!«

»Veterinäramt? Wir sind doch keine Tierarztpraxis!«

Bettina atmete tief durch und versuchte es noch einmal ganz ruhig: »Gute Frau, Sie können doch nicht wollen, dass vor Ihrer Tür eine Frau …«, fast hätte sie gesagt: »stirbt«, doch sie schluckte das Wort herunter. Sie wollte Leon nicht erschrecken. Außerdem hatte sie Angst, Frau Steiger könnte sie trotz der Ohnmacht hören. Sie hatte einmal gelesen, dass Komapatienten jahrelang jeden Besucher, jedes Wort mitbekommen hatten, obwohl sie keinerlei Regung zeigen konnten und wie versteinert waren.

»Frau Göschl? Ich bitte Sie um Verständnis, wir müssen die Praxis für unsere Patienten geöffnet halten.«

»Ja, genau darum geht es doch! Wir wollen in Ihre Praxis!«

»Wir müssen Sorge tragen, dass das Virus nicht unsere Patienten ansteckt. Wir sind eine ganz normale Praxis für Allgemeinmedizin. Unsere Patienten haben Anspruch auf eine gute Versorgung und wir müssen aufpassen, dass das Wartezimmer nicht mit dem Virus infiziert wird. Leider haben wir keine Quarantäneräume. Wir sollten schon vor zwei Jahren zusätzliche Räume anmieten, um in solch einem Fall …«

Frau Steiger wurde in Carlos Armen schwerer, woraus er folgerte, dass es mit ihr weiter rapide bergab ging. Fast konnte er ihren Atem nicht mehr wahrnehmen. Er zögerte, die Brust der alten Dame zu berühren. Es verstieß gegen seine gute Erziehung. Aber er tat es trotzdem und freute sich, noch einen Herzschlag zu spüren, wenn auch unregelmäßig und schwach.

»Entweder Sie machen jetzt auf«, brüllte er, »oder ich trete die Tür ein!«

Leon griff nach seinem Säbel. »Ja! Ja! Ja!«

»Okay. Ich mache Ihnen auf. Sie können aber nicht in die Praxis. Bitte bleiben Sie im Flur. Dr. Husemann wird hinauskommen und sich die Patientin im Hausflur anschauen.«

»Meinetwegen auch im Keller«, zischte Bettina. Im selben Augenblick summte der Öffner und mit einem Klack sprang die Tür auf. Sofort schob Leon seinen Säbel durch den engen Türschlitz, damit die Tür nicht wieder geschlossen werden konnte. Er kam sich heldenhaft und wichtig dabei vor. Er wusste, dass er diesen Moment nie im Leben vergessen würde.

Bettina Göschl schließlich drückte die Eingangstür mit ihrer Schulter auf. Gemeinsam hoben sie Frau Steiger in den Flur. Es roch merkwürdig nach Spiritus und Desinfektionsmitteln.

Bettina hatte damit gerechnet, in einem leeren Hausflur zu stehen. Dem war aber nicht so. Hier wartete eine Schlange von gut zwei Dutzend Personen mit fiebrig glänzenden Augen und um die Ecke ging es weiter und dann die Treppe hinauf.

Die Praxis befand sich im ersten Stock. Der Fahrstuhl war gesperrt. Außen hing ein Schild: Defekt. Im Fahrstuhl waren Besen und Eimer aufgebaut wie Straßensperren am Vorabend einer gewalttätigen Demonstration.

Sie konnten Frau Steiger nicht länger halten. Vorsichtig legten sie sie auf den Boden.

Bettina Göschl überlegte, ob es nicht besser sei, Leon wegzuschicken. Sie bat ihn, nach Hause zu gehen. Hier seien so viele kranke Menschen, da könne er leicht angesteckt werden.

»Aber echte Piraten fürchten die Gefahr nicht«, sagte er. Dabei spürte sie genau, dass er mehr Angst hatte, jetzt allein zu Hause zu sein, als hier mit seinen neuen Freunden zu warten.

Bettina band sich das Piratenkopftuch, das eigentlich für die heutige Vorstellung sein sollte, um den Mund. Leon tat es ihr gleich. Carlo Rosin trennte mit einem einzigen kräftigen Schnitt seines Schweizermessers den rechten Ärmel von seinem Jackett ab und benutzte ihn als Mundschutz.

Plötzlich kam ein junges Mädchen die Treppe herunter. Sie hüpfte elfenhaft an den Wartenden vorbei, peinlich darauf bedacht, niemanden zu berühren. Sie trug einen weißen Kittel, eine blickdichte weiße Strumpfhose und weiße Clogs. Ihr Gesicht war durch ein Atemschutzgerät über Mund und Nase unkenntlich gemacht. Das Plastikteil war für sie viel zu groß, sodass der Rand ihr rechtes Auge fast zudeckte. Trotzdem bemühte sie sich um ein verbindliches Lächeln, was an ihren verspannten Halsmuskeln erkennbar war.

Aus einem Plastikbehälter, der Bettina an ihren Pflanzenbestäuber zu Hause erinnerte, sprühte die junge Frau Desinfektionsmittel in die Luft, auf die Wand und auf die Hände der Menschen. Sie schien ihren Auftritt zu genießen. Brav reckten alle ihr die Finger entgegen. Sie hielt Abstand, versprühte aber hoffnungsvoll ihr Sterilium, das die Viren abtöten sollte.

Dass sie immer wieder einen Strahl in die Luft verschoss, wun-

147

derte Bettina, aber sie verstand: Die junge Frau versuchte, sogar die Luft zu reinigen. Vermutlich hatte sie, wie alle Menschen in den letzten Stunden, die Nachricht gehört, dass sich beim Niesen austretende Viren noch minutenlang in der Luft aufhalten und durch Wind oder Verwirbelungen weit getragen werden können, bevor sie einen neuen menschlichen Organismus finden.

Auch Bettina Göschl hielt die Finger hin und zerrieb die wenigen Tröpfchen auf der Hand. Die Blicke der beiden trafen sich. Die Augen der Arzthelferin waren voller Mitgefühl und Wärme. Bettina spürte, wie viel Überwindung es sie gekostet haben musste, hinauszugehen zu den Menschen und sich der Gefahr auszusetzen, selbst infiziert zu werden. Sie nickte ihr dankbar zu, auch wenn sie Frau Steiger nicht helfen konnte.

Nach knapp zehn Minuten, die sich wie mehrere Stunden anfühlten, erschien schließlich eine weitere Arzthelferin mit einem richtig sitzenden Atemschutzgerät. Es musste die sein, mit der sie über den Lautsprecher verhandelt hatten. Sie wirkte wesentlich professioneller als die Desinfektionsmittel versprühende Hupfdohle und maß bei allen Anwesenden das Fieber. Frau Steiger hatte eine Temperatur von 39,7.

»Sie muss dringend in ein Krankenhaus«, stellte die Schwester fest. »Wir können sie hier nicht behandeln.«

»Geben Sie ihr ein fiebersenkendes Mittel«, forderte Bettina Göschl. »Und Sie haben doch bestimmt auch ein antivirales Präparat, Tamiflu oder …«

Die Arzthelferin verzog spöttisch den Mund. »Ja. Wir hatten sogar einen Vorrat von fünfzig oder sechzig Packungen. Aber der ist längst aufgebraucht.«

»Dann geben Sie uns ein Rezept für die Apotheke und wir holen es.«

»Dem Apotheker haben sie vor zwei Stunden den Kiefer gebrochen. Der Laden ist dicht.

32

Das Herannahen seines Vaters spürte Tim über die Bodenerschütterungen. Es war eine Vibration, die sich auf die Räder seines Rollstuhls übertrug und von dort auf seinen Körper. Er hörte ihn noch lange nicht, aber sein Körper war bereits in Alarmbereitschaft.

»Du musst dich verstecken, Josy. Schnell! Er kommt. Er darf dich hier nicht sehen und den Vogel schon mal gar nicht.«

Josy warf Tim einen missbilligenden Blick zu. Sie hätte lieber die Auseinandersetzung geführt, statt sich zu verkriechen. Sie scheute den Streit mit Tierquälern wie Jansen nicht. Aber sie fürchtete um das Leben der Küstenseeschwalbe.

Sie wollte im Bad verschwinden, doch Tim schüttelte den Kopf: »Nicht da, nicht da. Der Alte hat irgendeine … doofe Blasenentzündung oder so und muss ständig. Geh in den Schrank.«

»In den Schrank?«

»Ja, da in den Schrank.«

Josy öffnete die Schranktür. An den Kleiderbügeln baumelten Winterjacken und Mäntel mit Fell an Kragen und Ärmeln, wie sie vor zehn Jahren einmal modern gewesen waren. Sie schob die Mäntel zusammen und wollte sich mit dem Vogel in den Schrank quetschen, aber dann hielt sie inne.

»Ist das echtes Fell?«

»Ja, äh … ich weiß nicht. Ich …«

Sie schüttelte sich und aus ihren wirren Haaren fielen Schuppen auf den Boden. Sie berührte einen Fellkragen mit den Fingern und verzog angewidert den Mund. »Das ist kein Kunststoff! Das ist richtige Tierhaut! Was seid ihr bloß für Schweine?! Du glaubst doch nicht, dass ich mich damit im Schrank einschließe?«

»Josy, bitte! Er kommt.«

Sie krümmte sich zusammen. Tim sah es ihr an: Es war dieser Frau unmöglich, in den Schrank zu kriechen. Ihr ganzer Körper rebellierte dagegen.

Jetzt zuckte auch noch die Küstenseeschwalbe und öffnete den roten Schnabel. Josy legte sanft eine Hand um den Kopf und drückte den Schnabel wieder zusammen, um das »Kiu« zu verhindern.

Inzwischen war Ubbo Jansen so nah, dass sie durch die Tür sein lautes Keuchen hören konnte. Josy rettete sich mit einem Sprung ins Badezimmer. Sie sah sich um. Die Kacheln waren weiß und der Raum kam ihr ein bisschen vor wie ein Schlachthaus. Klinisch sauber und abwaschbar. Es fehlten nur die Schlachterhaken an der Decke. Es gab ein großes Waschbecken, eine Toilette in Muschelform und eine Dusche mit Milchglasscheiben. Auf dem Boden lagen rosafarbene Badezimmermatten.

In ihrer Tierschützergruppe gab es einen schwulen Mitstreiter, der hatte genauso eine Garnitur. Allerdings sah der Rest von seinem Bad wohnlicher aus.

Hier roch es nach unangenehm scharfem Rasierwasser. Über dem Waschbecken stand auf einem Regal ein Rasierpinsel, daneben ein Nassrasierer mit auswechselbarer, breiter Klinge. Josy kannte solche Museumsstücke nur noch von Flohmärkten. Trotz der prekären Situation, in der sie sich hier befand, musste sie lächeln. Clint Eastwood hatte sich in einem Film mal so rasiert. Sie erinnerte sich daran. Sie war damals noch viel zu jung gewesen für den Film und hätte gar nicht ins Kino hineingedurft. Sie fand die Szene unglaublich erotisch. Später träumte sie manchmal davon. Sie stellte sich vor, wenn sie mal einen Freund hätte, müsste der sich auf jeden Fall morgens nass rasieren, mit Schaum im Gesicht.

Einer Eingebung folgend, stellte sie sich in die Duschkabine und schloss die Milchglasscheiben. Sie hörte Vater und Sohn miteinander reden. Die Stimme von Ubbo Jansen kam ihr geradezu militärisch energisch vor. Er trumpfte groß auf, weil er es irgendwelchen Typen wohl so richtig gegeben hatte und die jetzt sehen würden, mit wem sie es zu tun hatten. So, wie er sprach, hätte er bei jeder Macho-Olympiade einen der ersten Plätze belegen können.

Der Vogel in ihren Händen begann zu zittern. Er versuchte, mit den Flügeln zu schlagen und Töne von sich zu geben. Josy traute sich nicht, den Schnabel noch fester zuzudrücken. Sie wollte dem Tier auf keinen Fall wehtun.

Da hörte sie Ubbo Jansens inquisitorische Frage: »Wo kommen denn die Federn hier her?«

Tim lachte ein bisschen zu laut und herausgestellt. »Ja, wo sollen wohl in einer Hühnerfarm Federn herkommen? Lass mich mal nachdenken. Ich fürchte, ich komm nicht drauf …«

»Das sind keine Hühnerfedern, Sohnemann. Solche Hühner gibt es nicht. Hier, schau sie dir an. Die sind von einer Möwe oder …«

»Na klar, von einer Möwe. Papa. Die ist durchs Fenster reingeflattert, hat zwei Runden um die Lampe gedreht und dann ist sie wieder abgezogen.«

»Das ist nicht witzig, Tim. Wo kommen die Federn her?«

»Ich weiß es nicht, Papa. Vielleicht hat einer deiner Mitarbeiter Indianer gespielt und sie ist ihm aus dem Kopfschmuck gefallen.«

Dann gelang es Tim, das Gespräch auf seine Schwester Kira zu lenken, die noch immer in Indien festsaß, und er forderte den Vater auf, ihr dreißigtausend Dollar zu überweisen.

Später tat es Josy leid, sich nicht doch im Schrank versteckt zu haben, denn Ubbo Jansen öffnete die Badezimmertür, war mit zwei Schritten bei der muschelartigen Toilette und öffnete seinen Hosenschlitz.

Josy atmete nicht und auch die Küstenseeschwalbe schien den Ernst der Situation zu begreifen und bewegte sich nicht.

Ubbo Jansen ließ einen kurzen harten Strahl ins Becken prasseln, stöhnte und drehte sich wieder zur Tür um.

Er hat uns nicht gesehen, dachte Josy. Es gibt doch einen Gott. Er hat uns nicht gesehen.

Der Vogelkopf lag locker in ihrer Hand, und als das »Kiu« ertönte, drückte sie den Schnabel sofort wieder zu, aber eben eine Sekunde zu spät.

Jetzt erkannte Ubbo Jansen den Schatten hinter den Milchglasscheiben. Er öffnete die Duschkabine und sah das Mädchen und den Vogel.

Josy drückte sich mit dem Rücken in die Ecke, als hätte sie vor, durch die Kacheln nach draußen zu verschwinden, aber es gab keine Chance zu entkommen.

»Eine Frau mit einer Möwe steht in meiner Dusche. Hast du mir harte Drogen in meinen Kaffee getan, Tim, oder sehe ich das hier wirklich?«, rief Ubbo Jansen.

»Das ist keine Möwe, sondern eine Küstenseeschwalbe, Herr Jansen«, erklärte Josy.

»Was wollen Sie hier? Warum verstecken Sie sich in meiner Dusche? Und was wollen Sie mit dem Vogel? Sind Sie die Geliebte meines Sohnes? Bin ich so ein strenger Vater, dass er sich nicht traut, mir seine Freundin vorzustellen? Wenn Sie wüssten, wie froh ich bin, dass er endlich eine hat!«

»Ja, Papa, sie ist meine Freundin!«, rief Tim von hinten. »Wir lieben uns!«

Ubbo Jansen machte großzügig Platz und lockte Josy mit einer einladenden Geste aus ihrem Versteck. Als sie aus dem Badezimmer heraus war, stellte sie sich mit dem Vogel hinter Tim, sodass der Rollstuhl einen Schutz für sie und das Tier darstellte. Dann ging sie gleich in die Offensive.

»Die Menschen da draußen drehen durch. Sie knallen alles ab, was Federn hat. Die Küstenseeschwalbe steht auf der Liste der bedrohten Tierarten. Sie wurde angeschossen. Bitte, helfen Sie mir, sie zu retten.«

»Ach so«, sagte Ubbo Jansen, »Sie glauben, weil dies eine Hühnerfarm ist, wären wir dafür geradezu prädestiniert? Na, das verstehe ich zwar, aber Sie sind wirklich am falschen Ort. Wir können hier keinerlei fremdes Federvieh gebrauchen. Wer sagt uns, dass Sie keine Seuche einschleppen? Gerade in der jetzigen Situation. Wir können das Tier nicht aufnehmen oder pflegen. Es gibt nur eine einzige Möglichkeit, wie der Vogel diese Hühnerfarm wieder verlassen kann …«

»Wie denn?«

Oh nein, dachte Tim. Bitte sag es nicht.

Der Vater hob die Hand und machte eine kreisende Bewegung über seinem Kopf. »Durch die Lüfte natürlich, wie es sich für Vögel gehört.«

»Er kann nicht mehr fliegen.«

Josy zeigte den angeschossenen rechten Flügel des Tieres.

»Das muss er auch nicht. Ich meine nämlich …«

»Vater!!!«, rief Tim, aber Ubbo Jansen ignorierte die Ermahnung und fuhr fort: »Wenn wir als Rauchwolke in den Himmel fahren, brauchen wir alle keine Flügel, um hoch hinaufzusteigen.«

Josy drückte den Vogel so an sich, dass er angstvoll kreischte.

»Sie wollen ihn verbrennen?«

Ubbo Jansen nickte. »Wir haben hier einen großen Allesbrenner, in dem wir viel Abfall entsorgen. Entschuldigen Sie bitte das harte Wort. Ich hätte Sie gerne unter besseren Umständen kennengelernt, aber …«

»Papa, das kannst du nicht tun!«

»Irrtum, Sohnemann. Ich muss es sogar tun.« Dann erklärte er mit unterdrückter Wut: »Dies ist keine normale Hühnerfarm. Wir produzieren unter bestimmten Schutzbedingungen, die woanders nicht gelten. Ich muss dafür sorgen, dass diese … Möwe oder Schwalbe oder was auch immer auf keinen Fall Kontakt zu meinen Hühnern bekommt. Im Grunde ist das doch sowieso nur Tierquälerei, das müssen Sie doch einsehen. Es ist das Beste für den Vogel, wenn wir ihn von seinen Schmerzen erlösen.«

Ubbo Jansen wollte einen Schritt nach vorn machen. Tim fuhr mit dem Rollstuhl ein paar Zentimeter weiter und stellte sich quer, bereit, seinen Vater aufzuhalten.

»Was soll das, Papa? Sie kann einfach mit der Küstenseeschwalbe gehen und sie draußen freilassen …«

»Ja, das ist eine gute Idee. Ich werde einfach gehen. Ich hätte gar nicht erst kommen sollen. Aber ich dachte, hier könnte ich den Vogel vor den Wahnsinnigen verstecken. Zeigen Sie mir doch Ihren Pflegeraum. Ich brauche ein bisschen Desinfektionsmittel, Antibiotika – und gibt es Schmerzmittel für Vögel?«

»Was für einen Raum?«

»Na ja, einen Pflegeraum. Sie werden doch so etwas wie eine Krankenstation haben, oder?«

Ubbo Jansen verzog den Mund zu einem breiten Lachen. Heute war eine Menge schiefgelaufen und ganz sicher nicht sein Tag, aber der Gag war wirklich gut.

»So etwas haben wir nicht.« Er lachte. »Wir sind kein Tierheim. Hier gibt es kein Krankenhaus für pflegebedürftige Seevögel.«

Angriffslustig fauchte Josy: »Das heißt, Sie haben hier zwar sechzigtausend Hühner, aber keine Möglichkeit, ein krankes Tier zu behandeln? Sechzigtausend. Das ist schon mehr als eine Kleinstadt! Aber es gibt kein Krankenhaus?«

»Das würde sich nicht rechnen.«

»Na klar«, spottete Josy, »niemand gibt fünf Euro aus, um ein krankes Huhn zu retten, wenn man an jeder Ecke für drei Euro zwanzig ein halbes Hähnchen bereits fertig gegrillt kaufen kann.«

»Sie essen scheinbar keine Hühnchen, sonst …«

»Erraten!«

»Papa, bitte, mach mir das hier nicht kaputt«, flehte Tim und kam sich dabei klein und mickrig vor.

Ubbo Jansen sah von oben auf seinen Sohn hinab. »Ich hab nichts gegen deine Freundin. Ich war nie ein Moralapostel, sondern immer ein Gönner. Meinetwegen kann sie gerne hier bei dir übernachten. Aber natürlich ohne Vogel. Wir werden dieses kleine Problem jetzt lösen und dann können wir ein Tässchen Kaffee trinken und …«

Josy schwenkte auf eine andere Linie ein. Sie spielte jetzt ganz die zukünftige Schwiegertochter. Im Grunde, dachte sie, traut der

Alte es seinem Sohn gar nicht zu, eine Freundin zu haben, und verspottet ihn sogar mit der Möglichkeit. Der weiß vermutlich genau, wer ich bin, und genießt es, seinen Sohn vor mir kleinzumachen.

»Vielleicht haben Sie recht, Herr Jansen, und es war eine Riesendummheit von mir, mit dem Vogel hierherzukommen. Ich dachte wirklich, Sie könnten ihm helfen. Tim hat mir viel von Ihnen erzählt. Sie verstehen doch so viel von Hühnern und …«

»Er hat Ihnen viel von mir erzählt? Na, viel Gutes kann das ja nicht gewesen sein, oder kennen Sie seinen Videochat im Internet nicht? Er gibt sich große Mühe, mich als Unmenschen darzustellen. Glauben Sie, ich kriege das nicht mit? Ich bin nicht der geldgierige, bescheuerte Kerl, für den er mich gerne ausgibt.«

»Bitte, lassen Sie mich und den Vogel gehen, Herr Jansen. Ich werde so etwas nicht wieder tun. Ich wusste nicht, wie bedrohlich das für Sie sein kann.«

Ubbo Jansen musterte Josy, dann sah er seinen Sohn an. Der blickte ihm eiskalt in die Augen.

33 Chris hatte Durst, wie morgens nach einem schweren Kater. Ihre Zunge fühlte sich dick und pelzig an. Sie kniete vor der Minibar in ihrem Zimmer im Hotel »Kachelot«. Vor Aufregung fand sie zunächst den Flaschenöffner nicht, und als sie ihn hatte, rutschte sie zweimal ab, bis der Kronkorken endlich nachgab.

Der Flaschenhals klapperte am Glasrand, so sehr zitterte sie. Sie trank gierig zwei Gläser leer, rülpste dann laut und kroch auf allen vieren zum Bett. Die Kühlschranktür der Minibar ließ sie offen stehen, auf dem Fußboden das Glas und die leere Mineralwasserflasche.

So, wie sie jetzt auf dem Bett lag, konnte sie den Leuchtturm sehen.

Oben an der Brüstung stand Oskar Griesleuchter. Aber er war zu weit weg, sie konnte ihn nicht erkennen.

Er dagegen, der immer der Meinung gewesen war, zur Ausrüstung eines Inselpolizisten gehöre ein Fernglas, für die Beobachtung des Küstenstreifens, sah sie dafür umso genauer.

Er war allein hier oben. Die Klarheit des Lichts hatte etwas Berauschendes an sich. Er summte den Otto-Groote-Song »Nordlandwind« aus Grootes CD »In't blaue Lücht van Nörden« und bildete sich ein, dort hinten die Ostfriesland III zu sehen, die laut Fahrplan längst in Emden sein sollte, aber er interessierte sich nicht wirklich dafür. Etwas anderes zog ihn magisch an: Chris auf dem Bett.

Arme und Beine weit von sich gestreckt, wirkte sie auf ihn ein bisschen wie der gekreuzigte Jesus. Er stellte sich vor, sie sei ans Bett gefesselt und könne sich nicht mehr bewegen. Wie ein Opfer, das dargebracht wird, hilflos ausgeliefert. Für einen kurzen Moment schoss ein Heldentraum durch seinen Kopf, wie es wäre, sie zu retten aus den Fängen eines wahnsinnigen Killers, der sie bereits für das Opferritual hergerichtet hatte.

Ihr Freund war nicht da, um ihr zu helfen, so viel hatte Oskar

Griesleuchter mitgekriegt. Sie war allein. Einsam und verunsichert, genau wie er.

Er erlebte sich selbst, wie er eine Weile durchs Fernglas zusah, während der Mörder begann, ihre zarte Haut zu zerschneiden. Er hatte Werkzeug mitgebracht. Eine Geflügelschere. Ein Beil. Messer. Wahrscheinlich ein gelernter Metzger, dachte Oskar mit kriminalistischem Spürsinn.

Er sah schon ein bisschen zu lange zu, fand er. Warum stoppte er die Tat nicht? Machte ihn das Zusehen an? Wollte er erst in letzter Minute als Held dastehen?

Ihr Anblick verwirrte ihn so sehr. Das, was er hier tat, war nicht in Ordnung. Es gab eine Stimme in ihm, die schimpfte laut. Es war die Stimme seiner Mutter, aber mit der Wortwahl seines Vorgesetzten. Das hier war verdammt voyeuristisch und justiziabel.

Aber schlimmer noch als das, was er tat, waren seine Gedanken. Schere ... Beil ... Messer ... Er schüttelte sich. Nein, ich schaue ihr nur zu, um ein Verbrechen zu verhindern, dachte er. Alles gerät aus den Fugen. Gesetz und Ordnung gelten nicht mehr. Die Fähre darf nicht landen. Ein Mensch wird zerquetscht. Ein Architekt übernimmt das Kommando.

Er sah zu, wie Chris sich auf den Bauch drehte und eine Nummer in ihr Handy tippte.

Oskar Griesleuchter fühlte sich erwischt. Er versteckte das Fernglas hinter seinem Rücken. Es war für ihn, als würde sie ihn jetzt anrufen. Jede Sekunde konnte sein Handy klingeln und sie würde ihn anschnauzen und zur Schnecke machen. Er hörte schon ihre Stimme im Ohr, was er sich einbilde und ob er sie nicht mehr alle beisammenhabe und dass einer wie er für den Polizeidienst ungeeignet sei.

Er schlug sich selbst mit der flachen Hand ins Gesicht. Was ist bloß los mit dir?, fragte er sich. Was hast du für kranke Gedanken? Stimmt was mit deinem Gehirn nicht?

Dann hatte er plötzlich wieder das Geräusch im Ohr, wie zwi-

157

schen der Vertäudalbe und der Schiffswand die Knochen von Lars Kleinschnittger zerquetscht wurden.

Ich habe es nicht verhindert, dachte er. Ich habe es nicht verhindert. Ich gehöre zu den Guten. Ich hätte es verhindern müssen!

Chris erreichte ihren Benjo. Er war nicht krank, aber er redete wirres Zeug.

»Sie haben uns auf der Toilette eingeschlossen. Sie glauben, der kleine Dennis sei infektiös. Nur, weil der Junge ein bisschen Schnupfen hat. Hier haben sich die Ereignisse überschlagen. Wir brauchen dringend einen Arzt.«

»Ich denk, der Junge hat nur einen leichten Schnupfen?!«

»Ja, aber sein Fuß ist gebrochen und seine kleine Schwester kriegt keine Luft mehr. Ich glaube, der Kellner hat ihr die Rippen gebrochen. Und die Eltern …«

»Der Kellner hat ihr die Rippen gebrochen? Benjo, was ist bei euch los?«

»Hier drehen alle durch. Es ist, als ob dieses Scheißvirus die Menschen verrückt machen würde. Sie werden aggressiv, verhalten sich völlig anders als sonst und …«

»Benjo, was hast du mit den Kindern zu tun und mit dieser Familie? Warum haben sie dich mit denen auf der Toilette eingeschlossen? Ich denk, du bist gesund?«

»Ja, bin ich auch.«

»Dann sieh zu, dass du da rauskommst! Oder willst du, dass der Junge dich ansteckt?«

»Er ist nicht krank, ich sag es doch!«

»Aber er hat eine Mutter und einen Vater … Was willst du da?«

»Einer muss doch helfen.«

»Wo sind seine Eltern?«

Benjo stöhnte. Er hielt sich den Kopf. Er fühlte sich unwohl dabei, so laut über die Situation zu sprechen. Alle bekamen mit, was er ihr sagte.

Er saß auf dem Boden, ein Rohr im Rücken, den Kopf ans Pissoirbecken gelehnt wie an ein Kissen.

Margit Rose kniete über ihre Tochter gebeugt und versuchte, sie durch Mund-zu-Mund-Beatmung am Leben zu erhalten. Kai Rose kniete daneben und gab bissige Kommentare ab.

»Ihr Herz! Du musst ihr Herz massieren. Nein, nicht so. Dreißigmal drücken, dann zweimal Beatmung.«

»Halt die Klappe!«, fuhr Margit ihn an und setzte die Mund-zu-Mund-Beatmung fort. Sie traute sich nicht, auf den Brustkorb ihrer Tochter zu drücken. Ihr waren doch gerade erst die Rippen gebrochen worden. Sie hatte das Gefühl, in etwas unnatürlich Weiches zu greifen, und befürchtete, schon bei leichtem Druck mit der Hand in den Brustkorb einzubrechen.

Margit liefen die Tränen übers Gesicht, während sie tief Luft einsaugte und mit einem langen Stoß in den Mund ihrer Tochter ausatmete.

»So nicht, so nicht, du pumpst sie ja auf wie einen Luftballon! Sie ist viel zu klein. Ihre Lunge ist nicht so groß wie deine. Was machst du denn?«

Margit sah ihn von unten an. Ihr Blick hatte etwas Schlangenhaftes. Selbst ihre Zunge, die zweimal hervorschoss, wirkte auf ihn reptilienhaft.

»Halt keine Volksreden! Kümmere dich lieber um Dennis!«

»Du hörst ja, was hier los ist«, flüsterte Benjo jetzt ins Handy. »Kannst du nicht versuchen, uns Hilfe zu organisieren? Ein Rettungshubschrauber … wir brauchen sofort einen Rettungshubschrauber.«

»Ja«, sagte Chris, »ich werde alles tun, um ihn dir zu schicken, Liebster. Alles. Ich rufe Gott und die Welt an. Ich werde beten. Notfalls baue ich dir einen.«

»Danke«, sagte er. »Danke. Ich liebe dich so sehr, Chris.«

34 Dr. Maiwalds glasige Augen und seine fiebrigen Wangen machten Linda viel mehr Angst als die aufgebrachten Menschen, die das Krankenhaus zu stürmen drohten. Einige wollten ihre Verwandten herausholen, um sie nicht »dem Großangriff der Killerviren« zu überlassen, andere wollten hinein in das Gebäude, auf der Suche nach Hilfe und Behandlung.

Dr. Maiwald trug die ganze Zeit einen Mundschutz. Allerdings nicht aus Angst, sich anzustecken, sondern weil er befürchtete, die Viren weiterzugeben.

Linda berührte ihn mit der Hand an der Stirn, wie seine Mutter es früher oft getan hatte, bevor sie ein Fieberthermometer holte.

»Sind das die Nebenwirkungen von Tamiflu?«, fragte sie.

Er schüttelte resigniert den Kopf. »Nein, ich fürchte, das Zeug wirkt überhaupt nicht.«

»Soll das heißen …?«

»Ja, wir haben es mit einem resistenten Virenstamm zu tun. Diese Teufelsbrut ist nicht so leicht zu bekämpfen. Die Viren haben gelernt, haben sich verändert und angepasst. Das ist eine Spezies, die nur ein Ziel hat: zu überleben. Dabei vernichtet sie den Wirt, der sie ernährt.«

»Du hast dich angesteckt?«, fragte sie.

»Zweifellos«, antwortete er.

»Was hast du vor?«

Er zuckte mit den Schultern. »Was schon? Weitermachen, so lange ich kann.«

»Und dann?«

»Dann leg ich mich zu den Kranken.«

Ihr Gespräch wurde durch einen Anruf vom Robert-Koch-Institut unterbrochen. Man wollte von dort eine Forschergruppe zu ihnen schicken.

Dr. Maiwald hustete: »Ihr Forscherdrang in allen Ehren, aber wir brauchen ein paar praktische Ärzte und Spezialisten, die die Epidemie eindämmen können. Wir wissen gar nicht, wie viele Tote es in Emden bisher gegeben hat. Wer soll das feststellen? Hier im Krankenhaus gab es in den letzten Stunden vier Todesfälle. Hinter vielen Türen werden Tote liegen. Andere sterben, ohne dass diagnostiziert wurde, woran. Nach unseren Beobachtungen tötet das Virus zwei bis drei Tage nach der Ansteckung.«

»Ja, das entspricht auch den Berichten aus den USA. Wir sind in ständigem Austausch mit dem National Institute of Health.«

»Haben die ein wirksames antivirales Mittel?«

Am anderen Ende der Leitung war nur Atmen zu hören.

»Haben Sie mich verstanden? Gibt es ein wirksames Mittel? Gegen Tamiflu sind die Virenstämme resistent.«

»Das kann man so nicht sagen«, war die ausweichende Antwort. »Es gibt unterschiedliche Beobachtungen. In einigen Fällen schlägt Tamiflu an, in anderen nicht.«

»Wie sind die Erfahrungen in den USA? Ist der Verlauf immer tödlich?«

»Nein, keineswegs. Aber wir haben es mit einer Mortalitätsrate von sechzig Prozent der Infizierten zu tun. Dies sind natürlich keine gesicherten Zahlen, sondern …«

»Jaja, schon klar, genau wie hier … Wir werden erst Monate später erfahren, was wirklich los war. Wenn überhaupt …«

Dr. Maiwald brach ab. Ihm wurde schwindlig. Er legte das Telefon auf den Tisch und griff nach der Stuhllehne. Sofort war Linda bei ihm und stützte ihn. Dabei verrutschte ihr Atemschutz.

Maiwald wusste nicht, ob die Informationen vom Robert-Koch-Institut den Schwindel auslösten oder die verheerende Wirkung der sich formierenden Viren in seinem Blutkreislauf. Er schloss nicht einmal aus, dass es vom Tamiflu selbst kam.

Er hatte als junger Arzt schon viele Menschen sterben sehen, aber seit dem Tod von Rebecca Grünpohl bekam er zum ersten Mal ein Gefühl für die eigene Endlichkeit. Bei einem ähnlichen Krankheitsverlauf wie ihrem blieben ihm vielleicht noch achtundvierzig

Stunden, wobei er damit rechnen musste, die letzten zwanzig nicht mehr ohne fremde Hilfe auskommen zu können ...

Maiwald sah sich um. Dieser merkwürdig sterile Raum mit den kahlen Wänden und der viel zu laut tickenden Uhr war wenig geeignet für das, was er jetzt vorhatte, und in die Situation passte es schon mal gar nicht. Doch er würde vielleicht nicht mehr viel Zeit haben und es gab noch ein paar Dinge, die gesagt werden mussten.

Der Gedanke machte ihm die Augen feucht, aber er schämte sich nicht dafür. Linda machte keine Anstalten, den Raum zu verlassen. Still stand sie neben ihm.

»Ich habe lange gebraucht, Linda, sehr lange. Es tut mir leid. Wir haben so viel Zeit vergeudet. Aber irgendwann muss ich es dir sagen. Warum nicht jetzt?«

Linda wusste, was jetzt kommen sollte. Auch sie hatte schon lange darauf gewartet. Auf keinen Fall hatte sie den Anfang machen wollen. Sie war eine Verwaltungsangestellte. Er der Arzt. Sie wollte, dass es von ihm kam. All diese Geschichten zwischen Ärzten und Krankenschwestern, das war ihr so trivial vorgekommen. Irgendwann hatte sie sich sogar mies dabei gefühlt, eingereiht in die Galerie der schmachtenden Mäuschen, die den jungen Doktor anbeteten. Aber er war keiner dieser Womanizer. Sie hatte nie von einer Affäre gehört. Er lebte allein mit seiner Mutter, was sie kritisch gegen ihn stimmte. Sie hatte die Erfahrung gemacht, dass Männer, die zu lange bei ihren Müttern lebten, für eine Beziehung untauglich wurden. Sie wollte keinen Sohn, sie wollte einen Mann. Aber er wirkte auch nicht wie einer von den ewig klein gebliebenen Jungs, die sich von Mami versorgen ließen, sondern eher wie einer, der sich rührend um seine Mutter kümmerte.

»Klare Diagnose«, sagte sie, um die Situation ein bisschen zu entkrampfen. Dann begann sie zu lachen. »Das ist garantiert die erste Liebeserklärung, die mir jemand mit Mundschutz und fiebrigen Augen macht. Es wird doch hoffentlich eine Liebeserklärung werden, oder?«

Er nickte und hätte sie jetzt am liebsten in den Arm genommen, um sie zu küssen, doch die Situation machte es unmöglich. Sie drückte sich an ihn und eine Weile blieben sie so stehen. Sie wusste nicht, ob sie ihn stützte oder ob er sich so fest an sie klammerte, weil eine Liebeswelle seinen Körper durchflutete.

»Es kommt spät, Linda«, flüsterte er, »sehr spät. Aber es kommt von Herzen. Wenn wir das hier gemeinsam überstehen, dann …«

Sie drückte sich noch fester an ihn. »Dann werden wir Urlaub machen«, vervollständigte sie seinen Satz. »Irgendwo in einem Superhotel mit einem riesigen Bett, das wir eine Woche lang nicht verlassen, um alles nachzuholen, was wir versäumt haben.«

Am liebsten hätte er jetzt sofort hier zum ersten Mal Liebe mit ihr gemacht, aber er war zu schwach dazu und vielleicht auch zu vernünftig.

35

Ole Ost und zwei Mitglieder seiner Mannschaft, Fokko Poppinga und Tjark Tjarksen, saßen gefesselt auf dem Boden des Fahrstands, während ein Freizeitsegler das Kommando über die Ostfriesland III übernahm.

Rainer Kirsch brüstete sich damit, den Sporthochseeschifferschein zu besitzen. Er hatte an berühmten Regatten teilgenommen, wie dem Baltic Sprint Cup, und so eine Fähre war für ihn einfach nur ein schwerfälliges Schiff, das im Grunde jeder Anfänger durch die Nordsee manövrieren konnte.

Die Beretta, eine Pistole, die er normalerweise versteckt im Schulterholster trug, wenn er Diamanten für seinen Vater transportierte oder wenn er edle Uhren von Stammkunden abholte, steckte jetzt, für alle deutlich sichtbar, vorn in seinem Hosenbund, sodass der Griff seinen Bauchnabel berührte.

Er hatte sich an die Waffe gewöhnt. Zunächst trug er sie aus Sicherheitsgründen, denn in ihrem Juweliergeschäft war einiges zu holen. Vor zehn Jahren, als er noch in der Pubertät war, hatten zwei Maskierte den Laden seines Vaters in Köln-Rodenkirchen überfallen. Ein ehemaliger Angestellter und sein Komplize.

Rainer Kirsch war damals mitten in den Überfall hineingeplatzt. Er hatte die Todesangst im Gesicht seines Vaters gesehen und geglaubt, dass die ganze Familie ausgelöscht werden würde, für ein bisschen Schmuck und ein paar Uhren.

Sie hatten ihn in den Laden gezerrt und eine Waffe an seinen Kopf gedrückt. Er musste sich mit dem Gesicht nach unten auf den Boden legen. Damals hatte er sich bepinkelt, ohne es zu merken.

Die beiden Täter waren geschnappt und verurteilt worden. Inzwischen waren sie längst wieder auf freiem Fuß, aber er, sein Vater und seine Mutter trugen seitdem Schusswaffen. Und zumindest er war auch bereit, sie einzusetzen. Ihn würde man nicht entführen, wie den Sohn eines Kollegen, und dann die Familie erpressen. Er war bereit, sich zu verteidigen.

Er hatte die Beretta, wie jedes Jahr, sogar mit in den Urlaub genommen. Er machte Urlaub in Deutschland. Solange er keine Grenze überquerte, gab es auch keine Scherereien mit dem Zoll oder der Polizei.

Er musste vorsichtig sein hier an Bord. Es gab sicher noch mehr Matrosen. Er wusste nicht, wo sie waren, aber er konnte sich nicht vorstellen, dass diese Fähre nur von drei Leuten begleitet wurde.

Die Kellner und das Servicepersonal waren auf Seiten der Meuterer. Aber Rainer Kirsch befürchtete Schwierigkeiten mit ein, zwei Seeleuten, die sich vielleicht irgendwo versteckt hielten. Er hatte viele Filme mit Bruce Willis gesehen und konnte bei allen Teilen von »Stirb langsam« die Dialoge auswendig mitsprechen.

Er behauptete, die Nordseeküste wie seine Westentasche zu kennen, und schlug vor, nach Rottumerplaat oder besser noch nach Schiermonnikoog zu fahren. Die Holländer seien nicht so verbohrte Bürokratenärsche, dort würde man ihnen helfen. Wahrscheinlich freue man sich auf den holländischen Inseln, wenn die Touristen dort ankämen, und man könne in Ruhe abwarten, wie sich die Lage in Emden entwickelte. In einem waren sich alle Passagiere einig: Niemand wollte nach Emden. Aber Pittkowski strich sich immer wieder nervös übers Gesicht und wackelte mit dem Fuß wie bei einer viel zu schnellen Musik.

»Ich weiß nicht, ich weiß nicht. Holland. Wir haben alle schon Borkum gebucht. Da entstehen doch neue Kosten. Wer zahlt uns das?«

Helmut Schwann sah seine Vormachtstellung durch Rainer Kirsch bröckeln. Auch ihm passte es gar nicht, nach Holland zu gehen. Im Krisenfall wollte er sich lieber in seinem Heimatland befinden, wo er die Gesetze kannte und mit ihnen umzugehen wusste.

»Das mit Holland ist eine Schnapsidee. Die werden uns doch bloß ausnehmen.«

Fokko Poppinga machte Kaubewegungen, um sein Klebeband loszuwerden. Er hatte Angst, daran zu ersticken, denn seine Nasen-

165

schleimhäute waren so trocken und angeschwollen, dass er kaum Luft durch die Nase bekam.

»Was wollt ihr denn?«, brauste Rainer Kirsch auf. »In Borkum haben sie uns schließlich nicht an Land gelassen. Oder sollen wir es erzwingen? Wir könnten eine Gruppe zusammenstellen und mit ein paar entschlossenen Männern …«

Er musste gar nicht weiterreden. Schwann hatte für heute genug von solchen Kämpfen. »Ich denke, wir sollten nach Memmert fahren. Das ist nicht weit. Wir müssen nur zur anderen Seite von Borkum und dann …«

»Ich weiß, wo Memmert liegt«, erwiderte Kirsch und winkte ab. Er kratzte sich am Bauch, sodass seine rechte Hand sehr nah über der Beretta schwebte. Die Geste hatte etwas Unanständiges an sich. Er wandte sich an die anderen, um es ihnen zu erklären: »Memmert ist eine Vogelinsel. Nicht bewohnt. Eine reine Brutstätte für Möwen und andere Seevögel. Es gibt auf Memmert nur einen einzigen Menschen: den Vogelwart. Falls der gerade da ist. Die haben nicht mal einen Anlegesteg.«

»Nun, dann kann uns wenigstens keiner an der Landung hindern«, warf Schwann ein.

»Dafür wird uns aber auch niemand versorgen«, konterte Rainer Kirsch. »Wir können da nicht draußen auf der Terrasse sitzen, uns einen Milchkaffee bestellen und in Ruhe die Nachrichten hören. Es gibt auf Memmert keinen Zimmerservice. Da können wir uns höchstens ein paar Wildvogeleier in die Pfanne hauen.«

»Man wird vom Festland kommen und uns Hilfe bringen. Das Rote Kreuz oder …«

»Die haben im Moment vermutlich andere Sorgen«, gab Pittkowski zu bedenken.

Der Kapitän wollte sich einmischen, doch sein mit Isolierband zugeklebter Mund gab ihm keine Chance. Er hoppelte auf dem Boden auf und ab und versuchte, wenigstens so auf sich aufmerksam zu machen.

Noch immer ging Rainer Kirsch davon aus, dass die Pistole ihm viel Autorität verlieh. Dies hier war das erste richtige Abenteuer seines Lebens, das er bestehen konnte. Damals im Juweliergeschäft seiner Eltern hatte er sich so grauenhaft ausgeliefert und unterlegen gefühlt. Nie wieder wollte er in so eine Situation geraten. Er hatte den richtigen Augenblick abgepasst, um die Führung an sich zu reißen.

»Meinetwegen können wir auch nach Amsterdam, nach Rotterdam – es ist mir völlig egal. Hauptsache, nicht nach Emden«, zischte Frau Schwann, die sich durch eine Menschentraube zu ihrem Mann auf die Kommandobrücke zwängte.

»Wie viel Sprit haben wir denn? Wird der reichen?«

»Ist die Ostfriesland III überhaupt hochseetauglich? Das ist doch eine Fähre und kein Ozeandampfer!«

Rainer Kirsch lachte demonstrativ. »Das lasst mal meine Sorge sein, Jungs. Mit dem Kahn hier bringe ich uns überallhin. Borkum ist ja praktisch eine Hochseeinsel, dahin fahren nicht die kleinen Fähren, die Norderney oder Juist ansteuern. Hier sind wir nicht in einer ausgebaggerten Fahrrinne. Das hier ist bereits das offene Meer.«

Fokko Poppinga hatte es geschafft und die Oberlippe über das rote Klebeband geschoben. So konnte er besser atmen, aber auch endlich seine Wut loswerden. Eigentlich hatte er vor, den Meuterern zu sagen, was er von ihnen hielt, denn er war völlig überzeugt davon, dass die Situation hier schon sehr bald durch die Küstenwache beendet werden würde, und bei dem anschließenden gerichtlichen Nachspiel wollte er nicht als Feigling oder Versager dastehen, sondern als einer, der sich klar auf die Seite des Kapitäns geschlagen hatte.

»Blödsinn, wir sind hier im Dollart! Von wegen offenes Meer! Das ist die größte tideoffene Brackwasserbucht des deutsch-niederländischen Wattenmeeres.«

Rainer Kirsch drehte sich zu Poppinga um und sah ihn an. »Für jemanden, der gefesselt und geknebelt am Boden sitzt, haben Sie eine verdammt große Fresse, finden Sie nicht?«

Kirsch hob die Hand. Fokko Poppinga zuckte zusammen und schloss die Augen in Erwartung eines Boxhiebes. Aber Rainer Kirsch schlug nicht zu. Ihm reichte schon das Zusammenzucken. Er hatte demonstriert, wer hier die Macht hatte.

»An Ihrer Stelle würde ich kooperieren. Wie werden Sie sonst hinterher dastehen? Gegen den Willen der Mannschaft mussten die Passagiere ihr Leben selbst retten? Um nicht in einem Seuchengebiet umzukommen, mussten sie die Führung des Schiffes übernehmen und es selbst in einen sicheren Hafen navigieren? Ein gefundenes Fressen für die Presse, meinen Sie nicht?« Rainer Kirsch schlug sich mit der Hand gegen die Stirn. »Mensch, merken Sie nicht, wie bescheuert das ist? Sie stehen auf der falschen Seite.«

Pittkowski grinste. »Von Stehen kann nicht die Rede sein. Der sitzt da, und zwar gefesselt.« Dann beugte er sich hinunter, um Fokko Poppinga erneut den Mund zu verkleben. Er ging dabei sehr vorsichtig zu Werke, denn er hatte keine Lust, einen Finger zu verlieren wie der Kellner.

»Also«, fragte Schwann, »wohin fahren wir jetzt? Wir haben noch nichts entschieden.«

»Vielleicht sollten wir erst Kontakt mit Schiermonnikoog aufnehmen, damit wir dort nicht auch ein blaues Wunder erleben wie auf Borkum. Wenn die uns nicht wollen, können wir ja immer noch nach Memmert«, schlug Pittkowski vor.

Frau Schwann meldete Bedenken an. »Meine Freundin hat sich mal an einem Ausflug beteiligt. Sie sind von Juist aus mit dem Boot rund um Memmert gefahren und von den Mücken nur so attackiert worden. Es war der reinste Vampirismus. Auf Memmert gibt es so viele Mücken und wir haben kein Autan mit oder so was. Auf den ostfriesischen Inseln ist man doch sonst vor Mücken sicher. Deswegen fahre ich ja so gerne dorthin. Ich bin allergisch gegen Mückenstiche.«

Pittkowski lachte. Jetzt sah er wieder Brad Pitt sehr ähnlich. Er hatte sich sogar angewöhnt, Brad Pitts Lachen nachzuahmen. Er machte es aber sehr überzogen und dadurch sah sein Gesicht unnatürlich verzerrt aus, fast wie eine künstliche Fratze.

»Oooooh, wir haben kein Mückenspray! Na, das wird aber schlimm werden. Kein Mückenspray, keine Slipeinlagen, kein Achseldeodorant – hoffentlich hält Ihre Frisur den Dauerstress durch. Vielleicht sollten wir einen Stylisten einfliegen lassen – Udo Walz vielleicht –, damit unsere Damen nur nicht ungeschminkt und unfrisiert an Land gehen müssen … Bald wird hier nämlich die Weltpresse erscheinen und erste Filmaufnahmen machen, da wollen wir doch alle gut aussehen und nicht von Mückenstichen entstellt!«

Der dicke Brad formulierte frech Dinge, die Helmut Schwann seiner Frau schon immer hatte sagen wollen. Vielleicht nicht so gemein und zugespitzt, aber ihre Ichbezogenheit und ihr Gesundheitswahn gingen ihm schon lange auf die Nerven. Trotzdem nahm er sie jetzt in Schutz: »Niemand redet so mit meiner Frau!«, rief er empört.

»Doch«, erwiderte Pittkowski. »Ich. Ich rede nämlich immer, wie mir der Schnabel gewachsen ist.«

»Seien Sie jetzt ruhig«, sagte Kirsch energisch. »Ich muss nachdenken.«

»Sie können nicht alleine bestimmen, wohin wir fahren«, gab Schwann zu bedenken.

»Was haben Sie vor? Eine Abstimmung?«

»Warum nicht? Für die Entscheidungen, die wir jetzt fällen, muss hinterher jemand geradestehen. Ich fände es richtig, so viele Leute wie möglich einzubinden.«

»Was wollen Sie?«, fauchte Rainer Kirsch. »Freie, geheime Wahlen, mit denen da« – er zeigt auf Ole Ost, Fokko Poppinga und Tjark Tjarksen –, »mit denen da als Gegenkandidaten?«

»Ich habe lange in der Schweiz gearbeitet«, sagte Schwann sachlich. Dort gibt es etwas, was wir praktisch gar nicht kennen. Volksabstimmungen zu den Themen, die alle betreffen. Dies hier betrifft uns alle. Es sollten auch alle mit entscheiden.«

»Nach welchen Prinzipien soll das stattfinden? Einfache Mehrheit? Zweidrittelmehrheit?«

»Was die meisten wollen, wird gemacht.«

Pittkowski fand diese Idee blödsinnig. Ihm dauerte das alles viel zu lange und es ging ihm zu weit. Er brauchte Leute, die sagten, wo es langging. Auch wenn er sich dann darüber aufregte, war es doch erleichternd für ihn, jemanden zu haben, der die Verantwortung trug.

»Volksabstimmung«, spottete er. »Sollen wir dann jetzt Wahlkampfplakate drucken lassen oder was? Ich will endlich von diesem Scheißschiff runter! Notfalls grille ich mir auf Memmert einen Seevogel, die sollen ja ganz schmackhaft sein.« Dann wandte er sich bissig an Frau Schwann: »Außerdem vertreibt das Feuer bestimmt die Mücken!«

36 Ubbo Jansen hatte mit seinen sechzigtausend Hühnern eigentlich etwas anderes zu tun, als sich um eine einzelne Küstenseeschwalbe zu kümmern. Aber als vorausschauender Vater wollte er es sich auf keinen Fall mit dem jungen Mädchen verderben, das möglicherweise seine Schwiegertochter werden würde. Die Familie war schließlich schon zerrüttet genug.

Er wusste von seiner Tochter, wie gefühlsbetont Frauen in diesem Alter waren, wenn sie einen Beschützerinstinkt entwickelten. Diese Josy beschützte die Küstenseeschwalbe wie ihr eigenes Kind und sein Sohn war offensichtlich emotional von dieser Frau bereits sehr abhängig. Er wollte in ihren Augen gut dastehen. Daher traf Ubbo Jansen eine Entscheidung, die ihm schon wenige Minuten später sehr leidtun sollte.

Auf den Monitoren seiner Außenüberwachungsanlage hätte er es bereits sehen können. Doch er hatte gerade kein Auge dafür. Er erwartete keinen Angriff von außen. Er rechnete mit Gefahren für seine Hühnerfarm von innen.

Doch er sollte sich irren. Sie ging keineswegs von dem angeschossenen Seevogel aus, sondern von einer Gruppe junger Menschen, die sich vorgenommen hatten, durchzugreifen, da die Behörden offensichtlich nicht mehr in der Lage dazu waren. Überall wurde gekeult, was das Zeug hielt, nur hier nicht … Das wollten sie ändern.

Unter ihnen waren Glatzen, die versuchten, ihren Hauptschulabschluss nachzumachen, aber auch Gymnasiasten kurz vor ihrem Einserabitur. Hip-Hop-Fans, Gangstarapper und Sammler von illegalen Fascho-Liedern bildeten eine unselige Allianz.

Ubbo Jansen nahm den vierradangetriebenen Jeep, an dem es eine besondere Vorrichtung gab, mit der Tim in das Heck des Wagens rollen konnte. Die Kamera wackelte am Stativ.

Josy saß neben Ubbo Jansen. Auf ihren Knien hielt sie die Küstenseeschwalbe, weil Ubbo darauf bestanden hatte, sie mitzunehmen, geschützt in einer Plastiktüte, nur der Kopf des Vogels sah heraus. Ubbo hatte vor, danach den Innenraum des Wagens zu desinfizieren.

Er wollte sie zur Vogelstation fahren, wo Seevögel in Not behandelt wurden, zum Beispiel Tiere, die mit Tankeröl verschmiert waren und ohne Hilfe jämmerlich verrecken würden. Ubbo Jansen konnte nicht ahnen, dass das Gebäude längst brannte und eine johlende Menge davor die Flammen feierte.

»Jetzt wird endlich reiner Tisch gemacht. Menschen und Vögel passen eben nicht zusammen«, postete ein Internetuser auf Tim Jansens Blog und stellte seinen Handyfilm von der brennenden Vogelschutzstation ein. Aber Tim beobachtete seine Homepage im Moment nicht.

Als sich das Tor fauchend öffnete, sah Ubbo Jansen links von sich ein paar Jugendliche stehen. Der Wind jagte die Wolken über ihnen hin in Richtung Meer. Fast sah es aus, als würden sie vor ihnen fliehen. Die Gestalten warfen unheilvolle Schatten auf die stacheldrahtbewehrten Mauern.

Ubbo Jansen beschlich ein mulmiges Gefühl. Es fiel ihm schwer, in dieser Situation seine Hühnerfarm alleinzulassen. Diese Aktion hier konnte ihn gut eine Stunde wichtiger Lebenszeit kosten, aber sein Sohn war es ihm wert. Er musste das hier jetzt hinter sich bringen, erst danach konnte er sich wieder um seine Geschäfte kümmern. Er wollte sich nicht für den Rest seines Lebens vorwerfen lassen, er sei dem Liebesglück seines Sohnes im Weg gewesen.

Ein Stein krachte aufs Autodach. Das scheppernde Geräusch setzte sich in den Innenraum fort und tat weh in den Ohren. Erschrocken stieß Tim Jansen einen tierischen Laut aus und die Küstenseeschwalbe stimmte mit einem jämmerlichen »Kiu« ein.

Ubbo Jansen bremste. Der Stein rollte vom Auto. Ein zweiter traf die Kühlerhaube.

»Die Ratten verlassen das sinkende Schiff!«, rief Witko Atkens, eine Glatze mit Knubbelnase.

Er hatte sich den Bügel seiner Machobrille vorn ins Feinripp-unterhemd geklemmt.

Sie hatten Pechfackeln dabei und man brauchte nicht viel Vor-stellungskraft, um zu ahnen, was sie vorhatten. Doch seitdem Ubbo Jansen den Hai im Indischen Ozean erlegt hatte, war er nicht mehr derselbe Mann wie zuvor. Vor dieser Angeltour wäre er umgekehrt, hätte die Polizei gerufen und um Hilfe gebeten. Doch jetzt stieg er zunächst voll in die Bremsen, riss dann das Lenkrad herum und bretterte trotz der Proteste seines Sohnes und Josys Schrei »Sind Sie wahnsinnig?« auf die Meute zu. Er ließ sich nichts mehr gefallen und vor denen da hatte er schon gar keine Angst.

Nein, er fuhr nicht in die Menge, wie alle, selbst sein Sohn, erwar-tet hatten. Er bremste vorher ab, stieß die Wagentür auf und sprang hinaus. Seine wutentbrannte Stimme ließ die Kindergesichter zu-sammenzucken.

»Wer war das? Wer hat den Stein auf mein Auto geworfen? Ich hoffe, eure Eltern sind gut versichert! Glaubt ja nicht, dass ihr da-mit durchkommt! Ich zieh euch die Ohren lang, ihr …«

Thorsten Gärtner aus der 10a vom Johannes-Althusius-Gym-nasium, mit einer Eins in Mathematik, Physik, Chemie und einer Zwei minus in Religion/Ethik, ließ sich von alten Männern nicht einschüchtern. Er kannte diese Typen. Sie waren wie sein Vater. Aufgeblasene Maulhelden mit dreizehn Monatsgehältern, Bauspar-verträgen und angefressener Diabetes.

»Den Typen vom Gesundheitsamt können Sie vielleicht Angst einjagen, aber uns nicht, Herr Jansen.«

»Wenn der Multikultistaat nicht in der Lage ist, uns zu schützen, werden wir es selber tun«, rief der mit der Knubbelnase und hob seine Pechfackel. Es war ihm noch nicht gelungen, sie anzuzünden, der Wind blies seine Streichhölzer immer wieder aus und die Gas-ladung in seinem nachfüllbaren Feuerzeug war für eine große Flamme nicht mehr stark genug.

Schlagartig wusste Tim, dass er später von seinem Vater für diese

Situation verantwortlich gemacht werden würde, und irgendwie war er es ja auch. Schließlich hatte er die Auseinandersetzung seines Vaters mit Ulf Galle und Carlo Rosin ins Internet gestellt und es war vielleicht der Eindruck entstanden, diese Hühnerfarm sei der Grund allen Übels.

Sein Magensäurespiegel stieg an. Er forderte lauthals, sein Vater solle aufhören mit dem Scheiß und wieder ins Auto steigen, aber der dachte gar nicht daran, sich von seinem Sohn zurückpfeifen zu lassen.

Das Schlimmste für Tim war der Gedanke, seinem Vater nicht mal helfen zu können, wenn er jetzt angegriffen werden würde, denn er saß wenig kampffähig im Rollstuhl. Aus seiner jetzigen Perspektive kam ihm der Rücken seines Vaters viel breiter vor als früher.

Ubbo Jansen sprach mit fester Stimme und machte einen furchtlosen Eindruck: »Was wollt ihr mit den Fackeln? Dies hier ist privater Boden. Ihr habt kein Recht, hier zu sein!«

»Nein, dies ist eine Straße, alter Mann. Eine ganz normale, öffentliche Straße. Wir haben jedes Recht der Welt, hier zu sein. Das dahinten ist dein Haus. Aber glaub ja nicht, dass die Dinge, die darin geschehen, uns nichts angehen. Menschen sterben! Mit eurem Scheißfedervieh macht ihr uns alle krank!«

Josy stieg aus dem Auto und stellte sich neben Ubbo Jansen. Sie hielt die Plastiktüte immer noch unterm Arm wie eine Geburtstagsüberraschung.

»Kommen Sie wieder ins Auto. Steigen Sie um Himmels willen ein und lassen Sie uns hier abhauen«, raunte sie in sein Ohr.

Er war gerührt davon, wie sehr seine zukünftige Schwiegertochter sich um ihn sorgte, aber er wollte seine Hühnerfarm auf keinen Fall diesem aufgebrachten Pöbel überlassen. Die Typen würden gleich die Gebäude anzünden.

Er beschloss, die Tricks seines Sohnes zu nutzen.

»Film das, Tim!«, rief er. »Ich will jedes einzelne Gesicht haben.

Zoom sie nah heran, damit die Polizei hinterher keine Schwierigkeiten hat, sie zu identifizieren!«

Was macht der Kerl da?, dachte Tim. Ist der völlig verrückt geworden?

Zu gern wäre er aus dem Rollstuhl gesprungen und hätte sich ebenfalls neben seinen Vater gestellt, doch das ging schließlich nicht ohne Krücken … so tat er genau das, was sein Vater von ihm verlangte. Er zoomte mit seiner Digicam das erste Gesicht heran. Es war Thorsten Gärtner.

Er hatte einen v-förmigen Oberkörper. Tim vermutete, dass er seit Monaten Testosteron nahm und in einem Fitnesscenter mit Gewichten hart trainierte. Thorsten hatte nur an der Oberlippe einen unregelmäßigen Bartwuchs, rasierte sich aber die Augenbrauen, die sonst über der Nasenwurzel zusammengewachsen wären wie bei seinem Vater. Auf keinen Fall wollte er aussehen wie der, aber trotz aller Bemühungen wurde er ihm täglich ähnlicher.

Tim kannte Thorstens Vater. Er hatte mit dem Versicherungsangestellten nach seinem Unfall viel zu tun gehabt. Fast alle Bewilligungen für den Rollstuhl, die Reha und so weiter waren über seinen Schreibtisch gelaufen. Es gab eine Zeit, da hatte Tim Herrn Gärtner zwei-, dreimal pro Monat gesehen.

Als Tim die Kamera aus dem Inneren des Autos jetzt auf die Glatze mit der Knubbelnase richtete, sah er in der Vergrößerung, dass der junge Skin mehrere Einschnitte auf der Kopfhaut hatte. Entweder war jemand mit einem Messer auf ihn losgegangen oder er hatte sich beim Kahlrasieren selbst verletzt. Er versuchte, seine Muskeln möglichst vorteilhaft zu präsentieren, was ihn aber nicht cool aussehen ließ, sondern eher verspannt.

Der Skin schielte zu einer schmalen blonden Frau. Sie hieß Corinna, war zehn Zentimeter größer als er, und wenn sie für jeden seiner feuchten Träume, in dem sie die Hauptrolle spielte, mit ihm ein Jahr verheiratet gewesen wäre, hätten sie beide die silberne Hochzeit längst hinter sich gehabt.

175

Natürlich wusste sie nichts davon, sonst hätte sie ihm vermutlich eine reingehauen.

»Holt den Typ aus dem Auto«, kommandierte Witko Atkens jetzt, »und nehmt ihm die Scheißkamera ab!«

Tim machte einen raschen Schwenk über die anderen. Er zählte sieben Leute. Es hatte vorhin so ausgesehen, als wären sie viel mehr. Waren schon einige von ihnen weggelaufen? Machte sein Vater solchen Eindruck auf die Bande?

Aber der Skin schob sich jetzt vor Thorsten Gärtner und schlug Ubbo Jansen eine rechte Gerade ins Gesicht. Der wackelte kurz. Ihm wurde schwindlig. Dann schlug er zurück. Einen Aufwärtshaken durch die Deckung, direkt auf die Knubbelnase.

Obwohl kein Auge getroffen wurde, machte der Schlag Witko Atkens fast blind. Er hatte eine sehr eigenwillige Art, mit Schmerzen umzugehen. Er begann zu lachen. Und dann stürzte er sich auf Ubbo Jansen.

Mit ihm brach plötzlich die ganze Bande los. Auf einmal waren es viel mehr als die sieben, die Tim ausgemacht hatte. Der Einzige, der sich nicht an der Schlägerei beteiligte, war Thorsten Gärtner. Er ging stattdessen auf das Auto zu, klopfte an die Scheibe, fixierte Tim und sagte: »Gib mir die Kamera.«

Tim schüttelte den Kopf. Er hatte das Gefühl, jetzt nichts Besseres für seinen Vater tun zu können, als alles zu filmen. Er schrie: »Lasst meinen Vater in Ruhe, ihr Schweine! Seid ihr verrückt?«

Ubbo Jansen lag schon am Boden. Sie traten auf ihn ein.

Eine junge Frau trat besonders heftig zu. Es war Corinna.

Merkwürdigerweise tat niemand Josy etwas. Sie wurde weggeschubst, weil sie im Weg stand, aber man nahm sie als Gegnerin nicht ernst. Niemand schlug sie. Der ganze Hass kehrte sich gegen Ubbo Jansen.

»Ihr tötet ihn! Ihr tötet ihn!«, schrie Tim.

Er schaffte es nicht mehr zu filmen. Er schlug mit der Faust von innen gegen die Scheibe.

Da riss Josy in ihrer Verzweiflung die Plastiktüte von der Küstenseeschwalbe und hob das Tier aus dem Versteck. Mit beiden Händen umfasste sie den Brustkorb des Vogels. Der angeschossene rechte Flügel stand unnatürlich ab, mit dem linken flatterte das Tier, reckte den Kopf nach vorn und öffnete den Schnabel zu einem Mark und Bein erschütternden »Kiu! Kiu!«.

Wie eine Waffe nutzte Josy den Vogel. Sie stieß damit in Richtung der Angreifer und kämpfte sich eine Gasse frei. Niemand wollte das Tier berühren. »Iiih« schreiend stoben sie auseinander und ließen aus Angst vor Ansteckung ihre vorbereiteten Pechfackeln fallen. Einige gaben Fersengeld, die Hardliner gingen nur auf Abstand.

»Ja, kommt nur, wenn ihr die Vogelgrippe haben wollt!«, schrie Josy. »Kommt nur! Das ist ein Laborvogel! Wir bringen ihn raus für die Tests. Er hat das Virus in sich!«

»Das glaube ich nicht«, rief Thorsten Gärtner. »Glaubt ihr kein Wort! Sie blufft nur, Leute!«

»So? Und warum hat sie die Möwe dann unter einer Plastiktüte? Ich hab noch nie jemanden gesehen, der einen Vogel in einer Plastiktüte herumträgt«, stöhnte Knubbelnase und hielt sich immer noch beide Hände vors Gesicht. Zwischen seinen Fingern tropfte Blut hervor.

Thorsten Gärtner konterte: »Doch. Meine Mutter. Jeden Samstag drei halbe Hähnchen.«

Ubbo Jansen krümmte sich auf dem Boden wie ein Embryo. Sein Körper zuckte. Es waren die Nerven. Er erwartete, jeden Moment wieder getreten zu werden.

Jetzt stand Josy schützend über ihm und verjagte mit der Küstenseeschwalbe seine Gegner.

»Haut ab!«, rief sie. »Haut ab oder ihr werdet alle sterben!«

Die Seeschwalbe machte mit. Sie hackte mit dem Schnabel nach vorn. Ihr Aussehen bekam etwas Flugdrachenartiges.

»Wie viele Tiere habt ihr da drin?«, fragte Thorsten Gärtner und wies auf die Anlage.

»Das geht dich einen Scheißdreck an!«, antwortete Ubbo Jansen, versuchte, auf die Knie zu kommen, und zog sich an Josy hoch. Dabei berührte er ihren Pullover mit der Nase. Sie roch nach Mandelblüten.

Langsam gingen sie rückwärts zum Wagen. Der Sitz war für Ubbo Jansen zu hoch, er schaffte es nicht, sich wie sonst ins Auto zu schwingen. So schob er sich langsam, den Oberkörper voran, auf den Sitz; dabei musste Josy ihm helfen.

Er stöhnte. Er konnte den linken Arm nicht mehr richtig bewegen. Kraftlos hing er hinab, als würde er nicht mehr zum Körper gehören.

»Du musst fahren«, sagte er zu Josy.

Sie half ihm auf den Beifahrersitz und drückte ihm die Küstenseeschwalbe auf den Schoß. Das Tier machte Bewegungen, als wollte es wieder zu ihr zurück und hätte keineswegs vor, bei Ubbo Jansen zu bleiben.

Josy besaß einen Führerschein, aber sie hatte noch nie solch einen Geländewagen gefahren. Sie würgte zunächst den Motor ab.

Inzwischen rottete sich die Bande wieder zusammen und bildete einen Halbkreis um das Fahrzeug.

Tim hatte sich wieder einigermaßen im Griff und filmte mit der Digicam die Gesichter.

»Papa, was ist mit dir?«

»Ich bin okay, ich bin okay.«

»Wohin jetzt?«, fragte Josy.

»Zurück zu uns, zurück aufs Gelände! Wir können jetzt nicht weg hier. Wir müssen zurück zu uns. Schnell, gib Gas, bevor die Schweine es sich anders überlegen!«

Josy schaffte es, den Rückwärtsgang einzulegen, und obwohl es nach hinten einen toten Winkel gab und ihr nicht klar war, ob der Weg frei war, fuhr sie gut zwanzig Meter rückwärts, bis sie rechts neben sich das Eingangstor zur Geflügelfarm sah. Zusammengekrümmt betätigte Ubbo Jansen den Türöffner per Fernbedienung.

178

Plötzlich flogen wieder Steine und die jungen Männer rannten grölend hinter ihnen her. Doch das Tor schloss sich vor ihren Augen.

Später, auf dem Monitor der Überwachungskamera, sah Tim sich einige von ihnen noch einmal an und hatte das Gefühl, dass sie ganz froh waren, vor einer verschlossenen Tür zu stehen – weil sie Angst vor dem hatten, was sie sonst hätten tun müssen.

37 Mit jedem vergeblichen Versuch, Rettung für Benjo und die Familie Rose zu organisieren, stieg die Verzweiflung. Inzwischen lag Chris nicht mehr auf dem Bett, sondern lief nervös im Zimmer auf und ab, weil sie nicht mehr wusste, wohin mit ihrer Energie.

Sie spürte so viel Kraft in sich, dass es ihr eher möglich erschien, zur Ostfriesland III zu schwimmen und sie alle persönlich an Land zu bringen, als weiterhin zu versuchen, einen Verantwortlichen ans Telefon zu bekommen. Soweit die Apparate nicht besetzt waren, landete sie in Warteschleifen. Man spielte ihr Musik vor, forderte sie auf, die Ruhe zu bewahren, alle Apparate seien belegt, aber sie würde bald zu einem freien Platz geschaltet, was natürlich nicht geschah. Sie unterhielt sich mit Maschinen und sie beschlich das Gefühl, dies sei nur vertane Zeit.

Während sie telefonierte, lief die ganze Zeit der Fernseher. In einer Hand hielt sie das Handy, in der anderen die Fernbedienung. Sie switchte von Programm zu Programm, um etwas Neues zu erfahren.

Ein Pressesprecher aus dem Gesundheitsministerium Niedersachsen, der aussah, als sei er soeben erst zum Pressesprecher ernannt worden und habe noch ein paar Probleme, in die Rolle zu finden, verkündete schlimme Dinge, grinste und lachte aber dabei, was vermutlich beruhigend wirken sollte. Er war schlaksig, hatte etwas von einer Comicfigur und bewegte sich in seiner Unsicherheit übertrieben tuntig, was ihm während des Gesprächs scheinbar klar wurde. Dadurch drehte er immer noch mehr auf und machte alles noch schlimmer.

Die Aggressivität des Virus sei in der Tat ungewöhnlich. Dadurch entstehe eine hohe Mortalitätsrate. Er sagte wörtlich: »Aber ich würde das nicht dramatisieren. Auch an der ganz normalen Grippe sterben jährlich in Deutschland zwanzig- bis dreißigtausend Menschen ... Dabei«, führte er weiter aus, »wäre jeder Mensch mit einem kleinen Piks dagegen gewappnet. Trotz der jährlich auftretenden Todesfälle meiden aber viele Leute die Grippeimpfung, weil sie die Nebenwirkungen fürchten, sprich ein, zwei Stunden erhöhte Temperatur und ein Mattigkeitsgefühl. Was das neue Virus so gefährlich macht, dass manche Menschen es Teufelsbrut nennen ... ein völlig unwissenschaftlicher Begriff ...«, er ruderte mit den Armen, als wolle er gleich davonfliegen, »also, was es so gefährlich macht, ist auch gleichzeitig seine größte Schwäche. Ein Virus, das seinen Wirt binnen weniger Tage tötet, nimmt sich damit die Möglichkeit der weiteren Ausbreitung. Unsere vorrangige Aufgabe ist es also, eine weitere Ansteckungswelle zu vermeiden. Glücklicherweise ist der Ausbruch im Moment auf wenige Regionen begrenzt. Die Großräume Emden und Wilhelmshaven sind weiträumig abgesperrt. Es hat inzwischen auch Vorkommnisse in Bayern und Nordrhein-Westfalen gegeben, über die Entscheidungen der dort zuständigen Landesbehörden bin ich aber noch nicht informiert.«

Er gab sich große Mühe, doch entgegen all seinen Versuchen, die Gefahr zwar zu nennen, aber auch herunterzuspielen, lief, während er weitersprach, am unteren Bildrand ein Nachrichtentext. »Der Flughafen Düsseldorf ist komplett gesperrt worden. Mehrere Hotels in Flughafennähe stehen unter Quarantäne. Der Düsseldorfer Hauptbahnhof wird im Moment von der Polizei abgeriegelt.«

Das war der endgültige Beweis: Das Virus hatte den Sprung auch in andere Regionen der Republik vollzogen. Das Bild des Pressesprechers verschwand und Einsatzfahrzeuge der Polizei wurden sichtbar, die mit Blaulicht vor dem Düsseldorfer Hauptbahnhof standen. Die eingeschlossenen Menschen versuchten einen Ausbruch aus dem Gebäude. Sie warfen mit Flaschen nach den Polizeibeamten.

Chris hatte das Gefühl, dass die Poren ihrer Haut sich öffneten und wie in der Sauna bei neunzig Grad schlagartig Schweißtropfen freigaben. Sie ließ die Fernbedienung aufs Bett fallen und stieg aus ihrem hellen Leinenkleid.

Vielleicht, um überhaupt wieder mit einem Menschen sprechen zu können, rief sie ihren Benjo an. Doch schon beim ersten Klingeln, noch bevor er hätte abheben können, unterbrach sie das Gespräch. Was sollte sie ihm sagen? Dass sie ihm keine Hoffnung machen konnte?

Sie biss sich in den Handrücken. Nein, das ging nicht. Er brauchte jetzt eine Hoffnung. Etwas Positives. Sie spürte den Impuls, das Handy wütend gegen die Wand zu werfen, aber sie tat es nicht, denn dies war der einzig mögliche Kontakt zu Benjo.

Um ihn nicht enttäuschen zu müssen, schickte sie ihm eine SMS: *Ich bin dran! Alles wird gut. Du bist mein Held. Chris.*

Sie stand nur noch in ihrem weißen BH und den Panties da, was von Oskar Griesleuchter auf dem Leuchtturm zur Kenntnis genommen wurde. Etwas in ihm versprach ihm sogar: *Das macht sie für dich. Sie weiß, dass du ihr zuschaust. Sie genießt es.*

Die Bilder des toten Lars Kleinschnittger spukten durch seinen Kopf und machten ihn irre. Er hörte ein Dröhnen, das tief aus ihm selbst kam.

Er schlug sich gegen den Kopf. Der Schmerz tat gut.

Er spürte, etwas, das nicht er war, versuchte, die Führung in ihm zu übernehmen. Wie eine außerirdische Macht, die sich seines Körpers bediente.

»Nein!«, schrie er. »Das macht sie alles nicht für mich! Sie weiß gar nicht, dass ich sie beobachte! Sie würde stinksauer werden, wenn sie nur eine Ahnung hätte! Stinksauer!«

38 Lukka hatte noch nie im Leben einen Kinnhaken bekommen. Ihre Zahnreihen waren hart gegeneinandergeschlagen. Die schöne Symmetrie ihres Gesichts war durch eine Schwellung an der linken Wange aufgehoben. Die Haut verzog sich, wie bei einer Stoffpuppe, die aufgeplatzt und dann falsch zusammengenäht worden war. Der Kiefer war ausladend dick. Sie schmeckte ihr eigenes Blut im Mund. Sie fand es ekelhaft und spuckte immer wieder in ein neues Papiertaschentuch. Der Fußraum vor ihr war schon übersät mit blutigen Tüchern.

Antjes Vorrat war aufgebraucht, zumal sie selbst Schwierigkeiten hatte mit den Kratzspuren, die die lackierten Fingernägel der alten Dame in ihrem Gesicht hinterlassen hatten.

Charlie hielt sich krampfhaft am Lenkrad fest. Er wusste nicht, wohin mit seinen Händen. Am liebsten hätte er jetzt geraucht, nur, um irgendetwas in den Fingern zu haben. Er fuhr immer wieder mit den Händen am Lenkrad entlang, ganz so, als müsse er das Auto streicheln. Sein Mund war ausgetrocknet. Er hatte eine Flasche Wasser im Wagen, überlegte aber, dass er, wenn er jetzt daraus trank, den Frauen auch etwas anbieten musste. Noch vor einer Stunde hätte er alles getan, um Lukka ins Bett zu kriegen, aber jetzt ekelte er sich davor, mit ihr aus derselben Flasche zu trinken.

»Ich krieg bestimmt 'ne Blutvergiftung«, jammerte Antje, »das geht nie wieder weg! Die hat mir mein Gesicht entstellt! Ich seh aus wie ein Student einer schlagenden Verbindung, der sich beim Fechten eine Mensur geholt hat.«

»Die Alte hat mir den Kiefer gebrochen«, hustete Lukka und schluckte wieder ihr eigenes Blut.

Regula saß in die äußerste Ecke der Rückbank geklemmt. Sie hielt die Hände wie zum Gebet gefaltet und drückte sie gegen ihre Brust. Die Knie hatte sie an den Körper gezogen, als müsse sie sich schützen. Ihre Haltung hatte etwas Vogelartiges an sich. Sie verbarg ihr schweißüberströmtes Gesicht und zitterte.

Regula wusste, dass sie krank war. Etwas wütete in ihrem Körper. Es fühlte sich schlimmer an als der ärgste Kater ihres Lebens, damals, vor sechs Monaten, als sie in der Susemihl-Klinik wach wurde und von Dr. Maiwald erfahren musste, dass eine Flasche Wodka für ihren Organismus einfach zu viel gewesen war. Sie nannte es »Party machen«, er »Komasaufen«. Es war ihr damals unglaublich peinlich gewesen. Sie wollte in den Augen des Arztes nicht als Problemjugendliche erscheinen, die am Wochenende nichts Besseres zu tun hatte, als sich zuzuknallen. Es war das erste und einzige Mal gewesen. Sie kannte sich mit Wodka nicht aus und in den Cocktails hatte sie den Alkohol kaum geschmeckt.

Thorsten Gärtner aus der 10a war bei der Schülerparty so elegant mit dem Cocktailshaker umgegangen, sie musste einfach seine Drinks probieren. Entweder hatte Thorsten einen Flirtkurs mitgemacht oder er war ein absolutes Naturtalent. Sie fühlte sich auf ein Podest gehoben, angehimmelt und verehrt. Sie konnte kaum glauben, dass er sie meinte, und sie trank weiter, als sei sie es gewohnt. Irgendwann hatte sie dann einen Filmriss. Sie erinnerte sich noch daran, dass ihr schlecht geworden war, und auf der Toilette hatte die Ohnmacht sie geholt. Wie mit einem riesigen Gong war sie ausgeknockt worden.

Im Krankenhaus hatte sie Kopfschmerzen gehabt, die vielleicht nur mit einem Zähneziehen ohne Betäubung vergleichbar waren. Aber der Schmerz hielt an und war durch nichts zu stoppen. Schmerzmittel kamen nicht infrage für sie, denn die Leber war ohnehin mit dem Abbau des Alkohols überfordert.

Jetzt fühlte sie sich ähnlich und von Minute zu Minute ging es ihr schlechter. Sie war merkwürdig geräuschempfindlich. Lukkas und Antjes Geschwätz ging ihr unendlich auf die Nerven. Am liebsten hätte sie Lukka noch einen Schlag auf den angeschwollenen Kiefer verpasst, nur damit sie endlich still war. Aber das tat sie nicht, denn gleichzeitig war ihr bewusst, dass sie Hilfe von den beiden brauchte. Sie traute sich aber nicht, es zu sagen. Sie weigerte sich noch, die Wahrheit anzunehmen: Sie trug dieses Scheißvirus bereits in sich.

Sie fragte sich, wie die anderen reagieren würden. Flog sie gleich aus dem Auto? Würde sie sich draußen irgendwo in einer Ecke verkriechen können? Oder musste sie befürchten, von den aufgebrachten Touristen auf die Toilette verbannt zu werden, so wie die Familie mit den beiden Kindern?

Sie versuchte, ihren Husten zu unterdrücken.

Charlie suchte einen Radiosender, der nicht ständig nur Katastrophenmeldungen brachte, sondern auch noch Musik. Er kehrte wieder zu Hit Radio Antenne zurück.

Schollmayer, der Moderator, verbreitete zwischen den Platten zwar gute Laune, hörte sich aber auch schon ganz schön heiser an.

Henning Schumann, der Schulsprecher, ging von Fahrzeug zu Fahrzeug. Er nahm das Wort »Demokratie« wirklich ernst. Jeden wollte er fragen, auch ohne Stimmzettel. Er hatte einen Block bei sich und fragte jeden nach seinem Namen und nach seiner Meinung. Später sollte niemand sagen, er hätte nicht Bescheid gewusst.

Henning klopfte gegen die Windschutzscheibe des Golfs. Charlie winkte ab: »Wir sind voll.«

»Ich will nicht einsteigen. Wir führen eine Abstimmung durch. Wir haben den Kapitän von seinen Aufgaben entbunden und die Führung des Schiffes selbst übernommen. Er wollte uns nach Emden zurückbringen. Wir sind aber der Meinung, dass es irre ist, in das Seuchengebiet zu fahren. Die Gesundheit der Passagiere hat für uns Vorrang. Im Moment werden sämtliche infrage kommenden Häfen gecheckt, welcher von ihnen genügend Kapazitäten hat, uns vorübergehend aufzunehmen. Schiermonnikoog ist nicht weit. Wir könnten es aber auch in Memmert versuchen, falls uns auf Schiermonnikoog wieder irgendein aufgebrachter Pöbel empfängt.«

»Memmert?«, kreischte Antje. »Seid ihr völlig bescheuert?« Sie wedelte mit der Hand vor ihren Augen herum. »Glaubt ihr, ich fliehe vor der Vogelgrippe auf eine Vogelinsel? Wenn wir irgendwo infiziert werden, dann da!«

»Da hat sie wohl recht«, sagte Charlie zu Henning Schumann, ohne die Scheibe herunterzulassen.

»Also Schiermonnikoog.«

Charlie nickte. »Ja. Hauptsache, in die Zivilisation und nicht in irgendeinen Wildpark.«

»Okay, dann brauche ich jetzt eure Namen.«

»Wofür?«

»Hör mal, dies ist eine schwierige Situation. Wir haben das Zepter selbst in die Hand genommen und machen jetzt eine Meinungsfindung. Am Ende soll sich keiner rausreden können ...«

»Rausreden? Wie bitte, ich hör immer rausreden. Ich habe nichts gemacht. Mich an keiner Meuterei beteiligt. Ich sitze hier in meinem Auto und hoffe, bald an Land gebracht zu werden.«

Henning Schumann verzog den Mund. »Irrtum, mein Freund. Hier kann sich keiner raushalten. Wir sind alle betroffen.«

Dann zeigte er auf Lukka. »Was ist mit ihr? Ist sie gestürzt?«

Lukka spuckte Blut. »Kinnhaken«, stöhnte sie.

Henning blähte seinen Brustkorb auf und tippte mit dem Zeigefinger gegen die Windschutzscheibe auf Charlie. »Hat er das gemacht?«

Charlie brüllte sofort los: »Nun spiel dich mal nicht so auf hier, Sheriff!«

Spuckebläschen sprühten von Charlies Lippen und blieben innen an der Windschutzscheibe kleben. Dann liefen sie herunter wie kleine Schnecken auf der Flucht.

»Ich hab sie nicht geschlagen. Das war die da!«

Charlie deutete auf Martha Thiele, die zusammen mit ihrem Mann versuchte, sich einen Platz im Lkw zu erkaufen. Der Fahrer war inzwischen auf die Idee gekommen, den Laderaum zu vermieten. Das Problem war nur, dort stapelten sich Bananen, diverses anderes Obst und auch Gemüse und alles war heruntergekühlt, um die Haltbarkeit zu erhöhen. Die Verpflegung würde man an Bord sowieso bald brauchen, vermutete er, denn er ging nicht davon aus, dass die Situation hier bald geklärt werden könnte. Warum sollte er nicht so viel Honig wie möglich aus der schwierigen Lage herausholen?

Er beschloss, die Lebensmittel bei der nächstbesten Gelegenheit an Bord zu verkaufen und die Plätze hinten an zahlende Kunden freizugeben. Wenn der Wagen erst ausgeladen war, konnten dort locker zwanzig Personen untergebracht werden. Da die meisten ihre Urlaubskasse dabeihatten, rechnete er sich Preise zwischen dreihundert und fünfhundert Euro pro Person aus. Er würde nur Bargeld nehmen und sich auf keine Versprechungen einlassen. Kreditkarten zählten hier nicht.

»Der alte Mann da hat dir eine reingehauen?«

»Nein, seine Frau.«

Henning Schumann wunderte sich über gar nichts mehr. »Also«, sagte er erneut, »eure Namen.«

Antje zischte: »Verpiss dich, Wichser!«

Sie wunderte sich selbst über die Heftigkeit ihrer Reaktion, aber sie hatte das Gefühl, hier würde bereits ein Prozess vorbereitet. Später würden irgendwelche Richter in wohltemperierten Gerichtssälen sitzen und in Ruhe das Für und Wider, das Richtig und Falsch abwägen und dann Leute verurteilen, für verantwortlich erklären und am Ende müsste garantiert auch jemand den entstandenen Schaden begleichen. Wie immer das hier ausging, sie wollte nicht zu den Verlierern gehören. Besser, man bleibt anonym, dachte sie sich.

»Ich kenne euch doch«, sagte Henning Schumann. Er wollte es sich mit ihnen nicht verderben. Wer weiß, wie viele Abstimmungen hier noch nötig waren, und er als zukünftiger Politiker wog ab, ob sie als Bündnispartner zu gewinnen waren oder nicht. Er wollte sie nicht verprellen, sondern eine Verbindung herstellen, Gemeinsamkeiten suchen.

»Wir kennen uns doch von dem Open Air in Emden.«

»Ach du warst das, der mir die ganze Zeit auf den Busen geglotzt hat«, blaffte Antje.

»Okay, wenn ihr mir eure Namen nicht sagen wollt, dann reicht mir auch die Autonummer.« Schumann ging zwei Schritte zurück, um sie abzuschreiben.

Es hielt Charlie kaum noch im Wagen. »Moment mal, Moment mal, du kannst nicht einfach meine Autonummer aufschreiben!«

»So? Kann ich nicht? Vier Stimmen für Schiermonnikoog. Korrekt?«

»Hör mal, jetzt mach dir nicht in die Hose, nur weil der dein Kennzeichen aufschreibt«, fuhr Antje Charlie an. »Was ist schon passiert? Es ist deine Karre, sie ist bezahlt, versichert und ordentlich angemeldet. Wir sitzen auf dieser Scheißfähre in deinem Scheißauto und warten darauf, dass wir irgendwann aussteigen können. Daraus kann uns keiner einen Strick drehen!«

»Ich brauche einen Arzt«, jammerte Lukka. »Es hört gar nicht auf zu bluten. Es hört gar nicht auf. Mir ist schon ganz schwindlig. Ich verblute hier, wenn nicht bald was passiert.«

»Vielleicht sollten wir raus und die Alte über Bord schmeißen«, schlug Antje vor und es klang durchaus ernst gemeint.

»Nein, bitte, bitte, mach keinen Scheiß. Ich brauche einen Arzt. Guck mal, es wird doch immer schlimmer.«

»Bist du Bluter oder so was?«, fragte Charlie.

»Nein, nein, ich hatte nie irgendwelche Probleme. Ich versteh das gar nicht. Warum hört das nicht auf?«

Charlie beugte sich zu ihr vor. »Lass mich mal in deinen Mund gucken.«

Sie konnte die Lippen nicht richtig schließen, aber auch nicht weiter als zwei Zentimeter öffnen. In ihrem Mund war alles nur rot.

»Ich glaube«, sagte Charlie, »sie braucht wirklich einen Arzt. Aber um Himmels willen, wie sollen wir das anstellen? Ansteckend ist das hier garantiert nicht. Ich glaube, irgendeine wichtige Arterie oder was ist kaputtgegangen. Vielleicht hat die Alte ihr den Kiefer angebrochen und die Splitter haben dann ...«

»Hör auf!«, kreischte Antje. »Hör auf! Ich will das nicht hören! Halt den Mund!«

Charlie war so aggressive junge Frauen nicht gewöhnt. Er fragte sich, woher das kam.

»Wir haben alle die Nerven blank«, sagte er ratlos. »Wir sollten jetzt etwas runterkommen. Erst mal in Ruhe durchatmen und dann überlegen, wie ...«

»Ich verblute«, stöhnte Lukka wieder. Beim Sprechen schwappte Blut über ihre Unterlippe auf den Beifahrersitz. »Ich verblute.«

Henning Schumann war jetzt beim Ehepaar Thiele. Sie wollten sich an gar keiner Abstimmung beteiligen, sondern einfach nur nach Borkum. Schließlich hatten sie dort ein Hotelzimmer gebucht. Herr Thiele nannte bereitwillig seinen Namen und den seiner Frau. Er wollte auch noch seine Adresse nennen, aber die schrieb Henning sich nicht auf. Er befürchtete, der Block könne sonst nicht reichen.

»Haben Sie auch die Namen von denen da?«, fragte Eberhard Thiele. »Die hätte ich gerne. Ich will sie nämlich verklagen. Die mit den roten Haaren und dem Geiergesicht ist auf meine Frau losgegangen. Und die andere hat meine Brille zertreten.«

Henning Schumann sah sich noch einmal um. »Meinen Sie die Frauen in dem Golf da?«

»Ja.«

Henning konnte keine mit einem Geiergesicht darin entdecken. Er hoffte, nie im Leben auf eine Zeugenaussage von Herrn Thiele angewiesen zu sein.

39 Um eine Ausbreitung des Virus in seinen Räumen zu verhindern, untersuchte Dr. Husemann seine Patienten der Reihe nach im Hausflur. Am liebsten hätte er die Praxis geschlossen und sich selbst krankgemeldet. Er war nur noch hier, weil seine Frau gedroht hatte, sich von ihm scheiden zu lassen, wenn er die Patienten jetzt im Stich ließe und seiner Pflicht als Arzt nicht nachkäme. Sie hatte eigentlich nicht so sehr ihn geheiratet, sondern mehr das Bild, das sie von einem tollen Arzt hatte. Ihr Mann sollte ein zweiter Albert Schweitzer sein – am besten ein Heiliger. Sie hätte auch Nelson Mandela geheiratet, zumindest, solange er noch in Südafrika im Gefängnis saß. Sie war praktische Ärztin und jetzt, in dieser schweren Situation, machte sie Hausbesuche. Jeder, der nicht in die Praxis kam, entlastete diese.

Sosehr die Arzthelferinnen Dr. Husemann liebten, sosehr hassten sie seine Frau. Mit ihren 1,72 m und 54 kg war sie ein magersüchtiges Denkmal für Pflichterfüllung und Askese.

In dieser irrwitzigen Situation, wie sie noch niemand der Anwesenden vorher schon einmal in ähnlicher Weise erlebt hatte, hier, in diesem Hausflur, packte Bettina Göschl ihre Gitarre aus und begann, für die Kranken zu spielen. Sie zupfte ganz leicht ein paar Töne. Sie breiteten sich aus durch den Flur und hinauf ins nächste Stockwerk. Die Menschen wurden ruhiger. Das Stöhnen und Schimpfen wurde leiser. Der Zauber der Klänge erfüllte den langen Flur und Bettina sang nicht, sondern summte nur ein Kinderlied. Bald summten die ersten Menschen mit und begannen sich daran zu erinnern, wie es gewesen war, als sie klein waren und der Abend am Ofen voller Lieder und Geschichten.

»Ja, das ist gut, das ist gut. Mach weiter!«, flüsterte Carlo Rosin und sah auf seinem Handy die Nachricht seiner Frau: *Wo bleibst du? Ich werde langsam sauer.*

Er simste zurück: *Dies ist eine Ausnahmesituation. Ich kann nichts dafür. Ich werde gebraucht.*

Fast augenblicklich kam die zornige Antwort: *Du benutzt dieses Virus nur, um dich vor der goldenen Hochzeit zu drücken.*

Einer der Wartenden, Achmed Yildirim, der den besten Döner der Stadt machte und seit vielen Jahren jeden Morgen um fünf aufstand, um an seinem Roman über die Geschichte seines kurdischen Volkes zu schreiben, summte laut mit und fragte, ob Bettina auch ein kurdisches Kinderlied spielen könne. Sie schüttelte den Kopf.

Als Dr. Husemann bei Frau Steiger angekommen war, konnte er nur noch ihren Tod feststellen. Minuten, bevor er sich zu ihr bückte, musste sie den letzten Atemzug getan haben.

Leon Sievers hielt noch ihre warme Hand und hatte nicht bemerkt, dass sie langsam vom Leben in den Tod hinübergeglitten war.

»Ich glaube nicht«, sagte Dr. Husemann, »dass sie am Virus gestorben ist. Wahrscheinlich war alles einfach zu viel für sie. Ein Herzinfarkt vermutlich oder ein Gehirnschlag.«

Carlo fragte sich, woran der Arzt das wohl sehen wollte, aber es war ihm nicht wichtig, nachzuhaken. Vielleicht, dachte er, will er nur dafür sorgen, dass die Tote umgehend abgeholt wird. Welches Beerdigungsinstitut hat schon gerne den Auftrag, eine hochinfektiöse Leiche für die Bestattung zu übernehmen?

»Glauben Sie, sie ist noch ansteckend?«, fragte er.

Dr. Husemann sah ihn an, wie um zu prüfen, ob er ihm die Wahrheit sagen konnte oder ihn beruhigen musste.

»Ich weiß es nicht«, sagte er. »Die Viren werden in ihrem Körper noch eine ganze Weile leben. Aber sie atmet nicht und ich glaube auch nicht, dass jemand vorhat, sie zu küssen. Oder?«

Während Bettina Göschl weiter Kinderlieder summte und das Summen zu einem anschwellenden mehrstimmigen Gesang im Flur wurde, bat Dr. Husemann mit einer Kopfbewegung Carlo Rosin, mit vor die Tür zu kommen.

Fast freundschaftlich legte Dr. Husemann den rechten Arm um Carlos Schulter und zog ihn zu sich. Beide atmeten tief. Die Luft hier draußen tat trotz der Autoabgase gut. Der Nordseewind frischte auf und fegte Verpackungen von Eispapier durch die Straße.

»Tun Sie mir einen Gefallen. Nehmen Sie die Tote mit.«

»Wie bitte? Soll das ein Scherz sein? Wir kennen die Frau gar nicht. Wir haben sie nur hierhergebracht. Was haben wir damit zu tun?«

»Sie sehen ja, was hier los ist. Ich werde doch mit den Patienten schon nicht mehr fertig. Ich kann mich nicht auch noch um die tote Frau kümmern.«

»Aber dafür gibt es Beerdigungsinstitute.«

»Ja, normalerweise schon.«

»Was soll das heißen?«

»Ich habe gerade mit meiner Frau gesprochen. Sie macht Hausbesuche. Sie konnte schon zweimal heute bei Patienten nur den Tod feststellen und beide Male hat sie keinen Leichenwagen bekommen. Die Möglichkeiten sind eben begrenzt.«

»Wie darf ich mir das vorstellen, Herr Dr. Husemann? In welchen Größenordnungen wird hier gerade gestorben?«

Er zuckte mit den Schultern. Carlo Rosin wusste nicht, ob der gute Mann nicht antworten wollte oder nicht antworten konnte.

»Hören Sie, ich bin eigentlich nur zufällig in Emden, weil meine Schwiegereltern hier goldene Hochzeit feiern. Ich arbeite beim Veterinäramt Aurich. Sie können also ein offenes Wort mit mir reden. Ich unterstütze im Moment die Kollegen vom hiesigen Gesundheitsamt.«

»Ich bin nur ein kleines Rädchen im Gesundheitsräderwerk. Ich habe keine Ahnung. Jedenfalls können Sie die Frau nicht hier im Hausflur liegen lassen. Der gehört nicht mal zu meiner Praxis. Das ist ein ganz normales Wohnhaus. Ich muss mich um die Lebenden kümmern.«

Carlo Rosin schlug sich mit der rechten Faust in die linke Handfläche. »Wohin soll ich Ihrer Meinung nach die Tote bringen, Dr. Husemann? In ihre Wohnung? Zur Müllhalde?«

Dr. Husemann straffte sich mit einem leisen Stöhnen und legte beide Hände auf die Lendenwirbelsäule. Wenn er sich so sehr überfordert fühlte, spürte er den Ischiasnerv besonders.

»Ich weiß es doch auch nicht, Herrgott noch mal! Sie können sie jedenfalls nicht bei mir lassen.«

»Dann rufen wir jetzt die Polizei«, schlug Carlo Rosin vor.

»Ja«, erwiderte Dr. Husemann, »und wir bestellen uns schon mal einen Tannenbaum, damit wir gemeinsam mit den Beamten Weihnachten feiern können, wenn sie dann endlich da sind.« Er ging ein paar Schritte zurück, breitete die Arme aus und brüllte: »Mensch, kapieren Sie das nicht? Es gibt keine Polizei mehr! Keine normalen Wege! Kein Bestattungsinstitut, das noch Kapazitäten hat! Sie können nicht einfach den Notarzt holen! Hier ist alles restlos zusammengebrochen. Das hier ist kein Versuch der Pharmaindustrie, uns ihren Impfstoff anzudrehen. Diesmal ist alles echt. Die jungen Leute, die auf dem Open-Air-Konzert waren, hat es reihenweise erwischt!«

»Dieses Scheißvirus hat keine vierundzwanzig Stunden gebraucht, um die ganze Stadt lahmzulegen?«

Dr. Husemann schüttelte den Kopf und wischte sich mit dem Handrücken einen Tropfen von der Nase. »Nein, nicht das Virus. Die Menschen sind es, in ihrer Panikreaktion.«

40

Als der Polizist Oskar Griesleuchter das Hotel »Kachelot« betrat, lächelte die freundliche blonde Ostfriesin hinter der Rezeption ihm zu und scherzte: »Oh, wir haben doch hoffentlich keine Verbrecher unter unseren Gästen!«

»Nein, ich muss nur eine Zeugin etwas fragen. Eine junge Frau, zwanzig, höchstens fünfundzwanzig. Sie trägt so ein weißes Leinenkleid. Muss vor einer Stunde ins Hotel gekommen sein.«

»Ja, Chris Mertens. Sie wartet hier auf ihren Freund. Der sitzt wohl auf der Fähre, die nicht landen konnte. Wissen Sie mehr darüber?«

»Nein. Aber ich brauche die Zimmernummer.«

»Dreihundertzwei.«

»Danke.«

Er nahm nicht den Fahrstuhl, sondern stürmte die Treppe hoch, jeweils drei Stufen mit einem Schritt. Es tat ihm gut, sich zu bewegen. So spürte er seinen Körper.

Ihr Zimmer lag gegenüber vom Fahrstuhl. Er klopfte. Von innen ertönte ein verhaltenes »Ja?«.

»Polizei. Ich muss Sie sprechen. Bitte machen Sie auf.«

Was tue ich hier?, fragte er sich. Warum mache ich das? Was ist los mit mir?

»Moment. Ich muss mich erst … Ich bin noch nicht … Einen Augenblick bitte!«

Während Chris sich rasch anzog, rief sie durch die Tür: »Wissen Sie etwas von der Ostfriesland III? Bringen Sie Hilfe? Mein Freund hat mich angerufen. Die brauchen einen Hubschrauber und ganz dringend ein Ärzteteam! Ich habe schon alles versucht, aber …«

Sie öffnete die Tür, während sie ihr Kleid noch mit fahrigen Bewegungen am Körper glatt strich. Ihre Haare waren durcheinander, was ihre Schönheit noch betonte. Sie sah ein bisschen aus, als sei sie gerade aus einem tiefen Schlaf erwacht und dem Bett entstiegen.

Oskar Griesleuchter bekam feuchte Hände. Er wusste nicht, wo er sie lassen sollte. Er wischte sie an den Hosenbeinen ab.

»Kommen Sie doch rein. Was ist denn? Warum stehen Sie denn so da?«

Der Mann war merkwürdig linkisch. Etwas stimmte nicht mit ihm. Sie hatte ihn schon früher mehrfach an der Promenade gesehen und er war gerade mit ihr in der Inselbahn gefahren. Er machte einen verstörten Eindruck auf sie und kam ihr ziemlich spooky vor. Trotzdem gab seine Uniform ihr die Hoffnung, mit seiner Hilfe könne sie etwas für Benjo tun.

Sie faltete die Hände wie zum Gebet. »Bitte, wie gesagt, ich hab schon alles versucht, um einen Rettungshubschrauber zu besorgen. Ich komme nirgendwo durch. Die spielen mir in der Warteschleife Platten vor und schalten mich von einem Apparat zum anderen weiter. Ich glaube, ich rede nur mit Maschinen. Ich … Sie schaffen das bestimmt, Ihnen stehen doch ganz andere Wege zur Verfügung als mir.«

Er stand da wie jemand, der vergessen hat, was er sagen wollte. Es machte ihr keine Angst. Sie fand es eher rührend. Noch immer erhoffte sie sich Hilfe von ihm.

Er ging mit ihr ins Zimmer und schloss die Tür hinter sich. Er sah das Glas auf dem Boden und die umgekippte Mineralwasserflasche. Die Beulen im Bettbezug markierten noch, wo sie vorher gelegen hatte, wo sie sich – er sah es vor sich – herumgewälzt hatte. Er stellte sich vor, ihr Kleid mit einer Schere in Stücke zu schneiden und dann ihre Haut einzuritzen, bis das Fleisch darunter sichtbar wurde.

Ich möchte Sie malen, wollte er sagen, aber er brachte die Worte nicht über die Lippen. Es war, als sei er plötzlich stumm geworden. Seine Zunge gehorchte ihm nicht mehr.

»Was schlagen Sie vor? Was sollen wir tun? Wie ist überhaupt die Situation? Wieso fährt die Ostfriesland III nicht zurück nach Emden? Lässt man die jetzt nirgendwo an Land?«

Oskar Griesleuchter streckte die Hand nach Chris aus, doch etwas in ihm, das gesund war und gut, erschrak über ihn so sehr, dass es ihn zwang, vor sich selbst wegzulaufen. Er drehte sich abrupt um und rannte aus dem Zimmer. Er stürmte nach draußen zur Treppe.

Chris folgte ihm vor die Tür. »Hey, was soll das? Sie haben mir doch überhaupt noch nicht geholfen! Warum sprechen Sie nicht mit mir? Bleiben Sie stehen, verdammt noch mal!«

Aber er rannte die Treppen hinunter. Sie sah in ihm ihre einzige Chance, Benjo zu helfen, und lief hinter ihm her.

Im ersten Stock stolperte er und krachte lang hin. Dabei verlor er sein Pfefferspray, das er stets bei sich trug. Er ließ es einfach liegen, raffte sich auf, und statt an der Rezeption vorbei nach draußen zu laufen, rannte er weiter bis nach unten in den Saunabereich. Er riss die Tür zur Schwitzkabine auf und setzte sich aufs Holz.

Die Sauna war auf achtzig Grad hochgefahren. Vor nicht allzu langer Zeit musste jemand einen Aufguss gemacht haben. Es hing noch ein Nebelschwaden von Limone und Minze im Raum.

Chris sah das Pfefferspray auf dem Boden liegen, hob es auf und fragte sich, was mit diesem Mann nicht in Ordnung war.

Unten in der Halle angekommen, sah sie ihn nicht. Sie fragte an der Rezeption: »Haben Sie einen Polizisten hier hinauslaufen sehen?«

»Nein, nur hereinkommen. Er wollte zu Ihnen.«

»Ja, er war auch bei mir, aber dann …«

Chris winkte ab. Sie hatte keine Lust, das jetzt zu erklären. Er musste einen anderen Ausgang genommen haben.

Als sie schon wieder im ersten Stock war, wurde ihr klar, dass er möglicherweise in den Keller gelaufen war. Sie konnte sich nicht erklären, warum, doch etwas in ihr sagte ihr, dass sie ihn dort finden würde.

Sie nahm all ihren Mut zusammen. Ohne zu wissen, wie man das Ding betätigte, legte sie die rechte Faust fest um das Spray. Es war wie eine Waffe und sie hatte das Gefühl, eine Waffe brauchen zu können.

Als sie die alte Frau Dr. Terboven und ihren Mann Wilhelm sah, die beide, in dicke Saunatücher gehüllt, aus dem Ruheraum kamen, fühlte sie sich sicherer, geriet diesen Menschen gegenüber aber zugleich in Erklärungsnot, weil sie in ihrem Leinenkleid dastand, ohne Saunatuch und Bademantel.

Doch Frau Terboven nickte ihr nur freundlich zu und öffnete die Holztür zum Schwitzraum. Darin saß auf den mittleren Stufen ein Polizist in voller Uniform, schweißgetränkt. Er hielt sich den Lauf seiner Dienstwaffe in den Mund und presste die Augen fest zusammen. Ohne jede Frage hatte dieser Mann vor, sich umzubringen.

Frau Terboven wich zurück. Ihr Handtuch fiel hinunter. Ihr Mann griff sich ans Herz, aber Chris handelte.

Sie sprang zwischen den beiden hindurch in die Kabine und stand ganz nah bei Griesleuchter. Am liebsten hätte sie ihn geohrfeigt, damit er zu sich käme, und ihm die Pistole abgenommen, aber sie hatte Angst, dass jede Berührung den Schuss auslösen konnte. Der Mann zitterte am ganzen Leib.

»Lassen Sie den Scheiß!«, brüllte sie ihn an.

Er öffnete die Augen. Die Spannung wich aus seinem Körper. Er wurde schlaff. Seine Hände waren plötzlich bleischwer und fielen mit der Waffe nach unten auf seine Knie. Glücklich, dass die Pistole nicht losgegangen war, griff Chris danach und nahm sie an sich.

»Kommen Sie. Sie können hier drin nicht sitzen bleiben. Kommen Sie raus.«

Die Terbovens hatten jede Lust auf einen Saunagang verloren. Herr Terboven schlug vor, jetzt oben an der Hotelbar erst einmal einen Schnaps zu trinken.

Mit schleppenden Schritten kam Griesleuchter ein paar Meter hinter Chris her. Sie hielt seine Dienstwaffe in der Hand wie eine Eiswaffel. Plötzlich entriss er sie ihr von hinten und hastete an der Rezeption vorbei nach draußen. Chris folgte ihm nicht mehr.

41

Oskar Griesleuchter rannte zunächst ziellos. Er lief nicht auf etwas zu, sondern nur von etwas weg. In dieser surrealen Szenerie der Innenstadt, mit vermummten Touristen, die in Supermärkten Hamsterkäufe veranstalteten, passte ein rennender, völlig durchgeschwitzter Polizist gut ins Bild.

An der »Heimlichen Liebe«, seinem Lieblingsrestaurant, hielt er kurz an und sah aufs Meer. Als Wasserleiche darin herumzuschwimmen, erschien ihm im Moment durchaus erstrebenswert. Er schämte sich so sehr! Er wusste nicht, wohin mit seinen verwirrenden Gedanken und Gefühlen. Er konnte seiner Mutter so nicht unter die Augen treten. Hatte er überhaupt einen Freund, mit dem er sich austauschen konnte? Einen, vor dem er keine Geheimnisse haben musste? Wenn, dann war das Philipp Reine.

Philipp hatte ihm sogar mal ein Bild abgekauft und an seine Freundin verschenkt. Philipp war das, was Oskar manchmal gern gewesen wäre: ein ungebundener Weltenbummler, der sich etwas ansah und keine Lust hatte, irgendwo sesshaft zu werden.

Philipp, der mit seinen Freundinnen Swingerclubs besuchte und damit angab, Sadomasosachen ausprobiert zu haben, der würde ihn vielleicht verstehen oder auf jeden Fall nicht sofort verurteilen.

Ja, er musste zu Philipp. Vor zwei Tagen war er aus New York zurückgekommen. Gern wäre er langsam, ohne Hast, zu ihm gegangen, aber das konnte er nicht. Er musste in Bewegung bleiben und mit großen, schnellen, ausladenden Schritten weiterhetzen.

Es gab in Wittmund eine Polizeipsychologin mit einem großen Busen und einem noch größeren Herzen. Einige Kollegen spotteten darüber, es lohne sich nicht, dahin zu gehen, die bekäme sowieso keiner ins Bett, weil sie eine Lesbe sei. Aber andere, die wirklich in Not waren, sprachen voller Hochachtung von ihr.

Sie hatte einen Kollegen, der in dem Glauben, auf einen Einbrecher zu schießen, den Sohn der überfallenen Familie getötet hatte, vor dem Selbstmord bewahrt. Aber konnte er über das, was mit ihm passierte, mit einer Frau sprechen? War es überhaupt möglich, mit irgendjemandem darüber zu reden?

Er wollte es mit Philipp versuchen. Er musste es schnell tun, bevor er den Mut dazu verlor. Er rannte und stellte sich vor, wie er es Philipp sagen würde. Ob er die richtigen Worte finden würde?

Ich habe Fantasien. Ich stelle mir vor, einen Menschen zu zerstückeln. Ich habe so etwas noch nie getan, ich kann keiner Fliege etwas zuleide tun. Heute, plötzlich, ist es über mich gekommen …

Völlig erschöpft kam er vor Philipps Tür an. Er klopfte und klingelte. Als niemand öffnete, wusste er zunächst nicht weiter. Seine Knie zitterten, fast sackte er zusammen.

Er drehte sich um. Hinter ihm ging ein vermummtes Pärchen vorbei. Er kannte die beiden gut; sie grüßten ihn und nannten ihn beim Namen. In ihren Augen sah er die Verwunderung über sein Aussehen. Sie bemühten sich, es ihn nicht merken zu lassen, aber sie schauspielerten nicht gut genug.

Ich muss hier weg, dachte er. Ich kann nicht auf der Straße herumstehen.

Er beschloss, in der Wohnung auf Philipp zu warten. Philipp würde das verstehen. Er konnte bei ihm duschen, vielleicht ein paar andere Sachen anziehen. Sich ein bisschen erholen und dann …

Er gehörte nicht zu den Kollegen, die einen Schlüsseldienst riefen, wenn eine Tür geöffnet werden musste. Mit seinen Grafikerfingern verstand er es, mit feinem Werkzeug umzugehen. Im Urlaub in der Schweiz hatte er spaßeshalber einmal bei einem Wettbewerb mitgemacht, wer am schnellsten Sicherheitsschlösser öffnen konnte.

Nein, das waren keine Kriminellen, sondern hochanständige, gutbürgerliche Leute. Zahnärzte, Architekten, sogar ein Literaturprofessor. Es ging um handwerkliches Geschick und Spaß an der Sache. Seitdem wusste er, dass Schlösser für jeden Einbrecher nichts weiter waren als eine sportliche Herausforderung. Wirklich sicher konnte niemand sein Haus machen. Je dicker und teurer das Schloss war, umso sicherer fühlte sich der Hausherr und für dieses

199

Gefühl zahlte er. Ein Hindernis für Einbrecher stellte es ganz sicher nicht dar.

Dieses hier wäre nicht mal beim Wettbewerb zugelassen worden, so leicht war es zu knacken.

Er sah sich auf dem Boden um. Zum Glück aßen die Touristen gerne Eis am Stiel und warfen die dünnen Hölzchen einfach auf den Boden, wenn sie ihr Eis geschleckt hatten. Vermutlich hielten die meisten das für Biomüll. So ein Holzstiel reichte als Türöffner normalerweise aus, aber noch besser war der Pommespicker aus rotem Plastik, der vorwitzig oben aus dem Mülleimer ragte.

Er nahm beides, entschied sich aber angesichts des Schlosses für den Pommespicker und war zwanzig Sekunden später drin.

Die Luft in der Wohnung roch merkwürdig verbraucht. Oskar kam sich vor, als würde er einen überdimensionalen Rachen betreten, von jemandem, der sich seit Wochen die Zähne nicht geputzt, dafür aber mit Spiritus gegurgelt hatte.

Er sah die Gallone Whiskey, von der Philipp ihm bereits erzählt hatte. Die Badezimmertür stand offen. Das Wasser lief. Mit wenigen Schritten durchquerte Oskar das Zimmer. Ein harter Wasserstrahl prasselte ins Becken. Im Badezimmer war auch das Licht an. Zuerst sah er die Beine von Philipp. Wie weggeworfen, so sah es aus.

Er wusste sofort, dass sein Freund tot war. Aber es war nicht nur die Körperhaltung, die ihn das erkennen ließ ... Philipp ... er war seelenlos.

Oskar hob ihn an den Schultern hoch und zerrte ihn aus dem Bad ins Wohnzimmer. Dort bettete er ihn aufs Sofa. Dann ging er ins Badezimmer zurück und drehte den Wasserhahn zu.

Was jetzt?, dachte er. Verdammt, was jetzt?

Die Angst vor dem, was mit ihm selbst geschehen könnte, war größer als die Trauer um den verlorenen Freund. Er setzte sich auf den Boden und streichelte das kalte Gesicht von Philipp Reine. Fast beneidete er ihn. Er hatte es schon hinter sich.

42 Fokko Poppingas Nase hörte sich an wie ein verstopfter Wasserschlauch. Der Matrose hatte den Kopf in den Nacken gelegt und versuchte, jedes Luftholen mit einem Aufbäumen des gesamten Körpers zu unterstützen.

Ole Ost sah, was mit Fokko passierte, und versuchte, sich bemerkbar zu machen, indem er mit beiden Füßen immer wieder fest auf den Boden klopfte.

Tjark Tjarksen saß starr und wagte es nicht, sich zu bewegen. Ihn hatte die Angst im Griff. Er schloss mit seinem Leben ab. Es tat ihm leid, dass er sich von seiner Frau im Streit getrennt hatte. Jetzt, da er glaubte, dass das Ende nahte, spürte er, wie sehr er sie liebte und ihr verbunden war.

Fokko Poppingas Pupillen weiteten sich. Er hatte bereits tonisch-klonische Anfälle. Sein Körper wurde von einem Krampf geschüttelt, die Gesichts- und Halsmuskulatur verzerrte sich fratzenhaft. Dann zuckten seine Arme und Beine und seine blasse Gesichtsfarbe begann, sich bläulich zu verfärben. Er schlug mehrfach mit dem Kopf gegen die Kante des Tischbeins.

Aufgebracht stürmte Rainer Kirsch in den Raum. Es lief nicht so, wie er gehofft hatte. Er kniete sich vor dem Kapitän auf den Boden, um in Augenhöhe mit ihm zu sein, und riss das Isolierband von seinem Mund. Gleichzeitig drückte er seine Beretta an den Kopf des Gefesselten.

»Ich lass mich nicht von euch verarschen! Wie viele Männer hast du noch an Bord? Sie sabotieren mich! Alle Maschinen sind gestoppt und wir kriegen sie nicht wieder an. Was habt ihr gemacht?«

Der Kapitän wies mit seiner Nase zu Fokko Poppinga. »Machen Sie den Mann frei. Er erstickt.«

Rainer Kirsch schlug mit der Waffe gegen Ole Osts Stirn. »Das ist mir scheißegal! Erst hilfst du uns, dann helf ich dir! Eure Saboteure missachten den Willen der Passagiere und ich werde deren demokratischen Willen durchsetzen. Wir haben abgestimmt. Es gibt ein klares Ergebnis. Wir fahren nach Schiermonnikoog. In einer Demokratie muss man sich der Mehrheit fügen. Hat dir das niemand beigebracht?«

Fokko Poppingas Körper neben ihnen erschlaffte plötzlich.

»Er atmet fast nicht mehr. Wenn Sie ihm das Klebeband nicht abmachen, ist das Mord! Ich werde Sie dafür verantwortlich machen. Sie werden Ihres Lebens nicht mehr froh, wenn Sie den Mann hier sterben lassen! Er heißt Fokko Poppinga. Er ist sechsundzwanzig Jahre alt, er hat eine junge Frau und ist vor zwei Wochen Vater geworden.«

Rainer Kirsch fühlte sich in die Enge getrieben. Hinter ihm kamen jetzt Helmut Schwann und Pittkowski in den Raum.

»Was ist denn nun?«, rief Pittkowski. »Kriegen wir die Scheißmotoren wieder an oder nicht?«

Rainer Kirsch legte die Beretta vor sich auf den Boden und versuchte, Fokko Poppinga vom Klebeband zu befreien, um ihm wieder eine regelmäßige Atmung zu ermöglichen. Aber das Band war mehrfach über Mund und Nacken verklebt und er fand das Ende nicht, von dem aus es losgerissen werden konnte.

Fokkos Körper verkrampfte sich jetzt wieder in rhythmischen Zuckungen.

»Halt still, Mensch, halt still! So krieg ich das nicht ab!«

Ole Ost rückte näher an die Beretta auf dem Boden heran. Nur noch zwanzig Zentimeter, dachte er.

Kirsch hatte das Gefühl, einen Sterbenden zu berühren. Jetzt, da er so nah dran war und den Kopf Poppingas zwischen den Händen hielt, begriff er endlich, in welch gefährlichem Zustand der Mann war. Er wollte nicht an seinem Tod schuld sein. Er machte das hier, um Menschenleben zu retten, nicht, um sie zu vernichten. Warum musste sich die Mannschaft auch so querstellen? Es hätte alles so einfach sein können.

Dann bekam er endlich den Ansatz vom Klebeband zu fassen.

Doch seine Fingernägel waren einfach zu kurz. Er konnte es nicht richtig losknibbeln.

»Hilf mir doch mal, verdammt!«

Pittkowski bückte sich, und als er die geweiteten Pupillen und die blauen Lippen von Fokko Poppinga sah, bekam auch er es mit der Angst zu tun.

»Scheiße, der geht drauf!«

Schwann kramte in der Windjacke nach seinem Schweizer Messer. Er hatte das Offiziersmesser immer bei sich. Schon war es in seiner Hand und er klappte die Klinge heraus.

»Hier«, sagte er und hielt es den beiden hin.

Pittkowski nahm das Messer und versuchte, die Spitze zwischen Haut und Klebeband zu schieben. Dabei schnitt er tief in Fokkos Lippe, aber er durchtrennte das Band.

Jetzt packte Rainer Kirsch es und riss es von Poppingas Mund. Der japste aber nicht nach Sauerstoff, wie alle erwartet hatten. Sein Brustkorb hob sich nicht; es war, als hätten seine Lungen das Atmen aufgegeben.

Pittkowski schlug ihm ins Gesicht. »Atme! Atme, verdammt!«

»Sie müssen ihn von Mund zu Mund beatmen!«, schrie Ole Ost. »Er braucht jetzt Sauerstoff. Pumpen Sie ihn voll!«

Kirsch wusste, dass er das nicht schaffen konnte. Der Schnitt über der Lippe ließ das Blut sprudeln, es tropfte in Poppingas Mund und lief an seinem Hals hinunter.

Pittkowski schüttelte den am Boden Liegenden. »Atme, verdammt! Du sollst atmen!«

Er stieß ihn mehrfach gegen die Brust, dann setzte ein schwaches, schnappendes Luftholen ein.

»Er lebt!« Pittkowski freute sich. »Er lebt!«

»Ist der krank? Hat er das Virus? Sollen wir ihn zu den anderen sperren?«, fragte Kirsch.

»Der ist nicht krank!«, brüllte der Kapitän. »Der hat höchstens einen Schnupfen! Und wenn Sie ihm dann den Mund verkleben, ist es so, als würden Sie ihn erwürgen. So, und jetzt lassen Sie endlich diesen Blödsinn! Machen Sie mich los und ich übernehme wieder das Kommando über das Schiff! Wo kämen wir denn hin, wenn überall einfach abgestimmt würde, was als Nächstes geschehen soll? Zufällige Mehrheiten würden völlig willkürliche Entscheidungen fällen. Rennen Sie doch in irgendeine Kneipe und fragen Sie die Gäste, wer dafür ist, dass es Freibier gibt. Alle werden dafür sein, alle! Aber nach ein paar Tagen ist dann die Kneipe zu und das passt auch keinem!«

Henning Schumann, der Schulsprecher, schob sich in den Raum. »Was ist denn hier los?«

Ole Ost merkte, dass die Leute ihm zuhörten. Er versuchte, weiter zu argumentieren. Solange ich mit ihnen in Kontakt bin und sie auf meine Worte hören, habe ich eine Chance, sie zu überzeugen, dachte er. Der Schock, dass Fokko fast gestorben wäre, hat vielleicht einige wachgerüttelt.

»Jeder will ein Handy benutzen, ist aber gleichzeitig gegen Mobilfunkanlagen. Wenn Sie überall abstimmen lassen, wer gegen die Anlagen ist, gibt es bald keine mehr. Aber wer von Ihnen hat kein Handy? Wer? Natürlich wollen Sie alle Ihr Telefon benutzen, aber keiner will eine Mobilfunkanlage vor seiner Haustür … So geht das nicht. Wir brauchen eine Ordnung, nach der entschieden wird. Ich bin hier der Kapitän. Was ich sage, zählt. Ich verspreche Ihnen, dass ich Sie sicher nach Hause bringen werde. Niemand muss um sein Leben fürchten.«

Henning Schumann mischte sich ein. »Papperlapapp, was soll das heißen: Wo kämen wir denn da hin? So redet einer, wenn er nicht weiterweiß. Was wäre denn, wenn alle sagten: Wo kämen wir hin, und niemand ginge mal, um nachzugucken, wo wir hinkämen, wenn man ginge?«

»Ja, genau«, rief Pittkowski, »genau! Wenn was Altes nicht mehr funktioniert, muss man was Neues ausprobieren.«

Dieser Junge ist gefährlich, dachte Ole Ost. Er und dieser Schwann sind in der Lage, die Passagiere zu führen. Wenn ich die beiden spalte oder einen von ihnen auf meine Seite kriege, kann ich das Ruder vielleicht noch mal herumreißen.

Die Beretta hatte er inzwischen unter seinen Hintern geschoben. Noch war Rainer Kirsch nicht aufgefallen, dass seine Waffe fehlte. Er ging jetzt den Kapitän hart an:

»Wie viele Leute seid ihr an Bord? Wo sind die anderen? Wie kriegen wir die Maschinen wieder in Gang?«

»Indem Sie mich losmachen. Einen anderen Weg wird es nicht geben. Niemand ist in der Lage, dieses Schiff zu führen, auch Sie nicht. Nur ich bin es.«

Kirsch lachte schallend auf. »Ja, so sehen Sie auch aus.«

Er hatte es in den Bruce-Willis-Filmen gelernt: Ein einziger Mann reichte aus, um eine halbe Armee zu paralysieren. Einer, der unerkannt aus dem Hintergrund agierte und Sand ins Getriebe streute. Einer, der die empfindlichen Stellen kannte, der wusste, wie man die Maschinen abschaltete. Und so einen musste es auch hier geben. Garantiert hatte er auch Kontakt nach außen und informierte die Küstenwache über die genaue Situation.

Rainer Kirsch war sich nicht sicher, auf wessen Seite die Küstenwache stehen würde.

»Für das, was Sie hier tun, werden Sie sich bald alle vor Gericht verantworten müssen«, drohte der Kapitän. »Sie können jederzeit von der Tat zurücktreten und vernünftig werden. Wir können das alles hier vergessen, wenn Sie jetzt …«

Rainer Kirsch packte den Kopf des Kapitäns und drückte seine Finger wie Krallen tief in die Haut. »Wie heißt euer U-Boot? Wer von deinen Leuten sabotiert uns hier? Sag es, verdammt noch mal! Auch er hat den Willen der Allgemeinheit zu respektieren!«

Ole Ost hatte das Gefühl, sein Schädel müsse zerplatzen.

Rainer Kirsch bog den Kopf zur Seite, bis sein Gefangener umfiel. Dabei rutschte die Beretta unter dessen Hintern hervor.

Kirsch nahm seine Pistole. Er kam sich dumm vor, weil ihm dieser Fehler passiert war. Das steigerte seine Wut noch einmal und er richtete die Waffe gegen die Stirn des Kapitäns.

»Pfeif euren Typen zurück! Pfeif ihn zurück oder ich leg dich um!«

»Sie sind ein junger Mann. Wollen Sie Ihr weiteres Leben wirklich mit einem Mord belasten? Sie machen doch alles nur noch schlimmer.«

Die Fähre begann zu schaukeln und zu trudeln. In seiner Wut bemerkte Rainer Kirsch das nicht einmal. Ihm wurde klar, dass der Kapitän nicht um sein eigenes Leben fürchtete. Er flehte nicht für sich um Gnade – so wie er sich vorher schon für Poppinga eingesetzt hatte.

Kurz entschlossen richtete Rainer Kirsch die Waffe auf Fokko Poppinga. Er sah nicht mal richtig hin. Mit ausgestrecktem Arm bedrohte er ihn.

»Los, sag es. Sag es oder ich knall ihn ab!«

Kirsch hoffte, dass der Kapitän den Bluff für Ernst nehmen würde. Und tatsächlich sah er eine Verunsicherung in dessen Gesicht.

Ole Ost richtete sich auf, zog die Beine an und schluckte. Das Kreuz aus 18-karätigem Weißgold an seinem Hals glänzte plötzlich so sehr, dass Pittkowski zurückwich wie vor einer unheimlichen Erscheinung.

»Sie werden nicht schießen«, sagte Ole Ost. Er fixierte Rainer Kirsch, in der Hoffnung, ihn besänftigen zu können. »Sie sind ein guter Kerl. Ich seh so was auf den ersten Blick. Ich weiß, Sie meinen es nur gut. Sie sind keiner von den Bösen. Aber manchmal gebiert das Gute, das wir mit aller Kraft durchsetzen wollen, etwas Böses. Glauben Sie mir, junger Mann, der Zweck heiligt nicht die Mittel.«

Rainer Kirsch trat von einem Fuß auf den anderen. Nervös zuckte die Waffe in seinen Fingern. Er bekam schwitzige Hände.

Henning Schumann sah, wie verunsichert Kirsch war. Er wollte ihn unterstützen, eine Hand auf seine Schulter legen ... aber das Schiff schwankte. Die Nordsee spielte mit ihnen.

Die Berührung an der Schulter ließ Rainer Kirsch zusammenzucken, als sei er an ein Stromkabel geraten. Seine Rechte krampfte sich unwillkürlich um die Beretta. Dabei löste er den Schuss aus.

Der Schrei von Fokko Poppinga teilte Rainer Kirschs Leben ab jetzt in zwei messerscharf voneinander getrennte Hälften: die Zeit davor und die Zeit danach. Er war sich dessen augenblicklich bewusst.

Kirsch ließ die Waffe fallen und starrte Poppinga an. Auf dessen Hemd breitete sich ein roter Fleck aus.

Pittkowski floh aus dem Raum.

Der Kapitän schrie etwas, doch der laute Knall, der Nachhall des Schusses, machte die Menschen für einen Moment taub, sodass es aussah, als ob er seinen Mund wie ein stummer Fisch öffnete und wieder schloss.

»Der… der hat mich geschubst!«, rief Rainer Kirsch endlich weinerlich, fast wie ein Kind. »Ich … ich wollte … Ich war das nicht … Ich wollte das nicht …« Er zeigte auf Henning Schumann. »Der hat mich gestoßen! Gestoßen hat der mich!«

»Ich hab damit nichts zu tun! Sind Sie verrückt? Sie haben ihm in den Bauch geschossen! Oh mein Gott, er wird sterben, wenn wir nichts machen! Wir brauchen einen Arzt! Es kann doch nicht sein, dass unter so vielen Passagieren kein Arzt ist!«

Schwann drehte sich um. »Mir wird schlecht.«

»Jetzt machen Sie mich endlich los!«, brüllte der Kapitän.

»Ich hab ihn nicht geschubst!«, verteidigte sich Henning Schumann. »Es war das Schiff! Das Scheißschiff hat gewackelt! Das kommt nur, weil die Motoren abgeschaltet sind.« Er sah Ole Ost an. »Sie sind schuld! Sie!«

43 Tim Jansens erster Versuch, über Einseinsnull die Polizei zu informieren, scheiterte, weil er sich verwählt hatte. Beim zweiten Mal wurde er von Emden nach Aurich weitergeleitet, da die hiesige Notrufzentrale überlastet war.

Normalerweise ertönte in Emden, wenn alle Leitungen besetzt waren, das Freizeichen. Erst jetzt, in höchster Not, hatte ein Beamter gegen jede Vorschrift sich entschlossen, die Anrufer umzuleiten.

In Aurich konnte Tim allerdings niemand weiterhelfen, denn Aurich lag außerhalb des abgesperrten Bereichs. Ein freundlicher Polizist nahm dort seine Meldung entgegen, erkundigte sich auch genau nach dem Verlauf der Attacke gegen Ubbo Jansen, ob es Verletzte gegeben habe, ob er jemanden erkannt habe – all das gab Tim zu Protokoll.

Ja, sein Vater sei verletzt und einer der Randalierer sei ein Gymnasiast aus Emden, Thorsten Gärtner.

Er blieb geduldig, denn er wollte es sich mit den möglichen Rettern auf keinen Fall verderben, sah aber sofort ein, dass sie von außen aktuell keine Hilfe zu erwarten hatten.

Er registrierte mit gemischten Gefühlen, dass sein Vater als einzigen Kommentar sein Schrotgewehr holte.

44 Ubbo Jansen ließ sich im Überwachungsraum von Josy verarzten. Dies war die Schaltzentrale seiner Anlage. Fast alles lief automatisch. Auf sechs großen Monitoren konnte er die Sicherungsanlagen, die Zäune und die Straßen rund ums Gelände beobachten sowie die Volieren, in denen die Hühner gehalten wurden.

Diese Technik machte es möglich, die Hühnerfarm mit wenig Personal effektiv zu führen. Im Grunde lief fast alles automatisch, und wenn es irgendwo hakte, konnte Ubbo es von hier aus sehen und rasch eingreifen. Er hatte jetzt alle Monitore auf die Außenanlagen geschaltet. Er erwartete einen weiteren Angriff. Dass er die Jugendlichen nicht sah, machte ihn besonders nervös. Er ging alle Möglichkeiten durch. Gab es von den Kameras nicht erfasste Bereiche, irgendwelche toten Winkel? Wenn ja, kannten sie die?

An der Südseite stand eine große Linde. Erst jetzt fiel ihm auf, dass die auf keinem seiner Bildschirme zu sehen war. Mit der rechten Hand hielt er sein doppelläufiges Schrotgewehr. Er lag auf einem Sofa, auf dem er schon oft seinen Mittagsschlaf gehalten hatte. Josy tropfte Betaisodona auf die Wunde über seinem rechten Auge.

Die Küstenseeschwalbe hatte sich einen Platz neben dem Papierkorb gesucht. Sie zog sich zusammengeknüllte, weggeworfene Zeitungsausschnitte aus dem Korb, als ob sie sich daraus ein Nest bauen wollte.

Mit Blick auf die flimmernden Monitore spottete Tim: »Hier kannst du den Hühnern normalerweise beim Eierlegen zugucken. Sozusagen Hühner-Peepshow.«

»Ich will mir das gar nicht erst anschauen«, sagte Josy. »Ich halte das nicht aus.«

»Deswegen habe ich es aber nicht weggeschaltet«, stellte Ubbo Jansen klar. »Wir müssen unseren Blick nach draußen richten. Diese Verbrecher meinen es ernst. Die wollen uns die Bude überm Kopf anzünden.«

»Ja, wahrscheinlich lieben sie den Geruch von Grillhähnchen«, sagte Tim und schaute Josy an. Sie ließ sich von seinen Worten wenig beeindrucken.

»Du brauchst vor mir nicht den Coolen zu spielen, Tim. Cool bin ich selber. Aber ich habe noch nie im Leben solche Angst gehabt.«

»Sie haben sich super verhalten«, lobte Ubbo Jansen Josy. »Sie haben mir das Leben gerettet. Die hätten mich totgetreten.«

Die Berührung ihrer Finger in seinem Gesicht tat ihm gut und erinnerte ihn daran, wie lange schon ihn keine Frau mehr angefasst hatte. Aber das Betaisodona brannte in der Wunde wie Feuer.

Er zeigte auf die Küstenseeschwalbe. »Der da hat bei mir politisches Asyl auf Lebenszeit. Keine Sorge, alter Junge«, rief er dem Vogel zu, »dir passiert hier nichts!«

»Oh, auf einmal so tierlieb geworden?«, ätzte Tim aus seinem Rollstuhl und bewegte sich näher zur Fernbedienung. Er hatte Lust, in die Legebatterien umzuschalten. Das gute Verhältnis, das Josy plötzlich zu seinem Vater entwickelte, nervte ihn. Er war fast eifersüchtig darauf, wie sehr sie sich um ihn kümmerte.

So ähnlich, dachte er, muss Kira sich gefühlt haben, wenn es immer um mich ging, weil ich Probleme hatte und sie ja die Tolle war, bei der immer alles glattging.

Wenn ich auch so eine schöne Verletzung im Gesicht hätte, würde Josy mich jetzt verarzten.

Er schaltete andere Bilder auf die Monitore. »Schau mal, so tierlieb ist er normalerweise.«

Ubbo Jansen brauste auf: »Lass das! Ich will wieder die Außenanlagen sehen! Schalte sofort zurück!«

»Wieso? Stehst du nicht zu dem, was du tust?«

»Ich brauche mich für das da nicht zu schämen. Aber ich will jetzt, verdammt noch mal, die Situation draußen sehen, auf den Bildschirmen! Und außerdem, nur, um es mal wieder zu sagen: Die Kleingruppenhaltung hat eine niedrige Umweltbelastung, ein niedriges Infektionsrisiko und eine hohe Produktivität. Und darüber hinaus liegen wir hier mit dieser Anlage in allen Parametern besser als die EU-Norm. Wir haben 900 Quadratzentimeter Fläche.«

»Ja, für zehn Legehennen!«

»Bitte, hört auf zu streiten. Meine Hände zittern sowieso schon«, sagte Josy. »Ich könnte jetzt einen Schnaps vertragen.«

Tim rang um die Handlungsführung. Endlich hatte er die rettende Idee.

»Ich kenne den Vater von Thorsten, den Herrn Gärtner von der Versicherung. Der ist doch ein ganz vernünftiger Mann. Ich ruf ihn an; er wird seinen Sohn zurückpfeifen.«

»Ja, und sag ihm, wenn er es nicht tut, mache ich es.«

Musst du dich immer so aufspielen?, dachte Tim. Kannst du mir nicht mal diesen Trumpf überlassen? Kannst du überhaupt nicht verstehen, dass ich vor Josy gut dastehen möchte?

Tim hatte die Nummer von Herrn Gärtner sogar in seinem Handy gespeichert, allerdings nur den Dienstapparat.

45 Diplom-Betriebswirt Gesundheitsmanagement Niklas Gärtner wollte gerade Feierabend machen und räumte seinen Schreibtisch auf. Er hasste es, am anderen Morgen einen unordentlichen Arbeitsplatz vorzufinden. Er liebte die blanke Platte. Der neue Tag wartete garantiert mit genügend Aufgaben auf, da musste man sich morgens nicht gleich mit Sachen vom vorhergehenden belasten.

»Steh sicher auf dem, was du geschafft hast«, war sein Leitspruch, »es hilft dir, das zu schaffen, was vor dir liegt.«

Mit dieser Auffassung, immer und in jedem Fall korrekt zu arbeiten, stand er bei seiner Krankenkasse, die sich neuerdings Gesundheitskasse nannte, ziemlich allein da. Deswegen behaupteten manche Kollegen von ihm, er sei noch »alte Schule«. Einige sprachen das mit Respekt aus, andere mit Spott, so als könne nur ein völlig vertrottelter Idiot zur alten Schule zählen.

Niklas Gärtner hatte auf seinem Computerbildschirm ständig ein Nachrichtenlaufband und die Börsenkurse. Normalerweise kontrollierte er mindestens einmal pro Stunde mit einem kurzen Blick aufs Börsenbarometer den Stand seines Vermögens. Er machte keine riskanten Aktiengeschäfte, dazu reichte sein Gehalt nicht aus, aber er hatte in solide DAX-Werte investiert. In Versicherungen natürlich, in die großen Stromversorger und in Pharmawerte.

Die kürzliche Schweinegrippewelle hatte seinem Aktiendepot gutgetan, weil seine Pharmawerte durch die Decke schossen, während die Stromanbieter trotz ständig steigender Preise weiterhin im unteren Bereich dümpelten und bei der Performance der Pharmaindustrie nicht mithalten konnten. Doch heute hatte er öfter auf das Nachrichtenlaufband geschaut als auf die Börsenkurse. Es war schon ein komisches Gefühl, hier in diesem Büro in Emden zu sitzen, mit dem Wissen, dass draußen die Stadt abgeriegelt wurde.

Seine Mitarbeiterin, Kollegin Klimmek, hatte sich mit der Begründung abgemeldet, sie müsse sich um ihre Kinder kümmern, und Paul Göhre, seit fast zehn Jahren in seinem Büro, war bei diesen deprimierenden Nachrichten einfach völlig energielos geworden und in seinem Weltschmerz versunken. Er glaubte, den Beginn einer erneuten Depression zu erkennen, und er versuchte, dem drohenden Niedergang zu Hause mit einem Bier vor dem Fernseher zu entgehen.

Das Telefon klingelte. Niklas Gärtner überlegte einen Moment, ob er noch drangehen sollte, dann entschied er sich, dies sei der letzte Anruf für heute, den er entgegennahm. Er hatte an diesem Tag einen Spezialrollstuhl genehmigt, mehrere Rehamaßnahmen unterstützt und ein sehr anstrengendes Beratungsgespräch mit einer Mutter hinter sich, deren aggressives Kind nicht nur ihre Ehe zerstört hatte und ihre neue Beziehung – sondern auch noch eine Hebevorrichtung für ihren pflegebedürftigen Vater im Bad. Er fragte sich, wie Letzteres überhaupt möglich war. Nun, mit einem Schlagbohrer.

Er dachte an diese Frau und war froh, einen anderen, besseren, gut erzogenen Sohn zu haben. Seinen Thorsten. Das Bild von ihm stand auf dem Schreibtisch und lächelte dem Vater bei der Arbeit motivierend zu.

»Niklas Gärtner.«

»Herr Gärtner, hier spricht Tim Jansen. Sie erinnern sich?« Ohne eine Antwort abzuwarten, fuhr Tim fort: »Mein Gott, bin ich froh, jemanden zu erreichen! Ich hatte schon Angst, bei Ihnen arbeitet keiner mehr …«

»Natürlich erinnere ich mich an Sie, Herr Jansen. Was kann ich denn für Sie tun?«

Tims Stimme veränderte sich. Er war unmerklich in die alte Situation hineingerutscht, als er abhängig von Herrn Gärtners Zusagen und Wohlwollen gewesen war. Er räusperte sich: »Ihr Sohn Thorsten steht mit einer Bande bei uns vor der Hühnerfarm. Sie haben Pechfackeln dabei und Baseballschläger.«

»Wie? Was? Was wollen Sie mir sagen?«

»Ihr Sohn hat mit seiner Bande meinen Vater beinahe krankenhausreif geschlagen. Er liegt hier im Büro auf dem Sofa und wird von einer Freundin versorgt, weil kein Arzt zu erreichen ist. Die Idioten haben mich nach Aurich durchgeschaltet, aber von dort kann niemand hierherkommen. Aber das soll jetzt nicht Ihr Problem sein, Herr Gärtner ... Pfeifen Sie einfach Ihren Sohn zurück. Mein Vater hat ein Gewehr. Wir sind bewaffnet und wir werden diese Gebäude gegen jeden Angreifer verteidigen. Glauben Sie mir, das ist kein Scherz. Wenn auch nur einer von denen über die Mauer klettert, knallt mein Alter ihn ab.«

»Herr Jansen, sind Sie sicher, dass Sie von meinem Sohn reden? Es ist ungeheuerlich, was Sie da behaupten!«

»Rufen Sie ihn an. Oder besser noch: Kommen Sie her. Mehr kann ich nicht sagen. Ihr Sohn hat sich strafbar gemacht. Ich habe ihn und seine Freunde mit meiner Digitalkamera aufgenommen. Er kann sich da niemals rausreden. Er und die anderen treten auf meinen Vater ein, als sei er ein totes Stück Fleisch. Wir werden Ihren Sohn und die ganze Bande verklagen, mein Vater kann Ihnen das nicht ersparen, Herr Gärtner. Aber wenn Sie kommen, können Sie vielleicht Schlimmeres verhindern. Ich denke, auf Sie wird er vielleicht hören, oder? Ich hätte Sie nicht angerufen, wenn ich bei der Polizei weitergekommen wäre. Aber ...«

»Augenblick, Augenblick. Bleiben Sie bitte dran. Ich habe mein Handy bei mir. Ich rufe meinen Sohn sofort an. Das ist bestimmt ein Missverständnis. Es wird sich sofort aufklären. Ich kann verstehen, dass Sie erregt sind, Herr Jansen, aber mein Sohn hat ganz sicher nichts damit zu tun.«

»Soll ich Ihnen den Film rüberschicken? Mein Computer funktioniert noch. Ihrer auch? Sie können ihn gerne als E-Mail-Anlage haben ... bevor ich ihn bei Youtube einstelle ...«

Tim ließ das Telefon sinken. Er blickte zu seinem Vater.

»Da sind sie wieder!«, schrie Ubbo Jansen. Er zeigte mit dem Schrotgewehr auf den Monitor, so als ob er darauf schießen wolle.

»Sie haben eine Leiter mitgebracht! Sie legen eine Leiter an! Sie wollen über die Mauer! Am Getreidehaus! Wir müssen hin!«

Er versuchte aufzustehen, doch als er sich hochstemmte, fuhr ein mörderischer Schmerz durch seine Brust und ließ ihn innehalten.

Nicht jetzt, dachte er. Mach jetzt nicht schlapp. Die haben dir mit ihren Fußtritten irgendwelche inneren Organe verletzt. Aber jetzt musst du durchhalten, bis Verstärkung da ist.

Und er spürte eine frische Energie in seinem Körper, die ihn kraftvoll durchströmte.

Dies war der Moment. Der Kampf gegen den Marco, den großen Hai, bevor der sich den größten Teil vom Schwertfisch holen konnte. Diesmal wollte er, Ubbo Jansen, nicht abwarten, bis das Unglück geschehen war, und danach den Täter bestrafen. Diesmal wollte er sein Eigentum vorher verteidigen.

»Helfen Sie mir, Josy. Helfen Sie mir hoch.«

»Sie können nicht rausgehen, Herr Jansen. Sie können noch nicht mal alleine stehen. Wie wollen Sie mit denen kämpfen?«

Er hob das Gewehr. »Ich werde ihnen eine Ladung Schrot auf den Pelz brennen. Wetten, das bringt sie zur Vernunft?«

»Haben Sie keine Mitarbeiter, die Ihnen helfen können?«

»Na klar. Drei russische Halbtagskräfte, eine bayrische Buchhalterin, die aber nur freitags kommt, und einen Steuerberater. Ohne den kann man heutzutage keinen Betrieb mehr führen.«

»Und wo sind die jetzt?«

»Es ist nur eine da und die sortiert gerade Eier. Falls sie nicht schon nach Hause gegangen ist.«

»Na klasse. Eine Armee ist das nicht gerade, mit der wir hier aufwarten können …«

Tim ging wieder ans Telefon. Er hörte Herrn Gärtner. Der Gesundheitsmanager bemühte sich um eine feste Stimme. »Mein Sohn hat sein Handy ausgeschaltet oder telefoniert gerade. Ich kann ihn jedenfalls nicht erreichen. Ich habe ihm aber auf die Mailbox gesprochen, dass er mich zurückrufen soll.«

»Herr Gärtner, ich sehe gerade auf dem Monitor, wie Ihr Sohn bei uns über die Mauer steigt. Und ich kann Ihnen auch genau sagen, was als Nächstes passiert. Mein Vater wird ihn, fürchte ich, da oben herunterholen, und das ist sein gutes Recht. Dieses Gelände hier ist deutlich gekennzeichnet. Wir haben eine hohe Mauer. Wer da mit einer brennenden Fackel drübersteigt, muss sich nicht wundern, wenn ihm jemand eine Ladung Schrot verpasst.«

»Ich kann immer noch nicht glauben, dass mein Sohn ... Er zählt doch nicht zu irgendwelchen radikalen Tierschützern oder so ...«

»Nee, das bestimmt nicht. Dann würde ich ihn besser kennen. Die kämen auch nicht auf die Idee, eine Legebatterie anzuzünden. Die würden höchstens die Hühner freilassen. Zwischen denen und Typen wie Ihrem Sohn gibt es keine Gemeinsamkeiten.«

»Was soll ich denn jetzt Ihrer Meinung nach tun, Herr Jansen?«

»Schwingen Sie sich endlich in Ihr Auto und kommen Sie her, bevor es eine Katastrophe gibt. Und wenn Sie bei der Polizei jemanden kennen, bringen Sie ihn mit.«

»Ich kenne niemanden bei der Emder Polizei. Der Sohn von einem Klassenkameraden von mir ist Panzergrenadier in Münster.«

Niklas Gärtner, in seinem Büro, fasste sich an den Kopf. Mein Gott, was rede ich für einen Mist zusammen?, dachte er.

»Na prima«, konterte Tim Jansen. »Das hilft uns weiter. Was hat der denn für einen Dienstgrad?«

»Ich glaube, Unteroffiziersanwärter.«

»Ja, dann kommen Sie meinetwegen mit der Bundeswehr. Hauptsache, Sie kommen. Aber beeilen Sie sich.«

46 Erst war es nur ein Prickeln. Aber jetzt, da er hier oben auf der Mauer stand und das gesamte Gelände der Farm überblicken konnte, brannte seine Haut. Es war ein erhabenes Gefühl der Macht, auf das zu schauen, was er gleich vernichten würde. Die lang gestreckten Gebäude mit den sechzigtausend Legehennen hätten genauso gut Galeerensklaven beherbergen können oder todgeweihte Gladiatoren …

Er wollte unbedingt als Erster hier hoch. Er liebte das Risiko und das hier war besser als der Kick beim letzten Bungeesprung. Je näher er einer Gefahr kam, umso mehr spürte er sich. Für Menschen, die Sicherheit suchten, hatte er nur Verachtung oder Mitleid übrig. Wie auch für Menschen wie sein Vater, die aus der Angst der Leute vor einem unkalkulierbaren Risiko, einer Krankheit oder einem Unfall ein Geschäft machten. Sozialversicherungsfachangestellter. Er konnte dieses Wort nur mit Hohn aussprechen.

Er wollte leidenschaftlich leben und gefährlich. Immer volles Risiko fahren. Lieber jung sterben als nie gelebt zu haben. All diese lebenden Toten aus dem Bekanntenkreis seiner Familie schreckten ihn ab. So zu werden wie sie, davor hatte er Angst.

Knubbelnase Witko Atkens stieg hinter ihm mit zwei brennenden Fackeln in der Hand die Leiter empor. Seine Nase sah jetzt aus wie lange gekochter Blumenkohl, über den jemand Ketchup gegossen hatte. Er war voller Wut und wollte irgendjemanden für all das Unrecht büßen lassen, das ihm im Laufe seines Lebens widerfahren war. Er hatte schon Türken verhauen und Pakistanis. Aber das hier war besser.

»Los, gehen wir rein! Fackeln wir den Laden endlich ab!«

Es konnte Witko gar nicht schnell genug gehen. Thorsten dagegen wollte es genießen, wie den Bungeesprung. Jede einzelne Sekunde. Je länger der Fall war, umso größer der Spaß.

Die anderen drängten von unten nach. Die Leiter wackelte. »Los! Was ist denn? Worauf wartet ihr?«

217

Der Seiteneingang vom Wohnhaus flog auf. Ein Mann stolperte nach draußen. Er fiel die drei Stufen fast herunter. Aber was er da bei sich hatte, war kein Spazierstock, sondern ein doppelläufiges Gewehr. Er legte damit auf sie an und rief: »Ich werde auf jeden schießen, der dieses Gelände betritt! Garantiert! Ich zähle bis drei. Eins. Zwei …«

Thorsten Gärtners Wirbelsäule schien aus Feuer zu bestehen und selbst seine Haarwurzeln glühten. Er spürte sich so sehr. Ein Orgasmus war dagegen langweilig.

»Zweieinhalb!«, rief er. »Zweidreiviertel!«

»Meinst du, der schießt wirklich?«, fragte Knubbelnase unsicher.

»Jedenfalls hat er dir wirklich eine reingehauen.« Thorsten grinste, wölbte seinen Brustkorb und breitete die Arme aus, als wolle er sich bewusst als Zielscheibe anbieten.

»Na, was ist? Warum schießen Sie nicht? Sie haben doch überall Überwachungskameras, das sieht bestimmt total toll aus, wenn Sie einen unbewaffneten Menschen abknallen!«

Ubbo Jansen sah sich um. Er brauchte jetzt Bestätigung.

Josy stand hinter ihm in der Tür. »Schießen Sie in die Luft«, flüsterte sie.

Er reagierte nicht.

Atkens holte weit mit einer Pechfackel aus und warf sie auf das erste lang gestreckte Gebäude. Sie rollte ein paar Meter auf dem Dach nach unten, blieb dann aber an der Dachrinne hängen und brannte dort weiter. Einen Meter unterhalb der Fackel lagerten Strohballen wie riesige gelbe Räder im Sonnenlicht.

»Geben Sie einen Warnschuss ab!«, rief Josy.

Atkens holte erneut aus und versuchte, die zweite Fackel direkt in die Strohballen zu werfen.

Ubbo Jansen sah genau, was er vorhatte, und zielte keineswegs in die Luft, sondern direkt auf das strahlend weiße Unterhemd. Er hatte schon oft mit diesem Gewehr geschossen. Meistens auf Hasen. Noch nie auf einen Menschen. Er hatte immer noch keine Kraft im linken Arm, deswegen zitterte das Gewehr und er hatte Schwierig-keiten, es ruhig zu halten.

Ubbo hatte das Gefühl, der Rückschlag sei härter geworden. Der Gewehrkolben schlug ihm gegen die Schulter und der Schmerz pflanzte sich in einer Wellenbewegung durch den Körper fort, so-dass er Mühe hatte, sich auf den Beinen zu halten.

Nicht die gesamte Ladung traf Knubbelnase, aber doch genügend Schrotkörner, um sein Hemd zu zerfetzen und seinen Kopfwunden ein paar Blessuren hinzuzufügen. Im ersten Augenblick tat es ihm gar nicht wirklich weh. Der Schreck war größer als der Schmerz. Doch er stürzte von der Leiter. Die Fackel fiel ihm aus der Hand.

Thorsten versuchte nicht, ihn zu halten.

Mehr noch als der Schuss ließ Ubbo Jansens Schrei Thorsten zu-sammenzucken. Er hallte ihm noch lange in den Ohren nach.

»Ubbo Jansen, still fighting!«

Der Schrei erinnerte Thorsten an Tarzan, als er ihn zum ersten Mal mit seinem Vater im Fernsehen gesehen hatte. Ein Schwarz-Weiß-Film mit Johnny Weissmüller.

Da unten spielte sich jemand als Herr des Dschungels auf und war bereit, seinen Dschungel zu verteidigen.

47 Während Carlo Rosin vom Veterinäramt Aurich gemeinsam mit Achmed Yildirim die tote Frau Steiger in ihre Wohnung brachte, um sie dort zwischenzulagern, meldete sich sein Handy.

Achmed Yildirim rechnete nicht damit, dass Carlo tatsächlich drangehen würde. Er tat es aber, klemmte sich das Handy zwischen Ohr und Schulter und wuchtete die Leiche die Treppen hoch. Yildirim hielt die Füße, Carlo den Oberkörper.

Auf der Treppe ließ die tote Frau Steiger einen Furz. Carlo hätte sie vor Schreck fast fallen lassen, doch Achmed Yildirim beruhigte ihn: »Das ist ganz normal. Die lebende Frau Steiger hätte das nie getan. Sie war eine feine Dame. Ich mochte sie sehr. Sie hat bei mir vegetarischen Döner gekauft. Wahrscheinlich hatte sie Angst vor Gammelfleisch. Aber mein Fleisch ist gut. Sie hat ausländischen Menschen gern geholfen, wenn es Ärger gab mit Ämtern, Ausfüllen von Formularen und so. Sie war ein guter Mensch.«

Carlo Rosin hörte nicht zu. Das Handy war zu laut gestellt oder er drückte es zu nah ans Ohr. Der keifende Ton seiner Frau brachte ihn fast dazu, das Handy einfach auszuschalten. Sie warf ihm vor, sie auf dieser Feier hängen zu lassen. Ihr Schwager André sehe das genauso. Er mache sich doch bloß wichtig. Er habe in Emden keinerlei Befugnisse. Überhaupt sei die ganze Feier eine Katastrophe. Es gebe keinen Service, der Koch sei nicht gekommen, die Torte nicht geliefert worden, nur der Restaurantbesitzer selbst und seine Frau seien da. Ein altes Pärchen, das im Grunde selbst Betreuung brauchte, aber nicht mehr in der Lage sei, allein ein Restaurant zu führen. Außer Kaffee und Bier gebe es praktisch gar nichts und selbst die würden grässlich schmecken.

»Du erwischst mich gerade in einer ungünstigen Situation«, stöhnte Carlo und ging rückwärts zwei Stufen höher.

»Ist diese Lisa bei dir? Machst du deswegen so gerne in Emden Dienst, wo du eigentlich gar nichts zu suchen hast?«

»Nein, ich trage eine tote alte Dame die Treppe hoch, weil kein Beerdigungsinstitut in der Lage ist, sie abzuholen.«

Völlig unbeeindruckt von diesem Satz, so als hätte er ihn nicht gesagt, schimpfte seine Frau: »Meinst du, ich weiß nicht, dass zwischen euch was läuft? Seit der Fortbildung ist das so. Ich mach das nicht mehr länger mit!«

»Elfi, ich liebe dich. Lisa ist nicht hier. Ich habe sie seit vierzehn Tagen nicht mehr gesehen. Ich hatte auch nie etwas mit ihr.«

Frau Steiger schien immer schwerer zu werden. Sie entglitt ihm. Er konnte in dieser unbequemen Haltung, das Handy ans Ohr gedrückt, nicht die volle Stützkraft entfalten.

»Ist sie bei dir? Ich hör dich doch stöhnen.«

»Oh mein Gott, Elfi, wenn du wüsstest…«

»Ich lasse mich nicht länger an der Nase herumführen! Meinst du, ich weiß nicht, dass die Weiber alle scharf auf dich sind? Sogar meine Schwester Sandra steht auf dich. Die redet die ganze Zeit von dir, obwohl du nicht mal da bist. Kein Mensch interessiert sich mehr für mich. Meine eigene Familie lädt mich bloß ein, damit du kommst.«

»Elfi, das stimmt doch gar nicht. Ich habe keinen leichten Stand in der Familie. Du weißt, wie sehr ich um Anerkennung ringe. Deine Mutter ist sehr anspruchsvoll mit ihren Schwiegersöhnen. Wer nicht mindestens fünftausend im Monat verdient, zählt für sie doch im Grunde gar nicht.«

Achmed mischte sich ein: »Könnt ihr das nicht nachher besprechen und wir bringen Frau Steiger erst in ihre Wohnung? Man redet nicht so vor einer Leiche.«

»Bitte hab Verständnis für mich, Elfi. Ich bin in einer absoluten Ausnahmesituation. Ich trage wirklich gerade einen toten Menschen.«

»Hauptsache, ihr benutzt wenigstens Gummis. Immerhin schlafen wir noch miteinander und ich will mich nicht anstecken.«

»Schatz, es geht hier nicht um Geschlechtskrankheiten. Das Virus, das uns alle bedroht, überträgt sich einfach durch die Luft. Da helfen keine Präservative.«

»Ich hör mir doch jetzt von dir keine Vorträge an! Wenn du nicht bald hier auftauchst, ziehe ich meine eigenen Schlüsse!«

Sie hatte das Gespräch beendet und Carlo war erleichtert. Er wollte das Handy wieder in seine Tasche zurückstecken, dabei machte er eine unbedachte Bewegung und der Oberkörper von Frau Steiger rutschte ab. Sie krachte auf die Treppe.

»Oh Mann, das ist gar nicht gut«, sagte Achmed und sah sich um, als befürchte er, beobachtet zu werden.

Mit dem Schlüssel aus Frau Steigers Tasche öffneten sie die Tür. Zunächst wollten sie sie aufs Bett legen, aber dann entschieden sie sich für den großen Ohrensessel. Sie setzten Frau Steiger hinein.

Achmed Yildirim kämmte Frau Steiger die Haare und strich ihre Kleidung zurecht.

»Sie hat immer sehr auf ihr Aussehen geachtet. Sie hätte sich nie so hingesetzt. Das müssen wir noch für sie tun. Das bin ich ihr schuldig.«

Frau Steigers Kopf fiel nach vorn, trotzdem sah sie jetzt auf eine erschreckende Art lebendig aus, als sei sie nur beim Fernsehen eingeschlafen.

Carlo Rosin ging ins Badezimmer, um sich die Hände zu waschen.

»Deine Frau ist ganz schön eifersüchtig«, stellte Achmed fest.

»Ja. Krankhaft. War sie schon immer. Am Anfang hat es mir sogar geschmeichelt, aber jetzt geht es mir unglaublich auf den Keks. Es macht das Leben einfach schwer. Ich muss immer genau Bericht erstatten, über jede Minute meines Tages will sie Bescheid wissen. Wann ich mit wem wo war, was ich mit wem gesprochen habe, und sobald eine Frau in meiner Erzählung auftaucht, kriegt sie spitze Ohren.«

»Bist du so ein Weiberheld?«

Carlo sah sich im Spiegel an. Er wirkte alt, blass, kränklich. Seine Haut kam ihm irgendwie stumpf vor. Er berührte sich, nur um festzustellen, dass das wirklich seine Haut war.

»Nein«, winkte er ab, »eigentlich überhaupt nicht. Im Grunde bin ich monogam. Ich bin schon froh, wenn ich mit einer Frau klarkomme, zwei oder drei würden mich überfordern.«

»Mich nicht«, lachte Achmed. »Ich halte mir einen ganzen Harem. Eine kleine Herde.«

»Eine ganze Herde? Wissen die voneinander?«

Achmed grinste. »Nein, natürlich nicht. Ich bin doch nicht blöd. Jede denkt, sie ist die Einzige. Sonst gibt es nur Krach.«

»Stimmt«, sagte Carlo Rosin. »Bei mir gibt es auch so Krach, obwohl ich gar keine andere habe.«

Carlo trocknete sich die Hände an einem blau-weiß gestreiften Handtuch ab und hängte es dann so ordentlich wieder hin, als sei es noch unbenutzt.

»Was wirst du jetzt tun?«, fragte Achmed. »Gehst du zu deiner Frau?«

Carlo zuckte mit den Schultern. »Ich glaube, ich sehe erst mal nach Bettina Göschl und Leon.«

»Die Sängerin von vorhin, im Hausflur der Praxis?«

Achmed Yildirim zog die Augenbrauen hoch und deutete mit einem Blick an, dass er diese Frau auch toll fand und für ihn jetzt alles klar sei.

Obwohl er es nicht aussprach, wehrte Carlo Rosin sich: »Nein, nein, jetzt fang du nicht auch noch an. Ich hab nichts mit ihr. Ich denke nur, wir sind irgendwie in dieser Situation so eine Art …« Er merkte, dass er herumeierte, dann sprach er das Wort aus: »… eine Art Schicksalsgemeinschaft.«

»Schicksalsgemeinschaft«, wiederholte Achmed bedeutungsschwanger. »Ja dann …«

48 Bettina Göschl hörte das Telefon schon von draußen klingeln. Sie hatte sich entschlossen, Leon nach Hause zu bringen. Er musste den Leichentransport schließlich nicht mitmachen. Bettina fand, er habe wahrlich schon genug Traumatisierendes erlebt.

Leon schloss auf und stürmte gleich zum Telefon.

Die Wohnung gefiel Bettina Göschl. Hier wohnten Menschen mit wenig Geld, aber umso mehr Geschmack. Sie verstanden, auch aus wenig viel zu machen. Die Farben waren aufeinander abgestimmt, die kleine Küche sandfarben gestrichen. Im Wohnzimmer gab es eine weinrote Wand, einen alten Tisch mit gleichfarbiger Tischdecke, darauf Kerzen. Das meiste war von Ikea oder vom Flohmarkt.

Dies hier hatte nichts von den mit viel Geld eingerichteten kalten Designerwohnungen, in die Bettina auf ihren Tourneen so oft eingeladen wurde.

Irgendetwas, das in der Ausstrahlung dieser Wohnung lag, sagte ihr, dass die Mutter alleinerziehend war. Auf vielen vergrößerten Fotos war sie mit ihrem Sohn zu sehen. Nie ein Mann.

Bettina musste dringend zur Toilette und lief ins Badezimmer.

Als sie zurückkam, stand Leon mit dem Telefon in der Hand wartend vor ihr. »Hier«, sagte er. »Meine Mama.«

Er sah verwirrt aus, und wenn sie sich nicht täuschte, hatte er gerade ein paar Tränen vergossen. Aber weil Piraten eigentlich nicht weinen, hatte er sie schnell wieder abgewischt. Nur der Glanz seiner Augen verriet den Gefühlsausbruch noch.

»Frau Göschl? Ich bin Leons Mutter, Marie Sievers. Er hat mir schon ein bisschen erzählt, was passiert ist, aber es hört sich total verworren an. Ich bin froh, dass eine erwachsene Person bei ihm ist. Ich arbeite im Schnellimbiss an der B 210. Ich habe natürlich in den Nachrichten gehört, was vor sich geht. Ich wollte sofort nach Hause, aber sie lassen mich nicht mehr nach Emden rein. Jetzt sitzt mein Kind da drin. Ich bin total verzweifelt! Die können doch nicht eine Mutter von ihrem Kind trennen, das ist ja wie beim Mauerbau! Ich habe gesagt …« Sie hustete. »Ich habe gesagt, es ist mir egal, ob da drin ein Virus wütet oder nicht, ich will zu meinem Jungen, besonders, wenn er bedroht ist … das muss doch jeder Mensch verstehen! Aber sie haben mich nicht durchgelassen.« Sie machte eine Pause, um sich zu fassen. »Eine kleine Gruppe von Leuten versucht gerade einen Durchbruch an der Ems. Sie haben schweres Werkzeug dabei und wollen die Straßenabsperrungen knacken. Einige wollen ihre Freunde rausholen, andere ihr Bargeld, weil sie Angst vor Plünderungen haben und … Ich weiß gar nicht mehr, was ich denken soll. Ich wollte mich ihnen erst anschließen, aber dann habe ich gedacht, um Himmels willen, ich will doch nicht kriminell werden. Bitte, Frau Göschl, bringen Sie mir meinen Sohn!«

»Ich weiß nicht, wie ich das machen soll. Ich fürchte, ich komme selbst auch nicht aus Emden hinaus. Ich habe es mit dem Zug versucht, aber am Hauptbahnhof ist alles dicht«, antwortete Bettina so ruhig wie möglich. »Sie müssen sich aber keine Sorgen machen. Dem kleinen Käpt'n geht es gut. Ich bleibe bei ihm.«

Erst jetzt machte Bettina sich wirklich klar, dass sie gar nicht wusste, wo sie bleiben konnte. Irgendwann würde es Nacht werden. Kaum denkbar, dass ein Hotel sie aufnahm.

»Haben Sie etwas dagegen, wenn ich hier übernachte?«

»Nein, im Gegenteil, ich wäre froh, wenn ich weiß, dass mein Sohn gut versorgt ist. Normalerweise könnte er jetzt zu meiner Schwester gehen, aber die ist zum Tauchurlaub auf Mauritius. Hat Leon denn schon was gegessen?«

»Wir haben Rosinenkrapfen bekommen, sonst noch nichts.«

»Ich habe einige Vorräte da. Nicht viel und nichts Besonderes. Aber – oh Gott, Sie werden bestimmt denken, was ist das für eine Mutter … Das meiste sind Fertiggerichte. Wenn ich aus dem Imbiss zurückkomme, habe ich oft keine Lust mehr, noch viel zu kochen. An meinen freien Tagen gibt es immer was Frisches. Dann gehe ich zum Markt und …«

»Sie müssen sich doch nicht entschuldigen. Ich zaubere uns schon was zu essen. Ich hab selbst einen Bärenhunger. Wissen Sie denn, wo Sie bleiben?«

»Ich geh zum Imbiss zurück, was soll ich sonst machen? Notfalls werde ich dort übernachten. Um mich geht's aber jetzt gar nicht, sondern nur um Leon. Wenn Sie sich um ihn kümmern, ich werde das wiedergutmachen. Ganz bestimmt. Er könnte eigentlich auch zu Frau Steiger gehen, nach nebenan, aber er hat gesagt, sie ist ... gestorben ... Stimmt das?«

»Ja, das ist leider wahr. Ihr Sohn ist sehr tapfer. Er hat mich dabei unterstützt, sie zum Arzt zu bringen. Aber wir sind zu spät gekommen.«

Leon war sichtlich stolz, als er diese Worte von Bettina Göschl hörte. Vielleicht konnte er deshalb diesmal weinen, ohne sich seiner Tränen zu schämen.

Bettina nahm ihn in den Arm. Die beiden hielten sich fest umklammert, während Bettina der Mutter nochmals versicherte, gut auf ihren Sohn aufzupassen.

Dann schickte sie eine SMS an Carlo Rosin: *Lieber Carlo, komm doch bitte. Ich koch uns was. Herzlich, Bettina.*

Sie tippte die Adresse ein, dann schickte sie die Nachricht ab.

Im Kühlschrank fand Bettina drei Tomaten. Auf der Arbeitsplatte lagen zwei Zwiebeln und in einer Obstschale fanden sich zwei einsame Knoblauchzehen. Nudeln waren genug da, Spaghetti in allen Farben.

Käpt'n Rotbart half gerne mit. Er mochte Spaghetti und es tat ihm gut, mit einem Messer Tomaten zu würfeln.

Noch bevor die Nudeln fertig waren, erschien Carlo.

»Ich weiß nicht, ob ich wirklich noch mit euch essen sollte. Immerhin haben meine Schwiegereltern heute goldene Hochzeit.«

»Auf die paar Minuten kommt es jetzt auch nicht mehr an.«

Carlo stellte erstaunt fest, dass er jetzt lieber bei Bettina und Leon blieb, als zu der Feier zu fahren. Er hatte überhaupt keine Lust auf die anderen Schwiegersöhne der Familie, mit denen er konkurrierte, und am wenigsten auf seine Frau Elfi.

Er saß völlig stumm auf seinem Platz vor dem tiefen Teller und starrte vor sich hin, erschrocken über sich selbst. Es war ihm noch nie so unangenehm gewesen, zu seiner Frau zurückzufahren. Warum hockte er jetzt hier? Was hatte er hier noch verloren?

Er erinnerte sich an ein Erich-Kästner-Gedicht, das er in seiner Kindheit auswendig gelernt hatte. Darin kam der Satz vor: *Ihnen kam die Liebe abhanden.*

War es so mit ihm und Elfi? Ja, es war unmerklich geschehen, ganz langsam, schleichend. Mit ihrer ständigen Eifersucht hatte sie ihn immer mehr eingeengt. Manchmal schnürte es ihm fast den Hals zu, wenn er erklären musste, warum er einer Verkäuferin im Supermarkt so freundlich zugelächelt hatte, als sie ihm das Rückgeld gab. Jetzt spürte er, wie sehr er das alles leid war. Er wollte wieder gucken können, wohin er wollte, freundlich sein zu allen Menschen und ja, verdammt noch mal, Spaghetti essen, mit wem immer er Lust hatte.

Bettina Göschl fischte mit einer Gabel zwei Nudeln aus dem Topf mit dem brodelnden Wasser und hielt sie hoch. Leon riss den Mund auf und fing die Schlangen, die Bettina in der Luft über ihm kreisen ließ, mit den Zähnen und saugte sie mit einem pfeifenden Geräusch ein.

»Na, sind die gut?«

»Mhhm«, sagte er, »al Ente.«

Bettina Göschl lachte. »Das heißt, al dente, nicht al Ente.«

Leon holte noch Sambal Oelek aus dem Kühlschrank. Ihm war das Zeug zu scharf, aber seine Mutter mochte es. Lachend erzählte er, dass sein Freund Jasper ihn mal besucht hatte und bei ihm schlafen durfte. Morgens habe er das Sambal Oelek mit der Erdbeermarmelade verwechselt und gespuckt und geschrien, so scharf sei das Zeug.

49 Eins war für Benjamin Koch ganz klar: Sie mussten es selbst in die Hand nehmen, etwas für die verletzten Kinder zu tun. Hilfe von außen war nicht zu erwarten. Das bedeutete jedoch im Grunde, er musste es tun. Die Eltern würden sich sowieso nicht einig werden. Es reichte aus, wenn Margit Rose für etwas war, dass ihr Mann allein aus diesem Grund dagegen sein musste. Umgekehrt galt dasselbe. Beide wollten ihren Kindern helfen, aber wichtiger noch als das war die Frage zwischen ihnen, ob Mama besser war als Papa. Jeder versuchte, den anderen möglichst schlecht dastehen zu lassen.

»Wir haben keine Hilfe zu erwarten. Es wird kein Hubschrauber kommen. Das Schiff dümpelt irgendwo in der Nordsee herum. Die Kinder werden sterben, wenn wir nichts unternehmen.«

»Was sollen wir denn unternehmen? Was?«, keifte Kai Rose.

»Wir müssen an Land. Und es läuft auf Borkum oder Emden hinaus, eine andere Möglichkeit gibt es nicht. Hauptsache, wir können die Kinder zu einem Arzt bringen.«

Kai Rose hob die Arme in die Höhe und rief: »O Herr, schmeiß Hirn vom Himmel! Welch toller Vorschlag! Danke, Gott, dass du uns diesen wunderbaren Mann geschickt hast, der solch kluge Gedanken hat!«

Wenn Blicke töten könnten, wäre Kai Rose auf der Stelle umgefallen, mit solch mörderischer Wut funkelte seine Frau ihn an.

»Hast du denn eine bessere Idee? Du bist der Vater! Unternimm du doch was!«

»Nein. So gut wie dein Held bin ich natürlich nicht.«

»Hört endlich auf!«, schrie Benjamin. »Hoffentlich lasst ihr euch bald scheiden, das ist ja unerträglich!«

»Kannst es wohl gar nicht mehr abwarten, bis sie dir ganz allein gehört, was?«, mutmaßte Kai Rose feindselig.

»Mit mir hat das alles gar nichts zu tun. Es geht um Ihre Kinder.«

»Habt ihr euch hier zufällig getroffen oder verabredet? Denkt ihr, ich bin blöd und merke das nicht?« Er zeigte auf Benjo. »Gib's doch zu! Du hast sie auch gehabt! Glaub mir, es gehört nicht viel dazu, Junge. Bilde dir da bloß nichts drauf ein. Die springt mit jedem in die Kiste.«

Margit Rose stieß nach ihrem Mann und traf ihn hart an der Schulter.

»Nun hör ihm doch mal zu! Er hat einen Plan.«

Kai Rose lachte demonstrativ laut: »Ja, Superplan! Wir schmeißen alle Passagiere über Bord, die Mannschaft hinterher und dann steuern wir das Schiff ganz in Ruhe in den Hafen und bringen die Kinder in eine Privatklinik.«

Benjo atmete tief aus, legte seine linke Hand um das Gelenk der rechten und drückte fest zu. Es war, als müsse er sich an sich selbst festhalten.

»Es gibt Rettungsboote an Bord«, flüsterte er.

»Hä? Was? Rettungsboote?«

»Nicht so laut, Herr Rose. Bitte nicht so laut. Die anderen dürfen das nicht hören, sonst können wir es gleich vergessen. Wenn wir aus der Toilette rauskommen, muss alles ganz schnell gehen. Wir können uns nicht an die üblichen Regeln halten und solch ein Boot langsam zu Wasser lassen. Aber wir könnten die Taue einfach kappen und dann hinterherspringen.«

»Die Taue einfach kappen, na klasse. Nächstes Problem. Wie soll das gehen?«

»Oder wir werfen eine dieser Rettungskapseln ins Wasser. Wenn ich das richtig in Erinnerung habe, sind darin aufblasbare Rettungsboote, sogar mit Zeltdach. Ich meine, ich habe so eine Aufschrift gesehen. Das kann nicht unheimlich schwer sein. Schiffbrüchige können ja schlecht vorher zwei Semester studieren, um dann so etwas hinzukriegen. Die Nordsee ist nicht besonders kalt. Wir haben schöne warme Tage. Es müsste zu schaffen sein.«

»Er hat recht«, sagte Margit Rose nervös und schaukelte den Kopf

229

ihrer Tochter, die auf ihrem Oberschenkel lag, ein bisschen zu heftig hin und her, fand Benjamin, aber er sagte nichts.

Kai Rose schlug sich an die Stirn. »Er hat recht, er hat recht! Wenn du klar bei Verstand wärst, wüsstest du, wie dumm das ist, was er uns hier präsentiert. Es wird bald dunkel werden. Dann treiben wir in einem Gummiboot auf der offenen See und wissen nicht mal, in welche Richtung wir rudern müssen.«

»Irrtum«, sagte Benjamin Koch. »Es ist ganz klares Wetter. Die Lichter von Borkum werden uns den Weg weisen oder die von Emden. Vielleicht sind sogar Leuchtpatronen im Rettungsboot, sodass wir auf uns aufmerksam machen können.«

»Ha«, lachte Kai Rose, »auf uns aufmerksam machen! Das ist gut! Glaubt ihr vielleicht, bis jetzt hat keiner gemerkt, was los ist? Wenn diesem großen Passagierschiff keiner hilft, bei dem es um viele, viele Menschen geht, dann wird sich um so ein kleines Schlauchboot erst recht niemand kümmern.«

Benjo hob die Hände wie jemand, der sich ergibt. »Okay«, sagte er, »okay«, und ließ sich mit dem Rücken gegen eine der Toilettentüren sinken. »Wir geben einfach auf. Das scheint doch das Beste zu sein. Wir warten hier, bis die Kinder gestorben sind und uns irgendjemand ein Tässchen Tee bringt.«

»Reden Sie nicht so! Sie machen den Kindern Angst!«, brüllte Kai Rose und ging auf Benjamin los. Er packte ihn und schlug auf ihn ein.

»Nicht, Papa, nicht!«, rief Dennis. »Er will uns doch nur helfen! Er hat recht, Papa! Lass es uns versuchen!«

50 Wie aus dem Loch im Zahnfleisch, nachdem ein Zahn herausgerissen wurde, irgendwann kein Blut mehr kommt, egal, wie groß der Krater ist, so beruhigte sich auch Lukkas Wunde. Sie hing kreidebleich und erschöpft auf dem Beifahrersitz. Sie glaubte, das Schlimmste sei überstanden, als Antje hinter ihr loskreischte.

Charlie fand, dass er mit den Mädels bisher sehr geduldig gewesen war. Aber jetzt reichte es ihm. Antje brüllte ihm so sehr ins Ohr, dass es wehtat.

Am liebsten hätte er sie alle drei rausgeschmissen. Er wollte nur noch seine Ruhe haben.

Antje drückte sich ganz in die Ecke und trat mit den Füßen nach Regula. »Die ist krank! Die ist krank!«, rief sie. »Ich will hier raus!«

Lukka war zu schwach, um sich darum zu kümmern. Sie beschloss, einfach hier sitzen zu bleiben und alles geschehen zu lassen. Wenn dies der Tag war, an dem sie sterben sollte, dann war es jetzt eben so weit.

Sie hatte auch keine Lust mehr, Antjes Freundin zu sein. Aus dem fröhlichen Girlie war eine hasserfüllte, aggressionsgesteuerte Furie geworden. Lukka konnte sich diese Veränderung überhaupt nicht erklären, wollte aber mit Antje nichts mehr zu tun haben.

Die drückte jetzt ihre Füße gegen Regulas Brust. Das Mädchen wehrte sich nicht.

»Ey, lass das!«, regte sich Charlie auf. »Bist du völlig bescheuert?«

»Die soll aus dem Auto! Raus aus dem Auto! Warum gehen hier hinten die Türen nicht auf?«

»Das ist die Kindersicherung. Ich fahr doch sonst manchmal die Kinder meiner Schwester …«

»Kindersicherung? Ich will keine Kindersicherung! Mach das auf! Die soll hier raus! Die bringt uns alle um!«

Regula hustete. Das hatte aber nichts mit ihrer Krankheit zu tun, sondern mit dem Druck, den Antjes Füße auf ihre Brust ausübten.

Ihr Gesicht war völlig verschwitzt, ihre Augen lagen in tiefen, schwarz umrandeten Höhlen.

Charlie kniete jetzt auf dem Fahrersitz und schlängelte seinen Oberkörper seitlich an der Kopfstütze vorbei, um Regulas Stirn zu berühren. Sie war heiß.

Er versuchte, Antje zu bändigen, und zog ihre Beine weg. »Lass das, verdammt!«

»Sie soll raus, sie soll raus oder ich hau ab! Wir können sie nicht bei uns im Auto lassen!«

Charlie löste die Kindersicherung an Antjes Seite. Er hatte damit genau den erwünschten Erfolg. Sie ließ von Regula ab, stieß die Tür auf, ließ sich aufs Deck fallen und rollte ein paar Meter über den Boden.

Jetzt, da sie draußen war, hauchte Regula in Charlies Richtung: »Danke«, und dann sagte sie mit so schwacher Stimme, dass er es kaum verstand: »Bitte, schmeißt mich nicht raus. Bitte, helft mir.«

Das rührte Charlie zutiefst. Am liebsten hätte er ihr versprochen: *Ich bring dich sicher nach Hause, du musst dir keine Sorgen machen. Alles wird gut. Du kannst dich auf mich verlassen.* Aber er unterdrückte diesen Impuls, denn er hatte Angst, etwas zu sagen, das er später nicht würde halten können.

Antje raffte sich jetzt wieder auf, schnappte draußen in tiefen Zügen frische Luft und rief ins Auto hinein: »Ey, was ist, wollt ihr sie drinlassen und mich draußen? Seid ihr jetzt völlig bescheuert geworden? Sie ist krank! Guckt sie doch an!«

»Halt die Schnauze!«, gab Charlie hart zurück.

Antje versuchte es noch einmal. »Leute, das ist nicht irgend so 'ne kleine Erkältung. Das sind nicht die Masern, von denen man sich schnell wieder erholt. Das Zeug tötet in zwei, drei Tagen! Ihr habt es doch selber im Radio gehört!«

»Wir können sie nicht rausschmeißen.«

»Ach, und warum nicht?«

»Weil wir Menschen sind und keine Brüllaffen! Die Starken

und Gesunden sind dazu da, die Schwachen und die Kranken zu schützen.«

Antje stand in gebührendem Abstand vor der offenen Autotür und klatschte sich auf die Oberschenkel, wie Affen es tun. »Ja, toll, hab ich auch in der Schule so gelernt. Aber es war nie so. Es war von Anfang an eine Lüge, die sie uns da erzählt haben. Während bei uns Lebensmittel vernichtet wurden, um die Preise stabil zu halten, sind anderswo viele Menschen verhungert. Mehr als eine Milliarde – oder so – hungern angeblich. Und bei uns gibt's Prämien, wenn man eine Milchkuh abschafft. Als die Bauern die Milch auf die Felder gekippt haben und in die Gullys, weil sie dafür zu niedrige Preise erzielten, glaubst du, da ist einer weniger gestorben?«

»Das kann man doch überhaupt nicht vergleichen.«

»Wenn ihr sie nicht rausschmeißt, werdet ihr alle sterben.«

Lukka setzte sich ganz vorsichtig anders hin. Ich darf mich nicht aufregen, dachte sie. Wenn ich mich aufrege, geht mein Kreislauf hoch und dann fängt die Wunde wieder an zu bluten. Alles ganz ruhig. Alles ganz ruhig.

Sie blickte hinaus auf Antje, und als sie ihr Gesicht sah, fragte sie sich, wer schlimmer dran war. Antje oder Regula.

»Wenn sie krank ist, hat sie uns sowieso längst angesteckt. Dann hängst du bald genauso in den Seilen wie sie. Hoffentlich hast du dann jemanden, der dir hilft«, hauchte Lukka. Dann sickerte erneut Blut aus ihrer Wunde in die Mundhöhle.

Charlie saß jetzt wieder hinterm Steuer, als könne er jeden Moment losfahren. Und nichts hätte er lieber getan. Stattdessen schlug er mit den Fäusten aufs Lenkrad.

»Ich weiß nicht, was ich tun soll«, sagte er leise. »Ich weiß einfach nicht, was ich tun soll.«

51

Knubbelnase Witko Atkens hatte von der Schrotladung einige heftig blutende Fleischwunden und schrie wie am Spieß. Es tat dem Skin gut, endlich einen Grund zu haben, so tierisch herumzubrüllen. Er schrie alles heraus: Wut, Hass, Verzweiflung. Es war, als würde sich alles das in diesem Schrei treffen: seine nicht gelebten Träume, seine unterdrückten Wünsche und seine Ängste.

Corinna fühlte sich in die schlimmsten Szenen aus Stephen Kings Romanen versetzt, die sie nachts im Bett las, um ihren eigenen täglichen Albtraum zu vergessen. Sie war eigentlich Arzthelferin, hatte aber schon in der Probezeit ihren Job verloren, weil die Frau von ihrem Chef eifersüchtig auf sie war. Mit dieser Darstellung jedenfalls konnte Corinna gut leben, doch sie wusste selbst, dass sie es einfach vergeigt hatte. Sie war ein paarmal zu spät gekommen, hatte Blutproben vertauscht, Termine am falschen Tag eingetragen, und als ein Patient sich beschwerte, weil er so lange im Wartezimmer sitzen musste, hatte sie ihn ein »dämliches Arschloch« genannt.

Jetzt hofften alle, dass sie in der Lage war, Knubbelnase zu helfen. Die Rolle, die ihr damit zugedacht wurde, war ihr ein paar Nummern zu groß, aber sie übernahm sie gerne.

Er lag unter der Linde, neben der Leiter, auf dem Boden. Corinna zog ihm das Unterhemd aus.

Sein Oberkörper erinnerte sie auf fatale Weise an den Rollbraten, den ihre Mutter Weihnachten machte und mit Knoblauch spickte. Corinna durfte schon als kleines Mädchen mit einer Gabel ins Fleisch stoßen und dann die Knoblauchzehen hineinschieben. Den Braten mochte Corinna im Grunde nicht, aber sie liebte es, ins rohe Fleisch zu stechen. In Witkos Haut steckten statt Knoblauchzehen Schrotkörner.

»Wird er durchkommen?«, fragte Justin, der mit seinen zwölf Jahren der Jüngste in der Gruppe war. Ohne seinen älteren Bruder Eddy hätten die anderen ihn nicht mitmachen lassen.

»Siehst du, Kleiner«, sagte Eddy, »das ist Krieg. Richtiger Krieg. Keine Angst, der wird nicht sterben. Der ist hart im Nehmen. Eine echt coole Sau.«

Witko Atkens wand sich auf dem Boden wie ein Aal, den ein Angler an Land geworfen hat und der nur zurück ins Wasser will.

»Stopp seine Blutungen«, sagte Thorsten Gärtner.

»Ja, danke für die Anweisungen, Herr Chefarzt. Können Sie mir dann bitte das Operationsbesteck bringen? Dann brauche ich noch ein paar sterile Tücher und ein Antiseptikum.«

»Wir können ihn nicht ins Krankenhaus bringen. Die müssen jede Schussverletzung der Polizei melden und dann sind wir dran. Die lassen sich von dem Typen da«, er zeigte auf die Hühnerfarm, »einschüchtern, weil seine Frau Bürgermeisterin ist. Deswegen denkt er, er kann sich alles erlauben. Die regieren dieses Land wie eine Bananenrepublik.«

»Thorsten, ich kann ihn nicht wirklich versorgen.«

»Ich denk, du bist Arzthelferin?!«

»Ja, aber …«

»Tu's einfach.«

Justin sagte: »Ich hab in einem Western gesehen, dass man die Wunden ausbrennen muss. Mit einer heiß gemachten Messerspitze kann man die Kugeln herausholen, damit er keine Blutvergiftung bekommt.«

Zwischen zusammengebissenen Zähnen presste Witko hervor: »Pass bloß auf, Kleiner, ich geb dir gleich 'ne heiß gemachte Messerspitze!«

Corinna drückte ein Schrotkorn aus der Wunde heraus wie einen Mitesser. Der Schmerz raubte Knubbelnase fast den Verstand. Mit beiden Händen packte er Corinnas Hals und würgte sie.

»Wenn du das noch mal machst, leg ich dich um, du blöde Kuh«, stöhnte er.

»Komm, lass uns lieber abhauen, Eddy«, bat Justin seinen Bruder und zog aufgeregt an dessen Hemd.

Eddy schüttelte ihn ab, hob stattdessen die Faust und rief: »Rache! Rache!«

»Genau«, sagte Thorsten. »Wir werden denen da drin jetzt zeigen, dass sie so was mit uns nicht machen können. Wir räuchern die Bande aus. Ich hab von der Mauer aus genau gesehen, wo die Strohballen liegen. Wir werfen eine Fackel da rein und das Feuer wird auf die anderen Gebäude übergreifen. Mit den Hühnern werden auch die Viren verbrennen und die ganze verdammte Teufelsbrut! Wir brauchen dann nur noch zu warten, bis Jansen und seine Leute rauskommen, und dann greifen wir sie uns.«

Zwei unsichere Kandidaten vom Gymnasium verzogen sich. Ihnen wurde die Sache zu heiß. Thorsten rief ihnen hinterher: »Ja, haut doch ab! Zurück zu Mami aufs Sofa, ferngucken! Haut ab, ihr warm duschenden Weicheier! Wir brauchen euch nicht!«

52

Ubbo Jansen hatte Mühe, mit seinem linken Arm den Lauf der Schrotflinte so fest hinunterzudrücken, dass er zwei neue Patronen laden konnte.

»Hilf mir«, sagte er zu Josy.

Sie war gleich bei ihm. Noch vor wenigen Minuten hätte ihr niemand glaubhaft machen können, dass sie jemals dabei behilflich sein würde, ein Jagdgewehr zu laden. Sie hasste Waffen, sie hasste die Jagd und alles, was damit zusammenhing, aber jetzt knickte sie wie selbstverständlich den Lauf, schob neue Munition ein und spannte die Flinte.

Sie hatten sich wieder ins Haus zurückgezogen. Tim hatte das Gefühl, der Sitz seines Rollstuhls würde glühen. Er sah etwas im Gesicht seines Vaters, was überhaupt nicht zur Situation passte und das er an ihm gar nicht kannte. Da war ein Glanz in seinen Augen. Eine merkwürdige Leidenschaft. Eine wilde Entschlossenheit.

Sein Gesicht war mächtig lädiert. Seine linke Hand konnte er kaum bewegen. Aber er wirkte wie ein glücklicher Mann. Jemand, in den das Leben zurückgekommen war.

Tim fand es fast spannender, seinen Vater anzuschauen, als die Monitore zu betrachten. Er musste sich geradezu zwingen, die Gegend draußen aufmerksam zu beobachten, und da sah er sie auch schon wieder.

»Ich hab ihn erwischt«, sagte Ubbo Jansen stolz. »Ich hab ihn erwischt. Aber wir müssen die Fackel vom Dach holen.«

»Papa, die kommen wieder! Die haben Fackeln! Verdammt, die werfen die Fackeln über die Mauer! Wir müssen raus! Wir müssen löschen!«

Josy und Ubbo Jansen blickten nur kurz auf den Bildschirm. Die Küstenseeschwalbe ließ ihr »Kiu!« ertönen wie einen Kampfruf. Dann rannten sie los.

»Wir haben einen Gartenschlauch draußen an den Ställen! Stell das Wasser an!«, kreischte Ubbo Jansen.

Tim holte den Feuerlöscher, legte ihn über seine Beine und sauste hinter den beiden her auf die Brandstelle zu. Dabei vergaß er nicht, seine Videokamera zu betätigen. Das hier sollte niemals vergessen werden. Geistig schnitt er bereits die Bilder der Überwachungskamera mit den Aufnahmen zusammen, die er jetzt mit seiner Digicam machte, und stellte alles ins Netz wie eine filmische Anklage.

Er würde das Geschehen hier dokumentieren. Das war seine eigentliche Lebensaufgabe. Er war der große Filmchronist dieser Tage, sagte er sich selbst, und das machte ihn furchtlos, so als könne dem Berichterstatter nichts passieren.

Er hatte noch nie einen Feuerlöscher benutzt und musste erst die Gebrauchsanleitung überfliegen. Der Knopf, den er oben hinunterdrücken sollte, rührte sich nicht. Er fühlte sich idiotisch dabei, Josy zu rufen, aber ihm blieb nichts anderes übrig: »Ich krieg das Ding nicht in Gang! Dieser Mistfeuerlöscher klemmt!«

Sein Vater stand inzwischen breitbeinig, das Schrotgewehr über der Schulter, mit dem Gartenschlauch da und spritzte Wasser auf die Flammen. Aber es war eine sehr warme Zeit, es hatte seit Tagen in Ostfriesland nicht geregnet. Die Urlauber hatten eine herrliche Zeit an der Küste, zumindest bis heute Morgen.

Das Stroh war trocken und die Flammen griffen rasch um sich. Der Wind fachte sie noch mehr an und trieb sie wie eine gelbrote Reiterarmee in Richtung Legebatterie. Josy hob eine Fackel auf und warf sie über die Mauer auf die andere Seite, was ihr sofort leidtat, denn Sekunden später kam exakt diese Fackel wieder zurückgeflogen und landete auf dem Dach des Wohnhauses. Sie rollte von dort herunter auf die Terrasse, wo die Gartenmöbel standen. Ein Sessel mit blau-weiß gestreiftem Polster fing sofort Feuer.

Josy rannte hin, um den Sessel von den anderen Möbeln wegzuzerren, doch der ostfriesische Wind schien sich einen Spaß daraus zu machen, mit einer heftigen Böe brennendes Stroh übers ganze Gelände und bis hierher zu verteilen. Durch Tims Kamera sah es aus, als würde es Feuer regnen.

Dann hatte Tim den Feuerlöscher endlich einsatzbereit. Der erste Strahl klatschte völlig sinnlos gegen die Mauer, aber dann konnte er ein paar gezielte Stöße absetzen. Er begriff sofort, dass sie so überhaupt keine Chance hatten. Den Feuerlöscher auf den Knien, versuchte Tim, mit dem Schaum Flammen zu ersticken, gleichzeitig wählte er die Nummer des Notrufs und es wunderte ihn überhaupt nicht, dass es dort zwar klingelte, aber niemand abhob.

»Bei der Feuerwehr meldet sich keiner! Verdammt, wenn man Hilfe braucht, warum meldet sich dann keiner?«

Josy rief ihm zu: »Ruf Akki und die anderen an! Sie sollen kommen! Wir kriegen das alleine nicht geregelt!«

Tim kam ihrer Aufforderung nicht nach, sondern kämpfte mit dem Feuerlöscher, der plötzlich mit einem erstickenden Geräusch, wie ein Raucher, der den letzten Zug tut, jede weitere Zusammenarbeit aufkündigte. Tim schüttelte das Teil. Er konnte es genau hören. Da war noch genug drin.

»Was ist denn los mit dem Scheißding?«, schimpfte er. »Wann ist der denn zum letzten Mal gewartet worden?«

Er ließ den Feuerlöscher fallen. Plötzlich kamen zwei Schaumstöße aus der Düse.

Jetzt war Josy bei Tim. Sie nahm ihm das Handy ab und wählte Akkis Nummer, während sie in der Hocke kniend den Feuerlöscher wieder in Gang setzte. »Kurze, schnelle Stöße«, rief sie, »so, siehst du?«, und zeigte ihm, wie es ging.

Tim kam sich äußerst dumm und linkisch vor. Jeden Mist habe ich in der Schule gelernt, dachte er, bloß nicht, wie man einen Feuerlöscher betätigt.

»Akki, ihr müsst sofort kommen! Wir sitzen in der Hühnerfarm und werden von Irren angegriffen. Sie wollen den Laden anzünden! Wir brauchen eure Hilfe. Bitte kommt! – Nein, das ist kein Scherz, du Idiot! Hab ich jemals so dämliche Witze gemacht? Wir brauchen hier alle verfügbaren Leute! Die töten sonst die Tiere – und ich fürchte, am Ende uns auch.«

»Geh rein! Geh rein! Guck auf die Monitore!«, rief Ubbo Jansen jetzt seinem Sohn zu. »Vielleicht nutzen die Schweine die Situation aus, zünden hier die Bude an und steigen woanders über die Mauer! Ich krieg das hier selbst unter Kontrolle!«

»Ist das dein Ernst, Papa?«

»Siehst du doch. Ubbo Jansen, still fighting!«

Tim drehte seinen Rollstuhl, kehrte dem Feuer den Rücken zu und fuhr ins Haus zurück. Kurz vor dem Eingang flog eine Pechfackel über die Mauer und landete direkt auf seinem Schoß. Tim stieß die Fackel sofort weg. Er schrie laut und schlug auf die Flammen. Er pinkelte sich vor Schreck in die Hose.

Schon war Josy mit dem Feuerlöscher bei ihm.

»Nicht, nicht!«, protestierte er, aber für Josys Gefühl einen Augenblick zu spät. Es war ihm gar nicht so unlieb, dass ihn der weiße Schaum am Bauch getroffen hatte und sich bis zu den Knien ausbreitete. So sah sie wenigstens nicht, dass er sich bepinkelt hatte.

Josy rief fast triumphierend: »Unsere Leute kommen! Keine Angst, Herr Jansen, wir lassen Sie nicht im Stich!«

Ubbo Jansen stand so nah am Feuer, dass er Josy kaum verstand. Er spritzte das Wasser jetzt nicht mehr direkt in die Flammen, sondern aufs Dach und auf die Wände vom Hühnerhaus. Er hoffte, so ein Übergreifen der Flammen verhindern zu können. Aber es gab dort eine Stelle, da lag das Stroh so nah am Gebäude, dass er schon nicht mehr sehen konnte, ob schon das Haus brannte oder nur die Strohballen.

»Welche Leute?«, fragte er.

»Sie wissen genau, wen ich meine. Akki und …«

Wenn es einen Namen gab, auf den Ubbo Jansen allergisch reagierte, dann Akki. Zweimal hatte er ihn angezeigt, weil er versucht hatte, Hühner freizulassen. Diebstahl nannte Ubbo Jansen das. Hausfriedensbruch, Einbruch – da kam eine Menge zusammen. Einmal hatte er die Anzeige auf Druck von Tim zurückgezogen, der behauptete, Akki sei sein bester Freund und das Ganze würde nicht wieder vorkommen. Aber knapp drei Wochen später hatte der Kerl die gleiche Aktion noch einmal gelandet, unterstützt von einem halben Dutzend radikaler Tierschützer.

Jetzt begriff Ubbo Jansen, dass Josy auch eine von denen war.

»Die haben bei mir Hausverbot! Ich hab ihn angezeigt und … Du glaubst doch nicht im Ernst, dass ich die Typen hier reinlasse?«, fragte er in einem Ton, als hätte er noch nie in seinem Leben etwas Hirnrissigeres gehört.

Josy hielt ihm demonstrativ das Handy hin und schimpfte aufgebracht: »Okay, Sie haben recht. Rufen Sie doch lieber ein paar Ihrer Freunde an. Die kommen bestimmt sofort und helfen uns.«

Er nahm das Handy nicht, sondern löschte weiter.

»Ach, lassen Sie mich raten – so viele Freunde haben Sie im Moment nicht, oder können Sie sich nur nicht an die Telefonnummern erinnern?«

»Dieser Akki und seine Bande sind meine schlimmsten Feinde!«, brüllte Ubbo Jansen die junge Frau an, die er für seine zukünftige Schwiegertochter hielt.

Die schüttelte ihre wilden Haare. »Ja, stimmt. Die sind nicht gerade Fans von Ihnen. Aber sie werden kommen, um das Leben der Tiere zu schützen. Und genau das tun Sie übrigens gerade selbst.«

»Sie könnten auch meine Angestellten anrufen«, schlug er vor. Aber es klang wie ein Rückzugsgefecht. Noch immer hielt Josy ihm mit ausgestreckter Hand das Handy hin. Er nahm es nicht.

53 Henning Schumann sprach ins Mikrofon: »Wir brauchen einen Arzt. Bitte kommen Sie zu uns. Wir sind hier oben auf dem Fahrstand.«

»Mensch, wenn hier ein Arzt wäre, hätte er sich längst bei uns gemeldet«, warf Helmut Schwann ein. Dann erst verstand er den eigentlichen Grund der Durchsage.

»Wir haben einen Schwerverletzten an Bord. Herr Kirsch hat ihn angeschossen.«

»Wie kannst du so etwas sagen?« Rainer Kirsch trat Henning Schumann in den Hintern. »Bist du bescheuert?«

»Na, du hast es doch getan!«

»Was sollen die Leute denn jetzt denken? Die glauben doch alle, ich sei …«

Rainer Kirsch kapierte plötzlich, was Henning Schumann hier mit ihm abzog. Das Ganze war nichts weiter als eine klare Schuldzuweisung. Der wollte überhaupt keinen Arzt holen. Es ging um seine, Kirschs, Pistole. Es waren seine Fingerabdrücke dran. Und alle würden sich daran erinnern, wie rührend Henning Schumann sich bemüht hatte, einen Arzt zu besorgen. Henning Schumann kämpfte hier demonstrativ für das Überleben von Fokko Poppinga – das diente nur seinem eigenen Ruhm und seiner Entlastung.

»Wenn du mich nicht geschubst hättest, würde er noch leben.«

»Er lebt noch, du Idiot, deshalb versuche ich ja, einen Arzt zu organisieren.«

»Nein, das versuchst du nicht. Du willst dich reinwaschen und mir alles in die Schuhe schieben!«

Rainer Kirsch hob die Waffe und richtete sie auf Henning Schumanns Kopf.

»Bin ich denn nur von Schwachsinnigen umgeben?«, stöhnte Schwann und wollte eingreifen, aber er wich erschrocken zurück, als Rainer Kirsch begann, mit der Pistole herumzufuchteln, und sie dabei auch auf ihn richtete.

Die Durchsage führte an Bord zu Tumulten. Einige Menschen wurden wie aufgeweckt und fragten sich, ob das hier alles noch richtig war. Aber die meisten wurden nur noch mehr verunsichert.

Ein Kölner Kegelverein, in dem drei ehemalige Funkenmariechen den Ton angaben und dessen Mitglieder nach dem Motto lebten: »Et kütt, wie et kütt, un et is noch immer joot jegangen«, stimmte zunächst das Lied von der sinkenden Titanic an, »My heart will go on«, und dann »So ein Tag, so wunderschön wie heute«. Man musste wohl schon Rheinländer sein, um diese Art von Humor zu verstehen.

54 Noch immer war Benjo mit dem Ehepaar und dessen Kindern im Toilettenraum eingeschlossen und es wurde ihm klar: Jetzt oder nie! Ganz eindeutig hatte Kai Rose die Nerven verloren und seine Frau war zwar auch kurz davor, abzudrehen, doch Benjo spürte, dass sie seinen Argumenten noch zugänglich war.

Er wog ab, was dafür sprach, Kai Rose einfach hierzulassen und mit der Frau und den Kindern allein die Flucht anzutreten. Aber er verwarf den Gedanken wieder. Dieser Typ würde ihm an den Hacken kleben, solange die Frau und die Kinder bei ihm waren. Vermutlich liebt er seine Frau immer noch, dachte Benjo, sonst würde er sich nicht so an ihr abarbeiten und sonst wäre er auch nicht so sauer auf mich.

Sie mussten sich einig werden, wer welches der Kinder tragen sollte, und nichts war im Moment schwieriger für die beiden, als sich über irgendetwas zu einigen.

»Wir werden jetzt rausrennen und es versuchen. Wollen Sie Dennis nehmen?«, fragte Benjo Kai Rose. Der sah ihn an, als hätte er nicht verstanden.

Dafür antwortete Margit: »Ich nehme Viola. Beeilen wir uns. – Ja, was ist?«, schrie sie dann ihren Mann an. »Wartest du auf den Bus?«

Kai Rose stand immer noch unentschlossen mit hängenden Schultern da.

»Einer muss das Schiff losmachen und uns vor Angreifern verteidigen!«, rief Margit, doch ihr Mann schien eine Art Blackout zu haben. Er sagte nichts und er rührte sich auch nicht.

Benjamin wollte nicht länger warten. Er beugte sich zu Dennis. Der Junge schlang die Arme um seinen Hals und biss die Zähne zusammen, als er ihn hochhob. Der Körper des Jungen zuckte unter einem Schmerzgewitter zusammen.

Vor vielen Jahren hatte Benjo sich im Skiurlaub das rechte Bein gebrochen. Er erinnerte sich noch gut an die durchdringenden

Schmerzen, die er bei jeder Bewegung hatte. Selbst als sein Bett durch den blank gebohnerten Krankenhausflur geschoben wurde, tat es so weh, dass er ins Kopfkissen biss, obwohl er im Gegensatz zu Dennis damals schmerzstillende Medikamente bekommen hatte.

Als er mit dem Jungen auf dem Arm an Kai Rose vorbeiging, sagte Dennis nur leise: »Papa?«, und holte ihn damit zurück ins Geschehen.

»Geben Sie ihn mir«, sagte Kai so sachlich und ruhig, dass Benjo Hoffnung schöpfte, sich vielleicht doch noch auf ihn verlassen zu können. Bei dem, was ihnen jetzt bevorstand, war jede mögliche Unterstützung unverzichtbar.

Er riss die Tür auf. Zu seiner Überraschung stand niemand davor, der versucht hätte, sie an einer Flucht zu hindern. Die zwei Wachen, die dort zurückgelassen worden waren, hatten ihren Posten aufgegeben und tranken mit den Exfunkenmariechen soeben den zweiten doppelten Doornkaat.

Ein Herr mit grau melierten Haaren und ausgeprägtem Pferdegebiss suchte den Fahrstand und sprach ausgerechnet Benjo an. Er behauptete, dort gebraucht zu werden. Benjo kam gar nicht auf die Idee, dass es sich bei dem Mann um einen Arzt handeln könnte, denn von einem Arzt hätte er erwartet, dass er sich um die beiden verletzten Kinder kümmerte. Aber der Mensch mit dem Pferdegebiss hatte ein ehrliches Gesicht.

Benjo tat so, als hätte er die Frage gar nicht verstanden, und bat stattdessen: »Bitte helfen Sie mir! Ich muss ein Rettungsboot zu Wasser lassen.«

»Ein Rettungsboot? Sinken wir?«

55 »Entwaffnet den Mann!«, rief Henning Schumann und es klang wie der Befehl eines empörten Unteroffiziers, der den kriegsverbrecherischen General an weiteren Schandtaten hindern will.

»Mich rührt keiner an!«, drohte Rainer Kirsch und unterstrich seine Worte, indem er die Beretta jetzt in beide Hände nahm. Er drückte sich mit dem Rücken gegen die Wand, um nicht von hinten angegriffen zu werden. Er spürte die Glasscheibe kühl im Nacken.

Frau Schwann, die diese konfliktgeladene Situation nicht aushalten konnte und befürchtete, dass ihr Mann gleich dem Befehl von Henning Schumann nachkommen könnte und tatsächlich versuchen würde, Kirsch zu entwaffnen, hoffte, zur Entspannung beizutragen, indem sie vortrat und mit süßer Stimme flötete: »Händigen Sie mir die Pistole aus, Herr Kirsch. Ich werde sie für Sie aufbewahren, bis wir irgendwo landen. Dann gebe ich sie Ihnen zurück.«

Kirsch reagierte nicht auf ihre Worte, sondern sah sich mit hektischen Blicken im Raum um. Er erwartete, angegriffen zu werden, allerdings am wenigsten von Henning Schumann. Er hoffte, irgendeinen Bündnispartner zu finden, sah sich aber auf einsamem Posten, was seine Angst und Aggressivität steigerte.

Frau Schwann kam näher. Mehrere Passagiere hatten sich vor dem Fahrstand versammelt, unter ihnen auch Pittkowski. Wie Mais aus einem heißen Topf quollen sie plötzlich in den Raum. Es wurden immer mehr.

»Da unten lassen welche ein Rettungsboot ins Wasser!«, rief Pittkowski und sah Schwann an, den er offensichtlich unter völliger Fehleinschätzung für den Chef im Ring hielt.

Scharf forderte Henning noch einmal: »Entwaffnet den Mann!«, und zeigte auf Rainer Kirsch, ganz so, als hätte man versehentlich irgendjemand anders im Raum entwaffnen können.

Ein Damenfriseur aus Essen mit blauem Gürtel im Judo, der es leid war, wegen seiner stylischen Frisuren, seines Berufs und seiner eleganten Körperbewegungen für schwul gehalten zu werden, packte zu. Der Angriff kam ansatzlos, direkt und sehr effektiv.

Noch bevor er begriff, was geschehen war, spürte Kirsch einen heftigen Schmerz im Handgelenk und in den Fingern. Er musste die Waffe fallen lassen. Ihm blieb gar keine andere Wahl. Dann klatschte sein Gesicht gegen die Glasscheibe. Er sah die Möwen draußen. Sie schnatterten, als ob sie ihn auslachen würden.

Der Friseur wollte Henning Schumann die Waffe aushändigen. Der nahm sie nicht sofort an, sondern zögerte. Er wollte seine Fingerabdrücke nicht gern auf einer Pistole hinterlassen, mit der gerade jemand angeschossen worden war. Gleichzeitig war ihm mulmig zumute, die Beretta jemand anders zu geben. Zum Glück waren hier genügend Zeugen, die gesehen hatten, wie er an die Waffe gekommen war, und alle sahen den schwer verletzten Fokko Poppinga am Boden liegen.

Gerade als er zugreifen wollte, zuckte der Essener Haarstylist zurück. Er fühlte sich komisch dabei, die Waffe einem so jungen Menschen zu übergeben. Er schätzte Henning Schumann auf achtzehn, höchstens neunzehn Jahre. Zehn Jahre jünger als er selbst. Er hätte die Pistole lieber Helmut Schwann gegeben, ein Mann in seinem Alter flößte ihm mehr Vertrauen ein.

Diesen Moment der Unsicherheit nutzte Rainer Kirsch aus. Entschlossen stieß er Henning Schumann weg. Der fiel in die Menschentraube und riss ein paar Leute mit sich. Rainer Kirsch griff nach der Waffe. Es fiel ein zweiter Schuss, bevor der Essener Judoka ihn mit einem schwungvollen O-goshi auf die Schiffsbretter legte und einen Armhebel ansetzte.

Die zweite Kugel hatte glücklicherweise niemanden getroffen. Die Beretta lag jetzt nicht weit von dem jammernden Kirsch auf dem Boden. Jemand bückte sich und gab sie ganz selbstverständlich an Henning Schumann weiter.

Der steckte die Waffe in seinen Hosenbund und fragte: »Wie war das mit dem Rettungsboot?«

Plötzlich wurde ihm bewusst, dass die Mündung der Pistole in seiner Hose auf sein Glied gerichtet war. Er hatte keine Übung im Umgang mit Schusswaffen. Er wusste nicht, wie man die Beretta sicherte, folglich zog er die Waffe ausgesprochen vorsichtig aus seinem Hosenbund wieder heraus und betrachtete sie genau.

Pittkowski stand neben ihm. Er glaubte, Henning Schumann habe die Pistole gleich wieder aus der Hose gezogen, um seine Entschlossenheit und Durchsetzungsfähigkeit zu unterstreichen.

In diesem Augenblick wurde eine Stimme laut: »Lasst mich doch mal durch! Lasst mich durch! Ich bin Arzt! Es ist ein Arzt gerufen worden!«

Sofort bildete sich eine Gasse hin zu Fokko Poppinga, der unnatürlich verrenkt auf dem Boden lag. Er war noch immer gefesselt.

Helmut Schwann zeigte auf ihn, als könne irgendjemand übersehen, wer hier der Schwerverletzte war, und sagte: »Das ist der Mann.«

Der Arzt stand da wie gelähmt. Einen Augenblick schien die Zeit stillzustehen. Die Bewegungen der Menschen waren wie eingefroren. Niemand sagte etwas. Die ganze Aufmerksamkeit richtete sich auf den Doktor, aber der schüttelte nur langsam den Kopf und sagte mit einem Beben in der Stimme: »Ich … Es tut mir leid … ich bin Zahnarzt. Ich kann das nicht.«

Die Menschen gerieten in Bewegung. Das Standbild löste sich auf. Sofort kam auch wieder die aggressive Grundstimmung hoch. Sie kehrte sich jetzt gegen den Doktor. Er stammelte herum, um sich zu erklären: »Ich dachte, es müsste ein Arm abgebunden werden oder ein Bein. Aber der Mann hat einen Bauchschuss. Was soll ich da machen?«

Er hatte einen verkniffenen Zug um Mund und Nase. Beim Sprechen schob er seinen Unterkiefer vor. Sein Gesicht sah dadurch kleiner aus und sein Gebiss wurde noch dominanter.

Pittkowski rief: »Was ist jetzt? Draußen hauen welche mit dem Rettungsboot ab!«

Henning Schumann stürmte durch die Gasse, die für den Arzt entstanden war, nach draußen. Er lief zunächst nach Backbord, doch Benjo hatte das Rettungsboot steuerbords hinabgelassen. Die Wellen drückten das Boot vom Schiff weg.

»Da! Da! Da sind sie!«

Henning Schumann rannte hin, Schwann folgte ihm.

Das Rettungsboot war viel zu groß. Es hätten noch zehn Leute darin Platz gehabt, schätzte Schumann. Er rief hinter ihnen her: »He, was soll das? Ihr könnt doch nicht einfach ein Rettungsboot benutzen! Kommt sofort zurück!«

Kai Rose ruderte wie besessen. Viola lag heiß wie ein Bügeleisen in den Armen ihrer Mutter und Dennis war unter die Sitzbank gerollt. Benjo stand im Boot und zeigte Henning Schumann den Stinkefinger.

»Wir müssen sie zurückholen«, sagte Schumann, ohne zu wissen, warum überhaupt. Aber er fühlte sich an der Nase herumgeführt. Das Ganze hier untergrub seine Autorität.

Schwann flüsterte: »Lass die doch ruhig abhauen. Was Besseres kann uns gar nicht passieren. Das sind die Infizierten. Vielleicht sollten wir die anderen Infizierten auch in Rettungsbooten aussetzen. So können wir das Schiff sauber halten.«

»Welche anderen Infizierten?«, fragte Schumann.

Schwann zuckte resigniert mit den Schultern. »Ja, das weiß ich doch nicht!«

Da sich alle Menschen plötzlich zu einer Seite des Schiffes bewegten und aufs Wasser starrten, lief auch Antje dorthin. Sie sah das Rettungsboot und augenblicklich wurde ihr klar, dass dies die Lösung war. Da versuchten Leute, einfach vom verseuchten Schiff abzuhauen.

Sie waren schon zu weit weg, als dass sie ohne ihre Kontaktlinsen hätte erkennen können, wer an Bord war. Kurz entschlossen zog sie sich bis auf die Unterwäsche aus und sprang in die Nordsee.

Sie machte einen einfachen Fußsprung. Es war tiefer, als sie erwartet hatte. Sie kreischte, bis sie in die Wellen klatschte. Ihr Kreischen gipfelte in einem kollektiven Aufschrei an Bord.

Sie blieb erstaunlich lange unter Wasser und tauchte dann in einer sprudelnden Fontäne wieder auf.

Die kühle See tat ihr gut. Sie fühlte sich stark, erfrischt, ja gereinigt. Sie war eine gute Schwimmerin und kraulte los in Richtung Boot. Damit stellte sie viele Menschen vor die Entscheidung, es ihr gleichzutun. War das hier ein Ausweg?

Der Punk aus Braunschweig hatte ihren Sprung mit dem Handy fotografiert. Im Grunde, dachte er, hat sie recht. Jetzt zu dem Rettungsboot zu schwimmen, ist genau das Richtige. Aber was ihn hinderte, war die Unmöglichkeit, sich von seinen Klamotten zu trennen. Die Lederjacke mit den Ketten dran. Die blauen Doc Martens. Das alles machte ihn aus. Der Gedanke, von einem schlimmen Virus attackiert zu werden, war nicht so schlimm für ihn wie die Zumutung, in Unterhosen irgendwo an Land gehen zu müssen. Wer war er ohne die Klamotten, ohne sein Outfit?

Diese Frage trieb ihm plötzlich die Tränen in die Augen und hinderte ihn daran, überhaupt irgendetwas zu tun. Es war, als hätte Antje mit ihrem Sprung sein ganzes Leben infrage gestellt. Das Handybild von ihr würde ihn immer daran erinnern. Sooft er es anschaute, würde ihm daraus die Frage entgegengebrüllt werden: Wer bist du eigentlich?

Antje arbeitete sich durch die Wellen, hin zum Boot. Ein paar andere Leute entschlossen sich, ihr zu folgen. Keineswegs nur junge Menschen unter dreißig. Josef Flow, einem pensionierten Sportlehrer aus Gelsenkirchen, war es immer noch lieber, als hier untätig an Bord herumzustehen. Er wollte die Dinge aktiv in die Hand nehmen. Alles auf eine Karte setzen. So oder so.

Als er auftauchte, klatschten hinter ihm die Nächsten ins Wasser.

Antje war jetzt nah beim Rettungsboot. Sie rief: »Hey, hey, wartet! Nehmt mich mit!«

Benjo hatte im Grunde gar nichts dagegen. Irgendeinen neutralen, vernünftigen Menschen mit an Bord zu nehmen, fand er sehr hilfreich, obwohl es ihm Sorgen machte, wie viele Menschen da auf das Rettungsboot zuschwammen.

Er reichte Antje die Hand. Sie nahm sie. Er zog sie näher.

Ihr BH hatte sich voll Wasser gesogen und war schwer geworden. Die linke Brust hing heraus. Sie bemerkte es aber nicht.

»Geile Idee, abzuhauen! Ich will auf keinen Fall da oben bleiben. Da sind viel mehr Kranke, als man denkt.«

Doch dann sah sie Margit Rose mit Viola.

»Ach, du Scheiße!«, kreischte sie. »Lass mich los! Lass mich los! Fass mich nicht an!«

Sie schlug nach Benjo, der sie natürlich sofort losließ.

»Ey, spinnst du? Erst willst du mit und jetzt haust du mir eine rein?«

»Das sind die Infizierten! Das sind die Infizierten!«, schrie Antje und schwamm zur Fähre zurück.

Lange bevor sie die Fähre erreicht hatte, erlitt sie eine Art Schwächeanfall. Ihr wurde plötzlich klar, dass es gar nicht so leicht war, wieder an Bord zu kommen. Die Ostfriesland III war kein flaches Paddelboot. Es gab steile Wände, die gerade hinaufragten und von unten unbezwingbar erschienen.

Kai Rose ruderte immer schneller. Er wollte die anderen Menschen nicht an Bord haben.

Die Wellen hoben und senkten das Boot. Sie warfen es vorwärts. Für die nachfolgenden Schwimmer schien es teilweise in den Wellen zu verschwinden. Oben vom Deck der Ostfriesland III war es aber die ganze Zeit gut auszumachen.

Nur der Kellner, der den ganzen Aufstand irgendwie angezettelt hatte, bekam von alldem nichts mehr mit. Um die Schmerzen des verletzten Fingers nicht zu spüren, hatte er fünf Paracetamol, aufgelöst in zwei großen Gläsern Whiskey, genommen. Das war zu viel für ihn gewesen. In den Armen der Aushilfskellnerin Heidrun nickte er ein.

Heidrun saß jetzt mit ihm in einer für die Passagiere vorgesehenen Eckbank beim Bullauge. Der Kellner hatte seinen Kopf auf ihre Oberschenkel gelegt. Sie kraulte seine Haare, seine dick verbundene Hand ruhte auf dem Tisch. Sie hatte die Idee, je höher die Hand lag, umso niedriger der Blutverlust, denn rein physikalisch war es für das Blut sicherlich schwieriger, nach oben zu fließen als nach unten. Mit links kraulte sie ihn, mit rechts hielt sie seine verletzte Hand in der Stellung auf dem Tisch fest. Er selbst schnarchte.

»Haut ab! Die sind alle infiziert! Wir müssen uns ein eigenes Rettungsboot holen! Steigt bloß nicht zu den Kranken ins Boot!«, schrie Antje den ihr entgegenkommenden Schwimmern zu, dann schluckte sie durch eine Nordseewelle eine Menge Wasser. Sie spürte, es war einfacher gewesen, zum Rettungsboot rauszuschwimmen als gegen die Wellen zur Ostfriesland III zurück.

Kai Rose ruderte erst seit wenigen Minuten, doch seine Muskeln brannten schon und sein Rücken schmerzte von den heftigen Bewegungen. Er drehte sich um und stellte beruhigt fest, dass die Ostfriesland III in der Entfernung schon viel kleiner geworden war. Der größtmögliche Abstand zu dem Schiff und den Menschen darauf gab ihm neue Hoffnung und Sicherheit.

Jetzt erreichte Josef Flow das Rettungsboot. Benjo hielt ihm die Hand hin und machte mit ihm erneut den Versuch, eine weitere Person an Bord zu holen. Doch Kai Rose passte das überhaupt nicht. Er nahm sein Ruder und schlug damit nach Benjo.

»Ey, spinnst du?«

Und an Josef Flow gewandt: »Wir sind krank, das haben Sie doch gehört. Verziehen Sie sich!« Er schwang das Ruder nun auch gegen ihn.

»Nehmen Sie mich mit! Was soll das?«, japste Flow. Der ehemalige Sportlehrer war noch ziemlich fit und wich dem Schlag nach ihm aus. Als das Ruder ein zweites Mal in seine Richtung schwang, packte er zu und zog heftig.

Kai Rose taumelte. Er fiel ins Wasser und Josef Flow kletterte an Bord.

»Bitte, tun Sie uns nichts«, sagte Margit Rose und drückte das Gesicht ihrer Tochter gegen die Brust, als wolle sie ihr den schrecklichen Anblick ersparen. Doch da war nichts Schreckliches, sondern nur ein nasser, pensionierter Sportlehrer.

Kai Roses rechte Hand krampfte sich am Boot fest. In ihm tobte unbändiger Hass.

Das Boot war jetzt sehr ungleichmäßig belastet und neigte sich bedenklich zu der Seite, an der Kai Rose ins Trockene zurückkletterte. Benjo lehnte sich gegenüber weit hinaus aus dem Boot, um ein Gegengewicht zu schaffen.

Dennis rollte aus seiner Position und krachte gegen die Bootswand. Er stöhnte vor Schmerzen laut auf.

»Wir brauchen Ruhe!«, rief Benjo. »Wir müssen das Boot so ruhig wie möglich halten. Für den Jungen ist es eine Tortur mit seinem gebrochenen Fuß. Dem tut jede Welle weh. Jetzt nimmt jeder seinen Platz ein und dann versuchen wir, so sanft wie möglich überzusetzen.«

Aber Kai Rose interessierten Benjamins Worte nicht. Er zog das Ruder ins Boot zurück. Dann holte er aus, um damit auf Flows Kopf zu schlagen. Flow riss beide Arme hoch und wehrte das Holz knapp ab.

»Was soll das? Machen Sie kein Theater! Das Boot ist groß genug! Wir können noch mehr Menschen mitnehmen. Sie werden einen guten Ruderer brauchen, bis wir drüben sind. Unterschätzen Sie das nicht. Es sind ein paar Kilometer, bei heftigem Wellengang. Die Fähre braucht zweieinhalb bis drei Stunden für die Strecke und wir haben keinen Motor.«

»Verschwinden Sie! Ich will mit meiner Familie hier an Bord sein! Allein! Ich will keine anderen Menschen!«

Oh, dachte Benjo, er will mit seiner Familie allein hier sein. Geht das jetzt auch gegen mich?

Josef Flow zeigte seine offenen Handflächen vor. Er spürte, dass er dort, wo das Ruder auf seine Unterarme getroffen war, blaue Flecken bekommen würde.

Margit Rose mischte sich nicht ein. Sie entschloss sich, einfach ihre Tochter auf dem Arm zu halten und sicher an Land zu bringen. Und wenn es das Letzte war, was sie in diesem Leben tat.

Die Angst, das Kind könne in ihren Armen sterben, überkam sie plötzlich und sie begann, hemmungslos zu weinen. Ihre Tränen tropften in das Haar ihrer Tochter. So gerne hätte sie alles rückgängig gemacht, die letzten Jahre, den vielen Gin, all die Affären, all die verlorene Zeit, in der sie sich besser um ihre Kinder gekümmert hätte, statt vernebelt durch die Welt zu laufen. Sie bereute das alles so sehr und sie hätte sich am liebsten bei Viola entschuldigt.

Sie registrierte, dass ihre Gefühle für die ohnmächtige Viola viel heftiger waren als die für ihren Sohn Dennis. Der Junge war ja voll bei Bewusstsein, doch sie schaffte es nicht, sich jetzt auch noch um ihn zu kümmern. Ihn hätte sie um Verzeihung bitten können. Mit ihm hätte sie reden können. Er brauchte sie im Moment vielleicht sogar mehr als Viola. Doch irgendetwas hinderte sie. Vielleicht war es die Angst vor seiner Reaktion. Die ohnmächtige Viola lag in ihren Armen, ohne sich dagegen wehren zu können. Bei Dennis war sie sich da gar nicht sicher.

Mit einer Hand zwirbelte Margit Rose sich eine Haarlocke um den Finger. »Morgen«, flüsterte sie ihrer ohnmächtigen Tochter ins Ohr, »morgen mache ich dir Milchreis mit Zimt und Zucker und einen echten Kakao, mit heißer Milch und einem dicken Stück Schokolade. Wir werden so schön schlemmen und kochen, wir beide. Weißt du noch, wie wir zusammen Weihnachtsplätzchen gebacken haben? Du hast diese wunderschönen Engelchen aus dem Teig gestochen und Sterne. Wir werden es uns ganz schön gemütlich machen, mein kleines Mädchen.«

Sie hatte die irre Hoffnung, dass ihre Tochter sie hören konnte. Wo immer sie jetzt war, vielleicht empfand sie zumindest die warme Stimme, ihren Körper und hoffentlich spürte sie, dass sie geliebt wurde.

Josef Flow und Kai Rose saßen so weit wie möglich voneinander entfernt im Boot und ließen sich nicht aus den Augen. Sie belauerten sich gegenseitig.

Benjo stand zwischen ihnen und fühlte sich unwohl, irgendwie ausgeliefert. Ein Spielball zwischen sich bekämpfenden Mannschaften. Er wurde in die eine oder andere Richtung getreten, und egal, was er tat, es gab Punkte für den einen oder Abzug für den anderen.

»Wohin geht die Reise überhaupt?«, fragte Josef Flow Benjo. »Ist das da vorne Borkum?«

»Ja, das ist Borkum.«

Verschiedene dunkle Wolkenflächen zogen sich über der Insel zusammen, wie der Rauch ferner Lagerfeuer, der vom Wind in eine Richtung getrieben wurde. Hoch oben vor dem rosigen Abendhimmel verschmolz alles zu einer düsteren, bedrohlichen Teufelsmaske. Nicht einmal die Hörner fehlten. Das Bild war so perfekt, dass es Benjo schauderte.

Außer ihm nahm nur noch Dennis dieses Naturereignis wahr. Er starrte in den Himmel und spürte für einen Moment die Schmerzen im Fuß nicht mehr. Er wusste, dass er sich auf etwas anderes, Größeres, Gewaltigeres zubewegte. Etwas, das viel gefährlicher war als die zertrümmerten Knochen in seinem Fuß.

»Ich will nicht nach Borkum!«, protestierte Kai Rose. »Wir drehen um. Wir fahren nach Holland!«

»Oh nein, das werden wir nicht tun«, sagte Benjo scharf. »Wir sind näher an Borkum als an irgendeinem anderen belebten Ort. Wir fahren mit der Strömung. Alles andere ist Blödsinn.«

Kai Rose brüllte sofort los: »Wir sind gerade erst in Borkum weggeschickt worden! Ohne diese Scheißgestalten da wären wir jetzt gar nicht in dieser Situation! Wir waren mit einem Riesenschiff da und mit ein paar Hundert Leuten und wir konnten uns nicht durchsetzen. Sollen wir paar Männekes jetzt mit diesem Paddelboot da einen neuen Landungsversuch wagen? Die schlagen uns zu Brei!«

Klar, dass er dagegen ist, nur weil ich dafür bin, dachte Benjo. Trotzdem muss ich das jetzt durchziehen.

»Borkum ist die größte ostfriesische Insel. Wir werden nicht im Hafen anlegen, sondern irgendwo am Sandstrand. Es ist unmöglich, diese ganze Insel zu bewachen. Dazu brauchte man eine Armee. Die paar aufgebrachten Leute schaffen es vielleicht, den Hafen abzuschotten. Aber nicht den Rest der Insel.«

»Es ist trotzdem Wahnsinn! Ich will da nicht hin! Wir müssen irgendwo an Land gehen, wo man uns hilft.«

»Wir rudern jetzt nach Borkum«, stellte Benjo noch einmal klar und versuchte, es in einem Ton zu sagen, der keinen Widerspruch duldete. Dies hier war keine Schülersprecherwahl. Niemand hatte Angst vor ihm, Angst davor, in seiner Achtung zu sinken, niemand hier fürchtete seinen Spott.

»Er hat recht«, sagte Josef Flow. »Die werden uns auf Borkum jagen, wenn sie mitkriegen, dass wir gelandet sind. Das ist kein gemütlicher Ort für uns. Die Staatsmacht hat dort ja anscheinend jede Kontrolle über die Situation verloren.«

Vielleicht, dachte Benjo, bringt es was, wenn ich einfach die Wahrheit sage. Weshalb ich außerdem für die Landung auf Borkum bin. Manchmal helfen ja ein paar persönliche Worte.

»Dort ist die Frau, die ich liebe. Sie heißt Chris. Sie hat ein Zimmer. Ich habe ihr versprochen, dass ich komme. Sie wird uns helfen. Wir sind nicht ganz allein. Wir haben dort zumindest einen Verbündeten.«

»Ich habe auch ein Zimmer dort, aber trotzdem …«, sagte Josef Flow und Margits Stimme kam wie aus einer fernen Welt, mit einem süßlichen Singsang: »Und wir eine Ferienwohnung.«

Josef Flows Atem beruhigte sich langsam. Er begann zu frieren und sah sich nach einer Decke um, fand aber keine.

»Was ist mit dem Jungen?«, fragte er und deutete auf Dennis.

»Er hat sich den Fuß gebrochen«, antwortete Benjo.

Dennis hustete.

»Er ist richtig krank, stimmt's?«, fragte Josef Flow. Es war mehr eine Feststellung als eine Frage.

Niemand antwortete. Das reichte Josef Flow aus. Er hechtete ins Wasser und schwamm in Richtung Ostfriesland III zurück.

56 Chris war immer noch durcheinander und innerlich flatterig. Sie konnte sich die Ereignisse nicht erklären. Was war los mit der Welt? Der Fähre? Benjo? Diesem Polizisten? Befand sie sich in einem Albtraum? Würde sie gleich wach werden?

Sie hielt es allein im Zimmer kaum aus. Sie musste runter auf die Straße. Sie wollte zwischen Menschen sein. Gleichzeitig hatte sie nicht die geringste Lust, sich mit irgendwem zu unterhalten oder Kontakt zu haben. Sie wollte nur nicht allein sein.

Sie fühlte sich plötzlich nicht mehr wohl in ihrer Kleidung. Sie wollte sich umziehen und dann raus auf die Straße. Sie warf einen Blick auf ihr Handy und schloss es schnell an den Strom an. Ihr Akku wies auf dem Display nur noch einen Balken auf.

Chris öffnete den Kleiderschrank und fragte sich, warum sie so viele Klamotten mitgenommen hatte, die sie sich in der Zeit ihrer wildesten Verliebtheit in Mario gekauft hatte. Sie war doch nicht mehr mit ihm zusammen, sondern mit Benjo, dem besten Typen, den man sich vorstellen konnte.

Warum hab ich dieses Zeug ausgerechnet jetzt mitgenommen? Es durchfuhr sie wie ein Blitz. Natürlich. In der Zeit davor musste sie immer sexy-hexy sein und andere Frauen ausstechen, weil Mario sich ständig nach anderen umsah, und sie hatte alles getan, um ihn zu halten, und sich die schärfsten Sachen gekauft. Sie musste damals unter einer Geschmacksverirrung gelitten haben, fand sie jetzt. Wie konnte sie nur auf die Idee kommen, damit könnte sie Benjo in ihrem Liebesurlaub betören?

Keines dieser Kleidungsstücke passte wirklich zu ihr. Sie hatte sich die Sachen nicht für sich gekauft, sondern eben für Mario, und die Klamotten waren auch wie er: hässlich, ordinär, machten auf teuer und sahen doch billig aus. Alles war viel zu marktschreierisch, zu bunt. Am liebsten hätte sie jetzt sofort das ganze Zeug weggeworfen.

Ihr Handy vibrierte und klingelte. »We are the champions« erklang. Sie riss das Telefon so schnell an ihr Ohr, dass die Stromverkabelung unterbrochen wurde. Es rauschte mächtig. Sie hörte Wind und Wellen. Im Hintergrund schimpften Menschen und Benjo sprach ganz leise. Doch in seiner Stimme lag diese Gewissheit, die sie so sehr an ihm liebte. Die Gewissheit, dass alles gut ausgehen würde, was auch immer geschah. Er hielt die Welt für verrückt – und in der schlimmen Zeit, als Mario randaliert hatte und fast zum Stalker geworden war, weil er, der ständige Fremdgeher, es nicht aushielt, dass sie einen anderen hatte und nicht mehr mit ihm zusammen sein wollte … da hatte Benjo zu ihr gesagt: »Wenn die ganze Welt durchdreht, müssen wir es ja nicht auch tun.«

In diesem Augenblick war dieser Satz viel wichtiger für sie als damals, denn damals drehte nur Mario durch, doch nun beschlich sie das beklemmende Gefühl, dass die halbe Menschheit verrückt wurde und die andere Hälfte sich in den Wohnungen einschloss und aus Angst nicht rauskam.

»Bitte, Chris, das darfst du jetzt keinem sagen, das ist topsecret. Wir haben ein Rettungsboot losgemacht und wir bewegen uns auf Borkum zu. Bald bin ich bei dir. Es kann nicht mehr lange dauern. Ich schätze, in ein, zwei Stunden haben wir es geschafft. Ich werde versuchen, an einer einsamen Stelle am Strand zu landen.«

»Das ist Wahnsinn! Ich freu mich so auf dich! Super! Soll ich dich irgendwo abholen oder kommst du einfach zum Hotel ›Kachelot‹?«

»Ich glaube, wir müssen vorher noch etwas erledigen. Ich brauche erst einmal dringend einen Arzt für die beiden Kinder. Der Junge, Dennis Rose, hat sich den Fuß gebrochen. Ich vermute, mehrfach. Seine Schwester hat es noch schlimmer getroffen. Ich glaube, sie hat schwere innere Verletzungen. Irgendetwas stimmt mit ihrer Lunge nicht. Ein Mann hat ihr einen Fausthieb verpasst, dass sie gegen die Wand geflogen ist.«

»Oh mein Gott!«

»Chris, ich glaube, die müssen alles für eine Notoperation vorbereiten. Und, um ganz ehrlich zu sein, es ist gut möglich, dass der Junge das Virus in sich hat. Vielleicht ist er aber auch nur so fertig, weil sein Fuß unversorgt ist. Wir müssen jedenfalls mit dem Schlimmsten rechnen. Kannst du ein Ärzteteam informieren? Aber bitte so, dass sonst keiner Wind davon bekommt.«

»Ja, Benjo, wo sollen die denn hinkommen?«

»Weiß ich noch nicht. Wenn wir gelandet sind, gebe ich dir Genaueres durch. Bitte sprich mit niemandem.«

»Wie soll das gehen, wenn ich die Ärzte informieren soll?«

»Na ja, denen kannst du es natürlich sagen.«

Chris wusste gar nicht, ob sie in der Lage war, hier einen Arzt aufzutreiben. Aber trotzdem spürte sie unbändige Freude. Bald würde sie Benjo wiedersehen und gemeinsam konnten sie jeder Gefahr trotzen.

57 Oskar Griesleuchter nahm einen Schluck Whiskey aus Philipp Reines Gallone. Er hatte Mühe, aus dem schweren Behälter zu trinken. Er prustete und spuckte, trotzdem benutzte er kein Glas. Er fand den Gedanken toll, Gift in sich hineinzuschütten. Eine große Menge Gift. Viel schwappte daneben und lief an seinem Hals hinunter.

Er fürchtete das Virus, an dem Philipp Reine zweifellos gestorben war, nicht. Vielleicht war das einfach ein ganz gnädiger Tod. Man musste nicht Hand an sich selbst legen. All die Ängste und Zweifel blieben einem erspart. Man musste sich keine Pistole in den Mund schieben, sondern brauchte einfach nur einzuatmen und abzuwarten.

Er saß breitbeinig auf dem Sofa, die offene Gallone vor sich auf dem Boden. Sie fiel um. Der, der er geworden war, wollte er nicht sein. Der Gedanke, Whiskey trinkend hier zu sterben, erschien ihm sehr verlockend.

Er musste wohl eingenickt sein. Vielleicht nur ein paar Minuten, vielleicht auch ein, zwei Stunden. Er hatte jegliches Zeitgefühl verloren.

Er nahm noch einen Schluck Whiskey. Um die Gallone herum bildete sich eine Lache im Teppich. So ein Muster hatte er auch bei sich zu Hause. Pfeffer und Salz. Ziemlich unempfindlich.

Der Whiskey brannte in seiner Speiseröhre und kam wie ein Schlag im Magen an. Von der wohltuenden Wirkung des Alkohols war nichts mehr zu spüren. Im Gegenteil. Ihm wurde übel. Es war, als würde der Körper sich wehren.

Er konnte sich nicht erbrechen, doch er musste aufstoßen. In seinem Magen schien ein kalter Fisch mit riesigen Flossen um sich zu schlagen.

Oskar wollte nicht länger so hier sitzen. Er musste etwas tun. Bilder erschienen vor seinem inneren Auge. Bilder, die umgesetzt werden wollten. Warum war er nicht Maler geworden oder Holzschneider? Warum war er nicht seiner Leidenschaft gefolgt, sondern Polizist geworden? Warum hatte er das Risiko so sehr gescheut? War es nicht ein viel größeres Risiko, in einem Beruf zu versumpfen, der ihm keine Freude machte, ihn ausbrannte, der ihn zerriss zwischen bürokratischen Anforderungen, Dienstvorschriften und Leuten, die ihn lieber gehen sahen als kommen? Er war im Zweifelsfall immer der, der zwischen dem Süchtigen und der Droge stand. Zwischen dem Einbrecher und der Beute. Er musste junge Männer mit ihrer Verhaftung aus den Familien reißen, Männer, die in den Augen ihrer Frauen und Kinder Helden waren, weil sie für ihren Unterhalt gestohlen hatten. Für diese war er der Böse, der ihnen den Papa wegnahm oder den liebenden Mann.

Natürlich hatte es Hunderte anderer Fälle gegeben, wo er die schlimmen Jungs aus dem Verkehr gezogen hatte. Aber es blieben ihm genau die in Erinnerung, die ihn quälten. Und die kamen jetzt hoch wie Lava aus der Tiefe eines seit Jahrhunderten erkalteten Vulkans.

Er ging in die Küche und sah sich nach Werkzeug um. Dort gab es Filzstifte, Kugelschreiber, sogar zwei Bleistifte in einer Kaffeetasse mit der Aufschrift: *NDR – Mein Nachmittag.* Das richtige Werkzeug für einen Holzschnitt war nicht da, aber Messer, Korkenzieher und ein Hammer. Er nahm, was er finden konnte.

Dann stand er vor der Wohnzimmertür und begann, einen Holzschnitt zu skizzieren. Er ging ganz mit dem Material. Jede Unebenheit des Holzes arbeitete er mit ein, jede Wurzel. Es war eine Tür aus Kiefernholz, weich und gut zu bearbeiten. Zum Glück war sie nicht lackiert, sondern nur gewachst worden, um den Charakter des Holzes besser zur Geltung kommen zu lassen.

Er malte die Umrisse eines Frauenkörpers auf. Noch war es ihm nicht bewusst, doch er malte Chris. Es waren nur wenige Striche, knappe Linien, exakte Umrisse. Das Wesentliche zur Geltung bringen mit möglichst wenigen Mitteln. Ja, das hatte er einmal werden wollen: ein Meister des Weglassens.

Vor seinen Augen entstand bereits der Holzschnitt. Er begann mit dem Fleischermesser. Jemand Fremdes hätte vielleicht nur eine mit dem Messer verunstaltete Tür gesehen, doch für ihn wurde jetzt eine Gestalt lebendig. Chris natürlich, wer denn sonst? Diese wunderschöne Frau, der ein Mann verfallen konnte und ein Künstler wie er sowieso.

Ihr Rücken war eine einzige schwungvolle Linie, eine Kurve, wie fürs Formel-1-Rennen gemacht. Er lief zurück, um von Weitem zu betrachten, was er schuf.

Er nahm erneut einen Schluck Whiskey. Jetzt schmeckte er wieder und das Schwindelgefühl ließ nach. Er wusste noch nicht, was er als Nächstes tun würde. Zunächst versank er ganz in dieser Arbeit. Wenn er schon nicht als Künstler gelebt hatte, so wollte er wenigstens als Künstler sterben. Statt diese schöne Frau zu zerstören, schuf er sie lieber neu. Hier, aus dieser Kieferntür in der Wohnung seines toten Kollegen.

58 Carlo Rosin hatte Leon und Bettina inzwischen verlassen. Es war ihm schwergefallen zu gehen. Er kam sich nackt vor, als er zur Familienfeier zurücklief. Er brachte nicht mal sein Auto wieder mit. Mit dem Wagen war Ulf Galle irgendwo in Emden unterwegs.

Carlo Rosin hatte keinen Versuch gemacht, seinen Wagen zurückzubekommen. Es gab keine Taxen und der öffentliche Nahverkehr war zusammengebrochen. Carlo Rosin ging zu Fuß. Er bildete sich ein, das Laufen täte ihm gut, um ein bisschen zu sich zu finden und sich zu wappnen gegen all das, was ihn gleich erwartete. Die Familienfeier erschien ihm fast gruseliger als der Ausbruch des Virus.

Er spürte ein Kratzen im Hals und hustete mehrfach. Er versuchte, es zu ignorieren, und führte es darauf zurück, dass er als Langstreckenläufer schon lange aus der Übung war. Er verlangsamte seine Schritte.

In der Wohnung machte Bettina Göschl sich Sorgen. Sie fühlte genau, dass Leon etwas unterdrückte, und das war nicht seine Sorge um die Mutter und auch nicht die Trauer um Frau Steiger. Es war der Schmerz in seinem Hals.

Er musste immer wieder einen Schluck trinken. Dann ging es für kurze Zeit besser. Doch der Hals war sofort wieder trocken, als würden darin glühende Kohlen jede Flüssigkeit verdampfen.

Leon wollte noch nicht ins Bett. Er hatte eine ganze Sammlung von Piratenfilmen auf DVD, die er Bettina unbedingt zeigen wollte. Insgeheim hoffte er, seine Mutter könnte nach Hause kommen und sie würden dann gemeinsam in der Wohnung übernachten.

»Es war ein anstrengender Tag für dich, Käpt'n«, sagte Bettina. »Willst du dich nicht lieber hinlegen, statt DVDs zu gucken?«

Er schüttelte den Kopf. »Nein, nein, ich bin überhaupt nicht müde.«

Er unterdrückte ein Husten. Als Bettina ihn berührte, erschrak sie. Der Junge war heiß.

»Habt ihr hier irgendwo ein Fieberthermometer?«

Wieder schüttelte Leon vehement den Kopf, als sei der Gedanke, sie könnten so etwas besitzen, völlig abwegig.

Im ersten Moment wollte Bettina seine Mutter anrufen, aber dann entschied sie sich dagegen und begann einfach zu suchen. Im Badezimmer wurde sie im Medizinschränkchen fündig.

Sie hielt Leon das Fieberthermometer vor die Lippen und bat ihn, es in den Mund zu nehmen. Er presste seine Lippen fest aufeinander und ging mit dem Kopf so weit wie möglich nach hinten.

»Was ist? Das tut doch nicht weh.«

Es war ihm peinlich, aber er sagte es trotzdem. Piraten können sagen, was sie denken. Kleine Jungs von heute manchmal nicht, dachte er.

»Wir … wir stecken uns das sonst immer in den Hintern, nicht in den Mund.«

Bettina lachte und ihr Lachen tat ihm gut.

»Kannst du das schon selbst?«, fragte sie.

Er nickte.

Sie sah jetzt starr auf den Piratenfilm, während er sich selbst das Fieber maß. 39,2.

Bettina beschloss, ihm kalte Wadenwickel zu machen, und forderte ihn auf, viel Flüssigkeit zu trinken. Er tat alles, was sie sagte, und war erleichtert, als sie den Fernseher ausschaltete, denn die Farben flimmerten bereits vor seinen Augen.

Jetzt schüttelte ihn ein Hustenkrampf. Es ging rapide bergab mit ihm.

Bettina machte ihm weiter Wadenwickel und kühlte dann seine Stirn und die Handgelenke. Dann nahm sie ihre Gitarre Gitti und spielte für ihn ganz leise ein Schlaflied. Er wünschte sich »Leuchtfeuer in der Nacht«. Sie stimmte es an.

Leon schloss die Augen. Durch seine geschlossenen Wimpern drangen Tränen. Sie liefen über sein Gesicht, sie tropften in sein Ohr.

»Du bist so tapfer«, sagte Bettina. »So tapfer.«

Er biss die Zähne zusammen und nickte. Seine Wangen glühten.

Als er eingeschlafen war, versuchte sie, Dr. Husemann ans Telefon zu bekommen. Seine Frau ging dran und versprach, vorbeizukommen. »Bringen Sie das Kind um Himmels willen nicht hierher. Die Zustände in der Praxis sind völlig unzumutbar. Vor allen Dingen für ein Kind. Ich komme. Es sind ja nur ein paar Meter.«

»Wann kommen Sie?«

»Sobald ich kann.«

Bettina bedankte sich und kontrollierte beim schlafenden Leon die Temperatur. Diesmal in seiner Achselhöhle. Sie war auf 39,9 angestiegen.

Mein Gott, dachte Bettina. Dieses Fieber kam ihr vor wie ein innerer Waldbrand, der in dem Jungen wütete.

59 Carlo Rosin kam endlich durchgeschwitzt bei der Feier zur goldenen Hochzeit an. Die Stimmung war hier längst auf dem Tiefpunkt und auf ihn entlud sich der ganze Frust.

Statt der versprochenen Schweinemedaillons im Speckmantel mit frischem Marktgemüse und Herzoginkartoffeln gab es Grünkohl mit Pinkel. Nun waren unter den Ostfriesen zwar einige eingefleischte Grünkohlfans, aber auch die mochten Grünkohl nicht im Sommer, sondern im Winter. Was ihnen hier serviert wurde, waren alte, übrig gebliebene, tiefgefrorene Portionen vom letzten Herbst.

Sie waren froh, dass es überhaupt noch etwas gab, weil nicht einmal der Pizzaexpress auslieferte. Bis auf ein paar Dönerbuden war inzwischen in Emden alles geschlossen oder leer gekauft. Im Hafen sollte es noch Fisch geben, aber wer wollte sich von hier aus bis zum Hafen durchschlagen und, vor allen Dingen, wie?

André Müller bleckte sein überkrontes Raubtiergebiss, denn er konnte jetzt mit seiner doppelstöckigen Buttercremetorte, die er extra für die goldene Hochzeit hatte anfertigen lassen, großes Lob einfahren.

Als die Torte hereingetragen wurde, hatte fast jeder abgelehnt, sie auch nur zu probieren, denn so eine Kalorienbombe war doch einfach nichts für die schlanke Linie. Jetzt aber schielte sogar Carlos Frau Elfi zu der Torte, und die konnte man mit Buttercreme eigentlich jagen. Nur Carlo selbst interessierte das alles nicht, denn er war schon satt.

André behauptete, Carlo hätte im Fernsehen wie ein begossener Pudel ausgesehen und sich von dem Hühnerfarmmenschen so richtig rundmachen lassen.

»Ich an deiner Stelle«, sagte er, »würde mich in Sack und Asche hüllen und in der nächsten Zeit nirgendwo sehen lassen, bis Gras über die Geschichte gewachsen ist. Peinlicher ging es ja wohl kaum.«

Carlo bat darum, sich erst einmal frisch machen zu dürfen, um der ersten Auseinandersetzung aus dem Weg zu gehen. Er hängte seine Jacke über einen Stuhl und verschwand auf der Toilette.

Er zog sich das Hemd aus und wusch sich Gesicht und Oberkörper. Das kalte Leitungswasser tat gut.

Er sah in den Spiegel und fragte sich, warum er überhaupt zurückgekommen war. Lediglich seine Schwiegermutter und Andrés Frau Sandra hatten ihm einigermaßen freundliche Blicke zugeworfen. Sandra hatte ihm zugezwinkert und geflüstert: »Ich kann verstehen, dass du dich verdrückt hast. Ich würde auch am liebsten abhauen.«

Während er sich wusch, durchsuchte Elfi seine Jackentasche und kontrollierte die SMS auf seinem Handy. Sie hatte sich das zur Gewohnheit gemacht; ihre quälende Eifersucht wurde dadurch nicht besänftigt, sondern wuchs. Doch jetzt wurde ihr Misstrauen geradezu befeuert von Bettinas SMS: *Lieber Carlo, komm doch bitte rüber. Ich koch uns was. Herzlich, Bettina.*

Ihr stockte fast der Atem. Sie winkte ihre Schwester herbei und fragte: »Was würdest du davon halten, wenn dein Mann so eine Nachricht bekäme?«

Sandra schnaubte nur.

Elfi wartete nicht ab, bis Carlo aus dem Waschraum kam, sondern öffnete die Tür zur Herrentoilette und fauchte hinein: »Carlo? Wir müssen miteinander reden.«

Er beeilte sich herauszukommen, das Hemd falsch zugeknöpft, was ihn ein bisschen nach verwirrtem Professor aussehen ließ oder nach Beim-Seitensprung-fast-in-flagranti-Erwischt. Je nachdem, wie man es auslegte.

»Du warst also rein beruflich unterwegs, ja?«, fauchte sie.

Er nickte. »Elfi, Liebste, du kriegst doch mit, was da draußen los ist.«

»Wer, verdammt, ist diese Bettina? Eine Tussi vom Gesundheitsamt?«

»Nein, eine Sängerin.«

Als sei damit bereits alles gesagt, verschränkte Elfi die Arme vor der Brust und sah verächtlich auf sein verschwitztes, falsch zugeknöpftes Oberhemd.

»Hast du sie auch erst massiert und …«

Carlo hörte ihr nicht länger zu. Er sah, dass André Müller grinste und Steffen, dem Modemacher, zuzwinkerte: »Oh, der große Frauenversteher hat Zoff! Langsam merken die Ladys, dass er nichts weiter ist als ein Blender.«

Als kleiner Junge hatte Carlo ein Aquarium besessen. Ein Schwarm Neonfische und Guppys, zwei rote Schwertträger und dazu eine Saugschmerle, die er »mein fleißiger Scheibenputzer« nannte, denn die Schmerle saugte sich an der Scheibe fest und graste die Algen ab. Sie war lange Zeit sein Lieblingsfisch gewesen, bis er sie eines Tages dabei erwischte, wie sie einen der Schwertträger auslutschte, der offenbar verendet war. Sie hatte gar nicht von ihm abgelassen; selbst als er den toten Fisch aus dem Wasser nahm, blieb die Saugschmerle an ihm kleben. Er hatte sie abreißen müssen. Seitdem mochte er sie nicht mehr.

Und so ähnlich kam ihm seine Beziehung zu Elfi vor. Nur das Problem war: Elfi klebte an ihm.

Er mochte plötzlich sein ganzes Leben nicht mehr. Es erschien ihm, als würde er es im Aquarium verbringen, gut versorgt in einer abgeschlossenen, künstlichen Welt. Er lebte nach Gesetzen, die nicht die seinen waren, hielt die Fütterungszeiten ein, versuchte, sich nach den irren Regeln dieser Familie zu richten, kämpfte um ihre Anerkennung und hatte sich doch längst auf der untersten Stufe der Leiter eingeordnet.

Er fragte sich, was ihn daran hinderte, einfach zu gehen.

Die Erkenntnis traf ihn völlig unvorbereitet: Er liebte seine Frau nicht mehr.

Er fühlte sich in ihrer Gegenwart eingeengt und unwohl. Er hätte nicht einmal mehr genau sagen können, warum sie eigentlich geheiratet hatten. War es wirklich auch sein Wille gewesen oder hatte er einfach nur nachgegeben, weil es für sie von Anfang an völlig klar war, dass sie heiraten würden? Ihre Schwestern hatten geheiratet, sie war die Letzte und sie wollte es nun auch tun … Nur wer verheiratet war, konnte vor den Augen ihrer Eltern bestehen. Eine verheiratete Frau genoss ganz anderes Ansehen als eine unverheiratete. Sie wurde vom Mädchen, das man bevormunden konnte, zur Frau, die scheinbar einen freien Willen hatte – in Wirklichkeit aber genauso bevormundet wurde, weil sie sich an die Familienregeln halten musste. Das kam doch alles aus dem vorigen Jahrhundert und er und Elfi hatten sich brav darin eingerichtet.

Er hatte sich gerade erst gewaschen, doch schon wieder bedeckte eine dünne Schweißschicht seine Haut. Diesmal kam es nicht vom Laufen. Es war eine Art Rechtfertigungsschweiß. Angstschweiß. Ein *So-etwas-darf-man-gar-nicht-denken-Schweiß*.

60 Im Susemihl-Krankenhaus erlitt Dr. Maiwald einen Kreislaufkollaps, während er einer Schlaganfallpatientin einen Tropf legte. Es war erstickend heiß unter dem Atemschutzgerät. Obwohl er den Kranken predigte, viel zu trinken, hatte er selbst viel zu wenig Flüssigkeit zu sich genommen. Er wollte nicht aus Bechern oder Tassen trinken, die nach ihm noch jemand anders benutzen konnte, und er traute dem Leitungswasser sowieso nicht. Aus dem Getränkeautomaten hatte er sich eine Halbliterflasche Apfelschorle gezogen, aber die steckte noch unberührt in seinem Arztkittel, mit dem Handy und einer Packung Aspirin.

Im Fallen riss er den Tropf mit um und lag vor dem Bett seiner Patientin. Sie wollte den Notruf drücken, fand aber keinen Klingelknopf, denn dies war kein reguläres Krankenzimmer. Aus Platznot war einfach ein Vorratsraum geräumt worden. Ihr infolge des Schlaganfalls gestörtes Sprachzentrum erlaubte es ihr auch nicht, um Hilfe zu rufen. Es kam lediglich ein lautes Lallen heraus.

Dr. Maiwald wurde nur gefunden, weil Schwester Inge zwei weitere Patienten ins Notzimmer schieben wollte, weg vom Flur, der zugeparkt war mit Betten. Langsam wurde es schwierig, dort mit Medikamenten oder Essenswagen von einer Station zur anderen durchzukommen.

61 Chris konnte keinen Arzt auftreiben, dafür aber einen Flug-
schüler vom Flugplatz Borkum. Er hatte zwar seinen A-
Schein noch nicht gemacht, war aber der Meinung, in der jetzigen
Situation dürfe man sich von solch bürokratischem Kleinkram
nicht hindern lassen.

Er kannte Chris. Zweimal hatte er versucht, sie auf der Promenade anzubaggern, doch sie hatte ihn jedes Mal abblitzen lassen.
Ihr Kriminalroman von Frank Göhre war wohl unterhaltsamer als
er mit seinem Flirtversuch. Aber er hatte seine Telefonnummer auf
eine Serviette geschrieben und Chris großspurig zu einem Rundflug eingeladen, falls sie Lust dazu hätte.

Chris hatte die Serviette überhaupt nur mitgenommen, weil diese
sich als Lesezeichen für ihren Krimi eignete; der Nordseewind hatte
ihr eigentliches Lesezeichen aus dem Buch gehoben und quer über
den Strand bis in die Dünen flattern lassen.

Hassan Schröder, Sohn einer ostfriesischen Aalräucherei-Besit-
zerin und eines kurdischen Asylanten – der zweifellos den besten
Matjes Hausfrauenart herstellen konnte, den es jemals zwischen
Emden und Aurich gegeben hatte –, wäre bereit gewesen, für sie ein
Passagierflugzeug nach Kuba zu entführen, um ihre Liebe zu gewin-
nen. Ihr Anruf bei ihm machte ihn glücklich.

Wenigstens die theoretische Prüfung für die Fluglizenz hatte er
schon bestanden. Die Grundausbildung zum Flugzeugpiloten A
mit der Berechtigung, »einmotorige, kolbenbetriebene Flugzeuge
zu führen«, hatte er zwar noch nicht vollständig absolviert, aber er
fühlte sich bereits fähig, Kampfjets zu fliegen. Der Held in ihm wurde wach, als diese wunderschöne Frau mit der erotischen Stimme
ihm am Telefon sagte: »Ich brauche deine Hilfe, Hassan. Du hast
doch gesagt, du bist Pilot.«

Sollte er das jetzt klarstellen und ihr die komplizierte Flugaus-
bildung erklären und warum er noch nicht wirklich Pilot war? Er
hatte Zugang zu mindestens drei Maschinen. Zwei davon waren

im Moment nicht auf Borkum, aber eine stand einsatzbereit und wartete praktisch nur auf ihn. Er stellte sich seine Aufgabe wesentlich leichter vor, als sie war. Er vermutete, dass Chris einfach die Insel verlassen wollte. Dadurch, dass die Fähre nicht landen durfte, konnten nicht nur keine neuen Touristen auf die Insel, auch alle, die bereits hier waren, kamen nicht weg. Deshalb flogen alle Piloten Sondereinsätze. Niemand wollte nach Emden. Sie flogen Norderney an, Helgoland, Juist oder Wangerooge. Wahrscheinlich hatte Chris keinen Platz mehr bekommen.

Er rechnete sich aus, dass es gar nicht so schwierig war, jetzt einen kleinen Flugplatz anzufliegen. Wer ließ sich in dieser Situation noch die Pilotenlizenzen zeigen? Es ging doch auf den Flugplätzen Ostfrieslands gerade zu wie in einem Taubenschlag.

Er rechnete sich aus, dass die Strafe für ihn vermutlich ein lebenslanges Flugverbot war, wenn er erwischt wurde. Das aber war er bereit zu riskieren, um Chris' Herz zu gewinnen. Obwohl das nur so eine Redensart für ihn war, in Wirklichkeit interessierte ihn ihr Herz nicht besonders. Aber er stellte sich vor, wie ihre schönen langen Beine sich bereitwillig für ihn öffneten.

Chris wusste genau, was Hassan von ihr wollte. Sie hatte es bereits beim ersten Kontakt gespürt und nicht die geringste Lust gehabt, sich auf ihn einzulassen. Aber jetzt spielte sie bewusst mit seinem Verlangen. Sollte er sich nur Hoffnungen machen. Hauptsache, sie war in der Lage, irgendwie Hilfe für Benjo zu organisieren.

Wenn die Ärzte nicht zu uns kommen, dachte sie, müssen wir eben zu den Ärzten. Sie hoffte, dass es woanders besser war.

Chris wusste nicht, wie Hassan reagieren würde, wenn sie mit Benjo bei ihm auftauchten. Aber vielleicht fühlte er sich von der Situation überrumpelt. Gemeinsam mit Benjo konnte sie eine große Energie entfalten und sie traute sich durchaus zu, dass sie beide in der Lage waren, Hassan dazu zu bringen, sie zu fliegen. Er konnte ja schlecht im Beisein von Benjo zugeben, was er wirklich von ihr wollte. Mit Benjo fühlte sie sich sicher.

62 Regula kollabierte. Für Charlie sah es aus, als würde sie sich bereits im Todeskampf befinden. Ihr Körper verkrampfte sich. Sie stieß mit dem Kopf mehrfach gegen die Scheibe und mit den Knien gegen den Vordersitz. Von ihren Augäpfeln konnte er nur noch das Weiße sehen, das von so vielen geplatzten Äderchen durchzogen war, dass es aussah, als würde sie mit roten Augen schauen. Es erinnerte Charlie an Bilder aus Vampirfilmen. An eine schreckliche Metamorphose, wenn aus einem menschlichen Wesen plötzlich eine angreifende Bestie wurde.

Doch Regula attackierte niemanden. Im Gegenteil. Sie brauchte Hilfe, um sich bei ihren spastischen Bewegungen nicht selbst zu verletzen.

Charlie wollte sie auf dem Rücksitz in eine bessere Lage drücken. Ihre Armmuskulatur war knochenhart, als sei sie von innen mit einer vibrierenden, festen Masse ausgegossen worden. Ihr Körper kochte geradezu. Die Wangen glühten.

»Sie hat hohes Fieber«, sagte er.

Lukka nickte. Ihre eigene Verletzung kam ihr gar nicht mehr so dramatisch vor. Es hätte so ein schöner Urlaub auf Borkum werden können. Er hatte mit einem wundervollen Konzert in Emden begonnen. Und jetzt das. Antje war völlig durchgedreht, Regula verabschiedete sich von der Welt und sie selbst kam sich vor wie eine alte Frau, die nach einem Schlaganfall Mühe hatte, die Kontrolle über ihren Körper zurückzuerlangen.

Lukka musste ganz langsame Bewegungen machen. Etwas stimmte mit ihren Augen nicht. Sie verlor die Koordination. Teilweise legten sich Dinge übereinander und gingen dann wieder auseinander. Plötzlich gab es im Auto zwei Schaltknüppel und zwei übereinandergelagerte Lenkräder. Charlies Gesicht erinnerte sie an Gemälde von Picasso: Es hatte nur eine Nase, aber links zwei Augen.

Die Abendsonne stand jetzt tief und die Strahlen ließen die Schweißtropfen auf Charlies Glatzenansatz glitzern wie eine Haube aus regenbogenfarbenen Diamanten. Es war nur ein kleiner Moment, in dem das Licht so stand, doch er berührte Lukka zutiefst und stachelte ihren Lebenswillen an.

Inzwischen hatten Passagiere drei weitere Rettungsboote zu Wasser gelassen. In einem saß Antje, zusammen mit dem pensionierten Sportlehrer Josef Flow und dem Punker aus Braunschweig. Der hatte seine Lederjacke immer noch an. Sie war nicht einmal nass geworden.

Die alte Frau Symanowski war auch mit an Bord. Sie wusste nicht, ob sie es sich wirklich zumuten sollte, mit diesem Boot über die Nordsee zu schippern. Sie hatte Sorge, es könnte kentern, und sie wäre sicherlich nicht in der Lage, an Land zu schwimmen und dies zu überleben. Doch an Bord der Ostfriesland III bekam sie Platzangst. Das Gefühl, eingesperrt zu sein, hielt sie nicht länger aus; ihr war jede Fluchtmöglichkeit recht und bei den jungen Leuten fühlte sie sich gut. Antje und der Punker gaben ihr mit ihrer jugendlichen Lebendigkeit frischen Lebensmut. Hier auf dem schwankenden Rettungsboot ging es ihr bald besser als auf der Fähre, sie fühlte sich nicht mehr wie im Bunker. Endlich bekam sie wieder richtig Luft.

63 Heinz Cremer hatte den Tod von Lars Kleinschnittger noch nicht überwunden. Aber in dem Bewusstsein, dass es darum ging, den Tod von noch viel mehr Menschen auf Borkum zu verhindern, beobachtete er mit seinem Fernglas die Ostfriesland III. Er registrierte, dass dort Boote zu Wasser gelassen wurden.

Die Wellen der Nordsee peitschten jetzt ziemlich hoch, sodass die flachen Boote im Meer für ihn nicht zu erkennen waren. Mal blitzte irgendwo eins hell auf, aber ob es eines war, drei oder fünf, konnte er nicht sagen. Doch dass sie versuchten, Borkum zu erreichen und nicht das Festland, war ihm völlig klar. Er hätte es an ihrer Stelle genauso gemacht. Wer ließ sich schon gerne in ein Seuchengebiet schicken?

»Leute«, rief er, »wir müssen kleine Gruppen bilden und den Küstenstreifen absuchen! Die Schweine versuchen, mit Rettungsbooten zu landen. Das wird kein Kinderspiel! Die können praktisch überall an Land gehen, und wenn sie einmal auf der Insel sind, wird es schwer sein, sie zu finden!«

Aber es gab nicht mehr viele, auf die er hätte zählen können. Die einen standen noch unter Schock, weil sie den Tod von Lars Kleinschnittger erlebt hatten, und sie wollten sich aus allem heraushalten, die anderen feierten ihren Sieg und schwemmten alle Bedenken mit Caipirinha, Corvit und ein paar Bieren weg.

Ja, ohne jede Übertreibung kann man sagen: Auf Borkum herrschte unter vielen Touristen Feierlaune. In den Nachrichten waren Horrormeldungen zu hören, doch sie hatten hier eine Schlacht gegen das Virus gewonnen.

Der Polizist Jens Hagen stand ganz in Cremers Nähe und teilte seine Sorge. Cremer spürte, dass er Macht über Jens Hagen hatte. Ohne Oskar Griesleuchter war Hagen nur ein einsamer Uniformierter, unsicher in den Handlungen und voller Angst, etwas falsch zu machen.

»Bitte helfen Sie mir. Wir müssen Gruppen zusammenstellen, die an der Küste patrouillieren. Die Leute werden versuchen, an der dem Festland zugewandten Seite der Insel zu landen. Ich glaube kaum, dass sie erst halb um Borkum herumrudern, um dort an Land zu gehen. Wir haben eine Möglichkeit, sie abzufangen.«

Jens Hagen gab ihm recht. »Aber wie sollen wir uns vor den Viren schützen?«, fragte er.

»Na, indem wir die Leute nicht auf die Insel lassen. Wie denn sonst?«

»Ja, aber wenn wir sie daran hindern wollen, kommen wir mit ihnen in Kontakt. Ich meine, das ist jetzt nicht eine riesige Fähre, auf der die sitzen. Das sind kleine Rettungsboote. Es könnte zum Nahkampf kommen.«

Cremer nahm den Gedanken sofort auf. »Sie sind ein kluger Mann. Eigentlich viel zu klug für einen Streifenpolizisten. Haben Sie nie daran gedacht, Kommissar zu werden?«

Jens Hagen fühlte sich geschmeichelt, aber ihm war durchaus klar, dass Cremer versuchte, ihn mit Komplimenten auf seine Seite zu ziehen.

»Wir brauchen Schusswaffen«, sagte er mit leiser Stimme. »Wenn die Waffen nicht weit genug reichen, kommen sich die Menschen zu nah.«

Sofort regte sich in Jens Hagen Widerstand. So sinnvoll ihm das Abschotten der Insel erschien, er wollte auf keinen Fall Waffen verteilen und eine Schießerei provozieren.

Er wand sich unter Cremers forschenden Blicken. »Wir haben hier keine Waffenkammer bei der Polizei, die ich so einfach aufmachen könnte …«

»Einfach, mein junger Freund, ist heutzutage fast gar nichts mehr. Das Leben ist kein Streichelzoo. Eine Golfpartie vielleicht ist einfach. Eine Steuererklärung schon nicht mehr.«

»Worauf wollen Sie hinaus?«

»Wie viele Waffen können Sie beschaffen?«

»Ich … ähm … also … Im Grunde keine …«

Er hatte einen Moment zu lange gezögert. Heinz Cremer konnte seinen Worten nicht glauben.

Der Düsseldorfer Architekt stieß den jungen Polizisten kumpelhaft an: »Wir brauchen Ihre paar Dienstpistolen gar nicht. Was glauben Sie, wie viele Handfeuerwaffen der Sportschützenverein hier auf der Insel hat?«

Heinz Cremer strich sein Hawaiihemd glatt, das vom Wind aufgebläht wurde. Es gefiel ihm nicht, dass der ostfriesische Wind ihm den Bierbauch zurückzauberte, von dem er dachte, ihn sich mühsam abgehungert und abtrainiert zu haben.

»Glauben Sie mir, das reicht aus, um die Insel zu verteidigen. Ich wette, im Vereinshaus sind bessere und vor allen Dingen präzisere Gewehre gebunkert, als Sie sie haben. Stimmt's?«

Jens Hagen schwieg verbissen.

»Haben Sie überhaupt Gewehre?«

Jens Hagen schüttelte den Kopf.

»Na, sehen Sie. Wir brauchen aber Scharfschützen und Waffen auf lange Distanz. Ich denke, mit ein paar gezielten Treffern können wir sie uns vom Leib halten.«

Während er sprach, marschierte Heinz Cremer fast im Stechschritt am Landungskai entlang. Jens Hagen hatte Mühe, Schritt zu halten.

Dann blieb Cremer stehen und suchte mit dem Fernglas den Horizont ab.

»Sie wollen auf die Menschen in den Booten schießen?«

Ohne das Fernglas zu senken, antwortete Heinz Cremer: »Ein, zwei gezielte Schüsse auf die Rädelsführer oder die an den Rudern. Präzise in Arme oder Beine. Das wird sie zur Vernunft bringen und umkehren lassen. Kleine Fleischwunden, die verheilen rasch und sind halb so wild.« Er hatte einen gebieterischen Gesichtsausdruck.

»Ich finde das keine gute Idee«, sagte Jens Hagen.

»Aber Herr Wachtmeister …«

»Sagen Sie nicht Wachtmeister zu mir!«, protestierte Hagen.

»Wenn der erste Verletzte in ihrem Boot um Hilfe schreit, werden sie umkehren«, versprach Cremer mit fester Stimme.

Jens Hagen hatte Mühe, sich der Entschlossenheit von Heinz Cremer zu widersetzen. Er war so klar und so exakt in seinen Aussagen.

Doch er versuchte, sich gegen die invasive Macht der Worte zu wehren: »Was wollen Sie denn dann von mir, Sie brauchen doch meine Hilfe gar nicht!«

»Nein, da haben Sie wohl recht, aber wenn wir zusammenarbeiten, könnte es für uns beide von großem Vorteil sein, oder wollen Sie hinterher dastehen, als ob Sie untätig zugesehen hätten?«

»Natürlich nicht!«

Dunkle Wolken stiegen über der Insel auf, vereinigten sich zu einer geschlossenen Formation. Sie kamen scheinbar aus dem Meer. Der Wind drehte und die Flut drückte das Wasser gegen den Strand.

Es war, als hätte Heinz Cremer dem Polizisten einen Köder hingeworfen, und der würde ihn reflexartig schlucken wie ein hungriger Hecht – und viel zu spät schmerzlich den Haken spüren.

»Wenn Sie die Waffen beschlagnahmen und wir sie dann ausgeben, haben wir die Sache im Griff, wer zu unseren Leuten gehört und wer nicht.«

Da war zweifellos etwas Wahres dran. Jens Hagen fand keine Möglichkeit zu widersprechen.

»Klar, besser, wir haben das unter Kontrolle, als dass irgendein wild gewordener Cowboy …«

Noch während er sprach, kamen Hagen Bedenken. Wie sollte er entscheiden, wer vertrauenswürdig war und wer nicht? Ein Waffenschein allein reichte als moralische Qualifikation ja wohl kaum aus.

Bevor er die Frage formulieren konnte, sagte Heinz Cremer: »Wir beide retten die Insel, also …«, schränkte er dann ein, »wir beide mithilfe vieler Freiwilliger. Wir brauchen ein Flugzeug. Beschlagnahmen Sie eine Maschine, verdonnern Sie einen Piloten, uns zu helfen!«

»Ja, aber warum?«

Jens Hagen ärgerte sich über seine Frage. Er wusste natürlich, warum, doch es klang so ungeheuerlich.

»Wir können mit einem Flieger die Küste kontrollieren – solange es noch hell ist. Dann brauchen wir Scheinwerfer. Sonst schleicht sich in der Dunkelheit die Pest an Land.«

Jens Hagen fühlte sich Heinz Cremer maßlos unterlegen und er wollte ihn nicht zum Gegner haben – aber er befürchtete gleichzeitig, dass Cremer ihn auch deshalb in seine Pläne einband, weil er eine Rückversicherung brauchte. Wenn das alles hier einst vor Richtern und Presse bestehen musste, dann wäre er, der Polizist, im Ernstfall das Bauernopfer. Er zweifelte keine Sekunde daran, dass Cremer, der erfolgreiche Architekt, ihn bedenkenlos opfern würde, um sich selbst zu retten. Er war einer dieser Menschen, die fürs Überleben geboren waren, ein Trick der Evolution, der dafür sorgte, dass die menschliche Spezies zwar Verluste erlitt, aber nicht ausgerottet wurde. Typen wie dieser Heinz Cremer überlebten immer. Das war der eigentliche Sinn ihres Daseins.

Jens Hagen wusste, dass er selbst nicht so war, aber umso mehr bewunderte er Cremer dafür.

Vor seinem inneren Auge lief ein schlimmer Film ab. Aus einer Cessna 172 schoss jemand mit einem Gewehr auf Menschen in einem Rettungsboot.

Jens Hagen schüttelte sich, als ob ihm kalt geworden wäre.

64

Der Flugplatz war inzwischen dichtgemacht worden. Sie ließen zwar noch jeden ausfliegen, aber keinen mehr rein. Borkum schottete sich so gut wie möglich ab.

Von den anderen ostfriesischen Inseln kamen ähnliche Meldungen. Juist und Norderney versuchten das Gleiche. Nirgendwo auf den Inseln war das Grippevirus bis jetzt offiziell registriert worden. So manche Ferienregion der Welt wurde immer wieder von Terrorakten erschüttert; Ostfriesland dagegen galt als sicher. Hier explodierten keine Autos, hier zogen keine randalierenden Gangs durch die Straßen, es gab keine korrupte Polizei und keine Selbstmordattentäter. Nun, da Teile der Welt im Chaos der Todesbrut zu versinken schienen und sich das Virus scheinbar ungehindert wie ein Waldbrand ausbreitete, erwiesen sich die ostfriesischen Inseln einmal mehr als Ort der Sicherheit, Ruhe und Gesundheit. Das Wort »Erholungsparadies« bekam eine ganz neue Bedeutung.

Holger Hartmann hatte seinen Durst mit drei Weizenbieren gelöscht und langsam löste sich der Krampf im Magen, der ihn seit Lars Kleinschnittgers Tod gequält hatte. Bier hatte ihm immer geholfen. Wie viele seiner Probleme hatte er mit Bier weggespült? Sein Vater behauptete, die Probleme kämen überhaupt erst durchs Trinken, aber der hatte eben auch überhaupt keine Ahnung ... So dachte Holger Hartmann und bestellte sich noch ein Weizen.

Er hockte im Irischen Pub. Um ihn herum saßen ein paar Bewunderer. Sie hatten gehört, dass er bei den Helden dabei gewesen war, die die Ostfriesland III an der Landung gehindert hatten. Sie wollten unbedingt alles von ihm hören und er erzählte es bereitwillig. So, dachte er, müssen sich Popstars fühlen. Belagert von ihren Fans, die gar nicht genug von ihnen kriegen können.

Leider waren keine Frauen dabei, sondern nur junge Männer. Er hätte seine Geschichte lieber einer vollbusigen Blondine erzählt.

65 Benjo versuchte, sich auf die Insel zu konzentrieren und nicht auf das hypnotisierende Auf und Ab der Wellen.

Sie kamen vom Kurs ab. Wenn er sich nicht täuschte, waren sie schon gut einen Kilometer weit nach Westen abgetrieben worden. Sie steuerten das Boot nicht wirklich. Sie waren mehr ein Spielball der Wellen.

Benjo wollte nicht zu Margit oder Kai Rose gucken. Er schaffte es nicht einmal, die Kinder anzusehen. Er hatte nur noch ein Ziel vor Augen: Borkum. Die Insel, die sie retten musste, die Insel, auf der Chris versuchte, Hilfe zu organisieren.

Für Margit sah er atemlos gut aus, verwegen, ja übermütig. Wenn Kai nur etwas von ihm gehabt hätte, dachte sie, vielleicht wäre dann alles ganz anders gekommen. Sie war sich bewusst, dass sie ihm schon wieder die Schuld gab, dabei hatte sie in der Therapie gelernt, dass nur sie selbst für ihr Leben verantwortlich war und niemand sonst … Sie hatte das alles auch geglaubt, aber nun, mit ihrer halb toten Tochter im Arm, kamen ihr Zweifel.

Aber was sie zu Beginn einmal an Kai fasziniert hatte, das stieß sie jetzt ab. Er wollte aus allem immer mehr machen, als es hergab. Er war auf eine grundsätzliche Art unzufrieden. Unzufrieden mit seinem Job, mit ihrem Haus, mit seinen Kindern, mit seinem Körper, mit ihrem gemeinsamen Sex, sofern sie noch welchen hatten. In gewisser Weise war er wie dieses Land, wie die Gesellschaft, in der sie beide aufgewachsen waren. Alles musste immer wachsen, besser werden, toller, weiter, schöner, ertragreicher. Nur Idioten waren zufrieden. Versager, die sich selbst aufgegeben hatten. Penner. Loser. Kai hatte die Unzufriedenheit in sich von Kindheit an aufgesaugt. Er war gierig geworden nach Erfolg, Anerkennung und Geld. Sein Körper musste muskulös sein. Seine Kinder sollten Wunderkinder sein. Seine Ehe eine Traumehe.

In seiner Unzufriedenheit lebte er in völliger Übereinstimmung mit den meisten Menschen, die ihm wichtig waren. Er war sozusagen mit nichts zufrieden, außer mit seiner Unzufriedenheit. Sie hatte seine Schöner-schneller-weiter-besser-Welt zerstört. Eine Trinkerin passte nicht hinein in seine Vorstellung von einem Leben, und eine Frau, die etwas mit anderen Männern hatte, erst recht nicht.

Margit kam sich für einen Moment wie eine trotzige Heldin vor, dann klatschte eine Welle über Bord und spülte ihr fast die kleine Viola aus den Armen. Sie alle wurden hochgehoben, auf den Kamm der Wellen, und sausten dann wieder hinab.

Klatschnass duckte Margit sich mit dem Kind ins Boot, in dem das Wasser sich inzwischen eine Handbreit hoch sammelte. Ihr wurde schmerzhaft bewusst, dass auch sie angetrieben worden war von der Gier und der Unzufriedenheit. Der Gier nach Betäubung, Rausch, Männern und Bestätigung …

Dann riss der Anblick von dem im Wasser liegenden Dennis sie aus allen Gedanken. Er streckte die Hand nach seiner Mutter aus. Eine weitere Welle ergoss sich ins Innere des Bootes. Der Wasserstand stieg. Dennis hatte Mühe, den Kopf oben zu halten. Sie drohten zu kentern. Sie wurden hin und her geworfen. Kai schrie wie ein Kind in Not.

Sofort kam mit der Angst um ihren Sohn die Wut auf Kai zurück. Warum tat er nichts? Sie kümmerte sich doch um Viola. Konnte er nicht für Dennis da sein?

Sie sah sich nach ihm um. Er saß gar nicht mehr hinter ihr. Erst jetzt nahm Margit zur Kenntnis, dass Kai über Bord gegangen war.

Mein Gott, dachte sie, kriege ich denn gar nichts mit? Ist es wieder wie damals, als ich noch gesoffen habe? Ich bin ganz in mir und nehme die Außenwelt nicht wahr?

Entweder hatte Benjo auch nicht bemerkt, dass Kai verschwunden war, oder es war ihm egal.

Margit Rose wusste nicht, was sie zuerst tun sollte. Sie hatte Viola im Arm. Das Boot schaukelte bedenklich. Sie musste Dennis' Kopf aus dem Wasser heben.

Jetzt hörte sie Kai schreien: »Hier! Ich bin hier!«

Benjo arbeitete gegen die Strömung und versuchte, das Boot so zu halten, dass es den Wellen keine Breitseite bot. Er hatte Angst, sie könnten sonst kentern. Der Satz »Nordsee ist Mordsee« schoss durch seinen Kopf.

Er hatte den Wellengang total unterschätzt. Die Spitze des Rettungsbootes wurde hochgedrückt und verdeckte die tief stehende Sonne. Sie flogen alle nach hinten und krachten gegeneinander wie Kugeln beim Bowling.

Dennis lag ganz unten. Er konnte nicht einmal mehr schreien.

Dann kippte der Bug des Bootes über den Wellenkamm tief nach vorn. Benjo glitt auf dem Rücken wieder zurück durch das Wasser auf dem Boden, wie in einer Schwimmbadrutsche. Dabei stieß er sich den Kopf an der Sitzbank. Hinter ihm kam Margit Rose mehr angeflogen als angerutscht. Sie umklammerte die kleine Viola und ließ sie nicht los. Violas Kopf pendelte am Hals so unnatürlich hin und her, als ob er nur noch mit der Haut am Körper festgehalten würde. Margit Rose schlug mit der Hüfte auf der Sitzbank auf. Dann fiel sie kopfüber.

Benjo hatte keine Ahnung, wie so ein Boot zu steuern war. Mit Chris hatte er mal ein Bötchen gemietet und sie waren für sieben Euro eine Stunde auf dem See herumgepaddelt. Sie hatten sich das romantisch vorgestellt. Es war aber eigentlich doof, ohne eine Spur von Romantik, weil außer ihnen noch ein Dutzend Paare auf die gleiche Idee gekommen waren und ein paar Familien mit kreischenden Kindern ebenfalls. Außerdem war der See nur ein künstlicher Teich. Echt waren nur die verdammt hungrigen Stechmücken, die in surrenden Flugverbänden angriffen. Es waren Tausende. Sie kamen aus dem Schilf wie eine Staubwolke. Über jedem Boot tanzte so eine blutsaugende Vampirbande. Benjo hatte versucht, sie mit dem Paddel zu verscheuchen. Vergeblich. Es waren einfach zu viele und sie hatten zu lange auf so eine köstliche Mahlzeit gewartet, als dass sie sich jetzt hätten vertreiben lassen.

Schon auf dem Teich war ihm das Rudern und Lenken schwergefallen. Gleich zweimal waren sie mit einer Ausflugsfamilie zusammengestoßen, sodass der pubertierende Sohn gerufen hatte: »Pass doch auf, du Idiot!«

Benjo versuchte, wieder die Kontrolle über das Boot zu bekommen. Er kam sich stümperhaft vor, aber schlimmer, viel schlimmer sah es hinter ihm aus.

Kai Rose, der den Sichtkontakt zum Rettungsboot seiner Familie verloren hatte, hielt sich am Boot von Antje, der alten Frau Symanowski und Josef Flow fest. Der Punker aus Braunschweig wollte ihm ins Boot helfen und so kenterten sie.

Antje griff nach Frau Symanowski, um sie zu retten, die klammerte sich an sie und gemeinsam sanken sie tiefer. Antje versuchte jetzt verzweifelt, sich aus der panischen Umklammerung zu befreien. Sie wusste sich nicht anders zu helfen, sie schlug der alten Dame ins Gesicht und brach ihr die verkrampften Finger, anders ließen sie sich nicht lösen.

Frau Symanowski ertrank als Erste. Dann der Punker in seiner schweren Lederjacke und schließlich Josef Flow. Ihn traf etwas am Kopf, was ihn ohnmächtig werden ließ. Was es war, registrierte er schon nicht mehr.

Antje hielt sich noch eine Weile, schluckte Meerwasser, spuckte und schwamm, dann verließen auch sie die Kräfte.

Lediglich Kai Rose schaffte es.

66 Der Wind legte sich wie ein Topfdeckel auf den Qualm und drückte ihn nach unten. Der Rauch war schmutzig, gelb und schwer. Er hüllte die Hühnerfarm ein.

Misstrauisch beobachtete Akki die Leute mit den Gewehren, die sich fast kreisförmig um die Hühnerfarm aufgebaut hatten. Sie taten ihm nichts, doch sie machten ihm Angst, als könnten sie ihre Schusswaffen jeden Moment gegen ihn richten. Sie warteten auf etwas. Einen Befehl, der kommen könnte, oder ein Ereignis, das eintreten würde.

Der beißende Geruch von verbranntem Fleisch und verschmorten Federn ließ Akki würgen. Dies hier hatte nichts von dem Appetit machenden Duft einer Hähnchengrillstation an sich. Tausende Hühner starben einen qualvollen Tod unter einstürzenden Dachbalken in brennenden Volieren. Viele verendeten schockstarr an einem Herzinfarkt, bevor die Flammen sie holten. Andere fanden einen Weg ins Freie, hatten aber nie fliegen gelernt und flatterten hilflos über die Glut.

Nichts in seinem Leben hatte Akki jemals so viel Überwindung gekostet wie jeder weitere Schritt in den Qualm hinein. Es war, als würde der dichte gelbe Rauch auch alle Töne schlucken, doch sobald er sich in ihn hineinbegab, wurde es laut. Das Kreischen der sterbenden Hühner war wie eine Wand, gegen die er stieß.

Seine Augen tränten bereits. Er kniff sie zusammen und tastete sich qualmblind vorwärts. Etwas flatterte an ihm vorbei. Die Flügel streiften ihn. Er schlug nach dem brennenden Huhn und schützte seine Haare gegen das Feuer. Dann stand er an der Mauer und kam nicht weiter. Er hörte die Rufe von Josy. Auch wenn er nicht verstand, was sie wollte, erkannte er doch ihre Stimme. Sie war hysterisch. Auch das kannte er. Manchmal, wenn etwas nicht so lief, wie sie wollte, flippte sie völlig aus.

Die Stimme kam irgendwie von oben, als würde sie über ihm schweben.

»Josy!«, rief er. »Josy, ich bin hier! Ich komme nicht zu euch rein! Ich steh vor der Mauer!«

»Das Tor ist auf! Du musst nicht über die Mauer! Pass auf, es ist gefährlich, ein Stall brennt!«

So schrecklich die Situation auch war, hatte dieser Satz etwas Erheiterndes an sich, fand er. Als ob irgendeiner hätte übersehen können, dass es hier brannte. Aber auch das war seine Josy. Die stand mitten in einer Metzgerei und fragte: »Wenn hier nicht Schweine, sondern Menschen geschlachtet würden, würdet ihr euch dann auch für die Schinkenpreise interessieren? Für den Fettgehalt der Bratwurst und dafür, ob die Koteletts gut gewürzt sind?«

Plötzlich kam eine Windböe von Westen und gab eine Schneise frei. Akki hustete und holte dann tief Luft. Jetzt sah er einen Teil der Verwüstung, die die wütenden Flammen angerichtet hatten. Der lang gestreckte Stall gleich an der Mauer hatte komplett Feuer gefangen und die eine Hälfte des Gebäudes war eingestürzt. Viele Hühner, die sich darin befanden, konnten sich frei bewegen und versuchten, der Feuersbrunst zu entkommen, die anderen saßen in ihren Volieren fest und wurden von der Hitze umgebracht.

Auf dem Stall daneben stand Josy und spritzte mit einem Gartenschlauch das Dach und die Wände ab, in der Hoffnung, die Flammen am weiteren Vormarsch hindern zu können.

Ubbo Jansen versuchte, mit der Axt einen Übergang abzubrechen, der die beiden Gebäude miteinander verband, um so den Flammen den Weg abzuschneiden.

Tim fuhr mit seinem Rollstuhl zwischen dem Wohnhaus und dem brennenden Stall hin und her, schaffte jeweils einen Eimer Wasser herbei und kippte ihn ins Feuer. Das Zischen hörte sich für Akki an wie Hohngelächter. Mit solch lächerlichen Aktionen war dieser Brand sicherlich nicht zu bekämpfen. Es war nur eine Frage der Zeit und die Flammen würden sich die nächsten Stallungen holen und noch mal Zehntausende Hühner verbrennen.

Akki rannte herum zum Eingangstor. Es war tatsächlich offen.

Für ihn sah alles hier immer noch aus wie ein Hochsicherheitstrakt, nur diesmal nach einem Bombenangriff. Er rannte durch den langen Gang. Die Sicherheitskameras hingen wie tote Augen an den Wänden. Als Ubbo Jansen Akki sah, war er kurz versucht, mit der Axt auf ihn loszugehen. Jansens Adrenalinspiegel war bis zum Anschlag hoch. Er bebte innerlich vor Zorn. Hier knisterte seine letzte Chance nieder, seine Zukunft wurde verfeuert. Und jetzt auch noch dieser Akki. Nie im Leben hätte er sich träumen lassen, dass er mal auf die Hilfe von diesem Lumpen angewiesen wäre.

»Holen Sie sich eine Axt!«, befahl Ubbo Jansen. Seine Stimme hörte sich an wie ein Krächzen. Die Arbeit im Qualm machte ihm zu schaffen. »Wir müssen den Übergang wegbrechen, bevor das Feuer hier ist und sich auf das andere Gebäude stürzt. Beeilen Sie sich!«

»Wo sind die anderen?«, rief Josy vom Dach.

»Ich bin alleine gekommen!«

»Na toll! Und die anderen? Gucken die fern oder was?«

»Stehen Sie nicht rum! Tun Sie was!«, forderte Ubbo Jansen. »Wenn wir den Gang nicht schnell niederreißen, brennt der nächste Stall!«

Es kam ihm selbst idiotisch vor, etwas zu zerstören, das er gerade erst mit EU-Mitteln gebaut hatte. Das neueste Gebäude brannte, die beiden älteren standen noch. Ein Architekt hatte ihm empfohlen, Wassersprenkler einzubauen, aber er hatte spöttisch geantwortet: »Meine Hühner rauchen nicht. Warum soll ich noch zusätzliches Geld für Sprenkler ausgeben?«

»Das hat alles keinen Sinn!«, rief Akki. »Wir müssen die Tiere freilassen! Kommen Sie, noch können wir sie retten!«

Ubbo Jansen umfasste den Stiel der Axt mit beiden Händen und hob sie drohend hoch. »Oh nein!«, rief er durch den Qualm. »Das hatten Sie doch schon die ganze Zeit vor, meine Hühner freizulassen! Zweimal haben wir deswegen vor Gericht gestanden. Sind Sie gekommen, um es noch einmal zu versuchen?«

Er hatte Lust, Akki den Schädel einzuschlagen, um so wenigstens seiner Wut Luft zu machen.

»Tu, was er sagt!«, forderte Josy vom Dach und Akki konnte es kaum glauben.

»Hä? Was? Spinnst du? Es gibt überhaupt keine andere Möglichkeit! Komm, wir lassen die Hühner frei! Wir hätten sie schon vor Monaten befreien sollen, dann wären jetzt nicht so viele gestorben! Guck dir doch an, wie elendig die Kreaturen verrecken! Sie werden alle in der Hölle sterben! Und wir mit ihnen! – Kommen Sie immer noch nicht zur Vernunft?«, fragte er Ubbo Jansen. Dann schrie er hinter Tim her: »Sag du doch was! Hast du überhaupt keinen Einfluss auf deinen Vater? Wenigstens jetzt muss er doch einsehen …«

Ubbo Jansen baute sich bedrohlich auf. »Wir können die Hühner nicht einfach rauslassen! Wie stellen Sie sich das vor? Wer soll sie füttern? Wovon sollen sie leben? Sie werden alle sterben! Elend verrecken, verhungern und verdursten!«

»Na prima!«, spottete Akki. »Das ist ein Superargument! Wir können die Gefangenen nicht freilassen, weil sie in der Freiheit nicht überleben. Die Gefangenschaft ist besser für sie, weil sie da wenigstens versorgt sind.«

Tim rollte mit einem neuen Eimer Wasser heran. In dem Moment knickte ein Dachbalken ab und ein brennender Teil einer Holzspanverkleidung krachte in Ubbo Jansens Rücken. Er fiel auf die Knie, und noch bevor er sich aufgerappelt hatte, brannte sein Hemd.

Er rollte sich auf dem Boden herum, um das Feuer zu löschen. Doch die Flammen erreichten auch seine Haare.

»Bleib ruhig, ganz ruhig!«, schrie Tim und schüttete den Eimer Wasser über seinem Vater aus. Dann sah er Akki an. »Günstiger Augenblick, so eine Grundsatzdebatte anzufangen!«, zischte Tim.

»Vorher hat ja keiner mit uns diskutiert«, konterte Akki, »sondern da wurde höchstens die Polizei gerufen, wenn wir kamen. Solange alles gut läuft, will keiner mit uns reden, und wenn es schiefgeht, auch nicht mehr.« Akkis Brille rutschte von der Nase und fiel hinunter. Er hob sie auf. Jetzt hatte er Fettspuren von den Fingern auf den Gläsern. Er hasste es, wenn die Gläser nicht wirklich sauber waren. Er brauchte eine klare Sicht. Doch jetzt putzte er ausnahmsweise die Brille nicht, sondern lief zum Eingang vom zweiten Stall und verschwand darin.

»Hey, was hat der vor? Hilf uns löschen! Akki! Akki!«

Tim sauste mit seinem Rollstuhl hinter ihm her. Es hielt Josy kaum noch oben auf dem Dach. Sie konnte sich nur langsam bewegen, denn sie selbst hatte dafür gesorgt, dass es glitschig wurde. Sie hatte Angst, auszurutschen und abzustürzen.

Inzwischen hatte das zweite Gebäude Feuer gefangen. Ubbo Jansens Versuche, das zu verhindern, hatten nichts gebracht.

Josy rannte zu Tim und Akki in den Stall. Sie nahm eine Qualmwolke mit hinein. Es wirkte, als käme der Qualm aus ihrem Pullover.

Akki hatte schon begonnen, die Volieren zu öffnen und die Gitter abzureißen.

»Es ist Unsinn, die Hühner freizulassen!«, rief Josy. »Wir müssen die Ställe verteidigen!«

»Warum ist es sinnlos, sie freizulassen?«

»Weil sie hier drin sicherer sind als draußen. Hast du nicht gesehen, dass da draußen eine Meute mit Gewehren steht? Die knallen auf alles, was Federn hat. Ja, so irre es klingt, hier in der Legebatterie ist der einzig sichere Ort für das Federvieh.«

Akki tippte sich an die Stirn. »Das kann doch nicht wahr sein! Wir verteidigen den Hühnerknast?«

»Ja«, sagte sie, »genau das tun wir. Weil es jetzt sinnvoll ist. Eine veränderte Lage erfordert eine veränderte Reaktion. Wir können den alten Mist nicht einfach weitermachen ...«

»Das war kein alter Mist! Wie redest du denn?«

Wie ein Rachegott erschien der nasse Ubbo Jansen mit versengten Haaren in der Legebatterie. Zynisch sagte er: »Ja, wenn dann alle so weit sind, können wir ja ins Plenum gehen und dann zur Abstimmung schreiten … Beeilt euch lieber, bevor auch dieser Stall niedergebrannt ist!«

In dem Moment krachte es. Ein zusammengestürztes Gebäudeteil versperrte den Ausgang.

»Scheiße!«, kreischte Josy. »Scheiße, wir sitzen fest!«

Ubbo Jansen behielt die Nerven. »Wir können dahinten raus.«

Aber als sie zwischen den Vogelkäfigen entlangliefen, quoll ihnen der Qualm bereits über den Boden entgegen. Und dann standen sie vor einer Flammenwalze.

Das Herz schlug Tim bis zum Hals. In seiner Panik wollte er mit dem Rollstuhl einfach in die Flammen rasen, in der Hoffnung, dass dahinter die Wand zusammengebrochen und der Weg nach draußen frei war. Doch Josy hielt ihn fest: »Bist du wahnsinnig?«

»Lass mich los! Lass mich los! Ich will hier raus!«

»Wir wollen alle hier raus! Oder denkst du, wir wollen hier verbrennen wie die Hühner?«

67 Frau Dr. Husemann und Bettina Göschl verstanden sich auf Anhieb. Bettina bot der Ärztin ein Glas Wasser an, doch sie lehnte ab. Sie hatte ein freundliches, offenes Gesicht und etwas Gütiges an sich, doch sie wirkte gejagt, wie eine Getriebene, die wusste, dass sie ihre Aufgabe ohnehin nicht bewältigen konnte. Aber im Scheitern wollte sie zumindest noch die Beste sein.

Leon wurde nicht wach, als sie ihn untersuchte. Sein Fieber war inzwischen auf 40,4 gestiegen.

»Angeblich«, sagte Frau Dr. Husemann, »gibt es inzwischen ein Schnellverfahren, mit dem das Virus festgestellt werden kann. Aber wir haben diesen Test noch nicht. Wobei ... das ist auch nicht nötig, man kann es dem Jungen ansehen. Sein Körper kämpft gegen etwas, was ihn zerstören will. Ist es schnell gekommen?«

Bettina Göschl nickte. »Ja. Schnell. Fast anfallsartig. Er war sehr tapfer bis dahin und dann ging es schlagartig bergab.«

»Fantasiert er?«

»Nein, noch nicht.«

»Das kann jederzeit passieren.«

»Was können wir tun?«

Die Ärztin setzte sich aufrecht hin und sah Bettina Göschl ehrlich an. »Wir können versuchen, das Fieber zu senken, obwohl ich nicht weiß, wie sinnvoll das ist.«

»Nicht sinnvoll?«

»Manche Viren sind sehr wärmeempfindlich. Vielleicht peitscht der Körper das Fieber so hoch, um die Viren zu vernichten – laienhaft ausgedrückt. Uns fehlen noch die Erfahrungswerte, aber die wenigsten Viren oder Bakterien überstehen 42, 43 Grad Körpertemperatur.«

»Die meisten Menschen allerdings auch nicht.«

Bettina Göschl fragte sich, ob Frau Dr. Husemann irgendeine esoterische Naturheilkundlerin war, die versuchte, ihr eine absurde Theorie zu verkaufen. Aber etwas von dem, was sie sagte, leuch-

292

tete ihr völlig ein. Im Grunde sah die Frau aus, als könnte sie selbst längst Hilfe gebrauchen.

Die Ärztin legte eine Packung Tamiflu auf den Tisch. »Das ist die letzte«, sagte sie. »Ich habe sie verwahrt für …« Sie zögerte weiterzusprechen. Dann fuhr sie fort: »…für einen besonders akuten Fall. Ein Kind oder einen kranken Menschen, der sonst keine Chance hat und unbedingt gerettet werden soll.«

Bettina ahnte, dass Frau Dr. Husemann die Tabletten für sich selbst aufgehoben hatte und sie nun für einen Patienten opferte. Sie war der Frau unendlich dankbar. Trotzdem sagte Bettina: »Brauchen Sie die nicht für sich selbst? Ich meine, was passiert, wenn auch Sie noch ausfallen?«

Die Ärztin antwortete nicht. Sie räusperte sich nur und putzte sich die Nase.

Bettina Göschl nahm die Tabletten vom Tisch, um zu verhindern, dass die Ärztin es sich vielleicht doch noch anders überlegte, und fragte: »Wie soll ich sie ihm geben?«

»Erst einmal müssen wir ihn wecken, damit er schlucken kann.«

»Wie viele Patienten haben sich das Virus gefangen?«

Die Ärztin atmete stöhnend aus. »Ach, Frau Göschl, das Hauptproblem sind nicht die Viruskranken.«

»Nicht?«

»Nein. Es sind die ganz normalen Krankheitsfälle, die wir sowieso jeden Tag haben. Der Schlaganfall, der Herzinfarkt, das gebrochene Bein, der im Wirbel eingeklemmte Nerv, eine Blinddarmentzündung. Wie sollen wir diese Patienten behandeln? Wir sind doch sowieso schon überlastet und arbeiten knapp an der Kraftgrenze. Und jetzt? Den Viruserkrankten können wir im Grunde gar nicht helfen. Es gibt noch kein wirksames Medikament … außer Tamiflu. Aber viele Patienten mit normalen Krankheiten werden jetzt angesteckt und mit zwei solchen Problemen wird der Körper nicht fertig. Wir kommen oft zu spät und …«

Sie schüttelte den Kopf, als könne sie sich selbst nicht glauben.

Erneut putzte sie sich die Nase, doch jetzt sah Bettina Göschl, dass die Frau keinen Schnupfen hatte, sondern nur die Geste machte, um sich verschämt eine Träne wegzuwischen.

»Wird Hilfe von außen kommen?«, fragte Bettina. »Die können uns doch nicht einfach hier in der Stadt einschließen und unserem Schicksal überlassen.«

»Nein«, sagte Frau Dr. Husemann, »eigentlich können sie das nicht. Aber ich fürchte, sie werden es tun, bis sie eine wirksame Impfung entwickelt haben. Es kann nicht mehr lange dauern. Ein, zwei Wochen vielleicht.«

Dann begann die Ärztin zu zittern. Bettina legte eine Hand auf ihren Arm und die Berührung ließ die Frau zusammenbrechen. Wie ein kleines Kind lag sie weinend in Bettinas Armen und schluchzte.

»Ich weiß nicht mehr, was ich machen soll. Ich kann nicht mehr! Hören Sie Radio? Oder haben Sie mal den Fernseher eingeschaltet?«

Bettina Göschl verneinte. Sie wollte sich und Leon weitere Horrornachrichten ersparen.

Frau Dr. Husemann fuhr unter Tränen fort: »Sie erklären alle paar Minuten, die Notaufnahmen der Krankenhäuser seien nicht zuständig, sondern die Hausärzte. Das haben sie schon bei der Schweinegrippe so gemacht. Man verlagert immer nur das Problem. Wenn Sie heute einen Unfall haben, Frau Göschl, kommt weder ein Krankenwagen zu Ihnen durch, noch haben Sie in der Notaufnahme eine Chance.«

Da öffnete Leon die Augen und sagte: »Nicht traurig sein. Nicht weinen. Es geht mir schon viel besser.«

Sofort riss sich Frau Dr. Husemann zusammen. Gemeinsam mit Bettina Göschl gab sie Leon eine Tablette. Es war nicht einfach. Zweimal verschluckte der Junge sich und hustete die viel zu große Tablette wieder aus.

Die Ärztin sah ihm in den Hals. Er war so zugeschwollen, dass sie sich fragte, ob die Tablette überhaupt einen Weg finden konnte.

Aber dann schluckte Leon sie hinunter und trank einen ordentlichen Schluck Wasser hinterher. Er rülpste und lachte über sich selbst.

Der tapfere Junge versuchte, die Frauen aufzumuntern. Am liebsten hätte er einen Witz erzählt, doch ihm fiel keiner ein.

Dann wurde ihm wieder schwarz vor den Augen und er sackte in sich zusammen. Bettina kühlte seine Stirn mit einem feuchten Tuch.

Frau Dr. Husemann wollte gehen, aber Bettina hielt sie fest: »Soll ich uns nicht erst mal einen Kaffee kochen? Sie sehen aus, als könnten Sie eine kleine Stärkung gebrauchen.«

Die Ärztin nickte und blieb sitzen. Sie wischte sich übers Gesicht, und um etwas Positives zu sagen, holte sie weit aus: »Die Zahl der Hausgeburten steigt im Moment sprunghaft.« Sie lachte bitter. »Kann ich verstehen. Ich würde mein Kind jetzt auch lieber zu Hause kriegen als im Krankenhaus. Ich habe heute schon zwei gesunden Mädchen auf die Welt geholfen. Einmal war nicht mal eine Hebamme dabei. Aber der Geburtsvorgang funktioniert selbst heutzutage noch fast von allein. Die Natur ist eben stark …«

68 Dr. Maiwald wurde als Patient in der provisorischen Quarantänestation wach. Die frühere Innere Medizin war umfunktioniert worden, während alle nicht infizierten Patienten der Inneren nun in der Gynäkologie lagen. Männer und Frauen manchmal gemeinsam in einem Zimmer. Auf solch kleine Nebensächlichkeiten konnte im Moment keine Rücksicht genommen werden.

Schwester Inge brachte Maiwald ein Telefon. »Die Bürgermeisterin«, sagte sie. »Können Sie schon sprechen?«

Er war zwar noch benommen, nickte aber, während er versuchte, die Lage, in der er sich befand, auszuloten. Er lag an zwei Tropfen. Ein fiebersenkendes, blutverdünnendes Mittel und eines mit einem Antibiotikum. Beides ziemlich sinnlos, wie er fand. Er wollte sich augenblicklich von den Schläuchen befreien, aber zunächst nahm er das Telefon und hielt es sich ans Ohr.

Bürgermeisterin Jansen bat um einen Lagebericht.

»Keine Ahnung. Ich kann Ihnen nicht viel sagen, außer dass der Betrieb hier gerade zusammenbricht und ich mit ihm. Ich liege selbst im Krankenbett.«

»Ich kann Ihnen aber Hoffnungen machen. Der Krisenstab arbeitet. Wir versuchen, das Chaos zu beherrschen. Hilfe naht. Wir werden innerhalb der nächsten halben Stunde über genügend Tamiflu verfügen, um alle Kranken damit versorgen zu können. Ein Wagen mit dem Mittel ist bereits zu Ihnen unterwegs. Apotheken und Arztpraxen werden versorgt und wir werden vollkommen unbürokratisch Verteilstellen in der Stadt einrichten. Beim Gesundheitsamt und in allen Polizeistationen und Verwaltungsgebäuden. Selbst das Finanzamt wird ...«

»Ich fürchte, ich muss Ihren Optimismus bremsen. Ich erwähnte bereits, dass ich im Krankenhausbett liege. Tamiflu wirkt leider nicht.«

»Woher wollen Sie ...«

Der Schrecken über seine Worte ließ die Bürgermeisterin nicht weitersprechen.

»Ich habe es genommen, unmittelbar nachdem ich die erste Patientin untersucht hatte. Es hat mich voll erwischt.«

»Ja, aber …«

»Verteilen Sie es trotzdem. Es wird die Bevölkerung beruhigen, und das ist gut so.«

»Aber Sie sagen doch, es wirkt nicht.«

»Liebe Frau Jansen, wir werden in den nächsten vierundzwanzig bis achtundvierzig Stunden hier ein Massensterben erleben. Da tut der Bevölkerung jede Beruhigung gut.«

»Was, glauben Sie, wird passieren?«

»Ausbruchsversuche. Menschen, die nichts zu verlieren haben, weil es keinen wirksamen Schutz gibt, haben keine Angst vor Absperrungen und Polizeiknüppeln, nicht mal vor Gewehren. Womit wollen Sie ihnen drohen? Gefängnis? Geldstrafe?« Er schluckte schwer und lachte. »Keine Kugel wird ihnen mehr Angst machen als dieses Scheißvirus. Mit Schussverletzungen können wir umgehen. Man kann sie operieren.«

»Wir haben auch Pläne, wie ein Impfstoff verteilt werden soll, sobald er entwickelt worden ist«, stammelte die Bürgermeisterin.

»Jaja, ich weiß. Ich selbst war an der Erstellung dieser Pläne beteiligt. Es wird uns nichts mehr nutzen. Unsere Pläne waren für so eine harmlose Nummer wie die Schweinegrippe gedacht. Sie beginnt im Frühjahr, steigert sich dann langsam im Sommer, im Herbst gibt es den nötigen Impfstoff, und bevor sie sich richtig ausbreiten kann, sind wir ihr bereits überlegen. Das ist jetzt anders, Frau Jansen. Unsere Schnelltests brauchen vierundzwanzig Stunden im Labor. Unter normalen Umständen. Im Augenblick müssen Sie mit achtundvierzig Stunden rechnen. Wenn nicht mit drei Tagen. Das heißt, bevor die Erkrankung festgestellt ist, können Sie den Patienten bereits beerdigen.«

»Was wollen Sie damit sagen?«

Er sah sich zu seinem Bettnachbarn um, der mit angsterfülltem Gesicht zuhörte. Trotzdem entschloss Dr. Maiwald sich, es so drastisch wie möglich zu sagen: »Ich fürchte, wenn kein Wunder geschieht, wird das Ostfriesland, das wir kennen, in wenigen Tagen aufgehört haben zu existieren.«

69 Rainer Kirsch suchte die Nähe von Kapitän Ole Ost. Was hier an Bord geschah, war ihm inzwischen völlig gleichgültig. Er konnte nur noch einen Gedanken denken: Wenn das alles vorbei ist, werde ich als Mörder dastehen. Mein bisheriges Leben wird beendet sein. Man kann einen gefesselten Mann nicht in Notwehr erschießen.

Fokko Poppinga lebte nicht mehr. Sein Tod durfte nicht an ihm, Rainer Kirsch, kleben bleiben. Inzwischen fand er es gut, dass Henning Schumann mit seiner Waffe herumlief. Alle Menschen an Bord konnten es sehen. Schließlich legte Schumann großen Wert darauf, sich mit der Pistole Respekt zu verschaffen.

Der Schuss auf Poppinga war in großer Aufregung gefallen und es gab nur wenige Zeugen. Wer würde sich schon richtig erinnern können? Es gab zwei Leute, die für spätere Aussagen vor Gericht wirklich wichtig waren: der Kapitän Ole Ost und Tjark Tjarksen.

Wenn sie positiv für mich aussagen, dachte Rainer Kirsch, habe ich eine Chance. Ihr Wort wird viel mehr zählen als das von allen anderen. Und überhaupt: Jeder, der herumstand und zusah, hat sich mitschuldig gemacht. Im Grunde sind doch alle hier nur Meuterer.

Der Haarstylist aus Essen hatte ihm die Hände auf dem Rücken fest zusammengebunden. Zunächst waren seine Finger dick angeschwollen und taten weh. Jetzt spürte er sie nicht mehr.

Er rutschte auf dem Boden immer näher zu Ole Ost heran. Dabei berührte er die Füße von Fokko Poppinga. Er hatte das Gefühl, sich in die Hose gemacht zu haben, denn an seinem Hintern klebte es feucht. Aber dann sah er, dass er eine Blutspur hinter sich her über den Boden zog. Es war nicht sein eigenes Blut, sondern das von Poppinga. Eine Pfütze hatte sich am Boden zwischen den Rillen gebildet und Rainer Kirsch war mit seinem Hintern da durchgewischt.

Er ekelte sich vor sich selbst. Zu gern hätte er sich die Klamotten vom Leib gerissen und heiß geduscht. Aber die Befriedigung all dieser Bedürfnisse musste er aufschieben. Wie er befürchtete, noch für eine ziemlich lange Zeit.

»Sie haben doch gesehen, was geschehen ist«, sagte Rainer Kirsch und versuchte ein komplizenhaftes Lächeln. »Dieser Gymnasiast wird noch für größere Probleme sorgen. Das ist meine Pistole. Aber ich habe gar nicht geschossen. Er hat sie mir abgenommen …«

An der Körperreaktion von Ole Ost merkte Rainer Kirsch, dass der Kapitän sich nicht so leicht auf seine Geschichte würde einschwören lassen. Er rückte im Rahmen seiner Möglichkeiten von Rainer Kirsch ab, als sei es ihm unangenehm, von dem Mitgefangenen berührt zu werden.

Tjark Tjarksen schrie: »Sie haben ihn abgeknallt! Sie haben ihn einfach abgeknallt wie einen räudigen Hund!«

»Nein, das habe ich nicht! Sie konnten das aus Ihrer Perspektive gar nicht richtig sehen! Der Schumann hat mir die Pistole abgenommen und dann abgedrückt!«

»Nein, so war es nicht. Sie haben geschossen!«

»Ja, gut, okay, aber er hat mich geschubst. Ich wollte das nicht. Ich hätte doch niemals im Leben …«

Der Kapitän sagte nichts. Er knirschte mit den Zähnen und zwang sich zu schweigen. Er sah Tjarksen an und versuchte, ihm mit Blicken zu verstehen zu geben, er solle still sein.

70 Bettina ließ sich kaltes Wasser über die Handgelenke laufen und wusch sich das Gesicht. Sie richtete sich darauf ein, eventuell ein paar Tage hier mit Leon aushalten zu müssen.

Sie machte sich eine Liste aller Lebensmittel. Wenn ich selbst auch krank werde, dachte sie, muss ich den Kleinen und mich versorgen können, so lange es möglich ist, bis Hilfe kommt.

Sie ging davon aus, dass das Leitungswasser noch genießbar war. Sie würden also nicht verdursten. Sie begann, Gerichte zusammenzustellen, und rechnete aus, wie lange sie durchhalten konnten.

Es gab sogar zwei Dosen Katzenfutter, obwohl sie keine Katze entdeckte. Damit, und mit Tomatenmark und Ketchup, wäre sie notfalls in der Lage, Spaghetti Bolognese zu machen.

Wir könnten vier, fünf Tage durchhalten, dachte sie. Wenn ich die Rationen kleiner mache, sogar ein bisschen länger. Es fehlen natürlich Vitamine. Wir brauchten auch etwas Frisches. Aber dies waren nicht die Zeiten für frisches Obst und Gemüse.

Dafür fand sie im Medizinschränkchen eine Dose mit Ascorbinsäure, also reines Vitamin-C-Pulver. Es war noch gut ein gehäufter Esslöffel voll in der Dose und das Verfallsdatum war auch noch nicht überschritten. Sie nahm sich vor, dem Kleinen täglich eine Prise davon ins Trinkwasser zu mischen.

Leon wurde wach und weinte, weil sein Hals so wehtat. Bettina holte Eiswürfel aus dem Kühlfach und steckte ihm zwei davon in den Mund. Er nickte dankbar.

Dann nahm sie die Gitarre und spielte für ihn ein Indianerlied. *Schlafe ein, kleiner Wolf, schlafe ein.*

Leon gefiel es. Er legte eine Hand auf ihr Knie. Sie spürte durch den Hosenstoff, wie heiß der Junge war.

Als er tief schlief, rief sie seine Mutter an, um ihr ein paar beruhigende Worte zu sagen und um zu erfahren, wie die Situation außerhalb Emdens war.

71 »Sie braucht Wasser«, sagte Lukka, »sonst stirbt sie uns.«
Charlie gab ihr recht. »Ich habe auch Durst. Aber wie soll
ich jetzt an etwas zu trinken kommen?«

»Es gibt genug«, stellte Lukka klar. »Es muss nur einer holen.«

»Ich geh da jetzt nicht raus«, sagte Charlie. »Die drehen doch alle
durch. Vielleicht hätten wir uns ein Boot nehmen sollen, genau
wie Antje. Die ist jetzt bestimmt schon auf Borkum und zischt sich
irgendwo ein Weizenbier.«

»Ja, falls ihr keiner mit einem Golfschläger den Schädel einschlägt.
So aggressiv, wie die Typen drauf waren, will ich da keinen Urlaub
mehr machen.«

Lukka machte noch einen Versuch. Sie war es eigentlich gewohnt,
dass Männer ihren Wünschen sehr schnell nachkamen. Mit ihrem
Rehblick konnte sie sie in einer Weise manipulieren, dass sie die
verrücktesten Dinge anstellten, nur um ihr zu gefallen. Aber jetzt,
nachdem sie so viel Blut gespuckt hatte, sah sie aus wie ein Zombie,
dem das halbe Gesicht weggeschossen worden war, was ihrem Rehblick die Wirksamkeit nahm.

»Einer von uns muss gehen«, sagte sie. »Entweder du oder ich.
Soll ich wirklich so ins Restaurant?«

Warum nicht?, dachte Charlie. Dann musst du wenigstens nicht
lange Schlange stehen. Die Leute werden schreiend weglaufen, wenn
sie dich so sehen.

Das sagte er aber nicht, sondern: »Ja, schon gut, ich gehe. Aber
pass auf, dass mir keiner meinen Platz hier wegnimmt.«

Lukka nickte und zeigte ihre Krallen. »Ich werde jeden verjagen,
der hier reinwill. Außerdem«, sie zeigte mit einer Kopfbewegung
nach hinten zu Regula, »glaubst du, hier will einer einsteigen, wenn
er sie sieht?«

Charlie öffnete die Tür des Golfs. Die Luft draußen schmeckte
gut. Irgendwie fischig und nach Weihrauch und Vanille. Charlie
atmete tief ein. Was war das? Irgendeine Blüte? Ein Parfüm? Sind

meine Geruchsnerven so verwirrt?, fragte er sich. Sind das die Vorboten der Krankheit oder riecht es hier wirklich so merkwürdig?

Plötzlich war er ganz froh, ausgestiegen zu sein. Auf jeden Fall war die Luft hier besser als im Auto. Sein Golf bot durch die Anwesenheit von Regula ja keinen Schutz mehr vor den Viren, sondern er, Charlie, befand sich sozusagen mit dem Virenmutterschiff in engstem Kontakt. Wenn er logisch schlussfolgerte, musste er davon ausgehen, dass er das Zeug längst eingeatmet hatte. Er fragte sich, wie lange es noch dauern würde, bis er so wie Regula gespenstisch fiebrig zucken würde.

Er arbeitete sich bis zur Kantine durch. Dort bediente niemand mehr. Jeder holte sich einfach, was er wollte. Er nahm ein paar Eis am Stiel aus der Kühltruhe, drei Flaschen Mineralwasser und eine Cola light.

Es war nicht weit bis zum Auto, aber er hielt es nicht länger aus. Ein plötzlicher Heißhunger packte ihn, eine Art Fresslust. Er hielt an, setzte sich in eine freie Ecke zwischen den Koffern, riss das Papier vom Eis und grub die Zähne in ein Magnum. Die Kälte ließ ihn zusammenzucken. Ein Schmerz jagte vom Zahnfleisch bis ins Gehirn, aber der Schmerz tat gut. Er hatte etwas Befreiendes an sich.

Erst jetzt bemerkte Charlie, dass er Schluckbeschwerden hatte. Er ließ das Eis nicht langsam auf der Zunge zergehen, so wie er es sonst tat, sondern er biss große Stücke davon ab und schlang sie hastig hinunter. Es brachte ihm Kühlung und eine nie gekannte Erfrischung.

Habe ich vielleicht auch schon Fieber?, dachte er. Liegt es daran?

Dann drückte er sich ein Eis gegen die Stirn und rieb damit den Ansatz seiner Glatze ein.

Während er zwischen den Koffern saß, hörte er eine Durchsage von Henning Schumann: »Liebe Leidensgenossen! Einige von uns haben sich entschlossen, Rettungsboote zu kapern und ihr Glück auf eigene Faust zu versuchen. Diejenigen unter Ihnen, die Ferngläser haben, konnten es vielleicht beobachten: Zwei Boote sind gekentert. Ich möchte ausdrücklich darauf hinweisen, dass wir keine Rettungsversuche unternehmen können. Wer von Bord geht, ist für sich selbst verantwortlich, für seine Sicherheit können keinerlei Garantien übernommen werden. Die Nordsee ist unberechenbar, und selbst wenn es einigen gelingen sollte, sich … zum Beispiel nach Borkum durchzuschlagen, möchte ich nicht dabei sein, wenn sie dort der aufgebrachten Meute in die Hände fallen. Bitte bleiben Sie an Bord, bitte bewahren Sie Ruhe. Wir versuchen, die Maschinen in Gang zu setzen und nach Schiermonnikoog zu fahren, wie wir es gemeinsam beschlossen haben.«

72 Je näher sie der Insel kamen, umso ruhiger wurde das Meer. Das Boot war voll Wasser gelaufen, es drohte zu sinken.

An der Promenade waren die Lichter bereits an. Die Touristen saßen bei »Leo's« und »Kartoffelkäfer« und sahen dem Sonnenuntergang zu.

Benjamin Koch betrachtete es mit gemischten Gefühlen. Er ließ sich von dem einladenden Licht und den Gerüchen, die herüberwehten, nicht täuschen. Sie waren nicht willkommen. Er durfte das Boot nicht dort landen, wo die Strandkörbe standen. Er konnte nicht über den Sandstrand stürmen, hin zu »Kartoffelkäfer«, und als Erstes eine Riesenportion Spaghetti mit Crevetten bestellen und ein Weizenbier.

Es sah ganz nah aus, vielleicht fünf-, sechshundert Meter. Er hatte das Gefühl, er könnte die Strecke sogar schwimmend bewältigen. Aber er musste an die Kinder denken und das Boot an eine sichere Stelle steuern.

Kai Rose saß völlig apathisch im Heck. Er war ganz mit seinem Sohn verwachsen. Er hielt den Kopf von Dennis über Wasser und auch Margit Rose hatte etwas Känguruhaftes an sich, so wie sie ihre Tochter umklammerte.

Benjo konnte sich des Eindrucks nicht erwehren, dass Viola bereits tot war. Aber entweder weigerte Margit sich, das zur Kenntnis zu nehmen, oder sie war inzwischen so weit abgedreht, dass sie es nicht wahrnahm. Sie hielt ihr Kind wie eine leblose Puppe, deren Arme und Beine hinunterbaumelten.

Links neben sich sah Benjo die Seehunde. Wie eine Landzunge erstreckte sich die Sandbank weit in die Nordsee. Sie war mit einem Stacheldrahtzaun vom Rest der Insel getrennt, damit die Seehunde von den Touristen nicht vertrieben wurden. Am Rand der Absperrung standen oft fotografierende Familien, für ein Erinnerungsfoto. Chris hatte ihm schwärmerisch die Seehunde beschrieben.

Sie hatte von mehreren Herden gesprochen, mit jeweils mindestens hundert, wenn nicht hundertfünfzig Tieren.

So viele waren es aus seiner Sicht nicht. Aber dreißig, vierzig Seehunde lagen dort faul im Sand und aalten sich unbehelligt in den letzten Strahlen der Abendsonne.

Der Anblick trieb Benjo die Tränen in die Augen. Diese Beschaulichkeit, dieser Frieden, dieser Rest heile Welt machten ihm erst schmerzlich klar, was er in den letzten Stunden erlebt hatte.

Milchkaffee, Strandkörbe, Bikinis, Miniröcke, Sonnencreme auf der Haut und eine Tüte Eiscreme in der Hand. Auf das Abendessen warten. Ein Blick auf die Seehunde, das Meer, Fahrradfahren, Knutschen. In Ruhe einen gruseligen Kriminalroman lesen und sich immer wieder bis zur Erschöpfung lieben. So hatte er sich diese Tage mit Chris vorgestellt.

Unwillkürlich griff er nach seinem Handy, dem einzigen Kontakt zu Chris und der Außenwelt. Doch erschrocken musste er feststellen, dass das Gerät die Fluten nicht überlebt hatte. Es war nass, glitschig und völlig tot.

Er probierte es erst gar nicht mehr aus. Er sah auf den ersten Blick, dass da nichts mehr zu machen war. Letztes Jahr hatte er sein Nokia aus Versehen mit in die Waschmaschine gestopft. Seitdem besaß er dieses hier. Jetzt war schon wieder ein neues fällig, doch es war kaum denkbar, dass er so bald an eines kommen könnte.

Benjo ruderte weiter und konzentrierte sich ganz auf Chris. Es musste doch noch mehr geben als Handys, E-Mails oder Briefe. War es nicht manchmal so, dass er sie abends spüren konnte, als ob sie neben ihm läge? Wie oft hatte er mit ihr gesprochen, obwohl sie gar nicht bei ihm war. Manchmal, so wusste er, hatte sie das Gefühl, dass eine unsichtbare Standleitung zwischen ihnen existierte, die sie verband wie die Adern im Körper die einzelnen Organe.

Wenn ich mich ganz stark auf sie konzentriere, wird sie es spüren, dachte er. Sie muss es einfach spüren. Die Liebe überwindet alles. Ein Handy kann kaputtgehen, eine Internetverbindung kann gestört werden, die Kommunikation zusammenbrechen. Aber es gibt noch mehr: die Magie von Gedanken und Gefühlen.

Noch vor wenigen Stunden hätte er kitschig gefunden, was ihm hier durch den Kopf ging, doch jetzt klammerte er sich daran wie an einen weiß-roten Rettungsring.

Im Wasser, keine zehn Meter von ihnen entfernt, sah er ein Tier, das mit großen, aufmerksamen Augen aus den Wellen guckte. Um die Kinder auf andere Gedanken zu bringen, zeigte Benjo in die Richtung und flüsterte: »Da! Ein Seehund.«

Margit Rose hielt ihre Tochter hoch, damit sie ihn auch sehen konnte, doch Violas Kopf baumelte nach unten. Dennis reagierte. »Ja, Papa, da! Wirklich! Der ist ganz nah! Der Kopf, kannst du ihn sehen? Oh, ist der süß!«

Dann tauchte ein zweiter Seehund auf, mit silbernen Haaren um die Nase herum. Er schwamm direkt neben dem Boot her, so als wollte er Benjo den Weg weisen. Der wurde von einer Hoffnungswelle geflutet.

Den schickt Chris mir, dachte er dankbar; weil sie nicht selbst hier sein kann, schickt sie mir die Tiere. Chris liebte Seehunde, das wusste er. Sie hatte ihm sogar einen Pullover gestrickt mit einem Seehund darauf. Er fand den Pullover albern und hatte ihn nie, wirklich niemals angezogen, sondern in die hinterste Ecke seines Schrankes verbannt. Doch jetzt wusste er, er würde in Zukunft diesen Pullover tragen, bis er ihm in Fetzen vom Leib fiel. Das schwor er sich. Er wischte sich Tränen der Rührung aus den Augen.

Wie aus einem langen Koma erwachend, mit einer piepsigen Stimme, die gar nicht zu ihm passte, sagte Kai Rose: »Wir können da nicht an Land gehen. Die bringen uns um. Die sehen uns doch alle. Die sitzen da mit ihren Drinks und schauen uns zu, wie wir um unser Leben kämpfen. Die Schweine …«

Die haben auch nur Angst um ihr eigenes Leben, dachte Benjamin und ärgerte sich darüber, wie viel Verständnis er mal wieder für andere Menschen hatte.

73 Ein Mathematiklehrer aus Essen sah, nachdem er genüsslich einen Langustenschwanz gegessen hatte und nun auf seinen Espresso wartete, das Boot auf die Küste zusteuern. Jörg Bauer liebte die Seefahrt und spendete bei jedem Urlaub in Ostfriesland an die Deutsche Gesellschaft zur Rettung Schiffbrüchiger. Er reagierte anders, als Kai Rose gedacht hatte.

Er wählte mit seinem Handy die Nummer 124 124 und kam beim ersten Versuch zur Seenotleitung nach Bremen durch. Dort wusste man bereits Bescheid und beruhigte ihn, ein Seenotrettungskreuzer sei unterwegs und auch der auf Borkum stationierte Seenotrettungshubschrauber sei bereits gestartet.

Beides entsprach den Tatsachen. Der pflichtbewusste Pilot flog seit Stunden Einsätze. Er hatte eine humanistische preußische Erziehung genossen, die ihn antrieb, seine Pflicht zu erfüllen, und es ihm unmöglich machte, sich in so einer schweren Situation krankzumelden, obwohl er hohes Fieber hatte.

Hunderte Touristen sahen ihm zu wie bei einem großartigen, für sie inszenierten Schauspiel. Doch sie erlebten nicht die erhoffte Rettung Schiffbrüchiger, sondern sie sahen, wie der Hubschrauber plötzlich ins Trudeln geriet und ins Meer stürzte.

Mit zahlreichen Handyvideos wurde der Absturz gefilmt. Knapp zwanzig Minuten später flimmerten die Bilder bereits in der Sondersendung der ARD über Millionen hochauflösender Flachbildschirme.

Margit Rose kreischte, weil sie befürchtete, der Hubschrauber würde auf das Rettungsboot fallen. Die Hubschrauberblätter rotierten sogar unter Wasser noch und peitschten die Wellen hoch. Das Wasser um die Absturzstelle herum brodelte.

Benjo versuchte erst gar nicht, zum Hubschrauber zu steuern, um Hilfe zu leisten. Er konnte nichts ausrichten. So ließ er das Boot jetzt einfach in der Strömung treiben. Er wollte zu den Seehunden. Dort fühlte er sich sicherer als bei den Menschen.

74 Akki stand auf dem Förderband, das den Hühnerkot nach draußen transportieren sollte. Das Band lief nicht mehr. Von hier aus erreichte er mit beiden Händen die Stalldecke. Er drückte auf Anweisung von Ubbo Jansen mit einem Balken dagegen, während Ubbo mit seinem Beil ein Loch ins Dach schlug.

Der Lärm im Hühnerstall war irre. Er erinnerte Akki an den Dschungel in Nicaragua. Er hatte ein halbes Jahr bei einem Entwicklungsprojekt mitgearbeitet, bevor alles mangels finanzieller Unterstützung aufgegeben wurde. Er kannte den Lärm des Dschungels. Manchmal, wenn dort irgendetwas geschah, das sich dem Auge des Betrachters entzog, weil es in der Tiefe des Dickichts passierte, hob plötzlich ein Geschrei an von Affen und Vögeln, selbst Insekten zirpten mit, als würden sich die Tiere gegenseitig vor etwas warnen wollen, und genauso schnell, wie diese Geräuschkulisse entstand, verstummte sie auch wieder. Hier war es ebenso.

Als die breite Axt das Wellblech kreischen ließ und sich das Dach scheppernd hob, verstummten alle Hühner und reckten schreckensstarr die Hälse, als hätten sie Angst, bei der geringsten Bewegung könnten ihnen die Köpfe abgeschlagen werden. Dann – Akki hätte nicht sagen können, was den Ausschlag dafür gab – legten alle Hühner gleichzeitig wieder mit ihrem scharrenden Getöse los.

Die knisternden Flammen und der Geruch von angesengten Federn machten Akki mindestens so viel Angst wie dieser apokalyptische Hühnerlärm. Die Flammen fraßen sich schnell näher und trieben dabei eine Hitzewelle vor sich her, die allen den Schweiß aus den Poren schießen ließ.

Mit Sorge sah Tim, dass der Fluchtweg übers Dach möglicherweise für alle die Rettung bedeuten konnte, aber nicht für ihn. Wie sollte er aus dem Rollstuhl hoch über die Volieren gelangen, um von dort übers Dach nach draußen zu kommen?

Die Kraft der Verzweiflung führte die Axt in Ubbo Jansens Hand. Sein linker Arm war fast taub, aber obwohl er ihn nicht spürte, funktionierte die Muskulatur besser als jemals zuvor. Seine gewaltigen Hiebe ließen einen Querbalken, der ihnen den Weg versperrte, splittern.

Josy machte etwas anderes Sorgen. Jedes Mal, wenn sich durch die Dachabdeckung kurz der Himmel zeigte, sah sie, wie sich eine zwanzig Meter lange Flammenzunge an der Decke entlang zischend in Richtung Öffnung schlängelte. Das Loch im Dach wurde zum Kamin, durch den Qualm und Flammen nach draußen gesaugt wurden. Dadurch breitete sich das Feuer im Hühnerstall umso rasanter aus.

Akki drückte mit aller Kraft die gespaltenen Platten hoch und das Feuer griff sogar nach der Axt, die er in der Hand hielt, und nach seinen Armen.

Ubbo Jansen kletterte als Erster ins Freie. Von oben riss er ein größeres Loch und kreischte: »Schnell, schnell, macht schnell!«

»Warte«, schrie Josy hinauf, »wir müssen Tim mitnehmen!«

Sie hob Tim aus seinem Rollstuhl und forderte ihn auf, sich an ihrem Rücken festzuhalten. Er tat es. Sein Vater streckte Josy von oben die Hand entgegen, doch es fehlte noch mindestens anderthalb Meter.

Mit Tim auf dem Rücken kletterte Josy an den Volieren hoch, die Finger um die Gitterstäbe gekrallt. Verwirrte Hühner pickten in ihre Finger, als seien es schmackhafte Würmer, die frech aus dem Rasen hochguckten.

Josy versuchte, den höllischen Schmerz in der Wirbelsäule zu ignorieren, indem sie stöhnend ausatmete. Sie kam sich vor wie beim Freeclimbing, nur dass dies hier keine Freizeitbeschäftigung war, sondern ein Kampf auf Leben und Tod. Der Rauch nahm ihr die Luft, die Flammen züngelten an ihr hoch, versengten ihr Haar und Tim hing bleischwer an ihr.

»Ich schaff's nicht, Akki!«, schrie sie. »Ich schaff's nicht!«

Akki bückte sich und wollte sie halten, doch da riss mit einem Ratsch die Gitterwand der Voliere ab und Josy stürzte mit Tim nach unten. Die Hühner flatterten über ihre Körper hinweg und Körner regneten auf ihre Gesichter.

Das Feuer kam von beiden Seiten näher; über ihnen schlugen die Flammen bereits zusammen. Tim begann zu begreifen, dass Josy nur ohne ihn eine Chance hatte. Er fragte sich, wann sie dies erkennen und ihn alleinlassen würde.

Er sagte nicht: Hau ab, rette dich, lass mich im Stich. Nein, so heroisch war er nicht. Aber er rechnete jeden Augenblick damit, dass genau das passieren würde. Er blickte vom Boden hoch durch das kleine Loch in der Decke, wo er vorhin noch seinen Vater gesehen hatte, aber der war jetzt verschwunden.

Immer mehr Hühner sammelten sich auf dem engen Raum, den die Flammen noch nicht erfasst hatten. Tim schlug um sich, um nicht in der Hühnerflut zu ertrinken. Er hustete, kreischte und versuchte, sich wenigstens das Gesicht freizuhalten. In seinen Haaren krallten sich Hühner fest.

Josy sah aus wie ein aus vielen Hühnern bestehendes, großes flatterndes Monster. Selbst der umgekippte Rollstuhl war als solcher nicht mehr zu erkennen. Die Hühner hackten sich gegenseitig in die Köpfe und Flügel. Sie kämpften um die lebensrettenden Plätze. Jedes Huhn versuchte, so weit wie möglich von den Flammen wegzukommen, hinein in die Mitte der anderen Leiber, um von ihnen geschützt zu werden. Einige wenige fanden sogar den Ausweg durchs zerschlagene Dach nach draußen.

Tim konnte nichts mehr sehen. Nicht die Flammen werden mich töten, sondern diese verzweifelten Tiere, dachte er. Was Hitchcock sich in seinem Film »Die Vögel« ausgedacht hatte, war ein netter Partyspaß gegen das, was hier geschah. Tim hatte Federn in Mund, Augen und Nase. Er versank in einem aggressiven Hühnersumpf.

Von oben stieß Ubbo Jansen eine Aluleiter in die wabernde Federviehmasse.

»Die Leiter, die Leiter, nehmt die Leiter! Klettert die Leiter hoch!«, schrie er, denn er war sich bewusst, dass weder Akki noch Josy noch Tim aus dem Gewimmel der Hühnerleiber die Leiter sehen konnten.

Er schlug gegen die Käfige, in der Hoffnung, sie könnten die Leiter durch das Geräusch ausfindig machen. Dabei hörte er nicht auf zu brüllen: »Die Leiter, die Leiter!«

Zunächst glaubte Josy, von den Hühnern angegriffen zu werden, als sie der Schlag in den Rücken traf. Doch dann erwischte sie die silbern glitzernde Aluleiter. Sie klammerte sich mit rechts an der Kletterstange fest und versuchte, mit links, irgendwo im Raum blind herumwühlend, Kontakt zu Tim zu bekommen, doch alles, was sie fassen konnte, waren Hühnerleiber. Krallen zerkratzten ihr Gesicht und gruben sich in ihre Kopfhaut.

Dann erwischte sie einen Fuß. Das musste Tim sein.

»Noch einmal! Noch einmal! Wir haben noch einen Versuch!«

Wieder klammerte Tim sich an ihrem Rücken fest, wobei ein Huhn zwischen ihnen eingeklemmt wurde. Zwischen Tims Bauch und Josys Hintern brach es sich die Flügel. Auf den Leitersprossen drängten sich weitere Tiere, es war für Josy, als würde sie durch einen Hühnerbrei klettern. Sie presste die Lippen fest aufeinander und versuchte, nicht zu atmen. Hinter ihr krachten Tims Knie mit jedem Höhersteigen gegen die Sprossen. Blut tropfte aus seinem Hosenbein, aber er spürte keinen Schmerz. Seine Beine waren seit dem Unfall gefühllos.

Josy erreichte das Dach. Ubbo Jansen packte seinen Sohn und zerrte ihn auf ein sicheres Stück Wellblech. Längst waren keine Hühner mehr auf ihm, doch Tim schlug immer noch um sich, als hätte er Angst, unter ihnen begraben zu werden. Er wälzte sich herum, weinte und schrie. Er konnte seine Rettung nicht glauben.

Ubbo Jansen hielt ihn an den Beinen fest. Er hatte Angst, bei den unbedachten Bewegungen könnte sein Sohn sonst zurück in die Hühnerfalle stürzen.

»Wo ist Akki?«, fragte Josy entsetzt. Sie sah sich um und hoffte, dass er bereits irgendwo über den Hof rannte, um nach weiteren

Feuerlöschern zu suchen oder um Wasser zu holen. Doch Ubbo Jansen zuckte mit den Schultern. »Er muss noch da drin sein. Jedenfalls ist er hier nicht rausgekommen.«

Sofort wollte Josy über die Leiter zurück. Ubbo Jansen hielt sie fest. »Du bist eine heldenhafte junge Frau. Du hast meinen Sohn gerettet. Aber ich würde an deiner Stelle das Schicksal nicht noch einmal herausfordern. Akki ist jung und stark. Er muss es selbst schaffen. Oder …«

»Und wenn er ohnmächtig da unten liegt?«

»Willst du ihn dann retten?«

Als sei die Frage es gar nicht würdig, diskutiert zu werden, krabbelte Josy schon in das Hühnergewimmel zurück. Es war nicht leicht runterzukommen, denn alle anderen Kräfte strebten nach oben. Hunderte Hühner flatterten an ihr vorbei nach draußen. Einige schossen geradezu hoch, als würden sie mit einer ungeheuren Kraft heraufgeschleudert werden.

Akki war mit dem Gesicht auf seine Brille gefallen. Ein Bügel war abgebrochen, das linke Glas zerstört. Er lag bewusstlos am Boden. Auf ihm drängten sich Hühner dicht an dicht. Seine Haare waren voller Hühnerkacke, die von dem eingestürzten Förderband tropfte. Josy packte ihn und zerrte an ihm. Es war ihr bewusst, dass sie es zwar geschafft hatte, Tim nach oben zu tragen, aber einen ohnmächtigen Mann wie ihn konnte sie nicht hier hochbringen. Sie schlug ihn ins Gesicht. Der Hühnerkot spritzte.

»Akki, Akki, werd wach! Akki, wir müssen hier raus!«

Der Qualm breitete sich jetzt über den Boden aus. Er war schmierig, rußig, gelb. Josy hielt sich den Arm vor den Mund.

Akki bewegte sich. Ein Hustenanfall ließ ihn hochschrecken. Mit panischen Augen sah er Josy an. Sie hielt immer noch mit einer Hand die Leiter umklammert.

»Hoch«, sagte sie nur. »Hoch, Akki!«

Er schaffte es aus eigener Kraft, kämpfte sich durch die Geflügelflut nach oben. Josy kletterte hinter ihm her.

Endlich waren sie alle vier auf dem Dach. Tim lag auf dem Rücken, Arme und Beine von sich gestreckt, und sah den Vögeln hinterher, die in den Abendhimmel flatterten.

Kaum ein Tier verließ die Hühnerfarm. Die meisten landeten auf dem Dach des gegenüberliegenden Stalles, flogen in den Hof, auf die Terrasse des Wohnhauses oder setzten sich auf die Mauerbrüstung, als sei das eine für sie gemachte Hühnerstange.

Spöttisch zeigte Ubbo Jansen auf das herumirrende Federvieh: »Na, das muss für Sie doch ein großer Moment sein, Akki. Das haben Sie sich doch immer gewünscht, oder nicht? Die Hühner sind frei.«

Tim begann zu weinen.

»Wir müssen hier runter, bevor das Dach einstürzt«, sagte Josy klar und deutlich. Niemand widersprach.

Chris erreichte Benjo nicht mehr. Ihr Geliebter ging nicht ans Handy.

»The person you are calling is not available.«

Als sie die Tonbandstimme hörte, war ihr erster Gedanke: Er ist ertrunken. Aber das war nur ein Gedanke. Ihr Gefühl sagte ihr etwas anderes. Er lebte. Sie spürte es.

Vielleicht war einfach sein Akku leer, er hatte sein Handy verloren oder es war nass geworden. Nein, Benjo durfte nicht sterben. Er war die große Liebe ihres Lebens.

Aber wie sollte sie ihn finden? Wo war er?

Er wird irgendwo an Land gehen, dachte sie, und dann ist er auf meine Hilfe angewiesen.

Chris lief die zwei Kilometer bis zum Insel-Verkehrslandeplatz zu Fuß. Sie hatte sich so eine schnuckelige kleine Landebahn vorgestellt, mehr Bushaltestelle als Flugplatz, wie sie es auf Juist kennengelernt hatte. Doch der Flugplatz Borkum hatte einst zum Lufthansa-Streckennetz gehört und war bedeutend größer. Es gab Nebengebäude, einen Tower, einen Hangar und ein geräumiges Vorfeld, auf dem Maschinen standen.

Hassan Schröder wartete schon bei der Cessna 172. Er sah Chris begehrlich an, sie das Flugzeug. Jetzt, da sie so nah an ihrem Ziel war, fragte sie sich, wie sie weiter vorgehen sollte. War es möglich, mit der Maschine zum Festland zu fliegen, dort einen Arzt überzeugen zu können, mitzukommen, und den dann zu Benjo zu bringen, wo immer er hier war? Oder machte es mehr Sinn, mit Benjo und den verletzten Kindern Borkum zu verlassen? Sie konnten von hier aus den Flugplatz Norden anfliegen, oder Helgoland, oder auch Holland.

Sie stellte sich auf die Zehenspitzen und sah ins Glascockpit der Cessna. »Wie viele Leute können da mitfliegen?«

Hassan klopfte gegen die Maschine, als würde ein Reiter den Hals eines Pferdes berühren. »Die Skyhawk ist für vier Personen gebaut, einschließlich Pilot, versteht sich.« Dann verzog er fachmännisch den Mund und grinste überlegen. Etwas vom Glanz der Maschine fiel auf ihn ab. »Dann können wir allerdings nicht ganz so lange in der Luft bleiben. Je schwerer die Maschine beladen wird, umso geringer ist ihre Reichweite.«

»Was heißt das?«

»Vollgetankt können wir zwei gut vier Stunden in der Luft bleiben, je nachdem, wie die Windverhältnisse sind.«

»Wir kämen also bis Holland?«

»Problemlos«, sagte Hassan, hatte aber nicht vor, dorthin zu fliegen, denn er wusste nicht, wie er dort an eine Landegenehmigung kommen sollte. Ein kleiner Rundflug über die Insel wäre kein Problem, viel mehr war aber nicht drin. Doch das durfte er ihr nicht sagen, sonst hätte sie sich sofort einen anderen gesucht, das sah er ihr an. Sie brauchte ihn nur für ihre Zwecke. Sie war keineswegs seinetwegen hier. Sie meinte den Piloten, nicht den Mann.

Zunächst hörten sie die Stimmen, dann sah Hassan den Polizisten und kleine heiße Fische schwammen durch seine Adern, während sich in seinem Magen Gletschereis ausbreitete. Er hatte ohne Fluglehrer hier nichts zu suchen und floh in Richtung Hangar. Chris folgte ihm.

Der uniformierte Polizist ließ sich von dem anderen herumkommandieren. Daraus folgerte Hassan Schröder, dass der wohl ein Hauptkommissar war und hier das Sagen hatte.

Hassan und Chris versteckten sich hinter einem hoch aufgeschichteten Stapel Frachtkisten. Von hier aus konnten sie hören, was die zwei Beamten besprachen.

»Klingeln Sie so viele Piloten aus dem Bett, wie Sie auftreiben können. Wir beschlagnahmen alle Maschinen hier und dann werden wir sie finden. So wahr ich Heinz Cremer heiße.«

Eigentlich hätte dieser Satz Chris glücklich machen müssen. Sie wollten die auf dem Meer Umhertreibenden suchen. Doch etwas lag in der Stimme des Mannes, was sie aufhorchen ließ. War er tatsächlich ein Kommissar? Gehörte er vielleicht zu den Leuten, die die Landung der Fähre verhindert hatten? Wen wollten die jetzt suchen und warum? Ging es hier um Rettung oder … Sie wagte gar nicht, den Gedanken zu Ende zu denken, so ungeheuerlich war er.

Heinz Cremer hatte schon sein Handy am Ohr und telefonierte seine Mannschaft zusammen. Mehrfach fiel der Satz: »Wir brauchen Schusswaffen.«

Er sprach mit Holger Hartmann, der nach dem vierten Weizenbier wieder zu Heldentaten aufgelegt war.

»Werden Sie aus den Flugzeugen auf die Leute schießen?«, fragte Jens Hagen misstrauisch. Noch war er nicht bereit, sich vollständig zum Erfüllungsgehilfen von Heinz Cremer machen zu lassen.

»Nein, wir bewerfen sie mit Konfetti, um sie willkommen zu heißen.«

»Aber wir können doch nicht ernsthaft …«

»Oh doch, und ob wir können! Jedes Land hat das Recht, seine Grenzen zu verteidigen.«

Der Polizist hustete. »Ja, schon, aber das sind doch keine Angreifer, sondern …«

»Sie bringen den Horror, der uns alle vernichten wird, hierher, wenn wir sie nicht aufhalten. Ich nenne das einen Angriff. Einen tödlichen Angriff von dieser Todesbrut.«

»Es sind friedliche Menschen, die …«

»Wir können das auch alles ohne Sie durchziehen. Wenn es Ihnen lieber ist, auszusteigen und die Hände tatenlos in den Schoß zu legen, bitte schön.«

»Nein, so meine ich das doch nicht, sondern …«

Chris wurde heiß und kalt. Diese Männer wollten Flugzeuge in die Luft schicken, um von dort aus auf ihren Benjo zu schießen. Und sie hatte nicht mal die Möglichkeit, ihn per Handy zu erreichen. Sie musste einfach schneller sein.

»Ich habe die Adressen der Piloten nicht, ich …«

»Herrgott noch mal, da nebenan ist die Flugschule. Da gehen wir

317

jetzt hin, brechen das Büro auf und holen uns alle Adressen. Es ist doch völlig egal, ob es ausgebildete Piloten oder Schüler sind. Jetzt geht es nur noch darum, so schnell wie möglich Leute zusammenzukriegen, die diese Scheißdinger fliegen können, bevor wir nicht mehr in der Lage sind, die Invasion der Killerviren zu stoppen.«

Ein Learjet landete.

»Na bitte!« Heinz Cremer freute sich. »Den ersten Flieger samt Piloten haben wir schon.«

»Wir müssen aufpassen, das Ganze könnte uns auch als Luftpiraterie ausgelegt werden.«

»Jetzt reden Sie nicht so 'n Scheiß, junger Freund. Wir kidnappen das Flugzeug nicht, wir«, er grinste, »überzeugen jetzt den Piloten, dass er uns helfen soll. Und ich wette, der ruft auch noch seine Freunde an und holt die. Reden Sie mit ihm oder soll ich es tun?«

»Nein, nein, lassen Sie nur, das mache ich schon lieber«, sagte Jens Hagen und schritt zur Landebahn.

Zwei bewaffnete Mitstreiter von Heinz Cremer, die seinem Anruf augenblicklich Folge geleistet hatten, waren schon da. Sie liefen ihm, mit ihren Gewehren winkend, übers Rollfeld entgegen. Das Bild strahlte für Cremer eine Revolutionsromantik aus, wie er sie aus seiner Jugend kannte. Er war damals ein glühender Verehrer der kubanischen Revolution, hatte Kunstdrucke von Fidel Castro und Che Guevara bei sich zu Hause an der Wand.

Jetzt dachte er wieder an das Foto, auf dem die Revolutionäre, Gewehre schwingend, zwischen den jubelnden Massen siegreich durch die Straßen Havannas fuhren.

Inzwischen erklärte er seine einstige politische Haltung mit dem Satz: »Wer mit zwanzig kein Kommunist ist, hat kein Herz, und wer mit vierzig immer noch einer ist, keinen Verstand.«

Damit kam er ganz gut klar, doch jetzt spürte er wieder, wie wichtig es war, das Schicksal selbst in die Hand zu nehmen. Man durfte in so einer Situation den Politikern nicht das Handlungsfeld überlassen. Etwas von dem alten Revolutionär glühte wieder in ihm. Und trotzdem war er sich nicht ganz sicher, ob der, der er früher mal gewesen war, das, was er heute tat, gut finden könnte.

Er schüttelte sich, um die Gedanken loszuwerden. Er versuchte, sich ganz auf den Learjet zu konzentrieren und darauf, seine Armee zum Sieg zu führen.

76 Das Knistern des Feuers, einstürzende Gebäudeteile, der Rauch, der Lärm der Hühner – all das machte es für Tim Jansen schwer, wieder klarzukommen mit sich und der Welt. Akki ging es ähnlich, er war ohne seine Brille blind wie ein Maulwurf und der schwere Rauch gab ihm den Rest.

Josy empfand ihre Wahrnehmungsorgane wie Folterinstrumente. Sie waren überreizt und schickten nur noch schmerzhafte Impulse in ihr Gehirn.

Sie zuckte zusammen. »Pscht, seid ruhig! Seid ruhig! Hört ihr das nicht? Da schießt jemand! Schießen die auf uns?«

»Ich hör nichts«, sagte Tim. In dem Moment fiel ein Huhn wie ein Stein vom Himmel und krachte vor ihm auf den Boden.

Jetzt hörten alle die Schüsse.

Akki wunderte sich, wie verschieden Gewehre klingen konnten. Da waren diese feinen Zischlaute mit dem Plopp der Luftgewehre. Dann das reißende Prasseln von Schrot. Und schließlich die dumpfen Töne großkalibriger Jagdwaffen. Dann peitschten wieder Kugeln durch die Luft, als seien sie für einen Wildwestfilm abgefeuert worden. Wenn die Geschosse ins Gebäude einschlugen, gab es einen zweiten Knall, wenn sie nur die Luft zerfetzten, erklang ein Pfeifen.

Ubbo Jansen warf sich auf den Boden. Aber Akki erklärte: »Die schießen nicht auf uns. Die ballern die Hühner ab.«

Jansen begann am Boden liegend zu weinen. Kein »Still fighting!« ging über seine Lippen. Er bekam keinen Kontakt zu dem inneren Helden in ihm, der er noch auf Mauritius gewesen war. Ein tiefer Weltschmerz packte ihn und eine abgründige Verzweiflung. Plötzlich kam ihm sein Leben vor wie eine Aufeinanderfolge von Unglücken. Hatte er immer nur Pech gehabt? Warum musste er in diesem Job arbeiten, den scheinbar alle hassten? Andere ernteten Ruhm und Ehre für das, was sie taten, ließen sich feiern, wurden staatlich subventioniert, und er … er kam sich vor wie der letzte Idiot, der

320

die Drecksarbeit machte und sich dafür noch verspotten lassen musste. Seine Ehe war gescheitert, sein Sohn hasste ihn im Grunde und seine geliebte Tochter suchte einfach nur den größtmöglichen Abstand zu ihm in einem Entwicklungshilfeprojekt. War das nicht die eigentliche Motivation für sie: nicht in seiner Nähe zu sein? Konnte sie ihn nur lieben, wenn sie weit von ihm entfernt war?

Er hatte seine besten Zeiten hinter sich und fragte sich, wofür es sich überhaupt noch lohnte zu leben. Er ballte die Fäuste und drückte sein Gesicht auf den Boden. Die beste Zeit hinter sich … das konnte doch nicht wahr sein. Was sollte das denn gewesen sein, die beste Zeit? Die Aufbauphase? Das ständige Arbeiten, zwölf bis vierzehn Stunden am Tag, natürlich Samstag und Sonntag durch? Die Zeit, in der es immer um die Kinder ging und nie um ihn?

Nein, viele gute Zeiten hatte es in seinem Leben nicht gegeben. Doch jetzt erinnerte er sich daran. Jede gute Stunde erschien ihm wie eine Rettungsboje, ein Notanker, der ihn im Leben hielt und dafür sorgte, dass er nicht von der reißenden Strömung aus Selbstmitleid und Trauer weggerissen wurde.

Ja, als er bei Tims Geburt dabei war und ihn auf dem Arm hielt, das war ein großer Augenblick gewesen, und wie er Kira abgenabelt hatte und ihr schleimiges Köpfchen hielt. Wie sie zum ersten Mal »Papa« sagte und ihn anhimmelte, als sei er der Mann ihres Lebens. Und dann, ja dann diese intensive Zeit beim Fischen auf Mauritius, als er, im Kampfstuhl sitzend, den ersten Biss des Blue Marlin spürte und die Wucht des Fisches ihm fast die Angel aus den Händen gerissen hätte. Das Surren der Schnur von der Rolle und der Hai, als er ihn erschlug. Still fighting!

Er wusste nicht, wie viel Zeit vergangen war und wie lange er hier gelegen hatte. Es peitschten immer noch Schüsse durch die Luft und die Rauchentwicklung machte es ihm unmöglich zu sehen, wo Tim und die anderen waren.

Er sah die Schleifspur am Boden, die Tims gefühllose Füße hinterlassen hatten. Hier mussten Josy und Akki ihn entlanggeschleppt haben. Sie waren zum Wohnhaus gelaufen. Er folgte ihnen hustend durch den Qualm.

Josy kam ihm entgegen. Sie stießen fast zusammen. Sie musste nichts sagen. Er wusste, sie war zurückgekommen, um ihn zu holen. Sie wollte ihn nicht zurücklassen. Welch eine Frau!

Er gönnte sie seinem Sohn so sehr. So eine hatte er sein Leben lang gesucht. Eine, die in der Krise zupackte, wusste, was Loyalität war, und nicht gleich davonlief, wenn es mal schwierig wurde.

Wenn ich zwanzig Jahre jünger wäre, dachte er, ich würde versuchen, meinem eigenen Sohn die Freundin auszuspannen. Dann grinste er über sich selbst.

Josy stützte ihn, und als sie im Wohnhaus ankamen, hatte sie den Eindruck, einem fröhlichen Mann über die Schwelle zu helfen und keineswegs einem geschlagenen Jammerlappen.

Akki saß auf dem Tisch. Seine Füße baumelten hinunter. Er hielt eine offene Mineralwasserflasche in der Hand, aus der er immer wieder einen kleinen Schluck gegen das Kratzen im Hals nahm. Sein Gesicht war rosig, seine Stimme krächzte. Er rief alle seine Freunde an; und die Notfallkette für geheime Aktionen, die sie so lange geplant hatten und die nie wirklich gebraucht worden war – die wurde jetzt aktiviert.

»Die Schweine machen uns fertig. Es ist genau, wie wir immer gesagt haben: Wer keinen Respekt vor dem Leben der Tiere hat, hat auch keinen vor dem der Menschen. Die bringen uns alle um. Die fackeln den Laden ab und schießen auf alles, was von hier fliehen will. Denen ist es völlig egal, ob sie ein Huhn umlegen oder einen von uns.«

Das war der Akki, den Tim mochte. Der Akki, in den Josy sich verliebt hatte. Der Akki, der brave Gymnasiastinnen aus gutem Haus dazu brachte, von daheim wegzulaufen, die Konten ihrer Väter zu plündern und sich den Tierbefreiern anzuschließen.

Josy hatte Tim in den Sessel gesetzt oder, besser gesagt, dort abgeladen. Aber der gravitätische Sessel kam Tim unangemessen vor.

Jetzt, da alle solche Aktivitäten entfalteten, spürte er sein Handicap noch viel mehr als im normalen Alltag.

Er hatte sich langsam auf den Boden rutschen lassen. Mit dem rechten Arm stützte er sich auf der Sitzfläche des Sessels ab und sagte: »Wir müssen hier weg. Wir können uns hier nicht verteidigen.«

Josy fauchte ihn an: »Was hast du vor?« In ihrem Blick lag der Vorwurf: Verräter. Sie sagte es nicht, aber sie dachte es, das spürte er genau. Trotzdem antwortete er, auch auf die Gefahr hin, ihr damit nicht zu gefallen: »Wir sollten weiße Fahnen hissen und uns ergeben. Das sind nicht irgendwelche Schwerverbrecher, sondern Leute, die Angst haben und verblendet sind. Sie glauben, dass hier die Wurzel allen Übels liegt, und sie wollen das Übel ausrotten, um sich und andere zu retten.«

»Na klasse, jetzt erzählst du schon die gleiche Scheiße wie die!«, brüllte sein Vater. »Jeder Idiot, der das Fernsehen einschaltet, weiß, dass das Virus nicht von hier kommt, sondern aus den Vereinigten Staaten!«

»Es heißt Vogelgrippe. Es kommt von Vögeln. Die Menschen sind nicht blöd, Papa. Auch wenn dies die sauberste Hühnerfarm aller Zeiten ist, für die da draußen ist sie, unsere ganze Existenz, eine einzige Bedrohung.«

Ubbo Jansen schüttelte den Kopf. »Ich werde nicht mit einer weißen Fahne rausgehen. Wieso sind das keine Verbrecher? Die schießen auch auf uns! Und die Typen davor, die hätten mich fast *umgebracht*. Das sind keine netten jungen Leute, die sich bloß Sorgen machen.« Er schlug sich mit der flachen Hand an die Stirn. »Das sind Krawallmacher. Randalierer. Denen ist es doch völlig egal, gegen wen sie sich wenden, Hauptsache, sie haben einen, den sie bekämpfen können. Dann fühlen sie sich gut. Gestern sind sie gegen Ausländer losgezogen und heute eben gegen uns!«

Die große Wohnzimmerscheibe zersplitterte. Ein Scherbenregen prasselte nach innen.

Akki sprang vom Tisch. Es sah für Ubbo Jansen so aus, als sei er von einer Kugel getroffen worden. In Wirklichkeit suchte Akki nur Schutz unterm Tisch, weil er befürchtete, sonst ein gutes Ziel abzugeben. Aus seiner Deckung heraus sprach er weiter ins Telefon: »Die schießen auf uns, hast du das gehört? Man hat uns ewig vorgeworfen, dass wir militante Tierschützer seien. Jetzt können wir zeigen, was wir draufhaben. Jetzt oder nie! Bringt Feuerlöscher mit!«

»Ich muss trotzdem in den Hof«, sagte Ubbo Jansen, »bevor die Flammen auf den letzten Stall übergreifen.«

»Wir können das nicht verhindern, Papa. Wir können nur unser eigenes Leben retten«, beschwor Tim seinen Vater.

Josy bückte sich und kroch zu Akki unter den Tisch. Auf dem Teppich lagen lange Scherben, wie abgebrochene Messerklingen.

Die Küstenseeschwalbe ging seelenruhig zwischen den Splittern spazieren, direkt auf Ubbo Jansen zu. Der hielt einen Augenblick inne und sah das Tier an. Der Vogel machte »Kiu!«. Ubbo Jansen nickte, als habe er von der Küstenseeschwalbe die Bestätigung für seine Ansichten erhalten.

Josy begann, mit spitzen Fingern Scherben einzusammeln. Dann brachte sie sie zum Papierkorb.

Fehlt nur noch, dass sie den Staubsauger holt, dachte Tim. Was ist los mit ihr? Bricht jetzt die Hausfrau in ihr durch?

»Lasst uns versuchen, die restlichen Hühner zu retten, bevor das Feuer sie holt«, forderte Josy.

»Sie hätten hier Sprenkler einbauen müssen«, schimpfte Akki vorwurfsvoll. »Diese ganze Anlage entspricht überhaupt nicht den Anforderungen. Sie haben weder an die Sicherheit der Tiere gedacht noch an deren Wohlbefinden.«

»Ja, danke. Können wir diese Diskussion vielleicht auf später verschieben?«, schlug Ubbo Jansen ohne jeden Zynismus in der Stimme vor und wiederholte: »Ich muss jetzt erst einmal verhindern, dass die Flammen auf das andere Gebäude übergreifen.«

»Papa, wir müssen ins Auto und mit weißen Fahnen rausfahren!«

»Das hier ist alles, was ich besitze, mein Sohn. Ich werde es nicht kampflos preisgeben.«

Plötzlich nahm Josy Tims Argumente auf. Sie kroch wieder auf allen vieren über den Boden zu Akki und setzte sich neben ihn.

»Ich kann verstehen, dass er rauswill. Im Gegensatz zu uns ist er leider …« Sie schluckte das Wort »behindert« hinunter und sagte stattdessen: »… er kann im entscheidenden Moment nicht wegrennen wie wir. Er ist auf Hilfe angewiesen. Vielleicht sollten wir ihn rausbringen und dann wieder zurück…«

»Oh nein«, sagte Tim, »kommt nicht infrage. Wenn ihr mich da rausbringt, machen die mich draußen kalt. Wir bleiben alle zusammen, das ist doch wohl klar.«

»Du kannst uns hier sowieso nicht helfen«, sagte Josy und verletzte Tim damit mehr, als sie dachte. Er sah zur Seite und biss sich auf die Unterlippe.

»Sie hat das nicht so gemeint«, erklärte Akki. »Sie macht sich doch bloß Sorgen um dich, Alter.«

»Bring mich zu meinem Laptop«, forderte Tim. Akki half ihm sofort hoch, um ihn ins Büro zu schleppen. »Ich weiß etwas, das funktioniert besser als deine Telefonkette«, prophezeite Tim.

»So, was denn?«

»Das Internet.«

Dann bat Tim Josy, den zweiten Rollstuhl für ihn zu holen. Er stand zusammengeklappt in seinem Zimmer, hinter der Tür, als Reserve. Der Stuhl hatte keinen Motor, aber er konnte darin sitzen, die Räder mit den Händen bewegen, und schieben ließ sich das Ding auch. Besser als nichts.

Leider war keine Digitalkamera daran befestigt. Es war halt nur ein Rollstuhl, kein Kommunikationszentrum mit Zugang zum World Wide Web, aber der Computer im Büro war online.

77 Oskar Griesleuchter ritzte einen Holzschnitt in die Wohnzimmertür seines toten Kollegen Philipp Reine. Er hatte das Gefühl, die Hand würde ihm geführt, so als hätte ihn ein göttlicher Strahl getroffen. War das wirklich noch er? Der vor sich hin stümpernde Hobbykünstler war plötzlich zu einem wahrhaftigen Schöpfer geworden.

Das Bild in der Tür wurde Chris immer ähnlicher. Er musste lachen. Es war ganz einfach. Er schnitzte alles weg, was nicht aussah wie Chris. Und dann entstand ihr Bild. Schöner, prachtvoller noch, als sie in Wirklichkeit war. Eine Frau zum Verlieben, mit geschwungenen Hüften. Es war, als würde sie ihn ansehen, dankbar dafür, dass er sie unsterblich machte.

Das Bild wurde mehrdimensional, trat heraus aus der Tür. Oskar Griesleuchter fasste sie und warf sie auf den Boden. Sie robbte zur Tür.

»Hey, was soll das? Wohin willst du? Ich hab dich geschaffen! Du bist mein Werk! Du kannst doch jetzt nicht …«

Er hielt sie an den Beinen fest und zerrte sie zurück. Er schlug das Messer in ihre Schulter, um sie am Boden festzunageln. Sein Kunstwerk gehörte ihm. Sie sollte bei ihm bleiben.

Dann holte er die Gallone Whiskey, nahm einen tiefen Schluck und goss dann etwas davon über sie.

»Lass uns feiern«, sagte er und sah zu Philipp.

Eine Stimme meldete sich. Sie kam pochend aus dem glühenden Teil seines Verstandes, der sich gegen die Verwüstung wehrte: *Du hättest vorhin doch Schluss machen sollen. Schade, dass sie dich in der Sauna daran gehindert hat. Eine Kugel in den Mund und alles wäre vorbei gewesen.*

Er warf sich auf sein Werk und brüllte Chris an: »Warum hast du mich gerettet? Warum?«

78 Leon schlief und Bettina Göschl schaltete den Fernseher ein. Sie stellte den Ton ganz leise. Sie wollte bei Leon bleiben, aber sie musste wissen, was sich im Rest der Welt tat.

Das Kratzen im Hals machte Bettina Sorgen. Als Sängerin wusste sie sehr genau mit ihrer Stimme umzugehen. Sie kannte den Unterschied zwischen überbeanspruchten Stimmbändern zu trockener Luft, einer beginnenden Erkältung und einer Halsentzündung. Dieses Kratzen war anders, als würde innerlich jemand mit einem stumpfen metallenen Gegenstand im Hals schaben. Was ihr mehr Sorgen machte, waren ihre Augen. Wenn sie den Kopf hin und her drehte, sah sie keine fließenden Bewegungen, sondern abgehackte Bilder, als würde sie statt eines Films auf Dias schauen. Etwas tauchte am Rande ihres Gesichtsfeldes auf, zog sich dann aber nicht langsam hindurch, sondern sprang auf die andere Seite, bevor es endgültig verschwand.

Sie schloss kurz die Augen und rieb sie. Waren das Stresssymptome? Oder hatte sie sich bereits angesteckt?

In den Nachrichten sah sie einen Lieferwagen, der in Emden auf der B 210 versucht hatte, die Polizeisperre zu durchbrechen. Der Fahrer lag schwer verletzt am Straßenrand. Ein Lkw, ein VW-Bus und mehrere Pkws fuhren hinter einem Bagger her. Der Baggerführer schwenkte die mächtige Schaufel, räumte mühelos zwei Polizeiwagen aus dem Weg und ließ Absperrungen wie Streichhölzer einknicken.

Ein Polizeibeamter holte den Baggerführer mit einem gezielten Schuss aus dem Führerhaus. Trotzdem versuchten die nachfolgenden Fahrzeuge, durch die einmal freigelegte Schneise nach außen zu dringen.

Hinten auf dem Lkw saßen Familienväter, die Molotowcocktails warfen. Sie hatten ihre Kinder unter einer durchsichtigen Plane zwischen sich und versuchten, mit den Brandflaschen die Fluchtschneise zu sichern. Vergeblich. Die Polizei eröffnete das Feuer. Einer der Männer sprach jetzt in die Kamera. Tränen liefen ihm übers Gesicht. Seine Hände waren mit Handschellen auf den Rücken gefesselt. Es war, als könnte er selbst nicht fassen, was er gerade getan hatte. Er stand inmitten der Zerstörung und weinte: »Ich wollte doch nur meine Kinder retten. Ich habe zwei kleine Mädchen, sechs und acht. Ich bin kein gewalttätiger Mensch, kein Verbrecher. Aber ich will doch nicht zusehen, wie meine Kinder verrecken! Ich kann doch nicht abwarten, bis die Pest sie sich geholt hat! Jeder hätte an meiner Stelle so gehandelt, jeder.«

Ein Staatsanwalt sprach mit bebender Unterlippe von sechzehn teils schwer verletzten Personen und vier Toten. Darunter ein Polizist, der in einem der Wagen saß und von der Baggerschaufel erwischt worden war.

Einem plötzlichen Impuls folgend, stand Bettina auf, sammelte alle leeren Flaschen zusammen und ließ sie voll Wasser laufen. Wer weiß, dachte sie, wie lange das Leitungswasser noch genießbar ist und wie lange überhaupt noch Wasser aus der Leitung läuft.

Als sie mit zwei vollen Flaschen zum Kühlschrank ging, stieß sie mit dem Knie gegen einen Stuhl und stürzte beinahe. Verliere ich die Koordination?, fragte sie sich. Bin ich nur nervös oder hat mich dieses Virus tatsächlich erwischt?

Es klingelte. Sie rannte zur Tür, um ein zweites Klingeln zu verhindern. Sie hatte Angst, Leon könnte geweckt werden. Aber der schlief tief und fest.

Bettina sah durch den Spion, konnte aber niemanden entdecken. Dann hörte sie eine Kinderstimme. Sie öffnete. Ein blondes Mädchen, sieben, höchstens acht Jahre alt, mit verweintem Gesicht und ausgetrockneten rissigen Lippen, stand vor ihr.

»Wer bist du denn?«

»Ich bin die Jüthe. Jüthe Werremann. Leon und ich sind in einer Klasse.«

Bettina Göschl ging in die Knie, um mit dem Kind in Augenhöhe zu sprechen.

»Was ist denn mit dir, Jüthe?«

Das Kind machte einen Schritt zurück. »Ist die Frau Sievers da?«

»Du möchtest die Mama von Leon sprechen?«

Jüthe kaute auf der Unterlippe herum und schielte an Bettina vorbei in die Wohnung.

»Frau Sievers ist leider nicht hier. Ich bin bei Leon und passe auf ihn auf. Was möchtest du denn von Frau Sievers?«

»Ist Leon denn da?«, fragte das Kind verwirrt.

»Ja, aber er schläft. Ich glaube, er ist ein bisschen krank. Er fühlt sich nicht so gut.«

»Ich wohne hier oben«, erklärte Jüthe und zeigte mit dem Finger die Treppe hoch. »Ich weiß nicht, was ich machen soll. Meine Mama ist tot.«

Bettina Göschl hatte augenblicklich einen heißen Kloß im Hals. Sie war mit solch einer Situation bisher noch nie konfrontiert worden.

»Bist du sicher, dass deine Mutter tot ist?«

Jüthe nickte. »Ja, ich glaube …«

»Ich schau nach«, sagte Bettina und lief die Treppe hoch. Dann blieb sie stehen und fragte: »Möchtest du mitkommen oder lieber solange bei uns in der Wohnung warten?«

Ist es überhaupt richtig, wenn ich das Kind zu Leon lasse?, dachte Bettina. Steckt Jüthe sich dort an? Aber ich kann sie ja schlecht allein im Flur herumstehen lassen.

»Nein, ich komme mit!«, rief Jüthe und rannte hinter ihr die Treppe hoch.

Die Wohnung lag links oben, im vierten Stock. Die Tür stand weit offen und Bettina schlug sofort ein Geruch von abgestandener Luft, Krankheit und einer sauer gewordenen Erbsensuppe entgegen.

Ein bläuliches, flackerndes Licht lenkte Bettinas Aufmerksamkeit zunächst aufs Wohnzimmer. Dort stand ein Zweihundert-Liter-Aquarium mit defekter Leuchtstoffröhre. Für einen Moment befürchtete Bettina, das Flackern hätte etwas mit ihren Augen zu tun. Der Schwarm der Neonfische schien in abgehackten Bewegungen durch das Becken zu zucken. Sie wandte ihren Blick ab und sah auf den Kronleuchter an der Decke und dann aufs Sofa. Nein, es waren nicht ihre Augen. Gott sei Dank. Da war wirklich eine Lampe kaputt. Sie atmete erleichtert auf.

Jüthe lief voran, blieb dann aber unentschlossen im Türrahmen stehen und traute sich nicht einmal, in den Raum zu gucken.

»Ist deine Mama da drin?«

Jüthe nickte fast unmerklich. Bettina Göschl ging an ihr vorbei ins Schlafzimmer.

Der säuerliche Geruch schlecht gewordener Erbsensuppe umgab Frau Werremann wie eine Aura. Sie lag verkrampft im Bett. Bettina wusste sofort, dass sie tot war. Sie zog ihr T-Shirt hoch und hielt es sich vor Mund und Nase. Ihr Bauchnabel lag jetzt frei und sie spürte einen sanften Luftzug, der ihre Härchen aufrichtete.

Die Bettdecke war feucht, klamm und kalt. Auf dem Nachtschränkchen stand ein Glas Wasser, daneben lag ein angebrochener Schokoriegel. Vor dem Bett sah Bettina eine zerknüllte Emder Zeitung, als hätte jemand versucht, etwas damit aufzuwischen.

Die Gesichtshaut von Frau Werremann war gelblich, ihre Lippen gar nicht wirklich als solche zu erkennen. Bettina Göschl versuchte, ihren Puls zu ertasten, aber da war nichts mehr. Sie berührte die Hand einer Toten.

Sie schloss die Augen der Frau, drehte sich zu Jüthe um und fragte: »Wie lange bist du mit deiner Mama schon alleine?«

Das Mädchen antwortete nicht.

»Ich bin Bettina Göschl, die Sängerin. Wolltest du heute auch zu meinem Konzert?«

»Ja, eigentlich schon. Aber ich bin nicht zur Schule gegangen.«

»Weil deine Mama krank war?«

»Ja.«

»War sie schon gestern krank?«

»Mmh – ich hab uns was gekocht, aber sie hat nichts gegessen.«

»Was hast du denn gekocht?«

Jüthe nahm Bettinas Hand und zog sie in die Küche. Auf dem Tisch lagen Brote mit Leberwurst, in der Mitte stand ein offenes Glas Gewürzgurken.

»Hast du dir das heute früh gemacht?«

»Mmh.«

»Und seitdem hast du auch nichts mehr gegessen?«

»Doch. Weintrauben und Gummibärchen.«

»Du bist ein tapferes Mädchen«, sagte Bettina. »Komm mit runter zu uns. Ich mach dir was Warmes.«

»Meine Mama ist tot, stimmt's?«

»Ja, das stimmt.«

Während Bettina Göschl noch darüber nachdachte, wie sie mit dem Kind ein Gespräch über Leben und Tod führen könnte und was die Kleine jetzt am ehesten brauchte, fragte Jüthe: »Werde ich auch sterben?«

Bettina streichelte ihr Gesicht.

»Nein, Jüthe, das wirst du nicht.«, sagte sie. »Wir werden das alle überleben. Wir müssen jetzt nur erst einmal etwas trinken und uns etwas zu essen machen. Uns stärken.«

Dann stand Bettina vor dem Kühlschrank und war sich bewusst, dass der Inhalt darin vielleicht noch wichtig werden könnte.

»Am besten, du kommst mit runter zu uns. Lass uns alle Lebensmittel mitnehmen, die wir finden können. Habt ihr einen Vorratsschrank?«

»Ja, dort.«

Bettina öffnete ihn und fand sieben verschiedene Tütensuppen, einen Beutel Reis, ein halbes Pfund Zucker, eine Fertigbackmischung für eine Prinzessinnentorte und zweihundertfünfzig Gramm Vollkornnudeln. Sie packte alles in eine Plastiktüte. Dann öffnete sie den Kühlschrank und nahm Saftflaschen, Marmeladen und Nutella an sich.

Jüthe sah stumm zu. Plötzlich kam Bettina sich komisch vor. Sie wusste genau, sie tat das Notwendige. Aber sie fühlte sich nicht gut dabei.

»Hast du einen Papa?«, fragte sie.

»Jeder hat einen Papa«, antwortete Jüthe altklug. »Aber meiner ist so ein Arsch, da wäre es besser, keinen zu haben.«

Bettina sah sich nach Jüthe um und fragte sich, ob das Kind selbst auf diesen Satz gekommen war oder ob ihre Mutter ihn ihr eingebläut hatte.

»Gibt es jemanden, dem wir Bescheid sagen sollten? Hat deine Mama Geschwister? Hast du eine Tante, Oma, Opa?«

»Eine Oma. Die ist lieb.«

»Wo wohnt die?«

»In Wien.«

Vielleicht wäre es richtig gewesen, in Wien anzurufen, doch Bettina entschied sich dagegen. Sie wollte sich um das Kind kümmern und fürchtete, damit schon genug zu tun zu haben. Hilfe konnte sie aus Wien kaum erwarten.

Sie lehnte die Tür zur Wohnung nur an und ging mit Jüthe zurück zu Leon. Der schlief immer noch fest, hatte seine Decke durchgeschwitzt und sich freigewühlt. Bettina deckte ihn wieder zu, kühlte seine Stirn mit einem feuchten Handtuch und machte für Jüthe Spaghetti warm.

Dann rief sie Frau Dr. Husemann an und informierte sie über die Tote im vierten Stock.

»Die Kleine ist jetzt bei mir. Soll ich ihr von dem Tamiflu geben? Reicht es für zwei Kinder?«

»Hat sie erhöhte Temperatur?«

»Ich hab sie nicht gemessen, aber das Mädchen hat eine heiße Stirn und ihre Lippen sind aufgesprungen.«

»Das kann auch die Aufregung sein. Sie steht bestimmt noch unter Schock, wenn sie Stunden allein mit ihrer toten Mutter verbracht hat.«

»Frau Dr. Husemann?«

»Ja? Was ist denn noch?«

Bettina Göschl schluckte und konnte kaum sprechen. Sie schloss die Tür hinter sich, um Jüthe nicht mithören zu lassen. Sie beugte sich mit dem Telefon in die Ecke zwischen Schrank und Sessel: »Es sieht ganz so aus, als würden infizierte Menschen nach ein, zwei Tagen sterben.«

»Das ist richtig.«

»Das könnte bedeuten, ich habe hier schon morgen zwei tote Kinder.«

»Ich will Ihnen keine Angst machen, Frau Göschl, aber genau das steht zu befürchten.«

»Ich weiß nicht, ob ich das packe.«

»Ja, manchmal geschehen schreckliche Dinge. Aber Sie können nicht mehr tun, als die Kinder so lange zu versorgen, wie es eben geht. Sie sind bei Ihnen in guten Händen. Vielleicht haben sie ja eine Chance. Sehen Sie zu, dass das Fieber nicht über vierzig Grad steigt. Das ist es, was die kleinen Körper nicht lange aushalten.«

Da stand Jüthe plötzlich hinter Bettina. Sie hatte das Kind nicht kommen hören.

Die Kleine tippte Bettina an. Bettina fuhr erschrocken zusammen, als hätte jemand einen Stein nach ihr geworfen.

»Ist meine Mama jetzt im Himmel?«, fragte Jüthe. »Ist sie jetzt ein Engel?«

»Ja«, antwortete Bettina. »Ich denke, schon.«

»Muss ich jetzt zu meinem Papa?«

Das Kind sah so ängstlich aus, als es die Frage äußerte, dass Bettina sofort den Kopf schüttelte. »Nein, bestimmt nicht, wenn du nicht willst.«

»Wo soll ich denn dann hin?«

»Na, erst mal bist du ja hier bei mir und bei Leon. Jetzt machen wir es uns gemütlich und morgen sehen wir weiter. Möchtest du, dass ich dir ein Gutenachtlied spiele?«

»Ja. Für meine Mama. Die hat immer gern mit mir gesungen. Meinst du, sie hört uns?«

»Bestimmt.«

Ohne sich von Frau Dr. Husemann zu verabschieden, klickte Bettina das Gespräch weg und holte ihre Gitarre Gitti.

79 Die Flugkapitänin blieb hart. »Ich lasse Sie mit einem Gewehr nicht ins Flugzeug. Wenn Sie es unbedingt mitnehmen wollen, dann trennen Sie Waffe und Munition und ich kann es hinten im Stauraum unterbringen, bei den Koffern. In den Fahrgastinnenraum nehmen Sie das Gewehr nicht mit. Wissen Sie, wie viele Jahre auf Hijacking stehen?«

»Wir entführen Ihre Maschine nicht, wir beschlagnahmen sie«, stellte der Polizist Jens Hagen klar. »So, wie die Dinge sich entwickelt haben, ist es unsere einzige Chance, mögliche Virenträger abzufangen. Wir sind es den Menschen auf der Insel schuldig, wir kämpfen für sie und …«

Heinz Cremer unterbrach seinen Fürsprecher: »Wir haben keine Zeit für große Worte. Wie heißen Sie, junge Frau?«

»Doris Becker.«

Sie sah das wohlbekannte Grinsen in Cremers Gesicht. So reagierten alle auf ihren Namen. Sie war es leid, unendlich leid. Doch genau jetzt, in dieser Situation, gab es ihr Kraft, denn es hatte etwas Altbekanntes an sich. Sie konnte sich niemandem vorstellen, ohne dass der Name »Boris« fiel und über Tennis gesprochen wurde. Auch diese hochexplosive Situation bekam dadurch für sie etwas Alltägliches.

»Machen Sie jetzt bitte keinen billigen Witz. Glauben Sie mir, ich *kenne* alle Tenniswitze, und wenn ich etwas hasse, dann Tennis und alles, was damit zusammenhängt.«

Heinz Cremer nahm das als Beziehungsangebot ihrerseits und zeigte ihr mit einer Geste die Situation.

»Liebe Frau Becker, wir sind zu viert. Wir sind bewaffnet. In jeder Minute werden hier neue Mitstreiter eintrudeln. Dies ist nicht die einzige Maschine, die wir beschlagnahmen. Ihre Passagiere stehen vorläufig unter Quarantäne.«

»Ich habe keine Passagiere an Bord. Ich bin aus Bremen leer hierhergeflogen.«

»Warum?«

»Weil das mein Job ist. Mein Chef verkauft Autos der Spitzenklasse in der ganzen Welt. Sonderanfertigungen. Ferrari, Lamborghini – Sie können bei uns auch einen Rolls kaufen oder einen Aston Martin. Mein Chef macht hier Urlaub. Er hat mich vor ein paar Stunden angerufen und gesagt, ich solle ihn so rasch wie möglich von der Insel holen.«

»Das heißt, er wird hier gleich auftauchen.«

»Damit ist zu rechnen.«

»Leider können Sie ihn nicht transportieren. Sie fliegen jetzt uns.«

»Ich sagte bereits, dass ich Sie mit dem Gewehr …«

»Gute Frau Becker, Sie haben keine Wahl.«

Der Uniformierte an Cremers Seite nickte mit ernstem Gesicht. Er war dabei kreidebleich und kaute auf der Unterlippe herum.

80 Ostfriesland erlebte einen zauberhaften Sonnenuntergang. Fast schon zu kitschig für eine Postkarte versank die Sonne glutrot in der Nordsee, während der Wind die schwarze Wolkenwand, die über der Insel aufgezogen war wie eine Teufelsfratze, auseinanderzog und mit den letzten weißen Wölkchen mischte, wie ein Latte macchiato, der langsam umgerührt wird.

Einige Touristen an der Promenade machten Fotos für die Daheimgebliebenen und als Erinnerung für sich selbst. Für einen Moment ließ das Bild einige von ihnen vergessen, dass gerade ein Hubschrauber abgestürzt war. Kein Besatzungsmitglied tauchte wieder auf.

Dann, als das Dunkelblau des Himmels langsam schwarz wurde, spülten Wellen den toten Körper von Antje an den Strand. In ihren Haaren hatte sich Seetang verfangen. Später, sehr viel später, würde ein paar Hundert Meter weiter Josef Flows Leiche gefunden werden, in seiner Tasche eine lebende Miesmuschel.

Im Schutz der Dunkelheit landete Benjo das Rettungsboot. Von hier aus konnten sie die Lichter an der Promenade sehen, aber sie waren weit genug weg.

Benjo sprang aus dem Boot. Das Wasser ging ihm bis zum Bauchnabel. Seine Füße sanken tief in den Sand ein. Sie waren auf einer Landzunge, einer Sandbank, die weit ins Meer hinausreichte.

Margit Rose hielt inne. Einen Augenblick lang konnte sie sich nicht mehr bewegen. Waren das da Leichen? Oder angeschwemmte Müllsäcke? Lang gestreckte Körper lagen am Strand. Einige völlig leblos, andere bewegten sich. Vielleicht waren es doch Müllsäcke, mit denen der Wind spielte?

Aber nein, da reckte sich etwas hoch, und zwar gegen den Wind. Waren es Verletzte? Winkte da jemand?

»Ich steig hier nicht aus«, sagte Margit klar und drückte ihre Tochter fest an ihre Brust.

Kai Rose trug seinen Sohn an Land. Es herrschte eine merkwürdig gruselige Atmosphäre. Von hier aus waren die Lokale an der Promenade zu sehen. Sogar Musik wehte mit dem Wind herüber. Ein Shantychor. Rolling Home, rolling home, rolling home across the sea ...

Dennis reckte seinen Kopf. Er spürte seinen Fuß nicht mehr. Vom Bauchnabel abwärts war praktisch alles taub, als hätte sein Gehirn die Schmerzsignale blockiert.

Nach der Begegnung mit den Seehunden wirkte das Meer jetzt wieder dunkel und böse auf ihn. Er konnte auch die Lichter der Ostfriesland III sehen. Die Dunkelheit ließ alles näher erscheinen als bei hellem Tageslicht. Das Schiff hätte auch ein Luxusliner mit tanzenden Gästen nach dem Abendessen sein können, die warmen Lichter an Bord wirkten einladend in der rauen See.

Dennis umklammerte den Hals seines Vaters. Er spürte, dass sein Dad innerlich zitterte, und er war alt und klug genug, um zu wissen, dass es nicht an der Kälte lag oder der Erschöpfung. Sein Papa hatte einfach Angst.

Instinktiv beschloss Dennis, es ihm leicht zu machen und so zu tun, als ob er nicht merken würde, was mit seinem Vater los war. Sein Dad tat gern so, als hätte er alles im Griff, spielte den schlauen Alleswisser und Alleskönner. Dennis ließ ihn gern in dem Glauben, denn ein gut gelaunter Vater war ein besserer Vater ... Doch Dennis war jetzt froh, dass Benjo bei ihnen war. Mit Benjo gab es mehr Hoffnung, dass alles gut ausgehen könnte.

Dennis stellte sich vor, wie er seinen Klassenkameraden in Köln von diesem Abenteuer erzählen würde. Sie säßen alle um ihn herum und staunten ihn an, weil er mittendrin gewesen war, wie im Zentrum eines Orkans, und er hatte überlebt. Die Meuterei an Bord. Diese komische Krankheit. Die Gefangenschaft auf der Toilette. Sein Fuß. Die Flucht im Rettungsboot. Alles würde er überstehen und dann davon erzählen. Den Streit seiner Eltern wollte er weglassen, solche Familiendinge gingen niemanden etwas an. Er würde in seiner Erzählung aus seinem Vater einen Helden machen. Einiges von dem, was Benjo gesagt und getan hatte, würde er ihm zuschreiben. Söhne von Helden stiegen bei allen im Ansehen. Söhne von trinkenden Müttern nicht.

Er überlegte, welche Rolle er seiner Mutter in der Geschichte geben würde. Sie sollte die Retterin von Viola sein. Ja, vielleicht konnte er es so drehen, dass seine Mutter es war, die dem Kellner den Finger abgebissen hatte, weil der ihre kleine Tochter erwürgen wollte.

Dieses Mal würde er seiner Mutter also etwas andichten. Dennis war gut darin geworden, etwas anders darzustellen, als es in Wahrheit stattgefunden hatte. Schon viele Taten seiner Mutter hatte er umgelogen. Jedes Mal, wenn zu Hause etwas passiert war, wenn mal wieder der Notarzt kommen musste, weil sie betrunken gestürzt war, dann gab es drei Wahrheiten.

Eine ungeschminkte für Oma Rose, die genau Bescheid wusste und ihre Schwiegertochter Margit nicht leiden konnte. Eine für die Schule und alle Bekannten und Nachbarn, die nicht wissen sollten, was los war, und denen gegenüber alles harmlos dargestellt wurde, oder Margit Rose wurde zum unschuldigen Opfer widriger Umstände, und dann, das war am schlimmsten, gab es eine Wahrheit, die alle drei – Papa, Dennis und Viola – Mama gegenüber vertraten. Die hatte fast immer einen Filmriss und konnte sich an nichts erinnern. Ihr gegenüber wurde alles noch viel peinlicher und dramatischer dargestellt, als es in Wirklichkeit gewesen war. So, hoffte Kai Rose, könnte sie dazu gebracht werden, endlich aufzuhören mit dem Alkohol.

Das alles funktionierte nicht wirklich. Die Nachbarn erfuhren doch irgendwann von der Sauferei, und wenn Mama herausbekam, dass sie keineswegs mit der Unterhose auf dem Kopf zum Kiosk gelaufen war, um sich Nachschub zu holen, dann lag der Anflug eines triumphierenden Lächelns auf ihrem Gesicht. Na bitte, so schlimm ist es ja gar nicht, sollte das heißen. Für kurze Stunden umgab sie dann in Dennis' Augen ein engelhafter Glanz. Wenig später dann bekam ihr Blick oft etwas Abgründiges, ja Teuflisches, als sei sie nicht mehr sie selbst, sondern von etwas besessen.

Viola hatte ihre Mutter in solch einer Situation einmal gefragt: »Mama, wo bist du?«

Jetzt, so empfand Dennis es, war sie endlich wieder da. Er konnte sie spüren, selbst jetzt, auf dem Arm seines Vaters, fühlte er ihre Anwesenheit.

Der Gedanke durchströmte ihn warm. Seine richtige Mutter war zurück. Sie löste sich nicht mehr in Alkohol auf. Sie war wieder da. Stark und frei, als hätte er sie erfunden. Ja, in seinen Erzählungen war sie immer schon so gewesen, wie er sie jetzt erlebte.

81

Heinz Cremer drängte sich im Cockpit so nah an Doris Becker, dass sie seinen Atem roch. Sie blickte auf sein Gewehr und stöhnte: »Man kann die Fenster nicht öffnen, kapieren Sie das nicht? Das hier ist nicht Ihr Mercedes. Wir haben weder ein Schiebedach, noch kann man hier die Fenster runterlassen.«

»Dann machen Sie eben die Tür auf.«

»Das geht bei diesem Modell nur, wenn ich das Fahrgestell ausfahre.«

»Dann fahren Sie es aus, verflucht noch mal!«, schrie Heinz Cremer.

»Sie wollen auf die Menschen dort unten schießen, stimmt's?«

»Ich will Warnschüsse abgeben.«

»Hat Ihnen schon mal jemand gesagt, dass Sie komplett verrückt sind?«

»Fliegen Sie tiefer. Tiefer! Leuchten Sie da unten hin! Ich habe gesagt, Sie sollen da hinleuchten! Da sind doch Leute! Sehen Sie, da! Fliegen Sie ran, fliegen Sie ganz nah ran und öffnen Sie die Scheißtür, verdammt noch mal!«

82 Diese Körper waren eindeutig lebendig. Da leuchtete gespenstisch etwas silbern Glänzendes im fahlen Licht auf. Waren es Haare? Margit Rose hielt sich die Hände vors Gesicht und blinzelte durch ihre Finger. Sie hatte Angst, ihr helles Gesicht könnte sie verraten. Für einen Moment schloss sie sogar ihre Augen, aus Sorge, das Glitzern könnte gesehen werden. Falls dort jemand mit einem Gewehr lauerte, war er bestimmt darauf bedacht, beobachtende Augen zu entdecken.

Warum ging Benjo einfach weiter? Sah er die Gefahr nicht?

Benjo hatte, als er das Rettungsboot an Land zog, seine Schuhe verloren. Der nasse Sand unter ihm war weich und kalt, aber schon nach wenigen Schritten veränderte sich der Boden; der Sand war jetzt hart und trocken und noch warm von der Abendsonne.

Etwas huschte vor seinen Füßen vorbei. Ein Krebs auf Nahrungssuche floh vor ihm. Benjo drehte sich um und rief zu Margit Rose, die zurückgeblieben war und bis zu den Knien im Wasser stand: »Das sind keine Menschen, das sind Seehunde!« Er lachte. »Seehunde! Wir sind auf der Seehundsandbank gelandet! Dieser Teil der Insel ist abgesperrt, damit die Tiere einen Zufluchtsort haben. Ich hoffe, sie gewähren uns Asyl!«

Er begann, die Situation als ironisch, ja witzig zu empfinden.

»Seehunde, na toll«, ereiferte sich Kai Rose. »Ein Krankenwagen wäre mir lieber.«

Auch Margit ging nun an Land und kam zusammen mit ihrem Mann näher an Benjo heran. Plötzlich setzte sich das Seehundrudel in Bewegung. Es geschah wie auf ein geheimes Kommando und es wurde deutlich, dass dort viel mehr Seehunde lagen, als sie in der Dunkelheit wahrgenommen hatten. Die Tiere rissen die Mäuler auf und machten Töne, die Margit eine Gänsehaut über den Rücken laufen ließen. Sie sah die spitzen Zähne im Mondlicht und fürchtete, von den Tieren zerfetzt zu werden. So erschöpft, waren sie und ihre Kinder eine leichte Beute, dachte sie bang.

Doch die Seehunde griffen nicht an, sondern suchten Abstand. Wenn Benjamin einen Schritt nach vorn machte, wich die ganze Gruppe zurück. Nur ein großes, einzelnes Tier, Benjamin schätzte es auf gut zweieinhalb Zentner, richtete sich mit einem Mark und Bein erschütternden Schrei auf.

Es waren fünfzig, vielleicht sechzig Tiere und sie befanden sich mitten unter ihnen.

Zunächst hörten sie den Flugzeugmotor, dann sahen sie die Maschine. Sie flog ganz tief, vielleicht zehn, höchstens fünfzehn Meter über dem Boden. Es waren Scheinwerfer eingeschaltet und es sah aus, als würde noch jemand mit einer großen Lampe aus dem Fenster nach unten leuchten oder … Falls Benjamin sich nicht irrte, war da eine Tür im Flugzeug offen und von dort suchte ein Lichtkegel den Strand ab.

Benjo sprang hoch, winkte und brüllte: »Hier, wir sind hier! Wir sind hier! Hilfe! Wir sind hier!«

»Ich wusste, dass sie uns holen!« Margit Rose freute sich. »Jetzt wird alles gut, Viola«, flüsterte sie ihrem Kind ins Ohr. »Alles wird gut.«

Die trägen Tiere waren unglaublich flink. Das näher kommende Flugzeug vertrieb sie augenblicklich ins Wasser. Nur der Große mit der Drohgebärde blieb da und stellte sich fauchend seinen Feinden in den Weg, um sein Revier zu verteidigen.

In dem Moment fiel ein Schuss.

Der Seehund überschlug sich, seine Nasenspitze berührte den Sand, sein Schwanz reckte sich in den Himmel, dann klatschte er auf den Boden, hoppelte noch zweimal auf und ab und blieb liegen.

»Nicht schießen! Nicht schießen!«, rief Benjo. »Die Tiere tun uns nichts! Was soll der Mist denn? Der Seehund hat uns nicht an-gegriffen! Es ist alles in Ordnung! Alles in Ordnung!«

Margit Rose rannte mit Viola zurück, hin zum Rettungsboot. Sie warf sich mit ihrer Tochter ins Wasser, erreichte halb schwimmend, halb watend das Boot und presste sich mit dem Rücken fest dagegen. »Die wollen uns nicht vor den Seehunden schützen, die schießen auf uns!«, schrie sie.

Da öffnete Viola die Augen und wiederholte wie eine Beschwörungsformel, was ihre Mutter zuvor gesagt hatte: »Jetzt wird alles gut. Alles wird gut, nä, Mama?«

83 Die Dunkelheit veränderte alles.

Die Schützen wurden unsichtbar und zogen den Ring um die Hühnerfarm enger.

Zwei Ställe waren eingestürzt, zwischen den Trümmern leuchtete die Glut. Ab und zu flammten Feuer auf. Schwerer Qualm duckte sich auf dem Boden, als würde er sich ängstlich weigern, das Gelände zu verlassen. Die gelben Wolken schienen sich an Grashalmen und Gebäudeteilen festzuhalten. Immer wieder fuhr der ostfriesische Wind dazwischen und zerfetzte die watteähnlichen Gebilde. Körner glimmten wie lauernde Augen in der Nacht.

Eines der lang gestreckten Gebäude stand noch unbeschädigt da, als wollte es höhnisch seinen Angreifern trotzen. Im Wohn- und Bürohaus waren viele Scheiben zerstört, aber drinnen brannte warmes Licht, als wollte es Frieden verbreiten.

Hühner waren nicht zu sehen. Zwanzigtausend verhielten sich in den Volieren, in ihrem intakten Gebäude, so still, als ob sie vor Angst längst gestorben wären. Viele waren verbrannt, aber wo war der geflohene Rest? Wohin waren die Massen entkommen? Warum hörte man sie nicht? Versteckten sie sich in den tief liegenden Qualmwolken?

Mit solchen Gedanken stand Josy am Fenster und sah nach draußen. Manchmal lebte sie in magischen Kinderwelten. Ihre Seele brauchte diesen Rückzug. Dann wurden Gegenstände lebendig, Dinge hatten einen Willen und sie konnte mit ihnen reden. Sonst war sie im Leben eher realistisch, versuchte, klar und illusionslos zu denken. Sie interessierte sich für Politik, las den Wirtschaftsteil der Tageszeitung und verstand ihn sogar. Wer politisch so oppositionell war wie sie, musste Bescheid wissen, fand sie.

Manchmal glaubte sie, das Leid der gequälten Tiere und der misshandelten Natur am eigenen Leib zu spüren wie einen Schmerz, der ihr persönlich zugefügt wurde. Und dann gab es bisweilen Momente, da war es, als könnte sie mit Tieren oder Bäumen reden.

345

Einmal, als sie Liebeskummer hatte und heulend im Bett lag, wurde sie von ihrem Kaktus getröstet. Doch jetzt fühlte sie sich wie abgeschnitten von diesen Erfahrungen. Sie wusste nicht einmal, wo zigtausend Hühner auf diesem Gelände geblieben waren und sich versteckten.

Dafür hatte Ubbo Jansen anscheinend einen Draht zu der Küstenseeschwalbe aufgebaut. Die zwei verstanden sich wie durch Gedankenübertragung. Wenn Ubbo Jansen den Raum verließ, folgte sie ihm. Sie lief wackelig, wie betrunken, hinter ihm her. Er sah sich ständig nach ihr um, so als sei erst alles in Ordnung, wenn er wusste, wo sie war. Ab und zu sprach er sie an und sie antwortete mit einem »Kiu«.

Tim saß die ganze Zeit am PC. Seine Finger sausten mit schlafwandlerischer Sicherheit über das Brett.

Fasziniert beobachtete Akki die Monitore. Er stellte auch ohne Brille fest, dass es viele verschiedene Arten von Schwarz gab. Manchmal glaubte er, eine Person in der Dunkelheit zu erkennen, wenn etwas vorbeihuschte oder das Bild zu flimmern begann. Dabei hatte er sein Handy am Ohr: »Was heißt das, du verteidigst kein Hühner-KZ? Wir kämpfen hier um das Leben von Tausenden Tieren! Ja, verdammt, und um unseres auch!«

Ubbo Jansen versuchte, die Außenbeleuchtung einzuschalten, doch sie funktionierte nicht. Er stellte sich vor, das plötzliche Flutlicht würde die Angreifer erschrecken und verjagen. Vielleicht waren ja nur ein paar Sicherungen herausgesprungen … Er lief zum Sicherungskasten und die Küstenseeschwalbe folgte ihm aufgeregt.

Akki stöhnte genervt auf. Alle Argumente waren ausgetauscht und jetzt wiederholte sich jeder nur noch. Dafür hatte er leider keine Zeit. Er kürzte das Gespräch mit einem Vorwurf ab: »Weißt du, was du bist? Ein Schisser bist du. Boah, wenn ich denke, was du für Sprüche abgelassen hast! Und jetzt? Von wegen, *wo Recht zu Unrecht wird, wird Widerstand zur Pflicht!* War doch alles nur Gequatsche! *Wir brauchen militante Aktionen. Wenn Wahlen etwas ändern würden, wären sie verboten!* Alles nur Mist. Intellektuelle Gedankenwichse. In Wirklichkeit bist du genauso ein Spießer wie deine Alten. Feige und korrupt. Ja. Du mich auch!«

Die Außenbeleuchtung sprang an. Josy zuckte am Fenster zusammen und selbst Akki erschrak an den Monitoren. Was er eben noch für einen Baum gehalten hatte, war eine Gruppe von drei Personen. Jäger mit Gewehren. Jetzt stoben sie auseinander. Einer hielt sich schützend die Hand vors Gesicht, weil das gleißende Licht ihn blendete.

Josy sah, dass auch draußen vor der Farm Rauch über den Boden waberte, dick kroch er über den Parkstreifen. Sie entdeckte vier, fünf Hühner in den Bäumen auf der anderen Straßenseite.

Ein Schuss fiel. Dann ein zweiter. Ein Huhn flatterte aus dem Qualm hoch.

»Die Spinner haben echt Angst vor den Hühnern. Die ballern auf die, weil sie Schiss vor ihnen haben«, stellte Josy, enttäuscht vom Rest der Menschheit, fest.

Sie beugte sich aus dem gesplitterten Fenster: »Hört doch auf, ihr Penner! Unsere Hühner sind gesund! Die Todesbrut kommt nicht von hier!«, schrie sie und benutzte ihre Hände wie Schalltrichter.

Die hat tatsächlich »unsere Hühner« gesagt, dachte Tim.

Ubbo Jansen hob sein doppelläufiges Schrotgewehr und zielte. »Das verstehen die!«

»Nicht …«, sagte Josy noch, aber da krachte es bereits. Der Rückstoß hob den Lauf an. Für einen Moment waren sie alle wie taub. Dann sahen sie drüben einen der Jäger, die sich rings um die Farm versammelt hatten, getroffen zusammenbrechen.

»Ich hab einen erwischt!«, freute sich Ubbo Jansen. »Einer weniger!«

Akki war sofort bei Ubbo Jansen und riss ihn vom Fenster weg. »Sind Sie wahnsinnig? Sie können doch nicht so einfach …«

»Nein? Kann ich nicht? Es sind ja nicht bloß die mit den Gewehren. Die Typen davor, die Schweine, haben meine Gebäude abge-

347

fackelt! Und gegen die alle soll ich mich nicht wehren? Was ist bloß mit euch jungen Leuten los?« Er schüttelte Akki ab und brüllte nach draußen: »Ubbo Jansen, still fighting!«

»Was mit uns los ist?«, fragte Josy. »Wir sind gegen das Töten von Tieren oder Menschen. Egal, warum. Es gibt keinen Grund, eine lebende Kreatur zu vernichten.«

Jansen hatte Mühe, mit seinem verletzten Arm das Gewehr durchzuladen. Da erwiderten die Jäger das Feuer. Die Kugel krachte in den mittleren Monitor. Scherben vom Plastikgehäuse flogen durch die Luft und klatschten Akki in den Nacken.

»Licht aus!«, kommandierte Tim. »Licht aus! Wir bilden eine viel zu gute Zielscheibe!«

Schon war Josy beim Lichtschalter und es wurde dunkel im Raum. Deckung suchend ging Akki in die Hocke.

Jansen legte das Gewehr an: »Ich krieg euch, ihr Verbrecher!«

»Lassen Sie das!«, forderte Josy. »Da kommt nichts Gutes bei raus.«

Doch Ubbo Jansen feuerte.

84

Chris fröstelte. Es war plötzlich feucht und kalt wie in einer Leichenhalle. Zwei weitere Maschinen aus diesem Hangar waren mit Bewaffneten gestartet. Die Piloten flogen freiwillig, fühlten sich wie Helden. Cowboys, die ihre Wagenburg gegen angreifende Indianer verteidigten.

Was Chris besonders erschreckte, war, dass ein Polizist bei ihnen war und eine fanatisierte Frau, die sich als Scharfschützin bezeichnete. Sie hatte ein Gewehr mitgebracht, das aussah, als wollte sie den Terminator erledigen. Sie war eine Urlauberin, hatte sich irgendwelche Medaillen erschossen und bei Meisterschaften gewonnen. Chris stellte sich vor, dass sie zu Hause zwischen den Trophäen ihrer illegalen Safaris wohnte. Ausgestopfte Grizzlys, Löwenköpfe, vermutlich ein Nashorn.

»Wir müssen hinterher, sie irgendwie aufhalten«, sagte Chris entschlossen.

Aber Hassan schüttelte stumm den Kopf. Es hatte ihm zum ersten Mal im Leben die Sprache verschlagen und er wollte nicht länger mitmachen.

Im Grunde, sagte er sich, war ja nichts passiert. Er hatte sich noch nicht strafbar gemacht und auch noch auf keine Seite geschlagen. Er war sich nicht im Klaren darüber, wer hier im Recht war und wer im Unrecht. Er wusste nicht mal, was richtig oder falsch war, daher beschloss er, sich besser herauszuhalten.

Weil er nichts sagte und sich nicht vorwärtsbewegte, stieß Chris ihn an. »Ey, was ist?«

Er zuckte vor ihrer Berührung zurück, als ob er an ein Stromkabel geraten sei. Gleichzeitig fand er seine Sprache wieder, aber im ersten Moment hörte es sich für Chris an, als ob ein anderer zu ihr sprechen würde. Seine Stimme war schroff und abweisend, sie hatte jedes einschmeichelnde Sülzen verloren.

»Was willst du? Einen Krieg?«

»Hä? Was? Sag nicht, du kneifst jetzt!«

Etwas Beunruhigendes lag in der Luft wie Benzinduft. Etwas leicht Entzündbares, das Chris auf eine irre Art lebendig vorkam, das auf eine Gelegenheit lauerte, sich selbst zu entzünden und in die Luft zu sprengen.

Hassan drehte ihr den Rücken zu. Der Satz »Er zeigte ihr die kalte Schulter« bekam plötzlich fassbaren Sinn für sie.

Sie hätte ihm eine reinhauen können. Sie kapierte sofort, dass sie mit Hassan nur Zeit vergeudet hatte. Er würde ihr nicht helfen. Jetzt nicht mehr. Ihm war das alles zu heftig. Aber da sie keine Alternative hatte, wollte sie nicht so einfach aufgeben.

»Hey, komm! Du lässt mich doch nicht hängen!«

Ohne sie anzusehen, sagte er: »Ihr spinnt doch alle.«

Er wollte gehen, aber Chris hielt ihn fest und zerrte an seiner Kleidung. »Wer spinnt? Ich oder diese fliegenden Cowboys?«

Hassan machte sich mit einer unwirschen Handbewegung frei und stieß sie zurück. »Ich will nichts mit dem ganzen Mist zu tun haben!«

Bei dem Versuch, Chris abzuwehren, musste er sich ihr zuwenden. Er sah sie an und fühlte sich mies. Er wollte sich erklären: »Wir haben doch sowieso keine Chance. Wie soll das gehen? Vielleicht finden wir deinen Freund und die heilige Familie, die er unbedingt retten muss. Aber wir können sie nicht an Bord nehmen. Die Maschine ist kein Hubschrauber. Ich kann damit nicht so einfach irgendwo landen. Du müsstest ihn und diese Bande sowieso hierherholen. Ohne Landebahn kein Flug.«

Das leuchtete Chris ein. Ihr Plan war verdammt unausgegoren. Aber noch hatte sie keinen besseren. Es war, als würde Benjo laut um Hilfe schreien und sie stand tatenlos herum.

Holger Hartmann näherte sich im Schatten des Hangars. Die zwei bemerkten ihn nicht.

»Du meinst, wir sollten einen Hubschrauber klauen?«, fragte Chris und hoffte, so etwas wie sportlichen Ehrgeiz in ihm zu wecken.

»Du bist echt hart drauf.«

»Na, hör mal, der Mann meines Lebens versucht, mit einem Rettungsboot an Land zu gehen, und eine Horde wild gewordener Knallschützen will ihn daran hindern. Soll ich hier Däumchen drehen und in Ruhe eine Tasse Tee trinken?«

Sie versuchte wieder, ihn zu ködern. Sie hatte wundervolle Augen und wusste, wie sehr ihre Blicke auf Männer wirkten.

Hassan verschränkte die Arme vor der Brust, wie um sich vor ihren Annäherungsversuchen zu schützen. »Du wolltest mich doch von Anfang an nur benutzen. Du wusstest, dass ich scharf auf dich bin, und deshalb denkst du, dass du mit mir machen kannst, was du willst. Ich bin dir doch total egal. Du willst den Flieger …«

Chris schluckte. Sie überlegte kurz, ob sie es leugnen sollte, doch dann konterte sie: »Wer hat denn mit dem Spiel begonnen? Du hast doch mit der Karte ›Mein tolles Flugzeug und ich, der tolle Pilot‹ aufgetrumpft. Du wolltest mich damit rumkriegen. Und jetzt wirfst du mir vor, dass ich darauf abgefahren bin?«

Sie war ihm eindeutig überlegen. Wieder spürte er einen Fluchtimpuls.

»Ich mach jedenfalls nicht mit«, stellte er trotzig klar.

»Na, dann hau doch ab, du Feigling! Halt dich nur schön aus allem raus! Geh … ab in deine Disco und reiß dir 'n anderes Mäuschen auf, mit mir verschwendest du nur deine Zeit.«

In dem Moment räusperte sich Holger Hartmann. Hassan fuhr herum. Hartmann richtete den Lauf seines Gewehrs auf ihn: »Oh nein. Du wirst nirgendwo hingehen, sondern mich mit deiner Kiste kutschieren. Los, steig ein!«

»Was haben Sie vor?«

»Wir haben klare Befehle …«

»Befehle?«, mischte Chris sich ein. »Von wem?«

Sofort schwamm Holger Hartmann. Er wusste nicht, wie er Cremer nennen sollte. Chef? Boss? Anführer? Statt zu antworten, lud er das Gewehr durch, um seinen Worten Nachdruck zu verleihen.

»Sie wollen doch nicht von der Insel fliehen. Sie wollen mit Ihrer Scheißknarre auf meinen Benjo schießen!«, kreischte Chris und griff nach dem Gewehrlauf.

Hartmann ging ein paar Schritte zurück und hob drohend die Waffe. Er richtete sie jetzt nicht mehr allein auf Hassan, sondern abwechselnd auch auf Chris.

Hassan fühlte sich erleichtert. Im Visier dieser Waffe war er für nichts mehr verantwortlich. Er wurde gezwungen. Damit konnte er umgehen. Er fühlte sich, als würde er das Leben von Chris retten, die furchtlos weiter auf Hartmann zuging.

Hassan sagte: »Okay. Steig ein.«

Sofort wandte Chris sich ihm zu. »Ey, spinnst du jetzt total? Den willst du fliegen und ihm helfen, womöglich meinen Freund abzuknallen?«

Holger Hartmann brüllte: »Stell uns nicht hin, als ob wir Mörder wären! Wir sind die Verteidiger von Borkum!«

»Ja, und darauf bist du wohl auch noch stolz, was? Verteidiger! Dass ich nicht lache! Terroristen seid ihr!«

»Halt dich besser da raus, Chris«, riet Hassan.

»Raushalten! Raushalten! Man kann sich nicht raushalten!«

Sie klatschte sich mit der flachen Hand gegen die Stirn, um ihm zu zeigen, wie dämlich sie seine Haltung fand. Dann zischte sie: »Wir sind längst mittendrin! Kapierst du das nicht?«

85 Der Learjet drehte eine Spirale nach oben. Benjamin war sich sicher, dass die Maschine zurückkehren würde. Er rechnete, genau wie Kai Rose, mit einem neuen Angriff.

Kai rannte auf die Lichter an der Promenade zu. Es erschien ihm nah, doch das war eine Täuschung. Er stolperte und fiel mit Dennis hin. Der Junge rollte über den Strand und heulte vor Schmerz laut auf.

Kai Rose sah in den nächtlichen Himmel. Der Jet kam zurück.

Der getroffene Seehund zuckte noch.

Plötzlich wollte Kai Rose nur noch sein Leben retten. Eine verlogene, trügerische Stimme in seinem Kopf flüsterte ihm ein, sie würden bestimmt nicht auf Kinder schießen, sondern nur auf Erwachsene. Bestimmt!

Dann rannte er, ohne sich umzudrehen, weiter.

Der Sand unter Dennis war feucht. Die Wellen leckten hier am Strand. Er versuchte, sich mit den Händen vorwärtszuziehen. Er hatte Angst, das Wasser könnte ihn überspülen und ihn auf seinem Rückzug wieder mitnehmen ins Meer. Er konnte mit seinem Fuß nicht schwimmen und würde ertrinken. Schon sah er sich im dunklen Wasser untergehen.

Seine Hände fanden keinen Halt. Sie gruben sich in den Sand wie Schaufeln, doch so konnte er sich nicht vorwärtsziehen. Er robbte auf der Stelle.

Das Flugzeug schraubte sich höher. Zwei Scheinwerfer tasteten den Himmel ab. Ein Seehund brüllte herzzerreißend. Es klang nicht wie ein Warnton für seine Gruppe, eher schon wie ein Angriffssignal.

Dennis konnte den Kopf nicht länger hochhalten. Seine Arme zitterten vor Anstrengung. Die Vibration setzte sich in den Schultern fort. Ein Schauer lief über seinen Rücken wie eine flüchtende Ratte. Dann fiel sein Gesicht kraftlos in den Sand wie ein achtlos fallen gelassener Fußball. Schildkrötenhaft kroch er vorwärts. Das kalte

Nordseewasser an seinem Bauch gab ihm neue Kraft. Sein Gesicht schabte über den Sand. Er drehte es auf die rechte Seite. So war wenigstens die Nase frei.

Er schob eine Sandwelle vor sich her und bekam nassen Muschelsand in die Augen. Durch das rechte konnte er schon nichts mehr sehen.

86

»Runter, verdammt! Bringen Sie die Kiste runter! Die Eindringlinge sind da unten! Bringen Sie das gottverdammte Scheißflugzeug in eine günstige Schussposition!«, forderte Heinz Cremer.

Doris Becker fragte sich, was sie tun konnte. Dieser Verrückte feuerte tatsächlich aus dem Learjet auf die Menschen dort unten.

»Runter! Ich habe gesagt, runter!« Er schlug ihr in den Nacken.

Sie hatte erst ein einziges Mal im Leben so einen Schlag erhalten. Von ihrer Tante. Die Familie war fast darüber zerbrochen, so wütend hatte es ihre Mutter gemacht, dass jemand gewagt hatte, Doris zu schlagen. Jetzt hätte sie ihre inzwischen verstorbene Mama nur zu gern bei sich gehabt. Sie war voller Angst und Zweifel und brauchte dringend mütterlichen Rat.

»Frau Becker«, kommandierte Heinz Cremer barsch, »ich fordere Sie zum letzten Mal auf, Ihre Pflicht zu tun! Wollen Sie schuld daran sein, wenn Tausende auf Borkum sterben, nur weil Sie bockig waren?«

Der Korb mit Gummibärchen, Schokoriegeln und den Lieblingsbutterkeksen des Flugzeugbesitzers fiel um. Die Naschereien rollten über den Boden. Jens Hagen musste sich beherrschen. Zu gern hätte er sich ein paar Süßigkeiten in den Mund gestopft. Sein Körper schrie geradezu nach Schokolade. Er schämte sich für seinen Heißhunger und erlaubte sich nicht, in einen Schokoriegel zu beißen.

»Wie haben Sie mich genannt? Was bin ich?«, fragte Doris Becker, als hätte sie nicht verstanden.

»Bockig. Zickig. Wie Sie wollen.«

Seinen letzten Rest Autorität nutzend, sagte Jens Hagen knapp: »Tun Sie, was er sagt.«

Heinz Cremer sah ihn dankbar an und fügte hinzu: »Glauben Sie mir, ich weiß genau, was ich tue.«

Doris Becker zog den Learjet weiter hoch. Unter sich sahen sie schon zwei andere Maschinen.

355

»Aber die dort auf dem Strand, das sind doch auch Menschen«, warf sie ein. »Lebewesen wie wir.«

Heinz Cremer räusperte sich. »Wenn Sie eine Lungenentzündung haben, weil es in Ihrem Körper von Bakterien und Parasiten nur so wimmelt, was tun Sie dann, Frau Becker?«

Sie wusste nicht, worauf er hinauswollte.

Sie war froh, dass er redete. Sie befanden sich jetzt schon in dreihundertzwanzig Meter Höhe und gut einen Kilometer weit von der Seehundbank entfernt. Undenkbar, von hier aus einen gezielten Schuss zu setzen.

»Ich gehe zum Arzt und nehme Medikamente«, sagte Doris Becker ruhig und es war kaum zu merken, wie sehr sie vor Aufregung zitterte.

»Genau«, freute sich Heinz Cremer, »Sie nehmen Antibiotika.«

»Ja, warum nicht?« Doris Becker hatte das Gefühl, sich verteidigen zu müssen. Sie spürte jetzt, dass er dabei war, sie in eine Falle zu locken.

Cremer lachte demonstrativ: »Eben. Warum nicht. Sie töten Millionen Bakterien, damit es Ihnen besser geht. Sie sagen nicht: Oh, die armen kleinen Lebewesen haben doch auch ein Recht zu leben. Die sind nicht böse. Die haben keine Moral. Die sind einfach nur schädlich. Natürliche Feinde. Entweder Sie vernichten die Parasiten, oder die netten, kleinen, ach so lebenslustigen Tierchen bringen Sie um.«

Jens Hagen hatte dieser Kette von Argumenten nichts entgegenzusetzen.

Doris Becker atmete heftig aus. »Von wem haben Sie diese nassforsche Art, Bakterien und Menschen gleichzusetzen? Sind Sie da selbst draufgekommen oder von wem ist das? Warten Sie, sagen Sie nichts. Ich rate. Hitler? Stalin? Osama bin Laden? Auf jeden Fall jemand, für den ein Menschenleben keine große Bedeutung hat.«

Stimmt, dachte Jens Hagen verunsichert. Irgendwie hat auch sie recht.

»Im Grundgesetz«, sagte er mit kindlicher Stimme, »steht, jeder hat ein Recht auf Leben.«

»Danke!«, fauchte Heinz Cremer. »Vielen Dank. Das war jetzt sehr hilfreich.«

Dann drückte er den Lauf der Waffe in den Nacken von Doris Becker. Das war Antwort genug, fand er.

Einen kurzen Moment trudelte die Maschine im Wind, dann sagte Doris Becker: »Sie werden nicht schießen. Wenn ich sterbe, stürzen wir ab.«

»Verlassen Sie sich nicht darauf, junge Frau. Wie Sie gerade treffend bemerkten, gibt es Leute, für die ein Menschenleben nicht allzu viel wert ist. Und wenn ich mich recht erinnere, glauben Sie, dass ich zu dieser Sorte gehöre. Da könnten Sie recht haben. Ich sterbe lieber im Kampf als im Siechtum durch ein Virus, das mein Gehirn zu Mus macht.«

»Ich auch«, sagte Jens Hagen, war sich aber gar nicht so sicher, ob das stimmte.

Doris Becker steuerte die Seehundbank an. Froh, dass sie vernünftig geworden war, platzierte Heinz Cremer sich an der Tür, bereit, einen gezielten Schuss abzugeben. Er war sich sicher, dass er das Richtige tat. Bald schon, so glaubte er, würden die Menschen ihm dankbar sein, seinen Mut und seine Entschlossenheit loben und Straßen nach ihm benennen.

87 Eine einmotorige Cessna näherte sich mit ihrem Angst machenden Geknatter. Der Motor brummte, als sei dieser Flug eine Überforderung für ihn. Es hörte sich an, als ob die Maschine gegen ihren Einsatz protestieren würde. Kurz hinter der Cessna kam eine zweite. Sie flogen eine Angriffswelle von Nordwest. Aus Südost näherte sich der Learjet, aber er war noch wesentlich höher.

Die erste Kugel pfiff durch die Luft.

Margit Rose kniete mit ihrer Tochter bis zum Kinn im Wasser.

»Hol Luft«, flüsterte sie, als hätte sie Angst, von den Fliegern belauscht zu werden. Doch Viola reagierte nicht. Da drückte Margit Rose ihr die Nase zu und presste ihren Mund auf den ihrer Tochter. Sie blies ihr Sauerstoff in die Lungen. Dann tauchten die zwei wie ein knutschendes Liebespärchen. Wenige Meter neben ihnen beobachtete ein Seehund das merkwürdige Verhalten. Er tauchte neugierig mit ihnen ab. Margit Rose nahm die Nähe des Tieres wahr, doch sie empfand seine Anwesenheit nicht als Bedrohung.

Unter Wasser war es unerwartet laut. Luftbläschen prasselten nach oben und etwas wischte an Margits Beinen entlang. Sie traute sich nicht, im Salzwasser die Augen zu öffnen. Sie hielt es gefühlte zehn Minuten im Wasser aus; in Wirklichkeit waren es keine fünfzig Sekunden und sie musste wieder hoch, um Luft zu holen.

Als sie auftauchte, starrte Viola sie mit weit aufgerissenen Augen voller Entsetzen an. Margit Rose beschloss, den Kopf über Wasser zu halten, nur den Kopf. Violas Wange klebte an ihrer. So konnten sie unmöglich von oben gesehen werden.

Sie befanden sich zwischen einem Dutzend Seehunden, die es ihnen gleichtaten. Nur ihre Köpfe waren sichtbar. In ihren schwarzen Augen spiegelten sich die Lichter der Promenade.

Machen die Tiere es uns nach?, fragte sich Margit Rose. Dann sah sie eine Cessna, aus der geschossen wurde.

Benjo warf sich über Dennis. Er benutzte seinen eigenen Körper als Kugelfang, um den Jungen zu schützen. Aber wo war Kai? Da hörte sie durch das Brummen der Motoren seine Schreie. Er musste knapp hundertfünfzig Meter weiter in den Stacheldrahtzaun gerannt sein, der die Seehunde vor den Touristen schützen sollte. In der Dunkelheit war der unbeleuchtete Zaun fast unsichtbar, zumindest für einen Mann, der um sein Leben lief.

Die Cessnas flogen jetzt eine Kurve. Sie würden gleich zurückkehren.

Dennis stöhnte unter Benjo. »Ich krieg keine Luft.«

Benjo sprang auf und zerrte Dennis ein paar Meter weit weg von den Wellen, in den trockenen, warmen Sand.

Der Learjet kam unaufhaltsam näher. In der offenen Tür stand Heinz Cremer mit seinem Gewehr. Ein Scheinwerfer tastete den Strand ab.

Benjo begann in seiner Not, Dennis einzugraben. Dennis half ohne ein Wort mit. Schon waren seine Beine nicht mehr zu sehen. Benjo häufte Sand auf seinen Oberkörper.

Kai Rose schrie: »Hiiilfeeee!«

88 Doris Becker machte ein riskantes Flugmanöver über dem Wasser. Sie waren in knapp hundert Meter Höhe. Sie ließ die Maschine ruckartig auf fünfzig Meter abkippen und in die Seitenlage fallen, als hätte sie vor, mit dem rechten Flügel den Strand umzupflügen.

Heinz Cremer konnte sich nicht halten. Er fiel samt Gewehr wie ein Stein nach unten.

Jens Hagen erwischte sich dabei, dass er aufatmete.

»Bringen Sie uns bitte zum Flugplatz zurück«, sagte er höflich.

Doris Becker nickte stumm und schickte ein Gebet zum Himmel: »Danke, lieber Gott, für diese Idee.«

89 Von der Promenade rannten mehrere Familien herbei und im nicht enden wollenden Blitzlichtgewitter warf Kai Roses Körper einen riesigen flackernden Schatten, wurde zu einer tanzenden schwarzen Puppe, die sich in stählernen Fäden verfangen hatte.

Ein Scheinwerfer von einer Cessna erwischte ihn und von oben sah er aus wie der gekreuzigte Jesus.

90 Im Fallen begriff Heinz Cremer, dass Doris Becker ihn hereingelegt hatte. Unter ihm war alles schwarz. Er stürzte in die Tiefe. Seine Fallgeschwindigkeit beschleunigte sich. Der ostfriesische Wind griff in seine Kleidung und pumpte sie auf. Der Fall kam ihm endlos lang vor. Er rechnete damit, dass sein letztes Stündlein geschlagen hatte. Er wartete darauf, dass sein Leben im Schnelldurchgang an ihm vorüberziehen würde. Er hatte oft gelesen, dass das so sein sollte, und sich immer gefragt, woher die Autoren dieses Wissen hatten. Fast triumphierend stellte er fest, dass es nicht stimmte. Auch diese Behauptung war also gelogen gewesen; wie so oft im Leben hatte man ihn auch damit belogen und betrogen. Vor seinem inneren Auge lief kein Film ab, er sah weder Frau noch Kinder noch Eltern. Er blickte nur in eine schwarze Fläche, auf der sich weiße Linien bewegten, die Schaumkronen der Wellen.

Dann traf ihn das Gewehr im Rücken. Eine Weile flog es neben ihm her. Er griff danach wie nach einer rettenden Reißleine, doch ihm hätte in dieser Höhe nicht einmal mehr ein Fallschirm helfen können.

Die Luft schnitt in seine Augen, aber er wollte sie nicht schließen, er zog es vor, dem Tod ins Gesicht zu blicken.

91 Thorsten Gärtner war nur noch ein jammerndes Häufchen
Elend. Er saß an einen Baum gelehnt kraftlos da. Neben ihm
lag Witko Knubbelnase. Er war ohnmächtig. Sein Gesicht leuchtete
weiß in der Dunkelheit.

Corinna wagte kaum, sich zu bewegen. Sie hielt Witkos Kopf und
streichelte, weil sie ihm sonst nicht helfen konnte, seine Stirn.

Eddy und Justin saßen etwas abseits. Justin blieb immer nah bei
seinem Bruder, er versteckte sich ein bisschen hinter ihm.

Nur Niklas Gärtner stand aufrecht und sah mit sorgenvollem
Blick auf seinen Sohn. Er musste ihn jetzt schützen.

Thorsten hustete. Er versuchte zu sprechen, doch durch seine
verrotzte Nase und seine Tränen ging seine Stimme unter wie in
einem Wasserfall. Nur Vokale waren zu hören: »I… o… a…«

Corinna hatte ihn schon immer für ein warm duschendes Weichei gehalten, aber auch sie konnte kaum noch sprechen. Ihre Hände
zitterten. Sie rauchte eine Zigarette nach der anderen und fürchtete
sich vor dem Moment, wenn keine Glimmstängel mehr da wären.
In dieser angespannten Situation brauchte sie das Nikotin, um
überhaupt Luft zu bekommen. Sie zog gierig an der Zigarette, als
bekäme sie aus ihr Lebensenergie.

Witkos Wunden hörten nicht auf zu bluten. Vielleicht hatte er
nach dem letzten Besäufnis einfach zu viel Aspirin geschluckt. Er
nahm manchmal am Morgen vier oder fünf Tabletten gegen den
Kater. Bluter war er jedenfalls nicht – oder er hatte es allen verschwiegen. Ja, auch das konnte Corinna sich inzwischen vorstellen.
Ein Bluter als Skinhead, das wäre eine traurige Gestalt, könnte nicht
wirklich mitmachen, wäre auch dort ein Außenseiter.

Eddy schwieg verbissen, und Justin, sein kleiner Bruder, wünschte
sich zurück in sein Kinderzimmer, wollte seine alten Mickymaus-
hefte wieder lesen und sich ins Bett verkriechen.

»Er wird sterben, wenn wir ihn nicht zu einem Arzt bringen«,
sagte Corinna. »Er wird ganz einfach verbluten.«

363

Justin heulte auf wie ein junger verlassener Seehund auf einer Sandbank. Eddy verpasste ihm eine Ohrfeige, danach war Justin still.

Thorstens Vater räusperte sich und richtete sich auf, als müsse er vor einer Versammlung sprechen. Er wusste, wie es war, schlechte Nachrichten zu überbringen, Träume platzen zu sehen und die Enttäuschungen auszuhalten, die andere erlebten, ohne selbst schwach zu werden. Er hatte bei der Versicherung gelernt, damit professionell umzugehen und sich nicht gefühlsmäßig zu verstricken. Hunderte Male hatte er den Satz formuliert: *Tut mir leid, wir müssen Ihren Antrag ablehnen.*

Er wappnete sich innerlich. Das hier war schwerer als alles, was er bisher in seinem Beruf an Hiobsbotschaften hatte überbringen müssen. Die neue Situation musste erst einmal als Realität anerkannt werden, erst dann konnte man nach einem Ausweg suchen.

»Wenn in der Legebatterie eine DVD existiert, die zeigt, wie ihr Fackeln über die Mauer werft, dann interessiert sich kein Mensch mehr dafür, ob euer Freund gestorben ist oder nicht. Die Jansens haben dann offensichtlich in Notwehr gehandelt und ihr werdet eures Lebens nicht mehr froh. Brandstiftung. Sachbeschädigung. Körperverletzung. Falls die da drinnen mit ihren Hühnern verbrannt sind – sogar mit Todesfolge ...«

»W... wir haben die Fackeln erst geworfen, nachdem ... die geschossen haben«, sagte Eddy.

Thorstens Muskelpakete krampften sich zusammen. Er knirschte mit den Zähnen. Er ahnte, worauf sein Vater hinauswollte. Der hatte Ahnung von Sachschäden, Folgekosten und so. Der wollte auf Nummer sicher gehen.

Er schluckte Schleim hinunter und sprach näselnd, wie jemand mit einer schweren Erkältung: »Das heißt, wir müssen hoffen, dass der ganze Laden restlos abbrennt und keiner lebend rauskommt, der eine Aussage machen kann. Das wolltest du uns doch sagen, Pa, oder?«

Sein Vater sah ihn mit eiskaltem Blick an. Hinter der geordneten Fassade des Spießers in seiner Doppelhaushälfte verbarg sich ein Höhlenmensch mit Urinstinkten.

»Vor allen Dingen müssen alle Aufzeichnungen vernichtet werden. Filmaufnahmen sind viel gefährlicher als Zeugenaussagen. Woran können Menschen in solch einer Situation sich erinnern? Das nimmt jeder Provinzanwalt spielend auseinander und uns wird kein Provinzanwalt vertreten, sondern der beste, den man für Geld kaufen kann.«

Thorsten registrierte sehr wohl, dass sein Vater »uns« gesagt hatte. Er würde ihn also nicht hängen lassen.

Er brachte es in seiner provozierenden Art auf den Punkt: »Wir müssen sie also nicht umbringen, wenn wir die DVD erwischen?«

Sein Vater antwortete darauf nicht, stattdessen mahnte er: »Wenn die Sache rauskommt, ist euer ganzes Leben versaut.«

Corinna brauste auf: »Ey, Moment mal, was heißt das jetzt? Der hier liegt im Sterben, und statt ihm zu helfen, wollt ihr in die brennende Hühnerfarm zurück und eine DVD klauen?«

»Vernichten«, stellte Niklas Gärtner klar. »Außerdem alle Laptops, Festplatten, Handys …«

»Ihr wollt allen Ernstes da rein und …«

»Ja, das wollen wir. Wer kommt mit?«

Eddy hob seine Hand wie in der Schule. Nach ihm Justin.

92 Dann war es ruhig vor der Hühnerfarm. Nur die Blätter der Bäume bewegten sich noch. Es war ein unwirklicher Flüsterton.

Noch immer huschten Qualmschwaden geisterhaft über die Straße und irgendwo versteckt mussten zigtausend Hühner warten. Josy stellte sie sich vor wie eine Tierarmee, die nun bereit war, zurückzuschlagen. Gleich würden sie hervorbrechen und sich für das Elend und Unrecht, das an ihrer Lebensform begangen worden war, rächen.

Hinter ihr las Tim am Computer die neuesten Nachrichten vor: »Im saudi-arabischen Mekka wurden die Heiligtümer für alle Pilger gesperrt, um eine Ausweitung der Seuche zu verhindern. In New York gibt es ein nächtliches Ausgehverbot. Das ist irre! Ein Ausgehverbot in the city that never sleeps. Das kriegen die doch nie durchgesetzt. Au, es kommt noch besser: Alle Fußballspiele wurden abgesagt. Die Bundesliga existiert praktisch nicht mehr.«

»Das scheint dich ja alles sehr zu amüsieren«, schimpfte Ubbo Jansen.

»Ja«, gab Tim zu, »irgendwie ja.«

Ubbos Stimme war brüchig und kalt: »Wir sitzen hier alle bis zum Hals in der Scheiße, deine Schwester hängt in Indien fest, unsere ganze Existenz geht den Bach runter, aber mein Sohn amüsiert sich. Was ist bei deiner Erziehung schiefgelaufen?«

Tim antwortete nicht, er sah seinen Vater nicht einmal an. Stattdessen las er weitere Notfallberichte. Josy übernahm die Antwort für ihn: »Er spielt nur seine alte Rolle weiter, Herr Jansen.«

»Welche Rolle?«

»Na, das schwarze Schaf der Familie – das war er doch immer, oder nicht?«

Josys Satz traf Ubbo Jansen wie eine Kugel. Er spürte den stechenden Schmerz in der Brust wie einen Einschuss. Ihm blieb sogar die Luft weg. Er wollte sich verteidigen, ihm fiel aber nichts ein, was er hätte vorbringen können. Er griff sich ans Herz. Er fühlte sich getroffen – schwer angeschlagen, als würde er durch eine offene Wunde Blut verlieren.

Die Energie wich aus ihm. Die Selbstverständlichkeit, mit der Josy ihren Satz abgeschossen hatte, traf ihn unvorbereitet, machte ihm aber gnadenlos klar, dass sie recht hatte. Der Gedanke durchströmte ihn wie eine giftige Substanz. Sein Sohn fühlte sich als das schwarze Schaf der Familie und vermutlich war das die ganze Wahrheit. Lange vor dem Unfall war er schon das schwarze Schaf gewesen. Die Rolle war einfach frei gewesen und Tim hatte eine ideale Besetzung abgegeben.

Brauchte nicht jede Familie so etwas? Einen identifizierten Schuldigen? Einen, der bei jeder Familienfeier die Wut auf sich zog, einen, der sich stellvertretend für alle blamierte? Einen, um den man sich immer Sorgen machen musste, weil er nur Mist baute? Einen, der dafür sorgte, dass niemand einen Grund für Minderwertigkeitskomplexe bekam, denn verglichen mit ihm war jeder andere immer gut.

Genau so einer war Tim, und jetzt, in dieser Sekunde, begriff Ubbo Jansen, dass Tim diese Rolle von ihm übernommen hatte. Ja, damals, in seiner Familie, war er das schwarze Schaf gewesen. Später dann hatte er die Stafette an seinen Sohn weitergegeben.

Tim verkündete hoffnungsvoll die frohe Botschaft: »In Amerika haben sie das Virus isoliert und einen Impfstoff entwickelt! Für die Herstellung einer Impfdosis brauchen sie mindestens zwei bis drei Hühnereier …«

»Ja«, krächzte Ubbo Jansen, »das ist ein alter Hut. Was glaubt ihr, was wir hier produzieren? Frühstückseier?« Er zeigte zum Fenster. »Diese Idioten da draußen nehmen sich mit dem Angriff auf uns die eigene Überlebenschance.«

Dann empfing Tim zwei Nachrichten von seiner Schwester Kira. Sie kamen dicht hintereinander. In der ersten stand:

Macht euch keine Sorgen. Hier ist eine Familie, die nimmt mich mit zu sich nach Hause, bis es wieder Flüge gibt. Die zweite Nachricht lautete: *Wir kommen aus dem Flughafen nicht raus. Hier ist Militär aufgefahren.*

Als die Kugel einen Überwachungsbildschirm zerstört hatte, waren auch zwei andere ausgefallen. Aber drei funktionierten noch. Akki sah die Gruppe, die im Qualm aufs Haupttor zulief. Eine Frau. Drei Jugendliche und ein Mann um die fünfzig.

»Da!«, sagte Akki und klang erfreut.

»Sind das unsere Leute?«, fragte Josy. Sie konnte aus ihrer Position den Bildschirm nicht sehen, sie interpretierte nur Akkis Stimme. »Wurde auch Zeit. Ich dachte schon, die lassen uns hängen.«

Tim erkannte Herrn Gärtner sofort. »Das ... das ist der Gärtner von der Krankenkasse. Ich habe ihn doch angerufen, damit er seinen Sohn zurückpfeift.«

»Und was heißt das jetzt? Kommen die uns zu Hilfe? Haben die es sich anders überlegt?«, fragte Josy.

Ubbo Jansen spottete: »Ja glaubt ihr, die wollen sich bei uns entschuldigen, oder was? Spinnt ihr jetzt alle? Die kommen, um ihr Werk zu beenden!«

»Das glaube ich nicht«, sagte Tim. »Herr Gärtner ist ein seriöser, gesetzestreuer Mann. Der ...«

Josy fuhr ihm über den Mund: »Vielleicht war er das mal, Tim, aber man kann sich ausrechnen, was die vorhaben ...«

Ubbo Jansen rang um Fassung. Ein Angriff von außen kam ihm jetzt gerade recht.

Eine Gefahr, die sie alle zusammenschweißte. Vor allen Dingen ihn und seinen Sohn, den er am liebsten auf Knien um Verzeihung gebeten hätte für all das, was er in den letzten Jahren falsch gemacht hatte.

»Die haben unsere Gebäude angezündet. Das sind Verbrecher, die wollen uns den Rest geben und alle Zeugen beseitigen.«

»Das kann ich mir nicht vorstellen. Wir sind doch hier nicht in einem Horrorfilm«, erwiderte Tim.

»Die Wirklichkeit, mein Sohn, ist zum Horrorfilm geworden. Und wir sitzen mittendrin.«

»Papa, was hast du vor?«

»Ich werde schneller sein. Hilf mir, Schwiegertochter.«

Akki guckte bei dem Wort »Schwiegertochter« irritiert auf. Josy war schon bei Ubbo Jansen und half ihm, das Gewehr zu laden.

93 Der Learjet setzte unsanft auf. Doris Becker ließ die Maschine fast runterkrachen, statt eine vorsichtige Landung hinzulegen, die von den Passagieren kaum bemerkt wurde, wie sie es gelernt hatte. Sie landete den Jet hart, wie eine Militärpilotin, die es gewohnt war, Maschinen auf kurzen Strecken wie auf Flugzeugträgern zu stoppen, und irgendwie fühlte sie sich auch wie eine Kampfpilotin im Einsatz.

Sie hatte die Aktion so ausgeführt, um Jens Hagen ordentlich durchzuschütteln und den eigenen Stress abzubauen. Sie war sich im Klaren darüber, dass sie gerade mit einem Flugmanöver einen Passagier ganz bewusst aus der Maschine befördert hatte. Sie stellte sich vor, wie Heinz Cremers zerschmetterter Leichnam am Strand lag und die Wellen ihn sich holten.

Jens Hagen klammerte sich am Sitz fest. Irgendwo musste er sich gestoßen haben; er blutete an der Oberlippe. Er hatte die Augen von jemandem, der soeben verrückt geworden war, weil er in den Abgrund der Hölle geblickt hatte.

Als der Jet die Rollbahn berührte, wurde Holger Hartmann abgelenkt.

Chris versuchte, die Chance zu nutzen, und rannte weg. Sie brauchte nur ein paar Schritte, dann war sie hinter der Cessna verschwunden.

Sofort setzte Holger Hartmann ihr nach. Hassan Schröder stand unschlüssig herum.

Hartmann folgte Chris. Dabei tauchte er unter der Cessna durch. Chris ergriff den Lauf des Gewehrs und versuchte, ihm die Waffe abzuringen. Er fluchte und ließ nicht los. So weit kam es noch, dass er sich von einer Frau …

Er konnte den Gedanken nicht zu Ende denken, da krachte ein

Schuss los, der so unerwartet laut kam, dass Hartmann zunächst glaubte, Chris getroffen zu haben.

Die riss den Mund auf und starrte ihn an, aber dann fiel Hassan um wie ein Baum, der gefällt worden war. Er machte nicht einmal den Versuch, seinen Sturz abzufedern oder aufzufangen. Wahrscheinlich war er schon tot, bevor sein Körper den Boden berührt hatte.

94 Bürgermeisterin Kerstin Jansen walkte sich das Gesicht. Niemand im Krisenstab sprach. Fünfhundert lebensrettende Dosen und möglicherweise später noch einmal eine Lieferung von tausend oder mehr. Für fünf Millionen Euro. Das war einerseits viel Geld, andererseits konnte sie den Mann verstehen. Er musste dafür Leute bestechen, Wege ebnen, Bürokratien ausschalten, und auf dem Schwarzmarkt war jede einzelne Dosis ein Vermögen wert.

Der Mann war Mitglied der US-Army, hier in Deutschland stationiert. Er hatte einen Südstaatlerakzent, so meinte Kerstin Jansen. Wenn seine Geschichte stimmte – und vieles sprach dafür –, dann könnte aus dieser Quelle die unorthodoxe Rettung der Emder Bevölkerung kommen. Die Bürgermeisterin hörte sich die Gesprächsaufzeichnung noch einmal an. Der Mann sprach ruhig und hochakzentuiert.

»Frau Bürgermeisterin, ich gefährde mich, meine Familie und meine Kameraden. Wenn herauskommt, woher Sie die Information haben, brauche ich nicht einmal mehr politisches Asyl in Ihrem Land. Ich bin dann nämlich a dead man. Die Zeit drängt. Wenn Sie nicht interessiert sind, vergessen wir es einfach … Es ist so: Das Virus hat mit der normalen Hühnergrippe nichts zu tun. Es wurde in einem Labor gezüchtet, um hinter den feindlichen Linien zu totalem Chaos zu führen und die Infrastruktur und Logistik eines feindlichen Landes innerhalb kürzester Zeit zusammenbrechen zu lassen. Solche Experimente hat es immer gegeben. Mit dem Virus wurde auch das Gegenmittel entwickelt, sonst wäre es ja sinnlos. Sämtliche Angehörigen der US-Streitkräfte sind schon vor Monaten damit geimpft worden. Das Serum ist sicher, sonst wären Fälle von Ansteckungen oder auch von Nebenwirkungen bekannt geworden. Ich habe Quellen, die über das Serum verfügen. Sie sind unter Verschluss. Das Ganze unterliegt strengster Geheimhaltung. Wenn Sie mir fünf Millionen zur Verfügung stellen, beschaffe ich

Ihnen das Mittel in wenigen Stunden. Ich habe fünfhundert Einheiten. Mit ein bisschen Glück kann ich morgen tausend weitere liefern.«

Sie hörte ihre eigene Stimme und erkannte sie kaum. »Warum stellt uns die US-Armee das Serum nicht offiziell zur Verfügung? Warum weiß die Bundesregierung nichts davon? Warum …«

Sie wurde in scharfem Militärton unterbrochen: »Glauben Sie im Ernst, die US-Regierung gibt zu, schuld an diesem weltweiten Ausbruch der Todesbrut zu sein? Da kämen Wiedergutmachungsforderungen in Milliardenhöhe auf die USA zu. Von den politischen Konsequenzen ganz zu schweigen. Nein. Keine Regierung der Welt hätte eine andere Chance, als das zu vertuschen. Ich weiß um Ihre Situation, Frau Jansen. Sie werden alle sterben, weil es das Gegenmittel, das seit Langem existiert, offiziell gar nicht geben darf. Halten Sie das Geld bereit. Ich rufe in einer Stunde wieder an.«

Bürgermeisterin Jansen schaltete die digitale Gesprächsaufzeichnung ab. Sie sah sich im Kreis um. Einige ihrer Krisenstabmitglieder waren von dem Gedanken, sie könnten an ein wirksames Gegenmittel geraten, geradezu euphorisiert. Andere wirkten depressiv oder apathisch. Der Vertreter der Geldinstitute deutete an, es sei kein Ding der Unmöglichkeit, über Barmittel in solcher Größenordnung zu verfügen, allerdings müsse in der gegebenen Situation die Frage der Sicherheiten erörtert werden …

»Wer sagt uns«, fragte Kerstin Jansen in die Runde, »dass wir nicht mit einem billigen Trick abgezockt werden? Wo können wir uns vergewissern, ob …«

Aus der Ecke von Mitarbeitern des Gesundheitsamtes kam ein hysterisches Lachen: »Das ist eine klassische Zwickmühle. Jeder, der davon weiß, wird es leugnen. Wir können nicht einfach beim Militärattaché anrufen und mal höflich nachfragen.«

Bürgermeisterin Jansen zählte an den Fingern auf: »Wir haben im Grunde nur zwei Möglichkeiten. Wir gehen darauf ein oder wir lassen es.«

Erst kam verhaltenes Nicken, dann laute Zustimmung, selbst bei den Depressiven. Frau Jansen nahm einen Schluck Wasser und fuhr fort: »Tun wir es und das Mittel wirkt, retten wir die Stadt.«

Sie sah jeden Einzelnen der Runde an, sie wollte in die Gesichter schauen, bevor sie weitersprach. »Wirkt das Mittel nicht und man hat uns hereingelegt, stehen wir als gutgläubige Dummköpfe da, die die Stadtkasse geplündert haben.«

Jemand schnäuzte sich die Nase, sehr verhalten, als sei das Naseputzen ein gesellschaftlich geächteter Vorgang.

»Tun wir es nicht und später stellt sich heraus, dass wir damit Tausende Menschenleben hätten retten können, sind wir alle erledigt.«

»Dann möchte ich lieber tot sein«, sagte Polizeirat Ludger Schneider ehrlich.

»Aber dann gibt es auch noch die Möglichkeit: Wir gehen nicht darauf ein und die Entscheidung war richtig und gut, weil wir es mit Betrügern zu tun haben.«

Ludger Schneider räusperte sich: »Von Drogengeschäften wissen wir, dass dabei größere Mengen immer erst nach einer Reinheitsprobe den Besitzer wechseln.«

Das leuchtete der Bürgermeisterin sofort ein. »Und wie sollen wir das bewerkstelligen? Eine Probe?«

»Wir brauchen einen Virologen, jemanden, der Ahnung von Impfstoffen hat …«

Alle Blicke konzentrierten sich auf Uwe Karstensen, den Mann vom Gesundheitsamt. Der zuckte mit den Schultern: »Sie können doch nicht von mir verlangen, dass ich …«

Frau Jansen griff zum Telefon und rief im Susemihl-Krankenhaus an. Sie verlangte Dr. Maiwald.

95 Dr. Maiwald befürchtete, das Fieber nicht zu überleben. Er wusste nicht, ob er Linda wirklich vor sich stehen hatte oder ob er halluzinierte. Sie teilte ihm mit, in der Stadt solle eine Impfaktion anlaufen, das Militär würde als Erstes durchgeimpft und danach werde der Gesundheits- und Polizeibereich immunisiert. Angeblich kam die Information vom Emder Krisenstab, von Frau Bürgermeisterin Jansen persönlich.

Dr. Maiwald hatte Durst. Seine Gelenke fühlten sich an, als seien sie systematisch zerschlagen worden, und irgendjemand musste seinen Kopf aufgepumpt haben.

Er versuchte, eine Hand auszustrecken und nach Linda zu greifen. Er wollte fühlen, ob sie wirklich da war. Seine Finger griffen in Watte, aber trotzdem konnte er sie riechen. Es war der Duft von Marzipan, der ihn hoffen ließ, sie sei tatsächlich bei ihm.

»Das ist Unsinn«, sagte er mit trockener Zunge, die am Gaumen fast kleben blieb. »So schnell kann kein aktives Antiserum entwickelt werden. Das sagen die nur, um …«

»Nein, nein. Es sind bereits Dosen nach Deutschland unterwegs.«

»Hä?«

»Die Bürgermeisterin ruft gleich wieder an. Bitte bleib wach. Schlaf jetzt nicht wieder ein! Glaub mir. Du sollst das Zeug testen.«

»Du musst das falsch verstanden haben, Linda. Gib mir was zu trinken. Und Eis. Ich brauche Eis.«

»Ich habe Erdbeer und Vanille.«

»Egal. Hauptsache, kalt.« Er schluckte schwer. »Was sollen wir testen? Wollen sie uns als Versuchskaninchen für ein Antiserum benutzen? Meinetwegen. Nur her damit. Es ist sowieso unsere einzige Chance.«

Sie goss ihm Wasser ein. »Ich weiß nicht. Sie ruft auf jeden Fall wieder an. Das ist alles geheim und klang sehr mysteriös.«

»Dir hat sie es aber erzählt …«

Linda nickte und ging zur Tür, um ihm Eis zu holen, dort drehte sie sich um: »Vielleicht habe ich sie auch falsch verstanden. Sie klang jedenfalls, als sei sie mit ihrem Latein am Ende.«

»Das sind wir alle«, sagte Maiwald. Er ging davon aus, dass er die Nacht nicht überleben würde, und fragte sich, ob er seine Mutter anrufen sollte, um sich zu verabschieden. Er entschied sich dagegen. Nichts würde sie davon abhalten können, ihn zu besuchen, und der Gefahr wollte er sie nicht aussetzen.

96 Thorsten Gärtner kannte seinen Vater so nicht, aber er ergab sich sofort dessen Entschlossenheit. Die neue Autorität hatte kaum etwas mit seinem Alter zu tun, mit seiner Bildung oder seiner Stellung in der Gesellschaft. Seine Autorität erwuchs aus dem Wunsch aller, dass endlich jemand die Führung übernahm. Kaum beugten sie sich einem fremden Willen, konnten sie auch schon aufrechter gehen, als sei eine schwere Last von ihren Schultern genommen worden.

Sie betraten das Gelände der Farm. »Der Hühnerstall interessiert mich nicht«, sagte Gärtner. »Wir müssen ins Haupthaus zu den Büros, wo die Computer sind und die Überwachungskameras.«

Corinnas Blicke bestärkten ihn. Die Art, wie sie ihn ansah, setzte Energien in ihm frei.

Corinna hatte in der Berufsschule einen Text gelesen, der ihr damals alt und blödsinnig vorgekommen war: Kinder brauchten einen Vater, der bereit sei, für sie zu töten. Sie hatte in einem Aufsatz darüber geschrieben, es sei ein Vater gemeint, der zur Jagd geht und die Familie mit Fleisch versorgt, aber jetzt wusste sie, der Text war ganz anders gemeint. Viel grundsätzlicher. Ja. Vielleicht brauchten Kinder einen Vater wie Herrn Gärtner. Der schien ihr bereit zu sein, für seinen Sohn zu töten. Er machte kein großes Ding daraus. Er tat jetzt einfach, was getan werden musste, oder zumindest, was er für richtig hielt, und sie merkte an seinen klar abgezirkelten Bewegungen, er wusste genau, was er tat, und er war bereit, genau so weit zu gehen, wie er gehen musste, um seinen Sohn zu schützen. Ja, dieser Mann würde töten, um sein Kind vor Schaden zu bewahren. Sie beneidete Thorsten um diesen Vater. Ihr war zum Heulen zumute. Wer wäre bereit, so etwas für sie zu tun?

Sie hatte immer Kontakt zu starken jungen Männern gesucht. Machos zogen sie an. Jetzt, da sie Herrn Gärtner erlebte, wurde ihr klar, dass die bodybuildinggestählten Sixpacktypen, die sie kannte, im Grunde nur Witzfiguren waren, die genau das darzustellen versuchten, was Herr Gärtner in Wirklichkeit war. In diesem Moment konnte sie sich vorstellen, mit ihm durchzubrennen und seine Geliebte zu werden, aber sie musste sich gleichzeitig schmerzhaft eingestehen, dass sie eigentlich nicht seine Geliebte werden wollte, sondern viel lieber seine Tochter.

Gärtner hebelte den Kellerzugang auf. Er hielt ein Gitter hoch. Sein Sohn fragte: »Und wenn die noch da drin sind?«

»Die sind da drin!«, behauptete Eddy und Justin nickte.

»Ja, willst du die umbringen, oder was?«, fragte Thorsten seinen Vater.

Der schüttelte den Kopf. »Nein. Ich frage sie, ob sie dich im Gefängnis besuchen kommen oder dir mal einen Kuchen reinschmuggeln, wenn du Geburtstag hast.«

Thorsten zitterte. Durch einen Luftwirbel erhob sich hinter ihm schwefelhaltiger gelber Rauch zu einer fast menschlichen Figur. Gut zwei Meter hoch, mit schmalen Hüften, breiten Schultern, herabhängenden Armen und einem länglichen Kopf. Dann brach die Gestalt in sich zusammen, zu einem Ball, der immer eiförmiger wurde.

»Wir gehen jetzt hier rein und vernichten alle Beweise«, sagte Niklas Gärtner.

Eddy mischte sich ein: »Aber wir hinterlassen doch überall neue Spuren. Haare, Fingerabdrücke, Hautpartikel. Die können das alles feststellen, die Spurensicherung …«

Gärtner drehte sich kurz zu Eddy um und wischte seine Einwände weg: »Ja, ich habe auch CSI Miami gesehen. Aber das hier ist die Wirklichkeit. Keine Fotos, keine Filmaufnahmen. Keine Beweise.«

Niklas Gärtner stieg hinab in den Keller. Corinna folgte ihm als Erste, dann Eddy, Justin und zuletzt Thorsten.

Es war ein aufgeräumter Keller, weiß gestrichene Wände, Regale voll mit Aktenordnern. In einer Ecke lagen ausrangierte Gestelle mit Saugnäpfen, damit wurden sonst Eier maschinell verpackt und einsortiert. An den Decken Neonröhren.

Niklas Gärtner tastete die Wand nach einem Lichtschalter ab. Er wollte quer durch den Raum zur Tür gehen. Dort musste ein Lichtschalter sein.

Bevor er dort ankam, wurde es blitzartig hell. Eddy hielt sich die Hand vors Gesicht.

»Guten Abend, Herr Gärtner. Willkommen in meiner bescheidenen Hütte. Was verschafft mir die Ehre Ihres Besuches?«, spottete Ubbo Jansen.

Das Gewehr in seinen Händen bewegte sich nervös. Mal richtete er die Mündung des Zwillings auf Thorsten Gärtner, dann wieder auf dessen Vater. Noch hatte Ubbo Jansen sich nicht entschieden, wer von den beiden der Gefährlichere war.

»Wir kommen in friedlicher Absicht, Herr Jansen. Bitte legen Sie die Waffe weg. Wir haben die Flammen gesehen und …«

Ubbo Jansen lachte bitter und zielte auf Niklas Gärtners Kopf. »Und Sie sind jetzt gekommen, um zu löschen?«

Niklas Gärtner nahm die Waffe ernst, er hob vorsichtig die Hände.

Justin und Eddy stellten sich so, dass Gärtners Körper ihnen den größtmöglichen Schutz bot. Corinna registrierte das. Sie selbst fürchtete sich nicht vor einem Treffer. Ubbo Jansen würde nicht auf sie schießen. Sie wusste, er hatte eine Tochter in ihrem Alter. Männer wie er gingen vielleicht rücksichtslos gegen andere Männer vor, nicht aber gegen Frauen, hoffte sie.

Sie machte einen Schritt nach vorn und es lief ihr heiß den Rücken hinunter, weil Ubbo Jansen nun doch die Mündung der doppelläufigen Schrotflinte auf ihren Bauch richtete.

»Wir sind gekommen, um Ihnen zu helfen«, sagte Niklas Gärtner.

Akki hatte sich mit einem Küchenmesser bewaffnet, doch nun hätte er es am liebsten weggeworfen. Er fiel auf Gärtners Worte herein und schämte sich für Ubbo Jansens Auftritt mit dem Gewehr. Tief in sich glaubte Akki immer noch an das Gute im Menschen.

379

Aber als Ubbo Jansen spöttisch konterte: »Deshalb kommen Sie auch durch den Keller und brechen ein, statt die Tür am Eingang zu nehmen«, zerplatzten seine Hoffnungen sofort. Er fragte sich, ob das oft so war. Wollte er die Wirklichkeit manchmal nicht sehen? War er bei aller politischen Arbeit so naiv?

Josys Stimme hatte einen harten, fast metallischen Klang. Sie zeigte auf Thorsten Gärtner: »Du und deine Freunde, ihr habt Tausende Tiere vernichtet.«

»Es tut ihnen leid«, sagte Niklas Gärtner, ohne sich nach seinem Sohn umzudrehen.

»Mörder!«, zischte Akki und hob drohend das Messer.

»Die ... die wären doch sowieso gegrillt worden«, stammelte Thorsten.

»Schwachkopf!«, schrie Ubbo Jansen. »Wir produzieren hier keine halben Hähnchen für Imbissbuden! Hier geht es um Eier!«

»Können wir nicht über alles in Ruhe reden?«, fragte Niklas Gärtner.

Ubbo Jansen richtete die Läufe des Gewehrs jetzt auf Thorsten. »Ja klar. Wir reden in Ruhe. Der Kleine entschuldigt sich und zahlt alles von seinem Taschengeld in monatlichen Raten ab, oder wie stellen Sie sich das vor?«

Er wischte sich mit dem Handrücken übers Gesicht. Seine Augen brannten noch von dem Qualm. Dabei richtete er das Gewehr für einen Moment zur Decke. Augenblicklich griff Niklas Gärtner an. »Jetzt!«, schrie er und stürzte sich auf Ubbo Jansen. Schon hatte er ihm das Gewehr entrissen.

Akki war sofort klar, dass er jetzt der einzige Bewaffnete in seiner Gruppe war. Er ging in die Knie, bereit zum Sprung, und fuchtelte mit der Klinge durch die Luft.

Niklas Gärtner bedrohte ihn mit dem Gewehr und befahl: »Mach dich nicht unglücklich, Junge. Lass das Messer einfach fallen.«

Akki tat es ohne Widerrede, wofür er von Josy einen Blick tiefer Verachtung erntete.

»So sieht es also aus, wenn jemand kommt, um zu helfen«, spottete Ubbo Jansen bitter.

»Hände hoch und Gesichter zur Wand«, kommandierte Gärtner. »Wer hält sich sonst noch im Gebäude auf?«

Josy, Akki und Ubbo Jansen hoben die Hände, aber niemand antwortete. Stattdessen fragte Josy: »Wollen Sie uns jetzt umbringen wie die Hühner? Ich habe neulich einen Film darüber gesehen. Die meisten Morde sind Vertuschungsdelikte. Jemand bricht bei seinem Nachbarn ein, will eigentlich nur den Familienschmuck klauen und das Sparschwein vom Kleinsten, aber dann ist wider Erwarten doch jemand im Haus, der Dieb wird erwischt, und damit nicht rauskommt, was er getan hat, rottet er eine ganze Familie aus. Ist das bei Ihnen jetzt auch so?«

Niklas Gärtner wirkte auf Josy wie jemand, der sich erwischt fühlte.

Corinna, die die ganze Zeit im Hintergrund geblieben war, mischte sich jetzt ein. Sie fauchte Josy an: »Jetzt mach mal halblang, Zicke. Ihr habt einen von uns angeschossen. Der sieht aus wie ein Sieb. Ich finde, ihr solltet kleinere Brötchen backen! Überhaupt habt ihr uns doch erst in diese Situation gebracht mit dem ganzen Federvieh!«

Niklas Gärtner blieb stur: »Ich will wissen, wer sonst noch im Haus ist!«

»Nur Tim«, sagte Akki. »Der kommt hier nicht runter. Der sitzt doch im Rollstuhl.«

»Idiot!«, zischte Josy aufgebracht in Akkis Richtung. Sie empfand Akkis Worte als Verrat.

Schamesröte stieg in Akkis Gesicht.

Josy kreischte: »Hau ab, Tim! Versteck dich! Die Schweine suchen dich!«

Ubbo Jansens Respekt vor Josy wuchs noch einmal. Aber er wusste, dass Tim keine Chance hatte zu entkommen; trotzdem rief er, um Gärtner zu bremsen: »Tim, schieß auf den Ersten, der versucht, die Tür zu öffnen!«

Niklas Gärtner schlug nach Ubbo Jansen, traf ihn aber nicht.

»Hat er eine Waffe?«, fragte Gärtner.

»Eine Pumpgun«, log Ubbo Jansen.

Josy wusste, dass es eine Finte war. Als Eddy an ihr vorbeistürmte, trat sie ihm die Beine weg. Er knickte ein und tat sich beim Sturz weh.

Er sprang wieder auf und im gleichen Moment brach in ihm der Hass auf schöne junge Frauen durch. Die vielen Abfuhren, die er sich eingehandelt hatte. Er hatte von Frauen wie Josy so viele Körbe bekommen, dass es ausreichte, um ein Geschäft damit zu eröffnen.

Er ging auf Josy los.

Akki stand starr. Justin stoppte seinen Bruder. »Lass sie. Sie ist es nicht wert. Wir haben Wichtigeres zu tun.«

Josy und Ubbo Jansen hatten die Hoffnung, dass es Tim gelungen war, sich auf der Toilette einzuschließen. Die Angst vor einer Pumpgun würde die Bande daran hindern, die Tür aufzubrechen.

Doch Tim flüchtete nicht. Er erwartete die Angreifer in scheinbar entspannter Körperhaltung. Er brauchte keine fiktive Pumpgun. Er besaß eine gefährlichere Waffe und er hatte sie bereits vor Stunden abgefeuert.

Niklas Gärtner stürmte zuerst in den Büroraum. Hinter ihm Corinna und sein Sohn. Josy drängte sich mit blutender Nase an Corinna vorbei in den Raum. Tim lächelte sie breit an, dann zog er seinen Trumpf aus dem Ärmel.

»Es ist alles vorbei, Herr Gärtner. Sie können nichts mehr tun.« Er zeigte auf den Computerbildschirm hinter sich.

Die Art, wie Tim in seinem Kassenrollstuhl saß, hatte etwas Entwaffnendes an sich. Niklas Gärtner senkte den Lauf des Gewehrs.

»Es ist alles längst im Netz. Zweihundertfünfunddreißigtausend Anklicker seit heute Mittag. Das kann man nicht rückgängig machen und auch nicht aus dem Netz herausholen. Jeder muss ab jetzt leben mit dem, was er getan hat.«

Niklas Gärtner trat nah an den Computer und sah sich den Film auf dem Bildschirm genau an. Das da war sein Sohn und er warf eine brennende Fackel auf das Gebäude.

In Niklas Gärtner zerbrach etwas. Es kam ihm vor, als müsste es jeder hören. Damit waren sie endgültig erledigt. Es gab kein Entrinnen mehr.

Corinna erlebte, wie der Mann, von dem sie sich vorhin noch am liebsten hätte adoptieren lassen, zu einem jammernden Häufchen Elend wurde.

»W… warum tun Sie uns das an?«, fragte er mit Tränen in den Augen und zitternder Unterlippe.

»Was tue ich Ihnen an?«, fragte Tim Jansen verständnislos zurück.

Josy nahm Niklas Gärtner das Gewehr ab. Er schien es nicht einmal zu bemerken.

»Na, das!« Niklas Gärtner machte eine schlaffe Handbewegung in Richtung Bildschirm. Nicht einmal dazu reichte seine Kraft aus.

»Das da hat Ihr Sohn uns angetan, nicht wir ihm.«

»Und was jetzt, Papa?«, wollte Thorsten wissen.

Niemand sagte etwas.

Aber draußen fiel wieder ein Schuss. Dann ein zweiter. Erneut zersplitterte eine Fensterscheibe.

Über ein Megafon wurde Ubbo Jansen aufgefordert, sofort mit all seinen Leuten das Gebäude zu verlassen. Das diene nur zu ihrem eigenen Schutz.

»Wenn Sie drinbleiben, werden Sie alle sterben! Die gesamte Hühnerfarm wird jetzt niedergebrannt, um die Viren komplett zu vernichten. In Amerika, Frankreich, Holland … ach, in ganz Europa handeln entschlossene Bürger ebenso. Das Überleben der Zivilisation steht auf dem Spiel. Bitte seien Sie vernünftig!«

»Gehören die Hektiker da zu euch?«, fragte Josy.

Thorsten Gärtner antwortete: »Nein. Mit denen haben wir nichts zu tun. Die sind erst gekommen, als hier schon alles brannte. Die haben Gewehre und schießen auf alles, was fliegt.«

383

»Tja«, sagte Tim, »dann müsst ihr euch jetzt wohl entscheiden, ob ihr zu denen gehören wollt oder zu uns.«

Josy spielte mit dem Gewehr.

Eine merkwürdige Energie ging davon aus. Sie wurde immer aggressiver.

»Du willst diese Pfeifen doch jetzt nicht so einfach gehen lassen, Tim?!«

»Was hast du vor? Sie fesseln und knebeln?«

Josy nickte und auch Ubbo Jansen hielt das für eine gute Idee.

Tim aber schimpfte laut: »Und wenn es den Propheten der Apokalypse da draußen wirklich gelingt, hier alles niederzubrennen, was von dieser Bande«, er zeigte auf Thorsten und seine Leute, »übrig gelassen wurde, dann haben wir diese jämmerlichen Gestalten hier auf dem Gewissen, oder was?«

Er trat in Richtung Thorsten Gärtner. Es war eine unwillkürliche Bewegung, die anderen hatten sie offenbar nicht mitbekommen, aber er wunderte sich, dass sein Bein sie machte. Er hätte noch vor wenigen Stunden geschworen, dazu gar nicht in der Lage zu sein.

Die Küstenseeschwalbe traute sich nicht an den vielen Menschen vorbei ins Büro zu Ubbo Jansen. Sie machte im Treppenhaus »Kiu! Kiu!«. Ubbo Jansen musste sich beherrschen, nicht zu ihr zu gehen.

Als sei sein Denken verlangsamt und der Satz würde erst jetzt in sein Bewusstsein einsickern, wiederholte Niklas Gärtner Tims Worte: »Jeder muss ab jetzt leben mit dem, was er getan hat.«

Thorsten hatte plötzlich den Geschmack von Lakritz im Mund und seine Stimme klang wie die eines Menschen, der weiß, dass sich jetzt sein Schicksal entscheidet.

»Wir verteidigen mit euch diese Farm.«

»Hä?«, fragte Corinna. »Bist du jetzt voll plemplem?«

»Aber ich denk, die sind an allem schuld!«, kreischte Eddy heiser.

Sein kleiner Bruder wendete leise ein: »Die haben einen von uns angeschossen.«

»Willst du den Rest deines Lebens im Knast verbringen, du Vollhorst, du?!«, rief Corinna und hoffte auf ein Machtwort von Niklas Gärtner. Aber der stimmte seinem Sohn zu.

»Es ist vorbei«, sagte er ruhig. »Wir können nichts mehr ändern.«

»Oh nein. Es ist erst vorbei, wenn es vorbei ist!«, brüllte Eddy mit Tränen in den Augen. Er griff nach dem Gewehr, aber Ubbo Jansen landete seine rechte Gerade auf Eddys linker Gesichtshälfte und schickte ihn damit zu Boden.

Justin hob schützend die Arme vor sein Gesicht. Er rechnete ebenfalls mit Prügel.

Eddy erhob sich stöhnend und tastete sein Gesicht ab.

»Wer gehen will, kann gehen. Wer bleiben will, bleibt«, entschied Tim.

Eddy, Justin und Corinna rannten los.

»Schnell, bevor sie es sich anders überlegen«, hatte Eddy noch zu Thorsten gezischt, doch der blieb bei seinem Vater.

Niemand sprach im Büro, als draußen die Schüsse fielen.

Niklas und Thorsten Gärtner, Akki und Josy stürmten zu den Fenstern. Sie hörten Eddys Todesschrei, der selbst der Küstenseeschwalbe Angst machte.

Tim biss sich die Unterlippe blutig. Sein Vater nahm ihn in den Arm und drückte ihn fest an sich, wobei er sich auf den Schoß seines Sohnes setzte, zu ihm in den Rollstuhl.

Tim flüsterte seinem Vater ins Ohr: »Mama hat angerufen. Sie hat ein Mittel gegen das Virus. Eine Art Impfung. Niemand darf das erfahren. Es ist geheim. Sie will drei Impfungen abzweigen. Für dich und mich und für Kira.«

»Wir brauchen keine Impfung gegen die Hühnergrippe. Wir brauchen eine gegen menschliche Doofheit«, sagte Ubbo Jansen voller Überzeugung.

Von den Fenstern aus konnten sie nicht wirklich sehen, was unten in der Dunkelheit, durch die gelbe Rauchschwaden krochen wie träge Monster, geschah. Ab und zu blitzte Mündungsfeuer auf.

385

Jemand rief: »Sie greifen uns an!«

Ein anderer kommandierte: »Feuer frei!«

Eine Frauenstimme kreischte: »Das sind doch Kinder! Kinder sind das!«

Dann erklang ein mehrstimmiges: »Aufhören! Aufhören! Feuer einstellen!«

Justin erreichte keuchend das Büro. »Sie ... sie haben meinen Bruder erschossen!«, stammelte er völlig verstört. »Und ich glaube, Corinna auch.«

Er sah aus, als ob er jeden Moment verrückt werden würde. Seine Haare standen ab. Er hatte etwas elektrisch Knisterndes an sich und erinnerte Tim an den geschmückten Tannenbaum, kurz bevor er ihn mit knapp neun Jahren angezündet hatte. Er hatte den Baum lichterloh brennen sehen, schon einige Sekunden bevor es so weit war.

97 Von der Promenade kamen Menschen zur Seehundbank gelaufen. Sie riefen aufgeregt etwas, doch der Nordseewind verschluckte ihre Worte.

Kai Rose hing im Stacheldraht und sein Sohn Dennis kreischte: »Mein Papa! Mein Papa!« Trotzdem baggerte Benjo weiterhin Sand auf den Jungen und klopfte ihn fest.

Es sah aus, als hätte er vor, das Kind lebendig zu begraben. Das hier hatte nichts von dem Spiel an sich, das Kinder und Väter täglich am Strand spielten. Hier wurde niemand aus Jux eingebuddelt.

Dennis bekam Sand in den Mund und spuckte. Sorgfältig hielt Benjo seinen Kopf frei und drückte den Sand an den Rändern gut fest.

Benjo fragte sich, ob der Sand so eine Kugel bremsen konnte. Er blickte nach oben zu den Cessnas. Wie tief musste man im Sand vergraben sein, damit eine Kugel einem nichts mehr anhaben konnte?

Margit Rose stürmte jetzt mit Viola auf dem Arm aus dem Wasser. Zunächst glaubte Benjo, sie würde zu ihrem Mann laufen, aber sie dachte gar nicht daran. Sie rannte zu ihm und ihrem Sohn.

Sie zeigte auf die Menschentraube, die von der Promenade über den Strand näher kam. Ein wilder Haufen. Sie sah die Lichtkegel mehrerer Taschenlampen und die Glutspitzen von Zigaretten.

»Wir müssen weg«, sagte sie. »Wir können uns hier nicht verteidigen. Die werden uns töten.«

Was sie sagte, klang gar nicht hysterisch, nicht einmal besonders aufgeregt. Die nasse Kleidung klebte an ihrem Körper und der Wind ließ sie zittern. Ihre Zähne klapperten aufeinander. Trotzdem ging von ihr eine grundsätzliche Ruhe aus wie von einer Frau, die mit dem Schlimmsten rechnet und die deshalb nichts mehr erschüttern kann, weil alles, was jetzt kommt, nichts ist gegen das, womit sie sich bereits innerlich abgefunden hat.

Ja, wenn es sein musste, war sie bereit, mit ihren Kindern zu sterben. Vielleicht würde ihr ja im Tod gelingen, was ihr im Leben ständig missglückt war – ihnen das Gefühl zu geben, sie sei immer und vorbehaltlos für sie da.

Aus einer Cessna wurden Schüsse abgegeben, aber entweder hielt der Pilot die Maschine nicht ruhig oder der Schütze war ein blutiger Anfänger. Die Kugeln bohrten sich gut zwanzig Meter von ihnen entfernt in den nassen Sand.

Margit fürchtete mehr die anrückenden Menschen. »Lass uns mit den Kindern zurück ins Rettungsboot«, sagte sie zu Benjo.

»Und dann?«

»Dann wieder zur Fähre. Hier werden sie uns umbringen.«

»Zur Fähre? Gegen die Strömung? Das schaffen wir nicht. Außerdem – wir sind hierhergekommen, weil wir einen Arzt brauchen, und genau den holen wir uns auch.«

»Wie denn?«, wollte sie wissen.

Er hatte keine Ahnung.

Um nicht antworten zu müssen, wollte er zu Kai Rose hinüberlaufen und ihm helfen. Da pfiff ein Geschoss so nah an ihm vorbei, dass er den Luftzug spürte.

Dennis brüllte auf.

»Bist du getroffen? Hat dich eine Kugel erwischt?«

Der Junge antwortete nicht, er schrie nur. Benjo wollte ihn ausgraben, um nachzusehen, ob er verletzt war. Aber Dennis schüttelte den Kopf, er war nicht getroffen worden. Das Ganze war nur einfach zu viel für seine Nerven. Was ihn besonders fertigmachte, war, dass seine Schwester so reglos im Arm der Mutter hing.

Dann waren die ersten Touristen bei Kai Rose, und wenn Benjo sich nicht täuschte, befreiten sie ihn aus dem Stacheldraht.

»Die … die wollen uns nichts. Es sind keine durchgedrehten Verrückten. Das gibt es auch noch!«, rief er freudig.

Margit Rose stellte sich breitbeinig schützend über den eingegrabenen Dennis.

Benjo lief zum Stacheldrahtzaun. Margit konnte über so viel Naivität nur den Kopf schütteln. Wurde Benjo aus Fehlern denn nicht klug? Gerade hatte er noch den Flieger mit freudigem Hurra begrüßt, bevor der erste Schuss fiel. Was musste noch passieren?

Jörg Bauer, der Mathematiklehrer aus Essen und Ostfrieslandfan seit vielen Jahren, war als Erster bei Kai Rose. Er hatte wie immer sein Schweizer Messer in der Tasche und er konnte damit umgehen. Ungeachtet jeder Ansteckungsgefahr trug er nicht einmal ein Tuch als Atemschutz vor Mund und Nase wie die meisten. Es kam ihm lächerlich vor und er wollte sich von der Seuchenphobie nicht anstecken lassen. Er lebte nach dem Grundsatz: Nichts ist so schlimm wie die Angst davor.

Er schnitt Kai Rose frei. »Warum schießen diese Irren auf Sie?«, fragte er. Die Antwort konnte er sich selbst geben, aber er fand sie so ungeheuerlich, dass er sie nicht glauben wollte.

Neben ihm fotografierte eine Frau die Cessna, aus der die Schüsse gefallen waren; Sarah Kielinger. Sie hoffte, mit den Bildern einen Beitrag dazu zu leisten, dass diesen Verbrechern bald der Prozess gemacht werden würde. Sie war Heilpraktikerin und überzeugt davon, dass Menschen nur dann krank werden konnten, wenn sie »offen für diese Erfahrung waren«. Seit sie vegetarisch lebte, einmal pro Woche in der Sauna schwitzte und täglich meditierte, war sie nie wieder krank geworden. Sie glaubte, durch ihre innere Ausgeglichenheit gegen jeden Angriff von Bakterien und Viren immun zu sein. Sie hatte es oft mit Patienten zu tun, die seelisch in einem völlig verwirrten oder desolaten Zustand waren, bevor eine Krankheit sie niederstreckte. Seitdem behandelte sie lieber die gekränkte Seele als den kranken Körper.

Zwei ihrer Freundinnen waren mit ihr auf Borkum. Jutta suchte einen Mann, der endlich zu ihr passte, Petra versuchte, zu einem Mann Abstand zu gewinnen, der eben genau nicht zu ihr gepasst hatte, aber sieben Jahre mit ihr verheiratet gewesen war. Petra half, Kai Roses Beine hochzuhalten, damit sein Kreislauf sich stabilisieren konnte, während Sarah Kielinger seine Schnittwunden untersuchte.

»Er hat keine lebensgefährlichen Verletzungen«, stellte sie fest, um erst einmal beruhigend auf die nervösen Menschen einzuwirken.

98 Als die Bürgermeisterin zum zweiten Mal anrief, konnte Linda sie nicht mit Dr. Maiwald verbinden. Er lag ohnmächtig in seinem Bett. Auf seinem Laken schmolz Erdbeereis. Er war nicht ansprechbar, sein Fieber war auf 40,9 gestiegen.

Linda weinte, als sie eine Kollegin zu Hilfe rief. Er ist der Mann meines Lebens, dachte sie. Warum habe ich ihn nie gefragt und warum hat er es bei mir nie gewagt? Plötzlich kam ihr das eigene Leben vor wie eine endlose Reihe verpasster Züge.

Sie wusste eines: Wenn das hier gut ausgehen sollte, also wenn sie und er das alles hier wider Erwarten überstanden, dann würde sie ihr weiteres Leben nicht nur irgendwie durchstehen, sondern richtig leben. Keine verpassten Gelegenheiten, keine geplatzten Möglichkeiten. Sie wollte endlich leben! Richtig leben! Am liebsten mit ihm und täglich Marzipanteilchen mit ihm essen, ohne auf ihr Gewicht zu achten.

Sie beugte sich über ihn, schloss die Augen und stellte sich vor, ihn zu küssen.

99 Doris Becker verließ den Learjet. Sie kümmerte sich nicht um Jens Hagen, der jetzt seinem Heißhunger nachgab. Er sammelte Schokoriegel und Kekse auf und stopfte sich den Mund voll. Noch nie im Leben hatte er mit solcher Gier gegessen. Er schluckte, praktisch ohne zu kauen. Er kniete auf dem Boden und suchte unter einem Sitz ein Karamellbonbon.

Doris Becker war viel zu aufgeregt, um Holger Hartmann zu bemerken. Er hielt die Waffe auf sie gerichtet und brüllte sie an, als sie auf den Hangar zuging, ohne ihn zu beachten.

»Halt! Stehen bleiben! Gehen Sie in das Flugzeug zurück! Ich brauche Sie als Pilotin!«

Ohne ihn eines Blickes zu würdigen, sagte Doris Becker: »Lecken Sie mich am Arsch.«

Holger Hartmann trat nervös von einem Fuß auf den anderen. Seine Finger waren feucht. Es war nicht leicht, mit den schwitzigen Händen das Gewehr zu halten. Er verstand nicht, wo die Insassen waren. Er hatte Heinz Cremer oder einen anderen Mitstreiter in der Maschine vermutet. Er konnte sich nicht erklären, warum der Jet schon zurückgekommen war. Etwas stimmte nicht, das spürte er genau. Es lag an dem Gang von Doris Becker, an ihrer Art, wie sie die Maschine verlassen hatte, und jetzt dieser freche Satz. Er hatte keinen Handykontakt mehr zu Heinz Cremer, und das machte ihn nervöser als die Tatsache, dass er gerade einen Mann erschossen hatte.

Dann sah er Jens Hagen aus dem Flugzeug steigen. Der kaute auf irgendetwas herum oder er flüsterte in ein Headset, so genau konnte Hartmann das bei den schwierigen Lichtverhältnissen nicht erkennen.

Dieser Polizist war auf ihrer Seite, aber eben trotzdem ein Polizist. Hartmann mochte die Staatsgewalt nicht, zu oft hatte er Ärger mit ihr gehabt. Nie war die Polizei in seinem Interesse eingeschritten, oft aber gegen ihn vorgegangen. Man wusste bei Uniformierten nie so genau. Jens Hagen und sein Kumpel Oskar Griesleuchter hatten ihn auf der Bismarckstraße verhaftet, weil er angeblich in der »Kajüte« randaliert hatte. Es war erst zwei Tage her, aber es kam ihm vor wie eine Erinnerung an ein anderes Leben. Was also sollte er von Jens Hagen halten? Auf wessen Seite stand der Polizist wirklich?

Immerhin hatte er, Holger Hartmann, gerade im Hangar einen Mann niedergeschossen. Konnte er sich da auf einen Bullen verlassen?, fragte er sich.

»Ich gehöre zu den Verteidigern der Insel. Wir … wir müssen die Bevölkerung schützen. Wir brauchen jetzt jedes Flugzeug, um die Küste zu bewachen, damit dieser Horror nicht nach Borkum eingeschleppt wird.«

Für Holger Hartmann war das eine lange Rede gewesen. Er staunte, wie rasch und klar ihm die Worte über die Lippen kamen. Vielleicht war er deshalb im Leben so oft stumm gewesen, weil er keine Sache hatte, für die es sich zu streiten lohnte. Meist waren die anderen Menschen ihm wortgewandter, klüger und gebildeter vorgekommen. Argumentieren und diskutieren war nie seine Stärke gewesen.

Jetzt verlieh das Gewehr seinen Argumenten Durchsetzungskraft. Er stellte sich Doris Becker in den Weg.

Doch Doris Becker war nicht beeindruckt. »Lassen Sie mich in Frieden!«, fuhr sie ihn an. »Einer Ihrer Rädelsführer hat gerade aus meinem Flugzeug auf Menschen am Strand geschossen!«

Holger Hartmann kombinierte alles, was er wusste, zu einer Information. Er konnte sich nicht vorstellen, dass Jens Hagen geschossen hatte. Der war ein Weichei, das sah jeder. Wer war der Schütze? So etwas wie ein Rest Intuition sagte ihm, dass Heinz Cremer in der Maschine gewesen war. Warum ging der nicht mehr ans Handy? Was war geschehen?

Er spielte nervös mit seinem Gewehr. Die Pilotin hatte das Wort »Rädelsführer« gebraucht. Holger Hartmann wurde es heiß und

393

kalt. Er hatte das Gefühl, sich am Rand eines Abgrunds zu befinden. Ein falscher Schritt konnte das Ende bedeuten.

Doris Becker hob beide Arme: »Na los! Schießen Sie schon! Ich werde Ihnen jedenfalls nicht dabei helfen, andere Menschen umzubringen!«

Holger Hartmanns Hände umklammerten jetzt das Gewehr wie einen Rettungsring.

Doris Becker zeigte mit ausgestrecktem Arm in Richtung Promenade: »Wenn Sie dort Krieg führen wollen, bitte schön, dann tun Sie es. Aber ohne mich. Selbst wenn Sie eine zwanzig Meter hohe Mauer um die Insel bauen, dann wird das nichts nutzen. Es kommt garantiert jemand, der eine Leiter mitbringt, die einen Meter höher ist.«

»Wo ... wo ist ...?« Holger Hartmann stammelte. Er verlor seine Sprache schon wieder. Diese Pilotin hatte etwas von der lähmenden Energie seiner alten Deutschlehrerin. Allein deshalb hätte er sie am liebsten abgeknallt.

»Heinz?«, rief er. »Heinz, bist du da drin?«

Aus dem Flieger kam keine Antwort. Stattdessen fuhr Doris Becker ihn an: »Ihr Kumpel ist aus der offenen Tür gefallen! Ja, manche Sünden bestraft der liebe Gott sofort.«

»Sie haben ihn umgebracht!«, schrie Holger Hartmann.

Mit ausgebreiteten Armen ahmte Doris Becker die Bewegungen eines Flugzeugs nach. »Oh nein, ich habe die Maschine gesteuert. Er hat gegen alle Sicherheitsbestimmungen verstoßen. Vielleicht hat ein Schutzengel von den armen Menschen, auf die er geschossen hat, die Chance genutzt und ihn aus dem Jet gestoßen. Ich war es jedenfalls nicht. Ich habe im Cockpit gesessen.«

Chris näherte sich gebückt. Sie wusste jetzt, wo Benjo gelandet war, und sie schöpfte neuen Mut. Sie griff Holger Hartmann von hinten an. Sie wollte ihm das Gewehr entwinden, aber er spürte ihren Angriff, kurz bevor er ihn traf. Er fuhr herum.

Chris und Holger Hartmann kämpften um das Gewehr. Jens

Hagen stand abseits und ärgerte sich über sich selbst, weil er nicht die Kraft fand, einzugreifen, und stattdessen nur kaute und darüber nachdachte, dass im Flugzeug vermutlich noch mehr Schokolade lag … Er brauchte Schokolade. Er war durch irgendetwas plötzlich süchtig danach geworden. Und der Sucht nachzugeben, war wichtiger als die Auseinandersetzung, die hier stattfand.

Aber dafür ging Doris Becker auf Holger Hartmann los. Gemeinsam mit Chris kniete sie auf ihm und zerrte an seinen Haaren.

»Was habt ihr mit meinem Mann gemacht?«, kreischte Chris.

Doris Becker warf das Gewehr zunächst weg, dann plötzlich kochte die Wut in ihr hoch, sie holte es zurück und hob es, bereit zum Schlag, hoch. Aber aus Angst, Chris zu treffen, schlug sie nicht zu. Holger Hartmann reckte seinen Kopf und warf Chris ab. Er würgte sie und befand sich jetzt auf ihr. Die Szene glich einer Vergewaltigung.

Doris Becker schwang den Gewehrkolben, aber etwas in ihr hinderte sie. Sie holte ein zweites Mal aus, biss die Zähne zusammen, schrie und schlug zu.

Hartmann brach auf Chris zusammen. Mühsam arbeitete sie sich unter ihm hervor.

»Danke«, sagte sie zu Doris Becker. »Danke.«

»War es Ihr Mann, auf den geschossen wurde?«

»Mein Freund. Wurde er getroffen?«

»Ich glaube nicht. Bei ihm waren noch andere Personen. Ein Kind, glaube ich. Vielleicht zwei. Es sind noch andere Flieger unterwegs. Sie nehmen die Schiffbrüchigen unter Beschuss.«

Chris stand sofort wieder auf den Beinen. Sie zitterte.

Holger Hartmann kam wieder zu sich und rollte sich auf dem Boden herum. Er hielt sich den blutenden Kopf mit beiden Händen.

Chris beachtete ihn nicht, sondern sprach weiter mit Doris Becker: »Bitte helfen Sie mir. Wir müssen ihn da rausholen – ihn und die Kinder.«

Doris Becker stellte das Gewehr ab, dann schrie sie Jens Hagen an: »Stehen Sie nicht rum wie ein Schluck Wasser in der Kurve! Sie repräsentieren hier die Staatsmacht, Sie Flasche!«

Jens Hagen schaute sie an, als würde er gerade erwachen. Er nickte. »Ja. Sie haben recht. Genau das bin ich. Eine Flasche. Ein Schluck Wasser in der Kurve. Ich habe vollständig versagt. Was soll ich Ihrer Meinung nach tun? Mir die Pulsadern öffnen?«

»Nein. Sie sollen uns helfen. Jetzt sofort!«

100

Bürgermeisterin Jansen befürchtete, dass ihr Schweiß nach Angst roch. Die Nähe der Männer war ihr unangenehm. Sie war es gewohnt, mit vielen verantwortlichen Männern zusammenzuarbeiten. Heute kamen sie ihr vor wie kleine Jungs, die nur »Willi Wichtig« spielten, aber in Wirklichkeit nach Mamis Rock schielten. Alle sahen sie an. Der Satz »Sie hingen an ihren Lippen!« bekam jetzt sicht- und spürbare Bedeutung für sie. Obwohl die Sprechanlage laut gestellt war und jeder mithören konnte, hielt sie sich den Hörer ans Ohr und sprach völlig sinnlos ins Handgerät: »Selbst wenn ich wollte, ich könnte das Geld nicht zu Ihnen bringen. Ich bin zwar Bürgermeisterin, aber ich komme genauso wenig hinaus aus Emden wie alle anderen Menschen.«

Der Mann mit dem Südstaatlerakzent ging gar nicht auf den Einwand ein: »Haben Sie das Geld?«

»Ja. Es steht zur Verfügung. Kann ich es Ihnen nicht auf ein Konto überweisen? Das geht blitzartig. Die Sparkasse würde …«

»Beleidigen Sie nicht meine Intelligenz. Haben Sie Bargeld?«

»Ja.« Sie schluckte und sah vor sich auf die Tischplatte. Der Kaffeebecher hatte einen klebrigen Rand hinterlassen. Sie wischte mit dem Zeigefinger darüber. Es war ihr plötzlich sehr wichtig, diesen Fleck zu beseitigen. Sie begann, hektisch daran herumzuknibbeln, als müsse wenigstens die Tischplatte sauber sein, wenn schon sonst alles aus den Fugen geriet.

Der Mann am Telefon wusste genau, was er wollte, er sprach präzise und laut. Sie glaubte ihm, dass er ein Berufssoldat der US-Armee war, oder er spielte sehr gut. Für einen Moment dachte sie darüber nach, seine Englischkenntnisse zu testen, aber sie hatte Angst, sich dabei zu blamieren. Außerdem wollte sie keinen Nebenkriegsschauplatz eröffnen.

»Der Krisenstab hat keine Möglichkeit, aus der Stadt zu kommen? Das soll ich Ihnen glauben? Sie haben sich selbst in die Falle gesetzt?«

»Wenn mich das Virus erwischt hat, bin ich genauso ansteckend wie jeder andere auch. Warum also sollte man mich herauslassen?«

»Okay. Wenn das so ist, dann … Ich habe in Emden einen Gewährsmann. Dem übergeben Sie das Geld.«

»Und wie komme ich an den Impfstoff?«, fragte sie und kam sich dabei klein und dumm vor.

Ein Vertreter der Wasserschutzpolizei sagte zu seinem Nachbarn: »Wir könnten schon raus … mit einem unserer Schnellboote …«

Frau Jansen warf ihm einen vernichtenden Blick zu.

Natürlich hatte der Südstaatler es gehört. Er lachte. »Also, Sie starten jetzt mit Ihrem Boot. Wenn Sie hinter den abgesperrten Linien sind, rufe ich Sie auf Ihrem Handy an.«

Irgendjemand stöhnte. »Das ist doch alles Irrsinn!«

»Geben Sie mir noch zwanzig Minuten«, bat die Bürgermeisterin. »Ich werde versuchen, mir einen Hubschrauber zu organisieren.«

»Ich habe Zeit. Ihnen läuft sie weg«, war die knappe Antwort.

101 Es musste eine Spezialeinheit sein. Sie kamen im Schutz der Dunkelheit. Charlie hätte nicht einmal sagen können, ob sie Hubschrauber oder Schnellboote benutzt hatten. Eigentlich war beides unmöglich. Sie hatten sich lautlos genähert und waren plötzlich überall gleichzeitig. Sie gingen planvoll vor, bestens koordiniert.

Charlie musste an Ninjakrieger denken, an Filme, wie er sie in seiner Pubertät geliebt hatte.

Ihre Erscheinung erinnerte an die dunkle Armee von Darth Vader. Die Männer trugen kugelsichere Westen, dazu Helme und Atemschutzgeräte und sie waren noch zusätzlich vermummt. Ihre Waffen hätten dem Terminator alle Ehre gemacht. Von ihren Köpfen gingen Lichtkegel aus, die ihrem Erscheinen etwas Irreales gaben. Sie suchten ihre Ziele mit Laserpunkten; wie dünne rote Spinnenfäden kreuzten sich die Laser, als würde eine Riesenspinne versuchen, die Fähre einzuwickeln, um sie irgendwo in Ruhe zu verspeisen.

Jeder dieser Männer hatte nur eine Frage: »Wo ist Kapitän Ole Ost?«

102 Das Gefühl, in ihrer Handlungsweise vorbestimmt zu sein, keine Alternative zu haben, machte Bürgermeisterin Jansen fertig. Es war, als wäre sie eingesperrt.

Manchmal hatte sie sich in ihrer Ehe so gefühlt, wenn die Schulden erdrückend wurden und sie nachts stumm und steif nebeneinanderlagen. Wenn sie dann in die Dunkelheit gestarrt hatte, so war es gewesen, als würden die Wände immer näher kommen, ja, das Zimmer war kleiner geworden und sie hatte kaum noch Luft bekommen.

Der Gang zum Kühlschrank hatte dann etwas Befreiendes. Sie aß, um nicht zu ersticken. Käse. Wurst. Joghurt. Vielleicht brauchte sie deshalb um sich herum so etwas wie eine perfekte Ordnung, wo alles an seinem Platz war, wo alles »stimmte«. Vielleicht schichtete sie deshalb Papiere parallel zueinander, befreite den Bleistift von dem Schokofleck und stellte das Wasserglas exakt in die Mitte der Ablage, mit der Aufschrift »St. Ansgari« nach vorn.

Ihr Vater hatte Selbstmord begangen, als sie fünfzehn war. Die Tat hatte sie aus ihrer Welt gerissen und seitdem hatte sie dieses Frösteln auf der Haut, selbst im Sommer, wenn die Sonne vom Himmel brannte. Jetzt verstand sie ihren Vater zum ersten Mal. In den letzten Stunden war sie dem Suizidgedanken nähergekommen. Wenn es gar keinen Ausweg mehr gab, konnte das dann nicht eine Lösung sein? Ein letztes selbstbestimmtes Handeln?

Sie ballte die Faust ums Wasserglas und kämpfte den Gedanken nieder. Nein, ihre Situation jetzt hatte damit nichts zu tun. Sie konnte, wie auch immer, noch etwas ausrichten. Jetzt musste gehandelt werden.

Der Rotkreuzhubschrauber wartete. Sie verließ den Krisenstab in einem sandfarbenen ABC-Schutzanzug, der aus drei Teilen bestand: einer Jacke mit angeschweißter Kapuze und Handschuhen, einer Atemschutzmaske und einer reißfesten Hose mit integrierten Überschuhen. Es gab nur Einheitsgrößen, die mit Bändern enger gezogen werden konnten. Auf dem Beipackzettel stand, der Anzug könne auch bei radioaktivem Niederschlag verwendet werden.

Sie kam sich unförmig vor wie ein Kinderschreck und komischerweise nicht geschützt, sondern ausgeliefert. Das Atmen fiel ihr schwer und sie schwitzte so sehr, dass das Gesichtsfeld der Schutzmaske beschlug.

Sie hörte sich nach Luft schnappen. Der Atemwiderstand der Vollmaske war zu groß. Am liebsten hätte sie sich das Ding vom Gesicht gerissen. Jeder Schritt geriet ihr zur körperlichen Schwerstarbeit.

Der Fahrstuhl durfte in Krisenzeiten generell nicht benutzt werden, viel zu hoch war die Gefahr eines Stromausfalls. Aber die Treppen erschienen ihr fast als unüberwindliches Hindernis, als könne sie es gar nicht bis zum Hubschrauber schaffen und würde vorher in ihrem ABC-Anzug ersticken.

Sie wurde von einem Mitarbeiter der Verwaltung gestützt. Er war höchstens dreißig und trug nur einen P1-Mundschutz, was völlig unsinnig war. Wirksam gegen Viren und Gase waren die Filter P1 und P2 nicht. Erst ein P3-Filter garantierte für wenige Stunden Schutz, wenn er gut saß und sein Träger ihn nicht ab und zu abnahm, um frei atmen zu können. Der junge Mann hatte nicht einmal seine hellblaue Krawatte gelockert, er war einer der ganz Korrekten. Sie mochte ihn, aber sie hatte seinen Namen vergessen.

Nach der Krise, dachte sie, falls es ein Nachher gibt, sollte ich solche Leute mehr fördern.

Dann saß sie im Hubschrauber, den Geldkoffer neben sich. Fünf Millionen, ein Wahnsinn …

Der Koffer war nicht schwer. Es gab ein Zahlenschloss mit vier Ziffern. Bei 0000 würde das Schloss aufspringen. Irgendjemand hatte eine andere Zahlenfolge vorgeschlagen, aber sie hatte sich dagegen ausgesprochen, sie wollte ihre Situation nicht noch unnötig komplizieren. Sie hatte jetzt schon Schwierigkeiten, mit dem Handschutz das Kofferschloss zu öffnen. Der Anzug war so groß, dass ihre Finger sich wie in Plastikfäustlingen bewegten. Sie fühlte nicht wirklich, was sie berührte. Ohnehin war sie ihrer normalen Sinneseindrücke beraubt. Sie roch nichts mehr. Alles hörte sich dumpf an. Ihr Blick war durch ihren feuchten Atem getrübt. Der Hubschrauber war laut, der Lärm erschütterte ihr Innerstes. Sie hatte Angst, bald auch jeden klaren Gedanken zu verlieren.

Sie musste dem Piloten keine Anweisungen geben. Er wusste, wohin die Reise ging, zum Hubschrauberlandeplatz der Ubbo-Emmius-Klinik in Norden, Ostfriesland. Dort wartete angeblich jemand, um den Koffer in Empfang zu nehmen.

Die letzten Worte des Südstaatlers klangen ihr noch in den Ohren: »Wenn mein Freund mit dem Koffer an einem sicheren Ort ist und wir zweifelsfrei wissen, dass Sie uns nicht verfolgen lassen oder sonst wie reingelegt haben, dann teilen wir Ihnen mit, wo der Impfstoff ist. Wir müssen vorsichtig sein. Wir haben keine Angst vor Ihnen oder vor der Polizei, wir tun nichts Ungesetzliches. Aber wir fürchten die CIA. Die killen uns, um alles zu vertuschen. Diesen Impfstoff dürfte es eigentlich gar nicht geben.«

Manchmal war er in seiner Rede sehr klar, manchmal war er schwammig und warf alles um. Was hatte das mit dem Gewährsmann in Emden zu bedeuten? War alles ein Bluff?

Als sie mit dem Hubschrauber über die Stadtgrenze flogen, sah Kerstin Jansen mit Schrecken, dass dort unten Kämpfe stattfanden.

Keilförmig versuchte ein Trupp mit schweren Räumfahrzeugen durch die Absperrung zu brechen. Tote und Verletzte lagen am Straßenrand. Eine Nebelgranate explodierte. Ein Wasserwerfer war von einem Bagger in eine Hauswand gedrückt worden. Blaulicht, Scheinwerfer, zwei offene Feuer und ein brennender Pkw beleuchteten die gespenstische Szene.

Bürgermeisterin Jansen konnte die Lage nicht einschätzen. Warum war sie nicht informiert worden? Funktionierte die Kommunikation zwischen den örtlichen Krisenstäben, der Bundeswehr, dem

Grenzschutz und den Polizeikräften überhaupt? Wer hatte hier gerade das Sagen? Sie jedenfalls nicht. Sie war froh, dass ihr Rotkreuzhubschrauber nicht zur Landung gezwungen wurde.

Der Flug von Emden nach Norden war kurz, aber erschütternd. Die Straßen unter ihnen waren mit hupenden Autos verstopft. Noch immer gab es eine Fluchtbewegung von Emden weg. Aurich war zur Geisterstadt geworden. Die Menschen suchten die größtmögliche Entfernung zum Virus, jeder wollte so weit wie möglich weg sein und kaum jemand glaubte ernsthaft, der Ring um die Stadt könnte die Todesviren stoppen.

Die Menschen eines ganzen Landstrichs waren in Bewegung geraten wie eine Lawine. Niemand wusste, wohin, aber alle wollten weg. Nur die ganz Starrsinnigen blieben zu Hause, um aus Angst vor Plünderungen ihr Eigentum zu verteidigen.

Plötzlich sah Kerstin Jansen ihre Kinder vor ihrem inneren Auge und die Sehnsucht, sie zu umarmen, wurde fast zu einem körperlichen Schmerz. Sie wollte bei ihnen sein. Sie sah sie nicht in ihrem heutigen Alter, sondern als sie klein waren. Kira weinte, weil sie nicht in den Kindergarten wollte, und Tim hatte den Tisch gedeckt und stand jetzt heulend da, weil er die Teller hatte fallen lassen …

Sie wusste nun, dass der Impfstoff sie vor eine Entscheidung stellen würde. Er reichte nicht für alle Menschen, nicht einmal für alle, die zur wichtigsten Gruppe zählten, die, die unbedingt geimpft werden mussten, um die Hilfsmaßnahmen aufrechtzuerhalten. Medizinisches Personal. Polizei. Feuerwehr. Aber sie würde drei Dosen abzweigen. Für ihre Kinder und für Ubbo Jansen. Ihr selbst stand eine Impfung zu und für ihre Kinder und ihren Exmann musste es auch eine Möglichkeit geben …

Ob Kira schon in Emden war? Oder saß sie in irgendeinem Flughafen oder Bahnhof fest? Sie wusste es nicht. Kira, die Vatertochter. Kira, die Gute. Der Friedensengel.

Der Hubschrauber landete genau auf dem dafür vorgesehenen Punkt, direkt neben dem Krankenhaus. Hinter einigen Fenstern brannte noch Licht. Eine Patientin fotografierte vom Krankenbett aus mit ihrem Handy.

Die Bürgermeisterin stieg aus.

Von Weitem wirkte sie wie ein gelber Frosch, der aufrecht gehen konnte. Mit dem Koffer stand sie nun im Schutz des Gebäudes und sah sich um.

Sie hörte plötzlich eine Liedzeile: It's all over now, Baby Blue … Sie wusste nicht, ob es eine Erinnerung an ihren Mann Ubbo war, der den Bob-Dylan-Song zu Beginn ihrer Beziehung gern gehört hatte, oder ob hier irgendwo ein Radio lief.

Die Einschränkung des Sichtfelds durch die Atemschutzmaske schärfte ihre Instinkte. Sie drehte sich um. Sie wusste, von wo der Mann kam, bevor sie das Licht von seinem Fahrrad sah.

Er radelte ohne Hast auf sie zu. Sein Rad wackelte, entweder war er ein ungeübter Radfahrer, oder eine Windböe, die sie hier, nahe beim Klinikgebäude, nicht bemerkte, machte es ihm schwer, in der Spur zu bleiben.

War das wirklich ihr Kontaktmann, ein einsamer Radler?

Er hielt vor ihr. Seine Fahrradlampe erlosch. Dann leuchtete er ihr mit einer Taschenlampe ins Gesicht. Er wollte sie blenden. Sie sollte ihn später nicht identifizieren können. Aber sie erkannte seine Stimme mit dem Südstaatenakzent sofort.

»Was soll der Aufzug, Frau Jansen? Laufen in Emden jetzt alle so herum? Oder haben Sie Angst, sich bei mir anzustecken?«

»Reine Schutzmaßnahme. Ich könnte Sie infizieren.«

»Ich bin geimpft.« Er lachte und nahm ihr den Koffer ab.

»Wie ist die Geheimzahl?«

»Null, null, null, null.«

»Tolles Sicherheitsschloss. Ich werde das Geld an einem sicheren Ort überprüfen und Sie dann anrufen.«

Er öffnete den Koffer und leuchtete hinein.

»Wer sagt mir, dass Sie mich nicht reinlegen?«, fragte sie und rang nach Luft. Durch das Sprechen beschlug das Sichtglas wieder.

Der ostfriesische Wind griff in den Koffer und ließ ein paar grüne Hunderteuroscheine hochflattern.

Er schloss den Koffer und ließ die Scheine in die Nacht fliegen.

»Das sagt Ihnen Ihre Menschenkenntnis. In zwei, drei Stunden können wir mehr liefern. Wenn Sie eine Million drauflegen, kann ich Ihnen ein paar Extradosen dazupacken. Muss ja niemand wissen. So für Ihre Liebsten.«

»Ich habe keine Million!«, fuhr sie ihn brüsk an. »Sie überschätzen meine finanziellen Möglichkeiten. Ich bin nur Bürgermeisterin.«

»Schon klar, aber Sie kennen doch bestimmt ein paar wohlhabende Leute in Emden, Geschäftsleute, die jetzt da festsitzen und eine Scheißangst haben. Ich könnte sie beliefern. Wenn Sie den Deal hinbekommen, sind für Sie ein paar Sonderrationen drin.«

In der Ubbo-Emmius-Klinik wurden Stimmen laut. Zwei Leute liefen auf den Hubschrauber zu, sie konnten sich nicht erklären, was dort gerade passierte.

Der Südstaatler schwang sich auf sein Rad und verschwand ohne Licht in der Dunkelheit.

Kerstin Jansen stieg in den Helikopter.

»War es das?«, fragte der Pilot.

»Ja. Das war es. Ab zurück nach Emden.«

Der junge Pilot hatte viel mehr mitbekommen, als Bürgermeisterin Jansen dachte. Jetzt gab er seinen Senf ungefragt dazu.

»Also ... ich würde den nicht so einfach abhauen lassen, mit der ganzen Kohle. Den sehen Sie doch nicht wieder.«

Dazu sagte sie nichts, aber sie hätte sich am liebsten die Atemschutzmaske vom Kopf gerissen, um endlich wieder richtige Luft zu schmecken.

103 Noch immer glitten die roten Laserstrahlen über das Deck der Fähre. Frau Schwann staunte über ihren Mann, der die Sicherheitskräfte wie Befreier begrüßte. Ohne genau zu wissen, was sie wollten, rannte er mit offenen Armen auf zwei von ihnen zu und erklärte in einem Wortschwall – völlig unverständlich für die Männer –, er hätte sich für Abstimmungen nach dem Schweizer Modell eingesetzt. Alles sei praktisch gemeinsam entschieden worden. Der Volkswille sei höher zu achten als jede Regierung, also sei auch der Wunsch der Passagiere wichtiger als der des Kapitäns.

Er redete so schnell, dass sein Mundwerk ihr vorkam wie die Mündung eines Maschinengewehrs. Deshalb war sie auch viel weniger erstaunt als er, als einer der vermummten schwarzen Ritter seine Waffe zog und den Laserpunkt auf Helmut Schwanns Kopf richtete.

»Stehen bleiben! Kommen Sie nicht näher! Ich will Ihre Hände sehen. Zeigen Sie mir Ihre Hände.«

Helmut Schwann blieb bewegungslos stehen. Der rote Punkt wanderte über seinen Körper.

»Die Hände!«

Helmut Schwann wusste nicht, was er noch tun sollte, um zu zeigen, dass er unbewaffnet war. Er stand aufrecht, mit ausgebreiteten Armen und offenen Handflächen. Wie immer verließ er sich auf seine Wortgewandtheit: »Ich bin unbewaffnet. Mein Name ist Helmut Schwann. Ich begrüße Sie im Namen aller friedlichen Fahrgäste an Bord der Ostfriesland III.«

»Sie sollen nicht näher kommen, habe ich gesagt. Wo ist der Kapitän?«

104

Charlie saß immer noch zwischen den Koffern der Passagiere, unweit des Autodecks. Jetzt, im Dunkeln, fühlte er sich hier sicherer als irgendwo sonst an Bord. Das Fieber tobte in seinem Körper und etwas sagte ihm, dass er auf dem besten Wege war, verrückt zu werden. Gleichzeitig hatte er ein schlechtes Gewissen Regula und Lukka gegenüber. Er hatte versprochen, Getränke zu besorgen, und war einfach nicht zu seinem Auto zurückgekommen. Er stellte sich vor, die beiden seien, ihn verfluchend, verdurstet.

Ein Rest von klarem Verstand verneinte das alles. Wahrscheinlich war Lukka längst losgezogen, um Regula Wasser zu bringen und Eis. Bestimmt machten die zwei sich Sorgen um ihn. Vielleicht streifte Lukka längst über die Fähre und suchte ihn.

Aber warum hörte er sie nicht rufen? Überhaupt war es so still. War er taub geworden? Hörte er nur noch die Stimmen in seinem eigenen Kopf?

Er musste, nachdem er mehrere Magnum verschlungen hatte, eingeschlafen oder ohnmächtig geworden sein. Er hatte geträumt, er hätte sich in die Eistruhe gelegt und so das galoppierende Fieber in sich bekämpft. Eine weiße Frostschicht hatte sein Gesicht überzogen und aus seinen Haaren spitze Eiszapfen gemacht. In seinem Traum war diese Kühltruhe für Speiseeis der schönste und heilsamste Ort der Welt und er, Charlie, lag da wie ein Vampir tagsüber im Sarg, um sich vor Sonnenlicht zu schützen, voll in dem Bewusstsein, bald wieder in der Dunkelheit aktiv werden zu können … Gleichzeitig aber fühlte er sich wie ein Mitglied der in Tiefschlaf versetzten Crew im Science-Fiction-Film »Aliens« und er war sich nicht sicher, ob in der Tiefschlafphase nicht ein Monster in seinen Körper gekrochen war.

Statt Lukka und Regula zu helfen, kroch er jetzt auf allen vieren wieder zur Theke, um sich am Kühlschrank neu mit Eis und kalten Getränken einzudecken. In dem dunklen Flur geriet er plötzlich in ein Gespinst aus sich kreuzenden roten Linien, die wie tastende Fühler von Raubtieren den lang gestreckten Raum absuchten. Sie machten ihm Angst. Er versuchte zurückzukriechen, doch der Stiefel eines SEK-Beamten stoppte ihn.

»Stehen Sie auf. Sind Sie bewaffnet? Zeigen Sie mir Ihre Hände. Fühlen Sie sich krank? Wo ist der Kapitän?«

Das waren eine Menge Fragen auf einmal, fand Charlie und hustete zur Antwort nur heftig.

105 Henning Schumann leistete keinen Widerstand, als die schwarz vermummten Gestalten die Kommandobrücke von zwei Seiten gleichzeitig stürmten.

Punktlaser fixierten ihn.

Im Bruchteil einer Sekunde war er entwaffnet und fand sich auf dem Boden wieder. Sein Gesicht wurde dicht neben dem toten Fokko Poppinga niedergedrückt.

Er roch das angetrocknete Blut. Viel stärker als die Angst vor den Polizisten war sein Ekel vor dem toten Seemann. Er wollte ihn auf keinen Fall berühren.

Noch hatte er die Hoffnung, das Ganze hier als Held verlassen zu können. Er sah sich in Talkshows auftreten und vielleicht sogar ein Buch schreiben. Das hier konnte der Start seiner politischen Karriere werden.

War nicht Helmut Schmidt, der Altkanzler, einst durch die große Flutkatastrophe in Hamburg in die Bundespolitik katapultiert worden? Er hatte einen Aufsatz darüber geschrieben: *Gesellschaftspolitische Krisen, Naturkatastrophen und Revolutionen als Karrierechancen.*

Er, Henning, durfte nicht mit dem Tod von Fokko Poppinga in Verbindung gebracht werden. Er musste später als entschlossener Retter dastehen, dann würde man ihm Irrtümer oder Regelverstöße nachsehen. Es ging hier um das *Was*, nicht um das *Wie*.

Er wollte sich den Männern erklären, aber die kümmerten sich nur um Ole Ost. Sie befreiten ihn und fragten: »Wo sind die Rädelsführer? Gibt es noch mehr Waffen an Bord? Wie viele Verletzte müssen versorgt werden?«

Der Kapitän hörte zu, küsste das goldene Kreuz, das an der Kette um seinen Hals hing, als hätte er ihm die Befreiung zu verdanken. Dann zeigte er auf Henning Schumann: »Er und ein Bordkellner haben die Meuterei angezettelt.«

»Er lügt!«, rief Henning Schumann. »Er ist ein verdammter Lüg-

409

ner! Wir mussten ihm die Befehlsgewalt über das Schiff nehmen, wir haben im Notstand gehandelt. Der Kapitän und seine Leute hätten uns nach Emden zurückgebracht. Ich habe den Mann nicht erschossen! Das war Herr Kirsch, Rainer Kirsch! Es ist seine Pistole und ich habe ihn entwaffnet, ich!«

106 »Bitte«, sagte Benjo, »kann mir jemand ein Handy leihen?« Jörg Bauer, der Mathelehrer, hielt ihm wohlwollend nickend sein Nokia hin. Der freundliche Blick des Lehrers berührte Benjo in seinem Innersten. So hatte ihn schon lange niemand mehr angesehen. Bis vor wenigen Sekunden war er sich wie ein rasender Actionheld vorgekommen. Er war, was er tat, und er tat, was notwendig war. Er trotzte der Gefahr und verlor nicht den klaren Kopf. Aber dieses plötzliche Gefühl, willkommen zu sein, die Selbstverständlichkeit der netten Geste, bliesen ihn fast um.

Ganz anders erlebte Margit Rose die vielen Menschen. Von einer Panikattacke ergriffen, flüchtete sie mit Viola auf dem Arm zurück in die Nordsee.

Benjo wählte die Nummer von Chris, während um ihn herum Menschen, die sich von der Virenhysterie nicht hatten anstecken lassen, menschlich handelten.

Sarah Kielinger, die Heilpraktikerin, sah sich den Fuß von Dennis an und sie war erfahren genug, um die einzig mögliche Diagnose zu stellen: »Der Junge muss sofort ins Krankenhaus.«

Schwieriger war es für ihre Freundinnen Petra und Jutta. Sie versuchten Margit Rose dazu zu überreden, aus dem Wasser zu kommen, doch die lief mit ihrer Tochter auf dem Arm immer tiefer ins Meer. Sie hatte Angst, sich in der Dunkelheit den unbekannten Menschen anzuvertrauen.

»Wir tun Ihnen nichts! Laufen Sie doch nicht weg! Sie brauchen keine Angst vor uns zu haben!«

»Haut ab! Kommt bloß nicht näher!«

Chris kannte die Nummer auf dem Display nicht, aber sie nahm das Gespräch sofort an. Etwas sagte ihr: Das ist Benjo.

So stellte sie sich auch nicht wie sonst bei unbekannten Anrufern mit einem vorsichtigen »Ja? Hier Chris …« vor, sondern rief gleich ins Handy: »Benjo?!«

Schon sein Atem sagte ihr, dass er es war. Er konnte vor Glück, ihre Stimme zu hören, zunächst gar nicht sprechen. Aber dann brachte er ein »Ja, ich bin's …« heraus. Er hörte sich wie ein Beo an, dem man gerade erst das Sprechen beigebracht hatte.

Chris hüpfte vor Freude auf und ab und umarmte ersatzweise Doris Becker, weil ihr Benjo noch zu weit weg war. Dann brüllte sie: »Ich liebe dich! Verdammt noch mal, ich liebe dich so sehr!«

Tränen liefen über sein Gesicht. Das Mondlicht spiegelte sich darin. Benjo merkte nicht, dass er weinte. Er hatte Chris so viel zu erzählen, er wollte so viel sagen, doch jetzt fehlten ihm selbst die einfachsten Worte.

»Ich hole meinen Wagen und wir bringen die Verletzten erst mal in meine Ferienwohnung«, sagte Jörg Bauer. Niemand widersprach.

»Ich habe solchen Durst«, stöhnte Dennis und ein Touristenjunge aus Köln, nicht viel älter als dreizehn, hielt ihm seine Cola hin. Dennis griff zu.

Zwei Männer kamen ihnen entgegengelaufen. Sie hatten Taschenlampen dabei und einen Notfallkoffer. Es waren zwei Ärzte aus der Klinik Borkum Riff, die eigentlich gerade in den Feierabend hatten gehen wollen, als ein aufgeregter ehemaliger Patient der Rehaklinik sie informiert hatte.

»Bitte«, rief Jutta, »Sie können mit dem Kind doch nicht ins Wasser! Kommen Sie zurück! Wir helfen Ihnen!«

Aber Margit Rose war halb verrückt vor Angst. So hatte sie sich manchmal gefühlt, wenn die Alkoholvorräte plötzlich nicht mehr an Ort und Stelle gewesen waren. Wenn Kai ihre neuen Verstecke entdeckt und den Schnaps vernichtet hatte. Wenn das Verlangen nach Hochprozentigem übermächtig geworden und jeder Tropfen Alkohol in weite Ferne gerückt war. Das Zittern, das dann in ihrem Inneren begann, fürchtete sie fast noch mehr als die Kälte, die ihr Gehirn eineisen wollte. Dann musste sie vor allen Menschen weglaufen und eine Weile allein sein mit ein paar guten Drinks oder billigem Fusel – am Ende spielte das keine Rolle mehr. Nach vier, fünf Schnäpsen ging es ihr meist wieder besser, sie wurde wieder gesellig. Gesellschaftsfähig. Angstfrei. Angepasst.

Sie klammerte sich an Viola wie an einen Rettungsring, den sie beschützen musste, und kreischte: »Haut ab! Haut alle ab!«

»Ich hatte solche Angst um dich!«, sagte Chris jetzt und Benjo antwortete: »Ich dachte zwischendurch, ich pack es nicht, aber dann habe ich an dich gedacht, und das hat mir Kraft gegeben. Es war wie eine Energieleitung von dir zu mir.«

Jutta und Petra, die beiden Freundinnen, näherten sich Margit Rose von zwei Seiten. »Ruhig. Ganz ruhig. Geben Sie uns das Kind.«

»Der Mann da muss dringend versorgt werden«, sagte Jörg Bauer zu den Helfern von der Klinik Borkum Riff und deutete auf Kai Rose.

»Hilfe! Benjo, hilf mir!«, kreischte Margit und versuchte zu entkommen. Sie stand schon bis zum Bauchnabel im Wasser. Eine Welle warf sie um.

»Ich ... ich melde mich gleich wieder«, sagte Benjo. »Ich werde da gebraucht.«

413

»Benjo! Hiilfee!«

Chris hörte den verzweifelten Frauenschrei und spürte einen Stich Eifersucht. Dann raschelte es und Benjo keuchte, bevor er – sie ahnte es – das zweite Handy an diesem Tag im Nordseewasser verlor.

Vor Benjo tauchte Margit Rose in der Dunkelheit auf, aber sie hatte Viola nicht mehr auf dem Arm. Sie brachte keinen Ton heraus, sondern guckte nur panisch um sich. In dem dunklen Wasser war es unmöglich, das Kind zu sehen. Benjo tauchte einfach mit ausgebreiteten Armen und bewegte sich in die Richtung, aus der Margit gekommen war.

Sie flehte den Himmel an: »Nicht, lieber Gott! Nicht das!«

Die Menschen an Land verstanden sofort, was geschehen war, und fast alle, die gerade noch am Seehundzaun gestanden hatten, rannten zu der schreienden Frau und stürzten sich in die Fluten.

Petra und Jutta waren zuerst bei ihr. Margit Rose wusste nicht, wohin mit ihrer Verzweiflung, und schlug nach Jutta, doch in dem Moment tauchte Benjo auf und hielt Viola hoch über seinem Kopf. Sie schrie, also lebte sie, und Benjo trug sie erleichtert an Land. Einige Leute klatschten Beifall, andere wollten sich eine Beruhigungszigarette anzünden, aber ihre Glimmstängel waren im Salzwasser unbrauchbar geworden.

Ein Hilfstrupp der *Retter Borkums* mit drei Bewaffneten kam heran, um »die Seehundbank dichtzumachen«. Der Applaus für Benjo machte sie mutlos.

Ein siebzehnjähriges Mädchen, Elena, mit glatten schulterlangen Haaren und einer viel zu engen Röhrenjeans, stellte sich ihnen allein in den Weg und schimpfte stellvertretend für alle: »Verzieht euch, ihr blöden Schweine! Lasst euch nicht mehr sehen! Ihr seid schlimmer als die Pest!«

Sie trollten sich. Ohne einen Anführer wie Cremer fehlte ihnen ein gutes Argument, um zu tun, was sie eigentlich vorhatten. Sie brauchten jemanden, der ihnen das sichere Gefühl gab, auf der richtigen Seite zu stehen und für eine gute Sache das Notwendige zu tun. Ohne solch eine dominante Gestalt, die ihnen den Rücken stärkte und die Argumente zum Handeln lieferte, waren sie leicht zu verunsichern und viele von ihnen hielten sich dann doch lieber heraus. Sie hatten Sorge, etwas Falsches zu tun und, statt zu Helden, zu Deppen und Verbrechern zu werden.

Erst als Jörg Bauer ihn umarmte, fiel Benjo das Handy wieder ein. »Ich fürchte«, sagte Benjo, »ich habe Ihr Handy verloren.«

Jörg Bauer lachte. »Viele Menschen haben heute viel mehr verloren und wir – Sie – haben das Kind gerettet!«

Benjo war froh, dass Bauer keinen kleinlichen Stress machte mit Fragen nach einer Haftpflichtversicherung oder so. Stattdessen schien der Mathelehrer gut gelaunt, ja irgendwie fast schadenfroh. Es platzte schließlich aus ihm heraus, während er und Benjo, neben den Ärzten und den Helfern, mit den Verletzten zur Promenade liefen.

»Ich muss Ihnen im Grunde sogar dankbar sein. Diese ständige Erreichbarkeit versaut einem doch den ganzen Urlaub. Mein bescheuerter Schwiegersohn geht mir unendlich auf den Keks, dauernd ruft er an und … Sie haben mich von dem Terror befreit.«

Im Laufen drückte er Benjo an sich und wusste, dass der sein Traumschwiegersohn gewesen wäre. Ein junger Mann nach seinem Geschmack. Klar und zupackend. Nicht so ein Jammerlappen, der jeden Termin verpasste, sich grundsätzlich ungerecht behandelt fühlte und glaubte, dass die Welt ihm eine Menge schuldig sei.

Als Benjo sich noch einmal umdrehte, um zu sehen, wo Margit geblieben war, sah er sie humpelnd nahe bei Jutta. Hinter ihnen entfernte sich die Ostfriesland III in Richtung Emden. Jetzt blinkten auch die Lichter anderer Boote auf, die die Ostfriesland III umkreisten, und ein Hubschrauber schien dicht über ihr in der Luft zu stehen und mit Scheinwerfern das Deck abzusuchen.

Die verbliebenen Kämpfer aus Cremers Truppe logen sich das Ganze zu einem Sieg um. Die Polizei war gekommen und erledigte jetzt ihre Arbeit. Sie hinderte die Fähre daran, Borkum anzulaufen.

107 Einen winzigen Moment lang hatte die Bürgermeisterin daran gedacht, nicht nach Emden zurückzukehren, den Kessel der Eingeschlossenen endgültig zu verlassen. Aber das war nicht sie. Sie bestand zu einem wesentlichen Teil aus Pflichtgefühl. Loyalität war ihr wichtig. Der Konflikt, loyal der Stadt oder der Familie – der Exfamilie – gegenüber zu sein, war schon belastend genug für sie. Sie hatte sich für ihre Kinder entschieden und damit, so merkwürdig sich das auch anfühlte, für ihren Exmann. Die Kinder könnten es ihr nie verzeihen, wenn sie ihn nicht mit dem rettenden Stoff versorgen würde.

Szenen ihrer Ehe stiegen in ihr auf. Sie hatte sich in einen stolzen Adler verliebt, der im Laufe ihrer Ehe zu einem fetten Suppenhuhn mutiert war.

Nein, sie wollte seine Hemden nie mehr waschen. Nicht morgens seine Launen ertragen, wenn finanziell mal wieder alles schieflief, aber sie würde ihn retten, wenn es denn eine Rettung gab und nicht alles nur Lug und Trug war.

Der Hubschrauber flog an der Ems entlang. Die Innenstadt war ruhig. Die Stadtteile Larrelt und Constantia wirkten wie ausgestorben. Nur an den Rändern der Stadt flammten Mündungsfeuer auf. Es wurde geschossen. Sie wusste nicht genau, wer da gegen wen kämpfte. Sie stellte sich vor, dass verzweifelte Menschen immer wieder versuchten, den Ring zu durchbrechen, konnte aber nicht glauben, dass da Bundeswehrsoldaten auf Bürger feuerten.

Lieber Gott, betete sie, lass das alles hier bald vorbei sein. Du hast uns heftig genug auf die Probe gestellt.

108 Die Stille zwischen den Schüssen zerrte an Josys Nerven. Wenn es endlich wieder krachte, die Kugel aber niemanden getroffen hatte, sondern in einer Wand des Gebäudes stecken blieb, war sie wie erlöst. Dann konnte sie kurz atmen und hielt die Luft an, bis die nächste Gewehrkugel die Luft zerriss.

Justin saß in der Ecke, die Beine an den Körper gezogen, das Gesicht in der Armbeuge verborgen, und betete laut: »Gegrüßet seist du, Maria, voll der Gnade, der Herr ist mit dir, du bist gebenedeit unter den Frauen und gebenedeit ist die Frucht deines Leibes, Jesus. Heilige Maria, Mutter Gottes, steh uns bei, jetzt und in der Stunde unseres Todes, amen.«

Ubbo Jansen stand mit dem geladenen Gewehr schräg neben dem Fenster und suchte eine gute Schussposition, um das Feuer erwidern zu können. Josy schaute ihn an. Die Küstenseeschwalbe saß auf seiner Schulter, wie der Rabe auf dem buckligen Rücken der Hexe vor ihrem ersten Weihnachtsknusperhäuschen, an das sie sich erinnern konnte …

Sie war seit vielen Jahren Mitglied im Vogelschutzbund, hatte die Tiere beobachtet und konnte mindestens fünfzig verschiedene Vogelarten am Flugverhalten unterscheiden. Aber so etwas hatte sie noch nie gesehen. Außerdem spürte sie, dass Ubbo Jansen deshalb nicht schoss, weil er die Küstenseeschwalbe nicht erschrecken und damit von seiner Schulter verjagen wollte. Sie beobachtete ihn, wie er ein Ziel erspähte. Er bückte sich, kroch auf allen vieren über den Boden und hob das Tier herunter. Als er sich am Fenster aufrichtete und nach draußen zielte, versuchte die Seeschwalbe, wieder auf seine Schulter zu kommen, was ihr wegen des gebrochenen Flügels schwerfiel.

Niklas Gärtner hielt seinen Sohn Thorsten im Arm und fragte Akki: »Gibt es hier irgendwo Waffen?«

Akki verzog den Mund. »Sehe ich aus, als würde ich eine Waffenkammer verwalten? Wir können uns ein paar Mollies basteln, aber wenn Sie mich fragen, sollte man nicht mit Mollies werfen, solange die eigene Bude brennt …«

Thorsten verstand nicht wirklich, was Akki meinte. Er redete wirres Zeug für ihn. Thorsten versuchte zu begreifen, dass Eddy und vielleicht auch Corinna tot waren. Er fühlte sich schuldig daran und einerseits hätte er seinen Vater gern ins Gesicht geschlagen, weil er alles nur noch schlimmer gemacht hatte, andererseits wollte er unter sein Hemd kriechen und sich bei ihm verstecken. Er wäre am liebsten wieder ein kleiner Junge geworden. Schutzbedürftig und ohne jede Verantwortung für das, was geschehen war.

109 Tim Jansen erreichte seine Mutter im Krisenstab. »Mama, Mama«, flüsterte er, »du musst uns helfen. Wir liegen unter Beschuss. Die haben uns die Bude angezündet. Bitte schick uns Hilfe. Du kannst das doch, Mama, du bist doch die Bürgermeisterin. Bitte lass uns nicht hängen. Alle haben uns hängen lassen ...«

»Tim, Tim ... Timmi, was ist denn? Ich versteh dich nicht. Kannst du nicht lauter sprechen? Timmi!«

Aber seine Stimme klang zittrig. Es gelang ihm nicht, deutlich zu artikulieren. Er hatte oft den Ausdruck gehört, die Angst würde jemandem den Hals zuschnüren. Jetzt begriff er, was damit gemeint war, denn genauso erging es ihm. Zu mehr als einem leisen Flüstern war er kaum in der Lage.

Erneut peitschte ein Schuss und die Kugel ließ Dachpfannen platzen, die jetzt herunterregneten und auf der Terrasse zersplitterten.

Akki hielt sich die Ohren zu und flehte die Wand an: »Hört auf! Hört doch bitte auf!«

Bürgermeisterin Jansen begriff, dass ihr Sohn in Gefahr war. Ganz anders, als sie gedacht hatte.

Eine Impfdosis würde ihrer Familie wenig nutzen. Und überhaupt: Wie Eisregen rieselte die Erkenntnis durch ihren Körper, ihre Füße und Finger wurden klamm. Der Südstaatler hatte sie reingelegt. Es gab keinen Impfstoff. Und selbst wenn, er würde ihn ihr nicht liefern. Er hatte einfach nur versucht, Geschäfte zu machen. So wie jetzt jeder in der zusammenbrechenden Ordnung versuchte, zu überleben und seine Schäfchen ins Trockene zu bringen.

Für einen Moment war es, als ob sie in ein Zeitloch fallen würde. Sie hielt den kleinen Timmi im Arm und schaukelte ihn langsam in den Schlaf. Sie sang ihm ein Lied. Nein, sie sang nicht wirklich, sie summte nur für ihn. Lieder, die schon ihre Mutter für sie gesummt hatte.

Sie sah sich als junge Frau mit all ihren Wünschen, Träumen und Sehnsüchten. Mit ihrer Gier nach Leben, ihrer Angst, als Mutter und Frau zu versagen. Ihren Hoffnungen auf einen Lottogewinn und ein schönes Leben.

Tims Stimme holte sie wieder zurück. »Mama? Bitte, beeil dich. Die machen uns fertig.«

»Ist Papa bei dir?«

»Ja klar.«

»Kira auch?«

»Mama …« Er fragte sich, was sie überhaupt von ihrem Leben wusste. »Mama, sie sitzt irgendwo in Indien fest. Es gibt keine Flüge und … wie sollte sie überhaupt nach Emden reinkommen? Ihr habt doch die ganze Stadt abgeriegelt.«

Kerstin Jansen hörte den Vorwurf in seinen Worten. Mit *ihr* war vor allen Dingen sie gemeint.

»Ich habe das nicht entschieden«, sagte sie. »Ich bin nur eine von vielen im Krisenstab. Ich …«

»Mama, können wir das nicht später diskutieren? Jetzt brauchen wir Hilfe.«

»Keine Angst, mein Junge. Ich werde alles tun, was in meiner Macht steht.«

Sie glaubte, dass sie ihrer Stimme einen zuversichtlichen Klang gegeben hatte, doch Tim kannte sie gut genug, um zu wissen, dass sie keine Ahnung hatte, wie sie ihrem Sohn und seinem Vater am besten helfen sollte.

Am liebsten hätte sie ständig Kontakt mit ihm gehalten, aber sie musste das Gespräch jetzt beenden. Er sollte nicht hören, was nun im Krisenstab geschah.

Kaum hatte sie aufgelegt, brüllte sie, so laut sie nur konnte: »Irgendwelche Schwachköpfe greifen die Hühnerfarm an! Mein Sohn und mein Exmann sitzen darin fest! Warum hilft ihnen keine Polizei? Ich habe Schüsse gehört!«

Polizeirat Ludger Schneider breitete die Arme aus. »Was erwarten

Sie von mir? Unsere Kräfte sind völlig überfordert. Meine Männer sind am Ende«, beteuerte er. »An der Hamburger Straße im Herrentorviertel hat eine bewaffnete Gruppe versucht, den Ring zu durchbrechen. Im BVO-Heim verschanzen sich immer noch welche.«

Er sah auf den Bildschirm seines Laptops und korrigierte sich. Die Aufregung wich aus seiner Stimme. Er wurde sachlicher. »Wenigstens das Bezirksfischereigebäude wurde gestürmt. Also ... es ist wieder in Händen der Ordnungskräfte. Falls diese Meldung hier echt ist.«

»Warum sollte sie falsch sein?«

»Weil ... also, hier sind so viele Rechtschreibfehler drin. – Drei Beamte sind tot. Acht verschollen. Sechzehn verletzt. Die letzten Stunden haben unsere regulären Kräfte im gesamten Stadtgebiet fast vollständig aufgerieben. Teilweise setzen wir schon die Ehefrauen und Schwiegersöhne ein. Wir arbeiten mit Hilfssheriffs wie im Wilden Westen. Wir ...«

Der Mann vom Ordnungsamt schluckte und räusperte sich nervös. Er nestelte an seiner Krawatte herum. Er wollte auf die Bürgermeisterin eingehen und wandte sich an sie: »Wir haben versucht, Herrn Jansen zu bewegen, die Tiere zu vernichten. Aber er hat sich uneinsichtig gezeigt und wir haben befürchtet, dass es zu Schwierigkeiten kommt. Die Bevölkerung sucht einen Schuldigen. Die Emotionen sind aufgeladen und ...«

Kerstin Jansen schlug mit der flachen Hand auf den Tisch und brüllte: »Ich werde Sie persönlich dafür verantwortlich machen, wenn meinem Sohn etwas geschieht! Und außerdem: Es handelt sich nicht um *irgendeine* Hühnerfarm! Dort werden Eier unter besonderen Sicherheitsvorkehrungen produziert, damit wir genügend Grundlagen für Impfstoffe haben, falls es in diesem Land zu Problemen kommt. Und genau diese Probleme haben wir jetzt! Da wollen irgendwelche Idioten die Farm abfackeln und vorher verlangt das Ordnungsamt von meinem Exmann, er soll die Tiere keulen?« Die Bürgermeisterin schlug sich mit der Hand an die Stirn. »Hallo? Habt ihr sie noch alle? Wir vernichten die letzte Chance, die wir haben, an genügend Impfstoff für alle zu kommen! Aber das ist mir jetzt sowieso egal. Es geht nur noch um das Leben von meinem Sohn! Ich werde jetzt hinfahren und ihn da rausholen. Begleitet mich jemand?«

Polizeirat Schneider stellte sich vor die Tür und versperrte den Weg. »Sie können hier nicht Ihr privates Ding durchziehen, Frau Jansen. Bei allem Verständnis für Ihre Situation, aber …«

Sie verpasste ihm eine Ohrfeige. Er blieb trotzdem ruhig stehen. Er schlug nicht zurück, sondern sagte nur leise: »Wir haben alle eine Familie. Nicht nur Sie, Frau Jansen.«

Sie wäre sich in dem ABC-Anzug dämlich vorgekommen. So konnte sie unmöglich zu ihrer Familie. Alles in ihr weigerte sich, dieses Ding noch einmal anzuziehen, auch wenn es Mitgliedern des Krisenstabs eigentlich nicht erlaubt war, sich ohne entsprechende Sicherheitsvorkehrungen außerhalb zu bewegen. Sie legte lediglich die Atemschutzmaske an.

Ludger Schneider tat es ihr gleich.

»Ich komme mit.«

»Das habe ich nicht von Ihnen verlangt.«

»Wenn ich Sie jetzt allein gehen lasse und Ihnen stößt da draußen etwas zu, das kann ich später keinem Menschen erklären …«

110 Der lang gezogene Schrei klang nicht menschlich, sondern nach einem Tier in höchster Not. Josy stellte sich ein Pferd vor, das sich die Beine gebrochen hatte.

Der Schrei brachte Justin dazu, selbst laut zu kreischen, um es nicht länger hören zu müssen.

Thorsten befreite sich aus der Umarmung seines Vaters. Er war so blass, dass sein Gesicht im dunklen Raum zu leuchten schien.

»Das ist Corinna«, sagte er. »Es ist Corinna!« Sie muss zu Bewusstsein gekommen sein!« Er stürmte zum Fenster. Sein Vater versuchte, ihn zurückzuhalten. »Bist du verrückt? Geh da weg! Willst du für die da draußen Zielscheibe spielen?«

Thorsten zeigte durch das zerschossene Fenster. »D... das ist unsere ...«

Dann hielt er die Hände wie Lautsprecher vor seine Lippen und rief: »Corinna?! Corinna?!«

Akki sprang zum Fenster. »Das ist sie. Verdammt, das ist sie!«

Mehrere Schüsse fielen. An drei verschiedenen Stellen sah er Mündungsfeuer aufflammen, aber keine Kugel traf das Haus.

Erneut brüllte Thorsten: »Corinna?!«

Niklas Gärtner packte seinen Sohn mit beiden Händen und zog ihn weg vom Fenster. Aber Thorsten wehrte sich. Er trat und schlug nach seinem Vater: »Lass mich in Ruhe! Lass mich in Ruhe! Da draußen liegt Corinna! Wir müssen sie reinholen! Wir müssen sie sofort ...«

»Thorsten!«, kreischte sie. »Thorsten!«

Erneut fiel ein Schuss. Dann war alles still.

Sie lauschten in die Nacht.

Ubbo Jansen hielt die Küstenseeschwalbe an seinen Körper gedrückt. Er legte eine Hand über ihren Kopf, so, als müsse er einem Kind Augen und Ohren zuhalten, damit sich das furchtbare Geschehen nicht albtraumhaft einprägte und es traumatisierte ...

Thorsten konnte seine Tränen jetzt nicht länger zurückhalten. Er

weinte wie ein kleiner Junge, der zum ersten Mal die Ungerechtig-
keit der Welt spürt.

Ubbo Jansen trug die Küstenseeschwalbe ins Bad nebenan und
schloss sie dort ein. »Sei ganz ruhig«, flüsterte er. »Hier kann dir
nichts passieren. Aber du musst ruhig sein. Ich komme zurück. Ich
lasse dich nicht alleine. Du musst keine Angst haben. Ich versteh
was von Vögeln, glaub mir. Ich bin dein Freund.«

Der Kontakt zu dem Tier tat ihm gut. Er zog Kraft daraus, ja er
hatte das Gefühl, damit psychisch gesund zu bleiben und nicht
durchzudrehen wie die anderen.

Alle riefen Corinna, doch die antwortete nicht mehr.

Dann sagte Tim trocken: »Mama kommt. Sie bringt Hilfe mit.«

Als Chris in der Klinik Borkum Riff eintraf, war ihr Benjo vor Erschöpfung eingeschlafen.

Die Farbe seiner Hose war unter dem Dreck nicht mehr zu erkennen. Seine durchnässten Socken lagen zusammengerollt vor ihm auf dem Boden und sein Oberkörper war nackt. Das zerrissene, blutbefleckte Hemd hing über der Sessellehne. Aus seiner rechten Hand war die saubere Kleidung geglitten, die man ihm in der Klinik angeboten hatte. Sein Kopf baumelte seitlich vom Sessel, so als drohe er jeden Moment herunterzufallen. Seine Lippen waren weit geöffnet, Speichel tropfte aus seinem Mund.

Chris fand ihn zum Verlieben schön. Knuddelig, einfach zum Knutschen!

Ihr Verstand sagte ihr, dass sie ihn schlafen lassen müsste, doch die Gefühle gingen mit ihr durch. Sie musste ihn jetzt berühren, küssen, an sich drücken.

Margit Rose saß nicht weit von den beiden entfernt. Sie hielt es nicht auf der Bank aus und in einem Sessel konnte sie erst recht nicht sitzen. Sie hockte zusammengekauert auf dem Boden, so als sei die Ecke beim Papierkorb genau der Ort, an den sie gehörte.

Sie hielt die Augen geschlossen und versuchte einen Deal mit Gott: »Wenn du mein kleines Mädchen rettest, werde ich eine gläubige Christin. Ich werde nie wieder Alkohol trinken. Ich werde mich an deine Gesetze halten. Ich tue alles, was du willst, lieber Gott, aber bitte, bitte, nimm mir nicht mein Kind. Es ist nicht richtig, wenn die Kinder vor den Eltern sterben. Wenn du eine Seele zu dir holen willst, lieber Gott, dann nimm mich dafür. Ich bin bereit. Ich weiß, dass nicht der Himmel auf mich wartet, aber wenn es denn die Hölle sein soll, bitte schön. Nur schenk meinen Kindern noch ein bisschen Lebenszeit.«

Kai Rose war mit starken Medikamenten stillgelegt worden und hing an mehreren Tropfen, während ein Ärzteteam in einer vierstündigen Notoperation versuchte, Viola zu retten.

Der Fuß von Dennis war so zerbröselt, dass der Knochenhaufen auf dem Röntgenbild für Laien nur schwer als Fuß erkennbar war. Trotzdem wussten die Ärzte, dass sein hohes Fieber eine andere Ursache hatte. So merkwürdig es sich anhörte, aber der Fuß war nicht sein größtes Problem. Die Knochen würde man schienen, nageln, ja ersetzen können. Das alles war nur eine Frage von Zeit und viel chirurgischem Können. Aber jetzt wütete das Virus gnadenlos im Körper dieses Jungen. Das Fieber stieg auf zweiundvierzig Grad. Es war ein Wunder, dass er noch lebte.

112

Als die Schwester von Philipp Reine kam, um nach ihrem Bruder zu sehen, fand sie zunächst Oskar Griesleuchter. Er hatte die Wohnzimmertür aus den Angeln gerissen und lag auf dem Boden unter der Tür.

Es roch wie in einer Schnapsbrennerei. Eine umgekippte Gallone Whiskey hatte sich entleert und den Hochflor-Teppichboden getränkt.

Sie glaubte, der Mann sei tot. Zögernd hob sie die Tür an. Sie wusste selbst nicht, woher sie den Mut nahm, denn sie vermutete ihren Bruder darunter. Doch dann sah sie Oskar Griesleuchter. Seine Augen waren glasig und weit aufgerissen. Er hatte den Mund zu einem stummen Schrei geöffnet. Seine Lippen zitterten.

Sie registrierte sofort, dass er nicht sie sah, sondern irgendetwas anderes. Ein Monster. Den schwarzen Mann. Eine Schreckensfigur aus seiner Kindheit. Denn dieser Mann fürchtete sich. Er hatte Todesangst und kroch auf dem Rücken liegend von ihr weg.

Jetzt sah sie, was er in die Tür geritzt hatte. Das da sollte vermutlich ein Mensch sein, wahrscheinlich eine Frau. Es erinnerte sie an Schmierzeichnungen auf Jungentoiletten, die sie bei ihren Ferienjobs als Putzfrau nur zu oft hatte säubern müssen.

Dann fand sie ihren Bruder.

Ihr Magen krampfte sich zusammen. Obwohl sie seit Stunden nichts gegessen hatte, befürchtete sie, sich gleich übergeben zu müssen. Aber dann stieß sie nur säuerlich auf.

Ihr Verstand hämmerte die Botschaft durch ihren Körper: *Dein Bruder ist tot und du bist mit diesem Verrückten alleine. – Vielleicht hat er ihn sogar umgebracht!*

Sie zitterte. Mit jedem Versuch, das Zittern zu bekämpfen, machte sie es nur noch schlimmer.

113 Der Wind drehte und drückte den Qualm durch die zerschossenen Fensterscheiben in den Raum. Josy lief gebückt ins Bad, um nasse Tücher zu besorgen. Dabei schreckte sie die Küstenseeschwalbe auf. Sie flüchtete vor ihr wie vor einem schlimmen Feind und versuchte, an ihr vorbei zu Ubbo Jansen zu kommen.

Tim verzog den Mund. Seine Lippen zitterten. »Meine Mutter kommt nicht. Sie hat gelogen. Sie lässt uns im Stich.«

Es tat ihm weh, die Worte auszusprechen. Er schlug dabei mit dem Kopf nach hinten gegen die Wand. Der Schmerz tat ihm gut. Er wiederholte die Bewegung noch zweimal. Aufmerksam geworden, kroch Niklas Gärtner zu ihm und versuchte, ihn zu beruhigen.

»Natürlich kommt deine Mutter. Sie hat bestimmt nur Probleme, bei dem Chaos zu uns durchzukommen.«

»Halten Sie die Schnauze! Sie kennen meine Mutter doch gar nicht!«, schrie Tim. »Die kommt nicht!«

»Doch, ich kenne sie!« Niklas Gärtner hustete. Seine Augen brannten vom Qualm. »Jeder kennt sie. Sie ist die Bürgermeisterin.«

Tim stieß Niklas Gärtner von sich, als sei er die Verkörperung seiner Mutter.

»Ja, genau! Als Bürgermeisterin! Jeder kennt sie, für jeden ist sie da! Für alles hat sie Zeit, bloß nicht für uns! Alle anderen sind immer wichtiger!«

»Du musst Verständnis haben. Sie hat jetzt viel zu tun. Dies ist die größte Krise, in der die Stadt je war. Sie ist jetzt als Bürgermeisterin gefordert.«

»Verständnis? Ich will kein Verständnis mehr haben! Ich bin ihr Sohn! Boah, ey! Wie ich diese Scheiße hasse! Diese ganze schreckliche Stadt! Was haben wir jetzt davon, dass sie sich dafür aufgeopfert hat? Sie hat sich immer toll dabei gefühlt und wichtig, weil sie gebraucht wurde. Aber was ist mit mir? Bin ich nichts?«

»Hört endlich auf, euch zu zanken!«, schrie der entnervte Akki.

Justin schwankte hin und her, als wäre er ein Autist. Er schien durch alle hindurchzusehen, als sei da noch eine Zwischenwelt.

Als würde der Qualm den Kugeln den Weg weisen, so schlugen sie jetzt hinter Tim in die Wand ein.

Josy kam mit ihren nassen Handtüchern zurück. Das erste war für Tim. Sie warf es ihm zu. Es klatschte in sein Gesicht.

Er band es sich nicht vor Nase und Mund, sondern ließ es einfach auf den Boden fallen. Viel zu schlimm waren die Wut und die Trauer über das Verhalten seiner Mutter, von der er sich im Stich gelassen fühlte.

Die Polizeisirene und das Blaulicht genügten, um die Schützen rings um die Farm zu vertreiben. Es war kein großer Einsatz vonnöten, keine Schießerei. Allein, dass die Ordnungskräfte sich zeigten, ihr Martinshorn zu hören und ihr Fahrzeug von fern zu sehen war, reichte aus.

In dem Mannschaftswagen saßen nur zwei Personen: Polizeirat Ludger Schneider und neben ihm Bürgermeisterin Jansen.

Sie hielten in gebührendem Abstand vor dem Eingang der Hühnerfarm. Die ganze Anlage sah aus wie eine brennende, sturmreif geschossene Festung. Der Wind fegte die Straße, als sei es seine Aufgabe, aus dem Qualm ein neues Gebäude zu formen, eine Art Hut, der spitz hoch hinauf in den Himmel ragte.

Ein paar Hühner flatterten auf die Kühlerhaube des Wagens und pickten mechanisch nach den nicht vorhandenen Körnern.

Polizeirat Ludger Schneider und Bürgermeisterin Jansen sahen keinen einzigen der Schützen mehr, so rasch hatten sie sich verzogen. Kerstin Jansen stieg aus und wollte ins Wohnhaus, doch Schneider hielt sie fest. Sie sah ihn nur an. Er hatte sofort einen Kloß im Hals.

»Sie wollen doch da nicht so einfach reinrennen? Wir wissen doch gar nicht, was uns da erwartet!«

»Lassen Sie mich los! Da drin ist mein Sohn! Der kann nicht laufen, er sitzt im Rollstuhl, er …«

Schneider hielt sie unbeirrt fest. »Wenn Sie da jetzt planlos reingehen, brauchen Sie vielleicht selbst bald Hilfe.«

Sein Griff war hart. Er hätte sich nie träumen lassen, dass er der Bürgermeisterin einmal so nah kommen würde. Er hielt sie eigentlich für eine arrogante Karrieristin, die einen harten Sparkurs fuhr. Aber in den letzten Stunden hatte sie ihn mit ihrer unkonventionellen Art beeindruckt.

Er drehte ihr den Arm auf den Rücken. »Bitte, machen Sie es mir jetzt nicht so schwer, Frau Jansen. Geben Sie mir wenigstens eine Chance. Ich muss versuchen, das hier vorschriftsmäßig zu regeln.«

Sie wiederholte: »Vorschriftsmäßig!«, als sei das der beste Witz, den sie seit Jahren gehört hätte.

Über den Lautsprecher machte er eine Durchsage: »Achtung, Achtung, hier spricht die Polizei! Wenn Sie noch im Gebäude sind, geben Sie Laut! Herr Jansen, wo sind Sie? Können Sie zu uns herauskommen? Sie brauchen keine Angst zu haben, niemand wird auf Sie schießen! Hier spricht die Polizei! Wir sind gekommen, um Ihnen zu helfen!«

Ubbo Jansen hielt das Ganze für einen Trick. »Für wie blöd haltet ihr uns eigentlich?«, rief er angriffslustig aus dem Fenster. Seine Exfrau konnte er nicht sehen.

Polizeirat Schneider hielt die Information, dass sich die Bürgermeisterin bei ihm befand, bewusst zurück. Wer sagte ihm denn, dass da im Gebäude tatsächlich ihr Sohn und ihr Mann waren? Und selbst wenn, vielleicht waren sie längst zu Geiseln geworden. Nein, auf keinen Fall wollte er Frau Jansen gefährden. Er fühlte sich für sie verantwortlich. Drinnen im Haus wurde gestritten.

»Die haben ein richtiges Blaulicht und eine Polizeisirene«, stellte Thorsten Gärtner fest. »Die sind echt.«

»Ja, kann schon sein, dass sie echt sind. Aber wer sagt denn, dass sie auf unserer Seite stehen? Wie doof ist die Jugend heute eigentlich?«, fauchte Ubbo Jansen.

»Das Schießen hat aufgehört. Die sind geflohen, weil die Polizei gekommen ist …«

»Ja, und vor Kurzem hast du noch an den Weihnachtsmann geglaubt und an den Osterhasen. Aber ich nicht, Junge.«

Thorsten Gärtner versuchte, die Beleidigungen zu überhören. Für ihn war Ubbo Jansen ein störrischer alter Mann. Zornig und ungerecht.

»Klar stehen die auf unserer Seite. Glauben Sie, die Polizei stürmt ein Gebäude und erschießt alle Leute?«

Ubbo Jansen schlug nach Thorsten und brüllte ihn an: »Bis vor Kurzem hätte ich auch nicht gedacht, dass der Sohn von unserem Versicherungsheini mit seinem Vater kommt, um uns die Hütte anzuzünden!«

»Mein Vater ist kein Versicherungsheini, sondern Diplom-Betriebswirt Gesundheitsmanagement!«

»Ja, klasse!« Ubbo Jansen lachte.

Da klingelte Tims Handy. Seine Mutter war am Apparat.

»Tim? Wir sind hier. Ich bin gekommen. Kann ich zu euch rein oder schafft ihr es alleine, herauszukommen?«

»Sie ist da!«, schrie Tim, fassungslos vor Glück.

Er hörte im Hintergrund die Stimme eines Mannes: »Wenn das nur kein Fehler war, Frau Jansen. Sind Sie sicher, dass das Ihr Sohn ist?«

»Na, hören Sie mal, ich kenne doch seine Stimme!«

Tim brüllte aus dem Fenster: »Wir sind hier!«

»Siehst du«, sagte Niklas Gärtner, »sie ist doch gekommen.«

Ubbo Jansen guckte, als könne er mit dem Besuch wenig anfangen. Freude über Hilfe sieht anders aus, dachte Josy.

114 Als Dr. Maiwald erwachte, war er nicht im Himmel, sondern in der zum Sterbezimmer umfunktionierten Abstellkammer der Inneren Abteilung des Susemihl-Krankenhauses. Gedankenverloren knibbelte er an den getrockneten Eisflecken auf seinem Bettlaken. Es war, als machten seine Finger sich selbstständig, als würden sie nicht zu ihm gehören. Er beobachtete sie und staunte. Er fühlte sich leicht und er war guter Laune. Er hatte einen tierischen Hunger, am meisten freute er sich auf eine gute Portion Nachtisch.

Dr. Maiwald tastete mit der pelzigen Zunge den trockenen Gaumen ab. Er hätte jetzt sein Auto gegen eine Tasse Kaffee und eine Marzipanschnecke eingetauscht.

Ich lebe, dachte er. Ich lebe!

Dieses Scheißvirus war also nicht für jeden und in jedem Falle tödlich. Das Tamiflu hatte ihm nicht geholfen, davon ging er aus. Aber der Wissenschaftler in ihm wollte sofort noch mehr Fakten. Wie viele Leute hatten außer ihm überlebt?

Welche Gemeinsamkeiten hatten sie?

Welche seltsamen Umstände oder persönlichen Präferenzen hatten ihm geholfen?

Er versuchte aufzustehen, aber er hatte seine Kräfte maßlos überschätzt. Zwar schaffte er es, sich auf den Bettrand zu setzen, doch dann wurde ihm schwindlig. Kraftlos stürzte er auf den Boden.

In dem Moment öffnete Linda die Tür. Sie hatte jede Stunde nach ihm gesehen, Fieber gemessen, ihm Flüssigkeit eingeflößt und seine Wange gestreichelt.

Das Tablett fiel ihr aus den Händen. Mit einem Schritt war sie bei ihm.

»Hannes! Um Himmels willen, Hannes!«

Aber er kniete schon wieder aufrecht und lachte. Sie glaubte, dass er übergeschnappt sei. In ihrer Vorstellung hatte das Fieber sein Gehirn gar gekocht.

In dieser Nacht waren im Susemihl-Krankenhaus in Emden viele Patienten durchgedreht. Manche Menschen machte die Krankheit rasend. Aus friedlichen Buchhaltern waren potenzielle Amokläufer geworden. Eine Schwester in der Notaufnahme hatte Pfefferspray eingesetzt, um sich gegen einen Patienten zu wehren, der glaubte, dass sie ihn angegriffen hätte. In der Röntgenabteilung hatte sich ein Siebzigjähriger verschanzt, der sich sicher war, der Dritte Weltkrieg sei ausgebrochen, und den behandelnden Arzt für einen chinesischen Agenten hielt.

Doch Dr. Maiwalds heiseres Lachen war anders. Linda spürte in seiner Umarmung, dass seine Muskeln locker waren und nicht verkrampft wie bei den anderen Patienten. Er trank einen Schluck und sagte dann: »Ich bin über den Berg. Mein Körper hat gesiegt. Ich danke dir. Ich danke dir so sehr. Deine Anwesenheit hat mir Mut gemacht. Ich habe dich die ganze Zeit gespürt.«

Dann umarmte er sie erneut.

Sie weinte vor Freude und Glück. Für wenige Sekunden war es so, als würden sie sich nie wieder loslassen.

Zum ersten Mal im Leben spürte er, dass die Zeit reif war für einen Heiratsantrag, aber er hatte noch nicht genügend Kraft dafür. Er wollte erst einmal etwas essen und einen ganzen Liter Mineralwasser trinken.

115 Gegen vier Uhr morgens war Bettina Göschl vollkommen erschöpft eingeschlafen. Sie hatte die Augen nicht mehr offen halten können. Die Momentaufnahmen, die ihre Augen von jeder Situation erfassten und die vom Verstand zu einem Gesamtablauf zusammengesetzt werden mussten, überforderten sie. Sie hatte Angst, verrückt zu werden, und fürchtete sich vor dem nächsten Blick auf etwas, was sich bewegte.

Leon und Jüthe schliefen im Bett. Bettina saß auf dem Teppich davor, um jederzeit da zu sein, falls eines der Kinder wach werden würde.

Doch nun kam alles ganz anders. Leon hüpfte auf ihr herum und zog an ihrer Nase.

»Bettina, Bettina«, rief er, »ich hab Durst! Ich hab Hunger! Ich will Nutella und Cornflakes!«

Sie schreckte hoch und glaubte zunächst, sich in einem Traum zu befinden.

Leons Schlafanzug war durchgeschwitzt, seine Augen noch gerötet, doch sie hatten den fiebrigen Glanz verloren. An ihm vorbei konnte sie durch die offene Tür in die hell erleuchtete Wohnküche sehen. Jüthe kniete auf einem Stuhl und deckte den Tisch.

»Ich hab Kaffee für Bettina gemacht!«, rief Jüthe voller Stolz.

Bettina fühlte sich wie eine alte Frau, mit schweren Knochen und knirschenden Gelenken. Sie hatte Mühe, aufzustehen.

»Seid ihr schon lange wach? Wie spät ist es?«

»Keine Ahnung. Aber wir haben Hunger.«

»Es ist genug zu essen da.«

»Ja«, rief Jüthe von Weitem, »aber wir wollen Nutella und Cornflakes! Also, ich will Nutella und Leon Cornflakes.«

Leon nickte heftig. Jetzt sah er schon wieder ein bisschen aus wie Kapitän Rotbart.

Bettina griff an seine Stirn. Die war nicht mehr heiß. Trotzdem suchte sie das Thermometer, um das Fieber zu messen. Zum ersten

435

Mal wehrte er sich dagegen, aber mit einem strengen Blick setzte Bettina es durch.

37,5. Nur noch leicht erhöhte Temperatur. Leon war deutlich auf dem Weg der Besserung.

Er schob Bettina vor sich her in die Küche. Sie nahm eine Tasse Kaffee, die Jüthe ihr eingegossen hatte, und rief Frau Dr. Husemann an, während sie auch Jüthes Temperatur überprüfte.

Die Ärztin ging sofort ans Handy. Sie klang kraftlos, wie jemand, der kurz vor einem Zusammenbruch steht. Trotzdem schwang eine gewisse Erleichterung in ihrer Stimme mit, obwohl Bettina noch gar nichts erzählt hatte.

»Frau Dr. Husemann, es ist ein Wunder! Leon ist wieder fit wie ein Turnschuh. Ich glaube, Jüthe hat erst gar nichts bekommen, und ich selbst kann auch endlich wieder zusammenhängende Dinge sehen. Das Stakkato von Bildern ist vorbei.«

Frau Dr. Husemann sprach sehr leise. »Ja, es geht einigen Patienten so. Wer das Fieber überstanden hat, scheint durch zu sein. Entweder die Leute sterben in der ersten Nacht oder sie haben es geschafft.«

»Und was heißt das jetzt?«

»Trinken Sie so viel wie möglich.« Frau Dr. Husemann hüstelte. »Flößen Sie den Kindern Wasser ein, damit das Gift aus dem Körper gespült werden kann, Frau Göschl. Viel mehr können Sie jetzt wirklich nicht tun, außer ihnen gut zu essen zu geben, damit sie Kraft gewinnen.«

»Denken Sie, ich hatte das Virus auch? Sind wir jetzt immun dagegen?«

»Das kann Ihnen niemand mit Sicherheit sagen. Gegen dieses spezielle Virus sind Sie und Leon vermutlich immun. Aber schon eine kleine Mutation reicht aus und …«

»Wir können also wieder unter Leute, ohne uns neu anzustecken?«

»Ja, ich glaube, schon.«

Bettina nahm einen Schluck von dem heißen Kaffee. Er war viel zu stark, aber das wollte sie Jüthe jetzt nicht sagen. Sie strich ihr übers Haar und nickte ihr augenzwinkernd zu, so als hätte sie noch nie im Leben einen besseren Kaffee getrunken.

Jüthe nahm das dankbar zur Kenntnis und zeigte ihr den erhobenen Daumen.

Entweder, dachte Bettina Göschl, verdrängt sie den Tod ihre Mutter perfekt oder sie überspielt die Situation nur. Ihre Seele schien irgendeine Möglichkeit gefunden zu haben, sich vor dem Grauen zu schützen – was es Jüthe erlaubte, sich auf das Frühstück zu freuen.

Bettina wollte das Telefongespräch beenden, um den Kindern Nutella und Cornflakes zu besorgen. Sie sollten genau das bekommen, was sie sich wünschten; der Supermarkt war ja nicht weit. »Also …«, sagte sie, »Sie haben ja bestimmt genug zu tun …«

Doch Frau Dr. Husemann hatte noch eine Frage: »Warten Sie, Frau Göschl, Moment noch. Sind Sie und die Kinder gegen Grippe geimpft worden?«

»Ja«, sagte Bettina, »also, ich auf jeden Fall. So viele Auftritte, die ich jedes Jahr habe, so viele Kinderhände, die ich schüttle – und ich mache meine Tourneen mit Bus und Bahn –, da werde ich von allen Viren und Bakterien attackiert, die es nur gibt. Deswegen hole ich mir jedes Jahr im Herbst die ganz normale Grippeimpfung. Warum fragen Sie?«

»Und die Kinder?«

Bettina wandte sich an Leon, der inzwischen im Badezimmer stand und sich die Zähne putzte, weil er behauptete, einen unerträglichen Geschmack im Mund zu haben, den könne man nur mit Cornflakes oder Zähneputzen beseitigen.

Jüthe fügte hinzu: »Mit Nutella geht es aber auch.«

Bettina schmunzelte.

»Leon, weißt du, ob du eine Grippeimpfung bekommen hast?«

»Ja, klar. Meine Mama und ich, wir holen uns die jedes Jahr.«

»Ich auch«, rief Jüthe, »schon, weil mein Papa immer dagegen war! Meine Mama macht so ziemlich alles, was meinem Papa nicht passt.«

»Haben Sie mitgehört, Frau Dr. Husemann? Die Kinder sind wie ich gegen die normale Grippe geimpft. Warum fragen Sie?«

»Vielleicht ist da ein Zusammenhang, Frau Göschl. Alle meine Patienten, die es bis jetzt überstanden haben oder die erst gar nicht infiziert wurden, haben seit mehreren Jahren einen Grippeschutz aufgebaut. Ich vermute, dass die Krankheit dadurch einen weniger schweren Verlauf nimmt und nicht tödlich endet. Vielleicht erkennt der Körper die Viren rascher, weil sie den normalen Grippeviren ähneln. Das ist aber nur eine Vermutung von mir. Wie auch immer, seien Sie froh. Sie haben es geschafft, alle drei.«

»Und wie geht es Ihnen?«

Frau Dr. Husemann lachte gekünstelt. »Hervorragend. Ich brauche drei Wochen Urlaub und zu Beginn achtundvierzig Stunden Schlaf. Aber ich fürchte, ich habe einen der schlimmsten Arbeitstage meines Lebens vor mir.«

Bettina wünschte der Ärztin viel Erfolg und viel Kraft. Sie fand, dass ihre Sätze hohl klangen, doch ihr fielen keine besseren ein. Gleichzeitig tobte in ihr eine ungeheure Freude. Sie hatte befürchtet, krank mit zwei toten oder sterbenden Kindern in der Wohnung sein zu müssen. Und nun schien sich das Blatt zum Guten zu wenden.

Am liebsten hätte sie geduscht, sich die Haare gewaschen, in Ruhe ihren Kaffee getrunken und dann die Wünsche der Kinder erfüllt. Doch sie wusste, so ging das jetzt nicht. Die Kinder drängten auf ihr Lieblingsfrühstück.

Bettina fragte sich kurz, ob es richtig war, die beiden allein zu lassen, aber sie fand es auf jeden Fall besser, als sie mitzunehmen. Sie wusste nicht, was sie auf dem Weg zum Supermarkt erwartete, und sie wollte die Kinder keiner Gefahr aussetzen.

Sie wusch sich kurz das Gesicht, kämmte sich mit den Fingern die Haare und gurgelte mit einem Mundwasser. Dann trank sie auf Drängen von Jüthe ihre Kaffeetasse leer, und bevor sie mit einem Einkaufskorb die Wohnung verließ, verdonnerte sie Leon dazu, aus dem feuchten Schlafanzug zu steigen und sich trockene Sachen anzuziehen.

116 Die Stadt war merkwürdig ruhig. Die Menschen hielten sich in ihren Wohnungen auf, nur wer gar nicht anders konnte, verließ den Schutz seiner eigenen Räume.

Die Straße lag breit und menschenleer vor Bettina Göschl. Nicht ein einziges Autogeräusch war zu hören.

Irgendwo im Viertel, vermutlich zwei Häuserblocks weiter, jaulte eine Polizeisirene.

Bettina ging langsam, heiter, leichtfüßig tänzelnd in Richtung Supermarkt. Sie kam an der Apotheke vorbei. Sie sah durch die zerstörten Scheiben und glaubte zunächst, dass darin jemand aufräumte und die aus den Regalen geworfenen Packungen neu sortierte. Aber als sie von innen gesichtet wurde, huschte eine Gestalt schnell hinter die Theke und versteckte sich dort. Ein Plünderer. Was sonst! Bettina konnte sich kaum vorstellen, dass es sich um den Besitzer oder einen Angestellten handelte.

Sie bog um die Ecke ab und sah eine Menschentraube vor dem Eingang des Supermarkts. Vorsichtig bewegte sie sich auf die Gruppe zu. Sie hielt gebührenden Abstand, weil sie nicht wusste, was mit den Leuten los war. Sie wirkten ziemlich aufgeregt.

»Da stehen die Öffnungszeiten!«, rief ein blonder Lockenkopf und tippte mit dem Finger gegen die Beschriftung an der Eingangstür. »Öffnungszeiten 8.30 Uhr bis 22 Uhr. Jetzt ist es 9.15 Uhr. Wie lange wollen wir denn noch warten? Die kommen einfach nicht.«

Der Lockenkopf konnte eine hagere Frau oder ein Marathon laufender Mann sein. Er hatte etwas Androgynes. Selbst seine Stimme war nicht eindeutig männlich oder weiblich. An seinem Körper schlotterte ein zwei Nummern zu großer Adidas-Trainingsanzug. Nur die Schuhe verrieten Bettina, dass es sich um einen Mann handelte.

Keine Frau würde freiwillig so unvorteilhafte Schuhe anziehen, dachte sie.

Er wurde von einem glatzköpfigen Kugelbauch mit »Michi« angeredet. Wieder nicht eindeutig, dachte Bettina. Michi kann die Abkürzung für Michael oder für Michaela sein.

Eine ältere Dame schimpfte: »Da drin ist noch alles dunkel! Die kommen heute überhaupt nicht. Kein Wunder, in den Nachrichten haben sie gesagt, wer kann, soll zu Hause bleiben. Auch alle Schulen und Kindergärten sind geschlossen.«

»Die haben Angst, sich anzustecken«, folgerte Michi und ließ seine Faust mehrfach gegen die Scheibe krachen.

»Ich muss für meine Enkelkinder was zu essen holen. Mein Kühlschrank ist leer und in meiner kleinen Wohnung sind im Moment acht Personen. Ich muss mich um alle kümmern, ich …«

Ein BMW rauschte heran, als wollte er in die Menge fahren, bremste aber kurz vorher ab. Der Fahrer lehnte sich aus dem Fenster und rief: »Na, haben sie hier auch zu? Das ist doch alles eine verdammte Scheiße! Ich war schon an drei Supermärkten. Alles dicht!«

»Ein Supermarkt hat auch die Verpflichtung, die Bevölkerung zu versorgen«, sagte der Glatzkopf trocken und bückte sich nach einem Stein.

»Nicht! Sie können doch nicht einfach …«

Schon krachte der Stein gegen die große Scheibe in der Eingangstür. Sofort entstand ein langer Riss, der Stein aber federte zurück, als sei er gegen eine Gummiwand geworfen worden.

Das war dem Glatzkopf offensichtlich peinlich.

Fast triumphierend hob Michi den Stein auf und sagte: »Lass mich mal.«

Er holte aus und schleuderte ihn gegen die Scheibe. Diesmal brach sie.

Bettina rechnete damit, dass jetzt ein Alarm losgehen würde. Das geschah aber nicht.

Michi machte eine geradezu königliche Geste, verbeugte sich vor der alten Dame, wies auf das Scherbenloch und sagte: »Unser Geschäft hat für Sie geöffnet. An diesem besonderen Tag kann ich

Ihnen leider keine frischen Backwaren bieten, dafür haben wir aber heute Getränke zum halben Preis.«

Irgendjemand klatschte Beifall. Die Menschentraube löste sich auf und die Leute verschwanden im Supermarkt zwischen den Regalen.

Der BMW-Fahrer verließ sein Auto, rieb sich die Hände und lachte: »Na bitte! Das ist doch endlich mal eine Aktion! Die können mit uns doch nicht machen, was sie wollen! Erst lassen sie uns nicht raus und dann gibt's keine Lebensmittel mehr, während hier in den Regalen alles verschimmelt. Die spinnen doch! – Was ist, junge Frau? Warum zögern Sie?«, fragte er Bettina.

»Na ja, ich meine … Das ist im Grunde Diebstahl.«

»Diebstahl? Ich will Brötchen holen. Aufschnitt. Ich mache das jeden Morgen. Ich bezahle immer. Ich würde auch heute gerne bezahlen. Aber wo denn? Es ist niemand da. Wir werden uns nehmen, was wir brauchen, wie immer. Und wenn niemand an der Kasse sitzt, dann hat der Supermarkt eben Pech gehabt. Soll ich deswegen meine Kinder hungern lassen?«

Seine Argumentation hatte etwas Schlüssiges, fand Bettina und stieg durch die Eingangstür den anderen Menschen hinterher.

Eigentlich, überlegte sie, haben wir ja noch genug zu essen. Ich könnte die Kinder ein paar Tage versorgen. Aber sie wollen so gern Cornflakes und Nutella. Soll ich ihnen diesen Wunsch jetzt nicht erfüllen? Sie haben so viel durchgemacht.

Zwei Frauen stritten sich darüber, ob es Sinn mache, Sonderangebote zu stehlen oder lieber die teuren Sachen.

»Ich nehme immer die Sonderangebote!«, rief die in der rosa Jogginghose.

Da Bettina sich in dem Supermarkt nicht auskannte, musste sie suchen, bis sie das Cornflakesregal fand. Sie holte auch noch Milch, Joghurt und natürlich Nutella.

Dann stand sie vor den Kassen. Am liebsten hätte sie eine davon geöffnet und Geld hineingelegt. Sie versuchte es.

Während sie sich an der Kasse zu schaffen machte, hielt draußen ein Polizeiauto und zwei Beamte betraten über die knirschenden Scherben das Geschäft.

Bettina zuckte zusammen. Wie musste das, was sie gerade machte, für die Polizisten aussehen? Ganz so, als ob sie versuchen wollte, die Kasse aufzubrechen.

Sie stammelte eine Entschuldigung: »A… also, ich wollte hier Geld reinlegen. Ich …«

Der Beamte winkte ab. »Ach, junge Frau, nehmen Sie sich aus den Regalen, was Sie brauchen. Betrachten Sie das als so eine Art Selbstbedienung. Ich mache das auch.« Er rieb sich das rechte Auge, als hätte er ein Sandkorn darin. »Ich bin seit vierundzwanzig Stunden auf den Beinen. Wir haben die ganze Nacht unter mörderischen Bedingungen gearbeitet, und jetzt soll es nichts zwischen die Kiemen geben? Meine Kollegen und ich, wir bauen so langsam ab. Man kann nicht nur arbeiten, man braucht auch ein bisschen Energiezufuhr …«

»Heißt das, Sie sind auch gekommen, um sich einfach zu holen, was Sie …«

»Natürlich. Jeder macht das.«

Sein Kollege schien aber nicht ganz der gleichen Meinung zu sein. »Diebstahl bleibt Diebstahl«, sagte er. »Gerade in solch chaotischen Verhältnissen muss man aufpassen, dass …«

»Ach, halt's Maul, du Kleinigkeitenkrämer! Dann geh doch raus und dreh Däumchen. Ich hol mir jetzt hier erstens meine Zigaretten und zweitens unterzuckere ich, wenn ich nicht bald …«

»Tammo, wenn du jetzt hier mitmachst, muss ich das weitermelden!«

»Hör doch auf! Guck dich doch mal um! Sind das hier etwa randalierende Jugendliche? Das sind brave Familienväter! Das sind Muttis und Omis, die ihre Kinder und Enkelkinder versorgen wollen. Du liebe Güte! Ich kann ja einen Gutschein ans Schwarze Brett nageln: Hier hat sich Tammo Behrends zwei Packungen Marlboro

443

geholt und eine Rolle DeBeukelaer-Kekse brauchte er auch ganz dringend.«

Die Frau in der rosa Bluse wandte sich an Michi.

»Ich krieg hier die Tür nicht auf. Die Fleischtheke ist ganz leer. Können Sie mir vielleicht helfen?«

»Kein Problem«, antwortete Michi. »Unser Laden ist ab jetzt vierundzwanzig Stunden für Sie da. Unser freundliches Servicepersonal holt Ihnen gerne auch ein paar Filetsteaks aus der Kühlhalle.«

Plötzlich ging ein Alarm los. Das schrille Geräusch machte die Menschen nervös und brachte Hektik in die Situation.

»Tammo, ich fordere dich zum letzten Mal auf …«

Doch der brüllte seinen Kollegen an: »Ich kann dich nicht verstehen! Die Alarmanlage ist so laut!«

»Tammo, wir arbeiten seit fünf Jahren zusammen. Wir sind Freunde. Aber du entehrst unsere Uniform und …«

Tammo Behrends packte seinen Kollegen am Kragen und schüttelte ihn. »Freunde sind wir, ja? Wenn wir Freunde sind, dann wirst du doch bestimmt eines kapieren: Ich habe diese Scheißuniform die ganze Nacht nicht ausgezogen. Ich hätte bei meiner Frau sein müssen. Ich hatte Angst, dass sie stirbt. Ich dachte, ich sehe sie nicht lebend wieder. Aber ich habe versucht, meine Pflicht zu erfüllen. Und jetzt, wo sie dieses Fieber überstanden hat, wünscht sie sich von mir ein bisschen Obst und ein paar Säfte. Und ich sag dir, genau das werde ich ihr bringen. Und die Kekse, die sie haben will, ebenfalls! Daran wird mich niemand hindern, du auch nicht!«

Bettina schob sich an den beiden vorbei zum Ausgang. Sie hatte alles im Korb, was sie brauchte, und rannte zurück zu Jüthe und Leon.

Bald aber verlangsamte sie ihre Schritte, denn das Schwindelgefühl kehrte zurück.

Für einen Moment schloss sie die Augen und lehnte sich gegen eine Hauswand. Ihr Atem rasselte.

Du darfst dich nicht übernehmen, dachte sie. Sei vorsichtig.

Mach jetzt keinen Fehler. Es geht gerade ein bisschen bergauf mit dir, aber die letzten Stunden haben unendlich viel Kraft gekostet.

Glühend heiß fiel ihr plötzlich Leons Mutter ein. Sie beschloss, Marie Sievers anzurufen und ihr damit die frohe Botschaft zu überbringen, dass ihr Sohn die Nacht überlebt hatte.

117 Carlo Rosin hatte wie die meisten Menschen in diesen Tagen nur ein Ziel: Er wollte weg aus Emden. Raus aus der Umklammerung.

Erst wegen des Gefühls, eingesperrt zu sein und den eigentlich schönen Küstenort nicht verlassen zu können, begann er, ihn unerträglich hässlich zu finden. Aber was viel schlimmer war, er spürte die erdrückende Enge der Familie noch mehr als sonst. Er und Elfi würden sich trennen. Sie wusste es. Er wusste es und jeder, der nicht ganz aus Holz war, kriegte die Kälte mit, die die beiden trennte wie eine dicke Eiswand.

Endlich konnte er sich eingestehen, dass er seine Schwäger nicht einfach nur doof fand. Er hasste sie vielleicht nicht, aber er konnte mit ihnen nichts anfangen, hatte mit ihnen nichts zu reden, wollte nicht länger ihr Konkurrent sein, sondern sie einfach nie wieder sehen. Keine Familienfeiern mehr. Kein runder Geburtstag. Keine Hochzeit. Keine Taufe. Kein Weihnachtsfest.

Der Gedanke tat gut. Er atmete tief ein. Die Nacht nach der Feier, in dem Gasthof, hatte ihm den Rest gegeben.

Da niemand aus Emden wegkam, waren Schlafplätze knapp geworden. Freie Hotelzimmer gab es nicht mehr. Seine Schwiegereltern nahmen Tante Mia und Onkel Paul mit zu sich in ihre Wohnung. Für Oma Hedwig fand sich auch noch ein Schlafplatz.

Trotz der Proteste des nörgeligen Wirtes hatte Carlo gemeinsam mit dem betrunkenen André, mit Steffen und Thiemo und den Schwestern seiner Frau sowie vier Onkeln, drei Tanten und sechs ehemaligen Arbeitskollegen seines Schwiegervaters im Gasthof übernachtet. Er hatte eine schreckliche Zeit auf zwei Stühlen verbracht und jetzt tat sein Rücken weh. Er roch übel aus dem Mund. Für eine Zahnbürste oder ein Mundwasser hätte er gern den letzten Hunderteuroschein aus seinem Portemonnaie gegeben.

Er trat aus dem Gasthof, bog sich durch und suchte eine Drogerie oder einen Supermarkt. Der Wirt hatte ihnen schon eröffnet, dass es keine Brötchen geben würde, sondern nur die Reste von gestern, und der Kaffee, den er anbot, war nach Carlos Geschmack ungenießbar, sollte aber fünf Euro pro Tasse kosten. Der Wirt faselte, Angebot und Nachfrage würden den Preis regeln, und André hatte darauf gebrüllt, er kenne diese beiden Herren nicht.

An der Kreuzung hörte Carlo den Sprechchor.

Eine Gruppe von gut fünfzig aufgebrachten Personen bewegte sich in der Mitte der Straße. Zunächst verstand Carlo nicht, was sie riefen, aber die Menschen kamen näher und die Worte wurden deutlicher.

»Wir wollen raus! Wir wollen raus!«

Eine Weile lief er wie magisch angezogen neben den Leuten her. Sie formulierten genau, was er fühlte. Raus! Raus! Aus allem. Der Stadt. Der Ehe. Der Verantwortung.

Dann sah er hinter sich seinen Schwager Steffen Blockmann, der ebenfalls mit dem Demonstrationszug liebäugelte. Zunächst hätte das Carlo fast dazu gebracht, umzukehren, aber dann reihte er sich ein, erhob sogar die Faust wie einige andere aus der ersten Reihe und brüllte mit ihnen: »Raus! Raus! Wir wollen raus!«

Der Busfahrer Willi Schulz-Higgins wollte ein Lied anstimmen. Lieder, dachte er, machen Mut. Zwischen den jungen Leuten fühlte er sich wohl. Leider kannte er keine revolutionären Lieder auswendig. Er stimmte aus voller Brust »So ein Tag, so wunderschön wie heute« an. Aber er wurde ausgelacht und verstummte sofort wieder.

Carlo wollte gerade mit einstimmen, aber dann schwieg er auch lieber. Noch einmal drehte er sich nach seinem Schwager Steffen um. Vielleicht, dachte Carlo, sucht er auch nur eine Möglichkeit, dieses öde Treffen zu verlassen. Keiner von denen hätte freiwillig dort übernachtet und die Stimmung heute war auf dem absoluten Nullpunkt, schwankte zwischen latenter Aggression und offener Feindseligkeit.

An der nächsten Kreuzung vereinigte sich der Demonstrationszug mit einem weiteren. Carlo erfuhr von einem pausbäckigen Revolutionär, dass im Internet zu dem Sternmarsch aufgerufen worden war. Die einen wollten ihrem Unmut Luft machen, die anderen strebten die offene Konfrontation mit den Sicherheitskräften an und hatten sich vorsichtshalber vermummt. Doch niemand nahm das ernst, weil seit gestern ein Atemschutz bei den meisten Menschen genauso zur Kleidung gehörte wie ein Paar Schuhe.

Der Pausbäckige war kurzatmig und sprach in abgehackten Sätzen. Er hatte angeblich versucht, im Morgengrauen mit einer Gruppe beim Schöpfwerk an der Knock den Ring um Emden zu durchbrechen. Von dort wollten sie in die Krummhörn flüchten. Aber sie seien auf massive Militärkräfte gestoßen, mit denen nicht zu spaßen gewesen sei.

Carlo Rosin rang mit sich, er dachte an Bettina Göschl und den kleinen Leon. Sollte er die Demonstration verlassen und zu den beiden gehen? Er fragte sich, wie es ihnen wohl ging. Aber dann ließ er sich von den skandierenden Rufen treiben. Etwas peitschte ihn hier im Vorwärtsschreiten auf und es tat ihm gut. Er fühlte sich zugehörig und doch »einzeln und frei wie ein Baum«. Diese Gedichtzeile von Nazim Hikmet, gesungen von Hannes Wader, stieg hymnisch in ihm auf. Er begann ganz gegen seine Gewohnheit laut zu singen, so wie damals beim Konzert: »Leben einzeln und frei, wie ein Baum und dabei brüderlich wie ein Wald, diese Sehnsucht ist alt …«

Eine blonde junge Frau hakte sich bei ihm ein. »Ich heiße Birte«, sagte sie, »und du?«

Sie zwinkerte ihm komplizenhaft zu und sang mit. Aus dem Augenwinkel sah Carlo, dass Steffen Blockmann ihn beobachtete, und es schien, als kochte er innerlich vor Neid.

118

Die Museumsschiffe lagen friedlich im Delft.

Zwei Familienväter versuchten, das Hafenrundfahrtschiff zu kapern. Da keine Besatzung an Bord war, fiel es ihnen leicht, aber sie schafften es nicht zu starten. Dann brachten sie ihre Familien an Bord und machten das Boot los. Mit Stangen versuchten sie, es von der Delfttreppe wegzudrücken.

Die Menschen vor dem Rathaus wollten die Bürgermeisterin sprechen.

»Jansen, sei so nett, komm doch mal ans Fensterbrett!«, reimten ein paar Schüler aus dem Deutsch-Leistungskurs.

Aus der Demonstration in der Innenstadt war eine Revolte geworden. Militante Teilnehmer hatten die Oberhand gewonnen. Die Nachricht, dass ein Waffengeschäft von Aufständischen geplündert worden war, erreichte den Krisenstab zunächst über n-tv, dann als erste kurze mündliche Meldung übers Handy von Ulf Galle. Jetzt stürmte Ulf in den Raum, sah die betroffenen Gesichter und wusste zunächst nicht, bei wem er sich die Erlaubnis einholen musste zu reden.

Der Vertreter der Sparkasse sagte fast belustigt: »Eines Tages werden wir uns den Weltuntergang im Fernsehen anschauen, wenn er beginnt, so kann man wenigstens live dabei sein.« Aber für seinen Galgenhumor hatte im Moment niemand Verständnis.

Ulf Galle meldete sachgemäß: »Die Aufständischen haben sich bewaffnet. Es sind mindestens fünfundzwanzig Gewehre und fast fünfzig Faustfeuerwaffen entwendet worden. Sie sollen zigtausend Schuss Munition mitgenommen haben und ein paar Macheten, Samuraischwerter und Leuchtspurgeschosse.«

Der stellvertretende Verwaltungsdirektor der Stadt versuchte – zum wievielten Mal eigentlich? –, das Handy der Bürgermeisterin zu erreichen. Er hätte sie in den letzten Jahren zigmal ersetzen können und hätte fast alles besser gewusst und klüger entschieden als sie, aber er kam nicht zum Zug, und genau jetzt, in dieser verdammten

Situation, ließ sie alle im Stich und kümmerte sich um ihre privaten Dinge. Nein, er wollte ihr jetzt nicht die Verantwortung abnehmen. Sie musste in die Entscheidungen eingebunden werden, doch Kerstin Jansen meldete sich nicht mehr.

Polizeichef Burmeester berichtete, er habe die Information, dass sie sich weigere, die Hühnerfarm zu verlassen. Sie habe beim Anblick ihres Sohnes eine Art Nervenzusammenbruch erlitten.

Es gab ein paar Leute im Krisenstab, die hinter vorgehaltener Hand etwas ganz anderes vermuteten. War es nicht vielmehr so, dass die Bürgermeisterin sich mit den fünf Millionen aus dem Staub gemacht hatte? Ihr Ex galt als hoch verschuldet. Hatten sie sich vielleicht nur pro forma scheiden lassen, damit seine Gläubiger nicht ihr Gehalt pfänden konnten? Wie kam der Pleitegeier an den Regierungsauftrag? Hatte sie da mit ihren politischen Beziehungen nachgeholfen?

Einer würde es bald aussprechen. Die Frage war nur, wer als Erster den Mut dazu hatte. Hier konnte sich jemand profilieren und sich für eine politische Karriere empfehlen oder sich mit demselben Schachzug für immer ins Aus setzen.

»Der Krisenstab«, sagte der Polizeichef weiter, »muss zunächst ohne Frau Jansen effektiv arbeiten.« Er sah das Grinsen des stellvertretenden Verwaltungsdirektors und holte tief Luft, seinen Ärger zu beherrschen. Er hatte diesen kleinkarierten Erbsenzähler noch nie leiden können.

In dem Moment krachte ein Pflasterstein gegen die Doppelglasscheibe.

Ein junger Polizist, der in den letzten vierundzwanzig Stunden um Jahre gealtert war, stieß die Tür auf.

Der Mann blutete aus der Nase und japste kurzatmig: »Sie dringen ins Gebäude ein!«, rief er, dann setzte er sich auf einen freien Stuhl und streckte die Beine von sich.

Polizeichef Burmeester fuhr ihn an: »Mensch! Eden, was erlauben Sie sich?!«

Der stellvertretende Verwaltungsdirektor sagte: »Der Mann ist fertig. Sehen Sie das nicht?«

Ulf Galle reichte Hanno Eden ein Glas Wasser. Der trank gierig und kurze Zeit später ging es ihm schon wieder besser.

Vom Flur draußen drang Lärm in den Raum. Ulf Galle verriegelte mit dem Vertreter der Sparkasse die große Tür. Sie schoben noch einen Tisch davor.

»Was soll das?«, fragte Burmeester.

Der Sparkassenvertreter setzte sich demonstrativ auf den Tisch und fragte bissig: »Ja, wollen Sie jetzt etwa rausgehen und mit den Leuten reden?«

»Warum nicht?«, konterte der Polizeichef in Heldenpose. Er räusperte sich, machte sich kerzengerade und zupfte seine Jackettärmel zurecht, wie er es vor jedem Vortrag tat. Dann reckte er kurz sein Kinn. »Die Menschen haben ihre Fragen. Wir sollten sie beantworten«, sagte er, wie um sich selbst Mut zu machen.

»Das ist keine Pressekonferenz«, spottete der stellvertretende Verwaltungsdirektor. »Die Meute da draußen will uns fertigmachen!«

»Warum?«

»Weil wir versagt haben. Deshalb.«

119

Lukka wachte im Krankenhaus auf. Über ihr flackerte eine Neonröhre.

Sie hatte keine Schmerzen, konnte sich aber kaum bewegen und nur wenig um sich herum erkennen. Es war hell. Das Licht blendete sie schmerzhaft, trotzdem tobte in ihr eine unbändige Freude, denn sie war sicher, es überlebt zu haben. Ihr Körpergefühl war mit dem in Charlies Auto nicht zu vergleichen. Die Feuersbrunst in ihren Gliedern war gelöscht. Auf der Haut spürte sie ein feuchtes Kleben. Sie lag in durchgeschwitzter Kleidung im Bett. Die Füße kribbelten, als ob sie eingeschlafen wären.

Sie fragte sich, wo Charlie und Regula waren. Langsam kam die Erinnerung an die schrecklichen Stunden auf der Fähre zurück, die Stunden im Auto. Sie wusste, dass diese Situation sie auf ewig traumatisiert hatte. Für den Rest ihres Lebens würde sie das Gefühl nicht mehr loswerden, in jeder Gruppe ein schädlicher Fremdkörper zu sein. Verachtenswert. Unheil bringend. Ansteckend. Aber was machte das schon? Sie hatte überlebt und nur das war wichtig.

Lukka wollte sich bemerkbar machen. Da waren Stimmen. Da mussten Menschen ganz in ihrer Nähe sein. Aber sie konnte noch nicht sprechen. Ihre Zunge lag dick und unbeweglich im Mund.

Sie hob die linke Hand. Bleischwer fiel sie aufs Bett zurück. Lukka schluckte. Sie versuchte, nach links zu schauen. Dort redete jemand. Aber sie konnte den Kopf kaum bewegen. Dafür hörte sie, wie es in ihren Halswirbeln knirschte.

Eine Krankenschwesternschülerin, nicht älter als sie selbst, reichte ihr eine Plastiktasse mit lauwarmem Pfefferminztee. Lukka trank, verschluckte sich, hustete den Tee wieder aus und musste doch feststellen, dass sie selten etwas Köstlicheres probiert hatte.

»Wo bin ich?«, fragte sie.

120 Am anderen Ende der Brücke, hinter der Absperrung, standen Soldaten. Sie umlagerten die zwei gepanzerten Fahrzeuge wie wärmende Öfen in einer kalten Nacht. Aber es war weder Nacht noch kalt. Der ostfriesische Himmel zeigte sein blaues Licht, das Meer spiegelte sich darin. Die Nordsee war für kurze Zeit ruhig wie ein Teich im Westerwald und es war vollkommen windstill, so als würden selbst die Naturgewalten den Atem anhalten und interessiert abwarten, wofür sich die Menschen entschieden: Krieg oder Frieden.

Auf beiden Seiten gab es scharfe Waffen und auf beiden Hitzköpfe, die darauf warteten, sie zu benutzen.

Gerade die, denen man schon ansieht, dass sie das Pulver nicht erfunden haben, würden nur zu gern Gebrauch davon machen, dachte Carlo Rosin.

Sie hatten erst gar nicht versucht, mit der Fähre bei Petkum über die Ems zu setzen, denn Oldersum war hermetisch abgeriegelt und die Klappbrücke hochgezogen.

Eine Splittergruppe war beim Emssperrwerk von massiven Militärkräften aufgehalten worden. Die Gruppe wollte in Richtung Rheiderland in die Niederlande flüchten, gab aber auf, als die ersten Warnschüsse fielen.

An der Autobahnauffahrt Richtung Leer verstopften private Fahrzeuge den gesamten Verkehrsknotenpunkt und Polizisten hatten die Autobahn komplett in beiden Richtungen gesperrt. Barrikaden lagen auf der Straße und sogar Krähenfüße und Stacheldraht.

Nun sammelten sich alle *Ausreisewilligen*, wie sich die Demonstranten mit Galgenhumor nannten, in Emden-Uphusen, um über den Ems-Jade-Kanal in Richtung Riepe die Stadt zu verlassen.

Es war in gewisser Weise ein erhebendes Gefühl für Carlo, über die Brücke auf die Soldaten zuzumarschieren. Er glaubte fest daran, dass sie nicht schießen würden. Natürlich befanden sie sich in einem Konflikt ... aber er konnte sich nicht vorstellen, dass jemand

453

das Gewehr auf unbewaffnete Menschen richten und abdrücken würde. Niemand wäre irre genug, solch einen Befehl zu geben. Die Verrückten mit den Gewehren, den Fleischermessern und Äxten liefen ganz hinten im Zug. In den ersten drei Reihen waren nur friedliche, unbewaffnete Demonstranten.

In einem Teil seines Bewusstseins breitete sich die drängende Frage aus, ob sie von den aggressiven Bewaffneten nur vorgeschickt wurden, sozusagen als Kanonenfutter, oder ob sie die reale Möglichkeit hatten, hier alles in Ruhe und friedlich zu klären.

Da wurden von den Soldaten Warnschüsse in die Luft abgegeben. Carlo hatte das Gefühl zu erstarren. Wieder war die junge Frau, die sich Birte nannte, neben ihm und sie zuckte bei jedem Schuss zusammen, als ob die Kugeln sie treffen würden.

Eine Lautsprecherstimme ertönte: »Bitte räumen Sie die Brücke! Die Stadt steht unter Quarantäne. Sie dürfen Emden zu Ihrer eigenen Sicherheit nicht verlassen! Wir fordern Sie auf, in Ihre Häuser zurückzugehen und auf Hilfe zu warten!«

»Wir haben hier keine Häuser!«, rief Birte. »Ich wohne nicht hier! Ich arbeite hier nur! Ich bin aus …«

Sie wurde umgestoßen. Die Militanten am Schluss der Demonstration drängten die Gruppe weiter. Die vorderen Reihen waren beim ersten Schuss stehen geblieben, aber die Hitzköpfe mit den Schuss- und Stichwaffen sahen das gar nicht ein.

Zwei Hubschrauber knatterten über ihnen.

21

Tim Jansen erhielt eine E-Mail von seiner Schwester Kira. Sie schrieb, dass sie bei einer indischen Familie Unterschlupf gefunden habe. Die Menschen seien sehr nett und gastfreundlich, es gehe ihr gut. Der Flughafen sei immer noch gesperrt und in der Stadt wimmle es von Militär.

Ihre Nachricht löste Freude aus. Ubbo und Kerstin Jansen fielen sich in die Arme und drückten sich. Danach standen sie sich fast peinlich berührt von ihrem Gefühlsausbruch gegenüber.

Tim war gerührt davon und doch zeigte ihm dieses Bild von den zwei Menschen, die sich einmal geliebt hatten und jetzt nicht recht wussten, wie sie sich gemeinsam freuen konnten, ohne in alte Zeiten und Gefühlszustände zurückzufallen, wie fremd sie sich bei aller Vertrautheit geworden waren. Aber dann überlagerte eine andere Nachricht die private Verwirrung. Fotos von der Situation an der Brücke in Emden-Uphusen tauchten im Netz auf.

Eine bewaffnete Auseinandersetzung stand offensichtlich bevor.

Tim sah es seiner Mutter an. Der Konflikt zerriss sie fast. Sie hatte sich gegen die Mitarbeit im Krisenstab und für ihre Familie entschieden, aber jetzt galt es, ein Blutvergießen in ihrer Stadt zu verhindern.

Auf n-tv und in der ARD wurde alles live übertragen. Bei einem ähnlichen Vorfall in Düsseldorf hatte es nach amtlichen Angaben einhundertvierundzwanzig Tote und eine unüberschaubare Anzahl von Verletzten gegeben. Es war die Rede davon, dass das Virus manche Menschen äußerst aggressiv mache und Hemmschwellen herabsetze. Manche Menschen würden verrückt, paranoid. Auf einige Personen habe das Virus eine Wirkung wie eine psychogene Droge.

Ein Hirnforscher bezweifelte das und sprach von einem bekannten Effekt bei Ratten, die wild um sich bissen, wenn man sie auf zu engem Raum einsperrte. Bei Nahrungsverknappung komme es sogar zu Kannibalismus.

Um es Kerstin leicht zu machen, sagte Ubbo Jansen: »Wenn du glaubst, dass du dort gebraucht wirst ... Hier kannst du sowieso nichts mehr tun.«

Sie kämmte sich mit den Fingern die Haare, als ob sie versuchen würde, sich mit einfachsten Mitteln ein kamerataugliches Aussehen zu geben. »Die Menschen haben mich gewählt. Natürlich brauchen sie mich jetzt.«

Etwas an dieser Aussage gab Tim einen Stich und gleichzeitig stimmte er ihr sofort zu, fühlte sich dabei aber klein und mickrig. Irgendwie unwichtig.

»Da ... da bahnt sich eine Katastrophe an, Frau Jansen«, sagte Niklas Gärtner. »Wenn Sie wollen, begleiten wir Sie. Wir können meinen Wagen nehmen.«

Sie stimmte sofort zu. Polizeirat Schneider war längst mit dem Polizeiwagen zurückgefahren. Sie war jetzt ohne Fahrzeug. Es war nicht weit zur Brücke von Uphusen, sie hätte praktisch auch zu Fuß gehen können, aber der Gedanke schien ihr abwegig.

Niklas Gärtner und sein Sohn waren geradezu begeistert von dem Gedanken, Frau Jansen zu fahren. Sie bekamen dadurch die Möglichkeit, diese halb abgefackelte Hühnerfarm endlich ohne Gesichtsverlust zu verlassen. In Niklas Gärtner keimte der Gedanke, ihr schreckliches moralisches Versagen vielleicht durch ein heldenhaftes Eingreifen an der Brücke über den Ems-Jade-Kanal relativieren zu können. In seinen Augen glänzte deutlich ein Hoffnungsschimmer.

Ubbo Jansen spürte genau, dass Vater und Sohn eine Möglichkeit suchten, eine bessere Rolle in dieser Geschichte zu spielen als bisher.

Die Bürgermeisterin nickte ihnen zu. Das war für die beiden der erhoffte Ausweg. Sie wirkten geradezu erlöst.

»Hier können wir jetzt doch nichts mehr tun«, stellte Thorsten Gärtner gegen jedes bessere Wissen fest und sah dabei Ubbo Jansen an, als würde er ihn zitieren.

Ubbo Jansen lachte bitter.

Josy wurde sauer. »Und die Tiere? Da sind noch zwanzigtausend Tiere in dem dritten Stall und die Flammen können jederzeit auf das Gebäude übergreifen. Es reicht, wenn der Wind die Glut anfacht!«

Ubbo Jansen sah sie dankbar an, winkte aber trotzdem ab. »Ja, geht nur, die Knallschützen sind ja weg. Wir kommen hier alleine klar, nicht wahr, Tim?«

Tim nickte und schaute dabei zu seiner Mutter. Er verspürte durchaus Stolz. Sein Vater brauchte ihn und zeigte das auch. Aber da war noch etwas in ihm. Es fraß sich durch seine Gedärme wie ein Parasit. Der Gedanke: *Es ist wieder einmal etwas wichtiger für meine Mutter als ich.*

Doch er dachte auch an die Fernsehbilder, die sie gesehen hatten, gab sich einen Ruck und sagte: »Klar, Mama, die Menschen brauchen dich jetzt. Du musst dorthin. Vielleicht kannst du ein zweites Düsseldorf verhindern.«

»Und der nächste Wahlkampf kommt bestimmt«, spottete Ubbo Jansen, der die Wahlkampfzeiten immer gehasst hatte, weil seine Frau dann jeden Abend zwei, drei wichtige Termine hatte.

Sie streichelte Tim über die Wange, wie sie es früher so oft getan hatte, wenn er krank war. »Das ist es nicht«, sagte sie. »Ich werde mein Amt niederlegen. Wenn das hier vorbei ist, wird man mich in der Luft zerreißen. Als Politikerin bin ich erledigt. Ich habe einem Betrüger fünf Millionen Euro für ein angebliches Antivirenmittel ausgehändigt. Ich habe mich reinlegen lassen wie eine Anfängerin.«

Sie drückte ihren Sohn fest an sich und ging dann zur Tür. Dort drehte sie sich noch einmal um und sagte in Ubbo Jansens Richtung: »Ich tue es nur für die Menschen. Ich bin es ihnen schuldig.«

Er nickte widerwillig. Er glaubte ihr kein Wort.

Niklas und Thorsten Gärtner folgten Kerstin Jansen wie zwei Gehilfen ihrem Meister.

Die Tür fiel hinter ihnen ins Schloss. Ubbo Jansen atmete auf. In Kerstins Nähe fühlte er sich nicht wirklich frei, er hatte es durch die Trennung fast vergessen.

Er sah aus dem Fenster nach draußen und fand es stimmig, dass sie sich wieder ihren Dingen widmete.

Der helle, klare Tag zeigte die ganze Zerstörung draußen und die orientierungslosen Hühner. Tote und lebende waren von hier aus kaum zu unterscheiden. In dichten Federhaufen lagen sie da.

Ubbo Jansen ging davon aus, dass die meisten schlicht einen Herzinfarkt bekommen hatten. Dem Stress waren nur die wenigsten gewachsen. Aber hier und da bewegte sich etwas. Ein Huhn flatterte hoch und blieb im Stacheldraht auf der Mauer hängen.

»Wir sollten die lebenden Hühner einfangen«, schlug Josy vor.

»Ja«, stimmte Ubbo Jansen zu, »da draußen in der Freiheit werden sie elendig verrecken. Am besten, wir bringen sie in die verbliebenen Volieren.«

Tim reckte sich und sah seine Mutter mit Niklas und Thorsten Gärtner in den Wagen steigen. Am liebsten hätte er hinter ihr hergeschrien: »Mama, bleib doch!«

Schon zwei Straßen weiter wurden sie gestoppt, weil eine Menschenmenge die Fahrbahn blockierte. Angeblich war an der Autobahnauffahrt ein Durchbruch erfolgt. Die Nachricht wurde mit Jubel und Knallfröschen gefeiert. Die meisten wollten dorthin und ihr Glück versuchen. Andere hatten vor, beim Stürmen der Brücke zu helfen.

»Wir müssen sie an vielen verschiedenen Punkten attackieren, damit sie ihre Kräfte nicht bündeln und zurückschlagen können!«, rief ein Theologiestudent.

Kerstin Jansen stieg aus dem Wagen und mischte sich ein: »Bitte beruhigen Sie sich! Ich bin die Bürgermeisterin! Ich versichere Ihnen ...«

»Die Jansen!«, rief der Elektriker Paul Polte. Kerstin erinnerte sich an das Gesicht. Seine Geschichte war erst kürzlich durch die lokalen Medien gegangen, als ein typisches Beispiel für eine verfehlte Politik. Polte erhielt seit drei Jahren Hartz IV, lebte von Schwarzarbeit und hatte Angst, nie wieder in den normalen Arbeitsmarkt zu kommen.

»Was verschafft uns denn die Ehre? Wir dachten, Sie und Ihre Mischpoke hätten längst die Stadt verlassen!«

Sie reagierte nicht darauf und hob die Hände, um zu den Leuten zu sprechen, doch man wollte ihr nicht zuhören. Der Elektriker richtete seine Pistole auf sie und sagte mit zynischem Unterton: »Gratuliere. Sie haben gerade Karriere gemacht. Von der Bürgermeisterin aller Bürger zur Geisel aller Bürger.«

»Das ist nicht Ihr Ernst«, sagte sie, hob aber die Hände höher, um sich zu ergeben. Die Waffe sah echt aus, war es aber nicht.

»Eine Landtags- oder Bundestagsabgeordnete wäre mir lieber, aber eine Bürgermeisterin tut es zur Not auch«, stellte Paul Polte fest. Seine abstehenden Ohren glühten.

»Und was haben Sie jetzt vor?«, fragte Kerstin Jansen, um Sachlichkeit bemüht.

»Blöde Frage. Wir bringen dich nach Uphusen zur Brücke und pressen mit dir den Weg frei, ohne Blutvergießen. Wetten, sie lassen uns durch, wenn wir dir die Waffe an den Kopf halten?«

Kerstin Jansen fror innerlich. Sie war im Grunde schon froh, nicht sofort erschossen zu werden. Jetzt kam es darauf an, Zeit zu gewinnen, bis die staatliche Ordnung wiederhergestellt war.

Paul Polte zeigte auf Niklas Gärtner. »Ist das dein Mann? Und der da dein Sohn?«

Niklas Gärtner schüttelte heftig den Kopf.

Kerstin Jansen erhob die Stimme: »Ich kann mich nicht daran erinnern, Ihnen das Du angeboten zu haben.«

Während Niklas Gärtner ausstieg und sich neben die Bürgermeisterin stellte, rutschte Thorsten Gärtner auf den Fahrersitz.

Bürgermeisterin Jansen zog alle Aufmerksamkeit auf sich. »Das ist nicht mein Mann. Es ist bekannt, dass ich geschieden bin.«

»Der sieht aus wie der … Dings, der … na, wie heißt der noch, der aus dem Fernsehen?«, rief eine Dame mit schlecht sitzendem Gebiss.

Paul Polte richtete seine Pistole jetzt auf Niklas Gärtner. »Ein politischer Freund? Haben wir doch einen Bundestagsfuzzi aufgegriffen?«

Ein Hobbyjazzer fotografierte Niklas Gärtner mit seinem Handy und schickte das Bild als MMS mit der Frage »Kennst du den?« an seine Freundin.

»Ich heiße Niklas Gärtner, ich bin Diplom-Betriebswirt Gesundheitsmanagement …« Er wusste nicht mehr weiter.

Irgendjemand fand das witzig und lachte laut.

Thorsten Gärtner legte kurz entschlossen den Rückwärtsgang ein und fuhr mit heulendem Motor bis zur nächsten Ecke. Am Kiosk würgte er den Motor ab.

Drei junge Männer rannten auf den Wagen zu. Der Erste rüttelte schon an der Tür, da startete Thorsten den Wagen erneut und bewegte sich zunächst mit drei känguruartigen Sprüngen vorwärts, dann brauste er in Richtung Hühnerfarm davon.

Es war für ihn, als ob sein Herz aus der Brust springen würde, so sehr raste es.

122 Charlie stand im Flur der Station zwei wie eine vergessene Schaufensterpuppe. Um ihn herum bewegten sich hektische Menschen. In der allgemeinen Betriebsamkeit ging er unter, er wurde angerempelt, beiseitegedrängt und das grelle Licht der Neonröhren machte ihn zusätzlich fertig. Er hatte das Gefühl, es würde seine Haut verbrennen.

Ein Gedanke von merkwürdiger Klarheit breitete sich in ihm aus. Es war wie eine Erleuchtung. Dieses Neonlicht verursachte Krebs. Na klar, er konnte spüren, wie es seine Gefäße zerfraß. Wie konnte die Wissenschaft diesen simplen Zusammenhang nur so lange übersehen haben? All die Aktivitäten der Weißkittel um ihn herum waren sinnlos. Sie versuchten die Menschen zu heilen, während das kannibalische Licht sie zerstörte. Die Menschen glaubten, sich vom Licht zu nähren. In Wirklichkeit nährte das Licht sich von ihnen. Das Licht brauchte sie – nicht umgekehrt.

Es war nicht nur dieses schreckliche Neonflackern, nein, das Sonnenlicht selbst machte die Gehirne weich und lutschte die Menschen aus. Er sah all die Bilder vor sich. Die Bikinischönheiten an den Stränden, die muskelbepackten Kerle. Er lachte. Sie wurden nicht ohne Grund Sonnenanbeter genannt. Sie alle waren Opfer. Lichtopfer.

Es gab gar kein Virus. Das Licht beherrschte die Menschen, machte sie zu Sklaven. Lebte von ihrer Energie. Die ganze Welt war ein Sonnengefängnis. Ein Licht-KZ. So wie die Menschen eine Massentierhaltung organisierten, um sich zu ernähren, so setzte das Licht auf die Massenmenschhaltung.

Das Wort ging nicht mehr aus seinem Kopf. Es breitete sich aus und fraß jeden anderen Gedanken, bis es ganz allein in ihm hin und her waberte wie ein sich ständig wiederholendes Echo.

Charlie erhängte sich im Putzraum. Er knüpfte sich mit weißem Verbandszeug an ein Lüftungsrohr. Dann stellte er sich auf einen Plastikputzeimer und trat den Eimer um.

461

Sein Genick brach nicht wie erhofft. Er baumelte zappelnd fast zehn Minuten, bis er endlich das Bewusstsein verlor.

Dann war es, als ob er ins ewige Licht gehen würde. Der lange schwarze Tunnel lag hinter ihm.

Charlie kam sich vor wie ein siegreiches Opfer des Lichts. Er glaubte zu lächeln, doch in Wirklichkeit war sein verkrampftes Gesicht zur Fratze entstellt.

23 Thorsten raste auf die Hühnerfarm zu. Aus einzelnen Teilen der eingestürzten Gebäude stiegen noch immer Qualmwolken in den blauen Himmel, wie Rauchsignale einer von aller Kommunikation abgeschnittenen Pfadfindergruppe.

Es sah völlig absurd aus. Draußen lief die militante Tierbefreierin Josy hinter einem Huhn her, um es in eine Voliere zu sperren, und Justin half ihr dabei.

Thorsten Gärtner bremste und riss die Tür auf. »Sie haben meinen Vater und Frau Jansen als Geiseln! Sie wollen zur Brücke von Uphusen, um sich mit ihnen freies Geleit zu verschaffen!«

Tim und sein Vater sahen sich nur kurz an. Ubbo Jansen wusste, dass er die Liebe seines Sohnes endgültig verlieren würde, wenn er jetzt einen Fehler machte.

Die beiden nickten sich fast unmerklich zu. Sie waren sich sofort einig. Kerstin Jansen war ihnen wichtiger als alle Hühner und jede Farm.

Den Geländewagen konnten sie nicht nehmen. Jemand hatte sämtliche Reifen zerstochen.

Ubbo Jansen klappte Tims Rollstuhl zusammen und verstaute ihn im Kofferraum von Gärtners VW. Zugleich hob Josy Tim auf den Beifahrersitz. Es sah aus, als würde die Braut den Bräutigam über die Schwelle tragen. Der ostfriesische Wind ließ ihre Haare flattern wie einen Brautschleier.

Ubbo Jansen übernahm das Steuer. Er war sich ziemlich sicher, dass Thorsten Gärtner noch gar keinen Führerschein besaß. Er sah zwar aus wie zwanzig, kam ihm aber noch sehr unreif vor.

Der Wagen parkte dort, wo Eddy und Corinna erschossen worden waren. Auf dem Boden war eine eingetrocknete Blutlache zu sehen, als hätte jemand Suppe vergossen. Wo die Toten waren, wusste Ubbo Jansen nicht. Er war froh, dass jemand sie weggebracht hatte.

Ubbo Jansen sah sich zur Farm um. Da lag sein zerstörtes Lebens-

463

werk. Er ahnte, dass am Ende niemand für den Schaden aufkommen würde. Ihm blieben garantiert wieder mal nur die Schulden.

Er sagte es nicht, aber es fiel ihm schwerer, die Küstenseeschwalbe zurückzulassen als die Tausende Legehennen.

Josy legte ihm von hinten die Hand auf die linke Schulter, so als würde sie seinen Schmerz spüren.

124

Niklas Gärtner hatte sein Leben als Angestellter verbracht, dessen mutigste Entscheidung in den letzten Jahren im Urlaub auf Rhodos gefallen war, als er beim Paragliding mitmachen wollte – wenn nicht im letzten Moment der heftige Wind einen Teilnehmer fast in die Tiefe gerissen hätte.

Der leichenblasse Tourist aus Dortmund, der sofort lauthals berichtete, sich vor Angst fast in die Hose gemacht zu haben, musste sich mitten im Redefluss übergeben. Das hatte Niklas Gärtner umgestimmt. Er gab das Geld lieber für einen guten Rotwein aus.

Jetzt wurde er abwechselnd für Ubbo Jansen gehalten, den Exmann der Bürgermeisterin, oder für einen Berufspolitiker aus Hannover oder Berlin. Dieser Umstand erfüllte ihn eigenartigerweise mit Stolz und Angst gleichzeitig. Der Identitätenwechsel in die scheinbare Bedeutsamkeit tat ihm gut. Etwas an dieser Rolle gefiel ihm.

Er wurde fotografiert und gefilmt. Man stieß ihn vorwärts, beschimpfte ihn als »faulen Millionär«, »Politgangster« und »Volksverarscher«. Aber selbst in den Schimpfworten lag Respekt.

Der Ems-Jade-Kanal schlängelte sich vor ihm durchs Grün wie ein gewaltiges Tier. Schön. Geheimnisvoll. Angriffslustig.

125 Sie brachten Bürgermeisterin Jansen und Niklas Gärtner in einen leeren Lkw, keine hundert Meter von der Brücke entfernt. Eine Digitalkamera wurde auf der Ladefläche aufgebaut. Es roch nach Räucherfisch und eine Kiste voll mit Bratheringen in Gläsern stand aufgerissen in einer Ecke. Paul Polte benutzte sie als Sitzgelegenheit, die Gefangenen hockten sich auf den Boden.

Polte verlangte von der Bürgermeisterin, sie solle eine Erklärung verlesen. Sie warf einen Blick auf den Zettel und weigerte sich. »Das ist falsches Deutsch«, sagte sie. »Das lese ich nicht vor.«

Paul Polte riss ihr den Zettel aus der Hand. Er hatte das Zittern ihrer rechten Hand gesehen, sonst hätte er sie vermutlich für genau die eiskalte Ziege gehalten, die sie hier zu spielen versuchte, obwohl das Atmen ihr so schwerfiel. Sie musste jeden Atemzug bewusst mit voller Körperkraft machen. Es war jedes Mal ein anstrengender Kraftakt der Muskeln. Sie hatte das Gefühl, als quetsche ein eiserner Ring, ein metallenes Korsett ihre Brust zusammen.

»Was ist hier falsch?«, wollte Paul Polte wissen.

Sie versuchte, ihrer Stimme einen schnippischen Unterton zu geben: »Man fordert kein Ultimatum, man stellt es. Und es heißt nicht: Sie sind verantwortlich, wenn ich erschossen werde. Es muss richtig heißen: Sie wären verantwortlich, wenn ich erschossen würde. Konjunktiv, junger Mann, Konjunktiv. Oder steht es schon fest, dass ich erschossen werde? Ich meine, wenn das hier beschlossene Sache ist, dann …«

Paul Polte kaute auf der Unterlippe herum. »Nein. Nein. Natürlich nicht. Wir wollen Sie nicht töten und ihn auch nicht …« Er zeigte mit der Pistole auf Niklas Gärtner – der erschrocken die Hände hob.

»Wenn unser Tod nämlich schon feststünde«, fuhr Bürgermeisterin Jansen unbeirrt fort, »dann sähe ich keine Veranlassung, mit Ihnen zusammenzuarbeiten und diesen Müll vorzulesen.«

»Das ist kein Müll!« Er schielte zu Roger, seinem Komplizen. Bisher war ihre Beziehung dadurch gekennzeichnet gewesen, dass Roger seinen Freund Polte für intelligenter hielt, als er selbst war, und sich ihm deshalb problemlos unterordnete. Aber jetzt begann Roger an Paul Polte zu zweifeln.

»Ich bestimme, was Sie vorlesen«, schrie Polte wütend, »und nicht Sie!«

»Es sollte schon alles stimmen an der Erklärung, damit die Leute nicht denken, das hätte ein Idiot geschrieben«, mischte Roger sich nun ein.

Paul Polte würdigte ihn keines Blickes, er knüllte den Zettel zusammen und wandte sich an Kerstin Jansen. »Sagen Sie in die Kamera, was Sie wollen. Hauptsache, die Militaristenbande da draußen zieht ab.«

»Und wenn nicht, bringen Sie mich dann doch um?«

Paul Polte erwiderte nichts darauf. Er erhob sich und trat von einem Bein aufs andere. »Was ist?«, fragte er nervös. »Steht die Leitung?«

Der Rattenkopf am Laptop, eine junge Frau, schüttelte den Kopf. »Das ist nicht mein Gerät. Ich hab einen Mac. Ich komm hiermit nicht klar.«

Paul Polte verdrehte die Augen. Niklas Gärtner hustete.

Die Bürgermeisterin bestand auf einer Antwort. »Sonst bringen Sie mich um?«

Polte nickte. Aber er schaffte es nicht, sie dabei anzusehen. Dann schüttelte er den Kopf. »Nein, mache ich nicht.«

Fast wäre er damit herausgeplatzt, dass nicht einmal seine Waffe echt war, aber dann schluckte er das lieber hinunter und behielt die Information für sich. Er hatte Angst, die Situation könnte dann umkippen und ihm völlig entgleiten.

»Werden Sie also nicht«, wiederholte Bürgermeisterin Jansen und der eiserne Ring um ihre Brust, der ihr das Atmen so schwer gemacht hatte, lockerte sich.

Paul Polte beugte sich jetzt zu ihr, seine Stimme und seine Körperhaltung veränderten sich.

»Frau Dr. Jansen …«

Sie nahm fast amüsiert zur Kenntnis, dass er sie gerade zur Doktorin ernannt hatte.

»Bitte …«, fuhr er fast unterwürfig fort. »Sie müssen das verstehen. Ich … ich kenne die Leute da draußen. Die haben sich bewaffnet. Also …« Er stammelte herum, suchte die richtigen Worte und verschluckte sich an seinem eigenen Speichel. »Also, die meisten sind im Grunde brave Familienväter, gute Steuerzahler, Stützen der Gemeinschaft, wenn Sie so wollen …«

Kerstin Jansen bekam wieder genug Luft und fuhr ihm voll in die Parade: »Das macht es nicht besser! Es ist mir egal, ob Familienväter oder Steuerzahler oder schwarz arbeitende Singles randalieren und Leute entführen! Die Hühnerfarm meines Exmanns wurde niedergebrannt. Das Rathaus angegriffen. Es gab Tote!«

Er deutete hinaus. »Es sind nur ein paar Hitzköpfe, die den Konflikt wollen. Aber die haben leichtes Spiel. Wenn sie sich erst mal an die Spitze der Bewegung gesetzt haben, dann …«

Die Mündung seiner Pistole war auf den Boden gerichtet. Er hielt sie kraftlos in der Hand, als sei sie ihm zu schwer geworden oder als habe er sie vergessen. Niklas Gärtner wog ab, was dagegen sprach, den Versuch zu wagen, Paul Polte zu entwaffnen.

Er fragte sich, ob er in der Lage wäre zu schießen. Er kam zu der Ansicht, dass es ihm wenig ausmachen würde, den Mann zu erledigen. Er hatte lediglich Angst, vielleicht nicht schnell genug zu sein und dann dessen Zorn auf sich zu ziehen.

»Also, was wollen Sie mir sagen?«, fauchte Kerstin Jansen. »Raus mit der Sprache!«

»Mit Ihnen als Geisel können wir vielleicht ein Blutbad verhindern.«

»Sie meinen …?«

»Ja. Genau das meine ich. Die Menge wird auf eine Entscheidung warten, alle werden hoffen, dass die Soldaten abziehen, ohne dass es zu einem Kampf kommt.«

»Entweder sind Sie verrückt oder sehr intelligent«, sagte die Bürgermeisterin. Sie hatte den Eindruck, ihn langsam in den Griff zu bekommen. Sie begann zu begreifen, wie er tickte.

Sie sagte: »Habe ich Sie richtig verstanden, mit mir als Druckmittel wollen Sie verhindern, dass die aufgebrachten Menschen mit den erbeuteten Waffen über die Ems stürmen?«

Er sah sie aus fiebrig glänzenden Augen zustimmend an.

Niklas Gärtner mischte sich ein. »Vielleicht hat er recht. Die Menschen brauchen ein Druckmittel. Einen Trumpf, den sie ausspielen können. Im Moment haben sie nichts, nur die Forderung *Lasst uns raus*. Sie können das lediglich mit Waffen unterstreichen. Wie sonst sollen sie Druck machen?«

»Halt die Fresse!«, zischte die Rattenkopffrau am Laptop ungeduldig und machte keinen Hehl aus ihrer Abneigung Niklas Gärtner und seiner oberlehrerhaften Art gegenüber. Sie fluchte: »Wir können nicht so einfach auf Sendung gehen. Ich krieg das nicht hin, verdammt!«

»Wie, du kriegst das nicht hin?«

Patzig antwortete sie: »Mir fehlt ein USB-Kabel und die passende Software und außerdem …«

Paul Polte unterbrach sie: »Heißt das, wir kriegen den Film nicht ins Netz?«

»Genau das heißt es.«

Polte wirkte, als hätte jemand die Luft aus seinem aufgeblähten Körper gelassen.

»Wenn Sie mitspielen«, sagte er zu Kerstin Jansen, »können wir es trotzdem machen. Kommen Sie einfach mit mir raus. Es sind nur ein paar Meter. Beeilen wir uns – bevor die Schlacht losgeht.«

»Nein, so läuft das nicht!«, regte sein Kumpel Roger sich auf. Er fuhr sich immer wieder durch die Haare und kratzte sich die juckende Kopfhaut blutig. »Wenn du mit ihr draußen bist und ihr die

469

Knarre an den Kopf hältst, dann starten irgendwelche GSG-9-Leute eine Befreiungsaktion oder die machen den finalen Rettungsschuss. Ich trau denen nicht über den Weg. Die haben Scharfschützen, die sind Kampfeinsätze gewohnt. Da sind vielleicht Spezialisten der Terrorbekämpfung aus Afghanistan dabei ...«

»Reg dich ab. Du hast ja recht, aber ich habe einen Plan. Wir nehmen nicht sie mit, sondern ihn.« Er zeigte auf Niklas Gärtner.

126

Die Fronten auf der Brücke hatten sich verhärtet. Es gab kein Nachgeben, lediglich Verbitterung auf beiden Seiten.

Carlo Rosin glaubte in den Augen der jungen Soldaten Angst zu sehen. Zum einen davor, sich vielleicht bei diesen aufgebrachten Emder Bürgern anzustecken, und zum anderen, einen Menschen töten zu müssen.

Die meisten waren in seinem Alter.

Mit nacktem Oberkörper und erhobenen Armen war er auf sie zugegangen. Aber sie hatten ihn nicht nah herankommen lassen, sondern einen Warnschuss abgegeben. Er konnte es nicht glauben: Ein Warnschuss!

»Ich will mit euch reden!«, rief er, bewegte sich aber keinen Meter weiter. »Nur reden! Ihr seht ja, ich bin unbewaffnet!«

Die Antwort kam per Lautsprecher: »Wir fordern Sie hiermit letztmalig auf, die Brücke zu räumen!«

Da drängte sich Paul Polte durch die Reihen der Demonstranten nach vorn. »Jetzt hört mal zu, ihr Pappnasen! Wir haben die Bürgermeisterin und einen Bundestagsabgeordneten, der die Hosen so voll hat, dass er leugnet, ein Volksvertreter zu sein! Das Blatt hat sich gewendet. Ihr werdet jetzt abziehen oder wir erschießen nacheinander erst die Bürgermeisterin, dann den feigen Abgeordneten, anschließend nehmen wir uns die gesamte Verwaltungsspitze vor. Euer Scheißkrisenstab ist in unserer Gewalt! Unsere Leute haben das Rathaus genommen. Ab jetzt bestimmen wir, was hier läuft! Klaro?!«

Carlo Rosin zog sich wieder zurück und wandte sich gegen Paul Polte: »Wir sind doch keine Mörder! Wir …« Ihm fehlten vor Empörung die richtigen Worte.

Polte zeigte auf die Reihen der Bundeswehr. »*Da* sind die Mörder. Wir werden hier alle verrecken, unversorgt und eingeschlossen in diesem Hexenkessel. Die da oben haben längst einkalkuliert, dass wir alle draufgehen. Das ist denen völlig egal. Wir müssen Druck auf sie machen, sonst …«

»So aber nicht!«, rief Carlo Rosin. »Es gibt schon genug Tote! Der Zweck heiligt nicht die Mittel!«

»Oh doch!«, konterte Paul Polte. »Genau das tut er.«

27 Ubbo Jansen parkte einfach am Straßenrand. Er hätte Paul Polte am liebsten mit einer Ladung Schrot aufgehalten, doch Josy verhinderte das, indem sie mit rauer Barfrauenstimme raunte: »Nicht. Der Kerl führt uns garantiert direkt zu ihr.«

Sie stieg aus dem Wagen, um Paul Polte zu folgen. Tim sah sie verzweifelt an. Einerseits wusste er, dass sie nicht auf ihn warten konnte. Er würde sie ohnehin nur behindern. Andererseits wollte er bei ihr sein, hatte das Gefühl, er müsse seiner Mutter helfen. Er verfluchte seine steifen Beine.

Josy sah sich noch einmal kurz nach ihm um. Sie hielt aufmunternd ihr Handy hoch. Ein Kontaktversprechen. Sie wählte ihn an und heftete sich gleichzeitig an Poltes Fersen. Selbst im Gedränge durch die Demonstranten verlor sie Paul Polte nicht. Seine roten, abstehenden Ohren waren wie Leuchtsignale.

Ubbo Jansen baute den Rollstuhl für seinen Sohn auf. Tim war schrecklich aufgeregt und wollte sofort hinter Josy her. Es dauerte ihm viel zu lange, er fand, sein Vater stelle sich ungeschickt an.

Thorsten Gärtner rannte hinter Josy her und auch Justin verschwand in der Menge.

Über sein Handy stellte Tim immer wieder die gleichen Fragen: »Josy? Josy, wo bist du? Siehst du ihn noch? Josy, ist er bei Ma?«

Aber Josy antwortete nicht. Er hörte nur ihren schnellen Atem.

Sein Vater half ihm jetzt in den Rollstuhl. Er hatte das doppelläufige Schrotgewehr ans Auto gelehnt.

»Wo ist sie?«, fragte Ubbo Jansen und griff nach der Waffe.

Tim deutete seinem Vater an, er solle still sein. Es war sehr laut um sie herum und er hatte Mühe, Josy zu verstehen.

»Sie sind ganz nah. Ich bin da!«, rief sie. »Es ist ein Lkw. Darauf ist groß Werbung von einem Fischrestaurant: *Die Matjeswochen haben begonnen.* – Ich wette, sie ist da drin. Der Mann ist im Lastwagen verschwunden.«

Tim reckte den Hals. Aber er konnte nichts sehen, die Menschen versperrten ihm die Sicht. Er zog sich am Auto hoch und versuchte, aus dem Rollstuhl in den Stand zu kommen.

Er schwitzte augenblicklich, doch es kam nicht durch die körperliche Anstrengung. Es war Angstschweiß. Versagensangst. Angst um seine Mutter. Seinen Vater. Angst um Josy.

Mit seinen feuchten Fingern rutschte er am glatten Lack ab und stürzte. Menschen rannten an ihm vorbei. Sie beachteten ihn nicht. Ein Auto hupte. Er sah nur noch Füße und Knie. Etwas traf ihn am Rücken und sein Rollstuhl rollte ohne ihn ein Stückchen die Straße hinunter.

Plötzlich hatte er auch Angst um sich selbst. Angst, totgetreten zu werden. Er streckte seine Hand vergeblich nach Hilfe aus. Dann rollte er unter den Wagen. Hier war er sicher, zumindest hoffte er das. Er kam sich feige und nutzlos und ausgeliefert vor. Er sah über sich den Auspuff und brüllte ihn an. Er legte den ganzen Schmerz seiner verletzten Seele in den einen Schrei. Es klang nicht menschlich, sondern nach einem verwundeten Berglöwen.

128 Bettina Göschl sah die Sondersendung im Fernsehen, während Leon schon wieder durch die Wohnung tobte, als sei er nie krank gewesen. Es wurde aus Berlin berichtet; eine mit Kameras und Mikrofonen bewaffnete Journalistenmeute belauerte das Kanzleramt. Es sollte eine Erklärung der Bundesregierung geben.

Drei Gerüchte machten die Runde.

Das erste: Nach Düsseldorf und Emden sollten nun auch Rostock, Berlin und Frankfurt abgeriegelt werden.

Das zweite: Es gab angeblich einen Impfstoff, der im Internet für zweitausend Euro pro Dosis angeboten wurde, aber angeblich wie eine Psychodroge wirkte und süchtig machte.

Das dritte Gerücht verbreitete sich ohne Mithilfe der Medien, dafür aber umso schneller. Es gebe keinen Impfstoff und kein Gegenmittel, deshalb sei auch bereits eine militärische Lösung beschlossen. Einige sprachen von Napalm auf Emden, Düsseldorf und alle betroffenen Gebiete, andere glaubten Anzeichen für einen Atomschlag zu erkennen.

Dieses Gerücht spaltete die Menschen. Da waren die hysterischen Theoretiker: »Wir müssen so handeln, es geht darum, das Überleben der Menschheit zu sichern ...« – die wohnten alle außerhalb der betroffenen Gebiete. Und es gab die besonnenen Rechtsstaatsverteidiger: »Jeder Mensch hat ein Recht auf Leben. Wir können nicht eine ganze Großstadt mit Hunderttausenden von Menschen opfern, viele davon gesund, und das unter der Überschrift: Zum Wohle der Gesellschaft! Wer will denn mit dieser Last leben?« Die meisten von denen befanden sich eingeschlossen im Kessel oder hatten Verwandte dort.

Niemand hätte mehr nachvollziehen können, wie und wo das Gerücht aufgekommen war, geschweige denn, wer genau es in die Welt gesetzt hatte, aber es machte die Menschen in den eingeschlossenen Gebieten verrückt und die Bilder von brennenden Häuserzeilen in Manhattan und Brooklyn taten das Ihre dazu. Scheinbar hatte die Ausrottung des Virus durch bewusst gelegte Feuer bereits begonnen. Da war es bis zum Napalm nicht mehr weit.

Niemand aus dem Kanzleramt ließ sich blicken, böse Stimmen behaupteten, Teile der Regierung hätten sich in ein sicheres Feriendomizil auf den Kanarischen Inseln zurückgezogen. Der Innenminister wurde seit Stunden vermisst. Vielleicht abgetaucht. Vielleicht auch entführt. Vielleicht tot. Vielleicht krank. Niemand wusste etwas Genaues.

Da die aufgeregte Stimme des Reporters Leons und Jüthes Aufmerksamkeit auf sich zog, schaltete Bettina das Fernsehgerät mit einem raschen Knopfdruck aus. Sie befürchtete, die Erklärung aus dem Kanzleramt könnte zu grausam sein für die Kinder.

Leon fragte: »Hast du Angst, wir packen das nicht?«

Bettina streichelte sein Gesicht, dann nickte sie stumm.

»Wir sind stark«, sagte Jüthe. »Meine Mutter ist gestorben, Bettina. Ich halte auch aus, was die uns jetzt zu sagen haben.«

»Ihr seid kluge, tapfere Kinder«, sagte Bettina. »Aber vielleicht wollen wir ja gar nicht wissen, was gerade geschieht. Wir könnten ja eine Partie Mensch-ärgere-dich-nicht spielen …«

Sie kam sich plötzlich hilflos vor. Der Junge tröstete sie: »Nein, das wollen wir nicht. Bettina, komm, wir nehmen uns alle an den Händen und gucken dann gemeinsam.«

Jüthe setzte sich aufs Sofa und klopfte auf die freie Stelle neben sich. Leon führte Bettina an den Platz wie ein königlicher Kavalier seine angebetete Prinzessin. Seine Gesten hatten etwas Spielerisches, so als sei das alles nicht wirklich wahr, sondern nur ein spannendes Abenteuer, das sie gemeinsam in der Fantasie bestehen mussten.

Bettina setzte sich. Zuerst kuschelte Leon sich an sie, dann tat Jüthe es ihm gleich.

»Komm«, forderte Leon, »schalt wieder ein, Bettina.«

Sie tat es.

29 Ubbo Jansen stand neben Josy vor dem Lastwagen. Er hörte da drinnen die Stimme seiner Exfrau. Er bog seinen schmerzenden Rücken durch.

»Ubbo Jansen, still fighting«, sagte er leise zu sich selbst und gleich ließ der Schmerz nach und auch die Gelenke knackten nicht mehr bei jeder Bewegung.

Josy hörte den Satz nicht zum ersten Mal von ihm. Direkt danach folgte meist eine mehr oder weniger gewaltsame Aktion.

»Wir könnten versuchen, die Polizei …«

Er lächelte nur müde. »Erzähl du mir nichts von der Polizei«, flüsterte er.

»Immerhin ist sie die Bürgermeisterin.«

»Ja, das weiß ich besser als irgendwer sonst. Aber die staatliche Ordnung, Josy – die du und deine militanten Freunde so lange bekämpft haben –, hat kapituliert.«

Sie hörte hinter sich die Demonstranten mit Sprechchören auf die Soldaten zugehen und musste ihm recht geben.

Ubbo Jansen schob die Ladetür des Lkws mit dem Gewehrlauf einen Spalt weit auseinander, sodass er hineinschauen konnte. Da sah er sie. Die Frau, die er einmal geliebt hatte, die ihn in der schwierigsten Zeit im Stich gelassen hatte – und von der doch aber auch seine zwei Kinder stammten. Er wurde von Erinnerungen geflutet.

»Sie, Frau Jansen, sind denen einen Scheißdreck wert!«, schimpfte Paul Polte. »Von wegen V. I. P.! Denen sind Sie genauso egal wie wir alle. Die werden Emden bombardieren und diese Scheißviren in einer Feuerhölle verglühen lassen. Das Dumme für uns ist nur, dass wir alle mittendrin sitzen.«

Ubbo Jansen öffnete die Tür ein paar Zentimeter weiter. Josy sah die Pistole in der Hand des Entführers und raunte Ubbo ins Ohr: »Der hat eine Waffe.«

»Ich auch …«, flüsterte er nicht ohne trotzigen Stolz in der Stimme. Er sah den toten Hai schon vor sich. Es war genug geredet worden. Er riss die Tür auf und schrie: »Hände hoch, du Arsch!«

Paul Polte drehte sich um. Er hielt die Spielzeugwaffe in der Hand. Ubbo Jansen feuerte augenblicklich auf Poltes Brust. Die Schrotladung zerriss nicht nur sein Hemd. Blut klatschte auf die Ladefläche des Lkws.

Frau Jansen schrie.

Paul Polte machte noch einen Schritt nach vorn. Dann fiel er. Sein Kopf hing leblos aus dem Lkw.

Roger und die Rattenkopffrau hoben die Hände, und obwohl sie sich nicht mehr bewegten, fiel die Digitalkamera um.

Ubbo Jansen sah seine Ex an und spürte gleich eine altbekannte Enttäuschung. Hatte er in ihren Augen mal wieder alles falsch gemacht? Selbst jetzt, da er unter Einsatz seines Lebens sie befreit, seine bedrohte Farm zurückgelassen hatte, lag in ihrem Blick dieser Vorwurf, als hätte er mal wieder alles versaut.

Beifall brandete plötzlich auf. Freudenschreie. Lauter Jubel! Es kam von der Brücke. Irgendeine Nachricht hatte die Menschen über ihre Handys erreicht, die sie euphorisch stimmte.

Josy wollte nach dem angeschossenen Mann sehen, doch die Situation auf der Brücke und am anderen Ufer wurde wichtiger für sie.

Ein Lautsprecher der Soldaten wurde von einem Sprechchor übertönt: »Ihr könnt nach Hause gehen! Ihr könnt nach Hause gehen! Ihr könnt nach Hause gehen!«

»Sie … sie räumen den Weg …«, sagte Josy atemlos.

Niklas Gärtner sprang über Paul Poltes Körper ins Freie. Ihm folgte Kerstin Jansen.

Roger war es kotzübel. Leichenblass sagte er: »Heißt das … wir haben gewonnen?«

130 »Für eine kurze Zeit«, sagte ein Pressesprecher der Bundesregierung, den Bettina noch nie gesehen hatte, »für eine kurze Zeit hatten wir vollkommen die Kontrolle über die Ereignisse verloren. Aber jetzt wird entschlossen gehandelt und der Hysterie Einhalt geboten. Die Städte Emden und Düsseldorf werden ab sofort wieder erreichbar sein. Das Gesundheitsministerium empfiehlt, öffentliche Aktivitäten auf ein Mindestmaß zu beschränken. Hilfskräfte vom Deutschen Roten Kreuz und anderen Organisationen werden an jeder Haustür klingeln und nach dem Rechten sehen. Es werden an öffentlichen Plätzen Versorgungszentren eingerichtet. Das Trinkwasser ist ohne Gefahr genießbar. Wir haben noch einen langen Weg vor uns, aber wir haben das Schlimmste überstanden. Hilfe aus dem Ausland rollt an.«

Der Sprecher schluckte trocken und nippte an einem Glas Saft. Er ordnete seine Zettel und fuhr fort.

»Die Ansteckungsgefahr ist nicht gebannt, aber das Virus verliert offenbar an Kraft und die Zahl der Ansteckungen geht zurück. Bei vielen Menschen verläuft die Krankheit nicht tödlich. Es gibt harmlose Formen und lebensbedrohliche. Die einfache Grippeschutzimpfung scheint einen hohen Schutz zu bieten. Geimpfte Menschen sind zwar nicht immun, doch ist der bei ihnen beobachtete Krankheitsverlauf eher mild.«

»Heißt das, alles wird wieder gut?«, fragte Leon.

Bevor Bettina antworten konnte, sagte Jüthe leise: »Aber meine Mutter macht niemand mehr lebendig.«

Auf dem Bildschirm waren Bilder von Menschen zu sehen, die mit weit geöffneten Armen über Autobahnen und Brücken liefen.

Soldaten saßen am Straßenrand. Einer von ihnen weinte, der Atemschutz baumelte nutzlos an seinem Hals. Sein Nebenmann wurde von einer jungen Frau im Minirock umarmt und abgeküsst. Dabei verrutschte seine Schutzmaske. Er riss sie schließlich ab und ließ sie fallen.

Die Bilder ließen Leon freudig jubeln. »Lass uns rausgehen, Bettina! Alles ist gut! Und draußen scheint die Sonne!«

»Ja«, rief Jüthe, »und die Menschen sehen fröhlich aus!«

»Und bestimmt kommt jetzt meine Mama wieder«, freute sich Leon.

Bettina stürmte mit den Kindern die Treppe hinunter, ohne die Tür zu schließen. Die ostfriesische Luft draußen tat gut. Sie atmete tief durch. Sie fragte sich, ob alles jemals wieder so werden könnte, wie es gewesen war – für die Kinder, für die Stadt, für das Land, für sie selbst.

ENDE